涡流

李国发·著

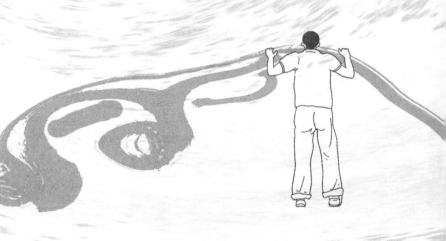

作家出版社

人生是一场拼搏，更是一场艰难的长途跋涉和与邪恶的较量。

目 录

第一章

春来了

一　初春

一九八二年，早春二月。

温暖的阳光，和煦的春风，已经把清水河厚厚的冰层化开。只有背阴处的边沿，残留下冰凌碴子，像打破的薄而透明的玻璃，没有来得及完全消融，呈现狼牙锯齿的形状。偶尔，也能看到阳光照射不到的地方留下的一星半点残雪。宽阔的水面，没有了冰的阻挡，在阵阵溜河风的吹拂和助推下，波纹连接波纹，溅起晶莹透亮的浪花，折射出阳光，笑着唱着奔跑着。奔腾涌动的潮水中，大大小小的漩涡儿，陀螺般旋转着，表象迷人漂亮。其实，那是隐藏在河底无数的深坑浅洼、暗礁险滩……

李家寨村后清水河的滩地、堤坡、堤顶的向阳处，各种草儿按捺不住冲动，从土里钻出来，举目望去，满是绿色。柳树垂下万千丝绦，初露鹅黄色的奶芽儿。杨树的枝条吐出长长的穗儿，一嘟噜一嘟噜的。淘气的孩童，聚在一块儿嬉闹着，把那穗儿当成乡戏中老生的胡须，挂在嘴上。熬过漫漫冬日的少男少女们，从家里走出来，踩青踏绿，折柳吹笛，三五成群地戏耍、追逐、打闹着……

广袤的农田里，麦苗焕发出盎然生机，像条巨大的军毯覆盖着。农村实行"大包干"后，尽管地块大小、品种和播种时间不同，但墒情好，底肥足，长势出奇地喜人。间或有几块种植面积不等的金黄色油菜花，点缀在碧绿的"海洋"里，恰有锦上添花之妙。春播的土地，主人用犁子翻起晾晒，田埂地头堆起一堆一堆的农家肥。庄稼人看到麦苗的长势，脸上绽放出笑容，手里忙碌着农活。

在绿树掩映下和庄稼的包围中，李家寨的农舍充满诗情画意：一九七五年八月的特大洪水（简称"七五·八"大水）过后，国家赈灾，盖起了青砖红瓦房，五户一排，互相连着，各家之间垒起一道墙，户户都有简易门楼，成为单独的院落。每个小院的门框上方两旁，耷拉一串或三两串的干红辣椒。树上枝杈上，扯着的铁丝上，挂着一辫辫金黄色的玉米棒子。猫儿开始叫"春"，卧在墙头上，

"喵儿——喵儿——"的声音，拖得很长很长；老母鸡伸展翅膀，身体暖着十几个带娃的蛋儿，在精心孵化小鸡；公鸡夯开翅膀，翘趄着身子，绕着母鸡"咯咯"地叫着转圈圈，伺机施爱；精灵的燕子，成双成对，飞来飞去，衔来春泥，在屋檐下筑起爱巢；喜欢热闹的雀儿，成群结伙，时而在院子里角落里寻觅食物，时而"呼"地飞到树上；桃树杏树，长出一簇簇的花骨朵，有的含苞待放，有的蕾儿绽开；粪坑（农家积攒肥料的池子）的四周，墙角处、树底下，蜈蚣、蚯蚓、苍虫等从泥土中钻出来，不知去向，留下一个个指头粗细的洞口和松软粉状的细末。

大地万物已被唤醒，处处充满生机，焕发出新的生命……

二 人不能守着影子过一辈子

我家住在河堤下边第二排最东头，南面隔条路对着，就是大大爷家。听说我头天晚上从学校回来了，早饭过后，大大爷打发枣花嫂把我喊去。

到了大大爷家，我看到老人头上系条白羊肚毛巾，身上穿着深蓝色的双层衣裤，脚脖上缠着扎腿带子，背靠粮食囤，谷堆（蹲）在堂屋地上，面前放一个簸箕，左手攥着玉米棒子，右手拿把剪刀，隔几行，捅两行，留下凹槽，两个棒子，旋转着脱粒。对眼下的日子，他心满意足，两眼笑眯眯的，脸上露出慈祥的微笑。搁在往年这时候，农民的日子已开始吃紧了。而今，他家却还有半囤的小麦，芙子往外胀着。新年蒸的白面馍头，早出正月了，还剩下半筐子，一个个大元宝似的，有的干裂着，有的脱落了外层的皮儿。

大大爷看见我，招呼我坐在对面的床上。用目光瞅了我一会儿，他问："孩子，你咋恁瘦？气色苍白，是吃不好，还是身体不舒坦（有毛病）?"我若无其事地笑笑回答："挺好的，没有啥，看书熬夜熬的。"

一九七八年，我大学毕业"哪来哪去"，重新考试择优录取，分配到溪流县三岗镇高教书。送我报到之后，翠姐身为"亦工亦农"，从万人庄粮管所清退回到农村，不愿拖累我，突然消失。失去了至亲至爱的人，我心里空落落的，身孤影单，长期失眠多梦。为了转移痛苦，我经常读书到深夜。当年，我报考了平原师范大学中文系五年制函授本科，挤出时间自修教材。加上，担任高中毕业班语文老师兼辅导员，久而久之，我透支了体力和精力。我不想告诉大大爷这些，只说教书累的。

大大爷问起我的婚事："孩子，找下女人没有？"我摇摇头。

大大爷："张翠恁长时间没有音信，恐怕找不到了。你二十六七了，跟你一般年龄大的，在咱农村，早已娶妻生子。忘掉她，找一个吧。"

我："不想找，心里装不下别的女人。"

大大爷："孩子，你娘走四年了，你一个人在外面，没个女人照顾，不中。衣裳脏了没人洗，被子脏了没人拆，头疼发烧没人问，是饥是饱没人管，往后的路长着哩，你得有个婆娘。"说着说着，老人动起情来："三毛，这一辈子，无论是谁，对你有多重要，真的失去了，也得放下。千万不要学我，守着一个影子过日子。那样，会苦一辈子的。"

我理解大大爷的苦衷。

翠姐的爷爷和我的爷爷，解放前跟同一个大户种田，两家成了穷朋友。由双方老人做主，大大爷和翠姐的姑姑玲儿定了亲。大大爷膀宽腰圆，站着像座塔，种庄稼是把好手。洞房花烛，掀开红盖头，大大爷看到玲儿小巧玲珑，娇美可爱，一双会说话的眼睛，有种渴望和期待，身上散发出好闻的气味，羞涩地"咯咯"笑着，像一串串银铃在响，便按捺不住冲动。小两口颠鸾倒凤，折腾几个时辰，又滚到地下，翻云覆雨，疯狂一夜。善编故事的毛猴叔，钻在床底下听房，把新婚夫妻的风流艳事，添枝加叶，演绎出经典的乡村爱情，传遍全村。好景不长，一九四二年的中原，遭遇大旱，赤地千里，饿殍遍野。为了活命，大大爷心爱的玲儿，剪掉一绺头发，放在枕头下，背着家人，怀着身孕，跟着小姑奶奶出走。走到安徽界首，小姑奶奶倒在地上，再也没有站起来。大大娘跟随讨荒的人群，逃到安徽颖上县一个叫拴牛庄的村子，嫁给死了女人，撇下两个孩子，大她十六岁的庄稼汉。一九六四年，大大娘患伤寒病死了。临"走"前，她向亲生儿子逃生交"底"，叮嘱一定认姓归宗。二十二岁的逃生，遵母遗嘱，带着媳妇枣花嫂和两个儿子铁棒、铁锤，来到李家寨认大大爷这个亲爹。骨肉团聚，爷俩抱在一起，失声痛哭。自打大大娘出走，大大爷把他的玲儿装在心里。思念极了，他就把珍藏在箱底的那绺头发拿出来，一个人发呆，沉浸在甜蜜的回忆里，终身未娶……

守着玲儿的影子，大大爷过了大半辈子。心里有多苦，只有大大爷清楚。

俺爷俩同病相怜。老人的话戳到我的内心深处。

大大爷看我不吭声，明白说动了我，进一步解劝："你爹说，他劝不到你心里，很着急，让我开导开导你。"

自从母亲走后，父亲老得非常地快：额头上的皱纹，一道深似一道；头顶秃了，只有少许的茸毛毛；下面部分的一圈头发，白了一大半；两年前得了高血压。过春节的时候，父亲一紧张，险些晕倒。我是父亲的老疙瘩（最小）。他担心哪天万一离开人世，完不成"任务"，一门心思盼着我成个家，劝了我无数次。我总幻想翠姐有一天会出现。他每当跟我谈论婚事，我总是不吐不咽，推脱敷衍，不说利亮话。父亲焦急，央求大大爷做我的思想工作。

当时，我对父亲并不完全理解。等我步入老年才晓得：儿女的婚姻在父母心中是天大的事情。孩子长大以后，特别是年龄过了"岗"，一天不成家，父母心里就是一块病。有的老人，活着看不到孩子成家，死不瞑目。

要说婚事，我不是没遇到过合意的姑娘，因走不出失去翠姐的阴影，错过去了。一起参加工作的同事秋韵，热情活泼，像个百灵鸟，是个很不错的姑娘。她曾多次陪我找过翠姐，清楚没有找到的可能，多次表露心迹：愿成为我的终身伴侣。我用沉默婉拒。看我走不出感情的"沼泽"，她赌气调走了。也有人给我提的媒茬，家庭政治背景条件很好，我没有接受。县委常委兼三岗镇党委书记文渊，同校长宋仁是平原师范大学老牌大学生，去年全家从农村户口转为商品粮。文渊有个女儿，叫文秀，被安排在县文化馆做后勤工作，初中毕业，二十四岁，尚未订婚。文渊和宋校长私交甚密，曾带着文秀来过校长宋仁家，让帮助从学校青年教师中物色一个对象。我见过那闺女，布袋身子，不爱说话，有点黄病脸，镶一个金牙。宋校长认为我比较合适，征求我的意见。若论家庭条件，够我的了。可我拿翠姐一对比，便作出否定的结论。

更重要的原因，我想到了二哥的婚姻。他和寒梅从初中到高中，两人深爱对方。到了谈婚论嫁时，因闹点小矛盾，二哥赌气攀高枝，娶了县革委会副主任白天的女儿白云。白云自恃是领导干部的千金，瞧不起我家，别说是平常，就是逢年过节，也从不踏俺家的门。我又想到夏秋俺俩的事儿。夏秋的父亲是县委副书记。上大学期间，她拼命追求我。在校期间，我在《人民日报》《平原日报》发表过两篇文章。毕业之前，平原日报社拟调我当记者，夏秋做起跟我在省城工作的美梦。想不到，国家对我们"工农兵学员"，仍实行"哪来哪去"的政策。夏秋看到我家一贫如洗，不愿意做农民的妻子，硬是把我甩了。这两件事情，刻在心里，伤到深处，我更不敢答应这门亲事。

宋校长私下对我说："县委正在酝酿选拔一批优秀教师担任分管文教科卫工

作的副社、镇长，你若同意这门亲事，文书记一定会考虑你。"我没犹豫，坦诚表达意见："我不想靠联姻步入仕途，免得一辈子在女方家抬不起头，挺不直身腰。"宋校长见说不动我，只好作罢。后来，也是宋校长牵线，文秀和我的同事黎明结婚。

这次，大大爷亲自出马，苦苦相劝："孩子，张翠再好，既然下决心离开你，不会回到你身边了，该找就找吧，甭再拖了。"

静静听着，我一声不吭。大大爷知道话儿起了作用，趁机给我介绍了个对象。

这个女孩是李家寨不远的米村的，去年沙流河师专毕业，叫米姝，分配到万人庄乡的初中当体育老师，是逃生哥大儿子铁棒媳妇米兰的娘家姑姑，小我四岁。之前，米姝来过大大爷家几趟，瞧她侄女。米姝对我的情况多少有些了解。大大爷听说米姝未谈对象，向她提起过我。米姝跟大大爷说："三毛是名牌大学毕业的，不知会不会愿意？"大大爷一听心里有了底，约我见米姝。

当天下午，大大爷让米兰叫米姝来李家寨一趟。米姝下午没课，跟着米兰过来了。大大爷当即打发枣花嫂喊我相亲见面。

我刚走进大大爷家院子，米姝就从屋里迎上来。她尖发头，瘦长脸，俩大眼，长腿，双手垂膝，个头比我还猛一点，像"散杆"（支撑跳高的杆子），走路快如风，说话像炸豆，行事冒冒失失。米姝上高中时，曾在全县中学生长跑比赛中，获得过亚军，上师范体育专科，是保送生。到了大大爷家堂屋，米姝不把自己当外人，反客为主，给我让座。她盯着我左一眼右一眼地瞧，看得我挺不自然。她觉察到了："你咋还害羞呢！"我干笑笑。刚说几句客套话，米姝就像打机关枪，发出一排子弹："我早听米兰讲，你大高个，细长条，白镜子，特有才气。今日得见，名不虚传。我是个小小师范生，教体育的，头脑简单，四肢发达，不知你看没看上俺？"

面对米姝，我想起了翠姐。她细高的个儿，杨柳般的细腰，走起路来，步态矫健，发出轻轻的有节奏的"嘚、嘚、嘚"声。她的胸部丰满突出，身体线条优美。她的秀发扎成的两条辫子，有时在胸前飘逸，有时在背后跳动，平添了几分魅力。她那鸭蛋形的脸庞儿，泛着红晕；眼睛会说话似的，能看到人的内心深处，了然对方在想什么。她那稍厚微翘的嘴唇，像抹了口红，特别性感，遇到什么困难，总习惯轻轻绷一下。她的性格坚韧而开朗，时常发出银铃般的"咯咯"笑声。很难想到，在家乡的贫瘠土壤里，能"长"出翠姐这般俊俏的姑娘。

我觉得米姝不是我想要的那种女子，便岔开话题，聊起家长里短，东拉西扯一通闲话。米姝再次追问我啥意见，我怕伤她情面，拐弯抹角，不予正面回答。

我和米姝见过面，大大爷问我："中不中？"我摇摇头："这闺女太'炮实'（说话像放炮，缺乏女人的细致温柔）。"一句话否定了。

大大爷"唉"了一声，不再说什么。

三　我的发小

离开大大爷家，走在街上，我碰到狗儿。

狗儿是我的发小，非常聪明，编席窝篓，摇耧锄耙，扬场放磙，修房盖屋，百能百巧，没有不会的。据说，狗儿的爷爷是破落地主，都叫他李三少。怕人瞧不起，门框上挂块猪油，每次吃过饭，李三少都要在嘴唇上边抹一抹。若有谁问："吃的啥饭？"李三少哪怕是揭不开锅，饿着肚子，也会"哈哈"一笑说："还是葱花小油馍。你没看，嘴唇沾着油吗！"狗儿爹眼小，外号"瞎子"，打小就没享过福。儿时，我见他后脑脖上长个木碗大的疮，没钱治，一直流着脓血。家里穷，长年不沾荤腥，馋得很。邻居爱菊家的猪娃死了，已埋了三天。狗儿娘半夜扒出来煮肉吃，爹拉痢疾拉死了。狗儿娘一脸麻子，比"瞎子"大十一岁，到俺村讨饭，留了下来。"七五·八"发大水，从飞机上往河堤上撂下一麻袋饹馍，掉到娘头上，砸死了，只剩下狗儿。从小连爷爷长啥样都不清楚，在"文革"期间，狗儿竟成了地主阶级的孝子贤孙，戴上高帽子，批来斗去。有一次，红卫兵强逼他跪在砖碴碎瓦上，双膝鲜血直流。反动的血统论，让狗儿成了"寡汉条子"，直到改革开放后，才成了家。女人叫胡妮，比狗儿大五岁，疙瘩头，粗脖子，短身子，罗圈腿，走路一歪一歪的，像个"线蛋子"在地上滚动。她原是俺村冯二套的媳妇。两年前，二套他爹和三个儿子，都传染上肝炎，发展到肝腹水，肚子鼓得像该生孩子的孕妇，个个脸黄得跟熟透了的蚕儿似的。一年下来，爷四个死了仨，只剩三套吃偏方保住了命。二套媳妇拉扯两个孩子：大的六岁，叫革命；小的三岁，叫改革。日子过得很艰难，经人介绍，她带着孩子嫁给了狗儿。过了一年，狗儿和胡妮"合作"生了个带"把"的，叫包地。

狗儿邀我到家坐坐，我去了。他家两间房，屋里东西乱七杂八，胡堆乱放，没有下脚的空儿。床上的被子窝成一团，脏兮兮的，像剃头磨刀的布子。狗儿说："你别笑话，胡妮窝囊惯了。"我忙解围："咱农村不讲究，都是这样。"狗儿从院子里搬来一条凳子，用袖子抹了抹，让我坐下。他坐在床上，同我拉了一阵儿呱。

说话间，狗儿和我谈到石头。石头长得浓眉毛，大眼睛，高鼻梁，很帅气，为人仗义，说起话来，一套一套的，就像讲故事。从小到大，俺仨算是最好的朋友。石头姓刘，是俺村的独门小户。爹是伤残复员军人，打淮海战役时，耳朵被大炮震聋了。石头有个姐姐叫石花，已经出嫁，丈夫原是当兵的，现在退伍返乡。

家庭条件好，又是一个孩儿，石头被公社"革委会"（即当时的政权组织形式，是"革命委员会"的简称）主任袁天明看上。托人说媒，他想把女儿袁枝嫁给石头，许诺让石头到县汽车运输公司当"亦工亦农"。从开始提亲，石头就不愿意。袁枝没上过学，额头上长块黑痣，指甲盖大。石头看见恶心。还有一个"秘密"，村里人，包括父母，甚至我，都不知道：石头上初中时就跟彩儿好上了，还发生过那种事情。彩儿很漂亮，如花似玉，是大队书记陈仓的闺女，在村里当卫生员。

庄户人能攀上公社领导这门亲戚，多荣光呀。石头爹不管事儿，由娘当家。娘满口答应，好说歹说，石头就是抱着葫芦不开瓢。娘气恼了，拿着半瓶农药，打开盖，要往嘴里倒，以死相威胁。石头是孝子，在娘的逼迫下，认了。举行婚礼时，彩儿听说了，闯进院里，跳到天地桌上。从卫生室找到一张孕检报告，她谎称怀了石头的种儿，在手上高高扬起晃着，大闹一场。臭名传出，彩儿成了没人要的"破货"。石头前脚招工进城，彩儿一赌气，经人介绍，嫁给了溪流县委夏副书记的脑瘫儿子夏冬。夏冬的姐姐叫夏秋，是下乡知青。上大学之前的那年五四青年节，县里举行表彰大会，材料组抽调我写过她的先进事迹材料。我去到夏秋家，见过彩儿的丈夫。夏冬根本不是媒人说的有点残疾，而是一个瘫子，嘴里流着口水，两手抓住木撑子，只能在地上"围（坐着挪动身体）"。目睹此状，我为彩儿惋惜："真是鲜花插在了牛粪上！"有一回，我和石头喝酒，道出实情。听罢，石头哭了，边哭边扬起手，狠狠地扇自己的脸儿。"唏嘘"一阵儿，他抹了抹眼泪，说："是我毁了心上人，我就是当代陈世美，铡刀拦腰铡两截都不亏！"后来，清退"亦工亦农"，石头又回到农村。对当初抛弃彩儿，石头追悔莫及，更加不再理睬袁枝。

狗儿说，石头发了。一九八〇年年底，土地包干到户。李家寨每个生产队三十多户，只有几头牲口，大伙儿评估作价，摸纸蛋分了下去，大部分农户没有牲口种地。石头开汽车搞运输，跑过几趟内蒙古一个叫四子王旗的地方，知道那里的马匹价格低：一岁牙口的，每匹一百八九十块，养一年就能搭套。两岁的马驹不到三百块，比平原东部这地方市场上价格低一大截儿。石头精明，看准是难得的挣钱机会。他手里积攒些钱，找大舅哥袁远借来转业安置费，村里谁家买牲口，先交一部分预订金，凑足了钱。去年收罢秋种上麦，同姐夫坐火车去贩牲口。年底之前，包一个车厢，买回六十匹一两岁的马驹。今年过罢正月十五，又去赶牲口了。他一直忙着在外跑，两趟会赚不少钱。

四 凄婉的爱情

在家待了一天，我早早启程了。

没钱买自行车，从三岗镇到李家寨，单程五十二华里，靠"11"号汽车，我迈开两条腿步行。沿着堤顶道路，从学校到家，从家到学校，春来秋去，寒来暑往，我走了四个年头。沿着弯弯曲曲的河道，每趟要用大半天的时间，我习惯了一个人沉思静想。想得更多的，当然是我和翠姐过往的点点滴滴，以及每个场景和情节——

七岁那年，我和石头、狗儿上小学一年级。报名时，漂亮的蔡老师问我叫个啥。我不想叫父亲起的名字"三猫"，自作主张："李三毛。"蔡老师问："哪个毛？"我一想，毛主席最伟大，高声说："毛主席的毛。"蔡老师和同学们"轰"地笑起来。一个女孩，穿戴干净，扎两个小辫，眼睛大大的，牙齿整齐而洁白，小手指着我："毛主席才一个毛，你三个毛！"她笑得前仰后合，发出一阵一阵的脆响："咯咯……"，"咯咯……"

轮到她报名，我记住了这女孩：张翠。

上小学四年级时，我十岁，张翠十一。

"头伏"那天，张翠爹娘在地里干活。本来毒辣辣的日头，又闷又热的，天气突然变脸。从西南方向，传来"隆隆"的雷声，黑压压的乌云，借着风势，迅即席卷而来。不大一会儿，狂风刮起漫天黄土、草末、树叶，遮天蔽日，一时间什么也看不见。接下来，乌云密布，天昏地暗。几个闪电，几声炸雷，下起铜钱般的瓢泼大雨。张翠爹娘跑到一棵大树底下躲避。不料，一个惊天动地的霹雷响过，那棵大树被劈成两半。张翠爹娘雷击身亡。农村盛行迷信，张翠爹娘本来人缘极好，因为雷击这事儿，有人说上辈子干了坏事，被龙抓了。你说该有多冤枉，人没了，又背了个恶名。

从那时起，天像漏了。大雨接小雨，一场连一场，不停不歇，极少见到三五个晴日，直下得坑满沟平，地里一片水汪汪的。早秋作物淹没，晚秋未能播种，庄稼绝收。

那年除夕，绝大多数农户家里没有一粒粮食，饿着肚子进入漫漫长夜。一个整夜，父亲没睡着，翻肠搅肚，愁得唉声叹气，想不出办法。鸡叫三遍，当生产队会计的父亲，披衣起床时，触摸到裤腰带上保管仓库的钥匙，不等天明，便去打开库房——其实，库房早就空空如也。从垫粮食囤底的麦糠中，父亲捧了几捧带草带麦糠的绿豆，用手帕包回家。他让母亲用清水淘了淘，煮了半锅稀绿豆汤。大年初一早上，全家每人喝上一小碗。绿豆汤本来是夏季消暑清热食物，竟成了寒冬的年饭！

下顿饭怎么办？今后怎么办？父母十分犯愁。此时，狗儿、石头来俺家，邀我一块外出讨饭。

父母本不想让我去，可家里又没啥吃的，便未加阻拦。拎个竹篮子，我跟随他俩，从村后那条斜坡上了河堤。

站在堤顶看，农舍高矮不一，窝棚、茅庵、草房参差不齐。村中两排房一条东西横路，两头是南北主干道，呈长方形方格网状。村庄通向河堤的大道，还有每家的宅基地，用土垫得高高的。下大雨积水，淹不了房屋；发大水时，保证搬家畅通无阻。

沿着河堤行走，我们遇到许多逃荒的人：三人一伙，五人一群，有的是全家，有的是邻居，一拨接一拨，一帮连一帮，绵延不断。清水河的桥南岸，全是夹河套外出讨饭的，黑压压的一大片，俺三个夹杂其中。个个破衣烂衫，有的汉子穿着娘儿们的花袄，有的小孩戴着老头儿的"猴帽"，有的衣服没有扣子，腰里系一根布条或麻绳，有的光脚穿着破鞋。穷透了的灾民，没有了做人的尊严，表情木讷，目光无神，不时地跺脚、呵手，抵御寒冷，急切地等待过河。桥是单层木板，并排只能通过三个人。桥上面，塞得满满的，拥挤着向河北岸蠕动。木桥不堪重压，随着人群走动而摇晃。河面被厚厚的冰层封冻，见不到水的流动。费了好大劲儿，我们才挤过桥去。

过河走了几华里路，出现一个叫柳庄的村子。村子里的街道上，出现不少讨饭的老人和孩子。他们走不了太远的路，来到清水河北这个比较近的地方。我畏畏缩缩，怯怯懦懦地正要去一个农家小院乞讨。石头不知触动了哪根神经，突然问我:"恁姑不是这个村里的吗?""恁姑是谁?"村里有位老汉听到石头问我的话,连声追问。我害臊、窘迫,扭头就跑。唉,真是糊涂!我怎么来到姑家的村子里讨饭呢?怕丢人,我急忙逃离,一直跑到柳村南头一片桐树林。

背靠一棵树,我坐在地上。向远处望去,只见苍白的天底下,旷野茫茫;农田的土地表层,结着纸一样薄的冰凌,光亮透明;麦苗蔫蔫的,叶子细长瘦弱,病歪歪地伏在地面上;太阳发出惨淡的白光,透过落净了叶子的桐树枝丫,留下稀疏而无规则的影子;"飕飕"的寒风,一阵又一阵吹着。我身穿耍筒子(既无贴身内衣,又无外罩衣服)棉袄棉裤,棉絮不再柔软保暖,一疙瘩一疙瘩的,薄厚不匀,有许多地方,仅有两层单布,难以挡风;没有袜子,一双张嘴的鞋子里,脚丫子冻得像红萝卜。

大地寒彻,我不时地打冷战。饥肠咕咕叫个不停,急需食物填充。坐到冰凉的地上,我一阵阵浑身哆嗦。到了日头偏西的半下午,我迷迷糊糊地睡着了。恍惚间,我听到一个女孩用脆甜脆甜的声音喊我的名字:"三毛,三毛!"我睁开眼,看到张翠站在跟前,上身穿一件粗布红棉袄,下身的黑色棉裤明显短小,手上几处长了冻疮。她身后跟着她九岁的弟弟笼头,膝盖、胳肘的地方,露出棉絮。笼头的一只眼瞎了:小伙伴玩耍时,用弹弓打鸟,"飞子"误伤,说话结结巴巴。我看到张翠的篮子里,有几块生的、熟的红薯,还有极少的红薯干。唯一一块玉米面窝头,她拿出来递给了我,非让我吃不可。极度的饥饿,使我无力抗拒诱惑。塞进嘴里,来不及细细咀嚼,我三下五除二,吞到肚子里。

张翠不问我咋回事。我问她怎么也来这个村讨饭?她告诉我:爹娘"走"了,生产队没粮食管了,邻居们都揭不开锅,没有了任何吃的,她才领着弟弟出来。午饭过去,到了半下午,她和弟弟准备回家,经过这个桐树林,看到了我。停了一会儿,狗儿、石头也来了。他俩篮子里都讨来一些东西,只有我的是空空的。天色不早,我们踏上返回的路途……

那一年,俺仨和张翠都辍了学。

殁了父母,还是个未成年孩子的张翠,并带着残障弟弟笼头。我不知道她是如何度过那段艰难岁月的。后来听人说,张翠生性乖巧,嘴巴甜,讨乡亲们喜爱。在村里人的呵护下,凭借着集体对孤儿的特殊政策,她和弟弟顽强地生存下来。平日,婶子大娘给缝补衣裳,叫嫂子、姑姑的拆洗被褥。头疼脑热的,有病有灾的,都有人悉心照料。在暖暖乡情中,张翠姐弟俩慢慢长大。小小年纪,张翠就懂得感恩报德,见人不笑不说话。谁家有啥事,她就主动帮忙。

初中一年级时，张翠和我同桌。也许是有了性别的意识，男女生不说话，课桌中间用小刀画条线，不能逾越。那竖线，不知是哪一届同学画的，却依旧隔开我和张翠。一天中午，我们带干粮吃在学校，没有回家。看教室里只剩俺俩，张翠的脸儿憋得通红，鼓足勇气，说："三毛，你知不知道，我姑是你大大娘，你大大爷是我亲姑父。以后，你得喊我姐。"说罢，她塞给我半个葱花油饼。

当天下午，放学回到村里，我向大大爷求证。大大爷立刻勾起回忆，心里一阵子翻江倒海，沉积的往事和情感一下子泛起。停了会儿，大大爷说："你说的张翠，她爹叫套儿。咱两家是顶门亲戚。自从你大大娘出走后，不再来往了。"他郑重地点点头："你是该叫她姐，比你大一岁。"从此，我改了口，没人的时候，叫她翠姐。

一九七二年，我年龄超半岁，没让考高中，在村南头那块地看庄稼。没猪没羊啃青时，我就坐在地头，背《新华字典》。一天，近门的月姑，跟我提了个媒，是翠姐那庄的。翠姐知道，坐不住了，假装去大队代销店买顶针，赶来见我，说："三毛，你姑说的媒，你可千万甭愿意，那闺女是'六指'（六个指头），肿眼泡，刀螂脸，配不上你，沉住气，会有比她好的。"听罢，我恶心透了：妈呀，太伤自尊。我李三毛在校时，是学生会代表、顶尖的优等生呀，月姑真是太瞧不起人了。我如吃下一只苍蝇，直想呕吐。回过神来，我疑惑不解：会有好的。"咋可能呀？翠姐咋知道？难道……"我正品味这番话，翠姐见到有人来，突然转身说："我有急事儿，走了。"

不久，我当了村小民办教师，从土地上解脱出来。有了自己支配的时间，我利用星期天和假期时间，留心农村发生的新人新事，经常在县广播站发表稿件，尤其是那篇写俺村下放知青当上模范饲养员的报道，还被省报省广播电台采用，引起上级领导重视，县委宣传部把我作为重点培养对象，年年受到县里表彰，成了小有名气的笔杆子。"七五·八"发大水，在桥南头的大堤上，中央领导来视察，聚集了好多灾民，公社书记孙强瞧瞧身边没有别的干部，一眼认出我，让我带头喊口号。我一次次振臂高呼："共产党万岁！毛主席万岁！战胜洪水，重建家园！"听到声音，看到是我，翠姐急忙走到我身边，用手拉了拉我的衣裳。中央领导视察结束，翠姐生拉硬拽，让我去她"家"。我身不由己地跟随而去。在河堤临时搭建的窝棚里，翠姐背靠西门框，脚蹬东门框，只怕我走掉。在一起待了几个钟头，互相一个眼神，一个微笑，一个呼吸，一个触碰，都让我们感到心跳，激动，幸福……

俺俩是邻村，一个大队。翠姐走出校门，回到陈家楼。在生产队当记工员，那是个闲差。万人庄街上有个叫龚巧的，开家裁缝店。翠姐拜她为师，抽空学会裁剪手艺。那次相会，翠姐用皮尺量我的身材。我傻乎乎的，不知道她是啥意思。

大水下去，翠姐因救过一个老汉，事后知道是沙流河市委副书记谷丰的父亲，以照顾孤儿的名义，成了公社粮管所的"亦工亦农"，在粮油门市部干营业员。随后，我被借调到公社专职搞通讯报道。上班那天，翠姐用卖猪剩下的钱买了块蓝的卡布料，为我做了套最体面的衣裳。这张"皮"，除了炎热的夏天，我没有下过身。

一九七六年春天，我的心"野"起来，想圆一个梦：去沙流河市逛一逛。听人讲，市区内的街道，铺的是乌黑柏油，两旁有许多幢楼房；市区南边，建有火车站，经常有东来西往的火车飞驶而过，"烂眼子"不能看火车——眨眼就跑远了。这令我魂牵梦绕，神往已久。

一次，翠姐来找我。我谈了想法。俺俩约定：星期日，一块去沙流河市。

那一天，风和日丽，气温骤升，很是暖和。人们都穿上单衣。我上身穿一件的确良白色衬衣，下身是蓝的卡裤子，看上去挺精神。翠姐穿着红方格布衫，浅黄色的斜纹裤子，白色低跟皮鞋。人靠衣裳，马靠鞍。翠姐比平时还漂亮。为了避人耳目，我让翠姐先行，从桥北头，沿河堤往东走，在一华里拐弯处，八点半等我。我一大早起床。七点，我第一个到公社食堂去吃饭。饭碗一推，我急不可待地借辆自行车前往约会地点。我本想去得早了，到地方一看，翠姐已在等我——她提前到了。相见，彼此会意一笑。沿着河堤往前走几华里，出现一个大桃园，是刘家湾栽种的，很有名气。正值桃花开放，宛若云霞。把自行车放倒在堤坡，我又蹦又跳，先跑到坡下。翠姐看我"捷足先登"，猛地往下跑，坡陡收不住脚。我迎上去，伸开双臂，赶紧抱住了她。反应过来，她害臊地从我怀里挣脱出来。

园子里，一行行一株株桃树，栽种得错落有致。它不像杨树挺拔，不像柳树婀娜，身子短粗，有不少黏糊糊的桃胶；股权旁逸斜出，毫无规则；枝头上，满是花朵和骨朵，一串串，一嘟嘟的。花儿，有的洁白如雪；有的粉红娇艳。花蕊里，长出几根纤纤"银针"。蜜蜂"嘤嘤"声响，忙碌地飞来飞去，两只爪子上沾满了蜜。最有趣的是，有一棵桃树，像个"矮子"，股权平伸出两个粗壮的"胳膊"，枝繁花稠。有几朵花儿口朝下开着，一只蜂儿迎面朝上，采集花粉，样子甚是可爱。小小昆虫用勤劳酝酿着生活的甜蜜。翠姐爱花，瞅瞅这朵，嗅嗅那朵，把脸放在盛开的花丛中，做个鬼脸，笑得十分开心。真可谓："桃花映面笑春风。"见景触情，我心血沸腾起来：突然产生一种冲动，想扑上前去，紧紧地拥抱，给她一个狂吻。在校读书时，男生女生课桌上刀刻的那条竖道，抑制了我。

忽然吹过一阵风，花瓣落得满地都是。俺俩并排坐在桃园的草地上，身子挨着身子。翠姐把辫子放在胸前突起的乳峰上。我怔怔看着，入了迷。翠姐问："想啥哩？"我羞涩地说："想摸一摸你的辫子。"翠姐火辣辣看着我，柔情蜜意道："有啥稀罕的，摸吧。"我把她的辫梢，攥在手心里，微闭着眼，抚额，抚脸，抚脖颈，真是舒服，妙不可言。翠姐说："你喜欢，我永远留着。"我话里有话问："辫子啥时属于我？"她是个聪明人，知道我说的是指她整个身子。翠姐反问："你说呢？"略加思考，我道："等你到辫子及腰长。"翠姐说："那要等三年。"我道："好，就等三年，不能变啊。"翠姐说："你只要不变，我永远不会变！"

我和翠姐悄悄说着情话，不知不觉，日影从东向南移动，已近晌午。

离开桃园，行走不远，俺俩到了沙流河市近郊蔬菜区。大块大块整理过的土地，一行行一畦畦的。"农历三月三，倭瓜葫芦土里钻"。豆角、茄子、辣椒、番茄、黄瓜、韭菜、小葱……稚嫩的幼苗，长出三两片叶子，绿莹莹的。一群妇女分散开来，正在补栽缺苗。地头上，一位中年妇女，正蹲着身子忙活。我和翠姐来了兴趣。停下车，我欲请教"种菜经"。刚张口，那中年妇女抬起头——巧合的事情发生了："三毛！"我惊叫"二姨！"二姨紧盯着翠姐看。我赶紧介绍："她叫张翠。"

二姨是二姥爷的闺女，同母亲是堂姐妹。亲是亲，隔条河，俺两家只是偶尔走动，很少来往。这里是沙流河市西郊蔬菜公社刘庄大队第六生产队的土地。二姨性格泼辣，热情能干，是生产队妇女队长。对我们，二姨特别亲热，非让去家里吃饭。执拗不过，我和翠姐随二姨而去。她家住三间大瓦房，两间偏房，独院，朱漆大门。到了家，推开门，二姨扯开嗓门叫起来："刘海，你看谁来了！"话落人现。当大队支书的二姨父，上一眼下一眼地瞅着，咋着也想不起来我是谁。对他，我有很深的印象：六岁那年，二姨父一家三口去过俺家。在集市上，他掏一块钱，给我买过一个肉盒吃。那个焦香味呀，连同他的模样，永远留在了记忆里。我赶紧叫声："二姨父。"怕冷场，二姨忙说："李家寨咱大姐家的三毛，认不出来了？"二姨父解嘲："十几年了，三毛那时是小孩子，现在长这么高，成大人了。"二姨指着翠姐："这是外甥媳妇。"翠姐臊得扭头捂住脸。我忙解释："这是我同学。"二姨说："三毛，你把恁姨当傻子啊。"说罢，二姨"咯咯"笑起来。

二姨父知道了我和翠姐是有工作的人，当成稀客、贵宾对待。中午，二姨嘱咐二姨父去街上割回来一块肉。她挽起袖子，钻进灶房。翠姐不顾阻拦，走进厨房当帮手。灶房里，不时传出她和二姨的爽朗笑声。不大工夫，三荤三素，六个盘，摆上了桌。二姨不停地夸翠姐心灵手巧，是个打着灯笼也难找的好姑娘。她夸得翠姐脸上一阵一阵地泛起红晕。二姨父从柜子里拿出"沙流河"牌大曲，又是为我倒酒，又是为我和翠姐夹菜，好不亲热！这顿饭，我们吃了一个多钟头。

刚吃罢，翠姐麻利地收拾完饭桌上的餐具。二姨不让干，她不肯，把锅碗盆盘洗刷得干干净净，摆放得整整齐齐。然后，拿起笤帚，把屋里打扫一遍。看翠姐这么勤快，二姨连连称赞："外甥媳妇真好、真懂事，俺姐真有福分！"

返回的路上，翠姐承诺：待辫子齐腰长，连心带身一起交给我。

她以身相许，我牢记心上。

翠姐在粮管所有个闺蜜叫杏红。杏红的父亲是公社党委李委员，认翠姐当了干女儿。翠姐便托李委员说媒。

几天后，我回家。没等我张嘴，父亲先开口："夜个（昨天），李委员来咱家，给你提亲，介绍粮管所的张翠。"我说："俺俩从小同班同学，她懂事，勤快，能吃苦，心地好，中呀。"母亲打断我的话："她就是天仙，也不中！"我大惑不解："咋不中？" 从我记事起，俺家里大小事情父亲做主，母亲都是顺从。这次，母亲像变了一个人，脸色严肃，口气不容商量："我打听过了，张翠没爹没娘，有个瞎一只眼、结巴的弟弟。这在咱农村，男孩没啥挑剔的，娶媳妇都难。像他这样的情况更甭提。要是能讨来老婆，得舍钱和东西'摔'。你和张翠结婚，她弟要是成不了家，恁得管一辈子；要是能成家，包括生儿育女，恁俩得背一辈子包袱，过不上安生日子。那就是个无底洞，填不满的穷坑，娘绝不能让你往火坑里跳！"

咽了口吐沫，母亲满脸愁苦："你大哥就是例子。你大嫂唤儿她二哥，就因为耳聋，娶不来媳妇。她爹让唤儿换亲，没换成，才向咱家要那么多东西。如今，咱家还欠一屁股债，不知猴年马月还清！"

母亲声泪俱下："三毛，娘都为你好。张翠再好，你也不能娶！娘这辈子，饿怕了，穷怕了！"

"穷怕了！"

母亲撕心裂肺的哭泣声，浓缩了一代中国农民的苦难经历，震撼了我的心灵。霎时间，父母千辛万苦养活我们姊妹的一桩桩、一件件往事，浮现眼前……

娘寻死觅活，坚决反对；我百般劝解，没用，缴枪投降。

翠姐知道了，躺在床上，几天不吃不喝，被迫接受了事实。

借调到公社第二年，赶上大学推荐招生，分配了六个名额。全公社三十一个大队，每个大队推荐一个名额，加上从沙流河市下放的知青中有两人受到过县里表彰，所以竞争非常激烈。我特别渴望能到大学读书，领导们都表示支持，开始时位列其中。有人通过关系，在上头托人写条子，我被"挤"出来了。希望化为泡影，感到十分沮丧。从李委员那里得知消息，翠姐突破"底线"（不因为救过谷丰父亲而求人家办任何事情），毅然决然地去找市委副书记谷丰。赶上谷丰下乡，翠姐在他家里等了一天。快到吃晚饭天黑的时候，谷副书记才回来。翠姐见了谷丰，隐瞒俺俩"分手"的实情，说我是如何如何优秀，被人顶替了。谷丰惜才，在检查抗洪抢险工作时认识孙强书记，便写了条子，要求酌情处理。不敢耽搁，她从沙流河市急急赶回万人庄，不顾天黑夜晚，直接去找孙强，哭得一把鼻涕一把泪，乞求照顾我。当时，上大学的名额落实在了人头上，孙强和党委领导协商后，把我定为预备人员。命运之神眷顾，恰巧有两名因政审和体检不合格刷了下来，我才有了上平原大学的机会。

怀揣入学通知书报到那天，石头骑自行车送我。走过清水河北堤，我决定同翠姐告个别，然后再去县城。在粮管所大门口，翠姐早在等候。石头看翠姐"拦"住我，便远远拉开距离。

翠姐说："弟（平时，她喊我的名字，这一次突然改口），我一直在这儿等你。"一声"弟"的称呼，令我心头震颤——"弟"字如刀，扎得好痛好痛。翠姐知道我这一走，也许以后便是城里人，没有了归期，会永远离她而去。她想用这把"刀"，割舍俺俩的"爱"，同我保持"姐弟"关系。

说罢，翠姐递给我一个包裹。我打开一看，是一双鞋。鞋里放着十块钱。积攒这个钱数，翠姐该多么不容易啊！鞋是"千层底"的，有许多层布，一针一线纳成。针角工工整整，黑条绒布料面。通常，需要三天，一个妇女才能做成一双鞋。为赶做这双鞋，翠姐熬了整整两夜。这鞋，包含着她的多少情与爱啊！翠姐说："弟，你往后就要走上新的人生道路。穿上它，盼你一路走好；到了大学，你甭太熬煎。有啥难处，你给姐写信。"我热泪欲流又止，点了点头。

同翠姐分手后，我走了很远，她还站在原处。当我身影快消失的时候，她双手捂住脸，不管不顾大街上的来往行人，失声痛哭起来……

两年过去，工农兵学员"哪来哪去"，我被打回老家。上大学之前，我在公社是临时工，回不去了；民师被人顶替了，我只能在生产队干活。陷入绝望之中，我曾经自残自虐，甚至想到死，一了百了。翠姐听说我的遭遇，毁掉同别人订下的婚约，不顾一切地回到我的身旁。

翠姐像一盏明灯，把我照亮；像太阳，给我温暖。让我重新奋起，走出了阴暗，迎来了光明。

在分配考试复习期间，母亲患喉癌到了晚期，翠姐代我尽孝，没日没夜地守候在母亲身边，精心服侍。我在决定命运的考场拼搏，母亲没等到见上我一面，灯油耗尽，"走"了。

隔了几天，翠姐失去了相依为命的弟弟。小我两岁的笼头，已满二十岁，没人提亲。看到村子里别人家的男孩子，十六七岁就订婚了，笼头常常躁动不安。有天半晌午，本生产队一个半憨半傻的女孩叫草儿，家里院墙塌了一截儿。爹要和泥打墙，让她去场里背筐麦秸，掺进土里。到了场里，草儿看看四周无人，褪了裤子蹲下身子撒尿。笼头在队里看场，在场边庄稼地逮蛐子（城里人叫蝈蝈），看到了。他一时心血来潮，不能控制，猛地扑过去，把草儿拖到麦秸垛窟窿里，扒掉草儿的裤子，强行奸污。草儿拼命地挣扎反抗，高声呼喊。情急之中，笼头用手紧紧捂住草儿的嘴。过了很长时间，草儿不叫了，笼头松开手，发现人给捂死了。草儿爹看闺女一去不回，到场里去找，发现草儿的尸体。

接到报案，公安局来了两辆警车，那红灯、绿灯、黄灯、蓝灯交替闪亮，发出刺耳的鸣叫，比鸡子被宰杀时的惨叫还难听。到了场院，从车里下来四五个公安干警，头上戴着大盖帽，手上戴着白手套。有个年轻的公安，手举照相机，"扑哂扑哂"拍了许多相片。现场取证结束，几个公安又去到村里，让知情人提供口供，在一页页写下字的蓝道道白纸上，按了几个指印。随后，公安把笼头铐住，推到车里，带走了。村里从没出过这么大的事儿，人山人海，围观看热闹。警车开走时，一群孩子撵了很远……

失去了相依为命的弟弟，我成了翠姐唯一的亲人。一个月之后，当接到录取通知书时，我暗暗发誓：此生此世，对翠姐永远不离不弃！

怎么也没想到，把我送到三岗镇高不久，翠姐不愿拖累我，留下一封信，销声匿迹了。我苦苦寻找，杳无音信。

几年来，睡不着觉的时候，我就拿出那封信，满含热泪，一遍遍地阅读——

　　弟，咱庄稼人的命在土里生根了，能爬出穷坑不容易。在农村，除了当兵提干、上大学，别无出路。咱一个夹河套，好几万人，会爬出去几个？你是个幸运儿，我只能往上托举，不能成为累赘。

弟，我知道，你对我真心好。我要是不远远离开，你一定会娶我。娶了我，你会变成"一头沉"（对一人在城里工作，家属在农村的流行说法），肯定会绊你的后腿。你知道，咱国家的政策规定：子女户口随母不随父。咱俩有了孩子，我当农民，孩子只能是农村户口，不会有出头之日。我走了，你娶个吃商品粮的城里姑娘，后代不用打坷垃，受苦受穷。我离开你，苦的只是我一个，幸福的是你全家，值！我想过无数遍，真爱就是付出和牺牲。

从小到大，我经历过无数的艰难困苦。难，没啥可怕的，咬咬牙，就能挺过去。我年纪轻轻的，人生的路还很长，会坚强地生活下去。弟，你千万想开，不要担心我，不要寻我。我去了一个遥远的地方，你是找不到的。每年"七夕"，牛郎织女鹊桥相会，也是我的生日。这一天，即使在天涯海角，我也会静静地思念咱俩相处的幸福时光。

这封信共有七页，每页四百个蓝色的方格。翠姐写的字，一笔一画，认认真真，透着隽秀，柔中带刚，仿佛她的人，她的性格。信的内容有几行修删，标点符号使用得不是很正确，有的段落符号一"逗"到底，但她是用心在写——她只怕我看不明白，理解不了她的心思。我看到，有几处被泪水浸透。我的泪珠，也滴落在同一个地方。当初，看到信的内容，我控制不住感情，双手捂住脸，放声大哭，泪水从指缝间流出。

这封信，我读过无数遍，常常喃喃自语："翠姐，你可想过，离开我，你会幸福吗？没你相伴，我会多么孤寂！你带走了我的魂，破碎了我的梦。只有你终身相随，我才会快乐幸福。没有你，我一个人活着有什么意义？母亲活着，我顾及老人感受。母亲离去，人死灯灭，全然不知。"

"翠姐呀，你难道不明白：只有两个相爱的人在一起，生活才有滋味。如若有爱，喝口凉水，心里也是甜的。你走了，让我咋办呢？"

思念之极，把俺俩相爱的点点滴滴，桩桩件件，我写了一封长达二十六页的书信，连同翠姐那封信，放在一起，珍藏在箱底。心想，假如真有一天，我能见到翠姐，一定拿出来让她看一看。我坚信：这封用血和泪写成的书信，会燃起火焰，融化翠姐那颗坚硬如铁的心。

记忆的碎片，看似零散，却被情与爱编织的五彩丝线，串联在一起，刻在我的骨子里，从未淡忘。

五　意念转移法

大大爷让我彻底忘掉翠姐，翻开人生新的一页，这确实太难了。特别是我去三岗高中报到的时候，翠姐为我送行的桩桩往事，总是历历在目。几年来，非但没有淡忘，而我每趟回家，沿着河堤往返，反倒像电影的镜头，在脑海里那么清晰……有时，我走着走着，会突然停下来，呆呆地凝望一个地方，沉浸在长长的回忆之中；有时，我触景生情，会泪流满面，失声痛哭；有时，我会自言自语，大笑不止。几次，遇到行走在大堤的人，竟然以为我患有精神病。他们哪里知道：我是个痛苦的失恋者。

"不能守着影子过一辈子。"大大爷的话，一次次在我的耳边响起。我劝慰自己："三毛，人这一生想要得到的东西，无论对你有多么重要，如果命中注定不属于你，就应该舍弃，即使再不舍，再痛苦，也要学会放下。"于是，我横下心来，要跳出感情的漩涡。从这天起，我只要想起翠姐，便用"意念转移法"，硬是生生地把自己"拽"出来。

那天，俺俩有车不骑，步行一段路。拐了几道弯，日已错午。收秋的农民，回家歇晌，田野一片寂静。到了一个叫老牛湾的地方，清水河堤外的坡脚下，有棵粗大的三杈老柳树，冠如巨伞，俺俩停在那里歇息。农谚云："过了八月节（农历十五），晌午一阵热。"这热，不是炎热。在树荫下，秋风并不寒凉，有几分清爽，让人感到惬意；草儿失去了青绿之色，根部有了少许的枯黄叶片，长长的茎秆结了籽。翠姐解开包裹，把粗布单子铺在地上，同我面对面坐着。她拿出一个鸡蛋，碰破外壳，迅即剥开，露出白白的蛋清，从里面取出金色的蛋黄递给我。我不接，把嘴张开，示意她喂。翠姐笑着，俏皮地说："小弟弟，姐姐喂你。"说罢，她把鸡蛋塞进我嘴里。我吃下去，噎得眼一瞪一瞪的，打"嗝嗝"。她急忙拍几下我的后背，发出一串"咯咯"的银铃般脆响。

那声音，撞击着我的心灵和情感。在翠姐没有防备的情况下，我伸出胳膊，猛地把她搂住，按倒在铺着布单的草地上，意欲亲吻。她惊呼："有人，有人！"我赶快坐起来，松开手，四处看看，没见人影。我问："人哩？人哩？"看到我傻傻的样子，她开怀大笑，旷野里回荡起又一串银铃的脆响。

今日，刚刚想起来，我立即切断思绪，把目光转向老牛湾附近的坑塘。看到一池清水，微风吹来，波光粼粼，有群鹅儿悠然地戏游，"呱呱"叫着，我马上背诵起初唐文学家骆宾王的《咏鹅》："鹅，鹅，鹅，曲项向天歌。白毛浮绿水，红掌拨清波。"我扯开粗门大嗓，对着旷野，连续狂叫三遍。直到惊飞了身边树上的鸟儿，直到引来近处田野里劳作的农民惊诧的目光，直到如影随形的那个倩影完全消失……我才哑然。骆宾王呀，你不是一个神童吗？你不是天才诗人吗？恐怕你不会料到，自己七岁时的诗作，在千年之后，还有疗伤失恋的功效吧？

那天，太阳在西天只有树梢高了，俺俩走到三岗镇清水河堤段的界桩。此处有个向阳坡，矮树林里，有片厚绒绒的草地。我和翠姐把自行车放在身边一棵树下，停了下来。

秋日，背风向阳的地方，仍是温暖的。身边有相爱的人陪伴，一种少有的幸福涌上心头。我和翠姐相依相拥而坐，忘了饥饿，忘了口渴，觉得爱情太美好了，世界上任何东西也比不了它。有了爱情，便拥有了一切。

翠姐问："你不是喜欢打耳朵吗？"我笑了笑："嗯。"翠姐让我的头枕在她的大腿上，从辫梢上捏住一绺头发，猛地一拗，拔掉一根，弄断一截，拇指捻着食指，在指间旋转着，两股快速合成一股，挽了个结。完成这一系列动作，翠姐把捻好的头发，插进我的耳朵眼里，捻着转着。我的耳朵里响起有节奏的轰隆声。翠姐呼出的热气，还有那"痒痒"的感觉，让我舒服极了！看着我的表情，她"咯咯"地笑了："三毛，我从来没见过你这么可爱！"

今日，刚刚想起来，我迅即去看堤顶路旁的棵棵柳树的枝条，稠密得像少女头上的秀发，生发出稚嫩的叶芽，便低吟唐代诗人贺知章的《咏柳》："碧玉妆成一树高，万条垂下绿丝绦。不知细叶谁裁出，二月春风似剪刀。"

那天，夕阳西下的时刻，俺俩走到距离三岗镇十几华里叫庙李的地方。在一块平展的堤坡处，有个草庵，那是看瓜人搭建的，瓜罢园了，里面空荡荡的。那一夜，俺俩把它当成"洞房"，度过此生最美好最甜蜜的良辰美宵，灵与肉交融结合，充分享受男欢女爱，给我留下无数个幸福的瞬间……

今日，刚刚想起来，我强迫自己转移思绪。瞧见这地方昨天下过如奶汁般的小雨，滋润了一天后，草芽儿探出了柔嫩的头，从远处望，一片朦胧，充满盈盈生机。而在近处，地上稀稀朗朗全然没有颜色，突现了春色的可贵，远胜过皇城中的烟柳。我不由得哼起韩愈的《早春呈水部张十八员外》："天街小雨润如酥，草色遥看近却无。最是一年春好处，绝胜烟柳满皇都。"

那天，来到三岗镇桥头，马上要走出夹河道，实现人生的跨越，又勾起对翠姐的无限联想……

今日，为了斩断思绪，望着清水河涌起的春潮，一波推一波地向东奔流，我放开喉咙，背诵起一位知名作家的散文《微笑着，去唱生活的歌谣》：

> 不要抱怨生活给予了太多磨难，不必抱怨生命中太多的曲折。大海如果失去了巨浪的翻滚，就会失去雄浑；沙漠如果失去了飞沙的狂舞，就失去壮观；人生如果仅去求得一帆风顺，生命也就失去了存在的魅力。
>
> 是啊，当生活的磨难袭来时，一味抱怨命运的不公，丝毫不起作用，别样人生、拼搏的人生同样精彩无限。微笑着，去唱生活的歌谣，是苦难也有甘甜的回味……

日复一日，年复一年。在学校的每个夜晚，我躺在床上睡不着，心里想的都是翠姐。从此，开始有了这念头，我就一遍遍默背现代著名作家茅盾的《白杨礼赞》。这篇散文，无论语言表达的意象之美，还是描述的境界之崇高，都使我百诵不厌，千背不烦——

> 白杨树实在不是平凡的，我赞美白杨树！……那是力争上游的一种树，笔直的干，笔直的枝……在北方的风雪的压迫下却保持着倔强挺立的一种树！……它却努力向上发展……不折不挠，对抗着西北风……它有极强的生命力，磨折不了，压迫不倒……

这篇散文背了几遍，如果不困不倦，我会接下来默背刘白羽的《日出》片断："……落日有落日的妙处……如像'大漠孤烟直，长河落日圆''落日照大旗，马鸣风萧萧'，可是再好，总不免有萧瑟之感。不如攀奇峰陡壁，或是站在大海岩头，面对着弥漫的云天，在一瞬时间内，观察那伟大诞生的景象，看火、热、生命、光明怎样一起来到人间…… 朝阳初升时，并未卷起一天火云，它的四周是一片浅玫瑰色的晨曦……在舒展着云层的最高处的两边闪烁得有如一条条发亮的小蛇；亮得像擦得耀眼的银器。可是，瞧！那跳跃的光柱又向前移动了，带着一种肃穆的欢悦，向上飞似的拥出了一轮朝日……"

我在心里默不出声地背书，就像有的失眠者数着数字，直到不知不觉睡去。我用这种方法替代和转移对翠姐的情感与念想，或许是一个发明，只可惜没有申请专利。

第二章

————

挡不住的姻缘

一 一撮即合

新的生活开始了。

每日，太阳从东方地平线上冉冉升起，火球一般，大大的，圆圆的。天边的疙瘩云染上了鲜红的颜色，成了辉煌的彩霞。

不知不觉，转眼到了月底。

上午下罢第三节课，拿着教案和课本，我走出教室。精精瘦瘦的校长宋仁，瞅见我，微笑着招了招手。他是资深教育工作者，架副透亮的眼镜，沉稳温和。出于敬重和礼貌，我紧走几步，去到跟前。宋校长说："刚接到通知：县里召开教育工作暨优秀教师表彰大会，会期两天；明天下午报到，会场设在县委小礼堂，食宿安排在教育局招待所。"

这几年，我大胆进行教学改革试验。三岗镇高毕业班的学生语文高考分数，全县前十名当中，有三个是我教的学生，我当选为出席全县表彰的优秀教师。

三岗镇到县城不通公共汽车。宋校长知道我没有自行车，让工友小金送我。

说这话时，司务长凌霄在场。凌霄的老爸是县高中有名的老师，全家农村户口转成了商品粮，退休居住在县城。凌霄只上过小学，接父亲的班，在三岗镇高管学生大伙。头发环结，打卷儿，像烫过，大伙儿都叫他"卷毛"，唯有我称呼"凌老师"。就因为这一点，凌霄对我特别亲近。他主动请缨，对宋校长说："正好，想去看老爸，我带李老师进城，再一块儿回来。"

吃过午饭，我把全身衣裳脱下来，泡在水盆里，换上当初姐姐雁儿向未婚夫王河水要的那件军褂子。姐姐"走"后，这件衣裳，留作纪念，平时舍不得穿，去县城开会，我找了出来。下身穿什么，有点犯愁。思来想去，我找出一件蓝的确良裤子，虽然不合时令，但颜色搭配。我带了个绿色挎包，坐凌霄的自行车去了县城。

县城街道的墙壁、树木、电线杆，贴上红红绿绿的标语，都是庆祝全县教育工作大会召开和向优秀教师学习的宣传内容。一般会议不造这么大声势，这次是高规格。

我报到登记过，天才半下午。

宋校长到教育局找姜局长说事，走了。我便打算去看望林健和孙强。

这两个人都是我生命中的贵人。

孙强在万人庄公社当书记时，把我借调到公社，专职搞通讯报道；推荐上大学时，把我列入预备名额，才有了改变命运的机会。现在，他被提升为县委分管宣传工作的副书记。

林健当宣传部长时，竭力支持我去平原大学中文系读新闻专业。因我是"预备"，俺公社有两个政审不合格，这才轮到了我。

公社文教办胡干事来找我："三毛，离入学十来天了。你想学新闻，全县只有平原大学一个指标，估计落实到具体人了，你到县委宣传部找找领导，看有没有可能争取到？"

我赶了"晚集"，如果真正落实到人，谁肯把国家重点大学唯一一个新闻招生指标让出来给我？

我的心又"悬"了起来。

骑上自行车，我急急忙忙向县城赶去。

到了县委大院，我想先找通讯干事陈明，让他领我去见县常委兼宣传部部长林健。不料，陈明外出采访去了。

我咋办？不容犹豫和等待，我只好独自去找林健。

当年，陈明"一带一"对我培训三个月，住在宣传部这排房的最西头一间。宣传部所有人，对我都熟悉。特别是林健，对我很欣赏。县里五四青年节召开表彰大会之前，他向县委组织部夏部长推荐，让我写其女儿夏秋当知青的先进材料。对这位老领导，我并不陌生。

林健是大领导，我多少有点怯。壮着胆子，我走到他的办公室门口。瞅见他正在跟人谈话，我没敢进去。

我从林健门口走了过去。心想：先在外面等一会儿，待那人走后，我再进去。不料，林健看见了我，打招呼道："三毛，啥时来的，是找我的吧？"

我："嗯，专门来找你的。"

林健连连招手说："过来，过来。"

我畏畏懦懦走进林健屋里。

林："你坐下，别紧张，有啥事慢慢说。"

我看了看那位领导，没吭声。

林："没关系，这是文教局姜文龙局长，来汇报高招工作的。有啥事，你只管说。"我向林部长讲了我上学的推荐情况和找他的原因。

林："正好，姜局长在这儿。"

姜："平原大学新闻专业那个名额，分给了三岗镇一个青年人，叫王铁山，共产党员，水牛村党支部书记。"他进一步解释说："今年，平原大学分配县里就两个名额，要求条件高。所以，我印象深刻。另一个名额是政治系马列班的，分配给了夏部长的女儿夏秋。"

夏秋，不用说，就是五四青年节受到表彰的知青，我熟悉。

听姜局长这么讲，我倒吸一口凉气。

林健沉思了一会儿，说："三毛，你先回去。过几天，有啥情况，我让陈明跟你联系。"

我站起身，迟迟缓缓地返回万人庄公社。一路上，我感到上大学的事情，"水多面少——活（和）得稀（成功把握不大）"，很是失落。

过了三天，公社党委李委员从县里开会回来，拐到我的住室。

李委员："三毛，我给你谈谈上大学情况。"

我屏气静听。

李委员："你找林部长走后，林部长向姜文龙局长讲了你是县委宣传部重点培养的通讯骨干，用商量的口气说：看看能不能把平原大学新闻专业的那个名额调给李三毛，让王铁山上其他大学？姜文龙局长表示同意，安排陈明干事和招生办葛主任，一起去三岗镇找那个王铁山谈话，做思想工作，让他改上沙流河市农大。王铁山不肯同意。"

我听到这话，彻底灰心了，一脸的沮丧。

李委员："你听我细说。陈明和葛主任奉林部长之命而去。看协商不成，亮出'底牌'。他们对王铁山讲，你若不愿意上沙流河市农大，只有等到明年，再考虑上更好的大学的问题。王铁山一听没有回旋的余地，这才答应把名额让给你……"

想起这件事情，我内心里就充满着深深的感激。我一个乡下孩子，不是林健关键时刻说句话，到平原大学读书，轮八百遍恐怕也轮不到我。前些年，清查跟"四人帮"有关联的人和事，林健因在"文革"中曾向江青写信谈过宣传工作的意见，有向"四人帮"写效忠信的嫌疑，降了职，在县卫生局当局长。之后，经过党组织认真甄别，还了林健清白。十天前结束的县人代会上，有代表团打抱不平，联名提议他当选为人大常委副主任，分管科教文卫工作，暂时兼着卫生局局长，还在卫生局办公。

受人滴水之恩，当以涌泉相报。可自从进入大学学习以来，除了在校期间，向他们写过信，我没有当面致谢，总觉得有些亏欠。

在大街上，我买了二斤炒花生，装进挎包里，到县卫生局打探清楚，去了林健办公室。门开着，他正在全神贯注地看《平原日报》。

我轻轻地敲了敲门。林健抬起头，见到是我，立即从椅子上站起来。他高个，长脸，尖下巴，待人诚恳，惜才怜才。林健有些出乎意料："啊，三毛，稀客，稀客！"他高兴地又是让座，又是倒茶，说："好多年了，不知道你的情况，很牵挂你。"

我把炒花生倒在办公桌上，说："好想你呀，老领导，来看看你。"林健抓起一把递给我："你也吃，你也吃。"

寒暄几句，林健问我看没看到昨天的《平原日报》。我摇摇头："省报一般情况下，第二天到县城，隔天才能到乡镇机关。"

林健抑制不住内心的兴奋，笑着向我报喜："你的文章见报了！"

我丈二和尚摸不着头脑：整天忙于教书读书，我没有向省报投过稿，咋会有文章登报?!

看我一头"雾水"，林健说："三毛，你真行呀！毕业后重新考试时，你写的作文《走进新时代》，被评为当年全省作文状元，和这几年全省最高分的作文，同时选登出来，发表在《平原日报》三版上，还是第一篇呢。"说罢，他把那张报纸递给我。

我接过来一看，果不其然。整版报纸登的全是从一九七七年到一九八二年历届高考状元作文。每篇附有考生姓名、籍贯，毕业于何校，是哪一届学员等简要介绍，另有三百字左右的评语。

我很激动，连续读了两遍。

林健看我爱不释手，说："这份报纸你保存吧，局办公室还订有一份。"停了会儿，林健说："我一定找县委领导好好推荐推荐，像你这样的人才不能埋没，得发挥专业特长。"

我咋着也没有想到：当年录用考试的一篇作文，四年后会在省报上登出；不久，平原出版社又出了《历届状元作文》专辑，在新华书店公开发行。此后，过去了许多年，它还在产生影响。"作文状元"取代了我的名字，成为我的雅号。它如一股东风，助推我在理想的天空里飞翔。

林健若有所思，转换话题："三毛，你的婚姻大事解决没有？"

"还'单'着哩。"我回答。

这时，有一位股长走进来，向林健汇报情况。

林健："改个时间吧。"把那位股长打发走，林健歉意地笑笑："卫生局摊子大，事情多。咱们这么多年没见，多聊聊，没关系。"

"丁零零零……"林健桌上的电话铃响了。他拿起听筒，对方称是县人大办公室主任马彪："林主任，你的办公室准备好了，啥时搬呀？"林健说："我知道了，卫生局办公室不动，我两下办公。"

该下班的时候，林健给爱人打电话："今晚有客人，你做几个菜。"随后，林健又拨通一个电话："老李吗，你晚上来家跟我陪客。"

放下电话，林健稍加思索，拨通第三个电话："你晚上忙不忙？有时间的话，来我家陪个客人，喝两杯。谁？见了面不就知道了。"

看林健晚上要招待客人，我提出要走。

林健："你别走，都安排好了，请你到家吃饭，我还放瓶好酒哩。"

我这才明白，林健说的客人是我。

下了班，到了林健家，我看到餐厅的饭桌上摆了好几道菜，另有一瓶汾酒。

有一位陪客提前赶到，正在林健家的客厅等着。

我一看，怔了：陪客不是别人，是李先（先，即先生，当地对有名望医生的尊称）。

李先是刘湾村的，在李家寨东边，两个村庄相距约有三华里。他是行医世家，专治喉科，绰号"一把抓"。尤以治"白喉"擅长。这种病，无论多严重，得了多少年，他只要抄起韭菜叶似的银刀，又叫银烙铁，在酒精灯上烧红，往患处烙一烙，敷上白色的药面，只是红肿的，一次准好！有脓血的，划开口子，挤出来，清理干净，也是烙铁烙，敷药面，顶多两三次，即可痊愈。李先技术绝，祖传医德也高。凡病人上门来，不管有钱没钱，包管治好。方圆几十华里，李先享有盛名。我初中毕业那年，父亲想给我找个"饭碗"，曾托刘湾村支书刘彪——姨奶家的孩子，求李先收徒学医。医不外传，我没有圆梦。

我借调公社，成了小有名气的笔杆子。在母亲的反对下，我和翠姐被迫分手，整天闷闷不乐，不说不笑。"船"弯在哪里？母亲心知肚明，对我说："你就死了跟张翠好的心吧。老大不小了，有合适的，看着中，就抓紧定下，别让大人操心。"

硬抗不行，我就来"软"的。有人提亲，父母说中，让见面就去。我拿定主意：好赖，我都不同意。

一天，父亲兴冲冲地对我说："刘湾你表叔刘彪，说的是李先的闺女，叫荷香。家里条件好，人很漂亮。明天，去你表叔家见面。人家要是没啥，定下来好了。"媒妁之言，父母之命，难违，我按时去了。荷香，还有她爸妈，都在表叔家。见了我，打个照面，老两口走了。表叔一家也借故离开。

屋里，只剩下我和荷香。她像主人似的，招呼我坐下。

荷香："你可是我崇拜的人物。"

我愣了半天，不知"崇拜"二字从何说起。

荷香："上初中二年级的时候，咱俩虽然不是一所学校，可我听俺老师在班上念过你写的作文。特别是《麦收》那篇，写成熟的麦穗，沉甸甸的，像要出嫁的姑娘，羞得低下了头。我现在还记得清清楚楚。你真有才！"

我想起来了，张老师曾把我的作文，通过同事传到别的学校。

荷香："我还在收音机里，听到过你发表的两篇文章：一篇是恁村下乡知青李泽洲喂牲口，一篇是张翠姐弟俩洪水救老汉。"她又提到了翠姐，我针扎似的疼痛。

荷香确实漂亮，肌肤白嫩如膏，长方形的脸庞，笑起来甜甜的，有两个浅浅的酒窝。清澈明亮的眸子，润润的，似一泓秋水。荷香的两条长辫子，也使我着迷。荷香浸润着行医世家的特质。可以看出来，她善良、单纯、痴情、懂事，性情温顺。这是个百里挑一的好姑娘，是我绝佳的配偶。那时，我心里装不下别人，即使是荷香这样的姑娘。

我："荷香，我是家里逼着相亲的。能遇到你，确实是缘。可现在，我只能说对不起了。"我向她讲了跟翠姐的事情。

荷香愣了愣，顿一下，说："我能理解。"她说她认识张翠。有一次，去公社卫生院实习，她找翠姐转过粮条。夸翠姐人可好了，热情、活泼、漂亮。从那以后，她和翠姐成了好朋友。对我和翠姐没走到一起，她"唉"了一声："真是太惋惜了。"

俺俩交谈，我才知道荷香也有过一段不平常的感情经历。

刘湾有户田姓人家，叫田边，解放前是教私塾的先生，写一手好字。他有个儿子叫田野。从儿子六岁开始，他从严施教：把儿子关在磨房里，教背古诗词，习练书法。田野天资聪颖，读书刻苦，学业优异。进入中学，田边供养不起。李先资助田野，一直念完高中。两家结下情缘，让田野和小他两岁的荷香定了亲。一九七二年，田野靠着门宗一位在溪流县当领导的伯父，推荐上了平原大学政治系。两家约定：田野大学毕业，跟荷香结婚。

田野大学三年级时，荷香去看过他。在附近的旅馆里，田野激情烈火般燃烧，不能控制自己，猛地抱住荷香。视贞洁如生命的农村姑娘荷香，只挣扎了一下，便羔羊似的顺从了……她以为，给了田野身子，就拴住了田野的心。

结果，荷香还是被田野甩了。

上大四的时候，田野隐瞒同荷香订下终身的事实，移情别恋，同本班平原市革委会韩副主任的女儿韩虹打得火热。毕业后，田野凭借尖子生和女友的背景优势，分配到市委办公室当了秘书。

刚听说这事儿，荷香感觉"天"塌了。躺在床上，她一直"嘤嘤嘤"地哭泣，死的心都有。荷香妈疼闺女，大骂田野："你个王八羔子，龟孙子，不算人！""你个白眼狼，俺家把你从小供到大，刚有了人模狗样，就做下伤天害理的事情！""你个陈世美，说不要俺闺女，一句话就甩了！""你个挨千刀的，早晚不得好死！……"

骂足骂够了，荷香妈跟闺女说："咱不能放过田野这小子。我领你到平原市革委会大院闹去，让他臭不可闻，身败名裂！"

李先："你想没想过，弄得满城风雨，让荷香落个啥名声？今后还咋活人？"

听爸这么讲，荷香正中下怀，顺着话茬说："妈，咱不去闹了。"

妈觉得有道理，沉默了。

荷香清楚同田野没有了任何希望，痛苦了一段时间，最终选择放下。

有了这段经历，荷香明白一个事理：人，谁跟谁结合，靠缘分。得不到的，终归会失去；是你的，早晚属于你。

荷香说，她同田野一直像隔了一层什么，早早晚晚得散。她坦承：我身上有一种东西吸引她，是她喜欢的那种人，感觉亲近、踏实。

最后，荷香不无遗憾："也许咱俩缘分不到，那就认命吧……"

前几年，李先作为民间名医，被"挖"到县医院，成为喉科专家兼科室主任。全家跟随农转非，迁入城市。荷香读了县卫校，毕业后当上护士。甭看李先是搞医的，很善交际，同林健是好友。

"你是不是李家寨的?"李先似乎有印象,认出是我。我点点头,默认。

李先为人和善,说话常常带着微笑,客气地请我落座。

不大一会儿,孙强到了。未见其人,先闻其声:"哪位贵客,劳驾老领导设家宴招待。"

我赶忙迎上去:"孙书记,我,你的小兵。"

孙强走到跟前,握住我的手:"三毛,你真沉得住气,自打上大学走,到现在六年了,才见你一面。"

我:"孙书记,你和林主任是我的大恩人,心里一直想着恁俩哩。"

看人到齐,林健说:"咱们到餐厅坐吧,边聊天边喝酒。"

刚落座,孙强就开了腔:"三毛,你为溪流县争光了,成了全省的作文状元。"我笑笑,不知说什么好。

孙强接着说:"今天下午,我和宣传部李学迁部长向县委王森书记汇报新闻报道工作,王书记看到今天来的报纸,详细询问了你的情况。问你分配到哪里去了,我说不清楚。王书记交代,让我抓紧找到你,调县委通讯组去工作。"顿了顿,孙强说:"没料到,在林部长家见到你,真是想谁有谁,说曹操,曹操就到!"

林健说:"三毛评上了全县优秀教师,是来开会的。"看人到齐,他说:"咱们开始喝酒吧。"

他们三个人,两位是老领导,一位是老前辈。

我挨个把酒杯倒满,为每人先敬一杯。三个人欣然接受,接过酒杯,一饮而尽。

李先喝过,说:"三毛,咱俩是老乡。老乡见老乡,酒杯响叮当,咱俩碰一杯。"

我:"您是长辈,按理说,我不敢跟您碰。既然您老发令,恭敬不如从命,碰就碰。"

我刚同李先碰过酒,林健就说:"三毛,你前途远大,未来的希望寄托在你身上,今天得多喝几杯。"

李先接过话茬:"对对对,必须多喝几杯。"

在互劝互让中,我们推杯换盏,不大工夫,一斤酒下肚,脸上都挂了酒色。

这时,林健看了看我,又看了看李先,对着孙强说:"我想为荷香和三毛当月老,你们觉得如何?""我看,这俩人很般配,挺好,挺好。"孙强笑道。

林健转向李先:"老李,你啥意见?"李先爽快地说:"我看中。三毛,有模有样的，文才又出众，再合适不过了。"

点燃一支烟，李先皱一皱眉头："荷香的婚事，我和她妈都快愁死了。这些年，那么多媒茬，她一个都没看上，拖到现在没有着落。"

林健瞧瞧我："李先的千金，温柔贤惠又漂亮，号称县医院'一枝花'。"

我："俺俩早就互相了解，荷香不错呀。"

林："那太好了。现在就让老李把她叫过来，恁俩好好谈谈？"

我没有犹豫："谢谢林主任。"

李先让我们继续喝酒聊天，去到林健家的客厅，跟荷香打电话："荷香，你抓紧过来一趟。"荷香说："有事吗？"李先讲："林伯提个媒，让你见一见。"荷香说："爸，你又瞎张忙啥哩？烦死了，不去！"随即，电话"叭"地挂断。李先叹口气，摇摇头，去请林健。林健打通电话，荷香以为还是李先，听筒里传出声音："好爸爸，亲爸爸，闺女求求您，别打了，饶饶我，好不好？"林健笑了："荷香，是我。"荷香"嘎嘎"笑了："林伯呀，给我介绍个啥样的？"林健讲："是个大才子，帅小伙儿，你认识，李家寨的李三毛。"荷香的心怦然一动，惊讶地说："是他？真的吗？好，我马上就去。"

卫生局家属院与县医院一路之隔，相距不远。过了一阵儿，没听见脚步声，荷香飘然而至，散发出脂粉的香味。她上穿深红色的条绒枣花小薄袄，下身是天蓝色的裤子。她甜甜地笑着，表情亲切而和顺，盯着我说："好几年没有你的影子，见你一次，真不容易！"

我憨憨地笑笑："这不是来了嘛。"

李先接话："你林伯孙伯想吃你和三毛的大鱼哩。"

荷香虽然有点害羞，还是不假思索地爽快答应："好呀，那就买条大的，重重地感谢。"

看我和荷香都很乐意，他们非常高兴。

酒不再喝了，吃罢饭，林健提议让我和荷香单独谈谈。

孙强站起来："万人庄乡党委书记等着哩，我先走啦。"走了两步，他扭回头，对着我和荷香幽默地半开玩笑："我也算个沾边媒人，恁俩谈成了，别忘了请我喝喜酒啊。"

林健家的客厅，电灯明晃晃的，照得屋里亮堂堂的。靠着东墙摆放着一对沙发，中间有个茶几。我和荷香近近地坐着，不时地互相看一看对方。荷香皮肤白得细腻，白得滋润，白得光亮；两条辫梢折到辫根卡起来，状如蝴蝶的翅膀。她虽然大我两岁，看上去却比实际年龄小三四岁，只是笑的时候，仔细观察，有了细密的皱纹。

荷香用热辣辣的目光看了看我："三毛，你是真人不露相，一出现就有大响动呀！"

我不解。

荷香："今天，俺单位像锅滚了一样，都在争着读你在《平原日报》发表的文章，议论你这个作文状元。我看了好几遍，每看一遍，热血直往上涌，劲儿鼓得足足的，就会产生一种冲动：要只争朝夕，为国家建设拼命学习和工作！"

我："那是我长时间的所思所想、积蓄压抑已久情感的集中喷发……"

"林主任忙一天了，咱们到护城河上转转去吧。"听荷香这么说，我点头应诺："好，好。"

二 两情相悦

天空是晴朗的，月儿怕羞着谈情说爱的男女，知趣地躲藏起来。点点繁星，像调皮的"小鬼（顽童）"，一闪一闪地眨着眼睛，夜色朦朦胧胧的。

护城河堤上，偶尔有人走过，到了近处方能看到模模糊糊的身影，看不清面目和表情。

我和荷香开始一前一后地走着，慢慢地并肩而行。

我："你条件这么好，我以为早就名花有主了。"

荷香："说媒的不少，没有称心的。"

像是对最亲近的朋友，荷香敞开心扉，向我讲述了有关她个人感情的故事。

县委张钞副书记的儿子，在公安局工作，长得帅气，但傲了吧唧的。一次，张钞的爱人生病住院，看上了荷香，托县医院王院长提亲。荷香怕进了这样的家庭，受窝囊气，没同意。一时间，传言四起："那闺女心性太高，县委副书记的儿子都瞧不到眼里，看能找个啥样家庭的?"

团县委曹书记的弟弟，师专毕业，在乡下一所小学教书，写得一手漂亮的钢笔字，但个子太矮，又黑又瘦。荷香见一面，就告吹了。曹书记特别看好荷香，三次登门做工作，未遂心愿。

县医药公司有个药品采购员姓高名山，高个，长脸，半截眉，翻嘴唇，看着不顺眼，提媒的说："这孩子，心里活泛，头脑灵通。"荷香一打听，高山只上过初中，嫌文化程度低，咋着都不同意。那孩子一心想找个漂亮姑娘，发誓不把荷香追到手，绝不罢休，一直穷追不舍，至今还在纠缠不休……

荷香不遮不掩，把她的故事告诉了我。

"俺爸俺妈怕我剩下，急得像热锅上的蚂蚁，整天惶惶不安。特别是俺妈，一提起我这个老闺女未出嫁，愁眉苦脸的。"荷香长出一口气，继续说，"我想早日了却老人的心愿，也想让自己嫁出去，曾多次想起你。"舒缓一下心情，她又说："几年没有你的踪影，半个月前，我在大街上碰到教育局人事股王股长，打听你的消息，得知你在三岗镇高教书，我想去找你，又没有勇气。这次县里开教育工作大会，我昨个夜里还做梦梦见你。"

我："你做的啥梦？快给我讲讲。"

荷香："那梦羞死人了，说不出口。"转而，她说："上帝佑我。现在能遇到你，算我没有白等白挑。"

我想起了一九七六年夏天，跟荷香相亲见面谈话时，她说过的一句话："人，谁跟谁结合，靠缘分。是你的，早晚属于你。缘分来的时候，挡都挡不住。"那时，荷香刚从田野带来的情感伤痛中走出来，我尚未走出同翠姐分手的阴影。如今，冥冥之中，似有一种东西推动着，促使俺俩走到一起。我感到是命运使然，缘分到了。没有想到，会是林健牵线搭桥。

荷香看我默不做声，问："想啥呢？"

我："没想到，咱俩能走到一起。"

荷香："这就是缘分，上帝安排的。"

我："也许是吧。"

走了一段路，我和荷香找个地方坐下来，身子挨得很近。

荷香："人家都说五十年代工农兵，六十年代红卫兵，七十年代去当兵，八十年代大学生，是各个年代最吃香走红的。你名牌大学毕业，咋单身到现在呀？"

听荷香这么问，我坦诚地讲了同翠姐的悲欢离合。没有，也不能隐瞒，我和翠姐曾经有过一夜欢爱——

那是一九七八年中秋节第二天，翠姐送我到三岗镇高报到。日落西山，洒下一片余晖。俺俩走到一个叫庙李的地方。河堤半坡平坦的地方有处瓜棚。堤下，一块罢园的瓜地，只剩下满地的秧蔓。

在窝棚前，翠姐站住了。我明白她的意思：借此一宿。我说："不走了，咱们过一次野外生活。"她默默允许。

行李放在窝棚麦秸上。我一溜小跑到了瓜地里，扒拉一片秧蔓，摘了五个长得疙疙瘩瘩的甜瓜和酥瓜蛋。我说："晚餐，还有四个鸡蛋，够吃一顿。"翠姐会意地笑了笑。

不大一会儿，夜幕降临。天黑了一个时辰，空中现出一轮明镜，像是磨制出来的。盈极而亏，它似乎不再像十五那般圆满。月宫里，吴刚一边捣药，一边陪伴嫦娥。嫦娥舒展长袖，翩翩起舞。银河平静地流淌，波澜不惊。星星在如洗的蓝天上熠熠闪光，神秘地眨着眼。大地如银如霜，有些空旷。

我拜了拜月亮，低声说道："你一定要常圆着，不要残缺。"

看我高兴和激动，翠姐大胆地躺到我怀里。我热烈吻她的发，吻她的额，吻她的脸，吻她的唇。她像依人的小鸟，乖乖地顺从着我，迎合着我。

"老鸹吃桑葚——黑了。"翠姐含蓄地说。

翠姐的暗示，让我欲火中烧，急不可待地脱衣，眼看只剩下裤头。而她平躺着，仍穿着衣服。看翠姐没有动作，我连声催促道："脱，脱，你脱呀？"

翠姐撒娇："我要你脱。"我猴急猴急的，用笨拙的双手，解她的衣扣。谁知越急越解不开。"夜长着哩，你恁急干啥？"翠姐逗我说。

我"嘿嘿"笑起来。欲速则不达。当我沉住些气，翠姐的衣扣顺利地逐个解开了。当翠姐露出白净的身子时，我的热血一股股往上冲，扑了上去……

久久压抑的爱，长期积蓄的情感，终于如火山一样爆发和喷涌。此刻，天和地，日和月，阴和阳，我和她，紧密地融合在一起，分不清谁是谁。

俺俩都把男女之间最神秘、最圣洁、最宝贵的东西，还有处男处女的初夜权，心甘情愿地奉献给对方。

惊涛骇浪过后，我和翠姐大汗淋漓，陶醉在无比的幸福之中。对着月光，望着夜空，翠姐静静地躺在我的怀抱里。

她："我想唱支歌，是奶奶活着的时候，在河南信阳一带逃荒学来的民谣。"

我点点头："好，好，你唱，我听。"

窝棚里飘出了低吟凄婉的小曲——

　　　　一对画眉初相交，
　　　　忽被鹞鹰撵散了。
　　　　一个飞到东大海，

一个飞到西山桥，

男害相思女害痨……

歌声，在夜空中飘荡，缓缓地散去。

唱罢，翠姐泪流满面。

我："翠姐，我来上班，离家只不过五十来华里。你想我，可以来；我想你，可以回。你何以如此悲伤？"

她苦涩地笑笑："我是怕咱俩分开后，你会把我忘掉。"

我："爱，已溶化在血液里，植入到骨髓里，到啥时都不会忘记！"

她："有你这句话，我就此生无憾了！"

我转换话题："你喜欢我啥？"

她："看似柔静如水，却很坚韧，就像清水河里的水，清澈透亮，一直在向前流淌，从不停止。"她言犹未尽："我对你不光是喜欢，而且是崇拜。"

我："只是想活出个人样，做一块砖，或一片瓦，对国家对社会有点用处。崇拜，我可不敢承受。"

她："咱俩一块上的小学，读的初中。我和那么多同学都没学到多少知识，你装了一肚子学问，多了不起呀！"

我："看小说看的，最关键的是上了大学。这对我太重要了。在上大学无望时，是你去求沙流河市委副书记谷丰，我被列入预备名额，才有了后来的结果。我应该给你记一功。"

翠姐："我就是不想让你屈才，才突破底线，去求谷丰。"

我："那时，上大学靠推荐。要是你报名，让大队推荐你，有谷丰这层关系，上大学的说不定是你，送你的人应该是我。"

翠姐："我即使上了大学，毕业不分配，重新考试择优录用，还不知道是个啥结果哩。就是考过了关，也只能端个铁饭碗，一辈子不挨饿。你不一样，能为国家做些更有意义的事情。"

漫漫长夜，我和翠姐一会儿在窝棚门口坐着，互相挨着靠着依偎着；一会儿躺在被窝里，互相拥着抱着吻着。说不尽的恩爱，道不完的缠绵，不间断的喃喃细语。眼看东方的天边渐渐发白，五更就要过去了，俺俩无不嫌夜过得太快，无不企求老天有情，再加一更！

东方红了。正要上路，翠姐喊住了我。我扭转过身子，她扑在我怀里，让我再拥抱她一会儿。

翠姐这么坚强的姑娘，竟然如此缠绵柔情！当时，我不知道她已决定要离我而去。面对这最后的爱情"盛宴"，我颇觉意外。

趴在我肩头，翠姐嘤嘤地说："我会今生今世记住咱俩今夜的情和爱，永远永远地想着你……"

一幕幕场景，一个个细节，一句句的话语，以及所有的感受，永远保留在我的记忆里，不会因为岁月的流失而淡忘。我含蓄地向荷香透露了俺俩发生过那种事情。

荷香似乎不在意我的过往经历，只看重当下，问："现在，你走出阴影没有？"

我没有直接回答，讲了大大爷一生苦恋大大娘玲儿的故事，讲了大大爷那番"不能守着个影子过一辈子"劝解的话。

荷香："大大爷说得极是。有许多东西，无论对于我们多么重要，如果努力了得不到，必须放弃。否则，只能自食苦果。"

瞧，可爱的白衣天使，俨然成了生活的哲学家。

许多恋爱中的青年人，总是无数次地问对方：你喜欢我啥？我也不免俗套，追问荷香。

荷香想了想，认真地告诉我："你身上有股书香味，特别吸引我。更重要的是，你不轻浮，不张狂，感情专一，让我觉得你像一棵树、一把伞，能遮风避雨。"

我："无论啥时候，到任何地步，一定不会把你扔到半道上。"

荷香激动地点头："我信！"她猛然想到了什么，说："对了，今晚电影院放映《第二次握手》，咱俩去看夜场吧？"

一听看《第二次握手》，我顿时来了兴趣，连声说："好，好。"

县城的大街上，在灯光的照射下，明亮辉煌。走到影院门口，荷香买过票，正要跟我进场，传来一个女孩甜甜的喊叫声："荷香姐——荷香姐——"荷香回头一看："美美，咋是你？"那女孩偷偷看看我，附在荷香耳边："是不是你的那个他呀？"荷香笑着，没有否认。美美拍打一下荷香："我的姐呀，怪不得谁说媒，你都不愿意，原来你心里藏有白马王子！"荷香瞧了瞧美美的男朋友："你小年轻，都有如意郎君陪伴，恁姐不能当一辈子老闺女啊。""呵呵呵……"两个人都笑起来。

刚入场坐下，灯光就熄灭了，放映机的光亮投射银幕上。一个个镜头，一幅幅画面，组成一个个场景，把观众带入故事和情节中。苏冠兰和丁洁琼从小青梅竹马。为了家族利益，苏父把苏冠兰送到美国读博士，把他同丁洁琼分开。从此，两人天各一方，无缘相见。不惑之年，苏冠兰怀着赤子之心回到祖国。对爱情忠贞不渝的丁洁琼，怀着满腔热血寻找到苦苦等待二十八年的心上人时，令人扼腕叹息的是，苏冠兰已跟同样爱着自己的叶玉函组成家庭，躲进书房里，没有勇气面对丁洁琼。看到这一幕，荷香失去感情控制，在潜意识支配下，触摸着攥了一下我的手。她被田野伤害过、抛弃过，这是一种本能的表现。

走出影院，已是夜里十一点钟。临别，荷香约我第二天中午去家里吃饭。我理解荷香，她是在向家人亮明态度，让父母吃颗定心丸。没有犹豫，我立即应许。

荷香走了几步，我追赶过去——担心路上不安全，要去送她。荷香很感激，没有拒绝。出影院沿大街向南行三百米，向东拐进一个长长的胡同，有一个朝北的大门，穿过空旷寂静的院子，把荷香送到家门口，我转身而去……

荷香后来讲，那晚她刚进卧室，拉开灯，爸妈就过来了。两位老人根本没睡，等着宝贝闺女。走到荷香跟前，两位老人异口同声："荷香，咋样?"荷香"扑哧"笑了："心急吃不了热豆腐，看恁着急上火的。"妈说："我听恁爸说，那孩子长得不赖，名牌大学毕业，还是啥，那个啥状元，可有出息啦，你对人家可不能冷锤子慢打呀。"荷香打起俏皮："中不中，是两个人的事儿，剃头挑子一头热，成不了呀。"妈瞪大眼："人家不愿意?"荷香："我没问，人家没说。"妈急了："死妮子，这回你得主动。要是成不了，我跟你不算结局!""看你紧张的。"她逗笑说，"这媒成不成，那要看明天中午人家来咱家吃饭，恁咋表现了。"

爸妈听明白了，笑呵呵地回到他们的房间。是夜，老两口睡了个好觉。

回到教育局招待所，我躺在床上，难以入眠。不敢相信，来县城开个会，命运出现大翻转。四年前写的一篇作文，此时会在省报上发表。专职搞新闻报道，是我一直的梦想。十年"文革"，造成知识荒漠。拨乱反正，中央提出建设社会主义现代化从教育抓起，可学校师资严重缺乏。考试分配时，要求所有工农兵学员一律任教。否则，不予录用。我这个全县唯一的新闻专业大学生，学非所用，执起教鞭，拿起粉笔头，成了教书匠。尽管我在学校做出成绩，但内心深处的潜意识里，还是希望有朝一日能发挥专业特长。四个春秋过去，个人的喜好慢慢自觉地服从了国家需求，并且准备一辈子好好教书。当我死心塌地吃粉笔末的时候，突然出现转机，"掂笔杆"很快就要变成现实。这使我十分期待。关于跟荷香言定终身的事儿，我之前没有丝毫思想准备。经林健一撮合，俺俩见火就着，一晚上搞定，真乃神速。理想的职业，美好的婚姻，是人生最重要的两件大事，像天上掉下来的馅饼，顷刻"砸"在眼前，"砸"得我眩晕！

三　新客"礼"到

大会议程安排已提前告知：第一天上午，九点在县大礼堂听报告；第二天下午，前半场举行颁奖活动，后半场大会进行总结和部署落实会议精神；其余时间分组讨论。

会议规格之高、规模之大，实属少有。

大会主席台上，挂着三尺宽红布上贴着烫金大字的巨幅会标。横批：热烈庆祝溪流县教育工作暨优秀教师表彰大会隆重召开；左边是"全党重视全民动员大力办好教育事业"；右边是"夯实基础培养人才加速实现四个现代化"。

上午八点半，与会人员在欢快悠扬的音乐声中进入会场。

主席台上，县委、县政府、人大、政协"四大班子"领导成员全部出席，分排列坐。

主席台下，三十名优秀教师胸挂大红花，身佩红飘带坐在前两排正中间。

县直局委主要领导，各社、镇及大队党政"一把手"和分管教育工作的副职，教育助理员、教办室主任、中小学校校长按划分的区号入座。

九点整，主持会议的常务副县长韩光宣布：大会开始。

紧接着，悠扬的音乐响起，会场外燃起"噼噼啪啪"的鞭炮，震耳欲聋的炸响声长达十几分钟，刺鼻的炮药味伴着浓烟弥漫飘散……

上午，重头戏是大会报告。县长白天走上讲话席，稳稳落座，然后环视一下会场，掀开瓷杯盖，喝口水清了清嗓子，对着红绫布包着的话筒，开始讲话。

他体型矮胖，一双浓眉，目光如炬，不怒而威；对报告内容，他了然于胸，基本不看讲稿；一口纯正的京腔京调，讲得有板有眼，令人折服。

我坐在第二排，主席台上的领导，除了熟悉的孙强、林健，对我来说，面孔都是陌生的，包括正在作报告的白天。

我知道他是二哥的岳父。在农村，像我们两家这样的关系是"顶门亲戚"，千刀割不断。我应该叫他表叔。可人家是从大城市下来的，去年中央强调提拔使用干部"四化"标准，即：革命化、年轻化、知识化、专业化。白天拥有首都名校的学历，又是搞经济工作的，恢复了正处长级职务，由副转正，当上了溪流县长。其实，他即使当市长，甚至当更大的官儿，同我也没有半毛钱的关系。我"恶屋及乌"，想起瞧不起俺家是农村的白云——这位县长的千金小姐。她长相仿父，却不及其父十分之一的才气，但那个高傲劲儿，几倍于父。好像不是她老子，而是她坐在那位置上。

白天讲话，声如洪钟，铿锵有力，回荡在会场上——

每个社、镇今年要配备一名专职抓教育的副社长副镇长；充实和加强教师队伍，努力提高教学质量；改变村村办小学的局面，结束"土房子、土台子、里面坐着土孩子"的现状；全部解决中小学校舍危房，切实保障师生安全；再穷不能穷教育，再苦不能苦孩子；下大力气，营造尊师重教的社会风气……

白天每讲一段话，刚一停顿，会场上就立即爆发出一阵雷鸣般的掌声。

坐在主席台上的县委书记王森，高个，戴着眼镜，文质彬彬，为人平和，几次插话，大讲教育工作的重要性。根据议程安排，他负责作会议总结。

我想到了昨天在林健家喝酒期间，孙强介绍王森书记的情况：同我是校友，之前是沙流河市委宣传部副部部长。两年前，县委甄书记调任市水利局当局长后，他成为继任者。

夏秋她爸夏副书记没有出现在主席台上，据说他提升半级，调到平原市省属大型企业华中纱厂当了组织部长。

报告结束，已十一点半。我走到大礼堂门外，刚下台阶，荷香就迎上来。她笑吟吟的，领我往家走。常言："新客礼到。"第一次登门认亲，我不能空手。在国营烟酒门市部，我买了两瓶林河酒和一条喜梅烟。趁我不备，荷香抢先结了账。

走到县医院她家院内，荷香高声递话："三毛来了。"

闻听此言，一位五十多岁的半大老太太，腰系白色围裙，脸上堆着笑，从厨房出来，上一眼下一眼打量着我："孩儿，你来了。"

我清楚是荷香妈，便恭敬地说："婶，正忙呢?"

荷香妈："孩儿，堂屋坐。"

同时，李先和荷香的弟弟水塘从堂屋迎上来，把我让进客厅。目光扫视，能看到桌椅茶几摆放整齐，干净明亮。不用说，这是个讲究的家庭。

水塘面面的脾气，别看只有二十三四岁，说话办事不急不躁。从沙流河市卫校毕业一年了，得到祖传"真经"，他已能撑起"门面"。他有个女朋友，在邮政局当话务员，刚满二十二周岁，没到谈婚论嫁的程度，住在单位职工宿舍，不经常来家。荷香家三间正房，居中是堂屋兼客厅，爸妈住东间，荷香卧室在西间。院里靠西墙盖两间偏房，南边一间水塘居住，北面隔墙是厨房。平时，一家人在厨房吃饭，有了像样的客人在堂屋就餐。

李先给我泡上一杯龙井茶——豫东不产茶，在农村喝白开水，也叫茶。城市一般家庭不备茶叶，能有这种名茶的人家极少。刚饮了半杯，荷香妈走过来："十二点了，孩儿饿了。'肚里没本，难下清水'，准备上菜吧。"

荷香和妈往返几趟，端满一桌子菜。我一看，有干炸鲫鱼、清炖鸡、红烧肉、炒鸡蛋、煎粉条，另有两道素菜。

我："太客气了，没有外人，不必这么麻烦。"

荷香妈："荷香一大早就去赶集，亲自下厨做的。"

我惊讶："荷香会做菜？"

荷香妈："荷香她奶是厨师世家，烹煮炸烩样样都行。从小，她喜欢跟奶奶当帮手，不光菜做得好，擀面条、烙馍、蒸蒸馍，没有不会的。"

听到妈夸赞，荷香美滋滋的。

看菜上齐，李先从内屋柜子里，拿出一瓶茅台酒。

水塘笑了："爸，你不是说这瓶酒存着谁都不能喝，咋舍得拿出来啦？"

荷香妈："这孩子，你没看谁来了！"

水塘打开瓶盖，挨个杯子倒满。我站起身，面对李先，恭敬地端起来："叔，晚辈敬你。"李先乐呵呵地："三毛这杯酒，我干了。"他仰起脖子，一饮而尽。之后，我虚虚地让荷香妈："婶，你喝一杯。"不料，她素日爱喝三杯两杯的，笑眯眯的："孩儿倒的，我喝。"喝下这杯，荷香妈兴犹未尽："孩儿，给我再倒一杯，喝个好事成双。"轮到水塘，俺俩共同举杯同饮，连碰三次。水塘缠着我："咱哥俩多喝几杯。"我说："下午参加会议讨论，怕脸上带着酒色，改日吧。"李先面对水塘："下午，你坐诊，不敢多饮。"俗语："宁灭一村，不漏一人。"我试探着问荷香："你也喝一杯吧？"荷香说："没喝过酒，我尝尝茅台啥味。"她沾沾嘴唇，辣得直呛。大家看着她的样子，都哈哈笑起来。

喝了几杯，我说："下午还要开会，咱们吃饭吧。"

吃饭间，荷香妈"孩儿长孩儿短"地亲昵叫着，拽一个鸡大腿递过来。我礼貌接着，她非让我吃掉。刚腾出嘴，李先又用筷子夹菜过来。荷香一直甜甜地笑着，不时地为我卷烙馍，每张都是一兜兜的炒鸡蛋，这张吃过，另一张马上递到我手里。爸妈和水塘挤眉弄眼，看着荷香偷笑。我说吃饱了，荷香非让再吃一张烙馍，吃得我肚子发胀。最后，荷香端上来一大碗香油腌制的葱花汤面条。我是"面条客"，挡不住诱惑，吃了下去……

这顿饭，是我平生吃的第三顿真正的饱饭：第一顿，是"七五·八"发大水那年，我吃了两个馒头，去采访翠姐。她下了一大海碗汤面，打了六个鸡蛋荷包；第二顿，大学毕业前，夏秋买了两大碗合记烩面。她象征性尝了尝，全都让我吃下。这一顿……巧合的是，每顿饱饭，都是爱我的女人管的。

荷香家人的盛情招待，让我感到十分温暖。荷香妈"孩儿呀孩儿"的叫声，让我有种久违的感觉——自从娘走后，我第一次听到这么亲切的称呼。

几年来，失去了翠姐，我一个人尝尽了孤苦，好想有个家，好想有个女人疼爱。

晚上，会议在大礼堂安排文艺节目，演出豫剧《香囊记》，又名《抬花轿》。

这出古装戏《抬花轿》，由著名旦角王清芬担纲主演。她那清脆圆润的嗓音，俊美的扮相，优雅的身段，享有盛名。参会者闻之情绪高涨，欢呼雀跃。

我的戏票在十排八号。荷香知道我的座号，找卖票员弄到一张招待票，在领导席上。开场前，她同一个熟人换了座，跟我坐在一起。

大幕在锣鼓声中徐徐拉开，大戏正式开始。当演到"出嫁"一折时，轿夫们花样百出，一会儿上坡，一会儿下坡，观众连连喝彩，气氛热烈非凡。大家闺秀周凤莲，掩饰不住内心激动，有一段悦耳动听的唱段："府门外，三声炮，花轿启动，周凤莲坐轿内喜气盈盈……武状元把我娶，文状元把我送……从今后再不当那老闺女……"荷香控制不住情绪，附在我耳旁，小声哼起来："作文状元把我陪，我也不再当老闺女。"听她这样唱，我抿着嘴笑了。

第二天下午，会议前半场，表彰优秀教师。三十名获奖者，分三组登台。"四大班子"领导，王森书记走在最前面，白天跟随其后，其余领导按顺序接见优秀教师。我是第二组登台，当颁发证书时，王森书记喊着我的名字："我们是校友呀。"我憨憨地傻笑笑，他用劲握了握我的手。白天会见时，问："你就是作文状元吧?"不知如何回答，我摸了摸后脑勺……

会议结束，吃过晚饭，想到明天就要返程，我准备去县高看秦奋。他是我大学上届的中文系校友和学兄，俺俩关系挺好。刚出教育局招待所门口，荷香骑车来了。得知我外出意图，荷香说："我陪你去。"

找到秦奋，他正在住室练书法。见到我，秦奋很是兴奋。我向他介绍荷香。

他瞅了瞅说："恁俩真是才子配佳人。"我和荷香互相看看对方，笑了。

说罢，秦奋让俺俩稍坐。他去校门口，买了一包花生米，从床底下拿出大半瓶溪流大曲："咱弟兄俩喝两杯。"看到桌上玻璃下放一张平原大学中文系七五、七六级两届沙流河市校友毕业合影，我便向秦奋打听校友的消息。

边喝酒，秦奋边介绍：你们新闻专业的侯勇，调到团市委当了副书记。另一个同学王升，分配学校只教了两年书，调到县委办公室，待了半年，被市委政研室主任看中，提拔当上科长。

我问夏秋的情况。碰了碰酒杯，秦奋带着羡慕的语气讲道："她分配到沙流河市省直属华中纱厂中学了。纱厂是大型国有企业，肥得流油，在那所学校教书，这补贴，那福利的，还分了房子。调过去一个月，她就同沙副市长的儿子沙飞结婚了。"

谈罢夏秋，我问同时参加考试录用的王铁山的情况。秦奋告诉我，前些时候见过王铁山，聚在一块喝了几杯酒，聊了很长时间。上农大之前，王铁山谈的对象是民师，后来"掰掰"了。一九七八年考试录用之后，分配到城关镇高中，跟城关变电所一个叫寒梅的职工结婚，生了个女孩。去年，他调到县农业局工作，当办公室主任。王铁山向秦奋吐露：寒梅过去有心上人，说梦话喊恋人的名字，因此闹了一场气。至今，两人关系疙疙瘩瘩的。我知道王铁山的妻子，就是跟我二哥好了多年的寒梅，心里既欣慰又担忧。

我和秦奋就着一包花生米，喝酒，聊天，直到晚上十点，方才散去。

回到教育局招待所。门卫魏师傅问："你是不是住五号房间？"我说："不错。"魏师傅说："有个叫李守军的，说是你二哥，等了很长时间，才走不到二十分钟。让我转告你。"

这次开会，就两天时间，加上同荷香的牵扯，抽不出空来去二哥家。还有一个原因，心里烦二嫂白云。二哥咋知道我进城来了？我弄不清楚。心想：明天一早要回学校，只好有机会再说了。

第二天，按约定时间，凌霄来接我。刚出教育局招待所，见荷香骑着一辆崭新的"飞鸽"名牌自行车，横梁、斜梁包着墨绿色绒布，着急忙慌赶过来："孙书记打电话，称王书记要见你，让你先找李部长，一块过去。"

我犯愁了："凌霄还有急事回学校，他走了，我咋办？"

荷香："让凌老师先走吧，我这几天休假，专程送你。"

第三章

———

头号新闻

一　趋势如快马

我骑自行车带着荷香，从县城十字街向南直行，十几分钟就到了县委大院门口。

荷香说："你甭急，我在外面等你。"

向门卫打个招呼，我径直去宣传部找李学迁部长。

李学迁住在林健过去的办公室。昨天颁奖仪式上，俺俩见过一面，互相认识。他是从大丘县调来的。前年，大丘发生文物被盗事件，李学迁负有领导责任，受到行政记过处分，平级安排到溪流县同一职务。

李学迁有个特点：与人谈话，每次停顿前，总会发出"咯、咯、咯"的短促笑声。看到我，李学迁讲："教育局长姜文龙刚去王书记办公室。两人正在谈话，需要等会儿。他俩谈话结束之后，王书记要面见你。这阵儿，咱俩闲聊聊。"

在老家，我听村子里人说，千顷李有一支在清朝当大丘知县，落户于此。家谱上有"学"字这个辈，我便问李学迁名字的出处。一叙得知，俺俩同族且是一个支系的。他告诉我："家父起名'迁'，就是让记住，根系溪流县李家寨附近黄湾村的。"

李学迁说："咱这个家族，从九世开始排辈儿，依序：维恭敦正学，守泽四季春，志作国之臣。"他问："你是啥字辈的？"我回答："'守'字辈的，父亲起的大名叫李守国，没有喊开。"

"咱们千顷李不乱辈儿，你是'守'字辈的，以后私下里得叫我叔。"李学迁说。

我："那是自然。"

谈起家谱这个话题，李学迁兴致很高，根根梢梢讲了起来——

咱们这个家族乃宋元两朝旺族，官宦之家。自宋朝灭亡，元朝统治残暴，长期战乱不止，中原频发水、旱、蝗、疫灾害，人烟稀少，田地荒芜，满目凄凉。

据官方史料，河南、河北、安徽、山东、江苏五省，仅存人口一百三十多万。明朝洪武年间，从山西分五批大量移民。前两批皆为穷户。从第三批到第五批，富户亦在其中。李氏族人是第三批从洪洞县大槐树下，迁徙到箕城（后来改名溪流县）东南方向一个叫黄湾的地方。

李学迁讲到这里，我禁不住问道：此处是清水河和沙流河尾部的夹套，始祖怎么会迁移到这么个偏僻的地方？

李学迁"咯咯咯"笑笑：那时，溪流县南部边界是沙流河，全县土地平坦开阔，清水河只不过个无名的低洼小水沟。在漫长的历史演变过程中，它逐渐被雨水冲刷成一条清水河，在李家寨东八华里处拐弯向南并入沙流河。以后，它不断加高堤防，清朝康熙年间成为"漏泽园"，储存夏季的雨水。解放后，政府组织民工几次开挖，成了几十丈宽、十余丈高的宽阔大河，定为"泄洪区"。咱们那个支系和佃户、雇农，世代繁衍生息在这个特殊的地理环境中。

听他这么一说，我心里的谜团解开了。

李学迁接着讲：当时，在官府扶持下，咱们先祖招集四方游民，垦荒拓田，拥有粮田"双千顷（即二十万亩土地）"，称之为"千顷李"家，富甲一方。

明末，氏族墓碑、祠堂、宗庙焚于战乱，仅保存始祖讳名字"呆"碑文，以上无考。据载，"呆"祖兄弟有三，为"仲"（排行老二）。其伯（老大）季（老三）两支，墓碑荡然无存。传到六世，撰写家谱。尽管方圆几十华里，以李氏起名的村庄不少，人口众多，因失之于据，族人不敢臆测揣度。千顷李以"呆"为始祖，单传到三代，生有六子，家族枝繁叶茂起来。

上溯始迁先人，到清朝最后一位皇帝逊位，咱们的家族兴盛四百余年，以"耕读"传家，恪守"节孝仁慈"，被朝廷奉为楷模。

我还有一事不明，插话："千顷李家大业大，为啥祖训把'节'放在第一位？"

李学迁解释："这个'节'字，并非单单指节俭，不奢侈、挥霍和浪费，还有一层含义，就是做人要节制，低调，内敛，不张扬，不恃强，不霸凌。"

我理解地点点头，把这话刻在了骨子里。

李学迁继续讲——

明朝崇祯年间，流寇四起。四世祖卓有远见，倾罄产业半数，坚筑砖寨一周，厚积仓粟，将数千户赴寨避乱，供积粟食之。

后代，效仿先人，捐资助学，兴修水利，加固堤防，扶贫济困，声名远播。从康熙、雍正、乾隆到光绪，清朝诸多皇帝，对此皆有题匾褒奖。

千顷李家族书香满门，后世十之七八，为大清朝廷最高学府的贡生监生，载于家谱的计有一百四十二名，庠生十六名，可谓人才济济。有两位先祖，榜中进士，任职总理府内，一位是做了驸马爷，一位成为郡马（皇帝侄女婿）。从朝廷到府州县衙，皆有千顷李族人做官。七品以上官员的十二位祖母、母亲、妻室，皇帝下诏封为诰命太恭和夫人；九名母亲和妻室敕封恭人夫人。据说，千顷李后人，背稍驼，爱皱眉头，乃伏案读书、勤于思考养成的。

千顷李还以"孝"闻名。家谱记载，七世祖在老母病卧在榻时，放弃江苏镇江知县不做，床前守孝。后遭匪患，他背着老父外逃避难，被劫持。土匪为其孝心感动，遂散去。

孙中山倡导终结帝制、建立共和。十一世祖是清末举人，看透世事，预言：历史大变革时期将会到来，把土地无偿分给佃户耕种，资财绝大部分散去。临终前，千金散尽，他叮嘱家人置口薄棺，让一群讨饭花子抬着埋葬，以防有人掘坟盗墓……

李学迁如数家珍，我听得入了迷。叙成了本家，俺俩顿觉亲切起来，说话少了许多禁忌。

李学迁向我交"底"："这次王书记见你，主要是谈调你到县委通讯组工作的问题。"

我心中暗喜。

"不过，教育局阻力很大。"李学迁说。

我转喜为忧。

"昨天散罢会，王书记让我征求姜文龙的意见。在局委头头当中，他的倔脾气是出了名的，绰号'犟驴'。我一提起你工作调动问题，他的驴脾气就上来了：'台上，领导强调教育如何重要；台下却另搞一套，干挖学校墙脚的事情。李三毛这个人，我坚决不放——学校培养他入了党，准备提拔副校长哩。'"李学迁讲。

我想：那不"黄"了？

李学迁说，宣传部不直接管教育了。姜文龙以为是宣传部要人，不买我的"账"。其实，通讯组直接归县委领导，宣传部只是代管。看他那劲儿，我心想："孩子哭了抱给娘。"我做不通姜文龙的工作，把情况反映给了王书记。

"王书记啥态度？"我急切地询问。

"甭看王书记平时好像没脾气，关键问题，说一不二。常委一班人，都怵他。"李学迁瞧了瞧手表，说，"估计，王书记和姜文龙谈得差不多了。走，咱俩去王书记那里。"

工农商学兵，党是一元化领导，书记是一把手，拥有人事任免的建议权、主导权、决定权。溪流县委围绕经济建设这个中心，正在酝酿对社、镇和局委班子进行一次重大调整。有的社、镇长想当书记，有的社、镇书记想到县直机关工作。出于自身利益考虑，他们各怀心思，站在院子里，等候县委一把手的召见。

一脚踏进门，看到王森板着脸，姜文龙的表情严肃，气氛紧张。李学迁和我退了出来，低声说："咱俩在外面稍等。"

从屋内传出王森厉声训斥："文龙，教育战线重要，党的新闻宣传事业就不重要？优秀教师是一批人，仅这次表彰就三十名。而通讯报道人才，极为稀缺。你要有大局意识，不能只盯住你那一亩三分地。"批评了一通，王森用终止谈话的语气："这是组织决定，必须无条件服从。"

看王森态度强硬，姜文龙知道"犟"不过去了，连连认错："我狭猛了，太狭猛了。"边说边诺诺离开。

我松了一口气。

姜文龙灰头土脸走到门口，王森说："文龙，你先别走。"姜文龙站住了。王森转身进了里间，又很快走出来："我这有盒杭州上等胎菊，你拿去品尝品尝。"姜文龙的表情，马上"由阴转晴"，露出笑容："谢谢王书记恩赐。我保证落实您的指示。"

我一块石头落地。

我暗暗佩服王森的领导艺术。这样，可以避免官场结怨。

姜文龙走出来，看到李学迁，忙道歉："李部长，我不该顶撞你，望海涵。"李学迁不冷不热地说："都是为了工作，有啥计较的。"

王森示意李学迁和我坐下，恢复平时那种温和的微笑。他像个著名老中医，不管有多少人挂号排队，只管专心对眼前的病号慢条斯理地"望闻问切，对症开方"。或许是习惯成自然，王森不紧不慢地跟我拉话："三毛，你的情况我略知一二：十七岁，小小年纪，就在省报省广播电台发表过稿件；上大学期间，在中央权威大报刊登过《群众来信》；在校实习时，省报头版采用过你在煤山市十一矿写的'迎接两会'消息；毕业时，不是'哪来哪去'政策，你就当上省报记者了。分配考试，你成为当年全省作文状元。借用毛主席对小平同志的评价：'人才难得呀'。你是全县唯一在名牌大学读过新闻专业的尖子生。现在，大学毕业生稀缺，像你这样的笔杆子，更是'一将难求'。县委不能让你用非所学，一定要发挥你的专业特长。"

王森日理万机，对我这个小人物的情况了如指掌，令我惊讶——他咋知道恁清楚呢？我猜：在大学期间，我发稿和平原日报社拟调我工作的情况，一定是夏秋当年代我向孙强交"派遣证"时讲的，其余的情况，自然是林健和孙强汇报的。

掏出一支"大前门"（香烟的一个品牌），王森拿出打火机"啪嗒"打着，轻轻吸一口，不是把烟咽进肚子里，从鼻孔里冒出来，而是从嘴里吐出一个圆圈形的白色雾状，看着缓缓散去。他说："这几天，要召开常委会，研究人事问题。关于你的调动任命问题，我跟几位主要领导抓紧沟通一下，形成决定，很快就会下发文件。你要做好来县委宣传部报到的准备。具体事宜，让李部长同你详谈。"

重回李学迁办公室，他向我介绍："王书记多次讲，新闻宣传，是一个县的重要窗口，涉及对外形象问题，必须高度重视。过去，靠陈明一个人写稿，全年见不了几次报，多是'豆腐块''火柴盒'，发表在不显眼位置。这种局面要根本改变。当务之急，是发现人才，不拘一格，大胆使用，组建好通讯队伍。让全县的先进经验和典型，及时报道出去，常年做到电台有声，电视有影，报上有名。"

李学迁向我透露："三毛，王书记的意见，对你的使用，要一步到位，直接任命当通讯干事。"

我大为吃惊："一般使用干部，没有职务的，先是当科员，再当见习干事，然后才能当干事，咋会连跨几个台阶？"

我不敢想象，本是一个普通高中教师，转眼就要成为县委大院里的干事。这个职位同社、镇党委书记和各局委一把手，可是平起平坐啊。

李学迁："中央去年强调使用干部要坚持'四化'标准，你赶上了趋势。常言：'趋势如快马。'你跑在了马前面，这不稀罕。县委组织部干事江山，越过副部长的台阶，直接当了常委部长。化肥厂技术员程浩，因为有国家重点大学文凭，也被选拔为主管工业副县长。"

我不解："我当通讯干事，陈明往哪儿摆？"

李学迁："陈明多次要求到下面干几年，领导已形成意见，让他到万人庄公社担任党委书记。"

我："陈干事对我有栽培之恩，我想看看他。"

李学迁："他父亲生病，回老家了，今天你见不上。以后，陈明在你老家当父母官，你们有的是见面机会。"

从李学迁办公室走出来，我抬头看天，晴空万里，春光明媚，和风习习。按捺不住内心的激动和兴奋，我真想张开双臂，高声大喊："我要飞翔！"

二　不愿当秘书

走出县委大院，荷香见我喜不自禁，忙问情况。我把王森、李学迁谈话的内容说了一遍，她十分高兴："往后，咱们可以在一起了。"我开玩笑："你天庭（额头）饱满，地阁（嘴下巴）方圆，有旺夫相。女人有福带满屋。我可是沾了你的光啊！"她笑着拍了我一下："你真会逗我开心。"

看了看手表，时间九点四十二分，我说："咱抓紧赶路吧。"

荷香坐上我骑的自行车，正要赶路，听到有人大声呼喊："三毛，快停下，别走！"

扭回头去，我惊呆了：是石头的大舅哥袁远。由于我和石头这层关系，俺俩早就熟悉。

自打甄书记调到沙河市当水利局长后，王森带来一个小车司机，袁远便跟县长白天当了"轿夫"。

袁远："你让我找得好苦啊！"

我："有事？"

袁远："白县长急着见你。今天一早打电话，让我找你。我不知道你住在啥地方，党校、县委招待所、国营旅社，都没找到。后来，去了教育局招待所，我打听到你来县委了，马不停蹄往回跑，在这儿总算碰到你了。走，我带你一块去见白县长。"

我："白县长找我干啥？"

袁远："我咋知道呀？"

我犹豫不决。荷香说："白县长找你，肯定有事，去了不就清楚了。"

我跟随袁远走了。

在县政府大院办公楼北面，有一栋两层小楼，白天的办公室居中。袁远领我刚进屋，他就从房子里间出来了。他嘱咐袁远："你在外面挡一挡，有人找我，就说有重要客人，不要放进来。"

白天一改坐在大会主席台上的威严神情，笑着让我坐下说话。转身从里屋端出一盘金帅苹果，他用小刀一圈圈削去外皮，递给我："吃水果。"我有些惶恐：不知堂堂一县之长，何以对我如此礼遇。

"三毛，我昨天晚上，才清楚你是守军的弟弟。"我想，白天同我家素无来往，不会找我认亲戚吧？

那么，到底为了啥呢？

原来，白天昨天散过会，放松下来。晚上，他把我二哥一家三口叫过去聚餐。五岁半的侄女俏俏，头上扎两个扫帚把，坐在外爷怀里，抱着脖子撒娇。外爷吻她，她嫌胡子扎脸，捂住不让。她用小嘴一下一下亲外爷，留下好几个口水印子，逗得大人哈哈大笑。闹腾一会儿，外祖母把她抱过去："俏俏，乖乖，外爷累了，来跟我玩。"全家其乐融融，欢声笑语不断。闲谈间，二哥问岳父看没看到我发表在《平原日报》那篇作文。白天说："啊，三毛就是你弟弟！他的作文，在县委县政府两个大院反响很大。他来参加这次教育工作会议了，是三十名受到表彰的优秀教师之一，机关干部都为咱县出个作文状元感到骄傲。"二哥说："县直机关都在议论这件事儿，财政局、电业局、工商局的局长，不知道从哪里打听到三毛是我弟弟，要我帮助做工作，调他们单位耍笔杆子。"白天感叹："你弟弟是个人才，不用可惜呀！"当晚，他让二哥去找我，没有遇上。今天一早，白天又交代袁远找我。

白天见了我，态度和蔼亲热。我想不到：当官的不光有威严的一面，还有平常人的感情，也讲亲情。他说："我一言不当，从京城一贬再贬，来到这里。在'五七干校'好几年，对我批判和劳动改造，白云同我分多聚少，饱尝世态炎凉，吃尽流离颠沛之苦，只读了初中，性格扭曲了——越遭白眼，她越故装高傲，对人态度冷漠。我重新工作后，觉得亏欠女儿的，有补偿心理，对她过分放纵和宠爱娇惯，她便越发任性和自私。你二哥结婚时，我让她邀你父母参加婚礼，双方老人见个面。她擅作主张，没有请两位老人参加，弄得我们好像六亲不认。白云这闺女太任性了，同你家关系处理得不好，我批评她多次。"

静静地听着，我一言不发。

白天负疚地说："这都是我的责任，失之于教。你们不要认为我们看不起农村人。帝王之家的金枝玉叶，嫁民间为民媳。我区区一县之长，更没有理由看不起农民。"看了看我的表情，他接着讲："我全家来到溪流县，就你们这一门亲戚。除此，无亲无故。论关系，咱两家最亲，你该叫我叔叔吧。"他不懂农村习俗，我更正："按常理，叫表叔。"

白天头脑里蹦出革命样板戏《红灯记》里李铁梅的话："虽说是表叔又不相识，可比亲人还要亲。"他哈哈笑起来。我不知所以然："白县长，你笑啥？"白天道出缘由，附和我说："对，对，叫表叔，亲切。"

说罢家长里短，白天直奔主题："'举贤不避亲'。我想让你跟我当秘书。"

换作别的年轻人，会把这当成人生一次重要发展机遇，激动不已，我却犹如头上泼了一盆冷水。本该喊声"表叔"，把内心的真实想法告诉他，我话到嘴边改了口："白县长，我只上过初中，剑走偏锋，酷爱新闻写作，推荐上了大学，还是两年学制（我隐瞒了五年本科函授已读四年的事实），底子薄，恐怕难以胜任。"

"我认真读了你在省报上发表的作文，文字功底很好呀。"白天对我的话不以为然。

怕白天让我当秘书，我自贬自损："对领导讲话、简报、工作总结和报告，一窍不通（其实，我借调公社时，搞过简报，写过工作总结）。"

白天："熟悉熟悉，完全可以适应。"他看我有推托之意，马上说："你放心跟着我干，干几年，会把你放到合适的位置上。"

坏了，白天执意要留我当秘书，可咋办呀？专职搞新闻报道，是我人生的梦想，不能让搅"黄"了了呀。

我陡然想起："云怕风，风怕墙，墙怕洞，洞怕鼠，鼠怕猫……"这几句有点绕的顺口溜告诉我：世界万物，相生相克，有矛就有盾，一物降一物。

受此启发，我有了应对之策。我清楚：县长尽管是政府"一把手"，还须服从县委的决定。也就是说，县长听县委书记的。我放软身段，亮出底牌："表叔，我不喜欢做秘书工作，热爱新闻写作。王书记刚同我谈罢话，要让我调县委宣传部搞通讯报道。"

打出县委书记这张牌，果然灵验。他稍加思忖，不再坚持："好，我尊重你的选择，支持县委的意见。"

我脑海里跳出了秦奋，也是为白天搬梯子下楼："表叔，你真需要秘书，我上届有位校友，在县高教书。他上过高中，三年学制，在校学习刻苦，基础扎实，钢笔字、毛笔字也写得非常漂亮。"

白天对我的推荐很感兴趣："你把秦奋的基本情况写一写，我派人考察考察。"

我遵嘱而行。

谈过话，时针指向了十一点半。想起荷香在外面等，我向白天告辞。他执意挽留："我已安排过政府招待所，中午陪你吃饭。"

我："女朋友在大门口等着哩。"

白天："快去叫过来，我认识认识。"

三 初月如弓盼满圆

新故相推，日生不滞。农历三月三，阳历进入四月天。

下午两点，从县城出发，我骑着"飞鸽"，荷香坐在身后，搂着我的腰儿，沿着平坦的柏油大道前进。路面乌黑发亮，笔直笔直的，往前方看去，越远感觉越狭窄，仿佛两旁的树木并在一起，遮挡了视线。杨柳吐絮，如一团团棉花，春风吹拂着，在空中飘飞，在地上滚动。"清明前后瞒老鸹（乌鸦）"，麦苗像等待刀割的韭菜，叶片肥厚浓绿，无边无际。

原以为，站在三尺讲台上，我要吃一辈子粉笔末儿，培桃育李，贡献教育事业了。没想到，两天时间，仅仅进城开了一次会，我将开启人生新阶段，有种恍若隔世的感觉。

常言道："福不两至。"这条定律，被双喜临门所打破。荷香单纯痴情，我对她素有好感。没有预热，俺俩一见面就黏在一起。这次，她毫无顾忌，亲自相送。

我怀日抱月，心里充满光明。一股从未有过的激情，在胸中犹如澎湃的浪涛撞击着。无法遏制，我非释放不可。遇到没车没人时，我叮嘱荷香坐稳，挺直腰杆，伸展双臂，放开喉咙，大声高唱——

> 我们走在大路上
> 意气风发斗志昂扬
> 毛主席领导革命队伍
> 披荆斩棘奔向前方
> 向前进！向前进！
> 朝着胜利的方向
> 五星红旗迎风飘扬
> ……

向前进！向前进！
革命气势不可阻挡

我骑车"大松把"，荷香吓得"呀呀"惊叫。我只顾疯狂，不知道荷香害怕。荷香一看这种情况，赶紧从车上一欠屁股下到地面。我全然不知。

当狂潮落下，我以为荷香还坐在车上，问："唱得怎么样?"可问了几句，没有应声。回头一看，我傻眼了：她被远远地丢在后面，足足有五十米。但她不急不躁，慢悠悠地走着。

我急急骑车往回走，到了跟前，问她何故如此。荷香装着生气的样子，娇嗔："你不是甩下我不要了吗?"

"哪能舍得呀?"

"你不扶车把，我怕栽进沟里，下车了。"

"千金小姐坐在车上，没有十足把握，绝不敢冒失。"

"我胆小，万一跌倒呢，凡事但求稳。"

"好、好、好，以后遵命行事。"

往前疾行一段路，经过一个村庄。在村子南头，临公路北侧，麦田里有片杂果木树林，开着各色各样的花儿。

我停下车，拉荷香前往观赏。

其景恰似朱自清散文《春》的描写：桃树、杏树、梨树，你不让我，我不让你，都开满了花赶趟儿。红的像火，粉的像霞，白的像雪。花里带着甜味；闭了眼，树上仿佛已经满是桃儿、杏儿、梨儿！花下成千成百的蜜蜂嗡嗡地闹着，大小的蝴蝶飞来飞去。野花遍地是：杂样的，有名字的，没名字的，散在草丛里，像眼睛，像星星，还眨呀眨的。

荷香看着满树梨花，赞叹："漂亮!"闻闻桃花，荷香禁不住道："真香!"

在果园里，吹面不寒杨柳风，像母亲的手抚摸着。风里带来些新翻泥土的气息，混着青草味，还有各种花的香，都在微微润湿的空气里酝酿。鸟儿将巢安在繁花嫩叶当中，高兴起来了，呼朋引伴地卖弄清脆的喉咙，唱出婉转的曲子，跟轻风应和着……

我感到浑身都是舒坦的，站着伸伸腰，舒活舒活筋骨，抖擞抖擞精神，极想在松软的土地上撒欢。荷香以为我要坐在果树林边的麦田里，赶快掏出手帕，让我垫在屁股下。她没想到，我连栽八九个跟头，嫌不过瘾，又像石碾子连打几个滚翻。

荷香看着我，"嘎嘎"笑个不停，身子像抽搐似的，一颤一颤的。

我疯足疯够了，从地上站起来。荷香走到跟前，从上到下，从前到后，拍打几遍我身上的土尘。发现我衣裳上粘有草屑，她细心地捏去——像母亲爱抚淘气的孩子，像大姐姐对待可爱的小弟弟，像娇妻疼爱新婚丈夫，我感觉喝了蜜一样地甜，无比地舒服。

余兴犹在，我吟诵起《春》的优美句子——

春天像刚落地的娃娃，从头到脚都是新的，他生长着。
春天像小姑娘，花枝招展的，笑着，走着。
春天像健壮的青年，有铁一般的胳膊和腰脚，他领着我们上前去。

荷香："你太有文采了！"

我笑了："这是朱自清散文中的句子，不是我的'发明'。"

荷香："能烂熟于心，也了不起！"

俺俩一路行走，一路观景。几十华里，本该一个多小时就能走到三岗镇，俺俩却走到日落西山，红霞满天。

我本打算在镇上请荷香喝胡辣汤，她说："我嫌辣，享受不了；上午，吃得又好又饱，在学校喝碗稀饭就行了。"

晚上，我精神亢奋，领荷香到学校院墙外边的野地里漫步。

夜幕降临，春风暖人，野外的花儿草儿的香甜味浸心入脾。天空如洗，碧蓝碧蓝的，月儿如钩，星光闪闪。触景生情，我的记忆里跳出唐代缪氏子的《赋新月》："初月如弓未上弦，分明挂在碧霄边。时人莫道蛾眉小，三五团圆照满天。"我想，用不了许久，我将用我的笔端，发出自己的光亮。

荷香伴随我身旁，望着月牙儿，含蓄而动情地说："三毛，我盼着月圆。"我被她的情绪感染："那一天，很快会到来的。"

四 荷香落泪

荷香爱干净，甚至有点洁癖。晚上，我安排她跟学校最讲究的女老师王萍住在一起。

第二天，恰逢星期日。忙了一周，终于盼来个休息天，好想好想多睡一会儿。荷香心里装着事儿，太阳刚露出脸来，敲我住室的门。她边敲边柔声细语地说："今个儿大晴天，我给你洗洗衣裳，拆拆被子，缝好再走。"我愣愣怔怔地说："你来送我，不劳累你，咱俩上午到三岗镇玩玩。"她道："镇上无非是人多些，热闹些，没啥好玩的，不去了。"

我赶忙起床，穿好衣裳打开门。荷香走进屋里，看到我在盆里泡了几天的衣裳，端到压水井池子里。她抓把洗衣粉，放进水盆里。等到溶解于水，她掭了几掭，在我那身穿了六年的蓝的卡衣裳裤口，上衣袖头、领子上，打上肥皂。然后，她用手搓了一阵儿。衣裳泡馊了，散发出难闻的气味；搓出来的水，浓黑浓黑的，洗过两遍变成了浅蓝色；五六遍过后，才变成清水。等到洗净，荷香看见，衣裳已经褪色，十分破旧，心里酸酸的。她一件件甩了甩，搭在晾晒衣物的铁丝上。

早饭后，荷香说："你把衣裳都找出来，趁太阳好，都晒晒。"我从床底下拉出一个纸烟箱子。荷香打开一瞧，里面除了一身破旧的淡蓝色的确良上衣、一条西式短裤和两件汗衫、一双脚后跟底部磨下去一层的塑料凉鞋，另加一件半大灰色毛领棉衣，没有别的东西。她瞅见我床头有一个大木箱，说："把木箱子里面的衣裳也拿出来晒晒。"我打开箱子，幽默地说："你瞧，我这是孔夫子搬家——除了书，还是书。"

见到满满一箱子的书，荷香两眼发亮："这么多书，你都看过？"

我笑着回答："一本书好几块，不读，谁舍得花钱买呀？"她说："这比一箱子金银财宝都珍贵。以后，我给你买个书架摆起来。"

荷香把我的几件旧衣拿到外面，也搭在绳上。

回到屋里，让我把床上用品抱在一边，找来剪子、顶针和线。荷香把苇席抽下来放在地上，拆被子。过去，这被子秋韵帮我洗缝。自她调走，我不想求人，两年没拆过。我冬夏就一床被，被头的里子，油腻腻的，有几处"泻汤"：棉线的绒毛磨光了，只有稀疏的经纬连着。棉絮已经用了整整十年——我记得是上初中一年级放秋假时，母亲领着姐姐雁儿和我，到清水河北捡棉花做的被套，变得一疙瘩一蛋子的，没有了弹性和张力，保暖性能极差。荷香看到这些，难过得落下几大滴泪珠……

我苦涩地笑笑。

上大学期间，我一月十三块生活费，每一分钱抠着花，没钱买衣裳。参加工作后，当了两个月代课教师，就转正了，工资从三十八块调到四十二；几年间，我连调三级工资，月薪涨到五十三。加上班主任补贴，每月领五十八。按说，收入够高了，把自己"武装"起来不是问题，甚至可以买辆自行车。可我除了八块钱买个蚊帐，三十块钱买个黄河牌手表，没有置办一件衣裳。

为什么经济会如此拮据？因为，家里把我当成了摇钱树，买化肥、买柴油，甚至吃盐灌油，大哥的闺女大凤读书交学费，以及家里所有的大事小事，凡需用钱，都向我伸手。更无奈的是，大哥大嫂两口子已生有大凤二凤，非要再捞个男孩不可。事不遂愿，他们又生出三凤。罚款三百块。家里一头猪钱搭进去不说，害得我好不容易攒的积蓄全部拿出来不够，还借学校八十块。我劝他们："别生了。"两口子没有一个听进去的。大嫂说："一群花花女，不如一个点（跛）脚儿。城里人老了有退休金，我和你大哥将来干不动了，靠谁？"这不，罚款刚凑齐，大嫂又怀上了。为了逃避孕检和人工流产，两口子常年东躲西藏，地里庄稼顾不上管。人家粮食吃不完，俺家不够吃，父亲跟着受折腾。怕父亲受罪，每次回家，我掏给老人十块八块。我前脚走，父亲手里的钱没焐热，又转手了。这样，家没得救，我也"溺水"，落个倒欠账。我马上要调动工作，学校财务账上还欠着二十呢。这月，只领三十八块。

很长时间，二嫂白云在我上大学期间写给我的信，其中有句话，反复响在我的耳边："你家是个穷坑，深不见底，填不满。你二哥的工资都给家里，也改变不了贫穷状况，反而拖累俺们的小家。管不了，干脆不管。"如今，我对这句话开始理解，并有了深切感受——大哥大嫂不正经过日子，非要"捞"男孩，不顾一切地超生，我即使搭进去全部工资，也解决不了根本问题。想到这些，我对白云的积怨和不满消除减少了。但我不认同她对我家大小事情一概不管不问，尤其是对待老人的漠然态度。"孝"字之所以是"老"在上半部，下面是"子"字，不就是父母年迈了，需要儿子孝心托举吗？上帝造人为啥有兄弟姐妹，就是怕你一个人孤单，彼此有个照应。因此，既为同胞，当量力而行，互为依靠。

听了我的讲述，荷香叹口气："等咱俩结了婚，把老人接到县城就好了。"

每逢星期天，在学校吃饭的只剩下离家远的几位单身老师。炊事员也要休息，回家之前都是蒸一笼馍头，称出来几斤面粉，让留在学校的老师做饭吃，谁吃多少记在账簿上。

忙到晌午，我请荷香去三岗镇下馆子，她执意要在老师伙上吃饭；我要去街上买两个菜，她坚决不让——想考察考察我在学校平时的生活情况，我便唯命是从。

该做午饭时我显摆（炫耀）说："我会擀面条。"

荷香不大相信，问："你真会？"

我说："当然了。"

荷香说："好。你就亮一手。"

其实，我只擀过几次面条，且不得要领。我挽起袖子，通开煤火，锅里添上水，把蒸笼罩在上面，先馏着馍。接下来，按人数称了面，留下些，倒进盆里。左手端半碗水，右手打着旋儿搅和。一会儿，和稀了，加把干面；和硬了，加水；又稀了，再加面。几经周折，揉搓成团，用盆翻盖住，醒一醒。剥一棵大葱，切成指头宽窄，放点盐腌上。我用擀杖不停地推，一块面团渐渐成了厚厚的大圆片，折叠几层，拿起刀，一刀连一刀地切，面条又粗又短。锅滚了，我把面条放进沸腾翻花的水里。滚一回，我用筷子抄一抄，一会儿煮熟了。常言道："不稀不稠，面条露头。"可我水放少了，做的面条像稠糊涂。

我虽然笨手笨脚的，也多少像回事儿。几位同事没说什么，只有荷香偷偷地笑。笑罢，她夸我："像你这读书人，生的能做成熟的，不错！"

我给荷香盛好面条，用筷子挖了一疙瘩"大油（炼好的猪油）"放进碗里，又放进一些剁碎的干红辣椒，连同一个馍头递过去。她说："我怕辣，这一碗你吃，我再盛。"

我看出荷香不单是怕辣，也嫌大油有腥味，便随了她。

接过那碗面条，看着里面的大油迅即溶化，用筷子搅开，香喷喷地扑鼻。喝过，我又吃一个馍头。她问："你能吃饱？"我说："一月二十九斤，这顿还超一两，晚上只能喝稀汤，吃一个馍了。"

荷香："怪不得，你恁瘦。"

我："习惯了，只能吃恁多。"

荷香看蒸笼里有三个熟鸡蛋，招呼其他老师吃。她的话，引来一场议论。

教化学的一年级女老师韩红，长得瘦小，说话"喵儿喵儿"，几个男老师背后叫她"猫儿"。她轻声柔气地说："大的都挑走了，剩下的那么小，一样掏钱，谁吃呀！"这话使人联想起一则在社会上广为流传的讥讽教师吝啬的故事，说某某学校煮鸡蛋，老师们都用不同颜色的线做记号，谁的谁拴住，避免自己的大鸡蛋被别人抢走，落个小的，吃亏。当然，这纯属编派，经不起推敲。但这个故事至少说明，老师除了多喝粉笔末，没有别的"油水"。

韩红话音刚落，有点迂腐的二年级物理老师赵捷，高度近视，鼻梁上架一副眼镜，举手发言："护士同志（他已知道荷香身份），你别笑话。平时搭伙的就俺十来个老师，还要养活炊事员。我们一天平均八九两，咋会不抠？"

毕业班历史老师王川，同事喊他"大炮"，慷慨激昂起来："马不得夜草不肥，人不得外财不发。谁说老师抠，叫他来到清水衙门试试，看他靠啥大方？"

他们争着抢着向荷香倾诉，不知是想表现自己，还是触动了哪根神经，产生了共鸣。

荷香不解："恁咋不从家里带些面粉或者换些粮票？"

赵捷："没熟人，粮管所会给你换粮票？"

王川："从家里拿面粉，得开小灶自己做，太麻烦了。"

韩红："我一个姐姐出嫁了，两个哥哥各是一摊，老娘轮着吃，咋好意思到他们家带粮带面粉。"

荷香："吃不饱，镇上这么近，去饭馆呀。"

"早早晚晚吃一顿可以，总不能天天到外面吃吧？"几位老师异口同声回答。

下午，荷香把我的住室进行一次大清洗，该扫的扫，该擦的擦，该拖的拖，房间收拾得干净整齐，焕然一新。我不禁感慨："有个女人真好！"

缝过被子，收起衣裳叠好，天色已晚。荷香没回县城，又跟王萍同宿一夜。星期一上午，我没课，邀荷香到镇上逛逛，中午想好好款待她一顿。

刚出学校大门，一辆偏三轮摩托车驶过来，走到我和荷香面前停下。从车上跳下来两个人，有一个是二哥。他指着身穿法院制服、五十出头的矮个儿，介绍："这是咱县法院主管人事和办公室的孔院长。"二哥话音刚落，孔院长拉住我的手，握了好几下："噢，你就是三毛，跟你二哥长得真像。"他套近乎："我跟白县长关系挺好，跟守军站长（二哥转干后，前些年从工业局调县广播站当了站长）如同弟兄。"我忙赔笑："孔院长，您好！"二哥在县城见过荷香，看到俺俩的亲热劲儿，便知道咋回事儿："你（称呼荷香）也来了。"荷香赶快跟二哥打招呼。

二哥正要说明来意，孔院长制止了："去学校说话不方便，咱们去三岗镇法庭再详谈。"

　　一路上，我猜不透他们的来意。

　　到了法庭，大个子张庭长又是让座，又是让烟，只怕慢待。孔院长说："你忙去吧，我们谈个事儿。"

　　张庭长离开，面对我，孔院长说："我和守军是老熟人，带他一块来，想调你到法院工作。"

　　我没有马上开口——心里没有想好如何应对。

　　"只要你同意，我们打破常规，不用考试。调进法院，当书记员，当秘书，任你选。"孔院长看我不表态，补了这么两句。

　　县委的任命没有正式下文，我不便透露实情，心想：去县政府的路，我已堵死，县委万一去不成，得为自己留条后路，便说："让我考虑考虑。"

　　二哥不知"底细"，一个劲儿劝说："进法院可难了，有啥犹豫的!"

　　我思忖思忖："最多半月，我一定回个准话。"

　　孔院长不便强求："想好了，告诉你二哥，让他转告我，法院这边没有问题。"

　　孔院长若有所思："咱们今天有个约定，再有哪个单位要你，你不能应允。"

　　我点点头。

　　临走，荷香说："我坐法院摩托车回去，自行车给你留下，进城方便。"

五　兄弟登"科"

　　日历翻到农历三月十五。月亮圆的时候，我圆了梦想。

　　当天，县委关于干部任免的红头文件寄到了各社镇。我被任命为县委通讯干事，秦奋为县政府的秘书，王铁山为农业局副局长，黎明调任城关镇副镇长，分管科教文卫。

　　这次调整干部，二哥也得到提拔，当上县广播局副局长。我们兄弟俩同时升迁，在小小的溪流县城，实属罕见。

　　起初，极少有人知晓我和二哥之间的关系。时过不久，消息还是传开了。在县城各机关单位，许多人眼馋羡慕，议论纷纷。

　　在万人庄公社，在整个夹河套内的村庄，沸沸扬扬了好一阵子，各种版本都有。有的说，我和二哥沾了白县长的光；有的说，俺弟兄都特有才，凭的是真才实学。村里人另有说法，认为我和二哥当官，是祖坟风水好，坟头上的蒿子长得旺。老成大爷要探个究竟，背着手，散打散悠地走到东南地里，绕着祖坟正转几圈，倒转几圈，没觉得同别人家的坟地有啥不同。"那为啥老二（对父亲的称呼）的两个孩子这般有出息？"他往西北方向看看，又朝东北方向望望，发现两个河湾对着这里，捋了捋胡须，颔首点头："怪不得，两条龙脉汇聚这里了。"然后，他去到往北半华里的清水河大堤上，远远地瞧了瞧，看出了门道：这块坟地，又高又大（其实，那是个慢坡高地，近处没有感觉，坟墓又在正中心的位置）！回到村里，老成大爷把所观所感，逢人便说："千顷李家族该旺三门（爷爷在弟兄中排行第三）了，将来非出大官不中，至少是个县太爷。后代还有可能当州官府官哩。"一时间，村里有好奇的人，站在河堤上看爷爷奶奶的坟地。饭场上，大大爷听了乡亲们的议论，摇摇头："人死了留个坟头是个念想，啥风水不风水的，那是'老歌子'（旧的说法）了。老二的俩孩子，都是因为喝墨水多。明清两朝，咱千顷李家族兴旺几百年，不就是满门都是读书人、家家无白丁？"大大爷在村里有很高的名望，这番话拨开迷雾，点醒梦中人。从此，李家寨想"长脸"（撑门面）的人家，全力供子女读书。跨入下个世纪，村里有许多孩子考上高等院校，留在城市工作。

当时，从城市到乡村，人们谈论最多的是我：一则，我头顶上有"作文状元"的光环；二则，我最年轻，二十七岁当上正科级干部，开创了溪流县的先河；三则，通讯干事虽不及当个局长和公社党委书记有实权，但处于县委首脑神经中枢，位置尤显重要。

黎明的老岳父文渊是县委常委兼三岗镇党委书记。近水楼台先得月，他最先得到俺俩任职的消息，悄悄告诉了我。

忆起一九七八年，我到三岗任教时，人才奇缺。上边规定：无论哪个学校的毕业生，学的什么专业，一律分到教育上。三岗离县城远，没有几个科班出身的。过去派遣过来几位，干不长时间，托关系调走了。没办法，只好从社会上招聘，三分之二是代课老师。之前，调来的两名，刚刚摘掉"右派"帽子。一位姓葛，管后勤，做总务，学校不像工厂，一年上头拨的经费有数，也就是每月发发工资，购买些教学用品，账目不复杂，能凑合；另一位在县里当过文教科员，姓远名见，担任高一班政治课老师。他俩在农村劳动改造二十年，已成为地地道道的农民，尽管报到时穿着新装，仍掩饰不了"本色"；长期被

"专政"，思想深处抹不去阶级斗争烙印，见谁都点头哈腰地微笑，恭敬谦卑。上课，远老师手捏粉笔，像拿个烧火棍，笨拙得可怜。英语老师，原是敲钟的工友，从收音机里边听边教。

没过几天，县文教局又陆续派来三位青年老师，跟我同时参加复习考试，也是工农兵学员毕业的。一名是农大毕业，畜牧配种专业。另两名中师专科学历，都是二十几岁的年轻人：一个就是黎明，同我一样，也是从农村走出来的，家境贫寒，数学成绩拔尖，分配教高二数学；一个是女的，热情活泼，叫秋韵，教音乐。我们有着共患难的经历，相处亲切友好，成了亲密的同事关系。

这几年，一批又一批的大学毕业生，充实到教师队伍。非师范类院校的，尤其是特殊专业人才，根据工作需要，有调出教育界的。

黎明兴冲冲地告诉我："老伙计，咱俩的任命文件下发了。"

初闻喜讯，我激动不已：今后，我总算可以用手中的笔，撷取改革大潮浪花，用新闻记录溪流县的历史，掀开人生崭新的篇章。我暗暗下决心，不贪恋官场权势，耍一辈子笔杆……

我不经意间推荐的学兄秦奋，无心栽柳柳成荫，更是喜上添喜。

消息不胫而走，学校同事见了我和黎明，纷纷表示祝贺。

王川去找宋校长："咱们学校一下子出两个科级干部，前所未有，不摆两桌酒席庆贺庆贺？"

宋校长笑笑："我同样高兴，可上边对学校的拨款，只有办公经费，没有这项开支啊。好吧，破破例，买些瓜子糖果，开个茶话会。"

学校举行过茶话会，王川觉得不尽兴，悄悄撺掇七个同事，拼份子，凑了十块零五毛。晚上，在三岗王记餐馆安排了饭局。

席间，大家很兴奋，说些"苟富贵，无相忘"之类的话，畅叙相处的友谊。谈着谈着，谈到分内之事：培育桃李，情绪无不高涨起来。共同的骄傲，当数近几年送走了七十八名大学生，其中三分之一考上本科和重点学校。每人掰着指头，说着名字，谁上了北大，谁上了清华，谁上了复旦，谁上了南开……论起这些，无不有点沾沾自喜，飘飘然起来。

李岩老师年纪最长，赤红脸，满头白发。讲起得意门生，他嘴里溅着吐沫星子：好多年前，他去县城开会，有次在大街上，一个军官立正站定，"啪"地打个敬礼。李老师蒙了。那军官说："李老师，你不认识了，我是你的学生王建华，六五年高中毕业的。"

马跃老师爆爆的脾气，爱熊学生，讲起话来，满屋子"嗡嗡"响。他兴奋地说："我教过一个学生叫闫三，赖得烫手，百法难治，没少挨熊。几年前，我去夏亭办事，中午在食堂吃饭。本来想着要盘变蛋拌黄瓜，喝瓶啤酒，吃碗捞面条。谁知闫三在那儿当会计，对我亲热得无法形容。非给我加盘炒回锅肉和一碗酸辣鱼汤，咋着都不让结账，弄得我怪不好意思。"

马跃的话，引起大家的共鸣：越调皮淘气的学生，在校受批评最多，走向社会后，往往见了老师最亲。

担任另一个毕业班语文课的老师张海，举了举手，讲了他的故事："七八年，我遭车祸，左大腿骨折了，救护车把我拉到县医院。我教过的学生尚军伟，恰巧在医院骨科上班。看到是我，不能下床，他跑前跑后，一天三顿给我打饭，有回还给我掂尿壶，比亲儿子照顾得还周到，我眼泪差点掉出来。"

赵捷戴着眼镜环视一圈，不紧不慢地娓娓道来："我爸爸、我弟弟都从事教育工作，当老师虽然不是最好的职业，但工作稳定，薪水按月照发，星期天和寒暑假加起来，每年休息两三个月，过得也算安安然然，乐在其中。"

大家七嘴八舌，神采飞扬，个个讲述着当老师的骄傲和自豪。

王川站起来，打着手势，说："天地君亲师，中国几千年，历朝历代，无不尊师重教。只有两个时期例外：一个是元朝，蒙古族建立的。这个马背上的民族，以游牧为主，靠杀掳掠夺入主中原，不知书为何物，把臣民分为十类，认为读书人白吃闲饭，排了妓女之后，乞丐之前，列入第九类。'文革'当中，老师被称为'臭老九'，便是由此而来。现在好了，咱们成了劳动人民的一部分，也是生产力，又香起来。全社会'尊重知识，尊重人才'蔚然成风，我们被誉为'人类灵魂的工程师'，光荣着哩。"

看我一直不发言，金亮老师慢声细语地说："咱们都不如李老师，送走的重点大学学生最多。将来这些学生走出校门，成了国家栋梁，多自豪呀。前天，考上北大的学生马华来信称，他遇到李老师是人生的幸运。"

我陷入沉思。张老师问："你咋看着不高兴，一副'苦大仇深'的样子?"我说："学生不应该感谢我，我应该感谢学生。就是在座的各位，也请多多包涵。"

"你这话从何说起?"几位同事大惑不解。

我慢慢道来："我非科班出身，一介门外汉，边读平原师范大学函授边从事教学。我是现学现卖，把课堂当成了试验田，重点放在培养学习兴趣和知识活用上，让学生大量阅读课外书籍，挤占了其他学科的时间。"

听我如是说，几位同事异口同声："这正是我们向你学习的地方，你怎么检讨起来了。"

借着几杯薄酒，大家说起话来没完没了，直到很晚方散席而去……

从王记餐馆出来，走在路上，凌霄搂住我的肩膀："老伙计，咱俩最对脾气，我明天送你回城。"

回到住室，我思绪难抑——

这些年，三岗镇高成了我重要的学习阶段。我读的书比在平原大学还多，一部分转化为教学内容，应用在课堂上，巩固和掌握了许多新知识，大大充实提高了自己。

当老师期间，我除了偶有躁动不安，一心扑在教学上，别的无欲无求，心静如水。此后，我进入仕途，更真切地感受到学校是一片净土、神圣的殿堂。

教书生涯，让我体悟到：如果你想一生平庸，教过两年学后，抱着一本教材，无须劳神备课，过得会非常轻松。但会成为拥有知识最单调、最贫乏的知识分子。如果你有进取心，完全可以发挥创造性，提高教学艺术，做到卓尔不群，甚至可以成为专家型人才，大师级人物。正可谓：三百六十行，行行出状元。

雄鸡一唱天下白。第二天，迎着一轮朝阳，我踏上梦想的岗位，开启了人生新的征途……

走出镇高大门，我挥挥手，告别同事，默默地说："镇高，再见！"

此后，火箭式上升，摸爬滚打十年，我成为溪流县委书记。谁知，在时代改革的大潮里，有一股暗流涌动，掀起黑风恶浪，我遭到陷害，险些殒命。这个平原重镇，这个值得留恋和眷顾的地方，也给我留下伤痛的记忆。那是后话。

第四章

———————

人情世故

一 报到

上午十点多，我和凌霄就来到县委大院。

刚到宣传部办公室门口，有两个人赶紧从屋里走出来，笑着上前迎接。这两个人，年龄四十五六岁的是秘书王大方，原来是县豫剧团的团长，身材略显矮胖，皮肤黝黑，说起话来，让人感到很亲热。另一个叫周斌，瘦刮骨脸，尖下巴，眼睛大大的，挺精明；在部队搞过通讯报道，退伍返乡后，抽调过来的。

见了我，王大方一口一个李干事地叫着，弄得我怪不好意思的。周斌张嘴必称我"老师"。他俩先是帮助抬满是书籍的木箱，然后把裹有被褥和衣裳的包袱，送进住室。

凌霄完成送行任务，告别而去。

王大方说："李干事，陈书记已到万人庄公社走马上任了，这房间昨天刚腾出来。"我看到屋子一明一暗：外间是办公室，放个大案子，上面整齐地摆放着二十几种报纸：《人民日报》《光明日报》《工人日报》《中国青年报》《农民日报》和《平原日报》，以及经济发达省份的地方党报；里面是个套间，即住室，桌椅床柜，一应俱全。

瞧见床上全新的薄被褥和枕头，柜子里摆着一摞衣裳，还有两双新鞋，我便问："陈干事调走了，东西怎么没带？"他俩说："这不是陈书记的物品，是荷香为你准备的。"

屋子里里外外，干干净净。王大方讲："李干事，听说你要报到，周斌别的事不干，又是打扫墙壁，又是清洁地面，又是擦门窗，又是整理报纸，累得满头大汗，忙了一天才整好房间。"我有些过意不去，对周斌说："老弟，谢谢你了。"周斌带着真诚的表情说："李干事，你以后不光是我的领导，更是我的老师，当学生的，这是应该做的。"王大方讲："李部长有急事，下乡了，临走时让我转嘱：'这次干部调整，县委规定不准迎来送往，不准摆酒席。'等陈书记工作安排好回来，部里举行茶话会，照张全体合影照；要你别急着上班，休息两天，处理处理个人私事。"我说："还是领导考虑周到。"

俺仨正在闲聊，荷香来了。两人打过招呼，知趣地离开。

荷香说："昨天，我往三岗镇高打电话，宋校长说你今天上午来报到，估摸你该到了，特意过来，叫你去家里吃饭。"话音刚落，她拿出两套新衣裳和一双皮鞋、一双凉鞋，叫我穿上试一试，看是不是合适。我逐一穿了穿，不大不小，正好。我不解："你咋知道我的衣裳和鞋子尺码？"她笑说："我上次去学校，记下了你的鞋码，用拃量了上衣和裤子的尺寸，当然清楚。"接着，她给我换戴手表。我一看，是刚买的"西铁城"，日本名牌货，价格不菲，商场卖一百八十七块呢！我说："这表太贵了。"她回答："你以后是县委大院的干部，戴个'黄河'，有点寒酸；我当个小护士，戴恁好的表，不般配，你这块我戴。"而后，她让我穿上新鞋新衣，我猛一下适应不了，说："过几天再换吧。"

看看手表，时间已过十一点。我向王大方和周斌打个招呼，跟随荷香走了。

二　家宴

中午，荷香家人包好了饺子，做了两个小菜，吃了顿便餐。

晚上，李先把白天夫妇和二哥三口都请到家里，摆了一桌丰盛的宴席，说是为我弟兄俩"金榜题名"庆贺。

接受邀请，白天他们早早到了。

"客人"一进院，荷香举家和我笑脸相迎。白天很是高兴，一一打招呼。他身后跟着二哥的岳母冯珍，个头高挑，一副"县长"夫人做派。看到我，她目光注视片刻："这孩子，一定读书多，有儒雅之气，见了觉得怪舒服的。"我微笑道："表婶，你好。"她有些不以为然："别叫表婶，太土气，喊我阿姨。"白天赶紧接过话茬："入乡随俗，就该称表婶。"冯珍马上改口："好，好，那就喊我表婶。"

我跟白云总共见过两面：第一次，她去俺家，没咋说话；第二次，县里召开五四青年节表彰大会，抽我整典型材料，父亲让我找二哥买麦麸子喂猪。当时，我去家里，她和二哥在吵架，没有理我。转眼六年了，俺俩没有再见过面。她看了看我，带着几分不满情绪说："三毛，你好大架子呀，上次进城开会，连俺家门都不进，对我和你二哥有意见吧？"

我连忙解释："二嫂，你想多了。咱姊弟们，有啥计较的？"

二哥生怕俺俩一言不合，闹起别扭，"嘿嘿"笑两声，打起圆场："上次，三毛来县城，会议安排得太满了，抽不出时间来。"

荷香看到俏俏，拿出一包饼干。接到手里，俏俏高兴地吃起来。走上前，我逗她："让三叔咬一口。"她怯生生地瞅着我，把饼干藏在背后。我蹲下身去抱，她往后退："我不认识，你是谁呀？"我说："乖乖，你忘了？前年春节，爸爸带你看爷爷，我送你一只布老虎呢。"俏俏歪着脑袋，眨了眨眼："我知道了，你是三叔。"我说："俏俏真聪明！"她想了想，蹦出一句话："爷爷小气，就给我一元压岁钱。"我说："爷爷是农民，没钱。"俏俏问："爸爸妈妈，为啥有钱？"

无知孩童提出的问题，让所有人无言应答。

李先打破僵局，请大家按长幼宾主入座。他说："今天，三毛进城工作了，他弟兄俩同时当了科局级干部，咱们借此聚聚，好好庆贺庆贺。"

话音刚落，白云撇撇嘴，用不屑的口气，抛出一句话："混个小小科级干部，没啥了不起，还不是靠我老爸！"

白云此话出口，语惊四座。

李先怕冷场，赶快劝男士吃酒，女士喝果汁饮料。

白天若无其事地端起杯子，逐个碰酒，夹菜。之后，他像是对白云，又像是对着大家："这次调整干部，都是本着德才兼备原则，没有开后门现象。三毛当县委通讯干事，是王书记亲自点将。常委讨论研究时，王书记对三毛大加赞赏，夸他有才气，为人谦和，聪明智慧，是棵好苗子，有发展前途。守军干了多年广播站站长，新成立的广播局，缺少懂业务领导，宣传部推荐他当副局长，完全是工作需要。"他大发感叹："'家贫出才俊。'我看这话有道理。在县城，许多家庭条件优越的子女，恐怕不及守军兄弟俩。"

李先兴奋起来："这在俺夹河套，算是头号新闻。咱两家女儿摊上这么好的女婿，并结成亲戚，也是缘分。特别是我家，能跟白县长家联亲，算是攀高枝了！今天，我脸上特别有光，咱们一定好好热闹热闹！"

白天："老李，你说这话儿可是客气了。我都一把岁数了，现在中央提出干部年轻化，离退二线能有几年？"

二哥和我站起来，拿起酒壶，先后恭恭敬敬为各位长辈满满斟上酒，表达心意。

敬罢一圈，俺俩落座。接着，荷香拿起公筷（没人用过的），依次为冯珍、白云夹菜。她甜甜地随我称呼冯珍"表婶"，又叫白云"二嫂"。

白云瞅瞅荷香，咧着嘴说："你刚同三毛谈朋友，八字还没一撇哩，现在叫二嫂早了点，还是喊姐吧。"

荷香像是受到羞辱，脸"腾"地红了，李先、荷香妈顿觉尴尬。

白天打圆场："三毛他俩结合，板上钉钉，就是早一天、晚一天的事儿。你瞎说个啥？"

对白云这话，我心生讨厌，直接顶撞，会破坏宴席营造的气氛，只好把愤懑压在心里，隐而未发。端起茶杯，喝了一口水，我扫视一圈，仿佛刚才什么事情都没有发生，开了腔："几位老人都在，二哥二婶也在，借这个机会，征求一下你们的意见，我和荷香认识五六年了，想明天去领结婚证。"

听我如是说，荷香及家人齐刷刷地将目光投向我——都感到事情太突然了，当然明白我是在为他们挽回面子。

其实，我和荷香啥时领结婚证，无须征得白天夫妇意见；即使二哥和白云，也没有权力干涉。他们不好说什么，纷纷表示支持。

宴席，虽有不谐音，都被一次次化解。

聚了一个时辰，俏俏吵闹着要回家；白天有公务缠身。冯珍发话："找个机会，我和老白回请你们，就此结束吧。"

送走白天他们，我打算回县委住室。

到了小院门口，送走客人，李先示意我回家再坐一坐。

三　人脉

我们重新落座。

李先："他们几口走了，咱多说会儿话。"

荷香妈："我看孩儿酒没足兴，恁爷俩再喝几杯。"

刚才，白天和二哥他们在，大家只顾客套、聊天，我最多喝了二两。

但我心如明镜：他们二老留下我的真实用意，是要掏一掏我的心里话，对我说的跟荷香明天去领结婚证的事儿，到底是不是真实想法。

李先是聪明人，他要借酒打开我的心扉，一个劲地劝我喝。抽到两支烟的时间，我脸色微微泛红，话稠起来。

看我高兴，荷香妈试探着问："你说明天跟荷香领结婚证，是冲着你二嫂说的气话，还是真的？"

想想当时说的话，回忆荷香那么真心对我，揣摸透两位老人的心愿，我认真回答："人生大事，咋能儿戏？您二老和荷香如果没有意见，俺俩明天就去咱公社民政所办手续，顺便回家看望老人。"

没等荷香表态，荷香妈抢过话茬："从恁俩见面，她就一个心思扑在你身上，会有啥意见？"

我："恁二老呢？"

老两口不约而同："盼着恁俩早把婚事定下来，又怕撵得紧，催得急，没好意思开口。"

我："那就这样定了。"

李先掩饰不住喜悦："我不是自夸，荷香这闺女心善、懂事，知道孝敬老人。"

我："这都是您二位老人教育有方，也是我的福分。"

李先："知女莫若父。荷香生在俺这样的家庭，从小衣食无忧，没经过大事，性情过于柔弱。这，我得给讲明。俗话说：'青竹竿十八节，不知啥时过到哪一节。'人这一生，没谁敢挂无事牌，保不定啥时会遇到啥事儿，得靠你扛着。我仔细观察了，你知书达理，能忍能让能拿主意。把荷香交给你，俺老两口放心。"

荷香妈思忖一下，开了口："孩儿，有件事儿不能瞒你，该说的不说，藏着掖着，会埋下祸患。今天，我得给你讲明——荷香身子被俺村上大学的那个田野沾过。"

我："婶，荷香早告诉过我，不用提了，错不在她。以前，我谈过一个对象，俺俩也好过。怕拖累我，她不告而别，找不到了。我和荷香都老大不小了，没啥计较的。"

我这一解说，荷香爸妈不再纠结，满心欢喜。

人逢喜事精神爽。李先觉我已是他的门婿，他俨然成了岳父大人，跟我谈起人情世故——

"孩子（他第一次这样称呼我），咱们农村人来到城市生活，就像水中的浮萍，没根儿，得有自己的人脉圈子。你看县城满大街上是人，但大家来自四面八方，素昧平生。非亲非故的，遇到啥事，谁也不管谁。人活一世，遇到大事小情，都得有人帮衬。这些且不再论，现在这社会，即使在县城买辆自行车、缝纫机，甚至买袋洗衣粉，称斤红糖白糖，都要找熟人。要想站住脚，得广结人缘。"

从李先的这番话中，我悟出：他之所以声誉鹊起，不光是有独到的医术，更因为注重积攒人脉关系。

我递上一支香烟，点着，递给李先。他笑着接到手里吸了一口，从鼻孔里冒出一团白雾，接着讲——

"孩子，我今天为啥请白县长和你二哥他们过来？一是考虑在城里就你弟兄俩，得抱团。我开始就知道守军是你二哥，也清楚白云是你二嫂，可自从咱爷俩开始接触，到你第一回来家吃饭，你只字没提过他们的事儿，我就猜到关系不很融洽。白云就是那样的脾气，甭放在心上。常言：'兄弟同心，其利断金。'你们打断骨头连着筋呢。再说，白县长看起来表面威严，也是性情中人。有这种亲戚关系，真遇到事儿，他一句话就起作用。你们得搞好团结。"

说到这儿，李先讲了个故事。他说："俺刘湾有一对爷俩。儿子昏天暗地，恼了打他爹。一次，家里牛丢了，怪爹没看好，他撵到大路上，揍爹一顿。一个走路的，看不下去，打了那孩子。他爹不愿意了。爷俩一齐动手，打走路的那人。这件事说明一个道理：父子、兄弟，矛盾再大，仇再深，遇到事儿，还是亲。"

我听得十分认真。

李先继续说："人，除了血缘关系，还要有人际圈。你见过蜘蛛吐丝结网吧，网多大，蜘蛛活动空间有多大。人也一样，有多大人脉圈，干多么大的事儿。无论同学、同事或熟人，要真诚相待，宽厚包容，才能广泛结缘。遇到难处，方有人帮助。"

我不停地点头，李先接着讲："人和人修性不一样，有时需要以德报怨。有些事，你忍你让，看着吃了亏，却会有好的结果。解放前，俺村一个叫铁汉的年轻人，大热天赶脚到上蔡县，经过一个老员外家，口渴难忍，把牛拴在院外一棵树上讨水喝。那牛吃一肚子青草，打个喷嚏，把一泡稀屎冒在老员外院门上。这老员外不依不饶，非让铁汉用嘴舔净。铁汉用水把门冲净，拿衣裳擦干，才算完事。过了三年，老员外到我们这一带卖芝麻，背了一褡裢子银元。天到傍晚，他怕遇到歹人，正愁无处投宿，恰巧碰上铁汉。铁汉认得老员外，不计前嫌，把他请到家里，好酒好菜招待。两人结下忘年交。老员外得知铁汉就是他当年羞辱的人，回到家里，向几个孩子讲述一遍，三天后惭愧死去。又过了几年，铁汉家遭受火灾。老员外儿子听说了，跑很远的路送来几十块银元，救了铁汉一家。这就是：恶有恶报，善有善报。人，积德行善，终有好报。"

我："您老的话，句句金玉良言，我一定牢牢记在心里。"

李先看我饶有兴趣，进一步说——

"天外有天，楼外有楼。孩子，你还年轻，以后的路长着哩，前途无可限量，但要切记：越得势，越要谨言慎言。骡子、马大值钱，人'架子'（摆样子）大，分文不值，只会遭人讨厌。做人到啥时候，都要放下身段，不可小瞧别人，保不定谁啥时有个啥用处。"

他说到这里，讲了一个故事："从前，俺村有个庄户嘴（土财主），傲得很，不把穷人放在眼里。有一年，他打发（嫁）闺女，扁担不够用，谁家都不愿相借。最后，他反省自己，向乡亲登门道歉，才有人借给他扁担。老话说，砖头蛋、瓦碴（烂瓦片）绊倒人，讲的就是这个理儿。"

看似聊天，其实包含着李先对人生的深刻理解。他又道："人上一百，形形色色。玫瑰有带刺的，庄稼有良有莠。这世上，当然也有小人。智者，结交必良友，来往远小人。躲不过，要多个心眼。所以，害人之心不可有，防人之心不可无；宁得罪十个君子，不能得罪一个小人。良善之人，终有好报。只要站得正，行得端。即使遇到灾灾难难、坎坎坷坷，最终也会过去！"

李先煞费苦心，讲了许多做人的道道（理论）。

水塘插话："老爸，您常对我唠叨这话，我耳朵已经磨出茧子了。"

荷香妈："这孩子，恁爸是在提醒你哥，咋在城里站住步，你瞎'喳喳'个啥？"

我："叔，当晚辈的，涉世浅，我喜欢听。"

李先上的人生这堂课，让我终生受益匪浅。

在以后的漫长岁月里，我淡忘了老人这个晚上说的许多话，但他讲述的故事，以及寓含的道理，却一直记忆犹新。

四 领"证"

深谈到夜里十点，我回到县委大院住室。

睡到日升三竿，我听到有人轻轻敲门，知道是荷香来了，慌忙起床。

她显然经过精心打扮：穿着粉红色衬衣和浅蓝色裤子，脚上是洁白的半高跟带绊皮鞋，身上有一股很好闻的淡淡香粉味。

我刚下床，荷香打来了洗脸水，把牙膏挤在牙刷上。

洗漱完毕，吃过早饭。荷香说，这两天，气象站预报，都是二十七八度，穿单衣吧。她从我的衣柜里，拿出来崭新的确良白色衬衣、黑色裤子，抚平皱褶，看着我穿好。随后，她把一双咖啡色凉鞋，放到跟前，让我穿在脚上。原来的旧衣裳，她收拾收拾装在携带的布包内，说："拿回家，送给咱大哥穿吧。"

一切准备妥当，荷香仔细打量一番，半是撒娇半是玩笑："小帅哥，出发吧。"

家里有车不骑，荷香非让我带着。她说："这样可以挨近你的身子，舒服。"我从背后，能感受她呼出的气息，热热的，酥酥的，痒痒的。

出了县城，俺俩沿着去沙流河市东南方向的柏油大道，半个多小时后，到了一个路口。下了路，朝南直走，是煤渣道，再走二十几分钟，就是万人庄公社。

清明已过，到了暮春。看着沿途的风景，古人有关晚春的诗词曲赋，在我脑海里浮现出来——

宋朝欧阳修有词云："一年春事都来几？早过了，三之二。绿暗红嫣浑可事，绿杨庭院，暖风帘幕……"

唐朝韩愈描绘的图景是："草树知春不久归，百般红紫斗芳菲。杨花榆荚无才思，惟解漫天作雪飞。"

文人墨客，抒发的无非是珍惜春光的美好愿望。

我是农民的儿子，眼中则是另外的情景和感受：天上，白云悠悠。田野里，东风吹拂。大块的麦田，日生夜长，孕育着穗子。桃李杏梅，最先开出的花瓣已经凋零，生长出一片片嫩叶，还有毛茸茸的珍珠般幼小果实；后开的花儿，知道春天将要过去，竞相绽放。许多种草儿，开始结籽。再过一两个月，麦黄的杏儿，五月的鲜桃，胭脂红的草莓，青翠的黄瓜，金灿灿的满坡麦穗儿……便会令人陶醉，沉浸在丰收的喜悦当中！

赶上春的"末班车"，我和荷香也共同收获了甜蜜和美好：从见面之日算起，十五天领取结婚证。俺俩谁都没想到，关系发展如此之快。现代人发明一个词语："闪婚"。这用在俺俩身上，也是最合适不过的。西方人创造一个神话，称一个手持弓箭的童子，箭射中了谁，谁就坠入爱河。中国人没有"爱神"的信仰，创造了月老。他手中拿着一条红线，谁被红线拴住，二人必然走到一起。从前，杭州西湖有一座月老祠，对联天下闻名："愿天下有情人终成了眷属，是前生注定事莫错过姻缘。"老百姓讲，谁跟谁走到一起，结为夫妻，是缘分。一对男女，一个天南，一个地北，中间经过不知道多少偶然，有的擦肩而过，间不容发，稍纵即逝，可终究没有错过，到底走到了一起。即使青梅竹马，同样有个机遇问题。这种情况，谁能否认？谁又能解释呢？我和荷香，双方都有曲折的感情经历。虽然，表叔刘彪牵过红线，未成。自那时，过了几度春秋，却由林健撮合而成。这，怎么说得清呢？

哲学家把这种现象解释为偶然性；佛教称之为命中注定；老百姓说是缘分。

也许，正如荷香所言：缘分到了，挡不住！

走着想着，俺俩来到万人庄公社大院门口。

我："你站这儿稍等，我去买两盒烟。"

荷香："我带一条呢，彩蝶的。爸说，你在公社工作过，还要回村里见乡亲，多备些。"

进入院内，正巧碰上民政助理员老魏。我旁院的大娘，是他表姐。沾亲带故，我喊老魏表叔。在这个大院搞通讯报道时，县民政局召开表彰大会之前，整典型材料，他求我帮忙。老魏曾两次发"救济款"资助，我心存感激。看到他，我忙敬烟。多年不见，知道我调到县委工作，他很是客气。我说明来意，他领我和荷香到民政所，二话没说，办了结婚证。该收两毛钱，他硬是掏腰包垫付，还要为我和荷香安排午饭。我说，想看看陈书记，他才不再挽留。

从民政所出来，乡里几位干部碰见我，纷纷上前打招呼，一个比一个亲热。对我，有的直呼其名；有的称呼官衔。炊事员老董，会计老牛，一大把年纪，竟李干事长李干事短地同我套近乎。两个人或许彻底忘掉了对我曾经的歧视和伤害。那时，老董另眼"小瞧"我。每次打饭，都仄棱着勺子，比别人盛得少。改善伙食炒肉片，两毛钱一份。他给领导都是满满一勺，轮到我把碗伸过去，只打半勺。我赌气："再打一份！"看我心怀不满，他犟犟鼻子，还是打半勺！这是在较劲，那意思是告诉我：小小一个临时工，你能怎样！我真想把碗连肉片扣在他头上。瞬间，我想起汉朝大将军韩信胯下受辱的故事，抑制住冲动：李三毛，你要想让人看得起你，必须活出人样。如此争强斗胜，太没出息了！再一件事儿，是受老牛的窝囊气。入冬前，干部每人配个铁皮壶，放在煤火炉子上烧水洗脸和喝茶。听说发壶，我去领。同着几个干部，他冷冰冰地说："没你的。"我有些生气，问："为啥？"他撑我："你不在编制！""难道编外人就不洗脸和喝开水吗？"在气头上，我没过脑子，脱口说了句："你狗眼看人低！"他牛劲上来了，怒气冲冲地拉着我去找书记孙强告状。孙强听罢，不软不硬地"熊"他说："老牛，咱恁大个公社机关，一个铁皮壶不就几块钱，所有干部都配了，咋能没有三毛的？"然后，孙强像是安慰老牛，轻描淡写地批评我一句："年轻人，对老同志要尊重，此后可得注意呀……"常言："十年河东，十年河西。"仅仅过去了六年，我的人生改变了，成为县里科局级干部。社会大课堂告诉我，一个身份低微的卑贱者，不可能活得有尊严，被人小瞧作践当属正常现象，就像我如今被人抬举看高一样。于是，我微笑着对他俩说："这样叫，生分，还是叫我三毛，听着顺耳，显得不外气。"

我每人递上一支烟，都笑呵呵地接过去。老董不吸烟，用手夹在耳朵上："这烟，我得收下，作个留念。"

我和荷香往后院走，去见陈明。隔着竹帘子，陈明看到我，从屋里惊呼："咦，三毛！"他快步走到门口，掀起帘子，"哈哈"笑道："快进来！快进来！"

我和荷香进屋。陈明抱住我："老师想死你了。"

我："学生专门来拜访的。"

落座后，陈明对着荷香："这是李先的千金吧？"

荷香："陈书记，你认识我？"

陈明："你是贵人多忘事。七六年，宣传部管卫生口，你爸请我到家喝过酒呢。"

当陈明知道我和荷香来领结婚证，插科打诨："弟子真不简单，找个大美女。"

师徒相见，说不完的亲热话。

陈明对我有再造之恩。在村里当民师时，我写的第一篇稿件见报，他把我作为培养对象。平原日报《通讯》，是辅导通讯员的刊物，他每期按时寄送；县里每期办培训班，他都通知我参加；看我有培养前途，亲自带训我三个月；知道我家穷，凡进县城，他哪一次都送我几本稿纸和一沓信封……可以说，没有他这个伯乐，我不会有今日。

谈了好大一会儿，临近十二点，陈明说："正好，我这有大半个卤猪肚，一包花生米，还有瓶鹿邑大曲哩。得意门生来了，破破例：不去吃大伙了，咱们在我屋里会餐，把它干了（那时，上面来客，不兴招待，都是在食堂吃饭）。"

通讯员小刘过来倒茶，陈明交代："安排伙上，弄俩菜：炒盘鸡蛋，熘个酸辣白菜。"说过，他拿出一沓饭票，小刘接过去，转身走了。

陈明喝酒熟醉：喝上二两，就有醉态。说话多，走路有点踉跄，看着像醉了。其实，这种人，酒量最大，喝得再多，仍是那样。

酒逢知己千杯少。这次，俺俩喝酒，陈明始终没醉态。他向我吐露心声："我这个老师，非科班出身，没写过有分量的稿子，只不过是个领路人。弟子不必不如师，你早青出于蓝胜于蓝了，一定会远远超过我。"

碰了碰酒杯，陈明说："以后，我的工作靠你捧场，你要施'偏心肥'，多报道家乡的事儿。"

荷香看一瓶酒剩下不多了，劝道："别喝了吧?"

陈明摆摆手："俺俩喝干，一滴不能剩。"他倒上酒，吐露心声："万人庄公社又穷又偏僻，我打算干一届，就回县城，到局委去。"

老师向我交底："工作干得再好，不如报纸一篇报道。这不是客套话，我求你务必多来，好好为万人庄宣传宣传。

我："莫用'求'字，吾等听令，唯汝马首是瞻。胆敢抗命，你挥泪斩马谡。"

"哈哈哈……"俺俩大笑。

酒足饭饱话说尽，已到下午两点，我和荷香离开公社大院。

找个漂亮媳妇，我得回李家寨炫耀炫耀。况且，爹还盼望早日了却一桩心愿呢。

五　回村

走到万人庄大街上，荷香去供销社门市部，买了些块糖、面包、饼干等。她说，第一次回我家，见了妇女、小孩的，得有表示。家里有叔有伯，他们过来看望，咱不能空着手。凡需要准备的，荷香都做到了。

过了清水河，我带着荷香沿着大堤西行。

"农村的饭，两点半。"这时，正是行人稀少的时候。走了一段路，我提出从自行车上下来。

荷香："有事吗?"

我："想好好看看结婚证。"

荷香从兜里掏出来。我仔细瞧了瞧，附在她耳边，俏皮地轻轻叫了声："媳妇。"

荷香对我冷不防这样称呼，没有思想准备，羞得脸像一块大红布。当她反应过来之后，拖着长长的声音，甜甜地应答："哎——"

我猛地从身后抱住荷香，大声"吼吼"着："我有媳妇了！我有媳妇了！"连着转了七八圈，我才把她放下。

看我"疯狂"，她"嘎嘎"大笑不止。

我有点得意："你到底不敢赖账，承认是我媳妇了。"

荷香："领过证，咱俩就是一根绳上拴两个蚂蚱，飞不走我，也跑不了你。往后，我活是你家的人，死是你家的鬼。我还怕你半路上丢下我哩。"

我指着头上的苍天："此生此世，三毛对荷香不离不弃；本人若有三心二意，电击雷劈！"

荷香："我只是话赶话，顺口说说，谁要你赌咒发誓?！"

我："有了这张纸（结婚证），你和我都变成多重身份了：在怹家，我成了门婿儿、姐夫哥，晚辈叫我姑父。在俺村，小辈人，便叫你婶儿，甚至有喊奶奶的；平辈年龄大的，会叫你兄弟媳妇；年龄小的，唤你嫂子；老少姑娘出嫁的，生的孩子，会叫你妗子、舅奶；年长的，便称侄媳、孙媳。对你来说，开始自然不习惯，得慢慢适应。"

我继续谈论着自己的理解："别看这些远远近近的，都是亲情人脉圈子，有个大事小情，少不了他们帮忙。上帝伟大之处，就在于他给了你一个生命，又让许多人同你有牵连，护佑着你。但前提是，你不能辜负他们，大家互相支撑。"

荷香："昨天你走后，爸就跟我讲，咱家是千顷李家族，门头大，礼数多。李家寨办红白喜事，都是咱爹当老总。你让我咋着，只管说，我全听你的，不能让人家背后捣脊梁骨。"

听荷香改口喊我父亲叫爹，我"拉着兄弟媳妇叫嫂子——没话找话"（民间歇后语）说："那以后，我咋称呼你爸呀?"荷香想都没想说："当然随我叫了。"我逗她："不，叫老丈人。"在夹河道，有些人用这称呼打渣子骂玩，荷香觉得在给她打儿戏，把嘴一噘，假装生气："你是有学问的人，可不能胡喊乱叫！"我郑重其事地解释："这不是不恭敬的话，而是地地道道的尊称。"荷香问："为啥?"我说："你想呀，一般人都是身高五尺，谁能会有一丈? 只有门婿儿抬举，才会称丈人。"荷香道："听着不是很正经。"我笑着试探说："不然，叫岳父如何?"荷香思忖半日不语。看她不完全理解这一称谓的含义，我讲道："古人把泰山等五座名山叫五岳，比喻其为妻子的父亲，有人称'老泰山'，够伟大了。"荷香坚持说："还是入乡随俗，喊爸好。"在我内心深处，荷香爸是名副其实的岳父大人，我还是顺从着说："好，听媳妇的。"

半是认真半是开玩笑，俺俩说了一阵儿。然后，我嘱咐荷香："你第一次回村里，是没过门的新媳妇，会有很多人去看；要是有人说话不中听，你千万不能恼。"

荷香："乡里乡亲的，我若恼了，你的脸面往哪儿搁？丑媳妇不怕见公婆，硬着头皮撑呗。"

我："咱农村，没办婚礼，不算正式结婚。村里人对你不会动手动脚，也就是磨磨嘴皮子，说几句逗笑的话。孬好，甭计较。"

荷香："好，听你的。"

我道："天下的人，谁都能得罪，就是不能得罪家乡人。在外面，你不管有多风光，纵然做了皇帝老子，在他眼里，你永远都是'光肚孩'。谁要是看不起他，他背着手尿泡——不扶（服）！会把你'熏'得臭狗屎一堆，尿泥圈子不如；你敬他一尺，他敬你一丈，能把你捧到天上。"

我举了汉高祖刘邦的例子：刘邦排行老三，村里人喊他刘三。史书上说，他回乡时有几百匹的马队，彩旗猎猎；他乘坐銮舆，可谓威风凛凛。这下，惹恼了一个小时候跟他"切草喂马"的伙伴，把他从头到脚数落一番：你原来不就是个小亭长吗？没事爱蹭人家几碗酒喝；春天摘我家的桑叶，冬天借我家的米；拿过我三十斤麻，欠我几斛豆，还留有字据呢！烧啥烧？这事儿，一个叫睢景臣的文人知道了，写了一首叫《哨遍》的曲子，到处传唱。

荷香听得入迷。

我想起许多过往之事——

九岁那年夏天，在清水河里，我和几个孩子洗澡时学游泳，差点淹死，是老麻大爷跳到水里救我一命；

十岁，我和石头偷摘外村豌豆角，被看庄稼的逮住了。我把嘴里豌豆角的汁水吸尽咽下，往地上吐出渣儿。那人让我从地上捡起来，厉声呵斥我吃掉。我吓得"哇哇"大哭，老梦爷爷听见了，跑过去制止那人："赶快放了，吓着孩子，我找你算账！"

小时候，我姊妹多，家里干活的少。生产队靠工分分红，俺家是缺粮大户，全靠劳力多的社员养活。

下学后，我当民师，后来抽调到公社。大队向生产队摊派义务工，我一天体力活没干，按一个整劳力计酬，都是沾了其他社员的光。

我走出大学校门，山重水复疑无路，乡亲们给了许多安慰，让我走出绝地，有了今天。

我参加工作，吃商品粮，享的是农民的福；没有农民一滴汗珠掉在地里摔八瓣，向国家交公粮，低价卖猪卖鸡蛋卖芝麻，我凭啥活得滋润？

谁最值得感恩？是农民。他们才是真正的"上帝"，他们才是应该顶礼膜拜的"活佛"，才是应该敬贡的"神灵"——我心里充满着对父老乡亲的深深感激，曾多次暗暗发誓："无论到啥时候，都不能忘了至亲至爱的家乡人民。对他们，我必须心怀敬畏之意，倾己所能，做些力所能及的事儿。"

我把所想所感向荷香倾吐，她很受感动："没想到，你有这般的赤子之心，实属罕见。"

往前走不远，俺俩到了李家寨村子后面。

顺着河堤斜坡，一起下了路。

俺家屋山东头，聚了许多人正在"喷空（聊天）"。见我领个姑娘走近，众人齐刷刷站起来打招呼。福嫂子指着荷香："兄弟，这是谁呀，也不介绍介绍？""我领着来的，还能是谁？她叫荷香。"我笑着答道。

瞧见荷香漂亮，在场的人如蜡像雕塑。刹那间，无不发呆。

我拿出一盒烟，逐个散发；荷香赶紧向女人让糖。

站着聊了一会儿天，俺俩走进院子。

大大爷和父亲，还有几个婶子、大嫂及邻居的石头妈和仓嫂，都随我们进了屋内。

父亲是讲究人，家里收拾得干干净净。红木条几放在堂屋北墙，前面是张四边刻有《二十四孝图》的大方桌，两边是摆着带靠背和扶手的木椅（这几样明清古董，是爷爷土改分得的"浮财"。分门另住时，爱面子的父亲，什么都不稀罕，要了这套宝贝）。贴着东面"隔山（墙）"，有个长木凳，西墙摆四把小板凳。

有的坐着，有的站着，对荷香都十分亲热。大嫂忙到厨房烧一暖瓶开水，沏了碗鸡蛋荷包，端了过来。荷香忙接过："大嫂，我不是外人，别忙了，坐下说说话。"

当得知荷香就是李先的闺女，父亲想起几年前表叔给俺俩提过媒，笑了："是一家人，早晚会进一家门。"

大大爷回忆起前段时间，他为我和米姝撮合，我没同意，悄悄地说："这闺女才配你，长得齐整，一等一的相貌。"

几个婶子打开话匣子，把陈芝麻烂谷子的事儿抖搂出来——

"三毛是倒生，俺二嫂大出血，差点要了命。羊水先破了，从娘肚里出来，这孩子小脸发青，嘴唇乌紫，没有气了。我掂着他两只脚，拍打好几下，才会哭……"三婶说。

八婶接过话茬："这孩子十个月就会'咋巴（趔趔趄趄走路）'。大年三十，二嫂夜里做带'蹄子'（裤腿下端脚穿的部分）的棉裤，熬迷瞪了，把做活的大针扎在棉蹄上，忘了拔掉。初一，她给三毛穿上，放在地下让站着，三毛哭得像'血抓'一样（哭得厉害）。站一次，哭一回。二嫂说：'这孩子，大过年的，哭啥哩？'后来，二嫂突然想起来了。脱掉棉裤一看，大针扎在孩子脚心了，只露个线头，你说吓人不吓人？"

几个女人听到这里，都吃惊地"咦——呀"一声。

大大爷讲："三毛四岁那年，胳膊窝里长个大恶疮。老二在煤山市煤矿，我用狗头车推着去沙流河市医院，划开三四寸长的刀口，流出来一大碗脓血。我看着就害怕，他嘴唇都咬烂了，硬是一声不哭。这孩子真能忍。"

五婶："三毛这孩子没白养，从小就知道亲他娘。一岁多的时候，二嫂让他坐板凳上喂饭，他用小手拍着板凳：'娘，娘，你坐。'你说小小孩子家，咋恁懂事？"

石头娘插话："表婶告诉我，有一年割麦，队里每个妇女分一个好面馍。舍不得吃，她拿回家留给三毛。三毛掰一半，非让表婶吃。三毛从小就孝顺。"

听到这里，父亲开腔了："参加工作后，三毛每次回家没空过手；临走，都掏给我十块八块的。我知足，心想'值'了。"

父亲一高兴，话头多起来："三毛不光孝顺，上学也省心。六七个月的时候，他爷试试他将来的志向，把吃的鸡蛋、烧饼、糖豆，玩的布老虎、花棒槌、风筝，还有铅笔、本子、连环画，摆了一片，放在面前。这孩子不稀罕别的，专抓书呀笔呀这类东西。看到这样，老人家喜得眯缝着眼说：'咱家难道又要出读书人不成？'果不其然，打三毛上学，我就没操过他的心。天天用功到深夜，作业回回一百分。六六年，咱这遭水灾，他三天两头肚子疼，辍学在家。他病好一点，就翻他二哥的书看。他二哥在学校写的作文，凡是老师画红线的，他都抄抄背背。上初中时，小马庄有个在澈河市当劳动局副局长的死了，送回来开追悼大会。人家单位那么大，有学问的人多的是，带来一份悼词，先念。我让他也写了悼词，后念。一比，他把人家比了下去。澈河来的领导，对我说：'这孩子，将来一定有出息。'我回家一学，他娘高兴得不得了。后来，超半岁，没让三毛考高中；大学，三毛只上两年。分配考试，全省那么多人，他作文第一。我嘴里不说，心里骄傲着哩！"

我不好意思起来："爹，父不夸子，别说了。"

按下葫芦起来瓢。荷香插话："在县城，三毛成了有名的作文状元，我也光彩着哩！"听，又出来个"妻夸夫"的。

大伙儿围绕我的话题，一直谈论不休。

毛猴叔五十出头，有点弯腰，说话总嘻嘻哈哈的。他向我求证一个问题："侄儿，都说你读书过目不忘，能倒背字典和好多大厚本子古书和诗词，是真的吗？"

确实，我背过字典，能解字意；古书，我看过一些；我喜欢文学作品，看过四大名著和许多近现代知名作家的小说；《诗经》、唐诗、宋词、元曲，熟读千余首，会背大约三四百首；古今优秀散文，能背六七十篇。但我不能如实讲，怕他们瞎传。

我笑答："那都是夸张了，传得过于离谱，千万甭信。"

九叔在公社变电所当帮工，问我："孩子，听说你现在当的官跟公社书记、县里局长一样大，是不是真的？"

我不知如何回答，打哈哈搪塞敷衍。

老成大爷开口说话："老人（指爷爷）的坟地，我去看了，得地势。咱千顷李家族从清末衰败至今。风水轮流转，已经转过来了，非兴旺不中。"

他的话，许多人信以为真，无不笑逐颜开。

"话没有头，散了罢。让他们亲一窝有啥事儿，唠叨唠叨。"石头妈提醒大伙儿。这样，许多人散去。

荷香把带的东西拿出来，分给父亲和大大爷，还有大哥，每家一份。最后，她掏出十块钱："爹，您收下，零花；这两瓶是降压药，您要按时吃，甭让身体出问题，多享几年福。以后，我和三毛勤回来看您老人家。"

大哥的三个闺女也在场。荷香亲亲大凤，逗逗二凤，抱抱三凤，塞给每个孩子几块糖，哄得个个高高兴兴的。

父亲看着荷香，脸上笑成一朵大红花。

石头和村里几个年轻人，去沙流河市买三轮、四轮拖拉机去了，不在村里。

从家里出来，我领荷香去看娘。走到庄东南坟地，荷香随着我跪下，磕了三个头。想到娘生前吃了许多苦，没享一天福，我泪流满面。娘最挂牵的是我，希望我能吃上皇粮，找个城里媳妇，不像她那样受罪。此刻，娘的心愿实现了。我说："娘，儿子带着媳妇看你来了。您老若在天有灵，开心地笑吧，儿能听到。"

话音刚落，一群喜鹊在附近的树上，发出"喳喳喳"的叫声，仿佛听到娘在"呱呱呱"地大笑……

我和荷香又到爷爷墓前，磕头报喜。

这次，我和荷香回村，在李家寨再次产生冲击波。

"书中自有黄金屋，书中自有颜如玉。"有识字人的诠释，有毛猴叔的演绎，有老成大爷关于风水的解说，我成了一个标杆，一盏灯塔，一座里程碑。俺村孩子奋发读书，渐渐蔚然成风，助推着千顷李家族实现复兴的梦想。

第五章

收获与快乐

一 热了冷了

办过结婚证，了却了荷香和双方老人的心愿。我以为告一段落了，可以不用再想这档子事儿，全身心地投入到工作之中。

从内心深处，我感谢一九八二年的春天，给了自己华丽转身的机会——由一个鲜为人知的教书匠，摇身变成县委搞通讯报道的专职干部，圆了十七岁就已经开始的梦想。

没人的时候，环绕着县委大院，我背着手转了一圈又一圈。这里的工作单位，当时仅有宣传部、组织部和县委办公室，简称"两部一室"。此外，还有两个群团组织：团县委、妇联会。机关人员都算上，总计不超过四十名。二十几岁的青年干部，也就五六个。其中，挂上科级的，我是唯一。

县委领导对我抱有很大希望，企盼我改变全县新闻宣传工作长期落后的状况，打开崭新的局面。从接受调令之日起，这个问题就一直在我脑海里萦绕。

"头戏难开，好戏难唱。"我该从哪里着手呢？

思多虑久，圣贤先师闪烁智慧光芒的至理名言启迪了我：南宋大儒朱熹推崇备至的《四书》之首《大学》开篇讲："物有本末，事有始终。知所先后，则近其道……物格而后知至。"是啊，事物都有本末，每件事情都有始有终。明白了本末、始终的道理，就接近发展的规律了。只有在认识、研究了万事万物的道理后，便会求知成功。

在平原大学的课堂上，新华社著名记者、省报资深编辑受邀传授的"真经"，犹如串串珍珠抖搂出来——

"吃透两头"。师者传授，在基层搞报道，要及时学习和了解上头（中央和省里）重大方针政策，吃透精神实质。对下面的情况，要沉下身子，认真调查研究，随时掌握。

"胸中有全局，手中有典型。"要当无冕之王，必须站在全国、全省高度，胸怀大局，衡量当地最近发生事实的新闻价值，分析哪些可以报道。

"人无我有，人有我优。"对符合宣传的报道，要抢先发表；切忌报纸上宣传啥跟在后面写啥，要抓取更先进、更典型的新闻，以优取胜。

新闻是一门实践性很强的学科。上大学前和毕业前夕实习，我有过实践。接受理论指导，我进一步升华了认识。师者经验之谈，让我无须走弯路，便可走上坦途。

"文革"期间，曾流行过一句顺口溜："小报看大报，大报看党报，党报看梁效（以清华、北大两所名校谐音发表的署名文章）。"

这话虽然过时，但《人民日报》仍为地方报纸所效仿。它代表党的喉舌，传递的是党中央的声音。它发表的新闻作品，大多是业界高手所写。

我首先在吃透"上头"的精神方面下工夫，到县委办公室查阅中央及省委省政府发过的红头文件，了解重点宣传内容。

之后，我把半年内的《人民日报》和《平原日报》，还有改革开放活跃省份的报纸，翻出来认真地阅读。看曾做过哪些方面的宣传，分析哪些尚需报道的。

经过一番研究，我长了"新闻眼"，有了衡量的"尺子"。

心中有了"底"，我定下主攻目标：瞄准中央权威媒体、全国大报和《平原日报》，把主要精力放在写重点稿件和攻大报上，发表有影响的作品；要求全县主要局委和各社镇配备专兼职报道员，建立一张从城市到农村的通讯网络；每年邀请省报编辑辅导培训，加强同报社的沟通联系，培训提高报道员的业务素质。

思考成熟，我写了书面报告，向领导专题汇报。

王森书记和李学迁部长给予了高度认可和称赞。我的方案得到实施。

短短十几天，我通过各种会议、工作简报、有关部门举行的活动，搜集和掌握了一批新闻线索。经过反复筛选，我确定了优先报道的内容。

我准备了几个账本，剪贴各类报道文章，学习研究名家的写作方法。

这些工作结束，不知不觉过去了些时日。

斗志满满，让我亢奋……完全忘记：我跟荷香领过结婚证，刚刚拉开恋爱的序幕。她在她爸的喉科当护士，白天正常上下班，有了空闲便想同我在一起，沉浸在甜情蜜意里。这完全在情理之中。

荷香不理解："证"领了，怎么没"拴"住人；近在咫尺，为啥距离"远"了？

殊不知，俺俩的想法，南辕北辙，冰火两重天。她的老爸老妈，更是盼着我和荷香能够多些接触，早一天修成正果，建立起小家庭。结果，事与愿违。看我不去家里，老两口每天审贼似的审几遍，问荷香是不是跟我闹了别扭，得罪了我？我为啥一趟都不踩她的家门？

荷香有口难辩。她已找了我两次：第一趟来，黎明邀我去认家，很晚才回来；第二趟来，李学迁请我到家吃饭，没在住室。

看荷香没把我领回家，爸妈产生了误解，想着俺俩闹了矛盾。妈一个劲儿嘟噜、埋怨她。

荷香第三次来找我。不巧，我去找秦奋：一是聊天，二是了解政府工作方面的信息。学兄学弟，唠叨起来话长，谈到夜里十点多。

荷香赌气，不见不走，就在县委大院等我。

县政府和县委一墙之隔，中间有个小门。从秦奋那里出来，我就近从小门进到县委大院。回到屋里拉开灯，我想起这段时间，只顾忙工作，没有读函授教材了。它的内容涉猎广泛，既有教学教法研究，又包括古代、现代、外国文学读本和汉语、中国通史，对我们工农兵学员学习知识是补充和丰富。心想：再有一年多就该结业了，不能半途而废。翻开一本文学书籍，刚看一页，有人"当当"敲门。我不情愿地起身，拉开门一看是荷香，又惊又喜："你咋这时候来了？"

荷香眼里噙着泪，万般委屈："问一问你自己？"

长长地"噢"了声，我恍然大悟：半个月来，只顾工作，忽视了爱情，忙向荷香解释道歉。

在县委搞通讯报道，懂行的人都清楚，要是想忙，没有闲的时候；要是想闲，行政机关不像企业，无须点名、签到。也不像学校，按时上课，占得死死的。我的时间，完全由自己支配。正值谈情说爱之际，我应该合理安排，统筹兼顾，两头都要考虑。可是，我没有做到。

看我赔不是，荷香噘起小嘴儿："你明天去家里，给咱爸咱妈解释，帮我洗清'冤屈'。"

我连连表示："遵命。"

坐了片刻，荷香从兜里掏出二十斤粮票，递给我，反复交代："一定吃饱吃好。"并且下达任务："今年，你体重必须增加三十斤。不然，找你算账！"转而，她用命令的口气说："以后，坚决不准熬夜！"她娇嗔地诘问："熬夜消耗阳气，损伤身体，你不清楚吗？"

第一次瞧见荷香生气，眼含泪水，我心疼起来。赶紧拿条毛巾，替她擦脸，我哄她："以后，坚决听媳妇的。"

看我服软认错，荷香讲起道理："人体有三百六十五个穴位，一年刚好三百六十五天。人体有四肢，一年有四季。人体有十二条经络，一年刚好十二个月。脊椎有二十四节，一年有二十四个节气。人有七窍，一个星期有七天。人与大自然完全吻合。所以，人一定要遵循大自然规律，不能违背。"

"讲得太有道理了。"我脱口而出。

荷香："我上县卫校时，这是学校从省里请来的教授讲的，你要真听真改，可不要糊弄我。"

我记起一首古歌谣："日出而作，日落而息。凿井而饮，耕田而食，帝力于我何有哉！"人类的祖先，顺应自然规律，白天劳作，夜里休息，生活惬意，享受着胜过帝王的快乐。可自从上大学到在三岗镇高工作，我习惯于熬夜看书，导致经常失眠。调到县委，我依然如故，晚上不睡，早上不起。

我诚恳地点点头："一定改变作息习惯。"

言必行，行必果。从此，我坚持白天工作，晚上陪荷香转转玩玩，偶然看场戏或电影。渐渐地，我睡觉好起来，不再失眠，受益终生。

女人不经哄。我一哄，荷香破涕为笑。临走，她把我的脏衣裳收拾收拾带回了家。

送荷香出门，我心里一阵儿激动。

第二天恰巧赶到星期天，我去了荷香家。

回想起半月前，我和荷香领结婚证回来，两位老人看着盖有鲜红印章的那张纸，咧开大嘴笑个不停，心里美滋滋的。那个味儿，真乃穷尽词汇无法形容。没等来得及改口，荷香妈——我的岳母就急切地让我快喊"妈"。我虽然心里早认下了她，真的头一声去喊，我不好意思起来。荷香催促我："喊呀，快喊！"我憋了良久，羞涩劲儿过去，两眼微闭，才喊出来。她那么稀罕，让我连着叫了三声"妈"。她的高声应答，脆甜，响亮。打娘逝世，我成了没妈的孩子。老人替补了娘的角色，对我比亲生儿子还亲。那份疼那份爱，我每每想起来，感到无比温暖。荷香爸——我的岳父，像慈父，像导师，对我一片苦心，启迪我今后的人生，呵护我成长。荷香把我看做一座山，对我仰视，当成终身的依靠；把我当做偶像，崇拜、尊敬、顺从。我虽是姐夫哥，水塘视我为同胞弟兄，从不外气。有这样好的一家人，纵然寻觅千百度也难以找到。"受人滴水之恩，当以涌泉相报。""有情不报非君子。"即使是你的亲人，也不该漠然相对。我得知恩图报，让他们心里宽慰，不能感到心凉。

这次踏进门口，没等我解释，岳母抢先发话："孩儿，这闺女从小娇惯任性，说话不知轻重，哪句话要是伤了你，惹了你，甭怄气。有啥，你给我讲，我替你出气。"

我："妈，您误会了，俺俩没有发生不愉快的事情。都怪我，这段时间忙起来忘了来家。"

气氛热烈起来。聊天的时间，我无意中透露：团县委和县妇联"五一"要组织集体结婚活动。借助这个题目，岳母婉转地套我的话：美美才二十四岁，就结婚了；俊英比荷香小三岁，生了个大胖小子；医院有三个年轻人，都在准备办喜事哩……

老人的意思我明白：她是盼望我和荷香早点举行婚礼。

想到上次回老家，爹和大大爷问我："啥时办喜事，家里得有些准备。"我说："刚到县委上班，站住脚步再考虑，但今年一定办。"他俩劝我："大媒（大龄青年订婚）不宜久拖，要赶早不赶晚。"

不能打哑谜，不能装糊涂，考虑到俺家穷成那样，不能指望爹，得攒些钱。我提出"十一"办婚礼。

岳父阅人无数，看出我的"小九九"，说："我那个喉科，医院实行的是特殊政策，咱胖子上树——钱（前）不缺，你无须考虑钱的问题。"

我："看过日历了，国庆节和中秋节赶到同一天，搁在'十一'挺好的。"

岳父很欣赏我说话办事不随意又妥帖。他率先表态："按三毛意见办。"

岳母本想让我和荷香"五一"举行婚礼，听了我岳父的讲话，没再说啥，高兴得眉飞色舞。

我问荷香："'喜好'搁在'十一'中不中？"她说："听你哩。"

看他们赞同，我说："既然都没意见，我让俺爹提前来看'好'。"

岳父："俺不会挑理，免了吧。你爹身体不好，啥心都不用他操，我全管了。你和荷香在县城安家，我这几天就找医院领导要求解决住房问题。"

岳母把我拉到屋子里间，对我说起悄悄话："领了结婚证，荷香就是你的人了。妈打年轻过来的，不是老脑筋。恁俩甭拘束，得挤出些时间，多接触接触，亲近亲近。十天半月不见一回面，会生分的，得抓紧培养感情。"她稀罕地看着我："妈的话都是为恁俩好，你要放在心上。"我边听调教，边似笑非笑地点头。

说了一会儿话，我和岳母回到堂屋。岳父高兴，叮嘱荷香娘俩："到厨房做几个菜，俺爷俩喝几杯。"

二 大地的丰收

前年年底，农村普遍推行"大包干"。去年，夏秋两季明显增产，农民尝到了甜头；秋播的时候，农民选用优良品种，施足肥料；老天好像受到感动，有意证明改革开放的伟大创举和实践，赐予风调雨顺的年景。今年小麦丰收在望，历史空前。几千年来，农民的温饱问题，从根本上解决了，值得重墨浓彩，大书特书。

五月下旬，小麦黄梢了。

大平原上，没有山的挺拔高峻，没有海的深邃辽阔，被无边无际的麦浪所覆盖，看不见了沟沟坎坎、坑坑洼洼。城镇和村庄成了无涯"大海"里的一个个孤岛，俨然变为漂浮的点点渔舟。树木被望不到边际的金色连接起来。

人们行走在路上，不时有微风吹过，飘来小麦淡淡的香甜味儿。那味儿极好闻的，浸入心脾。

上次，我带荷香回老家时，清明节刚过没几天，小麦日生夜长已到腿肚深。之后不久，它就进入起长、拔节期。这个时候，在静谧的夜间，你蹲在地头，能听到"咔吧咔吧"拔节的声音。转眼，小麦就开始扬花抽穗。不到一个月，穗子便长得齐刷刷的。在热风和阳光的相互作用下，麦粒一天天充实起来，渐渐饱满。这才几日呀，小麦就变黄了。

沉醉其中，偶然能闻到呛人的烟熏火燎的刺鼻味儿，混合着新麦烤熟的特有香气。这让人自然联想起过去：在生产队看庄稼的，饥了、饿了，或许不饥不饿，挡不住新麦香味的诱惑。白天怕人发现，他们就在夜色掩护下，挑选穗大籽饱的，薅它一大把，用麦秆捆起来，放在柴火上，不停地转着烧熟。然后，每次揪出几穗，在手掌里搓来揉去，直到仁壳分离，把壳儿吹去，把仁放进嘴里，慢慢地咀嚼，嚼得碎碎的，饱口都是香的。咽到肚里，打个嗝儿，也有香味。吃罢，手上、嘴上避免不了满是烟灰，黑乎乎的，越擦越脏，好像花狗屁股。借着火光，你瞅瞅我，我瞧瞧你，都会禁不住捧腹大笑——这是暗里进行的小偷小摸行为。还有一种是明的，生产队趁着大麦没有熟透，割掉很少部分，分给各户，不计算在口粮之内。社员拿回家后，在灶膛内的火上，或点燃一堆柴火燎熟，就着锅箅搓揉，用簸箕簸簸，除去糠芒，磨成捻转，像小小的毛毛虫。然后，放进盆子里，用些油盐拌好，每人盛上大半碗。吃起来，既鲜且香，那才真叫美食。

我吃过的，不止一次，至今难忘。

而今，就是在白天里，你若寻着冒黑烟的地方而去，近处一看，不是孩子们嘴馋，却见几位富有农事经验的大人，来到麦田估产，一时兴起，顺便尝鲜烤麦吃。倘问及收成怎样？他们会蛮有把握地告诉你，亩产不会低于四百斤。平原腹地大部分地区是泡沙窝，土质贫瘠，地力差。搁在大包干前，麦秆一拃高，又细又绒，像汗毛（夸张的说法）。遇到几场干热风，麦子就要大片大片地枯死，麦粒干瘪，皮贴皮，种一葫芦打两瓢。正常年份，每亩六七十斤，往高说，百十斤撑死了。今年产量翻了几番，若不是亲眼目睹，谁敢相信？

清水河和沙流河的夹套，没有发过黄水，黏淤地，土壤肥沃，则是另一番景象。站在大堤上，放眼眺望，满坡金灿灿的，一个个籽粒饱满的穗子，齐展展的，密匝匝地挨挨着，沉甸甸的；粗壮的秸秆，本来直直的，挺挺的，都压得弯下了腰儿，低下了头儿。这里，被外乡人称为"粮食囤"。小麦比沙质土壤晚熟六七天。今年的产量将创下有史以来的最高纪录。"谷三千，麦六十，痛收豌豆八个籽。"谷子收割时像狼尾巴，要等到秋季才能验证，暂且不说。大大爷描述的夏季丰收景象，我过去只是耳闻，虚的，从小到大，赋予了太多的想象，从未见过，眼下变成了活生生的现实，不由你不信。他是牲口把式，也是庄稼把式。据他估产，夏粮亩产至少比上年增加五成，突破六百斤大关，绝对没有问题。

天是这个天，地是这片地，农民还是农民。过去几十年，不，从唐朝以来，夏秋两季都计算在内，全国土地平均亩产二百三十斤。往事越千年，直到一九八〇年，粮食产量几乎维持在这个水平线上……

眼前，看小麦长势，丰收成为定局。庄稼人一算账："乖乖，一家产几千斤粮食，咋着也吃不完呀！"

农民笑了，不仅是即将获得大丰收，还因为小麦是粮食上品。满坡的小麦就是雪白的面粉，就是满缸的好面。从此，谁家都能吃上一块面（不掺杂粮粉）了。这可是亘古未见、不曾有过的好日子呀！

农民最知感恩。他们知道这一切变化，是党的好政策带来的。打心里，他们感谢一个人——扭转乾坤的邓小平。

大麦和油菜先小麦一步成熟。农民们抓紧时间收割、灭茬、造场。经过石磙碾轧，平展展的打麦场便光亮地造出来了。

一入六月，做好了准备的庄稼人，紧张地投入到夏收当中。头天夜晚，趁着月光，你能听到家家都在"哧啦、哧啦"的磨镰声中；凌晨三四点，听到布谷鸟

"咕咕"的叫声，他们便揉着眼睛，迷迷糊糊地起床下地。一时间，村子里人声攘攘。

凭着长年经久的经验，庄稼人摸着黑，弯下腰，顺着畦垄，左手拢着麦棵，右手挥舞镰刀，一把拢几垄，一镰一镰地割。星星、月亮，在这重复的劳作中，悄悄隐去。日头，在这重复劳作中慢慢升起。酷热渐渐替代凉爽。他们开始出汗，先从头发棵里流向脸上，再顺着脖子往下淌，同前胸后背浸出的汗水汇集一起，湿透浑身。麦芒带刺儿，扎在皮肤上痒疼痒疼的。无论天多热，无论是男是女，每个人都穿着长裤长袖衣裳，那汗黏在身上，像贴着一大块膏药，要多不舒服就有多不舒服。他们顾不了这些，从地北头比赛似的，割到地南头，从地南头割到地北头。再从头开始，还是一镰镰地赶，一趟趟地赶，直到累得喘气，直到弯得腰疼，直到肚子饿得前心贴后心，直到太阳像火盆扣到头顶上，方才停止割麦。这时，还不能收工，要把麦子抱成堆，捆成个儿，把麦个儿捆成大捆儿，放在背上，背到场里，垛成麦个的垛儿。等到麦子全割完了，再一捆捆解开"腰子"，一个个散开，均匀摊在场上，在烈日暴晒下，庄稼人头顶着毒辣辣的太阳，翻上几遍。到了半下午，日头不毒了，麦子晒干了，套上石磙或人或畜拉着一圈圈地转，把麦粒从壳里碾出来。把麦秸垛起来，把麦粒趁刮风，用木锨一锨一锨地高高扬起。麦糠堆在场边，麦粒堆成堆。日复一日，场复一场。忙上十天，甚至半月。麦晒得放在嘴里，一咬"咯嘣咯嘣"响，那就是干了。然后，装在口袋、麻袋里，放在架子车上，把最好的交给国家。余下的拉回家储存起来，才算"麦罢"，稍稍喘息。

"麦子上了场，闺女瞧她娘。"这是乡下的规矩。用新麦磨成的面粉，蒸一锅白馍馍，满满地拎一篮子走亲戚，报答父母养育之恩。

这只能是短暂的时间，稍作喘息——"秋不让晌"。人误地一时，地误人一季。紧接着，庄稼人开始抢种。等到夏种结束，长出幼苗，春播的早秋作物，开始进入田间管理工作。农民们又挥舞银锄除草、翻红薯秧……

这个季节最忙人，叫"三夏大忙（抢收、抢种、抢管）"，是一年当中最苦最累最紧张忙碌的日子。

庄稼人心甘情愿，劳累而快乐。

三个月过去，庄稼人便又迎来秋的丰收。

今年同往年不同，庄稼人添了从未有过的愁。等到收罢秋，户户准备的茓子、缸、麻袋等存放粮食的东西不够用了。人老几辈，他们第一次为粮食丰收发起愁来。这愁，是喜愁，跟家无隔夜粮、没吃无喝相比，愁的滋味不一样。这愁，他们巴不得呢。

三　熟透了的果实

昼夜交替，日出月落。时光，陪伴着我繁忙采访、伏案写出一篇篇稿件，陪伴着我享受报纸和电台广播发表的署我名字的新闻所带来的喜悦。

我积蓄已久的感情，潜藏的能量，如火山爆发。

每个月，我在中央和省级报纸、电台播发稿件不少于十篇。当然，我写不了十篇，因为需要下乡采访，只能写五六篇。新闻稿不像文学作品有退稿制度，没有严格禁止"一稿多投"。为了保证命中率，流行的做法，我和所有通讯报道员一样，每写成一篇稿，都用方格稿纸，每页垫三张印蓝纸，捏住圆珠笔，每个字一笔一画地工工整整地誊写，即使一个标点一个符号都不能马虎，必须认认真真。这叫爬格子，一个格一个格地爬。一篇长篇通讯爬下来，握笔的手抽筋。这叫辛苦。久而久之，我中指起了一层厚厚的茧，这是爬格子的标志。每篇稿件写出来，装进有"印刷品"字样的信封里，通过邮局寄出去，发往几家新闻单位。从寄出之日起，天天盼着，直到电台播出、报纸刊登，心才踏实下来。农民种地，收获的果实。写稿人的喜悦，靠的是手写体变成铅字、变成声音。日复一日，我笔耕不辍，乐之不倦。许多时候，我一篇稿件投寄几家，多次采用。我的稿件新闻价值较高，自然发表得多。有时，同一天的《平原日报》上，一、二、三版赶巧了，都有我写的稿件。七月份，我在省电台《新闻联播和报纸摘要节目》发了四个头条。县广播站对我的稿件，有稿必发。

更令人惊喜的是，我吃透中央文件精神以后，长了"新闻眼"：发现溪流县委在干部使用上，打破排队上车、论资排辈传统做法，大胆提拔选用青年优秀知识分子，我觉得很有新闻价值。于是，我赶写出一篇《溪流县一批青年知识分子走上基层领导岗位》的稿件，在中央权威报纸的三版头条发表。同时，全国几家有影响的媒体也予以刊登。过了一段时间，我从县政府工作简报上看到：沙滩乡搞枣粮间作，既起到防风固沙作用，又保证了粮食生产，同时增加了经济收入。农民高兴地说："满了粮囤子，多了钱串子。"这非常符合中央关于"改变粮食单一生产、积极发展多种经营"的文件精神。我实地调查写出了一篇这个乡《栽树就是栽富》的通讯，中央一家大报在第二版显著位置采用。

这是前所未有的，引起县委领导高度赞赏，在社会上产生轰动影响。

我的勤勉笔耕，也为我带来了丰厚的稿酬：超过工资性收入！不到半年，我存款二百六十元，顶上农民卖两头大肥猪。

在采访和写稿空闲时间，我陪荷香散步，谈情说爱，陶醉其中。

通讯报道带来的喜悦，爱情的滋润，县委机关大伙的营养，荷香家人的美食，让我有了护身膘，精神"支棱"起来，肤色有了光泽。

荷香家人看我得风得雨，像个嫩娃娃，喜不自禁。

一个星期天，我闲下来正在看书，荷香戴一顶遮阳帽，身着白底带暗红色桃花的旗袍，来到我的住室。我惊呆了：她那鼓起的乳房，滚圆的臀部，在细细的腰肢陪衬下，身体线条越发显得优美动人。旗袍衩缝间露出的大腿，白亮亮的。她两眼含情脉脉，燃烧着欲火。这，对我都充满着诱惑。以往，每个月这个时候，荷香在我跟前，也是千娇百媚，似有撩拨之意。若干年之后，我了解到：女人每个月总有几天，处于排卵期，就像别的动物，有发情期。只不过，动物是在春季，女人发生在每个月。

当时，我不懂，甚至认为荷香有点"浪"。讲真话，我喜欢她的"浪"，就像所有恋爱中的年轻人，都不希望遇到冷血儿。老祖宗说：食色，性也。我是凡夫俗子，正值青春年华，雄性激素分泌旺盛时期，当然有正常人的情感，并非清心寡欲，也食人间烟火。但我都极力控制住，不让"火"燃烧起来。我以为，爱情是圣洁的，那是新婚之夜的"专利"，必须等到时机。

对爱情如此，对所有珍爱的东西，我也同样视之。这是我从小养成的习性。记得我八岁、姐姐雁儿十岁那年夏天，母亲在生产队割麦，收工后每人发两个白馍馍。她吃了一个，另一个舍不得吃，从怀里揣回家，掰给俺姊弟俩每人一半。姐姐拿在手里，半天揪下一点，放进嘴里，慢慢含着，含化了，享受过麦香和些许带着的甜味儿，方咽下去。等到味儿淡了，消失了，再揪一点……生怕吃完没有了。而我呢，贪吃，恨不得把半个馍儿，一下子填到口里，连嚼都不咋嚼，囫囵半片的，就吞咽，卡在喉咙里，噎得脖子多粗，眼睛瞪多大，三下五除二进了肚里，又巴巴望着她手里剩下的馍馍，好馋好馋。姐姐瞧见了，把她那块递给了我。过后，我很后悔："不该要姐姐的馍馍。"这件事儿，给我的印象太深刻了，牢牢记在了心里。从此以后，在思想和意识里，我总会自觉地筑起一道墙，阻挡诱惑、抑制欲望，不去随随便便占有、挥霍美好的东西，习惯于慢慢品味和享受。

这次荷香示爱，我不为所动，还因为有过教训：当初，我铁了心要娶翠姐，瓜棚之夜偷吃禁果。她突然失踪以后，想起来做过那事儿，我就悔之不及，自责不已：毕竟没有结婚，凭感情冲动，破了心爱人的身子，这等于毁了她。往后，她再嫁人，这是个"疤"，这是个缺陷。若不向人家明说，会埋下隐患；若先讲出来，许多人计较，会拆掉一桩好婚姻。我曾发誓：今后，无论跟哪个姑娘结合，未入洞房之前，决不重蹈覆辙，再犯同样的错误。同荷香办过"手续"，按常理算是合法夫妻，但毕竟没有步入婚姻殿堂。

我和荷香接触当中，每次心血来潮之际，我就用意念转移法。我不"动"她，就是把俺俩的婚姻包了层"保鲜膜"。

荷香有妈的催促，加之对我一片痴情，又赶上"发情期"，考虑到再有一个月，就要成为新娘。出于生理上的需要，她渴望得到我的施爱，才这般打扮。

我痴痴地盯了许久，她不自在起来："不好看吗？"

我："太好看了！不过穿这身衣裳，在咱这小县城，恐怕会遭人议论哩。"

听了我的话，她从挎包里拿出一件红绸衬衫和浅黄色蚕丝长裤子，说："要不，我换这身衣裳吧？"原来，她另有"预案"。

看她要换衣裳，我正欲往外屋去，她制止住："你出去干啥？把套间门关上，扭过脸就行了。"

乖乖地听她的，我等她换衣。她柔情细语："你可不能看呀。"

不知道女人的话得反着听，我乖乖地按她说的去办。

换好衣裳，我一看，欣赏地赞道："人美，穿啥都好看！"她得意地伸伸舌头，甜甜地笑笑。

荷香："你咋这么老实，不让你看你就不看。"

我："狼窝里鲜肉，我想放到时候吃。"

荷香："这块肉你随时都可以吃，送到嘴边你硬是不尝，傻不傻呀？"

听她如是说，我失去了理智，欲火"呼"地蹿了起来，猛地扑上去，抱住了她。

荷香顺从地倒在我怀里："床，床。"她的意思让我把她抱到床上。

把她放到床上，我正欲解衣扣，"当当"有人敲门。

荷香低声嘟噜："谁呀，真没眼色，不早不晚，恰恰赶到这种时候。"

四　翠姐现身

平静片刻，我去开门。

推门一看是石头，我喜出望外："伙计！咋是你呀？"

荷香知道我和石头是发小，最要好的朋友，热情地打招呼。

"是直呼其名，还是叫表婶？"石头打着哈哈，半开玩笑问。

"悉听尊便。"我回道。

"那就叫名字吧，说起话来随意。"

我和石头很久没见面了。他这次来，是想问问我和荷香啥时结婚。城里人都是"十一"办喜好，农村赶到腊月结婚。眼看剩一个月了，没见我有响动，来摸个准信儿。

我："日子定下了，搁'十一'。具体咋办，我拿不定主意，正想找个合适的人商量商量，你来得正好。"

石头："我也替你发愁，想着你咋办都作难。"

我："咱俩好好分析分析，拿个意见。"

石头连连称："中、中、中。"

久不相见，石头如今找上门，我非常高兴："咱们不去饭店，也不去荷香家，就在我的住室，敞开谈谈，酣畅淋漓喝酒尽兴。"

荷香："恁俩先说话，我到十字街口买菜去了。"

我叮嘱："买锣锅的烧鸡和卤豆腐皮，掂两瓶好酒。"

出了门，我叮嘱她："别忘了买半斤焦花生米，那是最好的下酒菜。"

荷香答应着走了。

屋里只剩下俺俩，没有外人。

石头看看我，不提结婚的事儿，开腔问："伙计，你见过张翠没有？"

"张翠，哪个张翠？"我不解。

"能是哪个张翠，你把她忘了？"石头反问。

"你见到她了？"我有些不信。

"真的见到她了。"他讲说起来。

前几天，石头去沙河市，走到大闸路南面十字路口，红灯亮了。他猛刹车，后边一个女的骑车带个小男孩猝不及防撞上了。石头发火："没长眼呀！"他扭头一看，目瞪口呆：啊，张翠！她隐身多年，突然现身。石头便问："咋是你呀？"张翠愣怔一下，反应过来："你认错人了。"她假装不认识石头，骑上自行车，掉转头走了。

"是不是认错人了？"我问。

石头说："咱们从小学一年级就同班直到初中，她长得那个模样，说话的那个声音，再没有恁熟悉了。扒了皮，我也能认出她的骨头。天底下的人都认错，我也不会认错她。她要不是张翠，跑个啥哩？我敢保证：绝不会认错人！"

我忙问石头："张翠现在啥样？"

"烫个头，看着可洋气啦。"石头说。

听石头说张翠很洋气，还带个孩子，我想她肯定结过婚了，日子过得不错。谁不希望自己心爱的女人生活得美好?！我心里暗暗为她祝福。不明白的是，她留给我的信说，会在一个遥远的地方坚强地生活。可她却为何在沙流河市现身呢？

对翠姐在沙流河市出现，我和石头作了种种揣测。分析了好大一阵儿，得不出结论。

俺俩正谈论着翠姐的事儿，荷香回来了。她真会办事，买了四个菜，还买来几个焦烧饼，拎回一暖瓶胡辣汤。

话题岔开，喝着酒，俺俩聊起我和荷香结婚的问题。

我犯愁：父亲在村里当了大半辈子老总。谁家有事儿，他都随礼。要是在老家操办，摊子可铺大了。农村礼薄，都是随一块二块份子钱。吃酒席时，不光男人参加，妇女带两三个孩子也去。若是大操大办，得耗费多少钱粮呀，非塌个大窟窿不中。再说，现在父亲跟大哥大嫂一个锅吃饭。他们两口为捞男孩忙着造人，地种得不是"二啥（很差）"，人家粮食多得无处放，俺家不够吃。平时花钱靠我，办喜好的钱自然得我掏腰包。用家里的粮食，我于心不忍。还有，我结了婚就算另立门户，收了谁家的礼将来要还，我背上人情债，恐怕一辈子还不清。

听我讲罢，石头的话儿多起来：不光是恁家，咱们村无论谁家婚丧嫁娶、办红白喜事，都跟着凑份子。你常年在外，回家一趟，"掏个火（农村谁家缺火柴，拿麻秆去邻居家锅灶燃着带走）""点个毛（数钱）"就走了（形容时间很短），不清楚农村情况。要说，吃的不成问题了，但手头缺钱。指望喂鸡，养大了，到了春上该下蛋时遭瘟疫，一窝一窝地死光；靠养猪，两年出栏，一头卖七八十块钱，不够买化肥的；农村乱七八糟的事儿，多得说不上来，却没有进钱的门路，遇到事儿都急得烧雪。

我插话："粮食吃不完，咋不卖些？"

石头嘲笑我不懂农村情况："农民过去饿怕了，谁舍得卖呀？你拿粮食换钱，一个村的人都会捣脊梁骨，数落你是败家子！即使去卖，每斤一毛多钱，一袋子不值几个钱。"

我："想着农民过上了好光景，没想到缺钱花。"

石头："生产队时，地种好种孬，买化肥、买种子，买柴油浇地，给牲口看病，缺钱作难，全由队长一个人扛着。社员穷是穷，不操那心。分了地，别看每家只有几亩田，最多十亩八亩。'麻雀虽小，五脏俱全。'一家之主啥心都得操，啥钱都得花，样样少不了，绝大部分人家缺钞票。要是急的时候，身无分文，一毛钱，甚至几分钱都没有。吃盐打醋靠母鸡下蛋，一个家指望几只老母鸡。女人清早起床第一件事儿，就是打开鸡窝，把手指头伸进每只母鸡屁股门摸摸，看有蛋下没有。当天鸡上窝前收到鸡蛋，要是少一个，发现是哪只鸡丢蛋，就打它的脸儿，打得惨叫不已。以后，听到这只鸡在谁家院里"咯大、咯大"地叫，便怀疑蛋下在了谁家鸡窝里，两家就会翻脸。我来时，孬家和孩家正为这事儿在大街上大声对骂哩。"

说过这件事，石头说："我给你讲个丑事儿，发生在恁门宗，可别介意呀。"

石头像说书似的，有板有眼道来——

"恁大大爷的孙子铁棒生了个男孩，前天满月送粥米。恁六叔和表爷（对我父亲的称呼）一个老太爷，不去不中吧。他平时吃盐都没钱，眼看第二天铁棒家办事，至少要买一篮子油条，扯一块花布，咋说得个三块五块的。他愁呀，半夜睡不着觉。思来想去，只有一条路：偷。半夜三更，人困马乏，他起床去邻居家偷鸡，想着赶个早集卖掉换几个钱。连着去了几户，院门都插着门闩推不开，他觉得晦气，准备回家另想办法。经过铁棒家大门口，他看到院门没关严，不顾亲呀近呀，蹑手蹑脚进去了。扒开鸡窝，他用手托住一只大红公鸡的脖儿根，不让叫出声，抱在怀里转身刚走一步，被一个砖头绊住，摔了个趔趄。他两只手撑地，鸡甩了出来，拼命大叫。听到声音，铁棒从屋里一个箭步冲出来，高声呼喊："抓贼呀，抓贼呀！"他慌里慌张往外跑，快到院门口时，不留意，撞倒在门槛上，磕了个嘴啃地，被铁棒按住，逮个正着。没想到偷鸡贼是恁六叔，铁棒猛踢猛打。恁六叔招架不住，喊着铁棒名字求饶。当铁棒知道是恁六叔时，隔壁邻居'快嘴（外号）'跑了过来。这事儿，在咱村都成笑话了。"

听着石头绘声绘色讲述，我打消了在家办喜好的念头，免得大家随礼作难，也免得办酒席塌窟窿。我更不想在县城举行婚礼。俺家门头大，一户来一个，多麻烦呢。还有，岳父大人肯定不让我出钱，会全部兜起来。

打发闺女赔酒席，大理不通。我咋能做出违背常理的事情？

思绪像脱缰的野马在奔跑。我冒出一个想法：旅游结婚，既省心又时尚。

荷香听了，说："我不难为你，你让咋办就咋办，我听你哩。"

到哪儿旅游结婚呢？我沉思良久，猛然想起一句话："上有天堂，下有苏杭。"我有了主意：干脆去杭州，那儿有美丽的西湖，有美好的爱情传说，有雷峰塔，有不少景观，若去那里，不枉活在世上一回。

"这主意不错！"荷香和石头齐声叫好。

一瓶酒分开倒在两个玻璃杯子里，我和石头各喝各的。杯子喝干了，我打开第二瓶。荷香怕俺俩喝醉，劝阻了。我知道石头喝醉酒出过事：有年冬天下大雪，他倒在野地里的人家麦秸垛里头冻了一夜，落下头痛病，考虑到路上车来人往不安全，不再劝酒。

吃过饭，石头问我有没有办法，买轮（桶）柴油。

我："要恁多柴油干啥？"

"你问这事，我得半天说。"石头讲——

"这一段时间，我忙着建立一支手扶拖拉机运输队。土地分户以后，有牲口的人家很少。原来的大型拖拉机派不上用场，抽水浇地、送粪、打场、去城里拉化肥，都成了困难。我动了心思，就去沙流河市买回一部四轮手扶拖拉机。村里人看这东西用处大，都嚷嚷着要买。咱农村缺钱，凡沾亲带故的都去借，三五户凑在一起买一部，共买回二十多部。附近几个村看到了，也用这办法，先后买来五十多部。忙时，种庄稼用；闲时，盖新房的多了，就拉煤拉砖拉瓦。慢慢有了名气，供销社知道了，从澥河火车站调磷肥，主动上门联系。公社粮管所往县里运粮，听说是我牵头，专门派人跑到咱村找我联系。"

听着石头介绍，我想起中央文件要求搞活流通，发展多种经营，认为石头有眼光，大加赞赏。

我详细了解了情况，准备写篇报道。知道县里刚分社镇一批柴油指标，我便向陈明写信，要他扶持改革开放出现的这一新生事物，帮助解决石头遇到的问题。

石头清楚我和陈明的关系，把信揣在兜里。

然后，我跟陈明打电话，讲石头需要柴油的事儿。陈明听了，哈哈笑着："老师听徒弟的，你让他来找我。"

石头不经常进城，想去看看老岳父——已调到县劳动局当局长的袁天明。走前，他掏出五十块钱："你结婚是件大事，别的帮不了你，这是我的心意。以后缺钱，只管找我。"

我推辞："我准备得有钱，你装起来吧。"

石头不高兴起来："咱俩是割头不换的伙计，嫌少了咋着？"

话到这份上，我只好收下。

石头要走，我送出县委大院，挥手告别。

见石头走远，荷香邀我到家里看看结婚住的新房。

俺俩的婚房，在荷香家那排住房最西头，单独一个小院。这个小院之前居住的是县医院外科姓郑的青年夫妇。两个月前，他们调到平原市妇幼院工作，腾了出来。主房是一个大单间，有四十多平方，并带有一个坐东朝西的厨房，岳父找到王院长要了回来（那时，机关人员结婚，大多由女方单位解决住房）。荷香想在俺俩结婚后，把我父亲接来同住，另盖了一间偏房。院子挨着墙，有一片空闲地。父亲进了城，可以种菜，消除寂寞。所有的房子墙壁涂了白灰。主房用苇席打了方格子顶棚，靠北墙放一张一米八的大木床，铺上全新的被褥。床前面，横着拉一根铁丝，挂的是粉红色遮挡。大床东头，放着荷香用的梳妆台。柜子、桌椅、沙发一应俱全，挨近东墙南北摆放。临南面窗户，是一张写字台，有一盏带罩的电灯。看上去，整个房间布置得整洁温馨。

五　西湖蜜月

去杭州西湖旅游结婚的期待，我，特别是荷香，数着日子盼望早早到来，充满着美好的憧憬和向往。

"衣来伸手，饭来张口"。我什么杂务不干。除了买张中国地图册和有关书籍，偶尔研究浙江地理、了解西湖景点，大部分时间，我仍继续着新闻采访写作。

日子，像针尖上一滴水接一滴水地滴在大海里，没有声音，没有影子，悄悄逝去。

到了九月底的最后三天，我和荷香踏上甜蜜之旅。到了杭州，俺俩住进西湖畔一家知名宾馆，已是国庆节的当天晌午。

打开单间房门看到，地上铺着鹅黄色绒毯，踩上去软软的；宽大的双人床上，洁白的被褥和枕头，放得十分整齐；卫生间洗漱浴用东西，放在竹编的器具内。拉开落地窗，擦得干净明亮的玻璃，立即透出灿烂的阳光。

隔窗而望，近处的西湖泛着微微波光，浩瀚如海；绕湖岸边，青松翠柳，郁郁葱葱；远处的山色如烟雾似云雨笼罩萦绕，朦朦胧胧。我禁不住吟诵起苏东坡的诗句："水光潋滟晴方好，山色空蒙雨亦奇。欲把西湖比西子，淡妆浓抹总相宜。"

荷香和我一样，从未见过如此阔气的宾馆，想象不到西湖景色这般秀美，激动异常。她道："怪不得，人们把杭州比喻成人间天堂，能在这里旅游结婚，一辈子都值得回味。"

俺俩十分惬意。我激动起来，抱住荷香转了几圈。她"嘎嘎"的笑声，响满整个房间。我把她放在床上，压在身下，欲施爱。她推开我："老鸹吃桑葚——等到黑（夜里）呀！"

我忽然想到翠姐：一九七八年十月十八日，她送我到三岗镇高报到，沿着清水河堤路，我几次"轻狂"，她也是这么说的。不同的是，我和荷香早办过结婚证。几个月来，她一直想让我早早吃到嘴里煮熟的这锅香喷喷的饭。我用意念转移法，一次次挡住诱惑。此时，俺俩是旅游结婚，且已到达目的地，房间内并非野外，无人打扰，完全的两人世界，她为何要让我等到"黑"呢？

荷香看我不解，她慢慢地讲来："你是男人，不懂女人的心思。每个姑娘从少女时代，不仅有心目中的'白马王子'，更向往新婚洞房花烛夜，让所爱的人揭开红盖头。"

"噢。"我明白了，说，"今夜，咱们就营造一个浪漫氛围，好好欢度良宵佳辰。"

荷香听我如是说，甜甜地笑了。

吃过午饭，俺俩相拥着休息一刻钟，沿着湖岸的小道徜徉漫步。

游人如织，我和荷香若即若离，并肩而行。

一对对俊男靓女，卿卿我我相爱着，犹如一轴轴生动的画面，一幅幅在俺俩面前展开，让人目不暇接，咂嘴吐舌——

两个热恋中的少年，若无他人，在路旁站着，身体相拥，女子搂着男子的腰，男子抱住女子的头，把舌头伸进女子的嘴里，闭着眼睛，发出响亮的亲吻声……

更招人眼的，有两个成年男女，在桂花树下，大胆亲昵：女的，一下一下猛地跳起，两腿夹住男人的腰，搂住男人的脖子，狂热亲吻。每次跳起，男人随即搂住女人的后背，紧紧抱住，就这样，一次次重复着……

在路边一片树林里，有对恋人，男的坐在石凳上，两条腿伸出，在膝盖处垂下支起；怀里的女人用一绺长发遮住脸庞，任凭一只粗大的手伸向胸部，轻柔地抚摸着……

更多的是，女人搂住男的腰，男人搂住女的膀，相拥相抱着，喃喃细语，走走停停，停停走走……

啊，西湖，美丽的西湖，原本就是产生爱情故事的地方。白蛇和许仙的神话，让多少痴情男女向往。来到这里的青年男女，哪一对不是为了表达爱情而来?! 没有什么稀奇的。我和荷香见惯而怪，皆因来自穷乡僻壤，来自封闭的小县城。

不知不觉，俺俩走近一处满是荷花的地方。大片大片的湖面，碧水中的莲叶，深绿的，圆圆的，耸出水面，高高低低，层层叠叠；那茎儿中通外直，无蔓无枝，似无数绿衣侍者持节而立。在一群绿衣侍者的簇拥下，万朵千朵的花儿，不管不顾中秋的到来，竞相怒放。她们或时隐时现，如含羞少女，犹抱绿叶半遮面；或参差错落、姿态万千，似各怀妒意而争美赛妍。

荷香被这美景迷住了，痴痴地站着，一动不动。

从湖里驶出一叶小舟，邀游人采莲。荷香随岸上几个姑娘而去。眨眼，她们掩没在荷丛中。荷香穿着青色连衣裙，我分不出哪是荷叶，哪是人。荷间传出一阵阵的笑声，宛如一支欢快的混合演奏曲，我辨不出哪是她的笑。

过了一会儿，湖边荷叶晃动，小船驶出来。

荷香采了莲子，款款走到我身边。她把莲子放到我脸前："好香呀，你闻闻。"我闻到一股沁人心脾的清香，竟分不出香气是来自眼前的荷花，还是荷香身上散发出来的气味。

此时，晚霞红透西边半空，宽阔的湖水在远处与之连接，一只大鸟儿，红红的长嘴和长腿、全身洁白的羽毛，抖动几下翅膀，一飞冲天。这动画般的奇妙景象，让人想起："落霞与孤鹜齐飞，秋水共长天一色！"

不负今宵良辰，俺俩回到宾馆。

走进餐厅，荷香点一道杭州名吃：西湖醋鱼，另有一盘青菜，我要两份江南蛋炒米饭。荷香介绍：鱼优质蛋白丰富，和米饭一样，晚上容易吸收消化。在一张双人餐桌上，俺俩面对面坐着，她抛个媚眼，我给个飞吻；她夹一块鱼肉，我挖一勺米饭，送到对方嘴里。那份甜蜜，那份恩爱，留在了俺俩幸福而美好的记忆里……

离开餐厅，经过服务台，我看到报架上夹有几种报纸。出于职业习惯，我翻阅起来。看到中央权威大报第二版头条位置刊发一篇通讯《一支农民运输队》，并加有编者的话。感觉面熟，我赶快瞧瞧署名。呀！竟是自己写的稿件。热血一下子涌在心头，我惊喜地忙呼："荷香，快看，我的稿件上中央权威大报了！"服务员听到了，吃惊地盯住那张报纸问："有你写的文章？"我说："是呀，能不能借我回三〇五房间认真读读？"服务员有点犹豫。旁边的宾馆经理，欣赏地看了看我："这是前天的报纸，上月底的，你拿走吧。"我如获至宝，带回宾馆。

夜幕降临，一轮明月如镜，挂在碧蓝碧蓝的天空。如霜如银的光辉，透过明亮的窗户洒在室内："海上生明月，天涯共此时。"猛然，我想起跟翠姐共同度过的那个中秋节夜晚，情感掀起一波涟漪。心里默默地说：亲爱的翠姐，你在沙流河市生活得好吧？弟弟真诚地祝福你，永远把你藏在心里。今晚，我要跟荷香开始新的生活了。

特别的婚礼仪式开始了。

从挎包里，我拿出收录机，装上百听不厌的唢呐磁带，对荷香说："放一段《百鸟朝凤》吧，赛过一班乐队演奏。"

荷香眼里放光："太好了，多有气氛呀！"她准备得更充分：在家剪了一个"双喜"剪纸，让我粘贴墙上。我怕脏了宾馆墙壁，把它放在面前的地毯上。然后，荷香换了一身红色衣裳，把红缎子方巾盖在头上。

录音机按下键，响起欢快的唢呐声。我走到荷香跟前，缓缓揭下盖头。她含羞带笑，牵起我的手，示意我把她抱起，轻轻放在床上。

我俏皮地说："仪式刚刚开始，这才是序幕，不该进入'高潮'哩。"

她龇龇牙，含羞微笑道："我把后边的仪式忘了。"

我轻轻戳了一下她的额头，调情逗趣："心急吃不了热豆腐，大长一夜哩，急啥急。"边说边把准备好的一瓶桂花酒拿出来，我说："咱俩喝交杯酒。"

打开瓶，把玉液琼浆倒在两个茶杯里，我和荷香交叉挽起胳膊，互喝桂花酒。酒的度数极低，饮之甜甜的，芳香芳香的。俺俩彼此相敬。她喝一小口，我喝小半杯，如是三次。

然后，俺俩面对面跪地三叩首：拜天地，拜父母，夫妻对拜。

这是一场中西文化交融的婚礼。

站起身，我问荷香："你愿意做我的新娘吗？"

荷香："此生此世，非你不嫁。愿意！"随后，她含情脉脉地问："三毛，你愿意做我的人生伴侣吗？"

我指着窗外，誓言铮铮："愿意！苍天在上，月老作证，从今日起，同荷香终身不离不弃，执子之手，与子偕老！"

听到我的许诺，荷香激动得眼里闪出泪花……

仪式结束，荷香说："咱俩都冲冲澡，交给对方一个干净身子。"

为了保守短暂的私密，我先进到洗手间，打开水龙头，象征性沐浴一下。不大工夫，我穿条裤衩，裹条浴巾出来了。

荷香随后走进去，细搓慢揉，漱口刷牙，洗头抹脸，换装着衣。她像是要完成一次蜕变，在里面很长时间。

我在沙发上屏声静气，急得火烧火燎。看她一时出不来，我拿起那份中央权威大报，反复阅读《一支农民运输队》的通讯。通讯开头写道："'突突突'，溪流县万人庄公社李家寨致富带头人刘石头，组建的一支由农民购买的五十二部拖拉机运输队，满载货物，在乡间道路上欢快地奔跑，把一批批种子化肥运往偏僻的农村，又把大量的农副产品拉到潋河火车站，送达大中城市……"我很是激动，边读边兴奋地想：这可是党中央的机关报呀！自由来稿采用率仅为千分之三，我邮寄十八篇认为有较高价值的新闻稿，竟刊登三篇，并且发表在重要位置。前两篇犹如两颗重磅炸弹，在社会引起很大反响，令许多人对我刮目相看。这篇发表在二版头条，不知将会产生怎样的影响？

我在看第三遍时，荷香走到面前，夺下报纸，嗲声嗲气："小哥哥，媳妇让你等久了。"

她穿着低胸背心和半透明短裤恍若仙女立在面前，我把报纸放在旁边，一把抱住她。

荷香："床，床。"

我把荷香抱到了床上。

傻傻地，怔怔地，我目不转睛瞧着荷香的裸体，暗暗赞叹："这简直就是活脱脱的美人呀！"

荷香有些害羞，微微闭上眼，几次要用浴巾遮掩，我扒拉掉。见我没有行动，荷香睁开双目，喷出燃烧的火："小哥哥，看够没有呀？"

我明白她的意思，拉灭灯，上了床。

此时，西湖连接的钱塘江，因潮汐倒灌入口的海水，正在互相搏击，浪头高耸天际，卷起千堆雪，发出天崩地裂的巨响，惊心动魄。涌起的大潮，一波刚落，一波又起……

之前，我是做过功课的，读过生理学方面的书籍，对男欢女爱，有所了解：新婚夫妇，需要预热，正常情况，妻子比丈夫慢半拍。当丈夫的不能太急，且需温柔。每次，俺俩都恰在好处，高潮重叠。家乡有句俗语："累坏的'老犍（强壮的公牛）'，犁不坏的地。"本意是说，怪有力气的牲口，耕作农田，也有精疲力竭的时候，而土壤只能越犁越松软。这个比喻，引申为：在爱的"战场"上，男人的体力无论多棒，最终都敌不过女人。起初，我不信。当第四次大潮落下，我觉得浑身乏力，彻底认输。荷香逗我："老犍，你咋不犁地啦？累坏了吧？"我笑而不答，默认投降。此后，俺俩把"犁地"作为性爱的暗语和代名词，一直沿用着……

困极了，疲惫了，我搂住荷香进入了梦境——

我调到了沙流河市委大院。夏天的晚上，一个人寂寞无聊，在河堤上闲逛。走到黑暗处，忽听有人惊呼："救命呀，救命呀！"那叫声极为熟悉——是翠姐在歇斯底里高喊。我跑步走上前去，见到两个流氓撕扯着翠姐欲施强暴。从地上捡起一块砖头，我朝着其中一个流氓头上砸去。那个流氓应声倒下，当场毙命。冷不防，我拼命用脚向另一个流氓狠狠踢去。听到"哎哟"一声，这个流氓顺着河堤滚了下去。

我醒了，睁开眼瞧见：荷香从床上被我一脚踢到地上。

荷香尚在睡梦蒙眬中，嘴里高声大骂："田野，你个陈世美，早晚不得好死！"

原来，荷香也做了个梦：她爸当了平原市委书记，非把田野关进监狱惩治不可。田野看大势不妙，跟前妻离了婚。跪在地上，央求宽恕，表示愿同荷香结婚，当牛做马伺候荷香，赎其罪过。荷香心软，答应了他。过了几年，她爸退居二线。田野翻了脸儿，又一次抛弃了荷香。荷香找到田野，破口大骂起来。

我拉亮灯，荷香醒来。俺俩说了各自做的梦。

梦是啥？就是人潜意识的复活。

我哄哄荷香。俺俩不再提梦，重回温柔乡里。

第二天，我睁开眼，看到太阳光从窗户玻璃上照进屋里。

荷香早早起了床，把夜间扔在地上的一团团卫生纸捡起来，丢进卫生间垃圾篓里。

我要下床，荷香制止。吻了吻我："小哥哥，你辛苦了。"她拿来湿毛巾给我擦脸，拉我去到卫生间，挤好牙膏，让我洗漱——我觉得比当皇帝还受用。想到夜间的恩爱，我憨憨地笑了。

"一日夫妻百日恩，百日夫妻似海深。"对这话，俺俩有了深刻理解和体会。经过这一夜，我和荷香没有了距离，没有了隔膜，没有了隐私。从此，俺俩开始有了种种的亲昵行为。

第二天游玩，荷香穿上了开衩旗袍，挽着我的胳膊，不时地飞吻抛媚。在蒙蒙细雨中，俺俩共撑一把伞，漫步断桥，参观雷峰塔，联想《白蛇传》的优美传说；逛白堤、苏堤，她变着花样打扮自己，听我讲述白居易、苏东坡在杭州当刺史留下的功绩；在平湖秋月，她身着飘逸的大摆红裙，同我手拉手，驻足观赏高阁凌波，倚窗俯水，但见皓月当空……

西湖十景：三潭印月、双峰插云、曲院风荷、花港观鱼、南屏晚钟等等，俺俩相依相偎，处处留下恋人的足迹，处处留下满满的幸福……

流连忘返，俺俩如胶似漆，度过了人生最美好的七个日夜。行期到了，俺俩去到杭州市区扯了三块丝绸，买了两瓶桂花酒，想着如何同家人分享新婚快乐，踏上了回乡道路。

第六章

——————

蜕变与跨越

一　幸福满满

度过蜜月，俺俩的激情渐渐趋于平缓，如山间溪水，辉映着阳光，清澈地流淌，另有一番幸福的滋味。

那才叫日子，那才叫美好。

每到夜晚，荷香跟我同床共枕。她喜欢在我耳边窃窃细语，说些无关紧要的琐碎小事儿，也谈论她们同事夫妻间的秘密。我闭上眼睛，一言不发，静静地听着。犹如姥姥哄小外甥睡觉时发出"哦哦"的催眠曲，我听着听着进入梦乡。有时，我醒着，她以为睡了，不再吭声。我便问："讲呀，咋不讲了？"她会笑起来："你没睡呀。"我耳边又响起"嘤嘤嘤"的话语。

每日，她习惯于早起，打好洗脸水，挤上牙膏，把我叫醒。我迷糊一会儿，打个哈欠，伸伸懒腰，穿上衣裳，开始一天新的生活。

早饭，她都变着法儿，让我吃个鸡蛋，有时是荷包蛋，有时是煎蛋或炒蛋，几乎天天如此。吃饱喝足，上班前，我轻轻拥抱她，说声"再见"。

俺俩虽然开了小灶，除了早饭，大部分时间在岳母家吃饭。这娘俩对我亲得无法表达，顿顿问我想吃啥。调进县委之前，我就没吃过饱饭，会有什么要求？"做啥吃啥"，这是我的习惯回答。为了让我吃得可口，她们蒸包子，煮饺子，做卤面，下捞面，天天花样翻新；鸡呀、鱼呀、牛呀、羊呀等肉儿，隔三岔五改善生活。每次下乡采访回来，我喜欢喝稍微有些混汤的面条。只要进家，荷香就会到灶房里，提前把面和好、醒上。过个把钟头，她反复揉搓，擀得薄薄的，切得细细的，长长的，多少撒点面粉。锅里水翻花了，她把油盐腌过的葱花随面条下进锅里。每回，我至少喝上三四碗。饭后，肚子"咕噜咕噜"像拉马车发出声响，全身通畅，要多舒服就有多舒服。

生活的美满和滋润，让我体重与日俱增，渐觉裤腰瘦了，脖领小了。我站在磅上一称："乖乖，一百三十六（斤）。"

荷香："离目标远着哩，你得再加把劲儿。"

我："想让我达到啥目标？"

荷香："至少一百六十斤。"

我："最高呢？"

荷香："一百八（十斤）。像你恁高的个头，不能太瘦。吃胖了，显得福态。"

我："那不成了胖子了？"

荷香："你胖了，站着像座山，我觉得踏实。"

我："要是超过一百八（十斤），肚子鼓起来，你可不能嫌我肥呀！"

荷香："有了将军肚，那才显得体面。"

"哈哈哈。"我笑起来。

时光在谈笑间，在快乐中，悄无声息地溜走。

秋的凉爽，像匆匆过客，一闪身，一转眼，溜走了。冬到了，长长的。几场凛冽的寒风刮过，下起雪来，纷纷扬扬的，满天飞舞，宛若柳絮由风起。一夜醒来，大地银装素裹，成为冰雪的世界。

城里人在屋里煤火炉上安装一个铁皮筒，一头插在炉口，在高处接个弯口，另有铁皮筒子对接。在门头玻璃窗上挖一个圆孔洞，把铁皮筒伸到室外，加个戴帽的弯头，排出烟气。室内煤火炉上放个暖水壶，冒着腾腾热气，驱寒取暖。

冬天夜长，我按捺不住读书的冲动。晚饭后，像学生上自习课一样，坐在桌前，我静静地看书，不时地用笔画些曲线，抄在本上。荷香坐在床上，一针一针地织毛衣。织一会儿，她抬起头，瞅瞅我的背影——她喜欢我伏案读书的样子。累了倦了，我爬到床上休息，背后垫个枕头半躺着，盖条被子。这时，荷香准会停止手里活计，侧身躺在我的怀里，偶尔仰仰头，看看我的脸庞，甜甜地笑笑。俺俩谈天说地，低声细语，没完没了，其乐融融。

有时，我去平原日报社送稿，返程一般是第二天下午两点搭车，深更半夜才能返回县城。不论多晚，荷香都虚掩着院门，暖好被窝，等着我。有时风把门吹开，她以为我回来了，赶紧披衣下床。走到院里，她明白是风捣乱，坐到床上继续等。等着等着，两眼迷糊了，正在打盹，她仿佛听到胡同里有我的脚步声，慌忙走出屋外。站了片刻，没有任何响动，她重新回到床上。等呀等呀，当我真的出现在眼前，她接过行李包，放在一旁，猛地扑在我身上，搂着我的脖子，"急死了、想死了"地说着。她知道我在街上吃过了东西，不再张罗做饭。看我浑身冻透了，冰凉冰凉的，站在地上呵手跺脚，她催促我快快脱衣上床，把我整个人搂在怀里，暖我的身子，暖我的手，暖我的腿和脚，直至暖热全身。

天冷心不冷，我的身体里涌动着荷香挚爱的热血。

幸福的日子，不完全是平静的，也有惊喜的事情发生。

一天晚上，荷香趴在我怀里，突然问："你喜欢儿子，还是闺女？"

我忙道："你有了？"

荷香道出秘密："例假过去半个月没来，化验过了，是阳性。"她从兜里拿出孕检报告，让我瞧。

我喜不自禁："生男生女都好，一切顺其自然。"

荷香："我肯定给你生个大胖小子，鼻子、眼睛、脑袋瓜，都要仿你。"

我不解："你咋肯定是男孩？"

她："酸妮辣小，我光想吃辣。"

我对生男生女没有常识，信以为真："咱千顷李家族要添后人了！哈哈哈……"

荷香荡漾起满脸幸福，央求我："你读的书多，给咱们的儿子起个名字吧？"

我没有想过这么快会有孩子，更不知道荷香生男还是生女，说："我没有思想准备。"

荷香随口："要不，叫二毛，咋样？"

我笑了："那不成了我哥！"

她改口："叫毛毛，别人一听，就知道是你儿子。"

我："万一是个丫头呢。"

荷香嘴一努："没有万一，我肯定为你生个男孩！"

我哄荷香："对，对，是个男孩。"

荷香"嘎嘎"笑起来。

心里高兴，我想起另一件喜事儿，从兜里掏出一个文件，红头的，溪流县委刚刚印发的。这个文件不是一般公文，是任命我当宣传部副部长的通知。

荷香："你这样年轻，进县委不到一年，咋就当了副部长？"

"是啊，我也没想到。"接着，我向她透露秘密——

下午，县委书记王森找我谈话。

开门见山，王森毫不隐瞒地告诉我："最近，沙流河市委要调你到宣传部当新闻科副科长；平原日报社也发来协商函，拟任命你到报社驻沙流河市记者站工作。"

消息突如其来，我疑惑不解：王森为啥告诉我这些？

荷香瞪着眼，吃惊地问："你要调走呀？"

我："甭急，听我慢慢讲。"

荷香："如今，咱俩过得多幸福呀，我哪儿也不想让你去。"

我理解荷香：她不愿离开爸妈，满足于现状。

我继续往下讲——

怔怔地看着王森，我没吭声。

王森透出内情，亮明态度："人，我不放，另有重用。只要我当县委书记，不会放你走。"

我静静地听着，一言未发。

荷香舒了一口气："这样，我就放心了。"

王森跟我谈话的场景，又浮现在我的脑海——

他慢悠悠地抽出一支大前门香烟，用右手两个指头捏着，在左手拇指盖上顿顿，吸一口，吐出一个雾状的圆圈，似猜透我的心思，说："三毛，你别怨我压制人才。对你的现在和将来，我都有考虑。昨天，县委常委已经研究决定，任命你当宣传部副部长，文件已经印发。"

我："不让我搞通讯报道了？"

王森："不给你分配其他工作，还让你专心搞本行。"

我明白了：王森明着提我的职务，实质上是把着不放人。

从王森办公室出来，我直接找李学迁。

李学迁早知道我上调的事儿。他告诉我，两个月前，市委召开宣传工作会议，市委宣传部岳松科长找他谈话，专门了解我的情况，谈了调我去市委新闻科当副科长的想法。会议结束前，海燕部长单独同他面谈。开会回来，李学迁向王森做了汇报。王森听罢，沉默一阵儿，嘱咐李学迁不要把这个事儿传扬出去。李学迁没有向我透露。上个月，海部长带岳松专门来溪流县委，明着搞调研，一是对我进行考察，一是同王森协商关于我工作调动的事情。

听李学迁如是说，我明白了。那次，海部长带岳松来，专门召见我，问了我许多工作和家庭生活的情况。当时，我就犯嘀咕，没想到是这层意思。虽然仅此一见，但我留有深刻印象：海部长文质彬彬，一副知识分子模样，满口地道的普通话。据说，她爱人是市军分区司令员，她出生在江浙一带，北师大毕业，没有大领导的威严，倒像值得尊敬的师者，非常平易近人；岳松是复旦大学高材生，原在市教委工作，架副深度近视眼镜，不时插话，同我聊得十分投机。中午，我被留下陪两位领导吃了午饭。之后，海部长会见王森，就有关我调动问题，征求意见。王森听罢，剜心割肉似的，回绝海部长："老领导，你得支持我的工作，这个人我要重用，可不能拆我的台呀。"海部长作风民主，性情柔和，没再坚持。

岳松得知王森的态度，心有不甘。他向我明确表示："只要你同意去市委工作，我不会选用别人，副科长的位置给你留着。"

"借助太平洋，大西洋的风才能把鸡毛吹到天上。"我当然不会错过人生施展抱负的机会，意愿强烈而坚决。

李学迁理解我的心思，"咯咯"笑笑："王书记有个特点：哪个人用顺手了，舍不得放。"稍微停了停，他表达看法：县委再重用，大不了安排个正科级领导职务。提拔副处级，没有权力，只能向市委推荐。你调进市委就不同了。当上副科长，放下来，到县委就是常委，到政府就是副县长；当了科长，到县委可以当副书记，到政府可以当县常委兼常务副县长。

李学迁"咯咯"笑了几下："我看，你去市委，王书记把不住。已有传言：他是下届市政府副市长人选。到换届时，他一走，自然没有领导把你。"

李学迁再三交代："这些话，别外传。你心里清楚就是了。"我点点头："你的话，我记下了。"

听了我的讲述，荷香心里矛盾起来：她既怕我调走，又不愿影响我的前途。

二　亲人的牵挂

节气赶着节气，"大雪"来临。父亲怕冷，又患有高血压，我牵挂在心。在荷香催促下，我带些钱和常用药物，决定回趟李家寨。考虑到荷香怀有身孕，没让她同往。这次回去，我还有个任务，就是劝说父亲进城居住。

前些时候，我专程去接父亲，遭到拒绝："你大哥家大的大，小的小，还有猪呀羊呀鸡呀，七八亩地得有人种。我走了，家里这一摊子，不放心，哪儿也不去。"

说罢，父亲神秘地告诉我："你大嫂又怀上了。"

我一听急了："计划生育抓恁紧，可不是闹着玩儿哩。"

大哥家在我家后面那排房，我马上去找大嫂，苦苦相劝："千万不敢要第四

117

胎，那会倾家荡产的。"

大嫂抹着眼泪："老三，城里人只准生一个，老二生的是闺女，没后了；你和荷香生个啥，保不准。农村人都说：'屁股大生小子'，我不信生不出'带把'的。不捞个男孩，绝不罢休，不能到咱这一代，断根绝种。"

我："以后，绝户头多了，又不是咱一家。"

大嫂："在农村当绝户头，谁都瞧不起。老了无人管，死了都没人知道。咱村瓜奶奶，一个孤寡老婆住在村后窝棚里，今年夏天，不知啥时死的，身上生了蛆，才被人发现。谁看了谁寒心。"她言犹未尽："你到地里看看，哪个坟头没人添土，不用问，保准没有后人。"

我再劝，大嫂急了："我生孩子，会不会把你打回老家种地？"

我摇摇头："不会。"

大嫂："那你就别操心了！"

大嫂不听劝，做好了最坏准备——把家里猪、羊、鸡，还有树和粮食全卖了，随时打算外出逃生。

想着往事儿，走到半路上，我碰到逃生哥的大儿子铁棒，专门进城找我。

我问他啥事，他诉说了原委——

有人汇报，大嫂怀了第四胎，整天东躲西藏的。夜黑个儿，公社计划生育小分队来到李家寨，堵住大哥家院子门口，去屋里捉人。当时，赶上大嫂拉肚子，蹲在屋山东头厕所里解大手。听到人声嘈杂，感觉不对头，她从豁口处，翻墙跑到陈仓家藏起来。大嫂是仓嫂娘家二叔的闺女，两人叔伯姊妹。陈仓和俺家世交不错，大哥的媒，就是仓嫂说的。

小分队在屋里搜索一阵儿，没找到大嫂，把大哥抓到公社大院，说是办学习班，实际是关在小黑屋里。大嫂啥时到公社卫生院做过流产啥时放人。

兄弟连筋。到了公社门口，让铁棒回村里，我找陈明去了。

"知道你一定会来找我。"刚见面，这是陈明向我抛出的第一句话。

我："徒弟给老师出难题了。"

陈明："你别急着要求放人，咱俩久未谋面，唠唠嗑不迟。"

公社食品站会计马兰的爱人吕禄是武装部长，跟陈明关系密切。他把我领到吕禄家："公社人多嘴杂，咱在这儿吃午饭。"他安排吕禄做羊肉炖红萝卜，烫壶热酒。

俺俩边吃边聊。

陈明："你当了副部长，你二哥在广播局是副局长，他老岳父是县长，在咱公社众人皆知。你大嫂怀了四胎，影响太大了！谁能瞒得住？不处理，计划生育就搞不下去了。我是实在没有办法，必须拿她开刀！"

我理解陈明的苦衷。

陈明："县里刚开过大会，推广车营公社做法：对超生户实行最严厉的处罚——上吊给绳，喝药给瓶；有举报超生户的，给予奖励。否则，株连'五服四邻'（五代以内有血缘关系者和四方邻居），扒房、挖粮、出树，牵牲口，逮猪羊，没收责任田，取消户籍，让超生者无处存身。"

喝了杯热酒，陈明叹息一声，接着讲："株连五服四邻，我做不到。但不重重惩罚，治不了超生顽症呀！"

我参加了那个会，清楚这种情况。知道计划生育工作是天下第一难，我表示理解。

陈明："在大会上，王书记公开讲，哪个社、镇人口降不下来，谁让我丢掉乌纱帽，我先把谁捋下来，一捋到底！"

想到这些，我不好意思央求陈明法外开恩。

陈明："没有外人，我指一条路——晚上，让老吕找个理由，把你大哥放回家，叫他和你大嫂带着孩子连夜逃走算了。"

吃过午饭，我回了村里。听说我在家，逃生哥和石头来了。大队长冯满囤因超生撤了职，公社让逃生哥接任，并发展入了党。他成了新中国成立以后，李家寨千顷李家族第一位主政的村官。

谈及计划生育，逃生哥介绍，现在都知道厉害，没谁敢顶着。凡育龄妇女，每个月都要去公社卫生院检查一次。发现有怀孕的，二话不说，就按到产床上拿掉。大街上，发现有大肚子女人，无论啥情况，先扣起来，审清问明。只要没有生育指标，一个都逃不掉。石头接着话茬说，谁违犯计划生育，可不是闹着玩儿哩！

那天晚上，大哥摸黑从公社回来了。他直接奔前院来，放声大哭。见了我，他抽泣着问："咱爹得了啥急病，夜个（昨天）还好好的，人咋就快不中了？"

我一时没有反应过来："你瞎说啥呀？咱爹好好的。"

大哥："姓吕的部长放我出来时说的。"

我明白了：他是找理由放人。

父亲问大哥："挨打没有？"

大哥："挨打的，都是'刺猬头（茬子）'。我老老实实地待着，挨不了揍。公社大礼堂关得满满的，有几百号，只要不耍'横'，收拾你干啥？"

我："还让不让你回去？"

大哥："姓吕的要我天明带着你大嫂到卫生院做引产手术，要不然，就派计划生育小分队来家扒房。"

爹："啥都甭在乎了，恁几口今夜逃走吧。"

深夜，大哥和大嫂把大凤撇给父亲照顾，带着两个小的，怀着肚子里的，全部家当装在一辆架子车上，沿着弯弯的清水河大堤，消失在无边的黑暗里……

大哥一家去哪里落脚？往后怎样生活？夜风刮得呼呼响，给不出答案。我和父亲凄然站立许久！

若干年后，我得知：在漫漫的人生路上，他们夫妇生下九个女儿，一个夭折，两个遗弃，一个被人抱养。

第二天早上，太阳刚出来一竿多高，公社计划生育小分队一行十几人，都是各村抽的愣头青，拿着铁锨、爪钩，坐在三辆四轮手扶拖拉机上，浩浩荡荡地来到大哥院外，凭着"二蛋"劲儿，推倒了院墙，摘掉了大门。然后，这群人进了屋子，把里面的东西搬出来，全部抬到车上。

幸亏，像样的家具提前转移到前院。带队的吕部长有陈明授意，没有下令株连和进一步追究。

随后，有几个人架起梯子，爬上去，把房顶戳了个大窟窿。从房顶下来，小分队全部人马坐在几辆手扶拖拉机上，一溜烟地扬长而去……

看着这场面，黑压压围观的村民目瞪口呆，没谁敢吭一声。

过去了许多年，想起发生的这些事情，我心里很是酸楚：计划生育——中国现实必须面对而又无良策破解的难题，为一代人留下了极其深刻的记忆……

大哥大嫂及子女这类"黑户黑孩"，深深打上时代的烙印，在当地户籍册上消失了。他们被称为"超生游击队"，像幽灵一样在中国城乡接合部的荒郊野外游荡。官方没有统计，他们在总人口中究竟占多大比例。以至于，国家每次公布人口数据，人们都表示质疑。三十五年后，政府勇于面对事实，着手解决无户籍人员问题。

从那天起，我和荷香接父亲进城的愿望，成了永远无法实现的梦想。也是因为父亲在村里，我免不了经常回老家，把握着李家寨伴随时代跳动的脉搏。

三　荷香的缺憾

从家里返回县城，我把大哥携妻带女半夜出逃的事情，向荷香详尽讲述。她惊得眼睛瞪得圆圆的，像是听天书似的，一个劲儿地"唏嘘"。

荷香刚想说什么，未等张开口，伸长脖子，"呕"的一声，赶快绷紧嘴。看她要吐，我慌忙捶她的背。她没有来得及跑出门口，"哗"地喷出一大片，接着"呕呕呕"吐个不停，翻肠搅胃，几乎把肚里东西都倒腾出来。

我："咋了？"

荷香："怀孕反应，不碍事。"

在以后长达三四十天，荷香吃啥吐啥，就是喝口水，也会吐出来。为此，我心疼不已。荷香说："反应这么大，一般都是男孩。能为你生个带'把'的，给咱家留个根儿，受多大的罪儿，我都心甘情愿。"

身体再强健，也经不起长时间折腾。一星期下来，荷香晕得站不起来。她去厕所，我在外面候着，扶着进屋。眼看坚持不下去，岳父从医院带回葡萄糖水，往荷香胳膊静脉里输液。

剧烈反应过去，荷香胃口大开，猛吃海喝，并且特想吃辣的。炒菜放辣椒，吃面条放辣椒，盘里碗里红鲜鲜的。岳母说："我怀水塘时，也是这个样。"荷香听了非常高兴，对我说："酸妮辣小，没错吧？"

渐渐地，荷香脸上出现蝴蝶斑。她视美如命，一天对着镜子照几遍，用脂粉遮不住，问我好几次："你不会嫌我丑吧？"

我："你是牺牲暂时的美丽，为咱老李家孕种呢，功莫大焉！"

荷香甜甜地笑了。

荷香进入稳定期，但感情很脆弱，希望我每天能陪陪她。特别是到了晚上，她就像幼儿离不开娘，总想依偎着我。此时，我接到平原日报社通知，邀我参加特约通讯员培训班，为期四个月，这对我是极为难得的。看着荷香百般不舍，我陷入两难境地。岳父看出来了，劝我："荷香离临产早着哩，家里有你妈陪伴侍候，放心去吧。真有啥事，再叫你回来。"

我走那天，荷香把我送到车站。车开动了，走了很远，我看到荷香含着眼泪，还在一直招手……

在培训期间，我每个星期都收到荷香写的信，诉说相思之苦，报告胎儿发育情况，讲述梦中想念我的场景。我人在平原市，心里时刻牵挂着她。

培训班结束，我回到了县城。从长途汽车站下来，在出站口，我看到荷香急切切地用目光搜寻我的身影。荷香像变了个人，腆起肚子，挺大的，用手不时地往上托腹部。我打声招呼过去，她笑盈盈地挽住我的胳膊往家走。

那天晚上，同床卧榻，荷香道不尽的思念和恩爱。说话间，她喊我："小哥哥，快摸摸，你儿子踢腾哩。"我把耳朵贴在她腹部，没有听到任何响动。她笑起来："恁儿真调皮，给爸爸躲迷藏，故意消停了。"

进入临产期，一家人把荷香作为重点保护对象。岳母白天陪护，夜里去俺俩的小家几趟，生怕出点啥事儿。每次，得知没啥情况，她才安心回去睡觉。

按预产，荷香生孩子迫在眼前。此时石头来了，看到荷香打阵儿肚子疼，把话憋到嘴边咽了回去。

跑很远的路来找我，石头一定是有急着办的事情。我追问："有啥事儿，你只管说，甭考虑恁多。能帮忙，我绝不推托。"

追问再三，石头讲了来意。

石头原来组建的手扶拖拉机运输队，忙时服务农业生产，闲时跑着拉运农用物资。我在中央权威大报发表通讯后，一个时期内，货源充足，县社领导关心支持，并部分解决了所需柴油。但也有严重的制约因素，即农用车不准办营运证，只能在夹河套乡间小路上奔跑，凡到交通干道，便遭交警拦截罚款。遇到这种情况，石头他们便拿出中央权威大报的报道当挡箭牌。有的交警看了报纸，不再追究；有的不认账，照罚不误。

这是一个必须面对的问题。石头改主意了：他把自家的手扶拖拉机让给别人，联系当初在县汽车运输公司清退回乡的同事，打算联合组建"沙流河市天意汽车运输公司"。通过岳父袁天明介绍，他找到溪流县在市运输公司当总经理的老乡万里，几经疏通，万总同意将"天意"挂靠在其名下。这种形式，叫戴"红帽子"。当时，人们极左思想严重，私营经济，无论个体或者联合体，普遍遭受歧视，处处遇阻，麻烦不断。石头聪明，想到了应对招数。其实，这种戴"红帽子"做法，非他发明和创造，在全国很多地方极为普遍。有私企挂靠，国有企业可以"壮大"自己，当领导的能够捞些好处，乐于接受"私生子"。

万事俱备，只欠东风。一切妥当，"天意"决定明天正式挂牌。石头尝到过报纸宣传的甜头，凡经媒体作为典型报道，没人小瞧，少去许多麻烦。他想让我找找市委新闻科的人，去采访采访，在报上登篇消息。

荷香听罢石头讲完，不停地瞅我。女人生孩子是大事儿，面临着许多风险。不光是她，所有的女人，都希望临产期间，丈夫一步不离守在身边。

石头有事求我，荷香让我留下。沉思片刻，我想到了一个两全之策：向岳松写了封信，介绍了我和石头的关系，求他务必帮忙。

石头接过信，决定去沙流河市委找岳松。

到了市委，石头向门卫送了包香烟。之后，他顺利见到了岳松，并带了两条"阿诗玛"高档香烟。岳松看了我写的那封信，听了石头的来意，爽快答应了。

第二天，岳松参加过"天意"成立仪式，写出一篇"沙流河市成立首家联营汽车运输公司"新闻稿。之后，岳松把稿件寄往《平原日报》工交处的白处长（他的老同学）。几天后，这篇稿件见了报。

石头走后当天下午，荷香肚子开始一阵一阵地疼痛。每当疼痛时，荷香搂着我的脖子，咬住牙往下坠，低声发出"哎哟哎哟"的呻吟……

当天晚上，荷香住进县医院产房里。她让我陪在身边，说是壮胆。

夜里，随着婴儿"哇——哇——哇——"的大喊大叫，荷香顺利分娩，一个新生命诞生。

我见证了荷香作为一个女人的蜕变，见证了奇迹是怎样发生的。

荷香生下的不是男孩，是女婴。鼻子、眼睛、嘴巴，仿我。人家都说"闺女像爹"，也属正常现象。只是脸上两个小酒窝，跟荷香一模一样。头发乌黑，像毡帽垫；胖胖的，白白的，光光的，没有绒毛毛，没有皱巴巴的瘦皮。

妇产科医生把婴儿用小棉被包裹起来，递给我。我抱着看时，她竟睁了一下眼睛，仿佛记住了我这个父亲。

我虽然希望是个男孩，但看着可爱的女儿，想起一句话："闺女是母亲的小棉袄，是父亲的贴身小布衫"，觉得也挺好的。

荷香急切地问："是不是个男孩？"

岳母："男孩女孩一个样，只要大人孩子平安就好。"

荷香听着话不对味，一看果不其然。一口气憋了好久，她"哇"地大哭起来，昏迷过去。

苏醒过来，荷香拉住我的手，一把鼻涕一把泪，哭个不停："我对不起你，没生个男孩。"

岳母怕荷香哭坏身子，憋回奶水，在旁边赶紧劝说："这不是剪鞋样、裁衣裳，想要啥样做个啥样的，想开点，乖乖听话，啊。"

"没有男孩，劝有啥用？"荷香嘤嘤地哭着说。

"生男生女，是自然规律在起作用，不是个人主观努力决定的。凡无法改变的，必须学会接受。"我安慰道。

荷香虽然听进去了，但心里却留下大大的缺憾。她完成人生蜕变后，坐满"月子"，剪掉了长长的辫子，扎了两个"扫帚把"。

宝贝女儿，很可爱，两个小腿，在床上向着空中一蹬一蹬的，模样像刚孵化出来的小鸭鸭，我按谐音，为她起乳名"丫丫"。按千顷李排辈，我以后为丫丫取学名李泽玉。

丫丫像嫩鹅娃，吮吸荷香饱饱的乳汁，一天一个样。

按着幼儿成长的轨迹，过了百天，丫丫胖乎乎的，小手发面馍似的，屁股蛋蛋、胳膊、腿部和指头骨节之间，一个一个的小窝窝。谁一逗，她就笑。没事的时候，我两手托住丫丫的腰肢，用头顶住小肚肚，她笑得"嘎嘎"响。

六个月过去，丫丫便会爬行。爬着爬着，她为我爬出了人生新的道路。

四 等来的机会

在溪流县委工作八个月，沙流河市委宣传部就开始要我。搁置整整一年零两个月，我才正式接到调令。

其原因无须赘述。转机的出现，当然是由于王森升迁带来的。他确切获悉组织上提拔他担任沙流河市委常委兼常务副市长，再"把"我没有意义，他约我谈了一次话。

那次谈话，为了防止打扰，王森没有安排在办公室，而是在县委院内接待贵宾的小所内。他不像接待下属，像朋友似的，热情而和蔼。坐在沙发上，王森让我挨着坐下。抽出一支"红塔山（当时的名牌香烟）"，他破例让我，我道谢未接。他说："我知道你抽烟，别拘束，吸吧。"盛情难却，我接了过来。"啪嗒"，他打着打火机，为我点燃。然后，他把一支烟在另一只手的指甲盖上蹾了蹾，点燃之后，轻轻吸一口。像素日一样，未往肚里咽，从嘴里吐出圆圈状的烟雾。完成这些习惯动作，他眯着眼睛笑笑，慢慢地同我聊起来。他既像套近乎，又像吐露真心话，说："你这个人我选对了，为溪流县的新闻宣传工作出了大力。"

然后，王森如数家珍，讲说起我的功绩："你写的县委重视选拔优秀知识分子到领导岗位工作，中央有关领导作了批示，予以充分肯定；你写的解除农民后顾之忧、稳定农村生产责任制，全省介绍和推广了做法和经验；沙滩乡大搞枣粮间作、发展多种经营的报道，引来全国许多地方的参观者；一支农民运输队的报道，虽然写的是典型事件，树立的却是全县'开放搞活'的形象……"

　　历数我发表的有影响的文章后，王森说："看似几篇报道，却反映了全县焕发的崭新面貌。这在咱县史无前例，我得好好感谢你。"

　　对王森的褒奖，我有点不好意思起来，脱口而出："村里谁家养只鸡，还指望下蛋哩。农民那么穷，交农业税，供我发工资，应当搞好本职工作，没有什么值得表扬的。"

　　我的话儿出乎王森意料。他吃惊地看看我："原来你是这么想的，怪不得你总是不骄不躁。而有些同志则不然，工作做出点成绩，沾沾自喜。"

　　吸了口烟，吐出一个圆圈圈，王森解释说："我实在是舍不得离开你，才把你留在身边，请你多多理解。"

　　我发表了自己的观点。

　　说心里话，我对王森非但没有意见，而且非常感谢他的知遇之恩。毕竟，是他爱才惜才，以强制强，驯服绰号"犟驴"的教育局长姜文龙，亲自拍板把我从三岗镇高选拔到溪流县委，破格使用。要不是他举贤任能，我可能还在教育上默默无闻。他"把"了一年多，对我来说，倒是好事：让我认识到一个道理——人生的机遇，不光需要自己努力争取，有时候需要耐心等待。他为我提供了施展才能的舞台——使我多了些沉淀和积累，把大学所学的理论和知识应用到新闻实践当中，写下了一篇篇报道，记录了全县人民改革开放的历史。我丰富了新闻实践，得到了一个收获季。以稿结缘，我积攒了广泛的人脉——从县委县政府主要领导到县直各机关和乡（一九八三年年底，撤社建乡）镇主要领导，都对我熟悉起来，有的成了终生益友。

　　两年来，包括荷香怀孕育婴期间，我没有懈怠过工作与学习。白天忙于采访，每月始终保持发表新闻作品七八篇；每日清晨，我早早起床，坚持读我喜爱的《中国通史》，背古今诗词和散文，并完成了平原师范大学的五年本科函授，拿到了毕业证书。这是我的第二学历，尽管我没有在履历表格上填写过，但它充实和丰富了我的知识。

　　经过深入交谈，我和王森更加了解了对方。

谈话将要结束时，王森用征询意见的口气道："我马上要到市政府工作了，想让你跟着我当秘书，不知是否愿意？"

我表达真实想法：我酷爱新闻报道工作，不想半道改行。

王森："不强求你，我尊重你的选择。"

离开时，王森站起身，握了握我的手，握得毫不敷衍，握得紧紧的。

从此，在人生的仕途中，他成了我亲近的领导，成了护佑我的"一把伞"。

王森到底是政治家，卸任之前，推荐白天当了县委书记，孙强当了县长。县直机关提拔调整了一批干部。

当然，他没有忘了"放我飞翔"。

不久，市委下达了关于我的调动文件。

接到调令，我没有急着走马上任，打算休整休整，处理一下该处理的事情，再去市委上班，以便加足马力，在新的岗位全速前进。

想到林健、孙强、李学迁等领导，都有恩于我；白天当县长，对我工作给予了许多帮助和支持，加之有亲戚关系。专门安排时间，我逐个登门进行了拜访。对我的登门道谢，他们摆了一桌酒席，表示欢送。席间，他们说了许多勉励我的话儿，希望我到了市里，一如既往支持溪流县的工作。

报到之前，我去了趟李家寨。

在村南头，我看到新划的宅基上，盖起一片出厦的青砖红瓦房，座座都是独家小院，俨然一道风景线。

走进俺家院里，父亲见到我，乐呵呵的。在药物维持下，他的血压基本稳定，还能干农活。陈仓当村支书，逃生哥当村主任。他们两家都有牲口。收秋种麦，帮了俺家不少的忙，父亲未作啥难。缝衣拆被，枣花和仓嫂主动去干。大凤八九岁了，懂事早，能做些简单的家务。她在村里上小学二年级，吃住在家，免除了父亲的孤独。我和二哥时不时送些钱，爷俩吃穿花用不作难，日子过得还行。听说我调到市委工作，父亲很高兴，心里充满骄傲。

我去看望大大爷。

大大爷精神爽朗，身体健壮。走进院里，开春以后，牲口褪毛。我见他拿着箅帚，正在给心爱的大红马扫身上的毛儿。那匹马膘肥体壮，毛色发光，微闭着双眼，舒服地站着，一动不动。它生下的半岁小马驹，不时地撒着欢儿，偶尔发出"咴咴"的叫声。见到我，他停下来。到屋里，指着一条凳子，他示意我坐下，唠起嗑来。大大爷已知道我调沙流河市委的消息，说："你从小，我就觉得窝不家里，到底成了气候。"笑了笑，他讲："你老成大爷的话，保不准会应验的。将来说不定真能当个县长书记哩。"在他家，我瞧见屋里到处堆放着粮食：囤里满满的，麻袋、口袋满满的，泥缸满满的。我问大大爷，今年打下新麦放哪儿？他说："只有卖掉，没有别的办法。"他家房子西头一间是喂马的地方。堂屋里，满是粪味，熏得呛鼻子，多不卫生呀！我不理解，便问："咋把牲口放在屋里，味多难闻呀？"他回答："温饱思淫欲，贫穷生盗贼。现在，除了农时，人闲着没事干。吃的是有了，可是没钱花，小偷多了起来。家家都是这样，牲口呀，猪呀，羊呀，都拴在屋子里养。"我不禁感叹：社会发展中，啥时都有新的矛盾和问题呀！

在大大爷家坐了一会儿，我去了狗儿家。在院子里，狗儿靠在堂屋门口西边的墙壁谷堆（蹲）着，穿着耍筒子（没有内衣）破棉袄，两只手伸进袖子里，正懒洋洋地晒着太阳。他半闭着眼，头一磕一磕的，在打盹。树上拴一匹老白马，瘦得只剩下骨头架子，站都站不起来。看到我来了，狗儿打起精神。说起话来，我问狗儿牲口咋恁瘦。狗儿回答："没钱买好的，种七八亩地，没头牲口不中。这匹马，一头猪的钱买来的，老是老，瘦是瘦，养一养，将来干农活，跟人家拼犋子，不用作难了。"

回到城里，我想起过去常年在外奔波，右脚跟跑出了"鸡眼"，有时疼得不能走路。到医院，我做了个小手术，挖出一个豆大的"小肉坑"。没法下床走动，只好休息一段时间。这期间，不少人来看我——

王铁山现在是农业局局长。他带了一蒲包（一种水生植物编织的袋子）苹果来瞧我。这令我多少有点惊讶——前面讲过，我上平原大学新闻专业那个名额，是王铁山极不情愿"让"出来的。他对此耿耿于怀。毕业后，俺俩在城关高中参加复习考试，住在一个寝室，铺挨铺，相互介绍情况，得知是我时，他携枪夹棒地问："你跟林健啥关系？"我涨红着脸说："人家是县委领导，我当时在公社是个小临时工，会有啥关系？"他穷追不舍地问："那林健为啥非让你顶替我？"不喝冷水不怕牙凉，我撑他道："为了专业对口呗。你要有意见，去找林健呀！跟我说不着！"看我恼了，他赶紧改变态度："老弟，我只是随便问问，甭生气嘛……"两年前，我成了全省"作文状元"、县委通讯干事，许多人认为我"春光无限"；他善于活动，提前一年从教育上调出来，由农业局办公室主任提拔为副局长。每次见面，他从未再提及此事，总是很客气。咋着也没料到，听说我调市委的消息，他会亲自登门拜访。来到家里，他亲热地握着我的手说："哥们儿，咱俩一年上的大学，同是工农兵学员，同时考录分配，算是难兄难弟，苟富贵，莫相忘呀！"

秦奋提拔当了县政府办公室副主任，跟我叙罢校友情谊，他说："老弟，你这一步迈出去，跨出了人生新天地，未来前途无量。现在，县委、政府两个大院，都在议论你，称你是政治新星。"我笑笑："当一个小小副科长，在市委算不了啥。"他说："相府丫环七品官。你虽然是副科长，干个一年两年，提个科长放下来，到了县里，就是副书记或常务副县长，没人小瞧。"

秦奋刚走，黎明来了。他说："老伙计，你进步真快！不像我，老实蛋。这次动干部，我去粮食局当了副局长，这辈子算是到顶了。不过，从一所学校教书出来的，就咱两个。干到这职务，我已心满意足。你有才，我羡慕，但不眼红。以后，别忘了咱俩同过事就行了。"

头天下午，二哥全家也来看我。平日里，荷香以真诚和宽容对待事事挑剔的白云。逢年过节，她总是催促我去二哥家看望。久而久之，我和白云消除了隔阂。向来清高的白云带着二哥和俏俏，同我说了半天话儿，气氛和睦而亲近。俏俏已上小学，多少谙知世事。她看看我："三叔，妈妈说你爱读书，会背好多好多的诗，真的吗？"

出乎意料，没想到目中无人的白云竟向孩子夸我有学问！其实，要论学问，二哥也不差。他是"老三届"，读完了高中。只是，他喜爱文学，痴迷于小说创作，并在文学期刊上发表过作品。白云说："不挡吃不挡喝，写那玩意儿干啥？"看到我两年跨出几大步，白云更是不断对二哥泼冷水。这次来家，二哥说："搞新闻的领导赏识，个人进步快。写小说不能直接为领导脸上贴金，在仕途上没有大发展。"我不以为然："只要坚持，行行出状元。"这是两弟兄第一次展开讨论，气氛很热烈。

我感到人情暖暖的，心里充满感动。

调动文件下发一个月，我的脚方能正常走路。等急了，市委宣传部领导再三催促，我决定赴任。

为何这么紧迫？主要原因是，岳松提升为主管新闻工作的副部长。市委新闻科和县委通讯组不一样，承担着三大任务：一是采写重点稿件，二是协调地方报纸、电视、广播三家新闻单位的工作，三是接待中央和省级新闻单位记者采访。而科长位置空缺，只剩下两个"兵"。有兵无帅，急等我挑起大梁。

岳父大人对我更是"老牛护犊"。

他担心我去沙流河市人生地不熟，万一有个啥事儿作难，在我走前的那个晚上，备了几个小菜，敞开心扉说："孩子，你给我长脸（装光）了，我已经看出来，咱这小县城里水浅，养不住你这条鱼。好男儿志在四方，天高任鸟飞，你走吧，不能把你。"他说："你去市委，那是大机关，爸帮不了你。往后，遇到啥事儿，靠你一个人了。但我有句话得讲，无论你走到哪里，得有人脉，得有人帮。"

岳父意犹未尽："咱县在沙流河市最大的官叫郭宾，以前是市委的组织部长，现在当了市委副书记，分管组织工作。你工作方便的时候，多接触接触他。县防疫站朱三的哥哥朱文，在市卫生局当办公室主任。县医院老张的弟弟张明在市委行政科当干事兼招待所所长。计委办公室主任赵家林的哥哥赵家冒是沙流河区工商局长。还有几个，我差点忘了。"接着，一一列举，开了个名单，递给我说："一个老乡，顶半个公章。该拉的关系，你要联系联系。有机会，把荷香调过去。"他期许这些人脉关系，能够帮到我。看着老人一片苦心，我收下了这个"护身符"。岳父希望他的宝贝闺女同我早日团聚，尽快结束"牛郎织女"生活。其情殷殷，我记在了心头。

亲爱的荷香心事重重。自从调到县委，我和她绝大部分时间黏在一起，极少分开。她不希望我当官，不图发财，只盼着厮守在一起。对过去的日子，她心满意足，感到很幸福。开始，她反对我"飞"。接到调令，看到木已成舟，她被迫接受了事实。

去沙流河市委报到之前，荷香忙碌起来，为我做各种准备，唯恐有半点不周和疏漏。我本来不缺衣裳穿，荷香说："你到大机关上班，一定要穿得人五人六。"她拉着我，非要去人民商场，再购一套干部服。千挑百选，几乎把各种面料款型的成衣试穿一遍。每次，她左瞧右瞧，上瞅下瞅，让我身子转来转去，仔仔细细审视，感觉这不合适，那不满意。荷香呀荷香，我算服了！你把我当衣裳架子吗？心里烦，压着火，没好意思发作。折腾半天，谢天谢地，总算选中一身蓝色毛哔呢面料套装，又买一顶鸭舌帽。不服不行，荷香就是有眼光。这衣这帽，配上黑色锃亮的牛皮鞋，绝搭！我褂子左边上衣兜里，别上平时使用的那支金星钢笔，显得气质不俗：文雅，充满青春活力。这身装扮，谁见谁夸，我保持了好多年。

岳松曾来过家里，告诉说："我去沙流河市委上班，暂时没有房住，只能栖身电影公司招待所，在市委大伙就餐。"荷香生怕我吃不好，一个劲儿地唠叨："大伙上的饭菜要是哪顿不可口，就去街上饭馆吃，千万甭将就。"我安慰她：

"过去在农村，啥罪都受过。市委机关大伙肯定比学校比县委都好，不必担心。"当夜，荷香辗转反侧睡不着，一遍又一遍交代生活琐事。到了半夜，她想到我好出脚汗，两双鞋垫少了，起床又放进提包里一双。刚钻进被窝，她想起没有换的裤头，立马又起来……直到万无一失。鸡叫的时候，她才迷迷糊糊睡去。

第二天，我先醒了。看着躺在身边的荷香和裹在另一个被窝里的丫丫，想到两年来，她从一个如花似玉的大姑娘变成了孩儿的娘；想到隔一段时间，都是她提醒我回家瞧瞧父亲；想到她放低姿态，化解我和白云的矛盾。对身边的这个女人，我充满着感激，心里默默诵起《诗经·桃夭》："桃之夭夭，灼灼其华。之子于归，宜其室家。桃之夭夭，有蕡其实。之子于归，宜其家室。桃之夭夭，其叶蓁蓁。之子于归，宜其家人。"是啊，她多像桃树，初识时像一朵鲜花，叶儿郁郁葱葱，转眼结下果实，并把一个家打理得有条有理，经营得温馨和美。命中遇到这样的好女人，我真乃三生有幸。不错，荷香生性柔弱，善良、单纯、痴情，属于小女人类型，特别需要男人的呵护。但作为一个男人，责无旁贷呀！眼下，我追求更大发展，忍痛割爱，多有不舍。

我正想着心事，荷香翻了个身。在睡意中，她伸出胳膊搂我。没有搜索到，她把手放下，又进入梦乡。

更难忘的是，我去沙流河市上班走时，荷香抱着丫丫送行的情景：她拿着丫丫的小手，说给爸爸再见！汽车开动的刹那，挥手告别时，我看到她无声地流着眼泪，顺着脸颊往下淌；丫丫看我走了，不谙世事的她，竟然"哇哇"大哭起来……

踏上了新的征途，我没有料到：未来面临的，并非全是阳光、鲜花和掌声，也有狭谷险滩和无数的漩涡，有的凶险莫测，卷入其中，几乎溺水身亡……

第七章

情牵梦绕

一　翻不过去的篇

坐在溪流的长途汽车里，我放眼四望，只见平坦如砥的大平原，处处生机盎然。春天，这位艺术巨匠，饱蘸笔墨，描绘出一幅幅美妙壮丽的画卷，彰显着大自然的神奇和魅力。

面对眼前的景象，回想起自己从一个讨饭娃走过来的艰难历程，仿佛是在崇山峻岭中，从一个山头翻过又一个山头地向上攀爬。这次，我站立在更高处，大有一览众山小的感觉！我清楚：这也是人生新的起点。到市委大院上班，我可从来没敢想过——完全是时代裹挟着前行的，便禁不住心潮起伏，感情跌宕，思绪翻腾……

汽车司机按了按喇叭，发出刺耳的叫声，我回到现实中来。

长途汽车驶向沙流河市大闸上面的路上。这是一条南北干道，以东是沙流河市区，以西是郊区，犹如一道分水岭。桥身下面宽阔的沙流河，把市区拦腰斩开，分成习惯的叫法是"沙北""沙南"，都归沙流河区委管辖。

沙南是六十年代初期新兴的省辖沙流河市所在地。之前，这是大片的农田。随着市委市政府政治中心的确立，市直各行政单位，包括公立医院、学校、旅社、商场、饭店、长途汽车站、火车站，以及大型国有企业云集，甚至拥有上万名职工的省属华中纱厂，构筑起一座中型城市。这里是繁华之地，人称富人区。

沙北是古镇。据说，始于明代。有户周姓人家，凭借水运发达之利，建了一个码头。久而久之，这里兴起一个热闹的集镇，形成诸多老街：诸如磨盘街、爬子街、剪股街、鞋帽街、柴火街、粮市街……还有关公庙，晋商会馆，戏剧茶楼，妓院等等。当然，也有不少规模大小不同的各种作坊。解放初期，除了妓院被取缔，其他都保留下来。之后，国家对资本主义工商业进行改造。像阿胶厂、造纸厂、风衣厂、面粉厂等等，通过合资联营的方式，渐渐成了地方国有企业。狭窄古老的街道，居住着市民和传统的手工业者。

站在大闸桥上俯瞰，水势汹涌奔腾。沙流河溯游而上不远处，有条鸿河和清水河一起流入此河。三河在此交汇。在分汊口，清水河拐弯向北，蜿蜒两华里折向西。它和沙流河形成一个葫芦状的夹套。然后，它犹如巨人张开的长长双臂，一条向西北，一条向西南，伸进遥远数百华里的崇山峻岭之间。在三河交汇处沿清水河向北走，要进入夹河套，靠一条木船摆渡，极少有人涉足繁华热闹的市区。坐船过河，顺着乡间土路，行走八华里，便是李家寨，即我祖祖辈辈居住的村庄。

看到大闸下面清澈的河流，我想到十年前在村里当民办教师时曾经做过的一个梦儿。往事浩瀚如烟，有许多已经模糊，而这个梦境却依然清晰：我幻化为老成大爷家的一只银色信鸽，飞到一个低矮草屋，有只雌雀说："别飞了，落在这里吧。"银鸽不理它，继续往前飞。飞过一个瓦房屋脊，一只雌燕说："我在房檐下筑起了窝，在这安家吧。"银鸽不理它，继续往前飞。飞到清水河大堤一棵大杨树时，有只鸦说："别飞了，栖身在巢里吧。"银鸽不理它，继续往前飞……银鸽想飞过清水河，飞向沙流河市。清水河水面突然升起万丈似烟似雾的白气团。每飞一次，银鸽被挡回一次。盘旋飞了无数次，银鸽都被挡回。银鸽万分沮丧，此时传来"咯咯"的银铃般笑声。循声望去，银鸽看到一只凤凰飞过来，说："我陪你！"银鸽顿时攒足了劲儿，伸展翅膀向前冲去。眼看就要飞越清水河上空，突然一个巨大的黑影，形状极像凶猛的老鹰，把凤凰吞噬了，留下一声凄惨的哀鸣……银鸽伤痕累累，滴了许多鲜红的血，险些跌进河里。就在接近水面的刹那间，银鸽使出全身力气，拼命扑打双翅，再次飞向高空，向沙河市最高一幢大楼顶层飞去……

人生如梦。此时，梦已成真。陪伴我飞过沙流河留下凄惨哀鸣的那只凤凰，仿佛是翠姐的化身。如今，她的命运如何？我依然牵挂着。

汽车到站了，旅客各奔东西散去。我提起简单的行囊，走出站口。

行到交通路与劳动路交叉口，我正要拐弯北行，听到背后一个熟悉的声音叫喊："三毛！三毛！"

扭过身，我瞧见是杏红——翠姐在万人庄粮管所的闺蜜。我惊喜不已："咋是你呀？"

杏红："我听俺爸说，你调到市委了，来上班的吧？"

我点点头。

五六年前，杏红和在公社食品站工作的爱人，作为"亦工亦农"，同时被清退，回到了农村婆家。两个人在家杀猪往集市上卖肉。看她的穿戴，日子过得不错。

我："你来市里办啥事？"

杏红："我来看看张翠。"

我正想了解翠姐的情况，便急切地问："她过得好吧？"

杏红叹了口气："唉，别提啦！张翠在一个残疾人办的个体小厂干活，一个月挣仨核桃俩枣的，过得寒酸着哩！"

石头碰到过翠姐，见她挺洋气。当时，我心里很是欣慰。现在，杏红讲翠姐日子艰难，我马上不安起来。

我正欲打探详细情况，杏红态度突然来个一百八十度大转弯："张翠再三叮嘱，若是遇见你，千万不要提她的事儿，你看我这嘴咋恁不把门？我走了，我走了。"

不论我如何阻拦，杏红骑上自行车"飞"走了。

望着杏红走远的身影，我肝胆俱碎。翠姐有谷丰这层关系，完全能够步入大学殿堂，端上"铁饭碗"，一生衣食无忧。可她却舍弃自己的幸福，甘当铺路石，让我有了今天；为了不拖累我，她陷入如此境地。想起这些，我的感情无法控制，躲到无人处，失声痛哭起来。那哭声，如山洪暴发，无法遏制，势不可挡……

"执子之手，与子偕老。"当年，我誓言铮铮。

我如今春风得意，进入市委大院，惹得多少人羡慕不已。而深爱我的翠姐，仍在困苦中煎熬，我咋能心安？

自从翠姐失踪，我整天眼前晃动着她的身影。四年后，在大大爷劝说下，我用意念转移法从痛失翠姐的阴霾中走了出来。我以为跟翠姐已经翻过去那一页。现实，让我切身感受到：只要翠姐不幸福，这一页永远翻不过去！我暗暗发誓：纵然踏破铁鞋，也要找到翠姐，竭尽全力帮她摆脱困境！

我走着思谋着：翠姐离开以后，究竟如何在沙流河市安身立命的呢？

我弄不明白：在沙流河市，翠姐无亲无故，是怎样落户沙流河市的？离我而去之后，她若去求谷丰，这位当时手握重权的市委副书记，解决一个户口，安排一份工作，完全不成问题。翠姐咋会在一个不咋着的个体户小厂上班呀？

显然，翠姐没有去找谷丰。那么，她又会去找谁呢？

谜团重重，我一时解不开。

记得石头告诉我：翠姐已经有了个几岁大的孩子，她是同啥样男人结婚的？

135

她男人是干什么的？凭条件，翠姐找个男人应该有能力养家糊口呀！

我头脑里忽地又蹦出一个想法：难道那男孩是俺俩爱的结晶。这想法刚一冒出，我立马否定了：天下哪有那么巧的事情。一见钟情，睡一夜怀孕生子，都是文人笔下的戏剧和小说编出来的，现实中不可能发生。

转念，我想：翠姐若是真的没同他人结婚呢？那孩子真是俺俩的呢？这些年来，她一个单身女人，该会遇到多少困难、吃多少苦啊！

各种揣测，在我头脑里，出现，否定；再出现，再否定。

我下定决心：要在沙流河市找到翠姐，解开谜团。无论是何种情况，我都要全力相助。

二　走进市委大院

从南向北沿着劳动路直行，经过市人民剧院，往前不远，便是党建路。拐弯折向东，大约十分钟，路北有一个坐北朝南的大院，就是沙流河市委。

过去，我曾两次来到沙流河市：第一次是一九七六年春天，我约翠姐来此一逛，在郊区遇到二姨，去了她家，心愿未遂；第二次是一九七八年，大学毕业"哪来哪去"，我和三位老乡同学，扒火车从南郊火车站出来，浑身上下全是煤灰，像掏炭工似的，一副狼狈不堪的样子，坐三轮车走大闸路直接回了家。

此时，站在市委大门口，我驻足凝视，一种自豪感油然而生——我成了这个大院里的人！

那门楼高大威严，西侧挂着白底红字的大牌子，上面写着"中国共产党沙流河市委员会"，人们习惯称"市委"。望着这个大院，我禁不住地想：世界上超过一千万的人口，算是中等国家。市委，不就是一个中等国家的首都吗？这个大院里的最高领导人，掌管着一区十县和市直几十个局委头头们的任免大权啊！这里领导跺跺脚，全市上千万人就要闹地震！从这个大院里一进一出的干部，会摇身变成副处级、处级官员。不错，比起这个大院的领导，他们数不着，排不上名次，可一旦放下去，就成了"一方诸侯"，就成了地方要员。我有感受，在县里，县委一位副书记，甚至一位常委，或者副县长，有多少人敬畏啊！市委大院，这个层级的干部一抓一大把。一般干部要熬到这份上，需要若干年。我不清楚，自己化蛹为蝶需要多长时间。但我确信，只要努力工作，做出成绩，那是早晚的事情。一九八二年以来，中央强调干部"四化"，特殊历史时期，创造了人才"井喷式"的发展机遇。近一年，又一茬或提拔或选调过来。我的两位同学，早我几年进市委。侯勇已是团市委副书记，王升当上市委政策研究室副主任。我"困"在溪流县委，没赶上"点"，迟了一步。但人生的路很长，我仍信心满满。因为新的工作，对我来说并不陌生，主要任务仍是写重点报道，接待中央和省级媒体记者，只不过比在县委高了一个层级，不存在"隔行如隔山"的问题。还有，岳松是我遇到的贵人，又是直接领导，他会不遗余力地扶持我，没有什么大不了的问题。

凝思一会儿，我向门卫打声招呼，走进了市委大院。

对着大门口是条中轴线，把大院分成东西两部分。

中轴线西侧，第一幢是市委办公室大楼。几位主要领导在第二层办公，各有两个房间。其余的，是所属的科室。

这座大楼后面，是一个大花园，连着市委招待所。

进入院内，中轴线东侧的最后一排建筑，是市委小礼堂。

小礼堂南面，有个拱形的圆门，进去是单独的院落。北面一座四层楼房，坐北朝南，政法委、机关党委、团市委、妇联在那里办公。

与此相对应，临街坐南朝北有一座四层的办公大楼，中间是门洞，其西侧一层和二层是宣传部，三层四层是组织部；政策研究室在东侧一二层，纪检委在三层四层。

市委新闻科在一楼西侧北面第二个门口挂有牌子，有两间通房。上班时间，房门开着，我径直走了进去。

一个年轻人急忙迎接，接过我的手提包，"嘿嘿"笑着打招呼："你是李科长吧？我们盼星星盼月亮，终于把你盼来了。"我知道他是申亮，身材微胖，脸上堆着笑，去年毕业分来的大学生。

年龄大的老刘，是个干事，瘦瘦的，高高的，黑黑的，负责拍摄录像资料，专为省电视台提供毛带（半成品素材），为人随和、直爽，人称"四菜一汤"。说起来这绰号，有点意思。一次，部里开生活会，检讨大吃大喝问题。老刘说："我到哪里去，人家整桌整席招待，我只吃'四菜一汤'，可没有违犯上边的规定。"这话引起一阵哄堂大笑。见到我，老刘站起身，指着沙发让座，倒了杯开水："科长老弟，请喝茶。"

在科里说了一阵儿话，申亮领我去见岳松。岳松问我脚是不是没事啦？我告诉他可以正常工作了。他说："你到任，我就轻闲了。"我讲："初来乍到，你还得多操心。"他说："我分管新闻工作，会全力支持的。"简单交流几句，岳松领我去向海部长报到。

海部长正在看文件，站起身来，让我坐下，先问家里是否安排妥当，又聊了些家长里短，我有礼貌地一一回答。

礼节性地见过面，海部长说："你今天来上班，部里同志都在等着你的到来。"她嘱咐办公室瞿主任，召集部里全体人员，开了个见面会。大家欢聚一堂，表示对我到部里工作的欢迎。

而后，申亮提着行李包，送我去市电影公司招待所住处。这个招待所挨着电影公司东门口，只有十几个房间，上下两层小楼，陈设简单：每个房间，有的两张单人床，有的三张单人床，靠窗户摆一个两屉桌，一把木椅，一个瓷盆放在盆架上，一个暖水瓶。

见到我和申亮，经理老张忙赔着笑脸迎接。他五十多岁，秃头顶，瘦小白净，原在杂技团搞外事联络，能说会道，待人谦恭，办事勤快。他把我领到二楼，喊来服务员："让咱们的领导住三号（一号是经理办公室，二号是储藏间），这里清静，不嘈杂。"我点点头："谢谢张经理关照。"

进了屋子，申亮把我住的那张床上的被褥搭到外面晾晒，把另一张床的东西卷起来，放上行囊。接下来，他晃了晃暖水瓶，满满的。拔掉瓶塞，他将手放在瓶口上，感觉半温不凉的，重新打了开水，倒了一杯，放在桌上。不经意间，看到我的皮鞋有浮土，他从裤兜里掏出手纸，伏身弯腰去擦。我赶忙制止："自己来，咋能麻烦你？"申亮说："李科长，你一个人在外，生活多有不便。要是衣裳该换了，你言一声，我拿回家，让媳妇洗一洗，烫一烫；哪天大伙上饭菜不可口，或者你想吃啥家常便饭，就去家里。"他的话儿，让我心里暖暖的。

三　市委书记的约谈

晚上，岳松请我到家，说是接风洗尘。他住在市委家属院第一幢楼三层第一个单元东户，是个三居室，有一间书房。爱人司云霞在市医院当护士长，一个女儿读大学。岳松祖籍山东，爱人是沙河市人，部里同志都喊她老司。

饮酒间，老司一直作陪。我关心荷香工作调动的问题，随口打听市医院是否好进。老司说："你报到之前，俺这口就让我找李院长，看能不能把你爱人调过来。李院长是恁老乡，我提这事儿，他直摇头，说难度很大：市领导写条子的二三十，加上这局那委头头打招呼的，有一百多号人，都在排队等着。"

原来，岳松在为我操着这份心，我暗暗感动。

初次见面，老司时不时地瞅我一眼。审视过，老司开口讲话："怪不得，老岳那么喜欢你，你不光有才，品行也好。看得出来，你心底纯正，为人忠厚。他没选错，你是一个好苗子。"

我笑了："你会相面？"

"你信不信，有的人是善是恶，能看出来。"老司说，"有的人，看着面善，阳奉阴违。你有利用价值的时候，他百般讨好；用不着你的时候，他转脸无情；为了逢迎上级，他跐蹬你；更可怕的是，当认为你成为'障碍'的时候，他背地里暗算你……"

我觉得老司话中有话，似有所指。

老司唠叨到这里，岳松打断她的话："别瞎扯了，喝酒！"

酒足饭饱，岳松话头多起来："市委是权力中心，当新闻科长接触了解的事情多，在领导之间不要传话。"

我默默记在了心里。

岳松提醒一番，又说："在家千日好，出门万事难。今后，这里就是你的家。甭客气，有啥难处，你只管讲，我尽力帮助。但眼下，住房和爱人调动的问题，确有难度，尚需时日，得慢慢来。"岳松解释说："市委不少中层干部调到县里去了，但他们爱人绝大部分在市直单位工作，孩子在市区学校读书，都没搬家。你在县里，到处是熟人，来到市里，人生地不熟，两眼一抹黑。吃饭，只能在市委大伙将就。初来乍到，你要有心理准备，得慢慢适应。"

我："农村出来的，啥罪都受过，没啥儿。"

他："谷书记问几次了，想跟你见面谈谈。"岳松说的谷书记，就是谷丰。谷丰当了几年副书记，又干了一届市长，现在是市委一把手。

我："一个小小副科长，他是堂堂市委书记，找我谈个啥？"

他："你虽是副科长，代理的是科长职务，由副转正只是时间问题。在市委大院，有两个科长到任，一把手都要亲自谈话。"

我："哪两个科长？"

他："一个是组织部干部科长，一个是宣传部新闻科长。"

我："啥时同谷书记见面？"

他："谷书记日理万机，我约好，带你去。"

从岳松家出来，已经很晚。

回到电影公司招待所，我躺在床上，辗转反侧，难以入睡：我一个小小副科长，竟如此重要，还要接受市委书记谈话。他见我会问些啥？我对他该说些啥呢？

想着想着，我迷迷糊糊睡去。

第二天上午刚上班，岳松到新闻科见我，说："谷书记来电话了，他在办公室等着，现在就去。"

谷丰在市委办公大楼第二层最东头南侧那套房，没有挂牌。西边隔墙是常委小会议室，中间有道门相通。人多的时候，就在这个小会议室排队等候。平常，关闭着，可以随时打开。

岳松直接带我走进市委书记办公室。此时，谷丰跟市卫生局韩局长和一个不到四十来岁的高个干部谈话，刚好结束。

岳松向这两个人打了招呼，然后介绍了我。

韩局长他们知道谷丰要约见我，打个招呼走了。

那两个人走了，谷丰示意岳松和我坐在沙发上。早闻其人，未见其面。我瞧他中等个儿，身材微胖，腰板笔直，留着平头，眉毛浓黑，目光炯炯有神，透着军人刚毅的性格和特有的气质。通过谈话，我感觉这位市委书记，也不乏柔情和平和。

谷丰："听岳部长讲，你是一九七八年的全省作文状元，我看过你几篇在大报上发表的文章。"

我："年轻，涉世浅，距离干好本职工作的要求，还差得远呢。"

谷丰："年轻就是资本，正是干事业的年龄。"

我："涉世浅，缺乏经验，还需要领导多批评多指教。"

谷丰："人非生而知之，经验都是积累的。"说罢，他突然想到了什么，问我溪流县哪个乡镇的。

我回答："万人庄乡的，一个鲜为人知的偏僻地方。"

听我报过籍贯，谷丰若有所思，向岳松打招呼："你有事儿，先忙去吧。"他似有"私密"，要跟我谈。

岳松看出谷丰的意思，离开了。

谷丰："'七五·八'发大水时，我去过万人庄。你们那里有个叫张翠的，家是李家寨行政村陈家楼的，救过我父亲的命。"

这件事儿，我写过报道。至今，记忆犹新——

那是洪水到来的第三天傍晚，翠姐和笼头撑着木筏，去村里察看。返回途中，天将擦黑，刮起大风，下起大雨。姐弟俩走到距河堤大约五十米处，隐隐约约听到有人喊："救命呀，救命呀！"风狂雨暴，四处旷野。近处"沙沙"响，远处一片萧萧声。雨点子打在水面上，冒起无数的泡泡，溅着水花。在狂风作用下，雨柱不再是直线，而是斜飘着。举目而望，没有人影。

翠姐以为是幻觉，正要继续前行，只见一口白棺材从西边漂了过来。那棺材是喜棺（人活着时备下的，没上黑漆）。随着棺材临近，"救命呀"的喊叫声，翠姐听得越发清楚。眼看棺材顺水势就要流过去，她觉察到"救命"的喊声是从棺材里发出来的。瞬间，棺材靠近，翠姐看到没盖，里面有位老汉。也该老汉有救，那棺材在十字路口处，被一棵杨树的两个杈子挡住了。

翠姐把筏子撑到棺材旁边，将篙竖插在筏子中间，扎进泥土深层，顺势抓住老汉的手。老汉已没有半点气力，在快要拉到筏子上时，掉进了水里。

一沉一浮，老汉拼命往上蹿，一个劲儿向上伸手。

翠姐多少有些水性，不顾一切地跳下去，托举老汉。站在筏上，笼头抓住了他的手。筏子一仄楞，老汉又落入水中。

翠姐憋住呼吸，沉到水底，脚踩地面，用头顶住老汉的屁股，双手护住老汉身子往筏上托。笼头把双臂伸进老汉两个胳肢窝，用尽所有力气往筏上拽。

老汉终于给拉到筏上，笼头用力过猛，摔了个仰面朝天。翠姐露出头，憋不住气了。换气呼吸，她呛得连喝三口水，打了一串喷嚏，两眼直冒金星。她爬上筏子，大喘几口气。

就这样，姐弟俩几经周折，救出了老汉……

老汉姓谷，名满仓，家住云水县三十里铺的镇子上，离水库四十五华里。他中年丧偶，在妹妹帮扶下，把两个儿子拉扯大。大儿子谷丰极为聪明，老汉边捡破烂边讨饭，供养他到高中毕业参了军。谷丰很有血性，参加过珍宝岛战斗，立了特等功。他在部队大熔炉里"火箭式"上升，年仅三十六岁，就当上了沙流河市军分区司令员。两年之后，他转业到地方担任沙流河市委副书记。感念老父养儿不易，谷丰非常孝顺，一直让老人跟随生活。

老汉的小儿子谷收没念过书，在老家种地。前一段，他想老家的儿子、孙子，回了家，准备住上一段时间。不承想，水库大坝垮塌。天刚亮，大水就到了三十里铺。情急之中，谷收看到漂来一口喜棺，奋不顾身地把父亲托了进去。没来得及说一句话，他和妻儿消失在滔滔洪水里。

老汉救命的棺材，干桐木板，材质轻，托浮性好。在棺材里，老汉漂流了三天三夜。在风雨飘摇中，老汉捡到漂来的一个倭瓜，充饥保命。下大雨时，老汉脱掉布衫当伞。棺材进了雨水，老汉用捡到的瓦盆，往外泼水。

茫茫洪水，一片汪洋，根本不见人影。老汉认命了。命不该死。十二日傍晚，奄奄一息的他，听到了翠姐和笼头说话的声音。知道遇见人了，他便使出微弱的气力，呼喊救命。

老汉讲述了来龙去脉，翠姐便想着去告诉公社领导。她走到大桥南头，碰到公社包片的李委员。

翠姐讲了情况，李委员转身回到公社，去向书记孙强报告。

孙强正在办公室里，向沙流河市委来的领导汇报抗洪抢险情况。这位领导正是沙流河市委副书记谷丰。谷丰分管政法兼救灾工作。

家乡遭遇特大洪水，解放军九日早上赶赴三十里铺，仅仅从树上、房顶上救出三十八人。他获悉被救的人员没有父亲和弟弟一家人，心情非常沉痛。但他是军人出身，他的战场在沙流河和清水河夹套的泄洪区，他必须战斗在自己的岗位上。中央首长前来视察和慰问时所作的指示和要求，沙流河市委进行了认真研究和部署，并派他来检查落实。

听到父亲被一个姑娘救出，谷丰感到震惊意外。他立马在孙强等人的陪同下，来到翠姐的"家"。见到父亲，他激动得手直发抖。一步跨上前去，父子俩相拥而泣……

洪水下去，谷丰感念救父之恩，让翠姐到公社粮管所当"亦工亦农"，并当了单位的团支部书记。

谷丰看了看我，若有所思，道："张翠好像有个男朋友，我印象中也叫李三毛。七六年推荐上大学时，她等了一天，求我给当时的公社书记孙强写过信。"

我讲了实话，说："谷书记，那个李三毛就是我，感谢你改变了我的命运。"

谷丰："写封信造就一个人才，值呀！"转而，他问："张翠现在干啥？我一直牵挂着。"

我讲了俺俩分手的原因和过程，以及知道的有关翠姐的事情。

谷丰的表情随着我的讲述而发生变化。到末了，他发出一声叹息："咋会是这样！"

看我对翠姐情深意厚，谷丰唏嘘不已，嘱咐说："你若能见到张翠，她要是有什么困难，让她务必找我。"

聊罢翠姐，谷丰正式谈工作："新闻宣传是市委对外形象的窗口，工作极为重要。我提出三条意见：一、凡市委重要工作要及时报道；二、省里中央来了大报记者，必须当天向我汇报；三、你需要汇报工作，无须排队等候，直接面谈。"

"一定照办！"我回答。

我以为谷丰指示完毕，正要离开。他摆摆手，示意我继续坐下。他讲："还有两条，一是市委常委开会，除研究人事工作之外，你都要列席参加；二是关于记者的招待问题。在市委招待所安排食宿，你签字记账，由办公室财务科负责结算；记者采访用车，找小车班贾班长，优先保证。"

百闻不如一见，我在县里就听说市委领导重视新闻工作，没想到如此重视。

谷丰："新闻科是市委的耳目和喉舌——对下，要搜集社情民意，向领导直接反映；对上，要及时报道市委对上级重大方针政策的落实情况，责任重大啊。"

谷丰的讲话，让我感到身上担子沉甸甸的。

当市委书记，日理万机，我不忍久待，起身要走。

"稍停。"谷丰走进内间，拿出一盒中华烟，送给我。我知道，这是领导对下属的亲近表示，不能拒绝。

接过烟，我道声"谢谢"。

走到门口，谷丰喊住我："明天有个重磅新闻，你做好报道的思想准备。"

究竟是什么重磅新闻？谷丰没说，我不便问。

此后发生的事情，展示了谷丰"威"的一面。

四　一炮打响

第二天上午，市委通知，要我九点去常委办公室开会。

海部长带我提前去了。走进会场，已有几位常委到场，列席会议的还有市卫生局班子全体成员。气氛有点紧张，我不知道研究什么事情，静静地坐着。

全体与会人员届时到齐后，谷丰表情严肃地宣布："今天，开个特别的会议，到市中医院现场办公。"他说罢，所有参会人员走下办公大楼，坐上各自的轿车，浩浩荡荡出发了。

市中医院会议室里，几乎座无虚席。偌大的会场，黑压压的几百人，鸦雀无声，静得掉地上一根针就能听到声音。

只有会场前几排，是为市委市政府两个大院领导及卫生局班子成员预留的，尚未坐满。我正在寻找适合自己的位置，听到有人招呼坐在身旁。一看，我认出来：是昨天在谷丰办公室门口见过面的中年人。他自我介绍叫朱文，同我是老乡。我热情地握了握他的手。

没有人猜到：这么兴师动众，市委要干什么？

市主要领导坐在主席台上，大会正式开始。

分管组织工作的副书记郭宾站在正中央，对着麦克风，发出铿锵的声音——

"近年来，市中医院领导班子不思改革，热衷于'内耗'，想不到一起，说不到一起，干不到一起，相互指责，你告我，我告你，你想把我整垮，我想把你搞臭，严重贻误事业的建设和发展，全院欠内外债二百多万元。市委对该院'班子'曾先后进行个别调整，但这个'班子'依然坚持'堡垒内的战斗'。为此，市委采取果断措施，决定对全体领导成员集体免职。"

短暂的惊愕过去，会场爆发经久不息的雷鸣般掌声……

等到平静下来，谷丰发表讲话——

"开拓进取"需要保持稳定的局面，关乎全市保持"改革开放"大好形势，搞"内耗"，与改革形势不合，与人心不合。今后，无论哪个单位，不管是市直单位，还是县级领导班子，如果再搞"内耗"，争权夺利，市委决不手软，发现一起，处理一起！

谷丰讲话结束，主席台下又一次响起热烈的掌声。

以谷丰为代表的市委具有如此魄力，我暗暗叫好！

这是一条多么好的新闻呀！

会议结束，我酝酿出了腹稿。回到办公室，我很快写出了一篇消息。赶在中午下班前，我把稿件亲自送谷丰审阅。

谷丰对我雷厉风行的作风大加赞赏。他仔仔细细看了看稿件，删掉文中其他领导人的名字，原样保留了全部内容。

谷丰审稿时表情严肃。看罢，他思忖不语。

我的心提到了嗓子眼：这是一个爆炸性新闻，他会不会枪毙呀？

正在忐忑，谷丰问我："这稿件，报纸会不会发表？"

想起有的县（市）、有的单位党政两套班子不团结，内斗不断，凭着新闻敏感，我肯定回答："能，一定能！"接着，我讲："像这样的新闻事件，不能耽搁，必须快发。"我谈了下午去平原市到报社送稿的打算。

谷丰："我派辆车送你吧？"

市委副部长才有资格坐专车，我说："还能赶上点，现在就去长途汽车站。"

谷丰："有你这种敬业精神，工作一定会干好。"

我是平原日报社的特约通讯员，知道总编室夜间有人值班。

到了晚上十点，我直奔报社。值班编辑马跃接到稿件，看了一遍，连说："好新闻！好新闻！"他随即去见总编室主任，安排了版面。

我去到报社招待所，就后半夜了。折腾得很累，忘了饥饿，身子刚躺在床上，我就酣酣地睡去。第二天醒来，已是上午十点。打开门，瞅见缝隙里塞张散发着油墨香的《平原日报》，我赶快拿起来看，那篇稿子在一版显要位置加"花边"发表了，心里很是激动。我没想到，全国所有中央级和省级几十家媒体次日同时转发了这篇报道，有八家报纸配发了评论，一时间产生了很大轰动和强烈反响。

谷丰在全国成了响当当的市委书记。在沙流河市，他一举立威！

一炮打响，我名声大振。

五　亲情与人脉

稿件见报，我如释重负，全身轻松。当天上午，我搭乘长途客车赶回溪流县城。

当到医院家属院时，天才半下午。知道荷香不到下班时间，我走进岳父家的小院。岳母笑吟吟地问我："没到星期六，你咋回来了？"

我说："去省城出差了，顺便拐家看看。"

丫丫正在甜甜地睡觉，鼻翼微微扇动，匀称地呼吸着。我走到跟前，她涩涩地睁睁眼，抿着小嘴笑了一下。以为醒了，我正要去抱，她又闭上眼。原来，她没醒，好像在做梦。我不解：几个月的孩子，有啥高兴事儿？俯下身，我轻轻吻了吻那张小脸蛋，回到自己的小家。

两天来，我往返乘坐长途汽车，在路上颠簸。身上满是飞尘，放下行囊，我打盆清水，洗了洗手脸，脱去外衣，换套干净的。有些困乏，我想躺床上稍稍休息休息。

荷香听美美说我回来了，蹑手蹑脚走进屋里。见我面朝里站着，她冷不防从背后抱住了腰儿，"嘎嘎"笑起来："你咋回来了？"

"老犍憋坏了，想犁地！"我转身道。

荷香表情有些异常，双手搂住我的脖子，撒娇："小哥哥，媳妇想死你了！"她在我脸颊上一阵狂吻，吻得我禁不住热血沸腾，欲火中烧。

"一日不见如三秋。""小别胜新婚。"世间词语，让我有了深切体会。

我激情万丈，欲抱荷香上床云雨。

荷香制止："不中，不中。"

我丈二和尚摸不着头脑："你是我媳妇，在咱家里，有啥不中？"

荷香："来了。"

我："没人呀，谁来了？"

荷香："例假来了。"

我闻到了一股腥腥的味道，假装生气，嘴里嘟囔："真晦气！"

荷香："今天夜里刚来的，你真想要，甭委屈，随你。"

女人例假期间，过性生活，会落下妇科疾病，我战胜了自己。

荷香像是犯了错，眼里闪着泪花："小哥哥，媳妇对不起你啦！"

我："这种事是正常生理现象，咋能怪你？"

荷香补偿似的，站在床边，对我百般抚慰：用那细嫩光滑的右手，从上到下，从左到右，在我的额头、脸颊、鼻子和嘴巴上，轻轻地柔柔地一遍遍摸着。那感觉，极为舒服，猫舔一般。然后，她贴着脸儿，抱着腰儿，静静地依偎在我的怀里。

俺俩正在"热乎"，屋里中间横着的"遮挡（布帘）"动了一下：荷香妈抱着刚刚睡醒的丫丫过来了。她未见荷香回来，以为是我一个人在家，没想到有这一幕出现。

顿时，俺三个三张大红脸，显得很是尴尬。

晚饭前，周斌来了。他带着一提包东西：有两斤茶叶，说是有个战友寄的，刚上市的信阳毛尖；另有罗锅的烧鸡和五香豆腐皮，两瓶古井贡酒，来家里请我喝酒。

半下午，我从平原市回到溪流县城时，在汽车站出口不远处，周斌看见了我。他喊了两声，我没听见。

说了几句话，周斌兴奋地告诉我："老师，我是来表示感谢的，多亏你跟白书记打招呼，我转干了。"周斌成了国家正式干部，我调到沙流河市写的首篇稿子一炮打响。各有喜事，俺俩真得畅饮一番。

酒席刚摆好，县医院王院长来了，身后跟着小车司机建设，搬来一箱"宋河"。

"东奔西走，要喝宋河好酒。"当时，中央电视台天天在《新闻联播》开始之前的黄金时间播发广告，"宋河"成了家喻户晓的名酒。

过去，我为县医院发表过几篇稿子，王院长为人侠肝义胆，有几分豪爽，对我很是热情，请吃请喝，表达谢意。但他从不像这次，送如此重礼，我颇感意外。

刚进屋，王院长拿出卫生部主办的报纸，欣喜若狂："你（指我）前些时候写的文章——《溪流县医院纠正开大方捞奖金的不正之风》发表了，我得重重表示表示。"

县医院上年初实行经济承包制，打破吃"大锅饭"局面的同时，出现了医生单纯追求经济效益的现象——以前，一个普通感冒患者就诊，花三五毛钱就可以了，而之后医生又打针，又输液，要花上七八块，引起了群众不满。医院纠正了这种错误做法。

王院长身材不高，说话响快："这篇文章恢复了医院的声誉，万金难买。"

"近水楼台先得月。"王院长指着周斌，讲，"以后，你和这个弟兄要继续宣传县医院。我打算，把过去报纸刊登医院的文章，在大门口玻璃窗里，好好展览展览，树树形象。"

王院长面对我："老弟，别的忙老兄帮不了。医院有小车，你去市里上班，今后让司机建设送你。在市委当科长了，咋能坐长途汽车呢！"

看着荷香，王院长说："啥时去市委看老弟，言一声，开车送你。"

在家里，每天都有熟人设宴招待，我感觉良好。而荷香嘴里不说，眼神里却流露出被夺所爱的表情。

是啊，荷香是个痴情女人。她须臾舍不得离开我。

做丈夫的，撇下妻子单飞，不能给女人温存和家庭快乐，我突然有种愧疚的感觉，暗下决心：要设法早日把荷香调走，共同生活。

星期一，依依惜别荷香，建设开车早早送我去上班。

临离开家时，荷香走到身边悄声说："我等你回来，好好补偿欠你的情。"

荷香的耳语，让我有点酸楚，眼睛湿湿的。

到了新闻科，申亮已把卫生打扫干净，新打一壶开水放在茶几上。老刘有采访活动，不在办公室。

坐在沙发上，我翻阅前几日报纸，看到许多报纸转发了有关市中医院的那篇消息，十分欣喜。

正埋头看报，石头进来了。

"伙计，咋是你呀？"我惊喜不已。

见石头找我，申亮出去了。

石头坐下说："你好难找了，我来几趟都没见到。想着今天是星期一，你肯定上班，老早就过来了。"

我不解："你咋知道我调过来？"

石头告诉我："你调市委，像扔个炸弹，响着哩。听市运输公司万经理讲，咱县在沙流河市工作的老乡，都嚷嚷着为你接风洗尘哩。"

我问他"天意"公司怎么样？石头得意而风趣地说："货源排着队，挣钱像流水，数钞票累得手疼。"

闻听这么好的消息，我同样感到高兴。谁不希望自己的挚友发财呀！

"你可真成了暴发户。"我脱口赞道。

石头越讲越兴奋，谈起新打算："东北木材便宜，想办个家具厂。现在，不论是农村，还是城市，都想把旧家具换成新的，请几个好师傅，一定不愁卖。"

石头是精明人，到底有眼光！我打心里佩服。

转换话题，石头讲："出门在外做生意，这年头得有人罩着。往后，有你在市委，可有人帮我摆平了。"

说罢，石头叮嘱我："抽个时间，找一个体面的地方，请几个在市里管事的老乡，好好热闹热闹。"

送走石头，我刚回到办公室，屁股尚未把椅子暖热，行政科干事兼招待所所长张明找上门来。

张明老家是万人庄柿园村的。过去，他在溪流县委办公室负责后勤工作。我在村里当民师时，到县里参加三个月培训。他顾及老乡情分，对我多有照顾。

他细细的，高高的，喜欢跑腿张罗事儿。在沙流河市，溪流县老乡聚会，都是他充当联络人。

进了屋，接过我让的烟，他开口说话："我受老乡委托，约你一起坐坐。你看，搁到明天晚上中不中？"

我正求之不得呢，忙道："好，我请客。"

张明："你到场就行，不让你破费。"

想起石头临走时留下的话，我及时通知他届时参加。

石头特意安排在沙流河饭店，包了个房间，办得很阔气。

参加约会的，基本上是我来报到时岳父开出的人员名单，除了郭宾没到场，但他让张明带去两瓶名酒，表达了心意。

从此，我有了在沙河市的老乡人脉圈。

宴会气氛热烈，大家欢声笑语不断，直到很晚才散去。

我离席准备走时，朱文拦下我："咱弟兄俩再坐坐。"

中医院领导集体免职后，朱文当了院长。他和岳父全家关系甚密，清楚荷香爸跟我是翁婿关系。

未等我开口，朱文提起我对中医医院领导班子集体免职的报道："老乡，你太厉害了！简直就像神话中的蝴蝶，扑扇一下翅膀，天下便掀起来一场风暴。"

"过誉了，老兄。那是因为谷书记有雷霆手段，又借助权威媒体的影响力，我哪里怎么大的本事！"我说。

朱文另有意思："不论咋讲，中医院在全国是出名了，但出的是臭名。我们新班子压力山大，以后靠你树正气，扬美名。"

听罢，我道："剃头留胡子，那还不是一句话的事儿？"

朱文善解人意："你调过来了，荷香不跟着过来？"

我正犯愁："听说往市直医院调个人，工作难度很大。"

朱文大包大揽："荷香的事儿交给我，想去市中医院，等到班子稳定下来，工作转入正常，我负责安排；要是去市直公疗医院，我大学同学霍震山当院长，俺俩'铁杆儿'，我帮你做工作。不过，你得找市长或管财政的市长批准。"

我知道公疗医院是财政全供单位，旱涝保收；在儿童路，离幼儿园、小学近；王森当常务副市长分管财政，找他肯定会照顾。稍加思索，我说就去公疗医院吧。

仅仅过了一天，朱文便有了回话："霍震山已表示同意。"

没想到朱文办事效率这么高，我掩饰不住满心欢喜，说了一大堆感谢的话。

朱文连连说："都是老乡，又是弟兄，不必客气。"

霍震山的问题解决后，我没有拖延，赶快去求常务副市长王森。

求王森办的是大事儿，我不能掂十个红萝卜（空着手），带了两条"红塔山"，装在一个布包里。

张明的爱人葛荣在市政府秘书科工作。听说王森在办公室看文件，我直接推门进去。

见到我这位老部下，王森抬起头，很是热情。没有外人，我掏出"红塔山"。王森紧蹙了一下眉头。然后，他面带微笑问我："你来，不光是看我，还有别的事吧？"

找老领导办事儿，无须拐弯抹角。我直言荷香工作调动问题，以为找王森，那是篦子上拿蒸馍——手到擒来。可事实证明：我把问题想简单了。

王森听罢，沉默不语。

出乎意料，我的心悬了起来——他要是不肯帮忙，荷香的事情可就泡汤了。

怕啥有啥，王森果然道："市里往公疗医院进人，控制很严，恐怕有困难。"

我像掉进冰窖里，全身凉透了。

看我神色黯然，王森点燃一支烟，从嘴里吐出一个圆圈形的雾状。停了会儿，他说："等到年底吧，我作为特殊情况处理。"

峰回路转，我马上由阴转晴：跟荷香团圆总算盼望有期，我心里禁不住高兴起来。

当领导的公事繁忙，不宜久留。我抽身站起，王森摆摆手，示意别慌。重新坐下，王森训起我来："以后，有事儿，只管来找，不要那么世俗，带这拿那的，下不为例。"

我不会送礼。在村里当民师，我给陈仓娘送过六盒"前哨烟"。那次，老太太惊异的眼神，让我羞得满脸通红，真想找到地缝钻进去。这次，王森"下不为例"的告诫，让我极为尴尬。

看我极不自在，王森不再训我。他打开柜子，拿出两条"良友"的，香港烟，也是名牌，与我送他的红塔山，价格相等，说："这种烟，我抽不习惯，你拿去吧。"

为了调节气氛，他半开玩笑："好，以物换物，公平交易。"

嘴里这样说，我心里犹豫着不想接这两条烟。王森严肃起来："你不收下，荷香调动的事儿，我可不办。"

看拗不过他，我接过来，不好意思地走了。

到了门外，我头上沁出一层汗。

星期六下午，想到荷香等我回家"补情"，又有好消息等着向她报告，我收拾好东西，提前做好回家的准备。

刚走出市委大门，有个人从面包车里下来，拦住了我。

这人是袁城县委通讯组干事常明月。他坐着专车来接我，专门邀请去采访鸿祥皮革厂二期改扩建工程，参加星期日剪彩仪式。

无法推辞，我只好去了。

这可苦了荷香。星期六下午，她早早去到县长途汽车站，等呀盼呀，没有见到我的人影。她想：也许，他有事儿，没赶上沙流河市发往溪流县的班车，说不定会搭外地去省城的夜车。于是，她又去到环城路口。凡有长途汽车经过，便眼巴巴地瞅着，直到很晚，她失望而归。到了家里，荷香躺在床上，半夜不睡，还在幻想我能突然出现。天明醒来，身边空空，荷香这才确信：人没有回来。

第二天，荷香心存侥幸地想：我是去哪个县采访，晚上人家留宿了。上午，我会被人家开车送回来。盼到中午，没见我的影子，她长长唉叹一声。下午，她很是失落，一种无名的烦恼，占据整个内心。

下个周六，我归心似箭，提前把脏衣裳和两双又臭又硬的袜子装进提包里，准时坐上去溪流县的长途汽车。

荷香看到我，惊喜之余，似有满腹委屈倾诉。听了我说明情况，她无奈地摇摇头——怪不得人家说："有女不嫁记者郎，一年四季守空房。有朝一日回家转，带回一包脏衣裳。"

我理解荷香饱受思夫煎熬之苦。进了家，关上门，我拥抱着哄她："媳妇，对不起啊。这个星期，我多休一天，将功赎罪。"

听我说多陪她一天，荷香不计前嫌，伸伸舌头笑了。

日思夜想的人回来了，荷香比什么都高兴。她问我想吃啥饭，我说肚子里除了大鱼大肉，就是"辣水子（酒）"，肠胃难受死了。她明白了，不再问，忙下厨房，为我做最爱吃的饭——油盐腌葱花的清汤面条。

饭刚端到桌上，李学迁和组织部长江山来了。

两个县委常委，同时登门，莫非有要事？没到我开口，就听李学迁道："白天书记等几位领导，在孙（强）县长家里摆好酒席，让俺俩请你赴宴。"

"有事吗？"我问。

李学迁说："县委、政府决定，集中三天时间，由县四大班子领导带队，组织各局委和乡镇一把手，参观全县种植、养殖、传统加工等各类专业村、专业户和区域经济连片发展情况，邀请你全程参加，写篇报道。"

我一听是这事儿，满口答应了。

江山素日跟我"乱（嬉闹）"，接话："今晚不谈工作，我得跟你较量较量。"

车在医院门口等着，他俩催我动身。

看着热腾腾、香喷喷的葱花稀汤面，放在嘴边吃不上，我甚为遗憾。

荷香有满腹的不情愿，可她明事理：父母官之命难违。

人情难却，我跟随李学迁和江山而去。

当再次回家时，我已经酩酊大醉。白书记的司机袁远和江山送我，搀扶到床上躺下，我又起来，身子仄仄歪歪的，舌根发硬，指着江山，一遍遍重复道："你喝水……诓我喝酒……"江山笑着离开。

我有个特点，喝酒再多，不往外吐。所以，那酒在胃里作怪，翻江倒海似的闹腾，头晕得如在云雾中，忽上忽下的。

荷香盼了两个星期，盼我回来了。可我没有带给她片刻温存，旋即离去。再出现在身边时，我成了醉汉。她能说什么？什么都不能说，只能吞下"苦果"。

见状，荷香用尽力气，把斜躺在床上的我，拉平放直，脱掉皮鞋，用被子盖好身子。然后，她抓把绿豆熬制解酒汤，用两个碗倒来倒去，不烫嘴了，拿出小勺一口一口地往嘴里喂我。生怕出点啥事儿，她整宿几乎没有合眼，陪伴我到天明。

睁开眼，我醒来，浑身骨骼散架似的，要多难受有多难受。

在外人看来，我够"光棍（面子）"的，一群县领导陪我喝酒。

其实，我和荷香最需要的，是团聚和恩爱。不承想，这小小的心愿，却难以实现。

荷香活在感情的世界里。这个世界以我为中心，而我像一匹野马常年奔波在外。她日日期盼而不得，其痛苦不难理解。

我有种深深的负疚感。

第八章

————

找到翠姐

一　寻踪觅影

我活在理想的王国里。尽管，我深爱荷香和丫丫，渴望家庭团聚和欢乐，但事业在心目中占据着极其重要的位置。

对通讯报道工作，我太热爱了。每获得一条好的新闻线索，我都欣喜不已。它就像荷香第一眼瞅见自己的孕检报告，并且认定是个男孩；它就像登泰山的人，在日出之前，望见东方天边那片红彤彤的云霞；它就像渴望丰收的庄稼人播下种子后，发现从土里钻出茁壮的幼芽儿。每次外出采访，无论下到县里，还是在市区，面对手握大权的人物，或改革中的弄潮儿，对我那么热情和尊重，心里有种莫大的安慰和满足。他们畅谈创造的辉煌和走过的心路历程，让我不仅获取到所需要的写作素材，而且吸收其人生精华，一次次地丰富自己；报纸和电台每发表一篇文章，我就像被打一针强心剂，尤其是上了头条，便激动不已，特有成就感。这种无形的动力，使我孜孜不倦，成为"工作狂"。

这并非说，我什么时候都是充实和快乐的。

孤独和寂寞，时常伴随着我，驱不散赶不走。市委大院，每到下班时间，大家各回各家，关门闭户，互不干扰。偌大个机关，显得十分冷清。我是一个单身汉，无处可去。特别是到了晚上，我实在难以忍耐。大街上虽然人来人往不断，但都是陌生面孔。

遇到这种情况，我就无限留恋在县委工作的日子。溪流县城屁股大一个小窝窝，到哪儿都是熟人。得闲时，大家串串门，聊聊天，或聚在一起喝个小酒。回到家里，亲情暖暖，其乐融融。甚至，我很羡慕家乡的农民，祖祖辈辈住在同一个村子里，吃饭聚在饭场，谈天说地；闲暇的时候，找几个对脾气的，打个牌，喷个空，多幸福呀！

为了消遣闲愁，一个人在街上漫无目的地溜达，我就会想到翠姐。自从知道她过得不好，我急切想见到她的心情越发紧迫。每次走在大街上，我总抱着幻想：或许会同翠姐不期而遇。

伴随幻想一次次破灭，春天悄悄溜走了，夏天拉开帷幕。

沙流河市大街小巷树木葱茏，浓绿成荫。那粗大的白杨，树身青皮泛白，显示着年轮的晕圈，布满不规则的裂纹；高大的树冠，枝丫向上向外伸展；叶片圆而厚实，已经由鹅黄变成浓绿。柳树枝稠叶茂，像一把把撑开的大伞，遮天蔽日。

宽阔的沙流河不倦不息地流淌，空气湿湿的，润润的，不仅让两岸的树木和百草生长繁茂，还滋养着十几万生活在这座城市的人。

短暂的春天过去，女人盼望的夏日到了。姑娘们和年轻的小媳妇，肌肤越发细腻光滑白嫩，个个流光溢彩，迫不及待地换上单衣。

一个个打扮得花枝招展：有的身着旗袍，有的穿起连衣裙，有的换上一步裙或短裤，布料如蝉翼，薄而透明，把臂膊和大腿充分展露出来。甚至，乳罩和三角裤头，透过外衣，都隐约可见。

一个个容颜焕发，光彩夺目，那么水灵，那么靓丽。恋爱中的少女，脸上充满幸福；俊俏的小媳妇，躺在男人怀抱里美美睡了一夜，精神充盈饱满。

看到她们欢心甜美的样子，我总会禁不住地想：假如，我和翠姐生活在一起，她走在市区人群中，绝不逊色于别的漂亮女人。可惜，她离开了我，还在困境之中……

夏季，昼长夜短，到了下午六点，市委机关便人去楼空。这个季节，最不适宜串门。人家回到家里，脱掉上班的衣裳，"包装"极其简单，有的上身赤裸背部，下面穿着遮羞的小裤头。这可苦了我这样的单身汉，无处可去，百无聊赖，只有瞎遛胡逛，漫无目的行走在大街小巷，靠散步打发时光。

过了一段时间，我想起石头曾经讲过，他在沙南市区大闸路与党建路见过翠姐。我寻思何不去那里转悠转悠，说不定会有意外的收获和惊喜！于是，每天吃过晚饭，我就去那条路上来来回回走动，抱着侥幸心理：也许转悠时间长了，真的能遇到翠姐。我像幽灵在大闸路游荡，用目光搜寻每个行人，只怕稍不留意，翠姐从身边溜走。半个月过去，未能见到那个极为熟悉的身影，我情绪沮丧起来。当我打算坚持最后一天时，奇迹发生了——那日，天将傍晚，我走累了，正要折转返回，就在扭脸的刹那间，擦身过去一个女人：烫发头，穿件的确良带红方格的上衣，骑着自行车，前面带个小孩。顿时，我眼睛发光：啊，翠姐！我怕万一认错人，直呼其名，大呼两声："张翠，张翠！"那女的紧急停车，我快步跑上前去。她转过脸，看看我："你喊我？不认识你呀！"那女人瘦长脸，面色苍白，下颚长个瘊子，和翠姐同名同姓。我连连致歉："对不起！对不起！"

我不甘心，继续寻找翠姐。

第一天来市委上班报到，是在交通路上遇到杏红的，或许在那条道上会碰到翠姐，我开始在交通路上散步。日复一日，一趟又一趟地徘徊，我不厌其烦。一段时间过去了，我仍无所获。一天，夜幕降临，我松松散散往回走。沿着汽车站往东走折向北不远，路右侧有个私营旅店，我看到一个像翠姐模样的女人进去了。在门口路灯下，我痴痴站在那里，等着那女人出来，想看看到底是不是翠姐。不大工夫，一个三十五六岁的女人走了出来，像个老板娘，脸上涂抹着厚厚的脂粉，散发出一股浓浓的腻腻的香气，来到我跟前："想泡妞，进去吧。"

"翠姐是正派人，绝不会来这地方。"我暗暗思忖，沉默不语。那女人靠近我，嬉皮笑脸道："现在这年头，有啥不好意思的。我看你是有钱的主儿，刚来个十六七的，鲜嫩鲜嫩的，还没开苞（处女的意思），要不，你包一夜？"我后退着连连摆手拒绝，老板娘看出我不是那号人，扭着腰儿，滚动着圆圆的屁股蛋子离开了。转过身，我匆匆走去。

不再去交通路，想到在杭州西湖同荷香的新婚之夜，我做过的那个梦儿——在沙流河堤上，翠姐遭遇流氓围攻。常言"梦如人生"。我想，保不准是神灵点拨，在此处真能寻到梦中人。怀揣希望，我去逛沙流河大堤。南岸的滨河公园，有草坪，有花坛，有亭子，有坐椅。每天吃过晚饭，便有一对对夫妻携儿带女，聚在那里游玩散心。到第三天，在大堤上刚走一会儿，我远远瞅见：一位烫发而酷似翠姐的女人，背向西面朝东往前走，手里扯着个几岁大的男孩。那男孩身子向外趔着，四处张望，拽一步动一步，一副漫不经心的样子。我心里一阵激动：真是踏破铁鞋无觅处，得来全不费工夫。

加快脚步，我走过去。行至跟前，我仔细一看，那女人长了一脸"蝇子屎"。我心里说："我的翠姐，脸上没雀没麻，长多俊呀。这个女人跟翠姐相比，简直是荞麦面打糨子——板都不沾！"

灰心丧气，回到住室，打开风扇，无聊地躺在床上，望着天花板，我呆呆出神……

熬过了炎热的夏季，迎来了金色的秋天。农民的欢声笑语荡漾在田野里，脸上写满丰收的喜悦。可我，却装着孤独和思念。

天黑了，钻到住室里，看书时间长了，我头昏脑涨，索性还去逛大街。天凉好个秋，露水重了，寒霜降了，地面上不时飘落几片黄叶，景象有些萧瑟。在昏黄的路灯下，我孤单单的一个人，只有长长的影子相随相伴，要多寂寞有多寂寞！唉，要是有翠姐在身边，说说话，聊聊天，那该多好啊！

翠姐，你不知道我多想你吗？你究竟在哪里呀？

我时常突发奇想：翠姐会闯进住室，钻进我的被窝里。

幻想只能是幻想，每每像泡沫一样破灭！

有个晚上，我躺在床上，昏昏欲睡。忽听有人"当当"敲门，是不是翠姐果真来了，我急忙起床。

打开门一看，不是别人，你猜是谁？是石头，带来了翠姐的消息。

二 彻夜难眠

石头是"天意"汽车运输公司的老板，大忙人一个。虽然也在沙流河市，俺俩平时很少见面。

他的突然造访，让我喜出望外，忙招呼他进屋坐下。

屁股刚落座，石头乐呵呵的，掩饰不住激动："伙计，告诉你个好消息——我找到张翠了。"

"在哪里？走，快领我去见见！"

"看你急的，跟狗过不了河似的。夜深人静的，去找张翠，万一她男人在家里，咱俩咋解释呀？"

"一时性急，竟忘了这般时候，去找张翠确实不合适。"我不好意思地说道。

"心急吃不了热豆腐，明天再见不迟。"

我耐住性子，催促石头讲讲见到翠姐的情况。

石头卖起"关子"："伙计，我可是有偿服务，你得有所表示。"

"你想要啥，快讲！"

"老没见面，烟酒伺候呀！"

前段时间，袁城县鸿祥皮革厂二期改扩建工程剪彩，专门邀请我参加，馈赠有贵宾礼品林河酒。这酒放在长方形透明塑料盒内，里面有十个凹槽，垫着金丝绒绸布，每个凹槽中放一小瓶一两装的佳酿玉液。

石头一看，眼发直了："哇，包装这么漂亮啊！"他打开盒子，取出一小瓶，用牙咬掉瓶盖，倒进嘴里少许，细细品尝，绵绵的，一股浓浓的清香，浸沁心脾，连声称赞："好酒，好酒！"

我又拿出一盒"大中华"。

石头更是吃惊："一支顶上一瓶香油的价钱，从哪里弄的？"

这烟是市委书记谷丰在我上任之初见面时谈话送的，我不能"显摆"（张扬），说："你只管吸，问恁多干啥？"

石头看到酒和烟，不禁感慨："伙计，你现在是掂茶壶的当老板——一步登天了：来来往往，车接车送，接触的都是有头有脸的人；你到哪里，人家都当贵宾招待，临走送名烟名酒和土特产。"

"我再风光，无非是吃吃喝喝，多结识几个有权有钱的主儿。不像你，兜里装得满满的，银行里存着大把大把的钞票。"

"做生意的，讲究钱生钱，不能总为银行作贡献，得想办法用银行的钱发财。我记得跟你说过，要办一个木制家具厂。这一段，我忙乎这件事儿，没顾上见你。"石头解释。

我接话："你忙你的事儿，见不见，没关系。"

石头继续讲："场地在党建路正西，过了大闸路，有个空院子，几间房子闲着，办厂正合适。这是蔬菜乡一个行政村的，原来办过社队企业，倒闭了。我打探到蔬菜乡管着市郊区所有农村，就求乡党委书记晋升帮忙，把场地落实了下来。"

晋升也是溪流县老乡，原来跟区委书记当秘书。他和石头，是我牵线认识的。真有能耐，仅见一次面，石头就拉上了关系，听说还打得火热。我佩服石头：不光是做生意的天才，而且是善于联络官场人物的高手。

"我又张罗着找木工师傅、油漆匠，购买电锯电刨等。现在，一切都准备妥当，马上就开业。过几天，你帮我请几位用得着的领导，去捧捧场。"石头说。

"你的事儿就是我的事儿，想请哪些部门的领导，尽管讲出来。"

"区工商、税务、公安、银行、城管、消防的头头，能请的都请来呗。是神就显灵，多多益善。"

"办个木器厂，用得着敬那么多神？得烧多少香呀？"

"伙计，上边要求发展乡镇企业，领导都想往脸上贴金，表示大力支持。但要是真把厂办起来，难着哩。哪个部门头磕不到，都会找麻烦。你没听社会上流传的一个段子吗？"

"讲来听听。"

石头笑着道来："电老虎（电业局的），金钱豹（银行的），两只灰狼嗥嗥叫（工商和税务人员的），一条黄狗（公安交警）在挡道；穿白的（防疫站的），穿蓝的（城管的），到处都是要钱的；穿花的，穿红的（指卖淫女），到处都是装熊的。"

"你这货净胡咧咧。照你说来，宛平县（京城）没有好人了？"

"伙计，你身在高层，不知道干个体企业有多难。我遇到的情况，千奇百怪，啥都经历过。社会上流传的段子，虽然有些夸张，但也不是个别现象。"

区工商局长赵家冒，外号"赵老冒"，是个风云人物，热衷于宣传。在区里市里，他屁股上绑大锣——响当当的。有事儿没事儿经常邀请我喝酒，俺俩关系密切。他喊我"毛弟"，我叫他"冒哥"。当即，我打电话，把石头要求办的事儿，托付于他。他大包大揽："我保证一个不漏，到时候全带过去。"

石头听了满脸喜悦，想了想问："教育上和人民商场有没有熟人？"

"这些人也有用？"

"可以为学校定做课桌和凳子，还可以通过商场卖货呀。"

"没问题，我让《沙流河日报》跑这两个口的记者联系。"

"能不能找个摄影记者，拍些照片？"

"区区几个小局长，有啥值得照的？"

"辟邪呀。下面那些小鬼来闹腾，看到有他们头头的照片在墙上挂着，摸不清啥关系，不敢轻易找事。"

"好，按你说的办。"

石头一听："那我万事无忧了。"

谈到这里，石头突然想到什么，笑了："伙计，你说巧不巧，那片场地，是你姨父那个行政村的。我讲了咱俩的关系，他对我特别关照。"

"没收你租金？"我问。

"象征性地收一些。"石头讲，"恁姨父说，那地方闲着也是闲着，有个意思算了。多少交点，堵堵别人的嘴。"

我开玩笑问："你是不是送礼啦？"

"这年头，办啥事都少不了表示。"石头哈哈笑了笑，"恁姨父才知道你调来的事儿，准备请你去家坐坐哩。"

"俺两家极少来往。你不提，我差点忘了这门亲戚。"我随口答道，"抽个时间，一定去他家看看。"

"不讲这些啦，咱俩喝酒。"石头拦住话头。

我搬过来一把椅子，放在两张床中间。

石头看了看："有烟有酒，没菜咋喝？"

我猛然想起几天前，二嫂白云领着县实验小学校办工厂的厂长老何来，托我为厂里生产的虎皮花生米找市广播电台做广告。她拆开一包，捏出几粒让我品尝。我嫌她小气，没吃，放在抽屉里，便拿出来当下酒菜。

石头知道虎皮花生米的来由，很是吃惊："白云恁傲气，求你办事？"

"人，都在变。在这个大变化的时代，你在变，我在变，所有人都在变。过几年，等她老子退了休，她更会变。"我答。

没有筷子，没有杯子，打开瓶盖，每人一小瓶，嘴对着瓶口，碰一下喝一口，然后手捏一粒花生米，撂到嘴里，"咯咯嘣嘣"嚼几下。就这样，俺俩喝起酒来。那滋味，比吃宴席还美。

每人喝过三小瓶，我再次催促石头快说说遇到翠姐的事情。

石头慢慢讲述起来："你知道，我的公司在火车站对面路北的一个场院里。我才清楚，张翠的工作单位，是一个残疾人办的电视机天线厂。俺两家在同条路上，隔几个院落。今个天挨黑的时候，我外出办事，返回公司，眨眼看到张翠骑辆自行车，带着孩子，从面前经过。我便在后面跟梢，过去工农路口，见张翠进了那个厂院。"

石头心眼活，没有贸然跟随着进去，站在天线厂门口路灯下，想等里面出来人问问情况。

过了一会儿，有个男的一瘸一拐地走出来，石头上前去打探，问那人这个单位，有没有叫张翠的。

那人看石头是个有身份的人，没有戒心，说："有呀，在厂里当会计。"

石头问那人："张翠结没结婚？"那人笑了："早结过婚了，有个男孩都五六岁了。"

石头问："张翠的男人干啥的？"那人说："在外地，没有见过。"

石头再问，那人不愿多说，走了。

听罢讲述，我长长出了口气：总算找到了翠姐。

一时激动，我说："男子汉大丈夫要立于天地之间，对深爱过自己的女人，绝对不能不管不顾！"

我这句话触动了石头的感情软肋。他"呜呜"哭起来："当初，攀高结贵，我爬出来了，害惨了彩儿；我欠她一生的幸福，早晚得补回来。"

我问："你见过彩儿没有？"

抹去眼泪，石头舒缓一下情绪："前几天，我碰到咱初中的同班同学郑光明。他当年没超龄，升入高中，考上大学，分配在华中纱厂高中教书。他告诉我，彩儿完全变了样，两眼无神，表情麻木，没儿没女。我估计，她嫁的那个脑瘫家伙，根本就没有男人的功能。"

石头问我："你不是同那个夏秋好过吗，没去找过她？"

我："正因为有过感情纠葛，还是不见的好，免得节外生枝，惹出麻烦。"

俺俩把第四小瓶酒喝干，发誓赌咒："不把两个女人拯救出来，誓不为人！"

翠姐的男人既然在外地，我没啥顾虑的，决定第二天就单独去见她。

晚上，石头没走，睡在了我屋里另一张床上。

这一夜，两张床都不时发出辗转反侧的响动。

第二天早上，俺俩在大街上吃过早饭。临走前，石头说："我正缺人手，张翠的单位要是不景气，就到'天意'木器厂去干会计兼保管。这一摊子交给她，我放心。让她在厂里吃住，每月按你的工资标准发放，保证让你放心满意。"

我："等见过张翠，她那个单位要是真不中，非麻烦你不可。"

石头："咱俩这关系，甭说客套话。"

三　痴情不变

送走石头，我到部里打一卯，问问没有事儿，就骑上自行车出了市委大院。

拐到集贸市场，我买一蒲包又大又红的红富士苹果，放在车子后架上，直奔翠姐所在的单位而去。

这个厂子在火车站那条路东端北面，接近郊区，没有挂牌。一扇不大的铁门，锈迹斑斑，虚掩着。我推开进去，看到偌大的院落，空无一人。靠西墙，有三间面朝东的通房，"铁将军"把门。透过风侵雨蚀的窗户，可以看见里面堆放的铝管和手工制成的电视机天线。

厂房东边有个变压器配电房，不到十平方大的面积，没有窗户，只有木门，人不在，锁着。门框右上方的墙上钉一个大钉，与一棵树之间，斜着扯根铁条，搭晒着女人和孩子的衣物。小孩的衣裳新而时尚。惹眼的是，有条大人的线裤，像百衲衣，用各种很不搭色的手套棉线织成；其他衣裳，看上去眼熟，已经褪色；被子破是破了些，倒挺干净。

东边挨着院墙，有一小块地方，种了些蔬菜：地面上，水桶大的冬瓜，皮上一层银霜般的白粉儿，大大小小好几个；倭瓜藤蔓上，开着少许的"喇叭"花儿，金黄金黄的；老老嫩嫩的细把大肚子长长的瓜儿，掩映在巴掌大的苍老叶片下。墙头上爬满梅豆秧儿，开着成串或白或紫颜色的花儿，有的已长成扁长的角子。这些粗菜，无须询问：一定是翠姐种的，用来吃的。它像主人一样，不惧霜打和夜寒，生机盎然。

转了转，看了看，又等了一阵儿，不见人影，我正在犹豫：是不是改个时间再来。

恰在此时，一个年轻女人身穿有些褪色的蓝运动服，自行车上带个男孩，走进院里。

我一看，喜出望外：是翠姐回来了。

我想：向来讲究的翠姐，这套衣裳穿了不知几个年头了，一定是经济拮据的原因：它无须内衣和外套，可以从深秋穿到初冬，从初春穿到初夏，一年能穿好几个月。

翠姐远远瞧见门口停着一辆自行车，不见人。瞅了瞅，她发现东墙边有人站着，猜不出会有什么人来。

看到是她，我不自然地走上前去。

翠姐认出是我，很吃惊："咋是你呀？"

"听石头说你在这儿上班，我来瞧瞧。"

我的突然出现，翠姐没有思想准备，有点慌乱。她竭力镇静镇静，略带尴尬地笑笑："既然来了，回屋坐吧。"

拿出钥匙，翠姐开了门。

家里没有板凳，翠姐让我坐在床上。随之，她抽去煤火炉进风口的塞子，在锅里添了两碗水："稍等会儿，就烧开了，你喝茶。"

翠姐忙乎的时候，我四下扫视一番，看到房顶是水泥预制板，有几处漏过雨水的残留痕迹；墙壁没有涂抹白灰，裸露着砖缝；照明设施，仅一个吊着的普通灯泡；靠北墙东边放一张单人木床，铺一张苇席和薄薄的被褥；西头北边放一口深红色箱子，是当年我送的，里面应当是盛放的衣裳；贴着箱子，有个竖立的冰箱包装外壳，放有棉衣棉被；靠南墙，面板、做饭用的煤火炉、竹壳暖水瓶，以及锅碗瓢勺、筷笼子、锅铲子等生活用品，排列摆放整齐。

黄土地面，虽然非水泥砌成，也非青砖铺就，但打扫得干干净净，体现出翠姐良好的素养。

这给我留下深刻的印象，以至于几十年之后，在看一部电视剧时，听到家庭贫穷的女主人说的话："贫家净扫地，贫女净梳头。景色虽不艳丽，气度自是风雅。"我便想起这情景。

停了一二十分钟，锅里水开了。翠姐拿出一只粗糙的大碗倒上，招呼道："你喝茶。"

我把碗接过来放在身边床上，心里十分酸楚：这就是给了我爱的女人如今过的生活？除了自责，便是愧疚，我没有任何理由瞧不起她——这一切，都是因为我造成的呀！

我仔细瞧翠姐：她过去苹果似的红润脸蛋，由于缺乏营养，脸色有些苍白，嘴角上露出几个秤星般的黑雀雀；那双会说话的眼睛，无法再用"水灵灵"三个字来形容，妩媚和含情脉脉已成往事。但她精神爽朗，对生活依然抱有信心和希望。

翠姐时不时地看看我，低低地"咯咯"笑两声："这几年，我吃苦作难，但看到你白白胖胖的，既精神又气派，感觉值了！"

翠姐一个"值"字出口，我羞愧不已：一个堂堂男子汉，幸福竟靠心爱的女人付出牺牲来换取。

此刻，如果有地裂缝，我真想钻进去。

低头往下瞧时，我见到站在翠姐身边的男孩正埋头看连环画。那本画书，没有了封皮，已经残缺破烂。我站起来，走到男孩跟前，问："小朋友，看的啥画书？"

孩子没抬头："《小兵张嘎》。"

想到来时带的苹果，我拿出一个，洗了洗，递给男孩："别看了，吃这个。"

男孩眼馋地看着苹果，瞅了瞅翠姐："娘不让要别人的东西。"

翠姐笑笑："想吃就吃吧。"

男孩接过去："娘，你先吃。"

翠姐咬了一小口："好，娘吃过了，又脆又甜，你吃吧。"

男孩闻了闻，张开嘴，咬了一大口，未等细细咀嚼，便咽了下去。

我问男孩："告诉叔叔，叫什么名字？"

男孩边吃边答："我叫毛毛，毛主席的毛。"

这句话勾起我儿时的记忆：上小学一年级报到那天，蔡老师问我名字时，我就是这样回答的，逗得扎着两个小辫的一位小姑娘笑得前仰后合，指着我："毛主席才一个毛，他三个毛。"这个小姑娘就是翠姐。

想起荷香怀孕时，认定必然会生个男孩，曾为孩子起名"毛毛"。

两个女人出于对我的挚爱，为孩子起了同一个名字。

我问："你爸爸呢?"

男孩道："爸爸在很远很远的地方。娘说，我啥时上了大学，爸爸就回来了。"

我心里开始疑惑："这孩子的爸爸难道……"

男孩接下来讲："娘说，爸爸可厉害了，在报上、收音机里发表过好多好多文章，是个状元呢!"

我的想法得到了进一步证实。

男孩爬到床上，拿出枕头旁边的一沓报纸："爸爸写的文章，都在上面。"

我接过来翻阅，那些报纸都有我发表过的新闻报道，且做了标记。

"翠姐从哪里找来的这些报纸?"愣了愣，我马上明白过来：市委宣传部年年发文，要求企业不论大小，必须征订一份党报。翠姐存放的《平原日报》，一定是厂里的。

瞬间，我完全清楚了：这男孩就是我和翠姐爱的结晶。

泪水夺眶而出，我把孩子紧紧搂在怀里："毛毛，我不是叔叔，我就是你的爸爸!"

毛毛仰头直直地看看我，怯生生地不言语。

翠姐眼里噙满热泪："毛毛，他真是爸爸，快叫!"

毛毛迟疑片刻，轻轻喊了声："爸爸。"

我应答着，心中一阵激动，涌起巨大的幸福。

翠姐平静平静心情："你看毛毛，大大的眼睛，浓浓的眉毛，高高的鼻梁，走路的模样，说话的神情，哪点不像你，你看不出来?"

我笑了："看着面熟，不敢冒认。"我问："几岁啦?"

翠姐想起瓜棚之夜的风花雪月，脸上飞过一片红云，说："咱俩就那一回，赶巧有了。俗话讲：'十月怀胎，一朝分娩。'毛毛五岁多了。"

"孩子快该上幼儿园了。"我自言自语。

"正犯愁这事儿。"翠姐说，"郊区农村没有幼儿园。我最担心的是，毛毛上小学咋办。城边的学校差得很，怕耽误孩子前程。"

"前年，我有一篇作品获了全国好新闻二等奖。还有两篇，被评为全省好新闻一等奖。按规定，市级以上有一篇作品获奖，配偶和子女就可以农转非。年前年后，荷香调动工作时，我把毛毛的户口问题解决了，让他上市直幼儿园，将来去市直小学读书，不能让孩子输在人生起跑线上。"我答。

听我这么说，翠姐除去一块心病。

聊了一会儿，我问翠姐厂里不赶星期天，咋没人上班。她说："电视天线卖不出去，这个厂半死不活的。有十几个工人，动不动就停产放假。工资绑在老虎尾巴上，没有指望。我算是好的，每月能保证二十块钱的生活费。"可以想象：娘俩靠这点钱，该有多艰难啊！

我连续追问翠姐许多问题，诸如：这些年是咋过来的？咋到这个厂上班的？早知道我调到市委工作为啥不找我？翠姐说："三言两语说不清楚，等有了机会，再细谈吧。"

聊着聊着，将至中午。

翠姐说："你是'面条客'，好多年没吃过我做的饭了。今天，我做一顿，你尝尝是不是原来的味儿？"

我提出："吃面条往后有的是机会，轻易不见，咱们上街吃顿饭。"

看我十分坚持，翠姐没再说什么。

火车站西边小吃城里的王记烩面，肉多汤肥面筋道，挺有名气。我们去了那里。

听说下馆子吃饭，毛毛高兴得又蹦又跳。我要了三大碗烩面。

毛毛猴急猴急的，烩面刚端上来，就扒着吃。我怕烫伤嘴，哄他："毛毛，不急，慢一点儿。"

毛毛毕竟是个孩子，控制不住食欲，像没听见似的，一个劲儿吸溜着吃。

我喊服务员，要一个空碗，分开来回倒饬，不让烩面烫嘴。

毛毛太馋了，碗里的肉块没有咋嚼就咽下去。

看着毛毛狼吞虎咽的，我猜想：翠姐没有带毛毛在街上打过牙祭。

无心再吃，我把碗里的羊肉全挑给毛毛。

没想到五六岁大的孩子，一大碗不够吃，很快吃了个精光。我问毛毛饱没饱，他看看翠姐不吭声——还想吃。我把剩下的半碗端过去，他竟也吃下。

"会不会撑坏孩子？"我担心地问。

翠姐瞅着毛毛，笑着说："他饭量大着哩。一次，他看见人家的孩子吃鸡蛋，闹着要吃。我破例从街上买来，煮十个。这孩子一气吃了九个。剩下一个，停了停，他也吃下了。开始，我还担心会出毛病，可啥事没有。"

听了这话，我没有笑出来，感到酸楚：毛毛是肚里没有油水，肠子寡，熬煎的。

吃罢饭，我掏出刚领取的五十块钱稿费，递给翠姐。她不要，我说："这不全是给你的，天快冷了，恁俩添身新衣裳。以后，你们有啥事儿，我包下，不能再受半点罪。"

翠姐问："俺娘俩的事儿，你咋给荷香交代？"

"跟荷香结婚前，我没有任何隐瞒。她必须面对，接受这个事实。"我带着安慰的口气说。

然后，我向翠姐讲了安排她去石头"天意"木器厂上班的意见，她欣喜不已。

分手时，我告知翠姐在电影公司的住所和新闻科办公室的电话号码，并交代："若别人接的，你就说是我姐。"

短短几个小时，翠姐像变了个人——她有了坚实的依靠。

我蹲下身搂着毛毛亲了亲脸蛋，挥手告别。

他很乖，摆了几下小手，用稚嫩的童音道："爸爸再见。"

四　不折不弯

第二天下午，石头来找我，看到办公室没有别人，问："你见没见到张翠？是啥情况？"

我如实相告。

"你的女人，你的孩子，我更应该管。"

"那就拜托了。"

"又说客套话不是？咱俩谁跟谁呀！"

我笑笑表达谢意。

"你征求一下张翠的意见，看啥时派个大车去搬家？"

"她没多少东西，一辆小车就够了。"

"好，我等你电话。"

次日晚饭后，我正准备去天线厂，翠姐带着毛毛来到招待所。

一进门，翠姐就说："毛毛哭着闹着非找爸爸，我就带他过来了。"

"还是毛毛跟爸爸亲。"我把他抱起来，吻吻脸蛋儿。随后，我拿出两盒饼干和新购买来的几本儿童连环画，有《寓言故事》《唐诗三百首》《儿歌》等送给毛毛，让翠姐教孩子学习。

毛毛高兴得手舞足蹈，吃着饼干看起画书来。

我向翠姐讲了石头问啥时搬家的事儿。她说："我一天都不愿待在那破地方了。明天上午，我向厂长言一声，下午就搬家。"看翠姐急不可待，我说："好，我安排石头做好准备。"

俺俩聊了一会儿，电影院开场了，演出的是《小兵张嘎》。毛毛听说，嚷嚷着要去看。

翠姐和毛毛过来时，招待所张经理看到了。他捧了一捧脆生生的鲜枣送过来。

我隐瞒事实真相，介绍道："这是我同学张翠，孩子叫毛毛，我认下当儿子啦。"

听到毛毛闹着要看电影，张经理说："正好，我孙子小虎来了，让他俩一块进去。"

说罢，张经理带着毛毛走了。

房间只剩我和翠姐，没人打扰。

我向翠姐讲述了多年来如何苦苦等待、寻找的事情。

翠姐静静听着，一言不发。

掩了掩屋门，打开抽屉，我拿出那封长达二十六页的信件。

坐在床上，翠姐一页页地阅读，唯恐漏掉一行一字。

俺俩身子挨得很近。我两眼紧紧盯着她的面部，专注着她的神情，见她边读边忆边思。

看到最后一页最后一行，翠姐长长发了一会儿呆，平静地蹦出一句话："晚了，一切都晚了。"

翠姐追悔当初："我没想到，时代发展这么快，你能走到今天这一步。"

"我也没有想到。"我说。

翠姐极力控制着情绪，但感情的洪水还是冲破了理智的大坝，泪水慢慢溢出。终于，她憋不住了，号啕大哭起来。那哭声，如浪潮汹涌，如惊涛拍岸……

我怕有人听到，提醒翠姐别太激动。

翠姐攥着那封信，扑到我怀里，嘤嘤啜泣很久很久。

平复下来，翠姐如泣如诉，讲述了过去的经历——

时光倒移到一九七八年。

重新考试分配，当我接到国家录取通知书时，翠姐就暗暗下决心，要永远地离开我。把"秘密"隐藏起来，她表面不露声色。

我踏上新的人生旅途。在清水河堤上那个瓜棚之夜，翠姐为了不留遗憾，主动奉献出身子，打算销声匿迹。

可她一个姑娘家，外地举目无亲，能去哪里呢？

骑上自行车，翠姐到沙流河市城乡接合部转悠，试图找个地方栖息，靠拾荒度日。

寻觅半天，既无桥洞，又无废弃房屋，翠姐沮丧极了：偌大个世界，竟没有她的安身之处！

傍晚时分，翠姐碰到在生产队干活收工回家的二姨。她鼓起勇气迎过去，想让二姨帮助找个地方。

二姨的孩子刘水，三年生了两个娃儿：大的三岁，小的一岁多。

见到这个准外甥媳妇，不知内情的二姨眼睛发亮：她想让翠姐在农村帮忙找个保姆。

翠姐觉得是个机会，流着眼泪讲了实情。听罢，二姨叹息不已，着实可怜和心疼。俺俩以前去过二姨家，她了解眼前的姑娘——懂事、讲究、勤快，当保姆最为合适，感到是天上掉下来的好事，爽快说道："闺女，你要愿意，就来俺家吧，当我的干闺女。"

"能不能把户口迁过来？"到了二姨家，翠姐试探着询问。

二姨做不了主儿，待姨父从外边回来，当即说明原委。

姨父一直是大队书记，跟蔬菜乡管户籍的公安特派员关系不错，想了想：可以落户，恐怕不能像队里社员一样参与分红，只能"空迁"。

翠姐提出："我在恁这儿，得答应我一个条件。"

二姨两口说："只要管办，有话直讲。"

"必须保密，不能告诉老家任何人。"

"你放一百个心。"二姨讲，"将来你出嫁，俺两口在郊区找个好人家，像亲生闺女打发。"

二姨父去公社开了准迁证。

翠姐回到家里。她平时跟李家寨大队秘书二宝多有来往，相处不错。有一回，她去溪流县城帮生产队买化肥。当时，化肥供应紧张，需要托人，怕当天回不来，得住旅社。二宝给了她两张空白介绍信，让她用时自己填。剩下一张空白信，此时派上了用场。她填写好内容，找到万人庄派出所户籍民警老侯，办了迁移手续。

太出乎意料了：翠姐会去二姨家！怪不得，我在许多地方寻不到她！

翠姐心潮起伏，思绪翻腾——

当办好迁移手续，准备离开家的那天夜里，翠姐用被子捂住头，痛哭一场。

哭罢，翠姐铺开方格稿纸，写起"诀别书"，泪水吧嗒吧嗒往下滴。为了让我死心，她编了个弥天大谎：要去很远很远的地方。

一夜无眠，天将亮，翠姐把信件连同简短附言，塞进隔壁她叔张老师院门的缝隙里，让其转交我。带上被褥衣裳等物品，翠姐趁村里人没有起床时，骑上自行车去了二姨家。

二姨腾出一间房子，翠姐安顿下来，开始了寄人篱下的保姆生涯。

幸运的是，二姨他们都是好人，相待亲如一家。

翠姐的辛勤付出，赢得二姨全家欢喜。

不久，翠姐发现自己怀孕了。好在是，除了嗜睡，她没有别的妊娠反应。

翠姐密不相告，强打精神，仍旧正常操持家务，精心照顾孩子。

过了几个月，翠姐"显怀（肚子鼓起）"，掩盖不住了。二姨问她，她没有隐瞒事实。

二姨征询意见："这孩子是要，还是打掉？"

翠姐毫不含糊："孩子是三毛留给的念想，一定要保住！"

二姨讲起利害关系："你要是留下孩子，以后不好嫁人；一个单身女人，将来带着孩子过日子，会作大难哩。"

翠姐坚持："无论多难，我也要把孩子带大；嫁人的事儿，我压根就没考虑过。"

二姨看翠姐"王八吃秤砣——铁了心"，不再说啥。

二姨真好：从此，经常改善生活，补充营养，让翠姐吃好。

翠姐不金贵自己，活儿照干。

快到临产时，翠姐清楚农村习俗：女人生过孩子，未满月连门都不能串，称月子婆娘去谁家里，血气会扑宅子——霉气。她求二姨早作准备，让她找地方过

"月子"。

"你是俺闺女，我和刘水他爸不迷信，甭瞎想了。"二姨说得很干脆。

翠姐不这么想：毕竟不是亲爹亲娘，今后她家里若赶巧出点啥事儿，百口莫辩，心里会亏欠一辈子。

那怎么办呢？我担起心来。

临产那天，翠姐白天肚子打阵儿坠着疼痛。坚强的翠姐，硬是咬住牙一声不吭。

到了夜里，二姨全家睡下。翠姐不顾风大天黑，拿把剪子（给孩子铰脐带用），抱个被子，去到村西头野地里一个草庵内。

刚住下，肚子拽着疼儿，下身开始见"红（血）"，翠姐清楚该生了。

此时，电闪雷鸣，狂风骤起。草庵被掀翻卷起，翠姐紧紧裹着被子，把身体卷在里面，等待暴雨来临。

咬紧牙关，翠姐坚强地挺住。她后悔没有向二姨夫妇打个招呼，万一孩子保不住，咋对得起我？

"翠姐呀，已到这种时候，你还在为我着想！"我一阵激动。

二姨不放心，在翠姐离家出走一会儿，起床看情况。她发现人不见了，知道这闺女"倔强"。外边风狂雨大，二姨赶紧喊醒姨父。猜到翠姐是去了村西边窝棚里，顾不上找手电筒带着，发疯似的跑过去，一看窝棚没有了。茫茫黑夜里，伸手不见五指，他们焦急着火地大声呼喊着翠姐的名字。

翠姐听到喊声，高声应答。

二姨他们跑上前去，铜钱般的雨点已经落下。顷刻之间，大雨滂沱。姨父抱起翠姐，二姨把塑料布盖在翠姐身上，飞快地往家跑。

进到屋里，尚未来得及换掉湿淋淋的衣裳，孩子"哇哇"大叫着，降生在翠姐裤兜里。

还好，大人孩子平安无事……

我听得目瞪口呆，惊出一身冷汗。

亲爱的翠姐，你是个女人呀！我是个结婚有孩子的人，已有体会：孕妇感情是最弱的，你没有得到我一丝一毫的温存和体贴；生孩子时，女人最大的心愿是男人能守在身边，可你连我的影子也没看到！想到这些，我心里像打翻了五味瓶，百感交集。

孩子出生后，二姨一天几顿端吃端喝，翠姐过意不去：人家找保姆，是让伺候的，她不能心安理得。第三天起，她就下了床，不顾劝阻，照常洗衣做饭。

出于思念，翠姐为孩子起名"毛毛"。不愿白吃白喝，她拖着产后的身体，继续为二姨家做家务。

毛毛十个月零七天学会走路，刚满一岁就开始牙牙学语。

二姨看孩子天资聪颖，乖巧懂事，欢喜非常，视同己出，逢人便说："这是俺外孙。"

毛毛渐渐长大，到了两岁，姨父给翠姐介绍个人家。男方在村里小学是国家教师，丧偶，膝下有个女孩。翠姐听了，说："我心里只有三毛，就是皇帝老子也不嫁。"

姨父的堂哥有个儿子叫刘能，腿有毛病，走路一瘸一拐，人不笨。当时，电视机信号不好，图像重影模糊。在区残联支持下，他办起天线厂，邀请翠姐当会计兼保管。翠姐想着有了孩子，不愿成为二姨家的累赘，答应下来。

自此，翠姐带着毛毛上班。

刘能需要帮手，翠姐特别能干。可办工厂说着容易办着难，生意始终不景气。残疾人办厂，各级领导都表示支持。可代替不了市场，产品销路不畅。三天两头停工停产，工人无法正常上班。

刘能别有用心，明里暗里表达"意思"：名曰保证"生活费"，实际是想"拴"住翠姐，纠缠不休。看到孩子不离左右，刘能无计可施。

翠姐带着孩子无路可走。起初，她揣着明白装糊涂。事情挑明以后，她用毛毛当挡箭牌，挨过一日算一日。

我的心揪了起来，问翠姐："你咋不另找个单位？或者找间房子开个裁缝店？"

翠姐苦涩地笑笑："我一个女人带个孩子，天不收地不留；手里又没钱，能干成啥事？！"

我一时语塞："你跟二姨家还有往来吗？"

"在走投无路时，人家收留了我；风狂雨暴的黑夜，老两口救了我和毛毛两条命。做人得讲良心，我咋能过河拆桥、转脸无情？现在，十天半月，逢年过节，俺娘俩都去家里瞧瞧。"翠姐说。

我分配考试写的那篇作文，一九八二年在《平原日报》发表后，翠姐看到了，很是骄傲。她想：当了全省作文状元，国家肯定不会让我"窝"在教育上。没过多久，她遇到杏红，获悉我调到溪流县委当上通讯干事，十分欣喜；没过多长时间，杏红见到她告知，我和荷香领了结婚证。她认识荷香，清楚荷香家庭条件好，为我能得到幸福而庆贺。这正是她盼望的结果呀！

翠姐没有料到，我会选拔到沙流河市委。那是个啥单位呀？一般人进不去。而我，一调过来，就当了主持工作的副科长，放下去就能当县官，不得了呀！听老家人讲，县官是七品，在天上有星座。

翠姐处在矛盾之中：我已成家，她不想打扰。碰到石头，她才装着不认识；看到毛毛慢慢长大，整天嚷嚷要爸爸，她无法交代，觉得瞒过"初一"瞒不过"十五"，早晚得向孩子说明真相。再说，她一个"文革"期间的初中生，毛毛单靠她教育，肯定不行。她希望有一天，我能找上门来，担负起培养孩子的任务。

前几日，我登门而至，翠姐虽然内心矛盾，还是喜大于忧。

翠姐把写给我的信和我写给她的信，要了过去，装在衣兜里："我放着，做个纪念吧。"

翠姐的故事结束，电影院上映的《小兵张嘎》也散场了。

张经理的孙孙领着毛毛回到房间。

毛毛很兴奋，进到屋里，竖起大拇指，横直食指，当手枪："啪啪啪，张嘎真厉害，敢打坏蛋。"

天晚了，翠姐领着毛毛要走。

毛毛说："娘，我不走，咱跟爸爸睡呗。"

翠姐瞅瞅我，故意看我啥态度。

我思忖良久，不敢突破感情底线：怕有了第一次，便一发不可收。担心万一哪天荷香领着丫丫过来，逮个正着，无法收场。还怕张经理知晓，传扬出去。

毛毛还小，不懂其中的道理。我想了想指指天："乖乖，老天爷看着呢，爸爸和娘要是住在一块儿，就会永远不让咱们见面了。"

毛毛皱了皱眉头，问："为什么呢?"

我："等你长大了，会明白的。"

听我这么讲，毛毛很不情愿地被翠姐拉着走了。

下了楼，走出招待所，正准备送他们回家，有人来找我。

来者是申亮，手里掂一兜石榴，说是老家来人带的，让我尝尝鲜。

申亮忙打招呼："嫂子和侄儿啥时来的，到哪儿去?"

我说了假话："这是我同学和她的孩子。"说罢，我把石榴给了毛毛。

在街道灯光下，走了两步，毛毛转过身来，挥挥小手："爸爸再见！"

我解释："孩子是我干儿。"

申亮随口而言："倒像你亲生的。"

我感叹：唉，本是骨肉亲情，相聚不能团圆，还得见人撒谎，这是啥命呀？

望着翠姐和毛毛离去，我打起"鼓"来：荷香能接受他们吗？

第九章

愁喜忧乐

一 愁云密布

自从清楚翠姐和毛毛的情况，我心里很不安宁。

走路、吃饭、看书，在我脑海里老是浮现他们娘俩的身影。

翠姐因我沦落到眼前这一步，毛毛是我的亲生骨肉。解救他们于困境，我责无旁贷。

不错，翠姐已安排到石头的木器厂，吃住花销不再成为问题。可是，毛毛的城市户口尚未解决。办理毛毛的农转非之前，我必须向荷香讲明白。而每次回家，我总是欲言又止。唯恐说出来，引起荷香怀疑和误会，招来麻烦。不说吧，迈不过去这道坎。

我饱尝了愁的滋味。有句俗语说："一个人，要想一天不舒坦，早起喝多酒；要想一夜不舒坦，晚上打老婆；要想一生不舒坦，有两个女人。"

刚听到这些话时，我还在农村。家里穷成那样，歪好能找来个女人，不打光棍就是造化了。一夫两妻的生活，我想都没想过，更不会想舒坦不舒坦的问题，只是听听罢了。如今，命运的捉弄，让我摊上，真是活活折磨人！

我劝翠姐找个人嫁了，她说心里装不下别的男人，坚持独守"闺房"。唉，我真拿她没办法。

这样，问题就来了：我已结婚成家，有妻有女，且感情笃厚。荷香痴情单纯，容易受到伤害。她曾被同村那个叫田野的大学生抛弃过，再也经受不起伤害。我不能走离婚另娶翠姐的道路。

上演"一个男人和两个女人"的故事：婚外有婚，家外有家。这，更不行。的确，现实社会生活中，有个别私企老板，存在这种现象。但我是机关干部，又在市委大院工作，借几个胆儿给我，也不敢呀！

维持同荷香的婚姻关系，接受毛毛成为家庭正式一员，等于告诉世人：我跟别的女人睡过觉，并且非婚生子；等于公开承认：荷香是后妈。她咋能接受得了呀？倘若传扬出去，吐沫星子能把人淹死。虽然是改革开放年代，可传统观念还在起着主导作用，那会被人骂成是"道德败坏的小人"，被人指责为"搞婚外情"，甚至有人说是"逃避计划生育处罚"……总之，是一盆脏水，泼在身上，臭不可闻。我纵有一百张嘴也辩不清楚。

很长时间，工作之余，清闲下来，我便陷入困惑和犹豫徘徊之中。它就像一道无法破解的方程式，让我寻求不到答案。

又愁又闷，我把"秘密"暂时隐藏在内心深处，暂时扮演着"两面人"的角色。

春节快到了，想起荷香调动工作的事情，我打算登门去找老领导王森问问情况。

此时，新闻科电话铃响了。我拿起听筒，对方是王森的秘书苏成。他通知：王森要我过去见他，有事面谈。

我一听高兴极了：老领导到底是一言九鼎，说到做到。

放下电话，我风风火火向市政府办公大楼而去。

推门进屋，见到王森，我半开玩笑："老领导操心了。我代表荷香感谢你的大恩大德！"

王森示意我坐在办公桌对面椅子上，点燃一支烟，吸进嘴里吐出来，缓缓地说："先别急着感谢，出状况了。"

"堂堂常务副市长，安排公疗医院一个普通护士有啥办不成的？"我心里说。

"霍震山院长找过我，要求把你爱人调过去。"王森讲。

我想：你只要点头表示同意不就成了？

王森看了看我："事情不是你想的愿简单。现在，通过省市领导批条子的几十个，不敢开'口子'。马市长的意见，全部冻结。"

我愣了："等到啥时解冻？"

"没有时间表。"王森回答。

我明白了：遥遥无期，心事重重地离开了。

荷香眼巴巴地盼望结束夫妻分居生活，毛毛快到了入幼儿园的年龄。如果调动办不成，都会变为泡影。

没想到是这种情况，我生出无名的烦恼。

将近一年了，单身生活，我过够了。孤独寂寞不说，光是吃饭就愁坏人。

民以食为天。自从调到溪流县委，荷香每月贴补粮票，加上经常到乡镇采访，我这个大肚汉就开始吃饱了饭。进入市委大院，当了副科长，工资不算低，出差有补助，还有稿费收入，吃饭怎会出现问题呢？

按说，吃饭确实不该算回事。关键在于：新闻科既负责上级媒体记者采访接待，又承担着本市所辖范围内的通讯报道，不是陪人家，就是人家陪我。无论在"家"（市委上班），还是下到县区，陪"客"和做"客"，餐餐少不了大鱼大肉，顿顿拼命喝酒。一般人不理解，多好的事呀，有啥不开心的呢？我细细讲讲，你就知道了。

沙流河市位于平原东部地区，历史上"水旱蝗汤"，多灾多难，人们吃了上顿没有下顿，养成了破罐子破摔的生活习惯：今日有酒今日醉，不管明天死与活。不但自己爱喝酒，来了客人更是穷大方。尤其是驻村干部吃派饭，轮到谁家，就是跑半个村子，东拼西凑，也要做几个菜，弄二两白酒晕晕。这叫排场，有面子。至于红白喜事，就是欠十年债，也要办得阔阔气气。不然，人家说你小气，背后戳脊梁骨。谁家宴席上不喝醉几个，用架子车拉走，主家脸上挂不住，遭人议论和笑话。这在平原省是出了名的。

穷大方孕育出的大吃大喝文化基因，植根于人们的骨子里。县乡干部绝大多数来自农村，受到的影响是深刻的。在公务招待方面，其智慧发挥到极致。上边规定：来客招待"四菜一汤"，可没规定不准喝酒，几个人四个菜，上什么汤，用什么器具。这就有空子可钻，大有文章可做。凡上级来人，不管大官小官，只要笤帚疙瘩戴个帽，都是好几个陪客。那年月，搞新闻最吃香。记者也好，官方搞报道的也罢，都把你当无冕之王，高规格接待，满桌满席的美味佳肴。记账时大有文章可做：明明只有三五人就餐，一桌都不够。没有关系嘛，可以写成两桌，安排八菜和两汤，超标吗？不超呀！过去上菜用盘，现在改成放茶瓶的托盘，汤不用碗用盆，不也很丰盛吗？这叫"上有政策，下有对策"。

喝酒的理由名目繁多，冠冕堂皇。

"酒桌上谈生意，筷子头出效益。"这句话就是沙流河市的发明，名扬全国，招致一家权威媒体痛批："腐败理论。"

酒文化的丰富多彩让你找不到拒绝喝酒的理由。诸如："感情深，一口闷；感情铁，喝吐血；感情浅，喝不满；滴一滴，罚三杯。"你站着喝，本来表示对主人的尊重，也能找出借口："两腿一站，喝了不算。"数字从一到十，都能找到让你喝酒的理由：一是一心一意，二是哥俩好，三是桃园三结义，四是四季发财，五是五魁首，六是六六大顺，七是七星高照，八是发发发，九是长长久久，十是满堂红。一个数字代表一个酒，你不喝，轮番进攻。

喝酒时，必须小鹌鹑撅尾巴：杯子高高举起，底朝上，口朝下，嘴巴张得大大的，往里面倒，一滴不能剩下。酒桌上有酒检书记，发现你杯子里流出一滴，罚三满杯。

来一个客一桌人陪你，挨个敬酒。不把你喝倒，绝不罢休。你腿都喝软了，众陪客看没倒下，依然不依不饶，死缠烂打。中午喝罢，晚上照摆酒席；今天喝多了，明天照样两场。美其名曰："透透。"意思是用酒解酒，就好比吃饺子喝汤，原汤化原食。

你滴酒不进，人家还有招：掏出本子，让你写欠条，内容规定："某人某年某月某日，耍赖不喝，欠酒几杯。"谁在上面签字，算你熊包。还有更羞辱人的招数：你不愿喝，得举双手认输。中国抗战十四年，小日本才举手投降。

平原东部人把脸面看得最重要，人穷有骨气。男子汉大丈夫甘拜下风，那是奇耻大辱。当意识到酒桌上的英雄最后都成为狗熊，有人任凭说破大天，坚决罢宴。

沙流河市有个兆风县，在全国率先成立个体经济联合社，简称"经联社"。有家权威媒体的著名记者前往采访，接受不了这种劝酒方式，愤怒地拍案而起："再劝我也不喝了，能把老子怎么样?!"众人惊得目瞪口呆，这才罢休。

一般人抗拒，便遭来非议："不够意思。"更难听的话是："不识抬举。"

大吃大喝之风禁而不止，而且愈刮愈烈，日渐兴盛。

领导去了，招待花费更是令人惊目咋舌！若干年后社会上流传很多段子，譬如："一支烟，一瓶油；一桌饭，一头牛；屁股坐着一幢楼。"又云："喝坏党风喝坏胃，喝得办公没经费，喝得老婆背靠背。"

在这种氛围下，我成了大吃大喝受害最深的人。每次出差回来，几天不舒服。在县区采访超过三天，我油腻食物亢进，肚子里疙疙瘩瘩，只有吃清汤面条或素淡饮食才通畅。

出差回到市委，想吃一顿素餐。机关大伙实行承包经营，服务意识淡化了。为了赚钱，炊事班两个师傅老孙和小李，不像过去那样，想着咋样改善伙食，顿顿不重样，一周排个食谱，而是处处算计如何多赚钱，饭菜不光单调重复，几乎都要放些肉丝肉末，便于抬高价格，贵且不可口。馒头用泡打粉发面，看着个头不小，分量少了。合算起来，除了卫生条件好些，比街上还贵。搭伙吃饭的单身汉，意见很大。有人在墙壁挂的黑板上写打油诗，讽刺谩骂。老孙看了，气得直跺脚。

我好吃面条，大伙上有时一天三顿蒸馍炒菜；我想喝稀粥，却是酸辣鸡蛋汤。我只好一日三餐满大街跑着吃地摊，真是苦不堪言。有几家个体户经营物美价廉的风味小吃，看准市委家属院这块宝地。老孙怕人家抢生意，都给撵走了。

市委家属院对面供销社门口有位张师傅卖马糊，这是用大米小米磨成粉粒熬制成的粥，将炒过的花生和芝麻捣碎，与煮熟的黄豆和切成细段的生芹菜作配料，无须用筷子，喝过的碗像涮过一样干净。另有炸焦的酥饼，吃起来美味可口。

一天，我去吃早餐，想起骂孙孬的那首打油诗，便禁不住想笑，把满嘴的马糊喷出来，弄得小桌对面的那位老汉满头满身。我极为尴尬窘迫，准备挨一顿臭骂。那老汉穿得干干净净、整整齐齐，看上去不像一般人，仍然正襟危坐，纹丝不动，不愠不怒，一言不发。我急忙赔不是，帮助擦净。

老汉面色毫无表情，悄然离去。

我叹道："这老汉真有涵养！"

张师傅接话："你知道他是谁吗？是市委谷书记的老父亲。"

我一听，愣怔半天。

再说住。

在电影院招待所找不到家的感觉，前段时间调来两个青年人：冯星和彭军。宣传部是清水衙门，便在我住的房间加张床，让我们三个同宿。

俺三个人白天忙工作，无所谓。到了晚上，各有不同的习惯和爱好。

冯星是名牌大学毕业新选调的高材生，在理论科当科员。每天看罢电视的新闻节目，把灯泡低低地吊在床头，身后垫上被子半躺着，抱着一大本书看到深夜。

彭军是宣传科干事，特别喜欢看电视，不停地调换频道，声音开得很大，室内显得吵闹。

他俩都是本单位的同事，说不能说。打乱了作息规律，我失眠的毛病又犯了。睡不着觉，便去遛大街，直到很晚，等到他俩休息，我才能回到宿舍……

不仅如此，还发生过难堪的事情。

冯星在谈对象，一日不见如三秋，狗恋蛋似的。有天晚上，他的女朋友一肚子热血来了，想亲密。一看屋里几个人，冯星只好领她到外面去。冯星身材粗大，长相成熟，而对象小巧玲珑，着装艳丽，涂眉描红。无处可去，两人便在大街隐蔽处搞"小动作"，搂搂抱抱，互相狂吻。当时，全国正在开展"严打"（从一九八三年八月开始，全国性开展为期三年的统一严厉打击强奸、盗窃、流氓等犯罪活动，简称"严打"）。两个民警巡逻发现了，以为是搞流氓，不听解释，强行把两人带到派出所，要求交代所谓"问题"。最后，我出面作证担保，才放人。此事传出去，成了市委大院里的笑料。

有件事儿，我也烦透了。

一个星期日，我陪《平原日报》采访的记者未能回家。隔一天，荷香坐着县医院的小车过来，送"货"上门服务。屋里住俺仨，她一看傻眼了，就像载着乘客的飞机，在上空盘旋，无法降落。没办法，我求市委招待所所长张明临时开间房，暂宿一夜。

我急切地盼着早日搬家有个温馨的港湾，结果化为泡影。

假若荷香调动落空，我还得苦苦等待。

从王森办公室出来的路上，我一脸茫然。

回到市委新闻科，我愣愣坐着，闷闷不乐。

二　喜忧交加

在办公室坐了好大一会儿，我准备去大街溜溜，排解抑郁。

刚出门，碰到市中医院院长朱文来找我。

朱文已清楚情况。几天前，他见过霍震山，询问了情况，知道荷香进公疗医院遇到麻烦。正准备找我，王森打电话问他，能不能想办法解决，他过来专门找我。

我又鼓起希望。

"市直就几家好单位，到处人满为患。"朱文说。

我尴尬地笑笑。

朱文讲："如今哪个单位效益好，都挤破头往里进。有人编顺口溜说：'蚂蚱队，蚊子兵，哪儿好往哪儿嗡。'"

我清楚往市直单位调人很难。特别是市医院，为了堵人，要赞助费，收数目不少的金额。

朱文讲："中医院新班子上任后，实行严格奖惩制度，高薪聘请了几位著名专家，加上宣传力度大，对外树立起良好形象，现在效益不错，也有好多人托关系走后门要求调过去。凡是没有特长的，班子研究：一概拒绝。"

我本想退而求其次，调荷香进中医院工作。听朱文这样说，没好意思张口。

失文看出我的心事："老弟，甭让荷香等了，去俺单位算了。"

"荷香没啥特长，就是个护士呀？"我说。

朱文讲："中医院能迅速改变局势，扭亏增盈，你功不可没——又是组织市里几家新闻单位大量报道，又是在省级报纸和电视做了许多宣传。破例安排弟妹进去，不会有人反对。"

犹如一束阳光透进，我的心情晴朗起来。

"过去免职的一位班子成员，觉得很憋屈，不愿待下去。区人民医院调他当了副院长，春节后就离职，正好腾出一套房子。如果抓紧把荷香调过来，住的问题可以随之解决。"

"荷香进来是个新人，你安排住房，不怕谁有意见？"

"论功行赏。你为中医院做恁大贡献，没取过分文报酬，谁敢说半个'不'字？"

中医院在党建路中段，离市委骑车十分钟路程，对门是人民公园，附近有幼儿园、小学、中学，离人民商场很近。想到这里，我爽快答应下来。

"谢谢老兄！"我感激地道。

"都是哥们，兄弟之间不言谢。你如果愿意屈尊下就，中医院聘你当顾问，负责宣传事宜，付一份酬金，怎么样？"

怕犯错误，我借故出去，求教岳松。

"有单位聘请当顾问，可不可以？"

"好事呀！"

"人家若付些报酬，能不能收？"

"在不影响本职工作的前提下，为社会做些有益的事情，获得一份劳动收入，没有问题呀。"

我还是怕出事儿。回到科里，我向朱文表示欣然接受："只要把荷香的问题解决了，我的酬金就免了。"

"奖励有贡献者。这是院里规定，也不违犯上级政策。你要忌讳，中医院改用发红包的隐形方式予以奖励。"朱文爽快地讲，"今天谈的事情，一言为定。你就准备年后搬家吧！"

送走朱文，我无比兴奋。

这个星期六，我把喜悦写在脸上。荷香在县长途汽车站接我，看到我满心欢喜的表情，问："遇见啥喜事了？恁高兴！"

我卖"关子"，故意急她："到家告诉你。"

进了屋里，荷香沉不住气："快说！快说呀！"

我把脸凑上前："媳妇，想知道，你得亲一下。"

荷香轻轻吻了吻。

"不算！不算！没听到响声！"

荷香搂着我的脖子"吧唧、吧唧"好几下："这回该开尊口了吧？"

一听调动的事儿成了，荷香激动得眼泪差点儿掉下来："咱们往后终于可以团圆了。"

"那当然，我再不用找地摊吃饭了。"我说。

荷香像个孩子，马上跑到爸妈家里传递消息。两位老人闻听此事，眉飞色舞。

晚上，俺俩一番恩爱之后，荷香进入梦乡。

想到毛毛随迁户口和见到翠姐的情况，我没有心思睡觉，披衣起来，一支接一支地抽"红塔山"，烟蒂丢了一片。

荷香睡了一阵儿翻个身，伸胳膊搂我，发现被窝里没人，睁开眼醒来，拉亮了灯。看到我没休息，在床上傻愣愣地发呆，她披衣坐起来问："你有啥犯愁的事呀，别憋在心里，说说呗。"

无法继续隐瞒下去，干咳两声，我讲述起翠姐至今未嫁和生有毛毛的事情。

听罢，荷香吃惊地瞪大眼睛，感到危机来临。啥话没说，她躺在床上"嘤嘤嘤"抽泣起来。

我最怕女人哭。她一哭，我六神无主，手足无措，不知该说些什么话儿安慰她。

半个小时过去，荷香停止哭泣，讲道："你是不是要甩了我和丫丫，跟张翠娘俩过？"我说："你想哪儿去了，咋会呢？"荷香问："那你啥打算？"我说："毛毛该上小学了，想把孩子转为商品粮户口，迁入咱们名下，将来上市直学校，有利于培养成才。"荷香道："张翠咋办？"我说："她单独过，两不掺揽。"荷香道："好事不出门，坏事传千里。外人知道了，那我不成了二婚和后妈？让我咋抬起头？"说到这儿，荷香双手扒在我的肩头上又哭了。我轻轻拍几下她的后背，好言相劝："媳妇，让你受委屈了。唉，都怪我，让你难堪了。"

荷香的担心不是没有道理。我一时无法正面回答。头脑飞快地旋转着，思考半日，我说："沙流河市大，不像溪流县城地方那么小，放个屁，满街都是臭气。谁不认识谁。咱不讲，没人知道。"荷香说："万一传出去呢？"我道："这层关系，你不说，我不讲，传不出去。"荷香说："要是有人问呢？"我道："咱俩就说张翠跟我是姑表姐弟，又是同学关系，咱没儿，她没妞，互认了干爹干妈。让毛毛随丫丫喊我爸叫你妈，让丫丫随毛毛叫她娘。"

听我圈儿编得挺圆，荷香笑了，指着我的头说："你的脑袋瓜真聪明，简直天衣无缝。"我道："人常言，办法总比困难多。这不都是想出来的吗？"

停了一会儿，荷香问："毛毛长得啥模样？"我从衣兜钱包里掏出毛毛的照片，荷香仔细瞧瞧，说："这孩子，咋跟丫丫长恁像？"我道："血脉相连，亲姊弟，当然像了。"

是夜，荷香无眠，不言不语。天亮，她说："我反反复复想，没给你生男孩，让你家绝户了，心里一直觉得愧疚。自从有了丫丫，我嘴里没说，心里寻思：遇着机会，咱抱个男孩在老家养着，遇到机会接过来。现在，有了毛毛，总比要别姓旁人的强。这是命，我认下了。"我一阵激动，对荷香连哄带夸："媳妇，你真好，这辈子找到你，我算烧高香了。"荷香坦露心声，说："这孩子，夜个看一眼，就觉得亲切。你别纠结了，我会像亲生的对待。"随后，荷香明确表态："毛毛的户口迁就迁呗。以后，丫丫有了哥哥，毛毛有了妹妹，都不再孤单了。"

我道："谁说不是呢？"

思忖片刻，荷香问我："你啥时见到张翠的？"

"秋天。"

"噢，已经几个月了，怪不得你有时发呆、走神，咋不早说呀？"

"怕你多虑，老虎吃天——无处张口。"

"张翠过得好不好？"

"难着哩。"

"帮帮她，我没意见。"

"她在石头的木器厂上班，一切都安顿好了。"

谈到这里，荷香心存忧虑："你得立个保证，今后，你不能背着我跟张翠来往，恁俩更不能有'秧儿（有性关系）'。"

"过去，俺俩没走到一起，那是命中注定。我不是胡搞乱来的人，你应该相信我。"

"女人有第六感觉，你还没有外遇，我心里清楚。"

"你咋恁肯定？"

"每次回来，见了我稀罕得不得了，恨不得把我吃掉。要是在外头鬼混，你不会像个馋猫。"

"你比我还'馋'，见了我恨不得吞到肚里，还说我呢。"我逗她。

"书上讲：'女人因爱而性，男人因性而爱。'俗语云：'男的不贪色，女的不主贵。'我喜欢你馋！"她说起来一套一套的。

"你简直成了性学和感情专家。我对天发誓：除了爱妻荷香，保证不与别的女人有染。"我打趣道。

荷香"嘎嘎"笑了。

三　无私相帮是挚友

放假前，我去了趟"天意"木器厂。

看到厂房里生意红红火火：师傅们有的开着电锯，圆木开出一个个薄厚均匀的板儿；有的拿着刨子飞快地推着，刨花打着卷儿落满一地；有的拿着斧头凿子，拼装出一张张成品；有的在用劈铲，忙着抹腻子；有的在用调好的油漆，一遍遍刷着，散发出刺鼻的味道……都在赶制蔬菜乡中学的课桌和凳子。

石头把他姐全家都接了过来：让姐夫王闹负责运输公司的事儿；让他姐石花在大伙上做饭；让大孩子刘江和两个外甥去附近农村上了小学。

我问石头："咋不叫袁枝过来？"

"别人不知道，你还不清楚俺俩的关系？眼不见，心不烦。我不想见到她。"

"既为夫妻，有了两个孩子，凑合着也得过呀！"

"宁愿嫖娼，也不想沾她。"

"你干那事时，拉灭灯，权当她是美女西施不就得了？！"

俺俩边说边走，来到厂房后边的院子里。

石头领我参观了厂接待室兼办公室，装修得气气派派，沙发、麻将桌、饭桌等一应俱全。墙壁上，挂着区里几个部门领导参加开业仪式的照片。

"石头真会拉大旗作虎皮。"我暗想。

挨着厂院东边，住着石花、石头和翠姐他们三家。

翠姐见石头领我过来，笑吟吟地迎进屋里。

房子是个单间，挺大，面积三十来平方米。摆放的家具，除了我送的那口箱子外，大床、衣柜、写字桌、饭桌、高低板凳、沙发等应有尽有。还有取暖用的煤火炉，安装着铁皮排烟筒。单独建有厨房，灶具全是新的。短短几个月时间，娘俩的生活发生很大变化，包括床上用品和衣着穿戴都讲究起来。物质和精神状况的改变，让翠姐气色有了红晕，人显得挺精神；毛毛吃胖了，白白净净的，正在看画书。

毛毛见到我，蹦着拍着手："啊，爸爸来了！爸爸来了！"

我问："儿子，干啥呢？"

毛毛像没听见我的问话："爸爸，我会好多好多唐诗呢！"说罢，他像羊吃棟枣子似的，"咯咯嘣嘣"、不分字音地背起来。我辨认出有王维的《相思》："红豆生南国，春来发几枝……"有李白的《静夜思》："床前明月光，疑是地上霜……"有孟浩然的《春晓》："……夜来风雨声……"有杜甫的《春夜喜雨》："……润物细无声……"等。不过，我只听出其中的有些诗句。他连续背了五首，上气不接下气的，小脸憋得通红，样子可爱极了。

翠姐在旁边插话："毛毛天天让我教他，记性特好，唐诗三百首全会背。"

我十分惊讶，夸赞："毛毛真厉害！"

毛毛："我要向爸爸学习，将来当状元。"

"啥叫状元呀？"我故意问。

"最厉害的人！"毛毛高声回答。

按捺不住喜悦，我亲了亲："毛毛真乖！真聪明！"

我充满着对石头的感激之情："谢谢你对她娘俩照顾。"

"话不能光这么说，张翠多能干呀。这一摊子，里里外外打理得井井有条，帮了我的大忙；要是亏待她娘俩，我算个啥人呀？按理，我得感谢张翠。再说，不是你罩着，谁认识我是'青杏毛桃'呀？不知得作多少难哩？"

坐在沙发上，我向翠姐谈了跟荷香商量的情况。

翠姐喜不自禁："荷香真好！愿意认毛毛当儿子，让丫丫叫我娘。等把家搬过来，我对两个孩子一视同仁，都当成亲生。"

想起荷香说出的相同话，我会心地笑笑。

我讲了荷香的担忧。听罢，翠姐道："只要能经常见到孩子，我就心满意足，绝无非分之想。"

到了晚上，石头讲："平时，咱俩都忙得跟响器（鼓乐）班子似的，年到头月到底了，不喊旁人，得好好喝一场。"

我高兴地说："对，谁都不叫，就咱两个，多喝几杯，聊聊闲话。"

石头要去街上饭馆报菜，我制止道："大鱼大肉吃腻了，让张翠动手弄四个小菜：一个白萝卜干，一个醋熘白菜，一个油炸花生米，一个炒鸡蛋。酒嘛，有啥喝啥。"

"我这还有茅台哩，咱俩奢侈一回。"

"喝宋河顺口了，还喝宋河。"我讲了一则趣闻：有关宋河酒"醉人醉猪醉麻雀"的故事。据传，有家报社记者，一次前往去鹿邑县宋河酒厂采访。一头猪躺在路中间，司机连按几下喇叭，就是不动。陪同的人员从车里走出来到跟前一瞧，发现那头猪吃酒糟醉了。把猪抬到路边，车才开过去。

石头听得津津有味，我说："有意思的事情还有呢。"他按捺不住好奇心，瞪着眼催我快讲。我"咳"了一声接着讲，听说有年下雪时，麻雀无处觅食，吃了这个厂的酒糟，在空中飞着飞着一头栽下来。究起缘故，是麻雀醉了。至于人嘛，对宋河酒贪饮，喝醉更不是稀奇事儿。不过，宋河喝多不伤人，睡一觉醒来，啥事没有，打个嗝儿就是香的。

"宋河酒你是喝顺口了，咋着也没有茅台酒好呀！"

"喝过的酒再不好，也比喝咱溪流县小麦大曲强：烧心，浑身骨节疼。比喝酒精强不到哪里呀。"

说起喝酒精，我和石头同时想起小时候的一件往事：有一回家里漆家具，父亲买了一瓶子酒精，俺俩误以为是酒，偷着喝了。喝罢，我头痛欲裂，心里像着了火，要多难受有多难受，逮住凉水饮了几大碗，心里才算好受些；石头在村卫生室输了两瓶葡萄糖水，才没出问题。

忆起这事，石头大笑起来，稍加思索道："听你的，就喝宋河。"

"空腹饮酒伤胃，先吃点饭再说。"我叮嘱翠姐，"擀汤面条，别忘了用油盐腌制葱花。"

翠姐利索地把饭菜一时三刻做好，端到桌上。

两碗面条倒进肚里，我正准备吃第三碗，石头夺下我的碗："伙计，留点地方盛酒吧。"

喝酒之前，石头掏出五百块："你先把钱装起来，别嫌少，不给你准备年货了，需要啥，自己买。"

"你能挣多少钱，出手这么阔绰，我每月才五十三块，快顶上我十个月工资了。"

"我现在每年赚的钱，顶上一群万元户吧。"

"你钱多得偎住脖子，我也不要你分文。"

"我不能当铁公鸡一毛不拔呀。"

"甭恶心我。天下人都送礼，不许你送我一毛钱。"

看我红涨着脸，一副要恼的样子，石头赔着笑道："老家伙不孝敬你了，算是给毛毛压岁钱了行吧？"

"这孩子，没老没少，找抽吧？"爷爷那一代，俺两家沾亲带故。按辈分，石头该叫我表叔。从小一起长大，说话很随便。

我对石头说："小孩子，不能惯坏他，每人给两块钱就不少了。咱们小时候，每逢过年，东家跑西家窜，见了大人就跪在地上磕头，一个春节才抓块儿八毛的。九岁时，我给二奶奶拜年。跪在地上，头磕得猛了，碰了个疙瘩。二奶奶腰弯得豆芽似的，一双小脚像两根木棍，走路仄仄楞楞。草庵的脊梁上吊个竹篮子，二奶奶从里面取出驴皮粗布毛巾，一层层打开，摸索半天，只给了我五分钱。那年，我挣压岁钱最多，才一块二毛五。顾家卖江米团，一毛钱仨。我想吃，你表奶说：小孩子不要馋嘴。她缝了个布袋，把钱装进去，拴在褂子胸前的扣鼻上，走哪儿带哪儿，开学时交了书费。"

"此一时彼一时，咱俩每人给毛毛五块钱，不能再少了。"

"好吧。"我把其余的钱交给了石头。

"毛毛，谢谢你石头哥。"

"谢谢！"毛毛大声说。

"给爸爸磕头。"翠姐说。

毛毛"扑腾"一声，趴在地上，像一只大青蛙，用两手撑起前半个身，头碰地。

逗得我们"哈哈"大笑。

"磕头时要膝盖跪地。"翠姐教毛毛姿势。

"男儿膝下有黄金，不能下跪。"毛毛磕磕巴巴说。

"给爸爸下跪，是孝敬。"翠姐解释。

"长大了，再给爸爸磕头。"我说，"甭难为孩子了。"

笑毕，石头征询我的意见："伙计，钱你不要。我送你一箱茅台酒，总可以吧?"

"只收两瓶,一瓶过年送给恁表爷,另一瓶留下春节喝。"我用不可改变的口气回答。

"好好,老家伙听你的。"

谈到我搬家的话题,石头道:"家具不用搬了,我给你做一套新的。"

"我结婚的家具,还新着呢,丢下可惜了。到时候,你派辆大车拉过来就中了。不够用,你再添。"

石头:"为我帮这么大忙,在农村谁借人家一头毛驴拉磨,还得送些草料哩,咋能让你白干?"

这句话,一下子把我拽回一九七三年。

陈仓当大队书记不久,县化肥厂招收技术岗位的学徒工,要求高中文化程度。大队分了一个指标,我二哥是村里唯一一个高中毕业生,正好符合条件。陈仓推荐我二哥进城当了国家正式职工。俺家出了个吃商品粮的,让村里人好生羡慕。过了两个月,村里小学缺个民师,需要有人替补。我觉得是个机会,向父亲谈了想法。母亲从旁帮腔,要父亲求陈仓。父亲说:"二狗(二哥的乳名)才送走,咱又要求让三毛教书,咋张开口?十分的面子,只能用七分,得留三分活人。"我对父亲说:"爹,你只管找陈仓试一试,看中不中?"父亲看我执拗,厚着脸皮去了。陈仓绕着弯儿回绝,说:"二叔,您老得体谅恁孩子。粪堆家的小祥,王岗家的柱子,马奎家的铁蛋,冯林家的国喜……都眼巴巴地瞅着呢!"他一口气抖出来了七八个。言外之意,好事不能让俺家全占,他没法答应。父亲回到家里,把陈仓的话重复一遍,我心里一下子凉下来:"这回要没'戏',有可能打一辈子土坷垃。"

唉,农村孩子,除了在地里干笨活,没有啥出路。大家都是日复一日地煎熬,看不到什么希望。"村小",是"文革"的产物,即一个村办所只有一二年级各一个班的小学。当民办教师,由生产队记个整劳力工分,上边每月补贴三块钱,后来又涨到五块,仅此而已。对庄稼人来说,比种地强多了。辛辛苦苦干一天,工分就值一毛三。这不光是个特殊的身份,也是个肥差,脸面光彩着哩。这个教书的名额,就像漫漫长夜里的小小的灯火光点。当父母的,家里有上过学的孩子,像飞蛾一样往上扑。个个不顾老脸,不惜低三下四求大队干部。

我不甘放弃,下定决心要争取。父亲办不成的事儿,我一个孩子,咋能办成呢?绞尽脑汁,我从读过的书中找"办法"。大脑像跑马似的过电影,突然间,我眼前跳出司马光砸缸的故事。司马光小时候，同伙伴玩耍。一不小心，伙伴掉进缸里，水很深，有淹死的危险。司马光急中生智，捡了块石头，把缸砸烂，水流出来，伙伴得救了。这个故事启发了我。我把陈仓娘当成一个大水缸，要找一块石头砸烂，赎救自己。

从小听说，陈仓是腹生子。在娘胎里时，他爹就死了。很久以前，娘怀着他从老家，一路讨荒来到李家寨。为了活命，娘改嫁一姓马的光棍汉，又为陈仓生个异父同母的弟弟马崽。娘命苦，再婚丈夫一九四二年遇大旱饿死，娘也奄奄一息。当时，我奶奶也饿昏迷。我爷爷留下半碗稀粥让奶奶喝，另外半碗送给陈仓娘，救了她的命。之后，陈仓全家感念不忘。陈仓娘带着他和异姓弟弟马崽苦熬度日，把陈仓弟兄俩好不容易拉扯大。陈仓知道娘一生作了不少难，非常孝顺。凡队里进城出差办事，他每次都给娘买个热烧饼，揣在怀里带回来。娘还有一个嗜好，吸烟成瘾。娘作难发愁时落下的。没钱买，娘在路上捡烟头，连烟灰也捂到嘴里吃下。我心里琢磨：给陈仓娘送一条烟，求他娘为我进言，也许能从死胡同里走出来。

可买烟的钱呢？我和石头平常得闲，到沟渠上、河堤上，摘蓖麻、捡"黑白丑"、挖生地、剜蒲公英等，拿到公社药材收购站去卖。兜里有点钱，我数一数，五毛四。我找石头，说了想法。石头把兜子翻个底朝天，有四毛二。俺俩的钱加起来，九毛六。"就汤泡馍"，俺俩商议，要买烟就买好一点的。农村最时兴"白鹅"牌，一毛三分钱一盒，干脆买一毛六一盒的"前哨"烟。于是，我买了六盒。钱，只够买六盒！

早上，队里人都下地干活去了。陈仓家在村中间，两间正房，坐北朝南，灶房在东侧，门朝西，没有院墙。我像小偷似的，把烟夹在胳膊肘的衣裳里，悄悄来到陈仓家。陈仓娘骨瘦如柴，脸上刻满皱纹，稀疏的银发翻卷成"倒角"；经常夹烀的右手两指之间，熏成硫黄似的颜色；脚上穿一对尖尖的小棉鞋。身上的棉衣，打了四个大补丁。她正在灶房做饭，一手拉风箱，一手往灶膛里添柴火。一看是我，她忙招呼："孩子，你来了。""嗯。"我边答应，边掏出带有"条"包装的六盒"前哨"。

陈仓娘饱经岁月的磨砺，比一般老太太有见识。看见六盒"前哨"，老人吃惊得眼瞪多大，直直地盯着我，如箭一般。我的心一下子提到嗓子眼，血液凝固了，世界一切都静止了。我十分难堪，双手相互搓着。"孩子，有事？"听到陈仓娘的问话，我不自然地点点头。她说："啥事？你说。"我嗫嗫嚅嚅讲了来意。陈仓娘略有所思："你先回去吧，我给你仓哥说说看。"

我站起身，迟迟慢慢地走了。我心里不踏实：没听到准话。走了半路，我转身折了回去。走到陈仓家灶房门口，我看到陈仓娘拆开了一盒烟，已吸完一支，正用手把烟灰送往嘴里吃。被我看到了，陈仓娘有点尴尬。然后，她不解地问："孩子，你咋又回来了？"我说："大娘，你可得当成个事儿，给仓哥好好地说道。"陈仓娘知道我不放心，说："孩子，大娘会哩。你把心放肚里吧。"

过了几天，陈仓见我："伙计，别看庄稼了，到学校教书吧……"

在我最需要钱之际，石头毫不犹豫地慷慨解囊，一分钱不留，全给了我。我非常感动，俺俩以后成了最好的朋友。

想到此，我对石头说："咱们初中毕业那年，你辛辛苦苦积攒四毛二，帮我凑钱买六盒'前哨'烟，向陈仓老娘送礼，谋了个民师职位，而你啥没得到，不也白干啦？"

"你说那些陈谷子烂芝麻的小事干啥！"

"我能有今天，就是从当村小教师起步的，那可不是小事儿，具有里程碑意义呀。"我说，"谁叫咱俩是发小，别人请我还不干哩。"

石头拗不过我："老家伙听你的。"

当晚，俺俩喝到半夜。两瓶酒，喝了一斤半，石头走了："你和张翠说会儿话儿。"

四　意绵绵　情切切

毛毛坐在翠姐怀里，两眼困得像粘了胶，睁都睁不开。哄他睡，他不肯："我不要爸爸走。"

我明白了："乖，爸爸不走，陪着毛毛。"

话音刚落，毛毛便闭上眼，醋醋睡去。任凭怎么喊叫，就是唤不醒。

我半醉半清醒，想到一九七八年的"瓜棚之夜"，想到几个寒冬每一个难熬的长夜，想到失去至爱自己瘦成只剩一副骨头架子，抱住翠姐痛哭起来。

翠姐内心受到触动，与我相拥而泣。

此时，天地寂静；屋里，只有我和翠姐；大床，就在身边。

在酒精的作用下，爱的欲火在熊熊燃烧；埋藏在心底里积蓄已久的感情瞬间爆发。把翠姐拥入怀中，我亲吻起来。她迟疑一下，倒在床上。

俺俩失去了控制，我脱她也脱，像比赛似的把棉装和内衣脱去甩在一旁。双方只剩下遮羞的内裤，最后的防线顷刻就要失守。

此时，我眼前猛然跳出惊魂动魄的一幕：刚刚发生过的。市委组织部青年干部科科长马红旗，因为同高中时期初恋情人有暧昧关系被妻子发现，激怒之下向领导反映。结果受到开除党籍、撤销职务处分，贬出市委大院，到区广播站当个一般编辑。

几天前，我向荷香立下的"保证"在耳边回响。理智战胜了我，激情一落千丈。雄性勃发的命根，如被马蜂蜇住，猛地收缩了。我意欲撒手。

翠姐不明就里，欲火正盛，要将爱情进行到底，哼唧着连连道："不不……"

我从她怀里挣脱，重新穿好衣裳。

过了会儿，翠姐平复一下心情，头脑清醒过来——在俺俩当中，如今横着一道无形的高墙，甚至是带有高压电的线网。必须顾及后果，我不能钻进被窝里疯狂做爱。如果开了"禁"，便会一发不可收。常言道："要想人不知，除非己莫为。"天下没有不透风的墙。这事儿要是传到荷香耳朵里，就会破坏家庭；假如有人向组织揭发，会毁灭我的前程。

翠姐不好意思地笑笑："弟，咱俩差点逾越雷池。我和荷香，还有两个孩子，全指望你哩。你站得稳，俺们都有依靠；你出了事儿，俺们咋办?!"

我和翠姐燃烧的火焰熄灭了。

抹了抹泪，翠姐劝慰："都怨我，当初拿错了主意，认命吧。能够早早晚晚见你一面，我就满足了。"她吐露真情："自打离开你，你的身影就半步不离地跟随着我：往前走，看到你在前面；向后望，你在跟着我；左瞅右瞧，都是你的影子。我日日盼望天黑，能够梦中相遇。要是梦见你，我不愿醒来。这才知道你在我心里，根本忘不掉。毛毛渐渐大了，我才知晓'父爱如山'的道理，觉得孩子没爸爸不行，更想念你。"

"你要早找我，不至于现在这个样子呀?"

"我怕连累你。"

"爸爸!"我以为毛毛醒了。他在梦中喊我，翻个身又睡去。

翠姐想到毛毛迁户口的事儿，问："孩子没有大名哩，叫个啥好呀?"

"他是'泽'字辈儿，其为水聚集的地方，也表示恩泽、仁慈之意。'温润而泽'，比喻人的态度、语言温和柔顺。《礼记·聘义》讲：'昔者君子比德于玉焉，温润而泽，仁也……'易经卦名之一，意为刚内柔外。丫丫取名'泽玉'，即光滑的宝石；毛毛叫'泽润'，像冰一样晶莹，比喻操行洁白、品格高尚。'冰清玉润'是个成语，姊弟各取一字，两泽相连，两水相交，上下相和，团结一致，相助欢欣。"

"你有学问，听你的。"

"毛毛迁户后，你想让他跟你生活，还是随我？"

翠姐稍加思索："这儿乱糟糟的，我又没有能力教育；你学问大，经常看书写文章，对他学习有益处，留在你身边吧。"

"那好。有毛毛在，咱俩见面方便。星期天，节假日，可把毛毛接到身边陪陪你。"

"平时，你没事甭找我。在荷香面前，不要感情外露，更不要对我有亲密的语言和举动，免得她猜忌生疑。咱俩都把对方藏在心里吧。"

我点点头。

如泣如诉，喃喃细语，俺俩相聚到天明。

上午，我和翠姐带着毛毛去看望了二姨的家人。

一九八五年的春节，是快乐的。

腊月二十六，岳松打电话报喜：我被任命为科长了。

我问老刘和申亮的任职研究没有。岳松告诉我，老刘当副科长，申亮提了干事。

科里三个同志职务都得到升迁，我心里特别高兴。

不满一年，我升了一级。岳父得知消息，说："你这孩子，这些年进步真是惊人！"他戏称我是"火箭式干部"。

是啊，仅仅三年多时间，我从一名普通教师，连蹦带跳几级，成了市委中层领导，做梦都想不到。对于绝大多人而言，终生恐怕也到不了这一步。

我笑称："女人有福带满屋。这跟荷香的支持和付出有紧密关系，她功不可没。"

荷香有些得意："我没拖你后腿，当然有功劳了！"

是啊，我能安心在市委工作，同荷香的付出确实密不可分。她一年四季，半月二十天，总要回家一趟看望父亲。每次，她不仅送钱送东西，还拆洗衣裳被褥，蒸一锅馍留下，受到全村人的夸赞。我打着灯笼也难找这样的好媳妇。正应了一句俗语："妻贤夫祸少。"

年前年后，听说我要搬家，溪流县领导以及局委几位关系不错的头头，还有亲朋好友，轮番请我做客，忙乎得没有闲着的时候。

大年初一，我们两家合一家，欢欢乐乐团聚一堂。

在家宴上，我拿出石头送的那瓶茅台酒，共同分享美满和幸福。

想到春节后就要搬到沙流河市安家，想到二位老人把我当亲儿子对待，想到荷香对父亲极为孝敬，我提议全家小一辈人向岳父岳母磕头拜年，得到一致响应。

"门婿儿行跪拜大礼，俺老两口可受用不起。"岳父把我扶起，把预先准备的"红包"——五万块钱，交给荷香说："这是分家费，你拿去吧。"

"二老把荷香养活恁大，咋能让恁倒贴？"我拒绝，岳父执意要给，最后荷香收下了。

看到丫丫身着一套花衣裳，倒穿件绣花的外套，乖巧而可爱，头上扎好几个小辫子，荷香逗她："跟妈亲，还是跟爸亲？"

丫丫看看荷香瞅瞅我，光笑不说话。岳母道："这么小，就恁能，成精了。"

荷香再三追问，丫丫被逼紧了，附在我耳边低声道："跟爸亲。"

"没良心的，妈瞎疼你了。"荷香用一个手指头轻轻戳一下丫丫的额头笑曰，"算我白生白养了。"

打量着丫丫：眸子清澈明亮，双眼皮煞是好看，洁白的牙齿排列整齐，越长越仿她娘。我打抱不平："荷香，你可冤屈俺闺女了。你瞧瞧她的模样，可像你呀，咋叫白生白养呢？"

荷香和岳父岳母的目光一起投向丫丫，细细观察，思忖片刻，道："有点像，不全像，综合恁俩优点了。"

这个年儿，大家过得都很快乐。

年后上班，我带着《栽树就是栽富》那篇国家级新闻获奖作品证书，找老领导孙强县长如实讲明情况。他二话没说，批了一个农转非指标；荷香有个姑表哥哥叫秦华，在公安局当户籍民警，顺利地办理了毛毛（用他的学名，同我以父子关系）入户转迁手续。

秦华有个妹妹叫秦芳，初中毕业，机灵勤快，跟随我们当了家庭保姆。

离开家时，岳母哭了。她说："孩儿，荷香心里只有你，没有半点外心，你千万可不能伤害她。"

我听出弦外之音：她似乎知道了什么，不便明说。我说："妈，你把心放肚里，我不会做出对不起荷香的事儿。"

岳父嘱咐我："荷香从小到现在，都是俺两口看着长大，百般护着，没操过啥心。她生性胆小，恁俩单独在一块儿过日子，要是遇到啥大事儿，全靠你担当了。"

溪流县城距离沙流河市，论路程不过四十华里，在那个交通和信息不发达的年代，人们觉得遥远而陌生。

我理解老人：儿行千里母担忧，哪个当父母的不牵挂子女啊！

车开动了，我看到岳母还在抹泪，岳父怔怔地站着。

以后，小鸟另选枝头筑巢：我、荷香、毛毛、丫丫和秦芳组成五口之家，开始了在沙流河市的新生活。

世事难料：后来，我和荷香隐藏的"秘密"被小人作为超生证据，险些开除回家种地。

第十章

家国情怀

一 一山二虎

"哈哈哈……"我在沙流河市安家了。

"安"是会意字,上面带个"宀"头,指房屋,里面住着女人,泛指妇孺。"家"有"豕",即猪,代表财富和没有危险因素。男人得到女人温柔体贴,有儿女绕膝,自然能够安身立命,集中精力干事业。

我有家可安,当感谢朱文。这位仁兄的一个"特聘顾问"头衔,让我名正言顺地享受到中医院领导的家属待遇,住上了三室一厨的平房,且是独家小院,装有一部电话。不光如此,他把荷香安排到院党委办公室工作,很是轻闲。

石头干着木器厂,我家里缺少什么家具,全部添置齐备。

一切妥当,我邀请翠姐和毛毛"燎锅底",其实就是认门,正式接纳毛毛为家庭新成员。

这件事看似简单,我心里却有些忐忑——之前,荷香和翠姐都同意毛毛住俺家生活。但她俩一个是我的妻子,一个是我的"情人"。常言:"一山不容二虎。"有毛毛牵扯着,两个女人接触必然多起来,会不会发生矛盾?会不会互为情敌?会不会让我夹在中间左右为难?翠姐自毛毛出生,从未离开过身边,该有多么不舍?毛毛和丫丫素昧平生,能粘到一起吗?

再难,不能胆怯,非得有这么一天呀!

家丑不可外扬。我决定不让任何外人介入,不在饭店聚餐,就在家里借"燎锅底"之名,把两个家撮合在一起。

临近中午,荷香亲自下厨,准备了一桌丰盛的宴席。翠姐带着毛毛来到家里。

十几年前,翠姐在粮管所粮油门市部当营业员,荷香在老家是卫生员。她们有交往,互相了解。那时的关系是朋友,而今命运驱使两个女人走到一起,各自扮演着不同的角色。

"一山不容二虎。"这两只"虎"虽然都是善良之辈,但毕竟心系一个男人呀。爱情是自私的，排他的。我怕一言不合"崩套"，那会多尴尬呀！

翠姐带着毛毛刚走进院子，我担心冷场，忙喊荷香一起笑脸相迎。见面的刹那间，我观察她们的表情，发现都显得有些不自然。我笑曰："咦，可把恁娘俩等来了！进屋，快进屋！"

翠姐从自行车后座上取下一个包裹，是毛毛的被褥和衣裳。

荷香让秦芳接过东西拿到房间，蹲下身子搂住毛毛，"乖呀儿"地叫着，夸毛毛是"小帅哥"。

毛毛怯生生地叫了声"妈"——我知道：这是翠姐做过"功课"的结果。

翠姐抱起丫丫："嗯，真漂亮！"

随后，翠姐拿出一套精心挑选的时尚童装，让丫丫穿身上试试，问："喜欢不喜欢？"

丫丫高兴地点点头，"嗯"了声笑了。

我在旁边嘱咐丫丫，快叫"娘"。

丫丫歪着脑袋，愣怔半天："你是娘？"

翠姐说："是呀，我是娘。"

荷香在一旁催促，快叫"娘"呀。丫丫这才迟迟疑疑地喊了声"娘"。

"哎！"翠姐响亮地应了一声，"咯咯"地笑了。

毛毛对大人的事儿似懂非懂，附在我耳边悄悄问："爸爸，娘是不是妈？"

"娘就是妈，妈也是娘，只是叫法不同啊！"

"为啥我有两个娘？"

"你乖，老天爷让你有两个娘的。"

毛毛："丫丫有两个妈，也是因为乖吗？"

"是呀。"我肯定地回答，心想：长大了，你们自然会明白的。

我长长地松了一口气。

走进屋内，大人们刚说一会儿话儿，丫丫和毛毛就粘在一起——毛毛到哪儿，丫丫在屁股后一颠一颠跟着"疯"起来。

见此情此景，大人们都笑了。

我和荷香独住一室兼书房；在西屋，兄妹俩同住一张高低双人床，毛毛在上铺，丫丫睡下面；秦芳另住一张床。

翠姐掩饰不住内心喜悦，连连称道："这样安排好，这样安排好。"

刚吃饭不大一会儿，毛毛和丫丫就吃饱跑到院里玩去了。

秦芳有眼色，怕影响我们说话，餐毕离开。

转入正题。

"以后，让荷香费心了，毛毛的一切花销由我负责。"

"毛毛和丫丫是亲兄妹，咱俩共同的孩子，你这话可就见外了。"

"石头把'天意'木器厂的管理权限放给了我，现在工资比三毛还高，春节一次给了我二百块奖金。我要钱干啥？以后，除了留够自己的花销，其余的都拿过来。"翠姐说。

"钱，不是问题。"我解释，"荷香有工资；我除了薪水，还有收入不菲的稿费；中医院院长朱文又承诺给一份报酬；平时，抽烟喝酒无须花钱。另外，家里还有一份收入——丫丫的姥爷姥娘还给了五万块钱，存到了石头那里，每月光利息就七百五十元，顶上十几倍工资，养活两个孩子不成问题。不谈这些，无论是毛毛还是丫丫，咱们都一视同仁得了。"

两个女人连连称"是"。

翠姐用征询的口吻问荷香："平时，我想孩子了来看看，你不计较吧？节假日，我把兄妹俩一块接过去住几天，中不中呀？"

荷香："看你说的，我的心眼就恁小？咱俩都是做母亲的人了，孩子挂着娘的心哩，你啥时过来，我都欢迎。"

"恁俩料理孩子的生活，我承担培养教育责任。"我道，"别只顾说话忘了吃饭。"站起身来，我给翠姐夹菜。

怕荷香看到有别的想法，翠姐用脚踩我。正巧，荷香低头瞅见，心存芥蒂，记在了心里。

翠姐走后，荷香生气地问我啥意思？我实话实说："人家来咱家是做客，我算东道主，热情点儿，应该的。她是怕你多心，节外生枝呗。"

荷香警告："恁俩可不能背着我搞小活动！"

"是、是、是。"我把荷香拥进怀里笑曰："以后有啥事儿，你直接找张翠，我一次都不跟她联系好不好？"

荷香："可得言行一致，不能背着胡来呀！"

轻轻戳一下荷香的鼻子，我笑道："小心眼。你不是讲女人有第六感觉吗？咋不自信了？"我举手发誓："绝不让'肥水流入外人田'！"

荷香"噗"地笑了。

结束了单身生活，我感觉特别温馨和幸福。

家是什么？我有了深切体会：就是让一家人团团圆圆，快快乐乐，就是有妻子儿女，就是有可口饭菜，就是茶余饭后说说笑笑，就是星期天到公园游玩散步……

这才叫日子，这才叫生活。

当然，要保持家庭波澜不惊，要保持家庭长长久久和谐，我和翠姐都清楚：必须把爱深深藏在心底，双方保持克制和距离，才能让荷香有安全感，没有后顾之忧。

翠姐是个坚强的女人，为了毛毛，为了我，什么都能做到；我身在市委大院，知道逾越雷池的后果，不敢脚踏两只船，必须控制着自己的感情。

常言：过日子比树叶还稠。再注意，我和翠姐、荷香也难免有发生误会的时候。当年夏天，翠姐外出办事，经过中医院门口，发现"例假"来了，经血浸透裆部的裤子，顺腿流到脚脖。就近，翠姐拐到我家。她让我出去，把院门关上，防止外人进来。翠姐正在屋里换卫生纸，荷香赶巧回来。见院门紧闭，荷香问我："大白天，咋插上门闩?"女人的事儿，碍口，支支吾吾，我不知说啥好。进了屋，荷香见翠姐在穿衣裳，以为是俺俩要干那种事儿，强压怒火，假装欢笑。当问明白咋回事，荷香才消气。

时间长了，荷香看我下班和出差回来都是直接回家。有啥事儿，我从来不单独跟翠姐接触，她最终解除了戒备心理。

二　毛毛的童话

家中没有是非。我工作之余，把精力几乎全部放在了对毛毛的启蒙教育上。

凡我在家，每天到了晚上，毛毛和丫丫就缠着我讲故事。

我因时施教，要求毛毛每天必须做一件力所能及的事情或办一件好事。一天晚上，毛毛嚷嚷着让我讲故事。我问："今天干啥了，先给爸爸讲讲。"

毛毛骄傲地告诉我："捡到两毛钱，交给警察叔叔啦。"说罢，他背起我教的一首儿歌——

> 我在马路边，捡到一分钱，
> 把它交到警察叔叔手里边。

叔叔拿着钱，对我把头点，

我高兴地说了声："叔叔再见。"

"毛毛真棒！"我夸赞。

我先讲自己从爷爷那里听来的千顷李家族"节孝仁慈"的故事，讲社会上流传的民间传说，然后从书本上"现学现卖"。

平时，外出采访或陪记者，我一走就是好几天。忙完工作，刚进院，毛毛丫丫看到我，拍着小手蹦多高："啊！爸爸回来了！爸爸回来了！"凡在家，兄妹俩就眼巴巴地盼着我讲故事。每次，幼小的丫丫，一个故事未听完便进入梦乡；毛毛则不同，听一个不过瘾，往往要求接着听第二个、第三个……

我是会不少故事，毕竟有限呀。时间长了，我肚子掏空了，便动起脑筋：能不能教毛毛早些识字，让他自己看故事书呢？可要让一个孩子具备阅读能力，岂是一朝一夕之功，谈何容易？

正在犯愁，有人上门解忧。此为何人？有恁大的本事？他叫康宝，是位资深教师，在教学实践中，潜心研究二十年幼儿智力开发。说得明白些，就是用汉字的象形和会意特点，培养兴趣，喜学易记，让孩子快速掌握常用的汉字。坚信这套方法是革命性的，康宝辞去公职，以学前班儿童为对象，跟爱人张惠开办了一个"神童"班。他找我的目的，就是让我写篇报道宣传宣传，扩大影响，便于招生。我从事过几年教育工作，相信改革和创新的力量。康宝一番游说，让我心有所动，便把毛毛送去当"试验品"。果真收到奇效：仅仅半年，毛毛会认会写两千多个汉字，掌握了汉语拼音，全班夺魁。

有了这个基础，毛毛能看儿童图书和连环画了。从此，我书架上摆满两层儿童读物，全是神话、传说、寓言、儿歌、诗词、散文和经典绘画的历史书籍等适合孩子的读物。

寓言像是一个魔袋，能从里面取出很多很多东西，蕴藏着故事和哲理；儿歌是多姿多彩的未知世界和一个斑斓的天空；神话的魅力，能让人产生无限的遐想；《十万个为什么》回答了一个个囊括天文地理内容的天真发问；诗词可以知春秋历史，品文化精粹，感天地草木之灵，见流彩华章之妙；散文之美，如梦如幻，思之而有意境。

一本本画册和图书，渐渐成了打开胃口的精神食粮，毛毛如饥似渴，反复诵之，百读不厌。

或许，毛毛只是"囫囵吞枣"，不能品出全部滋味，不能尽吸营养。但他培养起浓厚的学习兴趣和求知欲望。

　　清晨，旭日初升，沐浴着灿烂的霞光，便有一幅画面呈现出来：一个年轻的父亲和一个童年的孩子相互为伴，在家庭小小的院落里，坐在凳子上，每人手捧一本书，全神贯注地看着，不时轻轻翻动一下书页，或低声吟读，或默默背诵。

　　每每观之，荷香心头都会涌起无比美妙而幸福的感觉，对未来充满期待和憧憬。她看不够，不愿什么因素干扰。即使有只鸟儿站在树上"喳喳"叫两声，她也会悄悄撵走。

　　四年过去，六岁的丫丫加入早读行列。朗朗的读书声中，多了一个稚嫩女孩的童音。

　　从读小人书开始，毛毛逐渐进入大人涉猎的读物。我发现他有惊人的记忆力和理解能力。入小学之后，课本竟远远满足不了他求知的欲望。到了二年级，不待上课，他无师自通，门门考试，皆是全优。老师教书，他感到十分乏味。我尝试着让他读三年级课文，他靠自身努力完成了学业。鉴于此种情况，我把他留在家中，十岁便出色完成小学学业。

　　此后，毛毛用四年时间，以优异成绩，读完初中和高中阶段全部课程。十五岁那年，他被中国科技大学破格录取到少年班。国家重点培养，两年后保送他到美国一所知名大学。二十六岁，他拿到博士学位，三十一岁读完博士后，选聘当上沙流河市科技副市长，创造了一个时代的神话，成为千顷李家族的莫大荣耀。这是后话。

　　同期，沙流河市还出了一个叫孟磊的神童，与毛毛师出同门。这孩子父母是工人，文化水平不高。孟磊从一年级起，完全靠自学读完高中教材，十二岁录取到中国科技大学少年班。我亲自前往家里采访，他父母介绍，孟磊一心钻到书本里，有点呆。对吃和穿，他几乎没有什么要求。电影院距家三百米，大人不陪同，他找不到家。我想：这样的孩子将来怎样生活呀？伟大领袖曾谆谆教导：学生要德智体全面发展，培养又红又专的接班人。吸取孟磊的教训，我便引导毛毛成为健全的孩子。

　　当发现毛毛的天赋，我意识到：这孩子有成为栋梁之材的希望，不能只注重知识学习，要不偏不废，同时加强优良品德、坚韧性格和生活自理能力的培养与训练，使他长大成人后有可能堪当大任。

　　我开了个家庭会，嘱咐翠姐和荷香，要同我保持"步调一致"。

两个女人对我言听计从。

听讲故事，毛毛伴随着知识的增加慢慢成长，道德的涵养逐渐提高，动手劳动养成了习惯：七岁，学会穿衣脱衣；八岁，吃饭自己端碗洗碗；九岁，学会熬稀饭；十岁，已经能够照料自己的生活。不仅如此，毛毛的阅读也丰富起来。我书架上的书籍，他大部分都看过。同时，我合理安排时间，带他了解社会，磨炼意志。

春回大地，万物复苏生发。农时到了，庄家人开始往田里一锨锨撒肥，一块块用犁翻土，用耙整地，打成畦，几垄开一个小沟，进行播种或栽苗，一派忙碌景象。

俺们父子两个来到城南郊区，我帮农民插红薯苗，顺着田埂，扒个小土窑窑，把一拃长的秧子栽进土里，让毛毛用马勺舀水浇灌，然后封根，堆成一个个馍头状。毛毛参与"劳动"，增加了生活的感受，培养起"悯农"情愫，与我共同背诵唐诗："春种一粒粟，秋收万颗子。四海无闲田，农夫犹饿死。"然后，我向他讲解诗意。听罢，毛毛对诗中后一句不理解：地里都种上庄稼，收获了丰收的粮食，能顿顿吃上白蒸馍，咋会有人饿死呢？我回答："这是说的从前，老百姓的粮食被坏蛋抢走了。现在，坏蛋少了，除了上交国家和集体，大部分盛在自家囤里，都吃上了白馍馍。"毛毛"噢"了一声：明白了。

炎热酷暑，不戴草帽，不打遮阳伞，穿着背心裤头，我带毛毛去二姨家，让他目睹村民田间管理秋作物的情景，让他看到每位干活的人，皮肤晒得黑黝黝的，个个汗流浃背，肩上搭的毛巾被浸透。我和毛毛一起在地里拔草，体验农夫生产劳动的艰辛，加深理解"锄禾日当午，汗滴禾下土。谁知盘中餐，粒粒皆辛苦"的诗句。从此，毛毛知道了每一粒粮食来之不易，每餐不再有残汤剩饭。

毛毛年龄慢慢长大，当狂风暴雨来临之际，别人都往家里跑，我和毛毛穿上背心裤头，到外面狂奔。空中乌云集聚，电闪雷鸣，风雨交加。他开始吓得捂住耳朵，身子蜷缩一团。我告诉他：要远离树木和电线，防止触电。要学海燕，做个勇敢的孩子，迎接暴风雨，高傲地飞翔。看我毫不畏惧，毛毛胆子大起来。在旷野里，顿时回荡起两个"疯子"高门大嗓的声音——

　　海燕叫喊着，飞掠过去，好像深黑色的闪电，箭似的射穿那阴云，
　用翅膀刮起那浪花的泡沫……
　　风吼着……雷响着……

暴风雨！暴风雨快要暴发了！

那是勇猛的海燕，在闪电中间，在怒吼的海的头上，得意扬扬地飞掠着；这是胜利的预言家在叫喊：

让暴风雨来得厉害些吧！

回到家里，我和毛毛像两个"落汤鸡"，冻得嘴唇发紫，浑身发抖。荷香赶紧脱去毛毛被雨水湿透的衣裳，帮助擦净身子，换穿干衣裳。

看到毛毛的"小鸡"变成了"蚕蛹"，"蛋蛋"收缩得一点点，荷香心疼极了，嗔怪我"太狠"。

"温室里只能长出鲜花，孩子将来要想长成参天大树，必须经得起风吹雨打。"我讲。

说着说着翠姐冒雨过来。她虽然性格坚强，但作为母亲，历经了常人没有过的艰难，比我和荷香更牵挂毛毛。

看到毛毛直打战战，喷嚏连连，翠姐心疼地忙问碍事不碍事。

不失"大丈夫"风范，毛毛背起司马迁在《太史公传》中的一段话——

昔西伯拘羑里，演《周易》；孔子厄陈、蔡，作《春秋》；屈原放逐，著《离骚》；左丘失明，厥有《国语》；孙子膑脚，而论兵法；不韦迁蜀，世传《吕览》；韩非囚难，《说难》《孤愤》；诗三百篇，大抵贤圣发愤之所为作也。

两个女人听蒙了，相互瞅瞅，愣怔起来。

毛毛又背起我教过的《孟子·告子章句下·第十五节》原文："天将降大任于斯人也，必先苦其心志，劳其筋骨，饿其体肤，空乏其身，行拂乱其所为……"接下来，他说："宝剑锋从磨砺出，梅花香自苦寒来。我要学爸爸，锻炼身体和意志，做个对国家有用的人。"

这话，逗得翠姐、荷香大笑不止。

秋季，每逢遇到阴雨连绵、冷风飕飕的天气，我和毛毛身着单薄的衣裳，站在沙流河的堤岸，望着滔滔流水，熟吟北宋著名诗人、政治家范仲淹的《岳阳楼记》——

若夫霪雨霏霏，连月不开，阴风怒号，浊浪排空，日星隐曜……登斯楼也，则有去国怀乡，忧谗畏讥，满目萧然，感极而悲者矣。

嗟夫！……何哉？不以物喜，不以己悲。……"先天下之忧而忧，后天下之乐而乐"乎。噫！微斯人，吾谁与归！

隆冬季节，大雪纷飞，冒着凛冽的寒风，我和毛毛身着秋衣秋裤，共同背诵伟大领袖的诗作《沁园春·雪》："北国风光，千里冰封，万里雪飘……山舞银蛇，原驰蜡象，欲与天公试比高……数风流人物，还看今朝。"

诗词歌赋，铸造着幼小的灵魂；险恶的环境，练就毛毛坚强的性格，培养出立志报效社会和国家的情怀。

毛毛这棵幼芽的苗壮成长，犹如初升的小太阳展露出耀眼的光芒。惹得许多当父母的，为我家出了这么个孩子，无不垂涎和羡慕。翠姐和荷香更是乐不可支，简直如获至宝。对我，她们增加了几分崇拜。

丫丫耳濡目染，性格温和柔韧，心理健全，长大后留学瑞士，获得研究生学位，事业有成。

三　我的骄傲

一九九〇年"七一"建党节。

沙流河市委、市政府在人民剧院举行热烈而隆重的"十大功勋人物"颁奖表彰仪式。

我位列第三名，站在主席台上，头发梳理整齐，脖颈打起领带，上身穿白色衬衣，下身搭配深蓝色裤子，斜佩彩带，脚穿皮鞋，面带微笑，接受谷丰书记、马腾市长颁发的荣誉证书。

市电视台和报社的录像、摄影记者，把这辉煌的瞬间、重墨浓彩的一页，永远镌刻在我生命的史册上。

我一个市委科长，一个"爬格子"的文人，何来这等荣耀？

细说起来，有着长长的一串故事。

故事一

颁奖词曰："李三毛同志为溪流县农民鼓与呼，避免上亿斤夏粮遭受洪水淹没。"

一九八四年五月，我骑车回老家支援父亲收麦，在家待了一天。

抽时间，我去看望大大爷。见到他家屋子里，到处堆放着粮食，够吃三年，我想起一路上见到的情景：辽阔无边的原野，麦穗儿个大籽饱，在阳光照射下，闪着金色的波浪，令人喜煞！于是，我跟大大爷谈及丰收的话题。

大大爷满脸愁容，"唉"地叹息一声："家家都在犯愁哩。"

我不解："愁啥？"

大大爷："听广播里预报天气讲，今年可能有大洪水，要真应验了，恁多粮食弄哪儿去呀？"他说："老百姓淹怕了，家里的粮食都急着出手，眼下小麦一毛五分钱一斤，都卖不出去。新粮再下来，不知往哪儿搁？"

"是呀，倘若真的发生'七五·八'那样的大水，老百姓损失可就惨了。不行，我得到乡里反映反映，让领导想办法解决。"我心里揣度。

带着这个问题，我去到万人庄乡找党委书记陈明。听我讲罢，他道："粮管所高所长刚来过，反映去年的粮食还没有调出去，大量积压在仓库里，收购资金缺口也很大，问题不小，干着急没有办法。"

问号越来越大，乡里画不了句号。我想，老领导孙强是县长，当过万人庄的党委书记，总该予以特殊关照。

我去了县里，满怀希望找到孙强。孙强对情况了如指掌，告诉我："溪流县夹河套内的六个乡镇，连续几年大丰收，马上到了夏粮入库时节，小麦收购普遍面临着仓储和资金的严重问题。不光农民火烧火燎，乡干部也如坐针毡。面对全国出现的'卖粮难'，我作为一县之长，压力山大，愁得无计可施。"

孙强给了我一个更大的问号。他说："你找我，我还打算找你帮忙呢！"

对孙强的推诿扯皮，我有些不悦，强装笑脸："你'皮球'无处踢，也不该踢给我呀？这不是开国际玩笑吗？"

孙强一本正经地说："这个难题就交给你了，非你莫属。"

他语气坚定："我知道你手里有把金钥匙，赖上你了，不管不行！"

我瞪大眼睛，不知所以。

孙强盯着我问："你大学同学不是有在新华社当记者的吗？能不能写篇内

参，向中央领导反映一下情况？"

一句话点醒梦中人。"对呀！我咋忘了这茬子事儿？"我应答，"好！那我试试。"

中午，我要走。孙强挽留："轻易不回来，我已在政府招待所安排过，你表叔（指白天书记），还有你岳父都过来，咱们好好喝几杯，算是酬劳。"

酒足饭饱，回到沙流河市委，我赶写出一篇稿子，题目是《一亿斤小麦亟待调运》。然后，亲自赶赴京城去新华社找到我那位同学。总编室收到稿子，很快发了"动态清样（最高级别内部参阅资料）"，呈送给国家级领导。

救民于水火，刻不容缓。一位中央领导当即批示，省里有关部门"特事特办"：紧急调运了库存的粮食，并拨出专项资金，收购了农民的余粮。

这年虽然没有发生洪水，却解决了夹河套"卖粮难""仓储不足"出现的问题。不像其他地方，农民在烈日暴晒下，拉着架子车，排几里长队，为卖粮等待几天。

老百姓知道是我的功劳，在乡村干部的带领下，上百人到市委和市政府大门口，带着感谢信，敲锣打鼓，燃放鞭炮，轰动一时。

故事二

颁奖词曰："李三毛同志总结推广我市农村'红白喜事协调会'做法，被民政部称为'沙流河市经验'，在全国各地遍地开花结果，为精神文明建设作出了贡献。"

李家寨是个大村庄，千顷李家族人口居多，礼仪繁杂。多少年多少代流传下来的风俗习惯：谁家婚丧嫁娶，一个庄里的人都去赶热闹，凑份子。每户随一二块钱的礼，男人去执事，搬桌子找凳子，刷盘子洗碗，帮忙干杂活，妇女带着孩子打牙祭。一家办事，全村赴宴，至少要摆三四十桌。吃罢喝罢，大伙儿聚在村里饭场上，评论谁家排场谁家寒酸。村民相互攀比，只怕乡邻说长道短。一场事办下来，好几年还不清债务。人人唉声叹气，无力改变。

逃生哥是村主任，找到书记陈仓，要求改变陈规陋习。他们邀请我父亲参加，在村里成立了"红白喜事协调会"。每家办事，统一标准，只招待外来客人；本村帮忙的，随礼的，鼻涕流嘴里——在家各吃各的。

这种做法受到普遍欢迎。

一九八六年春节前，七叔的儿子铁头举办婚礼，邀请我和荷香参加。没想到，婚礼热闹简朴，只设了五桌酒席，赴宴的都是亲属。

问逃生哥，我才知道：万人庄乡已经村村成立"红白喜事协调会"，禁止大吃大喝。家家把节省的钱和粮食，用来发展生产和商品经济。

闻听消息，想到过去"结婚盖房，十年恓惶"的桩桩往事，想到当年大哥大嫂结婚给家庭带来的沉重负担，我惊喜不已。

在村里，我召集十几个人开了座谈会。整理出来材料，交给市委政策研究室，印发了简报。

市委市政府主要领导看到这期简报，作出批示：要求在全市一区十县农村，大力宣传和推广。

半年后，我深入乡村采访，搞了一个调查报告，寄往《平原日报》和全国几家大报，先后发表。特别是面向"三农"的大报在一版头条刊登时，标题十分醒目，并加了提要，即标题下面一段粗黑体提示要点的文字："沙流河市农村过去婚丧嫁娶大操大办，农民不堪重负；乡镇成立'红白喜事协调会'以后，倡导节俭风尚，深受欢迎。农民说，以后再也不干'花钱买热闹'的傻事了。"

这件事情在全国农村具有普遍意义，立刻引起民政部领导的重视，把溪流县万人庄乡作为"联系点"，在全国大力推广"沙流河市经验"。乡党委书记——我的老师陈明，因此被提拔为副县长。

李家寨的这一创造，也载入我的功勋史册。

故事三

颁奖词曰：李三毛同志秉笔直书，维护外出打工者的合法权益，为农民挽回重大经济损失。

一九八八年夏天，逃生哥和狗儿领着几个村民到沙流河市找我，在街上搬两个大西瓜来到家里。秦芳让座，他们看到屋里十分整洁，怕身上的尘土弄脏了白色的沙发罩，有些不好意思，就一直站着。

当得知我没有出差，就到机关去找我。他们站在市委大院外边，看着高大威严的门楼，门卫在盘问每位进去的人，吓得畏畏缩缩，徘徊踌躇，不敢上前。

我恰巧从外面办事回来，便带领他们去了办公室。

逃生哥指着一位壮年汉子介绍：这个是掌权，村西头的，耕哥的老大。

李家寨村大人多。虽然，我早早晚晚回家一趟，但每次停留时间很短。对村里许多人，见面不打招呼介绍，我就认不出来谁是谁。

耕哥姓冯，是村里有名的瓜匠，我从小就知道。按辈分，掌权喊我"叔"。其他的几个，我有的认识，有的面生。出于这个缘故，他们把逃生哥和狗儿"搬"了出来。未等问话，掌权抹起眼泪，向我抽抽泣泣地哭诉起来——

今年过罢春节，听说莽岭、川山一带有闲弃荒地，他联系附近村里二百多号人，筹集四十多万块，联合到郑桥外贸养鸡场周围，承包土地三千五百亩种西瓜。他们住窝棚，啃干馍。地里积水一洼一洼的，他们开沟排水，雇拖拉机翻地。又派人跑江州购买优良瓜种；出高价买农膜；旱了，打土井提水浇。西瓜长势不赖，像一个个大水桶，长满一地。每人平均承包十几亩，算着能挣七八千块。没想到七月上旬，当地人眼红了，先是暗里偷，后来明着来。欺负外地人没有靠山。瓜农阻止不住，他们胆子越发大起来，满地黑压压的，肆意哄抢。有的甚至拉着架子车，开着手扶拖拉机，装满车厢，就像自己的，大摇大摆地离开。剩下没长熟的，还是青瓜蛋子，不少人挥舞菜刀，出气似的，挨个儿，拦腰一刀，又砍又杀，都咧开大口子，全部败坏了。他们连瓜秧子也不放过，拔的拔，踩的踩，都糟践了。之后，这些人烧窝棚，砸炊具，抱被子，有的人手表也给捋走了。还有一百多人挨了打，三十多人打成重伤。大伙儿一年的辛劳全部泡汤。

说到这里，掌权"呜呜呜"哭起来。

我问他："你们咋不向当地政府反映？"

"哪里官护哪里民，找了，没人管。"掌权停止哭泣，"俺们找当地党委、政府，都是一个腔调：'坏人可抓可判，挽回经济损失不可能。'"

"光天化日之下，谁参与哄抢，让谁包赔，怎么不可能？"我愤愤不平，脱口而出。

话音刚落，我马上意识到："大包干"以后，农村有了大量剩余劳动力。他们带着技术、资金，投入工时，发展商品经济，繁荣市场，值得肯定和鼓励。有些地方却认为："外地人，好欺负。"如果不严惩坏人，不破除狭隘的小生产观念，包括劳动力在内的各种生产要素就无法流动起来，促进商品经济健康发展，只能是一句空话。

哄抢事件发生在外地，我感到有心无力，迟迟疑疑没有表态。

掌权看我不吭不哈，"扑通"跪下，双手作揖道："三毛叔，俺已倾家荡产。咱村就数你有能耐，这事你要不管，俺们就没活路了。"

男儿跪天跪地跪父母，哪有跪拜他姓旁人的！我诚惶诚恐地把他拉起来，说："这不是一句话能解决的问题，恁几个先回去，容我想出个办法再说。"

掌权心里不踏实，站着不动。

狗儿说："我了解三毛，他不是说话随便、不办事的人，咱们走吧。"

"你可要当成事啊。"动身前，逃生哥这句话，既是提醒又是强调。

他们走了，我犹如千斤巨石压在心头。点燃一支烟，我掂量着自己几斤几两。充其量，我只能写篇文章呼吁一下，而农民出事地点远在几百华里之外，若要挽回和赔偿损失，实则非我本人之力所能做到，该怎么办呢？

经过反复思谋，过了一天，我去溪流找县委书记白天。

我登门造访，白天正在看《平原日报》。敲门进去，见到是我，他忙让座沏茶。以为我办私事，聊了几句闲话，他半开玩笑地问："你找表叔有啥事？尽管说出来，我不敢不办。"

我讲了李家寨和附近几个村庄的农民遭遇。白天说："这事呀，我也听到过不少地方有反映。看来不是孤立事件。这样吧，我让秘书通知一下，让有类似情况的领导和群众代表，到万人庄乡等着。咱们一起去开个座谈会，了解了解情况，再研究具体解决办法。"

俺俩去了万人庄，秦奋已接任陈明的职务。他和其他几位乡镇的党委书记和群众正在恭候。

白天和我去了，与会者你一言我一语，把各地发生的哄抢事件说了个明白。

俺俩了解到：溪流县共有一万五千名种植能手，到外地开发承包荒田薄地二万亩种西瓜。有些地方的不法分子和受到蛊惑的群众，肆意哄抢。瓜农遭受重大经济损失，不少人含泪而归。

座谈会结束，白天心情沉重而惆怅：溪流县数以万计的农民，怀揣致富梦想，背井离乡，到外地刨食，连本带利赔了个精光。莽领、川山两市远隔几百华里，地方保护主义在相当一部分官员头脑里根深蒂固。要让哄抢者赔偿，等于在身上挖肉补疮，地方领导肯定持消极态度。人家不买账，又能奈何？

一时间，白天没有主张，拿不出解决方案。

理解这位父母官的难处，我提出建议：先登报反映情况，造成有利的舆论氛围；等"火候"到了，我邀请《平原日报》、省电视台、广播电台记者跟踪采访，配合县委工作组前往协调处理，或许会有好的结果。

听了我的想法，白天精神振作，连连道："行、行、行！"

根据掌握的材料，我写了一篇稿件，题目是：《种西瓜外出承包 遭哄抢含泪而归——溪流县农民呼吁"请政府给俺们做主!"》。

稿件在全国几家大报相继发表,尤其是中央权威大报在二版头题刊登时还配发了评论,剑锋直指地方保护主义,并以"编辑部"名义发出"催办函",要求限期回复处理意见,给那些地方党政官员造成强大心理压力。

看到时机成熟,我带着省城几家媒体记者随同白天带领的工作组,前往瓜农遭遇哄抢的几个地方。这里领导正着急应对报纸的催办函,又见记者蜂拥而至。照相机、录像机、录音机,齐刷刷对着,面对提出的一个又一个尖锐问题,他们额头上涔涔出汗,迫于情势,只有痛下决心严惩不法之徒。仅半月时间,让农民挽回经济损失八百万元。

溪流县以县委县政府名义制作锦旗和写感谢信,直接送给沙流河市委市政府领导,为我邀功请赏。

随后,县里成立了"农民工权益保障工作委员会",开创全国之先河。

故事四

颁奖词曰:袁城县发生的制假售假"鬼集"事件,轰动全国、影响极坏,严重败坏了沙流河市"改革开放"的声誉。李三毛同志邀请中央及省级新闻单位宣传正面典型,为重塑全市形象立下汗马功劳。

袁城县有个叫蒋村的地方,人称"鬼集",位于两省三县交界处。不知何时,这里成了造假售假窝点,大肆制售假钞假粮票,各种文凭,各级党委、政府甚至国务院的公函公章。

说它是"鬼集",名不虚传。表面上看,经济繁荣,家家住洋楼,户户家具现代化,存款几万的是一般家庭,也不乏十几万、几十万的暴发户。但这里既没有工厂,又不见有谁做什么像样的生意,只是掩人耳目地开了一些饭馆和旅店。钱从何而来?都在开地下"工厂",黑金暗流涌动。

假钞的大量流出,严重扰乱了货币市场;伪造的粮票,泛滥全国。假公文、假学历证书,让不法之徒诈骗屡屡得手。乡村官员和公检法被重金收买,对犯罪行为视而不见。

中央权威报社和京城电视台两位记者假扮买假者身份,冒险探底,暗访真相,掌握大量事实后,悄无声息回京。

一九九〇年"三·一五"这天,中央权威大报第一版用三分之一的版面,发表揭露文章:《阳光下的罪恶》;京城电视台在《新闻联播》节目播出时长达五分钟，创下地方新闻最高纪录。

"鬼集"事件的曝光，举国震怒。

中央几位领导批示：严查深究。

当天晚上，收看罢京城电视台《新闻联播》节目，谷丰当即通知沙流河市委召开紧急会议，迅速作出部署，连夜调集千余公安干警，紧急行动，把"鬼集"围了个水泄不通，抓捕一大批犯罪分子，捣毁全部制假窝点，收缴了作案工具。

次日，市委按干部管理权限，从村到乡到县，对负有直接责任的领导干部全部撤职。市有关部门的头头，受到党内严重警告和行政降级处分。平原省委责令主管副市长乔晁停职反省、谷丰和马腾向省委和中央写了书面检讨。

一时间，谈起"鬼集"事件，沙流河市风声鹤唳，草木皆兵。

记者云集，全国到处是批判鞭挞的声音。

"造假"成了沙流河市的代名词，臭名远扬。

谷丰赴京汇报，住宾馆登记。服务员看了填写的职务，问："你这个市委书记，不会是假的吧?"谷丰听了，十分尴尬。

从京城回来的路上，谷丰决定第二天上午，在市委礼堂召开各县区和市直机关党政一把手会议，部署打假专项行动。

到家当晚，谷丰惊闻噩耗：姑姑逝世。从小丧母，是姑姑一针一线缝衣，一把屎一把尿把他拉大。对他来说，姑殁了，就如同亲娘"走"了。解放前，姑姑逃饭来到沙流河市所辖的大丘县农村，嫁给一个光棍汉。姑姑老来丧偶，膝下无儿无女，收养了一个孩子，这个孩子赶来报丧。谷丰乍听头脑眩晕，想到除了过年去看望一下，总是常常没说上几句话，没吃上一顿饭，公务缠身，就匆匆离去。而今，他跟姑姑阴阳两隔，再忙也得送上一程，尽最起码的孝道。社会风气不容消息外传，一旦泄露出去，会有许多大大小小的官员，以悼念为名，借机送礼。他让司机"封口"，瞒着父亲，带着妻子前往吊唁。求助村干部和邻里帮忙，"借"了一口棺材，连夜筹办，天刚蒙蒙亮，他把姑姑送进坟里。

驱车近百里，当天上午八点之前，谷丰赶到市委礼堂，准时参加大会。马腾市长作了具体部署，我看到谷丰脸上黑云陡暗，他强压住失去至亲的悲痛情绪，发表了嗓音沙哑的长篇重要讲话。

会议结束，谷丰刚走出市委礼堂，被一个老同志截住破口大骂："娘那个××，承诺给我解决安家费，说话如放屁!"

这是何人? 为了何事? 敢于对堂堂市委书记恶言相向呢?

此人姓华，名沙，低个，瘦子，鹰钩鼻，大嘴巴，"文革"时期，是市委组织部副部长，有名的造反派头头，清理"三种人"时受到开除党籍和撤职处理。身无官职，心态扭曲，睥睨一切，不把任何人放在眼里，稍有不满，华沙就进京告状，成了没人敢惹的"刺儿头"。凭仗和一位国家领导人是一所著名高校的同学，华沙到了退休年龄，要求市委解决住房问题。谷丰念起华沙是老同志，出于安定团结的大局考虑，答应下来。由于日理万机，谷丰忘了这档子事儿。华沙认为被谷丰"耍"了，便动起"粗"来。

"宰相肚里能撑船"。谷丰到底有雅量，非但不恼，拍着华沙的肩膀，连连致歉。他把华沙连哄带劝领到办公室，当即给财政局长写条子，批示拨付五万元的老干部安置费，才算了结。

我清楚此事，是因为谷丰让许秘书通知我等候，有任务交办：省委要求他在平原市召开新闻发布会，就"鬼集"事件回答社会关切的问题。

由于工作原因，我跟媒体关系紧密，与各家记者都打过交道。

谷丰下达命令：要求我和平原日报社驻沙流河市记者站站长赵大年，集中一星期时间，封闭在市委招待所，共同拟出媒体记者可能提出的问题和答案。

我理解谷丰承受着巨大压力：他是全省响当当的市委书记，勤政廉洁，富有改革开拓精神，行事果断。不久前，风闻他要晋升省委常委，当分管政法工作的书记，组织部门刚刚考察过。就在这个节骨眼上，"鬼集"事件曝光，谷丰的仕途暂时只能原地踏步。面对每道坎，他都必须迈过去，而绝对不能被绊倒。眼下，成为众人瞩目的焦点人物，他要回答记者提出的各种刁钻刻薄的问题。对这位市委书记，我从内心里十分钦佩和赞赏，明确表示：竭能尽力，不辱使命。

谷丰看我甘当"马前卒"，动情地说："在新闻发布会上，我出不出洋相，丢不丢丑，全靠你和赵大年了。"

讲罢，谷丰没把我当外人，诉说苦衷："三毛，你看到了吧。在许多人眼里，我大权在握，风光无限。可老华沙骂我，我还得赔笑脸，心里的委屈，向谁倾吐？去年暑假，在北京上大学的儿子回来二十天，我爷俩连见面谈话的机会都没有。"说到这里，谷丰的眼睛湿润了。

"哎，当领导真不容易！"我感叹。

这还算小事儿。

更严重的是，沙流河市的企业和加工生产的农副产品纷纷遭遇退货。在深圳举办的一次产品展销会上，竟赫然打出巨幅标语："平原省沙流河市产品不得入内！"

"一粒老鼠屎坏了满锅汤。"

我作为沙流河市人民的一员，痛心疾首。

这个市是全国商品粮和畜牧业生产基地。改革开放以来，崛起一大批以农副产品为原料的骨干加工企业，远近闻名，成为支撑地方财政的支柱产业。同时，带动了区域化的经济发展，涌现出大批专业村、专业户，诸多名优产品形成品牌优势。

我官职虽小，却掌握大量的媒体资源，肩负着让天下人全面正确认识沙流河人民和沙流河市的责任，应当有所作为，发挥强大的舆论作用，重塑一个千万人地级市的形象。

得到领导支持和授权，我找到省委宣传部新闻处处长贾世才。他老家是沙流河市阳夏县的，由于工作加老乡双重关系，俺俩私交不错。在岳松带领下，我们以市委名义，请求贾世才出面邀请中央驻地方记者站站长和平原省几家主要新闻单位记者，组成采访团。在长达月余的时间里，记者们用一篇篇文章，一个个电视画面，全面反映市委市政府汲取教训、铁腕打假的决心和行动；对全市优势产业和知名品牌，逐家逐个报道，发表一百二十三篇报道和评论文章，对恢复和修补沙流河市形象起了重要作用；一个个改革开放的弄潮儿得以展现风采。

四 不寻常的庆功宴

当天，"沙流河市十大功勋人物"颁奖大会结束。

晚上，我像在战场上杀敌立功的英雄凯旋，大有舍我其谁的气概。

回想起来，我当新闻科长已有七个年头，按说早该动一动了。可是，我还在原地踏步。这并非因为我干得不好，而是工作太出色了。

官场上有种奇特现象：当做为下属的作用重要到无人取代时，当领导离不开你时，也有可能"焊"在那里，我就属于这种类型。

关于我的职务提升问题，三年前市委常委研究干部任用问题时，分管组织的副书记郭宾，就曾建议把我放下去，到阳夏当县委副书记，被谷丰否决。

需要说明的是，海部长已随军分区司令员的丈夫调到省里，担任平原师范学院党委副书记；岳松当了市委常委兼宣传部部长。

到阳夏的"动议"没有形成决定，在那次市常委会上，岳松建议我当分管新闻工作的副部长。多数常委表示积极支持，谷丰再次否决。他说，三毛不是没有能力当副部长，而是没有更合适人选替代他。

"谁能干不提拔，符合组织用人原则吗?"敢于发表意见的岳松为我发起牢骚，"新华社要，市委不放;《平原日报》总编辑亲自协商洽谈，调任驻地记者站站长，市委拒绝。我们不予重用，太说不过去了。"

谷丰似乎胸有成竹:"鉴于新闻科的特殊性，科长岗位的重要性，我建议三毛同志为副处级科长。"市委书记一锤定音，少数压倒多数形成决定。

三年过去，同一批任命的科长，下去的有的当了县长和市直局长，我的职务升迁重新成为常委议论的话题。岳松又一次举荐我当副部长，谷丰仍坚持让我继续留在原来的岗位上，科长加个括号（正处级）。看到谷丰态度坚决，常委们只好默认。

这种干部使用方法，在沙流河市绝无仅有，实属一大发明创造，有人戏称我是"加重科长"。不管怎样说，我算是又官升一级，等于攀登上一个台阶。有了机会，我可以名正言顺地派出去当一把手。

市委书记这般器重，我只有像头牛卖力拉套，不敢再有别的想法。

年初，"鬼集"事件搅乱了改革开放的大好局面，沙流河市的名声在全国遭受严重损毁。市委市政府把重塑形象作为重大工程，提出:"人人都是沙流河形象，人人要为沙流河市增光添彩。"

为了表彰突出贡献者，市委决定开展评选"十大功勋人物"活动。其间，我起到了不可或缺的重要作用。谷丰亲自提名，经过层层推荐和筛选，我高票脱颖而出。在当选的"十大功勋人物"中，我是最年轻的一位。

颁奖大会召开之前，根据省委提出的"看政绩用干部"原则，市委决定:凡受到表彰者，不论出自哪条战线，都予以重用，选进各级领导班子。唯我特殊，市委把我内定为重点培养的地（市）厅级后备干部对象，让我挂职任区委副书记和沙流河市大型骨干企业——通讯电缆厂副厂长，参与、熟悉区委和企业决策，仍兼任新闻科长。

我年纪轻轻的，沿着这条路往下走，前途不可估量。

意满志得，散了会，我兴冲冲地回了家。

表彰大会，市电视台进行了实况直播。

久未谋面的翠姐，目睹我成为全市十大功勋人物，控制不住内心激动。她刻意打扮一番，把头发扎成两条粗黑的短辫，身着草青色夏装，前来道贺。觉得家人聚会不便掺和，石头拿出两瓶茅台酒，让翠姐代为表达心意。

荷香从电视画面上看到我英俊潇洒，神采飞扬，喜不自禁。她亲自下厨操办家宴，之后换件红绸子衣裳，把两个"扫帚把"放在胸前。

两个年轻女人本来就漂亮，经过刻意打扮，各有姿色和风韵，甚至有些妩媚。

我走进院子里，举家人齐刷刷地鼓掌欢呼。

此情此景，让我忘了"王二哥贵姓"——不知道自己姓啥名谁，不觉飘飘然，喜形于色。

庆功的家宴上，我板凳尚未坐热。毛毛瞧了瞧，眼睛眨巴眨巴，拉我到院子里。我问他打什么鬼主意？他附在我耳边"嘀咕"了几句，我表情迅速地发生着变化，会意地点点头。

回到屋内，毛毛"吧嗒"一声把房门关闭。

荷香和翠姐互相瞧瞧，不知俺父子俩葫芦里到底卖的啥药。

我"当当当"敲了三下门。

"谁呀？"毛毛故意问。

"李三毛。"

"干什么的？"

"作检讨的。"

"吱呀"一声，门打开了。

我走进屋内。

"你必须认真反省，深刻检查！"毛毛义正辞严。

我像犯错误的孩子，两腿并拢，双脚立正，表情严肃，庄重地讲："我叫李三毛，溪流县万人庄乡李家寨人士，千顷李第十五代孙。受到市委表彰，忘记了伟大领袖教诲：'虚心使人进步，骄傲使人落后'，我们应当永远记住这个真理。经过李泽润同志教育帮助，我愿诚恳接受批评，坚决改正所犯错误，今后务必谦虚谨慎，戒骄戒躁，一定要夹住尾巴做人，低调做事。"

突然出现的一幕，引起全家哄堂大笑。荷香和翠姐笑得前仰后合，直流眼泪。

毛毛引用《后汉书·黄琼传》的话讲："'峣峣者易折，皎皎者易污。'这一古训，老爸常对我说，自己却忘记了，必须灵魂深处闹革命，提高思想认识。"他把我平日说的话照搬出来："别的不论，伟大领袖在诗词中提到的秦皇汉武、唐宗宋祖、成吉思汗，对中华民族作出的贡献，有几人敢与比试？老爸只不过在沙流河市，有些小小成就，岂能骄傲自满？"

我心里明白：毛毛的话有失偏颇。伟人在历史上功不可没，人民群众更是推动社会前进的动力。作为普通人，在自己岗位上作出了不平凡的业绩，对国家对社会作出突出贡献，也应当引以为自豪。但毛毛的出发点是好的。他敲敲警钟，让我保持清醒头脑，难能可贵。可我，一个孩子想到的却未能做到，枉读了诗书，一时不觉羞愧起来。

汗颜啊，我没有笑，笑不出来。毛毛"人小鬼大"，看是玩笑，实则是一记警钟：我忘乎所以，得意忘形，如不警惕，必栽跟头，磕得头破血流，甚至葬送前途和生命。

我讲了内心真实的想法，荷香和翠姐都夸毛毛做得好。

毛毛是中医院家属院的孩子王。平时，他同几个小朋友经常聚在一起，在俺家看书玩耍。打扑克牌，谁输了要作检讨。这一招，毛毛用在我身上。他引用的古语，让我悟到这孩子已学会镜鉴历史。在他的世界里，爸爸固然值得崇敬，但五千年的中华文明史，记载了无数风流人物。比起众多英雄豪杰，爸爸应该视为楷模，继续砥砺前行，绝不能故步自封，停滞不前。我突然觉得毛毛具有了开阔的心胸和视野。

笑毕，荷香去拿茅台。我说："东奔西走，还是喝宋河好酒。"她对毛毛说："是教训应该吸取，该庆祝也要庆祝，毕竟爸爸受到了奖励，快去拿宋河酒。"

毛毛屁颠屁颠地跑到里屋，打开柜子掂了过来。翠姐打开瓶盖，为我倒了满满一杯，她们和孩子以水代酒。

生命中两个重要的女人，同时出现在家宴上，举杯欢庆。以前想都不敢想，此时真真切切发生在眼前。我沉浸在无比的激动和幸福之中，不经意间"蹦"出一句话："谢谢两位夫人抬爱。"

"你说的啥？"荷香疑疑惑惑，问我。

我当即意识到祸从口出：荷香本来就担心位置不保，我称呼翠姐"夫人"，这还了得？刹那间，我搜肠刮肚，找不到搪塞敷衍的词语自圆其说。

"他说咱两个是二位富人。"对我的失言，翠姐愕然。她反应极快，随口应答。

"中医院效益好，荷香的奖金和福利加起来比工资还高。你和张翠现在的收入比我多，不是两个富人吗？"情急之中，翠姐的话给了一个台阶，我镇静片刻，搬梯下楼。

平原东部的人"夫"和"富"两字口音不分。

荷香以为我真是说的"富人"，便道："俺俩成为富人，还不都是沾你的光，哪敢不恭敬你！"

一阵紧张，我头上冒出了汗。

翠姐见此，让毛毛拿过来洗脸架上的毛巾。我接过来，边擦汗边放屁打侧脚——遮丑："今晚天真热。"

小小波澜过去，恢复了平静。

在热烈的气氛中，翠姐提议从荷香起头，包括丫丫在内，每人敬我一杯酒。我逐个接到手里，美滋滋地喝干。

正在团聚欢乐，突然来了两位不速之客。

来者何人？又是为了啥事呢？

一位是赵家冒，另一位是朱文，都在"十大功勋人物"之列。沙流河市几十个直属单位，十一个县区。溪流县籍的，受到表彰名单中，竟然占了三个！这成了一大亮点。不少人议论称："溪流县出人才。"

赵家冒，也就是"冒哥"，当上区政协副主席；朱文成为市卫生局副局长。原来的职务，他俩仍兼着。身在官场之中，图个啥呀，就是一官半职，成就一番事业，混出模样来，两个人自然欣喜异常。

俺仨当中，赵家冒年龄为长，我称"冒哥"；朱文排行第二，我习惯叫"仁兄"；我最小，他俩喊我"毛弟"。

表彰会结束。赵家冒按捺不住冲动，叫上朱文，来到俺家，非要拉着我找个地方聚聚，来个"桃园三结义"，庆贺一番。

我被毛毛教训一顿，正想着往后怎样夹住尾巴做人，没想到还有比我头脑发烧的。老大死缠烂打，老二相助帮腔，荷香和翠姐不便阻拦，我只得起身而去。

赵家冒亲自开着"蓝鸟"进口轿车，把我和朱文拉到最豪华的粤海大酒店。女经理巧妹一看是赫赫有名的区工商局赵局长大驾光临，不敢怠慢，赶忙领到金碧辉煌的"总统套间"，殷勤地赔着笑脸问吃啥喝啥。赵家冒不看菜单，气派十足地说："啥最好上啥！"

巧妹一听就明白了，立马叫来最漂亮的女服务员小燕子小心侍候。不大工夫，生鱼片、白灼大虾、干炸蝎子、清蒸螃蟹和凉拌杏仁、苦瓜六道菜肴和两瓶茅台酒、两盒中华烟摆上了桌。

看到这阵势，我站起来要走。

"咋啦？毛弟，我安排的，不让恁俩买单，怕啥！"赵家冒满不在乎。

"没有合我胃口的。"我道。

"你喜欢吃啥，随便点。"

"芥末油、尖辣椒、溪流小麦大曲、白鹅烟。"

"不中！不中！"朱文瞪大了眼睛。

"想忆苦思甜吗？今天是咱哥们的庆功宴，改日我请你去伏羲农庄。"赵家冒说。

"不，就现在。特殊的日子特殊的纪念，能让咱们记住王二哥贵姓。"我故意坚持。

朱文和稀泥："溪流小麦大曲，喝了烧心伤胃毁身体；白鹅烟呛喉咙，毛弟，这烟这酒换换如何？"

"好，听仁兄的，改喝宋河、抽喜梅烟。"念及两位是老兄，我缓和一下语气，"好，已上桌的，不撤了，尊重各自选择。"

气氛又活跃起来。

宴会开始，小燕子在俺仨的杯子里斟满酒。我问他俩："敢不敢喝过酒，吃尖辣椒当菜，嫌辣再喝芥末油，不准喝茶水、吃别的菜，只能饮醋、吃苦瓜。"

"毛弟，你说咋着就咋着，恁冒哥奉陪到底，不会放软蛋！"赵家冒性情豪爽，且有刚烈的一面，跟我对垒较劲。

"本人享受不起，甘拜下风。"朱文下降表书。

"各自随愿。"我打圆场。

暂不用杯子，改换碟子，正式打起酒仗。我试过，每碟一两二钱五。小燕子每次将碟子倒满，俺仨同饮同尽。朱文夹菜自便，我和赵家冒把尖椒当菜，辣得直咧嘴，接着喝芥末油。其味辛辣刺鼻，呛得喷嚏连连，直流眼泪。

我寻找的就是刺激，为的是留下永远的记忆，细细地去体味：地位、权势、荣誉这些东西，不光能给人带来风光，也会有辛酸苦辣；为的是始终保持几分清醒，想着"木秀于林，风必摧之"。

三碟过后，赵家冒浑身大汗淋漓，我也有点招架不住。

小燕子很有灵性，没等交代便打开茅台，把一排玻璃杯倒满。

赵家冒和朱文以长兄身份，抢先敬我。

"长兄为上，恁俩搞颠倒了，应该我敬二位。"我忙阻止。

他俩像是提前商量好似的，大肆颂扬起我的功绩。

朱文情真意切地讲述起来——

"为了救活中医院，当初市委选我挂帅出征。面对涣散的人心和二百万的债务，院里集资筹款高薪聘请知名专家，开展'一切围着病人转，优质服务求发展'，把社会效益放在第一位，坚决杜绝过度用药、过度检查、过度治疗的流行弊症，渐渐赢得口碑，患者日益增多，局面逐步扭转。

"毛弟清楚情况，写了个材料上报市文明委，省里发了简报。平原日报社发现典型，派两名记者和他联合采访，'以民为天'为题，配发评论，连续发表三个头条，一下子轰动全省。省委宣传部和卫生厅联合印发文件，号召县级以上医院学习和推广经验。中医院顺利晋升为三等甲级，获得省级文明单位荣誉称号。从此，就诊量打着滚儿向上翻，迅速扭亏为盈。几年间，医院每年营业额达到五千万，纯收入突破四百万。"

说到这里，朱文问赵家冒："冒哥，你说该不该敬毛弟三杯酒？"

赵家冒随声附和："必须的。"

盛情难却，我一饮而尽。

朱文的酒刚下肚，赵家冒接着连端三杯，命令我喝。我问为何？赵家冒的理由也是冠冕堂皇——

赵家冒是部队转业干部，堪称改革的一员猛将。他办起丰产素厂，每年盈利五百多万。利用积累的资金，对一片几百亩大的高洼不平的坑塘废地进行改造，引来上万家个体工商户，建起门类齐全的农贸市场，吸引十二个省的客户前来批发和经营。

我采访七八天，写了长篇通讯《搏击市场真风流》，在行业国家大报上刊登一个整版，赵家冒成了工商系统的标兵。

"你们是创造历史的，我只是书写传奇。两位老兄的功劳咋记在了我头上？"我淡淡地道。

"干得好也要说得好。不是你这支大笔，恁冒哥累死也没多少人知道。你一篇文章让我全国扬名，敬三杯薄酒，略表心意，不应该吗？"赵家冒讲。

"中医院没有你摇旗呐喊，不会有今天的发展。"朱文接话。

到了这时，我才如梦初醒：两人是为我摆的庆功宴。

赵家冒想起什么，又说："包括你的发小石头，不是你介绍恁多关系，他在木器厂的基础上，办起来的'天意'装修公司，成不了明星企业，揽不了那么多工程。"

"我只是起个桥梁作用，别的啥事没管过，还是石头能干。"我说。

"你不但是谷书记的大红人，在沙流河市直单位和各区县平趟，谁不买账？石头没有你搭桥过不了河呀！"赵家冒在官场市场游刃有余，体会至深。

谈到半夜，方要散去，赵家冒阻拦："恁俩在房间先聊着，我出去一下。"

以为赵家冒去结账，我和朱文说起悄悄话。

许久以来，我心里有件事老是不踏实，便对朱文讲："仁兄，中医院每年给我发放的奖金，我总担心会出事，明天悉数退回，你给我出个凭证。"

"毛弟，受到表彰，胆子咋变小了，那算个啥鸟事？中医院财政早就'断奶'，自负盈亏。实行奖惩制度是院里规定，不存在违法违纪问题。知道你谨慎，都以荷香的名义，发的是职工福利，跟你不相干。真有人捯饬这事儿，院里承担责任。现在单位年盈利几百万，还打算多发些呢。你真介意，奖金明着不再增加就是了。你和毛毛都是书虫，俺那宝贝闺女莉莉也常去你家看书，以后多买些，我签字报销，不显山不露水，免除你的心病。"

我没有犹豫："别人往中医院调动，必须交五万元捐助资金；院里接受荷香，没让出一分钱，并解决住房，已经是最大的照顾了。聘我当顾问领份奖金，我说不出有什么问题，总觉得无法摆到桌面上，心里不坦然，必须全部退回去，我才能吃得香甜、睡得安稳。"

朱文看我态度坚决，无奈地摇摇头："好，好，照你的意见办。"

一会儿工夫，赵家冒回来了，装出鬼脸，对俺俩开玩笑说："哎，楼上包房里有俄罗斯小姐，咱们是不是去放松放松？"

"白天受表彰，夜里去嫖娼，万一抓个现行，可成了头号新闻了。"我和朱文道，"甭瞎扯了！"然后俺俩招招手，示意赵家冒离开这里。

从房间出来经过吧台，我问结账没有。赵家冒打着哈哈笑笑："这不是你操的心，咱走咱的，刻在瓢底了。"

第十一章

遭遇『双开』

一　祸起小人

受到"十大功勋人物"表彰，成为市委培养的重点对象，我站在了人生的高峰之巅。万没想到，尚未来得及领略风光，我就被卷入到计划生育大清查的风暴之中。因所谓"超生"问题，有小人从背后猛推一把，我被列入全市查处的"十大典型"案例第二名，组织作出了开除党籍和公职（简称"双开"）的决定。

这次大清查风暴来得迅速而猛烈。它的起因是：在全省计划生育工作大检查中沙流河市被评为倒数第三名，在全省电话会议上受到省委书记公开点名批评，并责令书记和市长写出书面检讨。

谷丰坐不住了。

当时，一个地方工作如何评价，领导地位保不保，职位是升是降，计划生育具有一票决定权。

省里电话会议刚结束，谷丰就把市计生委主任阎贵叫到办公室，不问青红皂白，以雷霆之怒，大发脾气。阎贵满腹委屈：前段时间，他曾多次找忙于处理"鬼集"事件的市委书记汇报工作，却总是难觅踪影。他更想说明的是，这次计划生育排名是根据异地对调抽查的情况。沙流河市所辖区县派出的工作组到莽岭市检查，人家那里领导亲自出面高规格接待，还对所有参与检查者提前送了红包，对"带队"的关键人物重礼相送，所以向上级反映时给予了"关照"；人家到咱这里来，虽然热情款待，走时只是送些土特产，都是有啥说啥，如实汇报。这才是评为落后单位受到批评的主要原因。

谷丰静静地听着，一支接一支地抽烟。亡羊补牢晚矣，他决心以铁腕手段，扭转局面。当天，谷丰召开了市委、市政府领导参加的联席会议，经过研究决定：立即开展为期三个月的计划生育大清查活动。

从什么时候开始呢？会议认为，一九八二年九月，党的十二大确定"实行计划生育是基本国策"，当年十二月全国人大通过的《宪法》明确规定："国家推行计划生育，使人口的增长同经济和社会发展计划相适应"，自此开始走上依法行政的道路。会议决定，从一九八三年元月一日开始算起，首先清查市委市政府和市直及各县区的领导干部。第一阶段，全市从上到下总动员，凡党员领导干部夫妇生育二胎的，重新进行审查。个人必须主动申报，自查自纠，同时发动群众检举揭发，对隐瞒不报的从重处理；第二阶段，凡违犯者，成立专案组，认真调查取证；第三阶段，公开处理，凡超生二胎的一律开除党籍和公职。会议严格要求：任何人不得说情，不管牵涉到哪一级干部，没有例外。

我列席参加了这次会议，自认为事不关己，有种高高挂起的超然感觉，该干什么干什么。

第一阶段快要结束时，我祸事临头：一天上午，我刚到办公室，市直机关工委书记郑义、副书记耿正共同找我谈话称，有人举报我和荷香生育二胎，没有向组织申报。

我恍然明白了什么，一时头脑发蒙。稍作镇静，我揣着明白装糊涂，搪塞说："俺夫妇就生了李泽玉一个女孩，不存在超生呀？"

郑义表面态度和蔼，原则性很强；耿正是个老古板，脸黑办事不讲情面。这两个老头做事极为认真、一丝不苟，要求我如实向组织说清楚，不然按瞒报处理。

我预感到有人举报，看打不了"马虎眼"，遮掩说："俺家户口簿上的李泽润，是我干儿子，她母亲跟我是姑表亲戚，认给我了。"

郑义说："户口册上明明写着是父子关系，怎么解释？"

我极力掩饰内心的恐慌情绪，采用缓兵之计："一句话说不清楚，我写个书面材料，详细报告可行？"

郑义表示："不能拖延，限两天时间。"

我诺诺地离开，两腿灌铅似的沉重。到了新闻科，坐在办公桌前，心中一团迷雾："我和翠姐的孩子，是绝对隐私。在沙流河市，除了我、荷香、翠姐和石头知根知底，没人清楚呀。还有，我家住在中医院，跟院里领导、同志关系非常好。在任何时候，我没向任何人透露过实情，就是有人看出来，或者发生怀疑，也不会告发。那么，是谁举报的呢？

思来想去，只有一种可能：党建路派出所户籍员梅枝是申亮的爱人。入户时，她曾问我："李科长，你咋两个孩子？"我笑答："李泽润是我认的儿子。"听罢，她没说什么。难道是梅枝告诉了她丈夫，申亮举报的？但我马上得出否定结论：平时，申亮见了我十分谦恭，有需要帮忙的时候，跑得像撅尾巴小山羊。去年，申亮主动提出同我打干亲。我把申亮视为知己，呵护有加。前几年，老刘由副科长到市电视台出任台长后，申亮无论是当干事还是提副科长，我都是极力推荐，怎么会呢？

可是除了申亮，无人知晓上户口的事情，不是他又会是谁呢？

"知己知彼，百战不殆。"我得弄清对手是谁，才能根据情况，决定书面材料如何写。

我径直去找岳松。走进办公室，尚未坐稳，岳松便问我是不是有关计划生育的问题。显然，他已经知晓。我没有丝毫隐瞒，把有人举报和郑、耿两位书记的谈话内容，一五一十说了一遍。

默默听罢，岳松愕然："事情太复杂了！"

我说了存在的顾虑：如果实话实说，一是怕组织上认定我生活作风堕落，道德败坏；二是传扬出去，荷香无法站立，难以接受。我不想公开纯属个人的隐私。

岳松一言未发。

接着，我谈了对申亮的怀疑。岳松看了看我，思谋良久，讲起多年前的过往之事——

申亮是沙流河师专毕业，按说应该分配到教育上。因为他爱人的舅舅马腾是平原省驻京办事处主任，每次进京办事，马腾都给予他特殊照顾，建立起私人关系。申亮毕业那年，马腾亲自安排他到市委新闻科的。

仗着这层关系，申亮有恃无恐，背后常常另搞一套，动不动打小报告。他进新闻科后，告过岳松的状。一次，市委春节设岗拒礼，岳松写了篇杂文："由设岗拒礼说起……"文章在肯定这种做法的前提下，提出整治不正之风，单靠逢年过节抓一阵儿不够，应该建立长效机制。稿件寄到一家报社，没有采用，退了回来。申亮到收发室看到退稿函，拆开信封偷看，认为是岳松对市委做法不满，私下交给谷丰。谷丰听到申亮添油加醋的话，起了误会，把岳松叫过去当面问动机。岳松费了一番口舌，解释半天，才消除疑云。

接着，岳松讲了第二件事。新闻科来了记者，招待费都是在市委小所记账。有一回，申亮采访人事局张局长，为了拉关系，背着他违犯规定用五粮液招待，代签岳松的名字。市委财务科结账时发现了，向谷丰报告此事。谷丰很生气，见到岳松时提出批评。岳松无辜地背上黑锅，气得狠狠教训申亮一顿。

"申亮打小报告搞小动作的事儿多着哩。包括你，他背后没少捣鬼。"岳松说，"这次告状，十有八九就是他干的。"

我不解地问："这是为什么？"

"说到底，还不是申亮不堪重任，谷书记不肯放你走，才让你长时间留在新闻科长的位置上。申亮缺乏自知之明，觉得你挡了道呗。早就等急了，以为抓住了把柄，想把你搞下去他当科长，这不是明摆着的事实吗?!"岳松说。

"你早就看出来申亮是个小人，咋不早告诉我？"

"恁俩在一块共事，我担心你表现出来，影响团结。"岳松道，"三毛，你太善良了。害人之心不可有，防人之心不可无。同申亮打交道，要小心加谨慎。"

"这小子留在新闻科是祸害，咋不把他调走呀？"我问。

"打狗得看主人面，有马腾做靠山，请神容易送神难呀。"岳松显得很无奈。

通过跟岳松深入交谈，我明白了是谁在背后捣鬼。可想到检举揭发是这次大清查提出的要求，我只好隐忍不发。

小人，与人类相伴相生，就像鼠害是除不尽的。碰上申亮，我甘认倒霉。不过，他仅仅知道迁移户口这件事，我还有回旋余地。

当夜，我翻来覆去睡不着，想着下一步怎么办。

二 事与愿违

我没有违犯计划生育超生二胎，只是不想把隐私暴露出来。

隐私需要有层东西包裹着，就像身上穿的衣裳，一旦被人扒光，等于赤身裸体立在大庭广众面前。真到那一步，人们凭着丰富的想象力，会编造出种种荒诞离奇的故事，在背后指指点点，说三道四：我将被人骂为"当代陈世美"，荷香成了公开的"后妈"，翠姐非婚生子的丑事难以掩盖。不谙世事的毛毛和丫丫，知道彼此是同父异母兄妹，会不会还像现在这般亲？

我想继续隐瞒，可思索半天，找不出合适的应对办法。

我需要找个人帮助出出主意，可这是隐私呀，跟别人商量不合适。我觉得能说的只有两个人。第一个是荷香，但很快否定了。从县城搬家来沙流河市前，岳父的叮嘱言犹在耳："荷香从小到大，没操过啥心，胆小怕事，若遇到大事，你要担起来。"于是，我想到了第二个人：有勇有谋的翠姐。对，我去听听翠姐的想法。

事不宜迟，快到中午，我去了"天意"装修公司。

在公司大院里，翠姐看到我，以为我是有事儿找石头，说："石头刚出去，不在。"我道："特意找你的。"

平时，为了不让荷香生疑，俺俩很少单独见面。对于我的到来，翠姐颇感意外，心里思忖着肯定有要紧的事情，便把我领到屋里。

坐下之后，我直言相告："因为毛毛迁户口时注明同我是父子关系，有人举报我违犯计划生育政策，超生第二胎，市里查我哩。"

翠姐听罢，吓了一跳："听说这次大清查可厉害了，无论查出谁超生，一律'双开'，那可咋办呀？"叹了口气，她自责起来："都怪我，如果咱俩当初不分手，或者终身谁也不见谁，就不会发生这情况了。"

"说别的于事无补，当务之急得赶快想出个办法来。"我告诉翠姐，"党建路派出所的户口底册上和居民户口簿上，写得明明白白，我和毛毛是父子关系。户籍员梅枝是举报人申亮的丈夫，麻烦就麻烦在这里。"

"你说的申亮，就是那个见了你小巴结的家伙？"

"我错把他当好人，他背后捅我一刀子，不是他还能是谁！"

听我这么讲，翠姐头上冒出汗来，苦苦想不出办法。

我自言自语道："要是在溪流县城就好了，到处是熟人，遇到大事小情，能通融通融。沙流河市在领导眼皮底下，规矩严，人情淡薄，啥事都难办。"

不经意间流露出的这句话，启发了翠姐。她说："我有办法了。"

"快讲出来，让我听听。"我急切地追问。

"这次大清查不是从一九八三年算起吗？干脆把丫丫的出生时间提前一年。"翠姐讲了想法。

"是呀，溪流县户籍员是荷香表哥秦华，让他出个证明，就说李泽玉的出生时间填错了，往前提一年，改为一九八二年八月二十日，不就了结了。"

转念一想，我马上摇了摇头："办法中是中。我如果去操作，等于牵涉其中，万一市委去查，我就陷进去了。我不去，让荷香办理，必得如实相告，她会受到惊吓的。"

我左右为难。

翠姐绷了绷嘴唇："这事儿我去办。"

"你认识秦华？"

"秦华跟杏红是同学，以前在城关镇当治安员，他有个亲戚在公安局当领导，后来招收为户籍民警。我在粮管所时，秦华经常去换粮条，俺俩关系挺好。"

"你去办最好不过了。" 稍加考虑，我有些担忧，"万一追究责任，连累到你和秦华咋办？"

"我是农民身份，去办个证明，不违法不犯罪，有什么大不了的，谁能把我开除球籍？就算查到秦华头上，他不过是个小小户籍民警，挨不着市里这一级处理，最多是要求县里让他写个检查，或者批评批评。至于县里当不当回事儿，还不一定呢。"

"果真有了这个证明，消除了麻烦，一了百了，那是最好不过了。"我道。

"咱俩生毛毛是情况特殊，不应当属于超生，没什么可怕的。"翠姐安慰我。

"凡事多往坏处想，向好的方向努力，不可掉以轻心。"我说。

"嗯。"翠姐点点头。

当天下午，快到下班时间，在团市委当了书记的大学同学侯勇来到新闻科，告诉我："听说这两天，郑、耿两位书记要去溪流县调查你的情况，你要有思想准备呀。"

怕郑、耿万一明天动身，陷入被动局面，我又去找翠姐，催促她抓紧去办。翠姐让石头派辆车，在一家商店搬了两箱饮料，连夜赶往溪流县城。

第二天一大早，我急急去见翠姐。看到她一副凯旋的样子，我知道大功告成。

没等我问话，翠姐讲起前后经过。

翠姐去了溪流县城关镇派出所，恰巧赶上秦华夜间值班。许多年未见面，翠姐突然前来，秦华清楚不会是说闲话的，热情打招呼之后，忙问有啥急事儿。翠姐没有绕弯子，说明了来意。念及昔日的情分，加上荷香这层关系，秦华没有迟疑，当即按翠姐要求照办。

说罢，翠姐拿出秦华开具的李泽玉提前一年的出生证明和简短附言："户口迁移时，由于本人粗心大意，把时间填错了。"

依据翠姐带回来的证明证言，我写了书面报告，着重强调两个方面：一是李泽润（乳名毛毛）非我和荷香夫妇所生，母亲叫张翠，同我是姑表姐弟。孩子自幼天资聪颖，上过神童班，五六岁就能看图书和连环画，嗜书如命，求知欲极强。张翠文化程度低，出于孩子前途考虑，便于学习辅导，寄养在我家，认我干爹，喊我爸爸，以父子关系相称；与李泽玉（乳名丫丫）兄妹相称；李泽玉生于一九八二年八月二十日，不属于此次大清查的时间范围，并附上秦华出具的证明证言。

我清楚，文字性材料白纸黑字，不敢出现半点差错。一旦呈报上去，覆水难收。写成后，我反复推敲，一个字一个字地"抠"，感觉没了不妥之处。我复印两份，一份自己保存，一份交给了翠姐——倘若郑、耿找她调查，避免口径不一。到了最后期限，我才交了上去。

过了些日子，没有动静，我的心才算放下，以为一切过去了——事情绝非想象的那么简单，更大的麻烦在后头呢。

原来，郑、耿接到我的书面报告，因有更急的案件需要办理，对我的调查拖延了。抽出时间，两人开始研究我的书面说明，经过反复推敲，认为有必要取得第一手材料，驱车去了溪流县城关镇派出所。所长陆柯见到市委来了领导，不敢怠慢，把秦华叫过去。接受调查时，郑、耿重点了解：是谁来办的？李泽玉的出生证明是谁让涂改的？秦华按之前约定，也是真实情况，推到翠姐身上。完毕，让秦华写了书面证言并按下指印。到此，事情本该结束，不料郑、耿却提出查阅户口底册，亲自核验。

百密一疏，问题出来了：改动的户口册笔迹尚在，没有换页。郑、耿逮了个正着，把复印件带走了，成了我逃避计划生育大清查的铁证。

回到沙流河市，郑、耿直接去党建路派出所调取我和李泽润是父子关系的材料。

随后，郑、耿去了中医院我家里。当时，秦芳、毛毛、丫丫都在。郑问毛毛是不是叫李泽润。童言无欺："是呀。"耿问毛毛："李三毛是你干爸，还是你亲爸？"毛毛晃了晃脑袋："我没有干爸，只有亲爸。"郑问："你是不是有两个爸爸？"毛毛摇头："谁会有两个爸爸呀？"

接着，郑、耿去了中医院党委办公室，当面问荷香，我跟李泽润是什么关系。荷香怕当后妈，把俺俩隐藏私密时的约定忘了个一干二净，坚称李泽润是俺夫妻俩的亲生孩子。她唯恐郑、耿怀疑，反问他俩："你们不是去过家了吧？咋还问这话题。李泽润是俺俩的亲孩子还会有假？瞧瞧他那鼻子那眼那神态，哪点不像李三毛？"

晚上，我回到家里，蒙在鼓里的荷香颇感蹊跷，说："白天有两个老头，称是市委的啥书记，来咱家和院党委办公室，询问毛毛是不是咱们亲生的，不知干啥哩？"我以轻松的语气说："可能是审查户口吧。"并编瞎话哄她："现在上假户口的现象严重，清理哩。"荷香不在乎地讲："毛毛的农转非，符合政策，是孙县长批的，我才不怕哩。"停了一会儿，荷香道："不会与计划生育有关吧?"我漫不经心回答："咱俩没超生二胎，管它呢。"

入夜，天花板上的吊扇飞速地旋转着，发出"啾啾"的响声，驱散着烦闷的燥热，有了几分凉爽。漂亮、善良、单纯的荷香，躺在我身边，已酣酣地入睡。她的呼吸是那么均匀，胸脯有节奏似的高低起伏着。此时，进入梦乡的娇妻不会想到：自己的男人已经卷入一场风暴之中。

近来，郑、耿调查的信息从各方面汇集聚拢过来：他们已经抓住了篡改李泽玉出生日期的事实。这尽管是翠姐所为，如果认定是我指使，必然会背个沉重的处分。我有了一种不好的预感：自己被动地深陷在漩涡里，惶惶不安起来。

我成为"两面人"：在家里，面对荷香和孩子，我装出若无其事的样子；在单位，我对所有大清查的信息，都十分敏感。

调查过荷香和毛毛，郑、耿接着去了石头的"天意"装修公司。对二位书记的到来，翠姐佯装不知溪流县调查出的问题，微笑着热情接待，伯伯长伯伯短地喊着，又是让座，又是倒茶。一番应酬之后，郑、耿同翠姐展开对话——

"你跟李三毛夫妇啥关系?"

"李三毛同我是姑表姐弟，他爱人荷香当姑娘时，俺俩是好朋友。"

"李泽润到底是谁的孩子?"

"我的，认给他们夫妇当了干儿子。"

"长得可是像李三毛呀?"

"有血缘关系，没啥稀罕的。"

"你孩子的爸爸呢?"

"俺俩从小青梅竹马，尚未办理结婚手续，发生过一夜情，怀孕了未到出现妊娠反应，就分手了。当初，他吃商品粮，我是农业户口。怕拖累他，我没打招呼离开了。此后，双方互不清楚对方情况。"

"李三毛和荷香夫妇，是谁让你去改李泽玉出生时间的?"

"他们谁都没叫去，是我自己主动去的。"

"你为啥去?"

"孩子认给了他们，又是同李三毛以父子关系入户的，我跟溪流县城关镇户籍员秦华是熟人，担心大清查时带来麻烦。"

"你去之前，真的没跟李三毛商量过?"

"俺俩都忙，平常很少见面，哪有机会说这件事儿?"

询问结束，郑、耿让出个文字证明。翠姐说，她讲过了，恁知道就中了，没写。

真作假时真亦假。郑、耿对翠姐的说法持怀疑态度，认定我跟李泽润是父子关系确凿无疑，我和荷香属于超生第二胎。在这个至关重要的问题上，他们恰恰没有真正弄清楚究竟是怎么一回事儿。他们心中已有结论，只是我不清楚。

忐忑不安中，我像一个等待审判的犯人。那种心情，平常人无法理解。"平安无事"，这个常见的词语，让我很是渴望。

我想探探郑、耿的口风，好让心里多少有些底数。耿正住在中医院附近，一天晚饭后，我打算去到他家坐坐。可到了门口，我改变了主意：这老头太古板，别自找没趣。郑义是机关党委一把手，查我案子的组长，说话和气。他住在华中纱厂东边爱人的家属院，我买个大西瓜抱着去了。走进屋内，郑义很有礼貌地让座。我不能主动问调查情况，东拉西扯聊天。郑义是明白人，知道我来的目的，态度和气地说："你要相信组织，会得出实事求是结论的。"我讨好似的笑笑："你和耿书记都是老领导了，我完全相信。"郑义接着讲："你得配合调查，如实反映情况。"我不知该如何回答，稍停片刻："我会的。"

心存侥幸，我觉得不到全盘托出的时候。又聊了几句，我无趣地告辞。

三 "双开"的决定

我像一服中草药放进砂锅里，大火煮沸后小火炖着，慢慢地煎熬，直到把汁液挤出。那滋味，说不出道不明。我有时想，不如成为药渣，被人倒在墙头上，弃之不理。

这种熬煎，从夏煮到秋。

我整天提心吊胆，既盼着早日"掀帽"，又怕公布处理结果。

坏消息接踵而来：大清查进入到第三阶段，全市召开严处违犯计划生育干部动员大会。会议规模空前，特邀计生部门领导和县、区"四大班子"成员、市直单位处级以上干部悉数参加。

在会上，谷丰代表市委市政府作报告。他声如雷鸣，慷慨激昂地讲道："控制人口增长是基本国策，无论是谁，只要触碰'红线'，绝不手软，绝不留情，绝不姑息迁就。"他举例说："有的同志为沙流河市树立形象作出了突出贡献，是重点培养的青年干部。调查结果证明，他违反了计划生育政策，市委领导深为惋惜的同时，没有别的选择，毅然决定挥泪斩马谡……"

与会者屏住呼吸，听得十分认真。当谷丰讲到这里，台下一阵交头接耳，窃窃私语，纷纷揣测所指何人。有知情者，目光投向我，努努嘴。

我心知肚明：谷丰讲的不是别人。我的思维，瞬间凝固了。

走出会场，我的脚像踩在棉花上，两腿发软。散了会，我应该往家走，却去了市委大院。进入院内，看到冷冷清清，空无一人，我想起机关干部都去开会了，才转身回家。

魂不守舍，寝食不安。荷香不明原因，问我胡乱想啥哩。我敷衍着编造理由："在路上，差点被一辆轿车撞倒。"她埋怨："街上车多人多，你恁大个人，咋不当心呀？"我苦涩地笑笑。

过了数日，我一个人在办公室发呆出神，大学同学王升走了进来。他听到了"风声"，急急忙忙地向我报信："老同学，知不知道，你被列入违犯计划生育的二号典型，市委已有初步意见，拟对你双开。"听罢，如五雷轰顶，我半天不语。王升提醒："老同学，你可不能麻痹大意呀。"

王升走了，我心里憋得喘不过气来。

沉思良久，我去找岳松探个究竟。岳松没有直言明讲："这次大清查，市委严格要求任何单位领导不准为下级求情，有些话不便说，你要做好充分的思想准备。"

从岳松的话语中，我知道了事情的严重性。

看来，所有的"秘密"必须公开，隐私不再是最重要的了。面对政治生命攸关的严峻考验，我开始思考应对之策，等待组织找我正式谈话。

没过几天，市委通知召开大会，要宣布对副处级以上领导干部违犯计划生育政策处理结果。

会议之前，市纪委和机关党委有关领导，忙着同受处分党员领导干部逐个谈话。

我的案件是郑、耿二位书记办理的。约我谈话，是在最后一天。

上午，我刚到办公室，一杯水尚未喝完，宣传部干部科长马葆华便领着我去见郑、耿两位书记，接受谈话。

这，对我来说是第一次。我怀揣着一颗极度不安的心，去到机关党委。郑、耿两位正副书记，已在等候，气氛异常严肃。我和马葆华找个位置坐下。办公室主任郭鸿为我和马葆华每人端过一杯水。接到手中，我呷了一口，其实是压惊。竭力平复情绪，我等候"判决"结果。

我的心"扑通、扑通"地跳。时间一秒一秒地流逝，沉默，还是沉默。

宁静片刻，郑义口头宣布对我的处理意见："一、为了逃避大清查，你涂改户口。根据规定，予以党内严重警告，行政降两级，取消两级工资；二、你和荷香夫妇超生第二胎，予以开除党籍和公职。两项合并，决定对你开除党籍和公职。"

听完宣布处理结果，我反倒出奇地镇静，头脑格外地清醒。

"本人有没有发言权？"我问。

"你可以发表个人意见。"郑义答。

关于第一条处理意见。

我问："有啥证据证明，是我涂改了户口？"

郑义："张翠涂改的。"

我："张翠涂改的，组织上为啥算在我头上？共产党不兴株连，假如张翠杀了人，就该判我死刑吗？我不能接受这条处理意见。"

郑义："你有指使的嫌疑。"

我："共产党讲求实事求是，总不能把怀疑作为对干部处理的依据吧？"

郑义无语。

关于第二条处理意见。

未等我申辩，郑义觉得证据在握，反问："有派出所的户口底册，有你爱人荷香和儿子李泽润的口述，事实确凿，你难道还有什么可说的？"

"我和荷香一九八二年四月十号登记领证，同年'十一'在杭州旅游结婚。李泽润出生于一九七九年八月二十日，怎么可能是我和荷香的孩子呢？！"我讲。

说罢，我拿出结婚证，递给郑和耿。

两位看罢傻眼了，吃惊地问："你说说是咋回事？"

"本来这是个人隐私，不愿向外人透露。看来不讲不行了，我只好说出来，希望你们把影响限制在最小范围。"我恳求道。

在场的所有人瞪大了眼睛，急切地想弄明白是咋回事。

此时，我脑海里浮现出一幕幕同翠姐交往的场景——

尚未开口，想起跟翠姐悲欢离合的爱情故事，想到翠姐遭受的苦难，我泪水夺眶而出。

在讲述过程中，我几次哽咽，泣不成声。

几位在场者，深受感动，眼睛湿润了。马葆华竟抹起泪来。

故事结束，我拿出了俺俩当年保存的书信，让郑、耿过目。看到信笺上留下的斑斑泪痕，郑、耿没有怀疑这是事实。然后，我把书信复印件留给他俩，检讨自己存在的错误："都怪我过于顾及荷香的感受，过于考虑个人的影响，没及早向组织如实反映。"

郑、耿听罢，沉默不语。

看两人不表态，我离开时说："情况就是这样。李泽润确实不是我和荷香所生，请组织酌情考虑和处理。"

郑、耿是两个古板老头。出了机关党委办公楼，我心里仍然不踏实，直接去找翠姐。

听说市委要对我"双开"，翠姐一阵惊恐。然后，她深深自责起来："都怪我害了你，害了荷香。"

"'是福不是祸，是祸躲不过。'事已至此，怕也没用，大不了自谋生路。活人还能被尿憋死？"我说。

翠姐把俺俩当年保存的信件要走："我去找谷书记。"

我："对我'双开'的处理决定，已提交市委常委研究通过，明天就要开大会宣布，找谁也难以挽回。"

翠姐坚决地说："'文革'中的冤假错案不都平反昭雪了？毛毛是我生的，你六年之后才知道。你和荷香只生了丫丫，认定恁俩超生第二胎，处理你冤屈。不管有用没用，我都要去找谷书记，把底情原理说清楚。我相信共产党最讲道理，不会将错就错。你要是真的被开除，荷香和丫丫，我和毛毛，今后咋办？我咋对得起荷香和两个孩子？咋对得起你？这会让我难受一辈子的。"

翠姐倔劲上来了，让我领进市委大院。询问清楚谷丰的详细办公地址，她直接走进书记办公室。谷丰正在审阅明天大会的讲话稿，看到翠姐，有些惊讶："傻闺女，十几年不见，你去哪里了？快坐快坐！"

"我啥地方都没去，就在沙流河市。"

"你谷爷爷经常念叨，咋一趟都不去家里？"

"你忙，我没啥事儿，不想打搅。"

"今天过来，有什么需要我办的，你尽管讲。"

翠姐知道谷丰当市委书记，工作繁忙，便单刀直入：讲了俺俩为啥分手，讲了俺俩发生过什么，讲了我没有违犯计划生育的事实……

说罢，翠姐把当年俺俩写的书信拿了出来。谷丰接过来，不厌其长，仔细看了一遍，没有明确表态，只说了句："我知道了。"

到了正午，谷丰用不容商量的口气说："走，回我家吃饭，同你爷爷唠唠家常。"

翠姐推辞不过，跟随谷丰而去。

半下午，翠姐同谷老爷子说过话出来了。她到新闻科找我，谈了情况。当她讲到谷丰没有表态时，我心里仍不轻松。

晚上，我待在家里，像闷葫芦。古谣歌《尧戒》在脑海里浮现："……人莫踬于山，而踬于垤。"据传这是帝尧的座右铭。强调说：人不会被大山绊倒，往往会被小土堆绊倒。我越琢磨越觉得古训有道理。申亮，一个靠我栽培起来的不起眼家伙，竟猝不及防地猛然伸腿，把我重重绊倒在地上，啃了一嘴泥，流了满口血。

想到明天就要召开大会，宣布对我"双开"的处理决定，我思绪繁乱：今后，路在何方？究竟干些什么？

一会儿想，"此处不留爷，自有留爷处（民间俗语）"，干脆南下——我大学同学王峰，在南方一家很有影响的特区报社当常务副总编，几次写信"挖"我，干脆投奔他去。

一会儿悔——《平原日报》几次调我去，谷丰不放，我贪恋仕途，态度不坚决，错失了机遇。假如，我走了，就不会有现在的下场。马上党籍和公职双开除，我失去了政治优势，想去也晚了。

还有一条路——石头听到消息，劝我去他的公司，承诺月薪五千元。我无颜面对沙流河市熟人，想远远离开，到完全陌生的地方去发展。

天下之大，我有心到外面闯出一片新天地，可又极为矛盾：自己不是单身汉，拔腿走了，荷香和丫丫、翠姐和毛毛怎么办？

扯不断理还乱，我陷入进退两难当中，茫然不知所措。

荷香见我一反常态，问我是不是遇到麻烦。我想继续隐瞒，正要搪塞，朱文进来。他表弟在市委机要室工作，市委关于处理计划生育党员领导干部的四百份文件由他负责打印。知道我和朱文关系不错，把情况透露出来。朱文不知我瞒着家人，当着荷香的面说了出来。

荷香听了，觉得天塌地陷。待朱文走后，她躺在床上"嘤嘤"哭起来。我百般劝慰，讲了我向郑、耿谈话和翠姐找谷丰的事情，装着满不在乎的样子："咱没违犯计划生育生第二胎，组织上会实事求是的。"

停住哭泣，荷香道："要是按户口册硬认定呢？"

"领导们同我无冤无仇，咋能呀？"摸黑路大声吆喝——自己给自己壮胆，我试图安慰她。

"我心里老悬着，怕真的处理你！"荷香怯怯地道。

"或许咱们是杞人忧天，啥事儿都不会发生，别自己吓自己了。"我若无其事地极力相劝。

这一夜，我和荷香胡思乱想着，几乎无眠。

第二天上午，荷香没去上班，随我到市人民剧院参加了会议。

整个会场，座无虚席。俺俩去得早，坐在第三排十五、十六号。会议开始之前，我心想："自己已向组织说明情况，事实也讲清楚了，倒要听听对我怎样处理，有何依据？倘若置事实于不顾，作出'双开'决定，我将保留意见，向上级党组织申诉。"

我看到身边几位将要受到处分的夫妇，个个板着面孔，表情跟我一样严肃；已经入座的参会人员，无人喧哗，整个会场鸦雀无声，静静地等待着……

九时许，大会开始。市纪委书记杨剑走上主席台正中央。这位让人敬畏的市委领导，是从省纪委派下来的，五十多岁，满头银发，总是笑眯眯的，办起案件铁面无私。对着麦克风，声音洪亮，他拿出印好的红头文件，一字不差地公布大清查处理案例——

张中山夫妇，弄虚作假，伪造第一胎女孩是病残儿，通过不正当渠道，获取审批手续，超生第二胎。市委决定：开除党籍，撤销袁城县委委员、县委常委、县委书记职务，开除公职。

此案之后，我得知自己排在第二位，心"突突"跳起来。

恍恍惚惚，我听杨剑公布——

王保民，涂改户口，逃避计划生育清查；其夫妇所生长女王莹，有严重疾病，构不成病残儿，办有二胎批准手续，又生下次女王瑾。综合考虑，给予王保民党内严重警告，撤销其市财政局副局长职务，降为副科级，并处两千元罚款。

杨剑继续公布处理结果……

每念一个，我听到不是我，总以为排在下一位，心儿始终悬着。

公布罢第九例，杨剑宣布，处理结果结束。

我如释重负："呵！十大典型唯有我一人逃脱，幸甚！幸甚！"

迟迟疑疑离开会场，我悬念重重：自己怎么过关的？其中到底发生了什么？

之后，我弄清了事情的原委。

机关党委的郑、耿两位正副书记，听了我的申诉，重新进行认真研究，认为事实确有重大出入。

当即，他们找杨剑汇报。杨剑闻听大怒："明天开大会公布处理结果，四百份文件已经打印出来，准备下发全市。你们现在说有重大出入，早干什么去了？这事我作不了决定，你们去找谷书记讲。"

下午刚上班，郑、耿去找谷丰反映。谷丰听罢，平静而认真地说："处理干部是件非常严肃的事情，不能留后遗症。既然有重大出入，那就算了。"郑、耿问谷丰："打印的四百份文件怎么办？"谷丰讲："暂时不发，重新打印，会后寄到应发单位。"

一场风暴来势汹汹，眼看就要卷入其中，顷刻间烟消云散，化为乌有，我有惊无险。

人生本无事，因为小人举报，惹来了那么大的麻烦。至此，我加深了对"来往远小人，结交必良友"这句话的理解。

四　谆谆教诲

回到家里，抱住毛毛，我一阵狂吻："儿呀，你可把老爸折腾苦了！"

"老爸，儿子这段表现很好，没有惹你生气呀？"毛毛不解其意，笑着回答。

然后，我向翠姐打电话，报告喜讯："我已彻底解脱，啥事没有了。"话筒那头传来翠姐的声音："这段时间，我坐卧不安，担心死了，没事就好。"

荷香眯着眼微笑："中午不做饭了，把张翠叫来，庆祝庆祝。"并说："'大难不死，必有后福'，等着吧，一定会有好事在后头哩……"

晚上，岳松约我到家坐坐。我一听，就明白：他知道前段时间，我思想压力挺大，现在卸掉了包袱，让我去喝两杯，好好轻松轻松。

几个月前，石头送了两瓶茅台酒，我锁在柜子里没有舍得喝，掂了一瓶过去。岳松既是我的伯乐，又是我尊敬的领导。过去每次请我，他从不邀外人。就我们俩，总是家里有啥吃啥，随便做几道菜，开一瓶酒，边饮边聊，喝完为止。

这回也一样，半瓶酒下肚，有了几分酒意，岳松开口道："这次大清查，自从你向我交了底，我心里很踏实，完全相信你能自证清白。所以，我没有为你作过任何辩解。官场比市场复杂，这场风波冲击一下，磨炼磨炼，未必是坏事，会让你变得成熟起来。用不了太久，你就要挑更重要的担子，凡事要谨言慎行。"

"敬老师一杯。"岳松饮毕，又言："要想稳坐泰山，打铁需要自身硬，必须修身养性。不能摆到桌面上的事情，要坚决不做；尤其是当前，有人沾染铜臭，遇到机会就想伸手；你千万别受影响，要洁身自好；如果你身上干净，即使有人泼污水，暂时受到委屈，终有洗清的时候；搞垮你的，不是别人而是你自己。"

岳松的话，深深烙在了我的记忆里。

过了几天，我受谷丰嘱托，前往平原日报社邀请记者，重点采访市委从清查党员领导干部入手，强力推动计划生育工作全面开展的做法。平时，负责科教文卫处的张处长跟我关系密切，便带领两位得力人手专程过来。

谷丰要借助党报宣传打翻身仗。我请来媒体精兵强将，他打心里高兴。特意从家里拿两瓶五粮液，亲自作陪，禁不住多喝了几杯酒。

宴席结束，把客人送到房间，谷丰让张明开个房间约我谈话。

张明很能干，将过去的招待所变戏法似的改建成豪华气派的高档宾馆。他让服务员开了领导套房，地面铺着厚重的红地毯，各种饮料、水果齐全。

进了房间，我接过谷丰的水杯，掂起暖水瓶倒进白开水——酒后不宜喝茶，递了过去。

我坐在对面的沙发上，准备聆听教诲。谷丰招了招手，示意我到身边落座。俺俩无距离说起话来。

我这次逃过劫难，是谷丰关键时刻讲了话。我正想找个机会，表达谢意。瞧一眼谷丰，我道："谷书记，我给您添麻烦了，深感对不起您。"

"我知道你是从偏僻农村出来的孩子，能有今天不容易，可得珍惜啊！"谷丰语重心长地说，"三毛，这次你幸亏没有原则问题，否则我保不了你。"他反问我："张翠涂改户口的事情，你说不知道，我不信，只是没有证据罢了。在'大清查'阶段，说你们夫妇超生第二胎，我痛心不已。计划生育是基本国策，我作为市委书记，无论牵涉到谁，都不能袒护，必须坚决处理。不是我无情，是党纪国法不容许。还好，事实证明，你没有问题。只是因为保护个人隐私，张翠有错误行为，这没有追究的必要。你是重点培养的干部，组织寄予厚望，对自己要高标准严要求。你千万记住：无论是谁，无论在任何时候和任何情况下，只要做出侵犯党和人民利益的事情，最终都会受到惩罚。"

谷丰的训导，我理解是一次诚勉谈话。市委书记言辞恳切，掏心掏肺的教导，让我内心充满感激。

我以为谈话结束，准备起身离开。谷丰摆摆手，道："莫急着走，咱俩多聊一会儿。"

我不清楚谷丰要说什么，摆出一副洗耳恭听的样子。

谷丰像换了个人，脸上露出微笑："三毛，我向你讨教一个问题。"

我不解：千万人口大市的市委书记，向我一个小兵"讨教"什么？

谷丰："张翠是你妻子的情敌，你有啥高招摆平两个女人的？"

原来谷丰问这个很私人的问题！我如实回答："保持距离，背后不搞小动作。"

"这不是一般人能做到的呀。"

"唯有如此，妻子没有疑虑，才能包容共处。"

听了我的话，谷丰陷入沉思，讲了他的故事——

"我也是农村穷孩子，自幼丧母，是父亲捡荒讨饭供养上的县城高中。在班里，我学习成绩最拔尖，但肚子常挨饿。同班有个叫秋月的女孩，貌美如花，父亲是县武装部部长。我们两个家庭天上地下，无法相比。女生慕才，对我痴心相爱。她节食俭用，把省下来的粮票贴补我；从家里拿吃的，偷偷塞给我。临毕业，这姑娘非要同我私订终身。我觉得：一个农村孩子不可能娶城里领导干部家庭的千金，果断拒绝。后来，我参了军，跟现在的妻子杜素云结婚，有了孩子。十几年后，我转业到地方，秋月找到家里。我才知道，她后来嫁给了她父亲平原市战友的孩子，生了个女儿。秋月忘不掉我，同丈夫离异，未再结婚。得知我在沙流河市工作，秋月前来看我，让女儿认了干爸。以此理由，我们每年见上两三次面，保持来往关系。后来，杜素云晓得她是我的初恋情人，纠缠吵闹不休。市委院里不少干部都知道，我们夫妻感情不和，原因就出在这里。"

讲到此处，谷丰感慨："这种事情，你比我处理得好。"

"我爱人荷香也是小心眼，最怕张翠夺爱。我和张翠可以为对方舍命，但为了长期彼此守望，除非特殊情况，从不暗里相见，更未有过出轨行为。天长日久，荷香才彻底解除戒备心理。"

"财色权力，是男人最难迈过的坎儿。你能做到这样，难能可贵。"谷丰赞叹。

"人的欲望无止境，不控制不行呀！"我说。

"听朱文讲，中医院聘你当顾问，逢年过节送几百块钱红包，你全部退回；张翠说，你有个发小办企业发达了，给孩子压岁钱多了些，你坚决不肯，品行不错嘛。我们的干部假如都像你这么干净，那该多好啊！"

"这是因为少年时期的一件事情深深影响了我。十七岁，我当村小教师，有次和两位同事经过生产队瓜地，我去摘了三个甜瓜。瓜匠见到父亲告了一状。向来和气的父亲见了我，板着铁青的面孔，狠狠训斥一顿：'那是队里的瓜，你凭啥摘着吃？'我一时无语。父亲严肃地说：'你给我记住，不是属于自己的东西，永远不准要。'这话，牢牢记在了我心里。"

谈过话，俺俩站起来。谷丰拍着我的肩膀，动情地说："放心吧，组织上没有动摇对你的信任。"

"人在做，天在看。"没有想到，我的所作所为，能传到市委书记耳朵里。"要想人不知，除非己莫为""没有不透风的墙""纸里包不住火"，咀嚼民间一个个俗语，联系到计划生育大清查遭受的磨难而又免受处分的曲折经历，我深深体会到：种什么因，收什么果。一个人不管做了啥样不光彩的事情，只要遇到时机，都会网兜兜猪娃，全都提（蹄）露出来。我告诫自己：今后，一定干干净净做事，清清白白做人。

第十二章

几声叹息

一　荷香的阴影

闯过险关，我心里的阴霾驱散，好事随之而来。

市委新建了几栋家属楼，资金由各部委自筹。岳松活动能力强，让企业赞助些，求财政支持些，个人适当出些。有种说法："一楼脏，二楼乱，三楼、四楼住高干。"按资历和级别，我在新2号楼三层东单元西户，分到一套三室一厅住室，且有独立书房，宽敞明亮，通风透光，不仅是满意，而且有几分骄傲。

拿到钥匙，没等张嘴，石头就把装修房子的事儿包了下来，配齐了家具。我付款，他说是羞辱他，死活不留一分钱，说："你为公司做的事儿，数都数不过来，啥好处没要过。我干着这行，帮你这点忙算个啥？"我好说歹说，他执拗不过，象征性地收了工本费。

人靠衣裳马靠鞍，经过"打扮"的新房，我瞧着顺眼，感觉舒心，真想躺在里面睡上三天三夜。

家在中医院，虽是独户独院，但房子有些破旧，我打算乔迁新居。

荷香坚决不肯搬家。我问缘故，她不说，逼急了，方讲出实情。

计划生育大清查之后，荷香以为深藏的"隐私"，在市委大院公开了，所有的干部都在笑话和谈论她是"后妈"，不是我的"原配"。什么样的女人充当这种角色？在那个年代，一般是有"前科"的：或者是当姑娘时失身的，或者是再婚再嫁的，或者是不咋着的。嘴里不说，她心里解不开疙瘩。

这段时间，荷香常做噩梦。有天夜里，她梦见好多好多各种各样颜色的宣传页，撒满了市委大院。每张都印着她如何充当第三者的，印着我是如何强奸而又抛弃张翠的，说得有鼻子有眼儿的。得知消息，荷香去新闻科找我，要正本清源。许多人看到她，围了一层又一层，满口污言，骂她是破货，骂她是贱女人。她被唾沫星子吐得满头满脸满身都是，淹住脚脖，狼狈极了！蹚着飞溅的唾液，她仓皇向外跑。许多人追到大街上，有个粗野的汉子上前扒去外衣，她仅剩下胸罩和裤头，暴露在大庭广众之下。她感到了莫大羞辱，赶紧蹲下身子。有三个女人泼妇似的一齐动手，把她按倒在地上。她仰面朝天，裤头被拽掉，私密处暴露无遗，一拨一拨的男男女女围着观看。有人高声喊叫着："快来看呀，瞧瞧这个骚娘们，那东西是啥样的！"有位彪形大汉，像个杀猪的，牛蛋大的眼睛，满脸的络腮胡子，粗黑的胸毛，欲压在她身上，"嘿嘿"笑着："让老子尝尝骚娘们的滋味。"说罢，他就要施暴。荷香拼命挣扎，慌乱之中，冷不防地用手抠出那人的眼珠子，殷红的鲜血像喷泉似的冒出来。受到恐吓，她惊醒了……

我对荷香颇为理解——心里有浓重的阴影。要是住进市委家属院，她会抬不起头，挺不直腰。

我耐心地一次一次地解释："咱们跟毛毛和张翠的关系，只有市委几位领导知晓，谁都不会张扬的；另外两个人，一个是机关党委办公室主任郭鸿，一个是宣传部干部科长马葆华，都是有身份的，素质高着哩，不会乱讲，别太当回事儿。"说归说，劝归劝，荷香心病未除。她把市委大院当成了农村说闲话的场所——以为有人放个屁就会响遍满条街，说："'好事不出门，坏事传千里。'咱的隐私恐怕早就当新闻传开了。"

我开导荷香："谁能没有点经历？没啥丢人的。像谷丰怎么大的官儿，还有一位高中阶段的初恋同学，至今保持着正常来往哩。他都不在乎，咱们怕啥！"

任凭磨破嘴皮，咋劝都没用，我只好悉听尊便。

拗不过荷香，我想：不搬家也有不搬家的好处：一是荷香上下班近，照顾家方便；二是同中医院几位领导关系都很融洽，有个大事小情，无须作难；三是毛毛跟中医院的几个孩子混熟了，学习之外，经常在一块玩耍，一旦到了新环境，会孤单的，一时半会儿不适应；四是中医院没人了解我和翠姐这层关系，便于正常来往。想到这些，我就没有强求。

当翠姐明白荷香遭受的精神磨难，是因为她和毛毛造成的，心里很是愧疚，极度不安。她来到俺家，一个劲儿地向荷香赔不是，表达歉意。荷香表面上装出若无其事的样子，说："我才不在乎哩，谁说叫谁说去。"

看荷香表里不一，翠姐道："要不，我把毛毛领走吧？"

听翠姐这样说，荷香急了："毛毛是三毛弟兄三个留下的单根独苗。你把他带走，等于要了三毛的命。孩子虽是你亲生，我对他早有深厚的感情，舍不得分开。"

翠姐试探道："要不，让毛毛继续留在这儿？"

荷香说："你生了这么个天资聪颖的孩子，是老天赐给咱俩的福分，我感谢还来不及呢！真的没有别的想法，无论如何不能带走。"

翠姐感觉出来荷香讲的是肺腑之言，才放下心来。

接下来，又发生一件事情，也与荷香心结打不开有着紧密的关系。

一天，省报来了个记者，听说南郊附近有条风味美食街，让我领着饱饱口福。俺两人去了那个地方，吃水煎包和金记胡辣汤。刚端上来，有个六七岁的小女孩，骨瘦如柴，满脸污秽，手黑得像烧火棍，衣裳脏兮兮的，怯生生地站着，眼巴巴瞅着。

怪可怜的，我买了份水煎包送给小女孩。小女孩狼吞虎咽，一会儿吃了个精光。小女孩实在太饥饿了，没有填饱肚子，看样子还想吃，我又要了半份，并盛了一碗胡辣汤。小女孩吃饱了要走，出于好奇，我喊住问道："乖乖，你小小年纪，咋一个人讨饭，爸妈呢？"小女孩目光呆滞，抽泣起来："死了。"

顿时，我起了怜悯之心，把这孩子领回家里。

费尽一番周折，我弄了个明白。

小女孩叫四凤，刚满月的时候，被一个小棉被包裹着遗弃路旁。有对农村文盲夫妇不会生育，在市郊捡破烂时发现了，抱回家中。打开包裹，他们发现里面有张纸条，歪歪扭扭地写着些什么，找人念了念，内容是："孩子叫四凤，李家塞的，盼望好心人收养。"夫妇俩憨厚实诚，视为己出，保留了小孩的名字，买了只奶羊喂养。

天有不测风云，人有旦夕祸福。几天前，男人拉辆架子车，女人搂着孩子坐在车厢里，上面放着收来的废塑料、破纸箱和玻璃瓶等去卖，经过郊外一个"丁"字路口，从一条由北向南的乡间小道刚上大路，一辆解放牌货车由东向西疾驶而来。这种现象，交警称为"鬼探头"，最容易发生事故。司机未来得及踩刹车，直冲上来。车轮碾轧过去，拉架子车的男人当场脑袋迸裂，血流一片。架子车被撞翻，女人和怀里的孩子甩了出去。女人重重摔在道路旁边，磕住了后脑勺，小孩子抛在路沟里。司机环视四周无人，趁机逃逸。小女孩从沟里爬到女人跟前，喊着爹叫着娘大哭大叫。女人睁开眼睛，知道自己生命不保，在咽气之前，告诉了并不很明确的家乡地名，希望小女孩找到家。小小年龄，本该享受亲人呵护，却成了孤儿，失去亲人，流落街头。

总觉得小女孩子跟我有某种关联，我猜想也许是大哥大嫂遗弃的，有可能是把李家寨的"寨"错写成了"塞"字。推算时间，四凤是他们夫妇怀着身孕离家出逃之后出生的可能性极大。

我把小女孩领到家里，讲了情况。荷香说："咱收养毛毛，险些遭来一场灭顶之灾，你又领来一个弃儿。甭说不是大哥大嫂生的，就是的也上不了户口。还有，政策规定，凡夫妇已生育一个子女的，如果收养孩子仍按超生处理。这闺女无家无门，黑孩黑户。假如有人告状，咱们全身上下都是嘴也讲不清楚，真就倒了大霉！"

听了荷香的话儿，我后悔起来：不该当时头脑发热，把小女孩带回家来。

荷香嘴里嘟囔，内心善良。她领小女孩到浴池洗了澡，到商场买了两身新衣裳，头上扎起小辫子，只好暂时收留下来。

为了求证小女孩的身世，我四处打探大哥大嫂的下落，去了许多地方也没有寻到踪影。在失望之际，我听人说，西郊市电厂与沙流河外堤的废弃灌溉渠上，住有一户拾荒的人家。一天半上午，我去了那里。举目四望，令人仿佛置身另一个世界——

东面是电厂，院墙内的两座高大烟囱，冒着股股含有大量煤尘的浓烟，把这里恶劣环境下生存的小老树和地层表面染成墨黑色。

南面有处百十亩面积的洼坑，蓄满了白色的污水，没有任何水生植物，更不用说鱼类的存活。

西面是沙流河大堤，蜿蜒着向南折向西。

中间是一片空旷的土地，可以看出昔日建过养猪场，挺大的，猪圈早已残垣断壁，变成废墟，野蒿枯草遍地，满目荒凉。

距离猪场不远，北边是东西走向的灌溉渠岸，坐北朝南搭建个简易窝棚，垒有几层低矮的砖墙，棚顶用几根木棍做檩条，上面铺层油毡、塑料布，用来遮蔽风雨，没有门，敞着。

往里瞧，只见窝棚地面凹陷有一锨深，铺层厚厚的麦草，有两条没有折叠的破被子，有几处露出棉絮，随意"窝揽（堆放）"着；"床"占去一半空间，其余的地方杂乱地堆放着生活物品。窝棚西侧，有个石棉瓦盖的低矮厨房，仅仅遮罩着一口烧柴草的地锅。

窝棚东侧，用烂砖头砌个猪圈，养着几头猪。其中有头黑母猪半侧半仰着身子，四肢伸展，露出两排肉红的奶子，一窝幼崽，撅着尾巴正在吃奶，空气里弥漫着一股难闻的粪便气味。

环顾无人，正感到茫然，我发现有两个穿着烂棉衣的女孩各拎一篮子柴草走过来。到了跟前一瞧，大的十一二岁，小的不到十岁。看到我，好奇而陌生。

我问姊妹俩："大人去哪里了？"妹妹不吭声，姐姐说："爹娘去城里拉泔水。"我问："拉泔水干啥？"姐姐说："喂猪。"我问姊妹俩的名字，姐姐说她叫二凤，妹妹叫三凤。我问还有没有别的妹妹或弟弟？姐姐说没有弟弟，有三个妹妹。我问她们呢？姐姐说：一个叫四凤，丢掉（遗弃的意思）了；一个叫五凤，送人了；一个叫六凤，得肺炎死了。我问你们的爹娘是谁，姐姐回答爹叫"大猪"，娘叫"唤儿"。

看到大哥大嫂和孩子们在如此的生存环境中，我内心酸楚而凄凉。

我认定四凤就是大哥大嫂的闺女。

既然来了，我就等着大哥大嫂。近午时分，他们夫妇用架子车拉着满满两个塑料桶泔水回来了。大嫂又怀上身孕，肚子向外腆出，腰板有些僵硬。我知道劝也无用，瞅了一眼，想不起来该说些啥。

对我的到来，大哥大嫂很是吃惊：问我咋想到找他们，我站着讲了四凤的情况。迟疑一下，大嫂说："日子咋过的，你都看到了。老三，千万别把四凤送回来，俺两口养不起。"

大哥一旁帮腔，表达着同样的意思。跟我站着说话时，他停一小会儿，就发出几下"呸呸呸"的声音——长期近乎乞讨的流浪生活，他性格被严重地扭曲了，心里极度地自卑。他以为世上所有人，都在翻着白眼耻笑自己。"哼，你看不起我，我也不尿你！"他用吐唾沫的方式予以反击。久而久之，他不自觉地养成了这种习惯，而习惯成了自然。

他们夫妇铁了心不肯留下四凤，我只好另打主意。

临走，我把兜里所有钱掏出来，叹息一声，只好走了。以后，隔段时间，我和荷香过来一趟，送些钱和衣物。一奶同胞兄弟，咋能眼睁睁地看着他们不管呢？

四凤是我的亲侄女，丢不得留不得，我犯起愁来。

数日后，赵家冒夫妇来家做客。扯闲话谈到四凤的事情，赵家冒说："正好有对夫妇，有海外背景，膝下没有儿女。老两口想收养一个孩子，交给我吧，保证受不了罪。"

我一听，两眼放光："好，真是太好了，就拜托老兄了！"

隔了一天，赵家冒果然带着这对夫妇来领四凤。

刚进门，我就认出这对夫妇。男的姓季，五十来岁，是溪流县农村最早出现的专业户。在县委搞通讯报道时，他自费订阅二百三十七种报纸和杂志，利用信息搞食用菌栽培，带动附近十几个村，我专程采访过。一段时间，全国各地有人前来参观学习。老季在县城办了几期培训班，挣了好几万。

关系熟了，老季讲起他的故事。

父亲是蒋介石南京政府的要员，匆忙撤离大陆时，撇下他和老娘，带着年轻漂亮的秘书去了台湾。

父亲走后，娘带着他嫁给溪流县农村一个姓刘的光棍汉，男人过了几年患痨病死去。"文革"中，娘因为当过国民党高官的太太，被红卫兵戴上高帽子游街批斗，饱受凌辱，悬梁自尽。

妻子秀莲是老季高中的同学。在校时，两人倾心相爱。秀莲的家庭是富农成分，饱受歧视。得知女儿身许"黑五类"，父母死活不肯，逼其嫁给一户贫农半憨不傻的跛脚儿子。出嫁那天，秀莲腰里系三条裤腰带。洞房花烛夜，跛子行房不能，欲罢不忍，把秀莲吊到梁上痛打一顿。鸡叫五更，秀莲趁跛子熟睡，悄悄溜走。找到老季，两人私奔……

改革开放后，夫妇俩回到村里。老季遗传父亲基因，潜能得到释放，走在时代前列，成为勇立船头的弄潮儿。遗憾的是，夫妇没生下一男半女。念及秀莲当初情分，老季对妻子不嫌不弃。

台湾与大陆拆除藩篱，身为国民党元老的父亲，通过统战部门找到了老季。父子在香港相见，父亲得知妻儿的遭遇，连连叹息，给了一笔数额不小的现钞和名人字画。从此，老季不再姓刘，随了父亲的姓，把过世的母亲迁葬到祖籍沙流河市区北郊野外。出于统战工作的需要，老季成了区政协兼职副主席。

老季夫妇来时带了些糕点糖果，本想看看孩子再作打算。见到四凤长得聪明俊秀、乖巧可爱，两口喜欢得不得了，当即拿定主意把孩子带走。

把四凤交给老季夫妇，我一百个放心。可要领走时，我心中像刀割一般，疼痛，难受。可怜的四凤，身不由己。被老季夫妇领走时，她眼里流露出不舍的神情。目睹此状，我的泪水"唰"地流了下来，赶紧把脸转向一边。

之前，我让荷香去银货铺打了一双印着四条龙的镯子，一个戴在孩子手脖上，一个留下作为纪念。

过了两年，四凤随老季夫妇定居台湾……

二　夏秋的未了情

冬天迎来了第一场雪，伴随着凛冽的寒风，雪花像大大小小的棉絮，在空中肆意地狂飞乱舞。

前一段，我忙得够呛，连续二十多天没有消停过。自从身兼三职：新闻科科长、区委挂职副书记、市电缆厂名义副厂长，我既要列席市委常委工作会议，又参加区委常委会。尤其是电缆厂正在筹备上光纤项目，如果产品投放市场，能有效解决电话扩容问题，打长途再也无须通过话务员层层接转，可直接拨号。市区领导高度重视，成立了改扩建生产指挥部，研讨论证会一个接一个地开，我整天泡在会议室里。虽然，我也有闲着的时候，只是没规律可循。

现在总算闲下来，坐在新闻科办公桌前，我潜心阅读近段时间的报纸。发现好的文章剪贴下来，标注是某报某版某日发表的，当做范文保存和学习，这是我的一种习惯。

忙乎一阵儿，看着手中的这支金星钢笔，勾起我对夏秋的回忆——

在大学读书期间，我在中央权威媒体和省报上发表过两篇稿件。临将毕业，平原日报社到校选人，我拟调报社工作。对我早有爱意的夏秋，得知消息，非常兴奋，邀请我逛大街。到了百货大楼，她买了这支金星钢笔送我。

然后，俺俩去紫荆山公园游玩。坐在土山的亭子上，看到一对对情侣来来往往，夏秋受到感染，按捺不住激动，主动向我挑明关系。晚上，俺俩一起观看河南省豫剧三团的现代戏《朝阳沟》，当演到"下山"那场戏，银环经受不住艰苦的考验，离开朝阳沟，走到一个路口，想起拴保及全家人的好处，犹豫起来。当她唱到"我往哪里去，我往哪里走"时，夏秋揪心的是拴保和银环的恋爱结局，我思考的是现实，感情矛盾而复杂：夏秋是城里姑娘，爸爸是县委副书记，我是夹河套穷乡僻壤农村小伙，俺俩怎么可能结合在一起呢？正思忖揣度，苍天给出了答案：骤起狂风，漫天卷起黄沙，草屑树叶飞扬，雨点密集地砸了下来，人们轰地散场。

第二天，学校传达"哪来哪去"的精神，俺俩的恋情就像一出好戏，刚拉开序幕就宣告结束——我明白自己几斤几两，彻底破灭了对夏秋的幻想，知趣地把金星钢笔还给她，同新闻专业另外两位沙流河市籍老乡，扒火车离校回家。

隔了一天，我正待在家里，精神非常颓伤，懊恨命运不济，夏秋坐着父亲的小车来了。那时，夹河套遭受洪水灾害，房倒屋塌，我家住在临时搭建的窝棚里。看到母亲穿件八分钱一尺的纱布做的短袖衬衫，膝盖上两块颜色不搭配的大补丁，屋里除了一张旧大床和方桌椅子，仅堆放几布袋粮食，她万万没想到我家穷成那样子，彻底绝望。站了一会儿，夏秋又把那支金星钢笔送给我，说是作纪念。我想拒绝，怕伤情太重，收了下来。

一九七八年考试分配，我跳出农门。夏秋已允下婚事，决定嫁给父亲的战友——沙流河市副市长沙风的儿子沙飞，反悔已晚。

那年，最后一次见面：夏秋请我在溪流县国营食堂吃饭，喝过半斤酒，借助酒劲，她知道自己马上成为别人的新娘，要到旅社开房，把身子给我，我仓皇逃走……

手中的金星钢笔见证了我和夏秋曾经的感情经历，保留至今。用这支笔，我写出了一篇篇报道，一步步走到今天。也许是用的时间长了，习以为常，我没了感觉，极少考虑它的来由。不知咋的，我瞬间想到这一切。

"当、当、当"，听到有人敲门。

"请进。"我以为部里同事串门，随意说了一声。话音落地，人已进屋。

来人是个女的，身材苗条，大半个脸庞被洁白的口罩遮掩着，头上戴着一个红毛线编织的带檐帽子，脖子上系着浅黄色围巾，身穿一件灰色的羽绒服大衣。

没有看清来人，我想："这女人是谁呀？"

正在揣测，来人摘掉口罩，妩媚地娇嗔："死三毛，连我都不认识了？"

"啊，夏秋！"我忙站起身来，迎接不速之客。

十二年过去，世事变迁，我跟荷香已经结婚生子，同翠姐一座城市相互守望。尽管知道夏秋在华中纱厂高中教书，担心她旧情复燃，产生感情纠葛，惹出麻烦，我没去找过她。

我大惑不解的是，自己调市委工作好多年了，报纸电台发表几百篇署名文章，特别是"十大功勋"表彰大会，轰动那么大，夏秋咋会一点不知道我的消息。难道，她是铁了心不再跟我来往？

"我在纱厂学校，不看书，不看报，不看电视新闻，几乎与社会隔绝。最近，我才知道你调来市委。"夏秋说。

夏秋的话儿，我猛听不完全相信。细想，自己在三岗镇高教书时，也是这种状态，方才认定并非虚言。

"听谁讲的我调过来了？"我问。

"中医院院长朱文的表弟朱武，不是在市委打印室工作的吗？他爱人红霞在纱厂学校跟我是同事。几个月前，朱武和爱人去俺家聊天提到你，介绍了你的情况。"夏秋回答。

"噢。"我明白了。

夏秋说："朱武讲，你已是正处级干部。没想到，进步恁快！"

"那都是时代推着向前走的，当初连调市委都没敢想过。"我坦言。

"得知你的消息，我来过好几次，都没见着，真难找啊！"夏秋说，"今天下雪了，想着你不会外出，就来了。果然，你在。"

我向夏秋讲了工作情况：市委、区委、电缆厂几头兼职，飘忽不定，行踪难觅。

找我难，还有一个原因——前段时间，在岳松坚持和极力游说下，谷丰书记做通马腾市长的工作，把申亮放到袁城县委当宣传部长，没进常委——由于他是副科长，一九八七年后，市委干部不再比市政府干部高半格，在使用方面拉平了。新闻科从区委宣传部调进来一个叫赵建军的年轻人，是赵家冒的儿子，也是平原大学新闻系毕业的，从事报道工作将近三年，笔头磨出来了，发表过一些有影响的作品。小伙像他爹，长得帅气，品德不错。受"冒哥"所托，我推荐，部里考核，岳松部长同意，谷丰任前面谈，提拔到市委当新闻科副科长。除重要媒体记者，一般新闻单位来人，概由赵建军接待，我没有时间和必要事必躬亲。

"早没来过办公室了，刚坐下看一会儿报纸，就让你遇上，看来咱俩还是有缘分的。"我笑着向夏秋解释，"由于整天像不着窝的兔子到处乱跑，俺村的求我办事儿，跑几趟都寻不着，现在极少有人找我。"

夏秋像是不经意间开玩笑："天公作美雪为媒，让咱俩接续前缘。"

我问俺俩分手后的情况，她讲起过往的经历。

华中纱厂七十年代是黄金时期，效益特别好，奖金高，福利多。一说谁在华中纱厂上班，大伙儿羡慕不已。一九七八年考试分配，凭着老爸是华中纱厂组织部长这层关系，夏秋调入厂办中学，分了住房，与市物资局给局长开小车的沙飞结了婚，第二年生了个女儿。

几度春秋，祖祖辈辈穿棉纱制品的中国人，看到化纤面料及制品，花色繁多，价格低廉，体感舒适，形成新的消费时尚。受到冲击，棉纱产品滞销，经营形势每况愈下。华中纱厂取消了职工（包括教师）的一切福利待遇，夏秋独自撑起家，除了教书领份工资，靠卖些课外读物、对学生进行家庭辅导增加收入，维持日常生活费用。

夏秋丈夫所在单位市物资局，在计划经济时期，统管国家紧缺和调拨的物资，肥得流油。一九八八年，全国出现"反官倒"运动，中央禁止倒卖计划内物资赚取市场差价，取消价格"双轨制"，统一放开经营，形势直转急下，发工资都很困难。沙飞去兆丰县老家同人合伙办个皮革厂，赔得一塌糊涂，之后到处游逛。

同时，夏秋和丈夫双方家庭先后发生巨大变化：当副市长的公公沙风，一九八三年退居二线当顾问；夏秋的母亲患脑血栓半身不遂，卧床两年，突发心梗亡故；弟弟夏冬死了，撇下彩儿一个人；老爸早已退休，身患重病，跟随她从部队转业的同父异母哥哥，到了外地生活。

"唉，人生真是无常：十年河东，十年河西。"听罢夏秋的故事，我颇有感慨。

最关心彩儿的情况，我问："彩儿咋生活呢？"

"一个人整天闷在房里，连门都不出，我都替她发愁。"夏秋摇着头说。

"彩儿在你家十好几年，你爸就没有为她安排份工作吗？"我问。

"夏冬活着时，俺爸一是想让彩儿在家里伺候脑瘫儿子，二是怕她有了工作，接触外面的世界，管不住'飞'了；夏冬死后，俺爸手中早已无权，说话不顶用了，求单位领导把彩儿安排在华中纱厂劳动服务公司，挂个空名不让上班，每月发几十元生活费。"夏秋答。

"你哥、你爸、你，现在都不管彩儿了吗？"我又问。

"我爸重病缠身，生活不能自理，靠哥哥家人照料；我是泥菩萨过河——自身难保；彩儿早晚要嫁给外人，都不愿管，也管不了。"夏秋显得无可奈何。

"彩儿还住在你爸分的房里吗？"我打听彩儿的居所。

"爸被哥哥接走后，原来的住房厂里收走，分配给了别的领导。"夏秋说。

"彩儿住哪儿？"我担心地问。

"她又不是厂里正式职工，看着爸的情面，住在劳动服务公司旁边一个单间小房子里，连厨房都没有。"夏秋像是讲述同自己毫不相关的陌生人的故事。

我为彩儿的命运担忧，心想：瞅个机会，得让石头帮帮她。

不知不觉到了下班时间。

我邀请夏秋到家里做客，她摇摇头："我是个女同志，咱俩以前有过恋情，万一传到你老婆耳朵里，会惹出是非来。"

"那咱俩到街上吃顿饭吧？"毕竟久未见面，有过特殊关系，我挽留她。

"今日中午不行，我女儿燕子一个人在家哩。改天，我请你到家里认认门，亲手为你做顿饭，表达一下心意。"夏秋加重"心意"二字的语气，似乎含有别的意味。

夏秋要走，我起身相送。临出屋时，夏秋用后背靠住门，贵气荡然无存，两眼含情脉脉，直勾勾地盯着我："咱俩拉拉手。"没有多想什么，我把手伸了过去。她紧紧攥了攥，依依不舍地走了。

外边的雪儿不知啥时停了，地面的雪有鞋底深，到处是银白色。

夏秋小心翼翼地"吱呀吱呀"走了，留下双行脚印。望着她渐行渐远的身影，我穿越时空，思绪在心头翻卷——

上大学期间，她给予我许多关心和照顾：经常把节省下来的饭票，寻找各种理由接济我；在食堂餐厅，她故意跟我赶在同一时间，买肉菜换我的素菜；第一年入冬前，她向部队的哥哥写信，特意为我要了一件棉制军大衣；毕业后分配考试的前一天半夜，我吃安眠药过敏，翻肠搅肚，呕吐不止，她和秦奋吓坏了，用架子车拉上我，在沉沉黑夜中，沿着坑坑洼洼的土路，紧张得满头大汗，累得直喘粗气，去到县医院……

往事仿佛就在眼前，我叹息一声，禁不住地思索：假如没有城乡之间横起的无形高墙分割，俺俩也许会生活在一起，成为恩爱夫妻。可惜，许多人的命运是由时代决定的，过去的只能过去，时光不会倒流。

过了两天，夏秋果然如约而至。她骑辆摩托车，来到市委，要带着我去到家里。我没有推辞，带了些孩子吃的东西，诸如罐头、糕点之类。

进屋一看，家里没有其他人，我有些疑惑。

夏秋解释说："沙飞和燕子去俺公公婆婆那儿了。"

"既然请我做客，为啥不来个全家大团圆？"我随口问。

"他爷俩在，咱说话不方便，我把他们打发走了。"夏秋讲。

我觉得反常，尚未来得及细想。夏秋突然把门闩插上说："今天屋里没有别人，你必须圆我一个梦儿，轰轰烈烈地爱我一次，让我此生无憾。"话音刚落，夏秋双手搂住了我。刹那间，我蒙了：热血直往头上涌，心里"咚咚"直跳，像要窒息，脑子一片空白，僵在那儿。夏秋越发放纵，对我一阵子热烈狂吻。我半依半拒。她生拉硬扯，把我拽到大床边，动手去解我的衣扣，麻利地脱掉自己的衣裳，赤裸裸地钻进被窝里。我傻了，真的傻了，不知如何是好。看我呆若木鸡，站着不动，夏秋呼唤着我的名字："三毛，快呀，快些呀！"

马上欲行云雨之事，我恢复了理智：感觉那不是女人的肉体，而是一颗就要引爆的炸弹。假如此时，沙飞要是突然出现，拿把菜刀砍来，我顷刻之间便会遍体鳞伤，鲜血直冒！沙飞要是大声喊叫，人们围过来看热闹，我情何以堪！沙飞要是把我拉到市委，面见领导，我只有卷起铺盖，滚回老家……不敢继续想下去。"绝不能图一时之快，毁掉自己的政治生命，葬送终生的前程。"我把夏秋"晾"起来，从感情的纠缠中挣脱出来。

　　顺势拉开门，系上衣扣，我劝夏秋："千万要冷静，别太冲动。"

　　看我冷酷无情，夏秋从被窝里坐起来，穿上衣裳，抽泣着诉说起内心深处的情感——

　　"从少女时期，我心里就有一个像你这样的'白马王子'。下乡时，有知青追过，我没当回事；一九七六年，你写我的典型材料，我对你有好感，考虑到你家在农村，不敢动真情；上大学报到，咱俩同坐一辆长途客车，我心里暗想，此生非你不嫁。都怨命，咱俩最终没有走到一起。同沙飞结婚前，我想把身子给你，你不管不顾地走了，我伤心又伤情。婚后，我们共同生活，每次做爱，我总闭着眼假想是你。如今相见，我以为缘分来了，既然做不成夫妻，盼着做你的情人……"

　　听着夏秋缠缠绵绵的倾诉，我坦诚劝慰："咱们只能做朋友，绝对不能做情人。如果保持不清不白的关系，终有一天，咱们会毁掉各自的家庭。我会比路遥小说《人生》里的高加林还惨。我从夹河套农村走出来，太不容易了，绝不敢放纵感情泛滥……"

　　我陈述以利害。慢慢地，夏秋冷静下来，就坡下驴道："对不起，我太冲动了！我太喜欢你了！没有考虑后果的严重性。"

　　至此，我和夏秋友好依旧，又适当地保持一定的距离。

三　石头失踪

　　彩儿的事儿，萦绕在我心头。

　　从夏秋家里出来，我直接去找石头。

　　石头听罢，大感意外："你说的是真的?"

　　我说："消息绝对真实可靠，没有半点虚假。"

石头略加思考，态度十分坚决："彩儿的前半生是我毁的，后半生我得补回来。"

我说："你现在是大款，给彩儿在公司找份工作算了。至于钱嘛，你指缝里漏出来的，就足够她花的。"

石头："我啥都不让彩儿干，让她成为我的女人，好好养着。"

我心头一震："袁枝愿意吗？"

石头："不愿意，让她滚蛋！"

石头的"果断"用在处理家庭婚姻上，用错了地方。

按照我讲的住址，石头找到了彩儿。

夏冬活着的时候，彩儿缺失的仅仅是情和爱，从来没有为吃穿住用发过愁。如今，"丈夫"死了，她所有的依靠和保障都不复存在。原来，一家老老小小团聚在一起，热热闹闹的。如今，孤单单的只剩一个人，她连个说话的人也没有了。原来，伺候"脑瘫儿"是份从来不会失业的工作，如今，无所事事，没有活儿可干，她不习惯起来。更可怕的是，长期的"幽闭"生活，几乎与世隔绝，她像关在笼子的鸟儿。时间久了，笼子打开，鸟儿不敢向外飞翔。在华中纱厂，她不认识一个外人，出门两眼一抹黑。对于外面的世界，她一无所知，就是近在咫尺的石头已经成了"气候"，她也丝毫不知晓。她孤独，她无助，她没有精神寄托。

石头的突然出现，彩儿说不出是恨是爱是愁是苦，各种复杂的情绪交集汇聚成滔滔洪水，一下子决开堤坝，奔涌而出，号啕大哭……

石头把彩儿抱在怀里。彩儿边哭边重重地捶打他，狠狠撕咬他的臂膀。石头清楚：彩儿的所有不幸都是他种下的"孽果"，纵然千刀万剐都不冤枉。彩儿憋屈得太久，压抑得太久，肆意地发泄着。

过了许久，彩儿渐渐平静下来。

看到眼前的泪美人，神情呆滞，窘境凄惨，一种负罪感驱使石头"扑通"跪在地上，乞求饶恕、赎罪——郑重承诺：要娶彩儿为名正言顺的妻子。

石头讲了情况，从钱包里掏出一千元，让彩儿暂时将就些日子。

见过彩儿，石头指派人准备新房，接着回到李家寨。

石头的两个孩子刘江、刘河已接到公司，由姐姐石花照料生活，安排在附近郊区学校念书；爹前年患食道癌去世；娘不愿进城，石头是个孝子，就让袁枝陪伴身边。他再忙，半月二十天的，最长也不超过一个月，总要回家看看老娘，说会儿话儿。这样，他在外边做事心里才踏实。

这次，袁枝见到石头有点儿纳闷：刚走一礼拜，咋又回来了？会不会有啥事儿？甚至自作多情地胡思乱想。

石头进了屋里，坐在凳子上，招呼道："袁枝，你过来，我说个事儿。"

往日，丈夫唤她时都是"哎"，这次直呼其名，袁枝听起来极为稀罕，感到温暖和亲切，随即答应着走到跟前。石头瞅了瞅站在面前的"哎"。袁枝有些不适应：丈夫恶心她额头上指盖大的黑痣，从未正眼瞧过自己，今天一反常态，这是怎么了？

"咱俩离婚吧。"袁枝正思索着，石头开口了，听起来语气和缓，却没有商量余地。

袁枝蒙了：两口子从入洞房之时起，从未说过话，更甭说甜言蜜语了。每次办完那种事儿，石头躺在床的另一头，便呼呼大睡。但他们毕竟是夫妻名分，毕竟生了两个孩子，并且是带把的。农村传宗接代观念严重，计划生育抓得严，石头在村里是孤门独户。在别人眼里，袁枝是刘家的大功臣。搁到别的家庭，女的会立起脚尖走路，昂首挺胸。袁枝知道不受男人宠爱，不敢趾高气扬。在石头面前，她总是趁趁搭搭，拿小架，看脸色说话。石头要是不高兴，她大气不敢出。想到人家夫妇，亲亲热热，恩恩爱爱，袁枝背着人哭过无数次。婆婆心里明镜一般，开导儿媳："男人过了浪荡年纪，就收心了，别太在意，全当守着孩子过日子。"

袁枝信了婆婆的话，家里地里任劳任怨，盼着丈夫回心转意那一天。

不敢奢求受宠，袁枝也没想到会有离婚的一天。石头"离婚"两字出唇，袁枝顿觉日月无光，天旋地转，双手捂住脸儿，跑到婆婆屋里，一把鼻涕一把眼泪，哭得"一嗝一嗝"的。婆婆是她唯一的靠山，石头啥事都顺从娘。她想婆婆一定会化险为夷。

问清事情原委，石头娘说："他敢！"

娘把石头叫到跟前："你真的要跟袁枝离婚？"石头不改口："坚决离！"

娘问："你外头有女人了？"

石头点点头。

娘恼劲上来，用头直往儿子身子撞……

闹腾一阵儿，石头心硬如铁。

婆婆没了办法，袁枝绝望了。看到窗台有半瓶农药，袁枝拿在手里，瓶底朝上，仰起脖子，张开嘴巴，"咕嘟咕嘟"喝下几大口。

石头眼明手快，把农药瓶抢过去。几个邻居帮忙，把袁枝抬到小车上，拉到乡医院。按经验，半个小时后，应该有中毒表现，可袁枝一切如常。原来，乡供销社农资门市部承包给个人经营，贪图便宜，进的是假货。袁枝有惊无险，安全无恙。

石头想想侥幸而可笑，送了一面锦旗，让人绣上自己编写的对联，上句"卖假药只为赚钱"，下句"救人命不胜感激"。这件事传开，一时间成为笑料。

话说回来。石头跟袁枝闹离婚的事儿没解决呀！娘想了想，让袁枝骑自行车带着她，来到沙流河市，非要见我。

千般调解做工作，最后的结果是：石头和彩儿结婚，同袁枝离婚不离家。

石头娘拿主意：家里责任田让别人种，同袁枝住在公司不走了。

石头安排好袁枝和娘，着手筹办他和彩儿的婚礼。

一切准备妥当，结婚前一天下午，石头突然失踪了，直到深夜，没有踪影。家里所有人慌乱起来，急得像热锅上的蚂蚁，把希望寄托在我身上。

到了第二天，石头还是没有消息：到底发生了啥事儿？究竟去了哪里呢？

"冒哥"在沙流河市手眼通天，石头的事儿就是我的事儿。我找到赵家冒，下达"命令"："石头就是一根针，掉进大海里，你也必须找到捞出来。"

毕竟，我和赵家冒有"结义"之交。此兄拍着胸脯保证：容他三天时间，无论石头出了啥事，一定弄个水落石出。

三天过去了，石头仍杳无音信。公司上下，惶惶不可终日，乱成一锅粥。

我和赵家冒分析各种可能出现的情况：或许是被人绑架，或许是遭遇车祸，或许被人暗害，或许……所有的或许都设想了，又都一一排除。

隔了两天，晚上。有个人的出现，解开了谜团。

此人找到家里，给我送来一张纸条，是石头写的短信："表叔，我到粤海大酒店安排婚宴那天返回时，在大街上被区检察院的一辆警车拦下，关进了东大院看守所里，囚禁在25号牢房，别管花多少钱，设法放我出来，这不是人待的地方。"

我当即给赵家冒打电话，让他来家里。

赵家冒看了石头的信件，同我连夜去了东大院。他的大舅哥牛颜章是看守所所长，正赶他值班。了解来意，他让干警把石头提到办公室。

见到俺俩，石头觉得救星到了，用手提着裤子（号子里的嫌犯不准系腰带），第一句话就说："在里面太受罪了，一天也别让我待下去了！"

看到面色发黄的石头，我问："为啥抓你？"

"从关进来，还没审哩，不清楚。"

"是不是揽工程送礼出事了。"

"揽恁多工程，没有不送礼的，说不准。"

聊了聊，问不出所以然。赵家冒叮嘱牛颜章："石头是自己人，你安排手下人关照些。"

俺俩对看守所的情况多少有些了解，来时带二斤牛肉三个馒头，石头狼吞虎咽地全吃进肚子里。

我安慰石头："暂时委屈委屈，俺俩抓紧做工作，看能不能把你放出来。"

石头恳求我和赵家冒："可早些呀，越快越好。"

从看守所出来，赵家冒说："区检察院院长祁大山，俺俩关系不赖，明天上班，我就找他，问个明白。"

回到家里，已经小半夜，想到石头的家人眼巴巴地等着消息，我又去了"天意"装修公司。果然，彩儿、袁枝和石花两口，陪着石头娘坐着，都还没有睡觉。见我进屋，不约而同问："可打听出石头的信儿？"我点点头，"嗯"了一声。

石头娘急切地讲："兄弟，石头咋了？"

我："石头好好的，出了点事儿，关在看守所里。"

得知石头活着，全家人松了一口气。但听到人抓起来了，心又悬了起来。

石头娘拉住我的手："兄弟，你给大嫂说实话，犯啥事儿？"

我："还不知道，明天问清楚了，我会随时来说的。"

石头娘："一大家子人，都不扛事，全指望你了。"

我："大嫂，我会尽力的，心放肚里好了。"

安慰一番，我让司机建新送我回家。

第二天上午，赵家冒给我打电话，讲了石头关在号子里的缘由。

原来，区人民医院建病房大楼，石头想揽装修工程，向院长张光辉送了五万元支票。张光辉本来已经答应工程交给"天意"干。不料，半路杀出个程咬金。大丘县有个老板叫马大海，跟马市长一个村的，并多少有点牵连，求马市长打了招呼，并向张光辉送了六万元。张光辉权衡得失，变卦了，跟马大海签了合同。马大海也是赵家冒爱人表妹的表弟，拐弯抹角沾亲带故，向赵家冒讲过这事儿。石头不知内情，一心想揽下工程。张光辉几次向石头退支票。石头蒙在"鼓"里，不肯收回。

张光辉觉得留下扎手，把支票交给了区纪委。纪委把案件转给区检察院，检察院以行贿嫌疑人的名义，把石头抓了起来，投进东大院拘留所。

我一听问题严重。按法律规定，若按行贿处理，五万的数额可是巨大呀，那是要判重刑的。假如石头出不来，"天意"旗下的企业岂不全完了？我又想：这年头，哪个企业办事不送礼，揽工程不花钱？谁愿意把辛苦挣来的钱塞到别人腰包里？还不都是逼出来的。话是这么说，理是这么讲，毕竟触犯了刑法呀。

考虑来考虑去，我想到了区委主管政法的副书记康启明。他是我平原大学同班同学，从省里下来挂职锻炼的。我恰好是区委副书记，虽没分管具体工作，但我是正处级，重点培养的市厅级后备干部对象，没人敢小瞧。找到康启明，我介绍了跟石头的关系，看是否能够通融通融，从轻发落。康启明说："揽工送礼这种事情太正常了，谁不清楚？但真要犯事了，有人告发了，那要依法处理的。"我不好再说什么，停了半天说："办案也要讲究实事求是的，不同情况总得不同对待。石头虽然送了礼，也没揽到工程，再落个坐大牢，怪亏的。"康启明听罢，思索片刻说："你先忙去吧，我把祁大山叫到办公室汇报工作，过问一下这件事儿，看他啥意见。然后等我给你打电话。"

从康启明那里出来，我去到市委新闻科。

该下班时间，电话铃响了。康启明告诉我："祁大山说像刘石头这种情况，依法必须没收所送的揽工程非法款额，刑拘半个月，才能放人。"我说："只要能放人，其他都不重要。"康启明又点拨说："你看是不是让你发小的家人，去见见祁大山。"我知道这话的弦外之音，表态说："好，马上就安排。"

石头的姐夫王闹，当过兵，是汽运公司经理，办事老成。我嘱咐去区检察院祁大山家一趟，表达表达感谢之意。

"表叔，一切听你的，我会办好的。"王闹说。

在看守所拘留期满，石头出来了。

休养两天，石头在粤海大酒店订两桌酒席，邀请我和赵家冒两家，还有他全家、他姐全家大团圆。

劫后逃生，不顾那么多人在场，石头见了面，喊了声"表叔"，扒在我肩膀上，放声大哭起来……

爹死，石头没有放声哭。他说："父母活着，只要尽到孝心；死了哭得再痛有啥用？"

从小到大，石头还有一次放声大哭过——我上大学分别之时。

宴会开始，我看缺了两个女人：一位是袁枝——她老实，顾忌额头上指盖大的黑痣，石头和彩儿又处在蜜月期；一位是翠姐——荷香和孩子们在场，她怕荷香介意。

我心里有种难言的滋味。

四　翠姐出走

下午，坐在办公室，宣传部几位同事到新闻科聊天。不到半个小时，翠姐罕见地来找我——她知道我的行为习惯，上班点个卯，如果不开会或集体组织学习，到处乱飞。

翠姐早早过来，看到屋里人多，把我叫到门口问："荷香常到新房去吗？"我答道："新房刚装修好时，晚上来瞧过一回，再没脚踏半步。"她说："走，咱去那儿。"

过去，为了避嫌，俺俩极少单独相处。这次，翠姐主动要求找个僻静地方，不知她想干什么？有啥重要的事情？

拿出钥匙，打开门，俺俩进入屋内。翠姐逐个房间瞅瞅，当发现有个卧室，床上铺着被褥，似有疑问。我解释："有时，陪客人吃罢饭，不想往家跑，就躺在这里休息休息。"翠姐说："这么好的房子闲置，多可惜呀！"

"谁说不是！好不容易熬到分了新房，个人还出资八千元，荷香却不肯搬过来。"我无奈地说道。

翠姐掀开被子，一屁股坐下，直直地盯着我。

我心里"突突"跳起来：翠姐来这里莫非是……

翠姐见我紧张的样子，"咯咯"笑起来。

我有些迷惑不解。

"常言说：'女大一，不成妻；女大两，黄金长。'我信这句话。看来，咱俩是命中注定做不成夫妻，我哪敢有非分之想？不过，你让我有了毛毛，此生足矣。"翠姐道。

提及荷香，翠姐讲："她是怕住进来，我来家串门，有人认出来说闲话。"

"谁没点经历，算啥丑事儿，在乎它干啥？"

翠姐岔开话题，说起石头的事儿：

"石头变了。

"每年，公司挣多少钱，是本糊涂账。收入和支出做的都是假账，就是我当会计的，也说不清楚。大概地估计：毛收入上千万，账面上都显示亏损，用来应付税务部门。凡见了稽查人员，他叫苦连天，施以小惠，象征性地交一点，偷漏税收非常严重。

　　"而对银行，石头有一说十，吹嘘产值上亿，盈利超千万，目的是套取贷款。别人不清楚，你知道底细：他公司现在这块地是你姨父那个行政村的，厂房是用低廉的价格租来的。他谎称是买下来的，固定资产任意编造。贷款时，用美女攻关，金钱开路。批一百万，他甩给人家二十万。农行到期追讨，他只付利息，或者临时拆借资金，转个圈儿。只要银行的钱到手，他压根就没打算归还。去年，分批贷出来两千万，投入到收费公路上，让行长入干股。

　　"有了钱，他一掷千金，花天酒地，泡洋妞，包小姐，找情人。我看早晚会出事。

　　"这次，你把他捞出来了，得好好说道说道。不然，仗着有你撑腰，他会更加大胆，恣意妄为。"

　　讲罢，翠姐说："我本想守着你和毛毛，一直留在沙流河市。现在，我改变主意了。"

　　我大惑。

　　翠姐讲了两个方面的原因——

　　"一个是自上次计划生育大清查，荷香觉得市委大院都知道了咱们的事情，嫌丢人，不愿住新房。过两年，她就是同意搬家，也不希望我过去。再说，她对毛毛亲着哩，我没啥顾虑了。

　　"一个是跟着石头干事儿担惊受怕。我打算在适当时候，不在这儿干了。"

　　我问："去哪儿?"

　　翠姐："万人庄街上龚巧，我当过她的徒弟。现在去平原市一家童装厂当裁缝师傅，我想跟她干去。"

　　我说："你在身边，我踏实；你走了，等于摘我的心，哪儿也不能去!"

　　翠姐："我也不想离开你，可总不能让荷香老害心病吧?"

　　我像电打雷击，半天不语，思绪在翻腾：一九七八年，翠姐突然失踪，找了四年，杳无音信。调来沙流河市，我苦苦寻觅，俺俩终于相见。虽然已为人夫人父，但我发誓：两人把爱藏在内心深处，不再分离。现在，安居乐业，日子过得蛮好。翠姐却提出又要分开。而这次离散，不是十天半月，三年五年，可能是一辈子。我无法接受，说了一大堆挽留的话。

翠姐："我决心去省城，不光是因为荷香。跟着石头当会计，我整天心惊肉跳的，老怕牵连进去。"

我说："石头是聪明人，会吸取教训的。对他一方面要帮助总结经验，一方面也要多一点理解。办企业不容易，干私企更难，完全按规矩，寸步难行，不必太过担心。"

"别人的话，他听不进去，你今后要多提醒些，别再翻船。"翠姐叮嘱。

听完翠姐讲述，我明白了：怪不得农行向市领导汇报，三亿多死滞资金无法回笼，原来是被石头这些农民企业家"套"住了。

安排专门时间，我让荷香做几道家常菜：一个白萝卜干，一个油炸花生米，一个煎粉条，一个炒鸡蛋。另外，买瓶价格低廉的"铁牛"牌大曲和一元一盒的彩蝶烟，邀请石头一聚。

石头带来两瓶茅台酒、两条中华烟。看到我备下的烟、酒、菜，明白了我的用意。

俺俩"醉翁之意不在酒"，开怀畅饮，深聊起来。

我："石头，咱俩尽管抱负不同，路子不同，各奔各的前程，但能走出夹河套，发展到今天成点气候，多不容易啊。前段，计划生育大清查，我要是有问题，就完蛋了。"

石头点了点头。

我敲警钟："办企业风险更大，你可不敢再出事了，一旦栽了，会毁掉人生的！"

石头诚恳地表示："这次教训，我会牢牢记住，绝不会像贪食的鱼儿，第二次吞钩或落网。"

这次，俺俩推心置腹地谈了很长时间……

连续数日，翠姐未再提及要走的事儿，我以为她改变了主意，心里安稳了许多。

过了一段时间，翠姐打电话，让我到她住室一趟。

又是什么事呢？我猜不透。

去了之后，翠姐倒杯水递过来，打定主意，铁了心地说："我想了好多天，还是走好。"

从小失去父母、历经磨难的翠姐，有着倔强的性格。在重大问题的抉择上，她一旦下定决心，是不可改变的。事已至此，我知道再劝无用。她这棵长在我心里的常青树，顿觉遥远模糊起来。我的脸色很难看，身体里的血液似乎凝固了，犹如冬天的原野，空旷寂寥，了无生机。

"别难受，咱俩过去几次分开，不都挺了过来。"翠姐劝慰。

我问："你给石头讲过没有？"

翠姐："他有个姑表姐，会计业务可精通了。看留不住我，已经同意了。"

"省城人生地不熟的，遇到个啥事咋办？"

"在童装厂做衣裳，除了上班就是休息，没恁多麻烦。再说，有龚巧哩，相互做个伴，你只管放心好了。"

想了想，我说："你要遇到困难，可一定打电话呀。"

翠姐："我会的。"

"哎，对了。平原市有个叫李泽洲的，原籍李家寨的，我近门的本家，是晚辈儿，喊我叔的，在俺队当过知青。在村里小学教书时，我报道过他喂牲口的模范事迹。现在，他在市政法委当办公室主任，父亲是公安局长，叔父是平原日报社党委书记。这些年，我每次去省城送稿，凡有时间，俺俩都要聚聚，算是至交。我把联系方式告诉你，再打个电话过去，有了啥事儿，你就找他帮忙。"

翠姐："好，我记下了。"

我："让荷香准备一下，为你送行。"

翠姐："你先别回家说，甭让她猜疑咱俩见过面。抽个空，我亲自告诉她。"

过了一天，翠姐为毛毛和丫丫各买了一身新衣裳，去了家里。

荷香听说翠姐要走的消息，猛吃一惊。按说情敌不在了，荷香应该感到高兴。可她心里却难受起来，自责不已，对翠姐说："都是我不好，老是吃你的醋，害得恁俩连面都不敢见，想想怪惭愧的。"

说着说着，荷香抹起眼泪。

翠姐反过来倒安慰起荷香："我知道你爱三毛，担心因为我而拆散家庭，这很正常嘛。咱们都是女人，都想有个稳定的家庭。换位思考，我也是一样。往后，不存在这种可能了。三毛是个安分守己的男人，你就踏踏实实过日子吧。"

荷香把翠姐留下来，吃了顿团圆饭。

翠姐从家里走后，荷香和我商量："张翠跟着石头干，虽然挣钱不少，大部分以抚养毛毛的名义，给了咱家。我估摸，她没存多少钱。到大城市，花销大，咱拿出两万，也算是弥补弥补对她的亏欠。"

钱存在"天意"公司里，我找石头说了这事。石头说："张翠要走，我留不住。她在我这儿干，拼了命地拉套。钱的事儿，你不用操心，我送她十万，让她在省城买套房，有个住处。"

石头说明意思，翠姐态度十分坚决："平时，我工资一分没少领；逢年过节该发的奖金，我照单全收。独自在外，一人吃饱，全家不饿，我要那么多钱干啥？"

翠姐是我的女人，石头说破大天，也要送笔钱。翠姐实在没有办法，勉强收下五千块。

人有旦夕祸福，天有不测风云。荷香和我商量："张翠一个人在省城，哪天万一有个啥事的，不备些钱可不中。"去到"天意"公司，荷香拿出两万块，非要送给翠姐。翠姐讲："我身强体健的，没有恁多万一。毛毛往后花钱的时候，多着哩，还是留着用吧。"翠姐咋着都不要，荷香只好把钱收回去。

翠姐走时，石头派了专车。

我本来请了假，按荷香叮嘱，要去送行的。翠姐紧绷一下嘴唇，无论如何不肯。

那天，我和石头两家人站了一群，送翠姐远行。

小车发动机发出几声轰鸣，就要起程了。翠姐打开车门，探出头："毛毛，乖孩子，一定要听荷香妈妈和爸爸的话。"毛毛流出两行热泪，带着哭腔说："娘，你要常回来看我啊！"

常言："人生最大的痛苦，莫过于亲人之间的生生离别。"这次，我深深体会到了。

望着翠姐离去，我的心跟着走了。呆呆地站着，我的眼睛湿润了……

第十三章

李家寨事件

一　狗儿捅个大窟窿

四季轮回，时光穿梭。转眼到了农历腊月二十。从这天开始，无论是城市，还是农村，人们年头忙到岁尾，开始筹办年货。集市上熙熙攘攘，热闹起来。正应了一句老话："过了二十乱逛会。"

往年，从这时候起到正月十五元宵节之前，市委大院门口会清静些日子。

不像平常，十天半月的，总要出现群众上访事件：有的带着铺盖卷，餐风饮露，控告公检法机关干部，徇私枉法，制造冤假错案，呼唤"青天大老爷"；有的反映乡村干部，侵吞集体财产，要求撤职查办；有的反映地方巧立名目乱收费，加重农民负担；有的国有企业，尤其是物资、外贸部门，经营不景气，濒临倒闭，给职工发不了工资，生计艰难，请求政府扶贫济困……

问题日积月累，积重难返，或久拖不决，最后演变成群体事件，进京上访又被拦截下来。这类案件，涉及大多数群众切身利益，规模很大，动辄就是几十人，上百人，把市委大门口围得水泄不通。

进入九十年代，稳定压倒一切，成为摆在各级领导面前的头等重要大事。凡出现群体性事件，市委都是高度重视，责成县区党委或政府一把手亲自赶赴现场，千方百计地把人领回去。可过了一段时间，又出现重复上访。谷丰深有感触地说："现在的许多问题，就像装在一个篓子里的螃蟹，你夹着我，我夹着你，想取出哪个都不容易。"

临近春节，机关快要放假了，却涌来七八十位农民，在市委门前坐了一大片。进进出出的干部，习以为常，见怪不怪。

不大一会儿，有位温文尔雅、操着普通话、手提高档皮包的年轻人，经过此处，见状停下来，打探究竟。

这位是中央权威大报的记者。出于职业敏感，他亮明身份，打探缘由。

得知北京来了记者，"呼"地站起来一大群，争先恐后地讲起农村"胡乱罚款和摊派"的现象。有位身穿破棉袄的汉子，自我介绍：本人大号李学习，小名狗儿，是大伙儿推选的代表。这人拿出一封打印的信件递给记者，说："你看看，还让不让农民活了？"记者接过来瞧了瞧，反映的是二十三户卖血卖马交提留款的情况。信件的落款是溪流县万人庄乡李家寨全体村民，最后两页是密密麻麻、歪歪扭扭的签名，上面摁着一个个鲜红的指印。

"典型，真是太典型了！中央连续几年下发农村工作一号文件，减轻农民负担。这里竟然发生这种事情！"记者感叹中夹杂着愤怒。

此人叫江水，老家是本省南部农村的。因为是老乡关系，又是同一个战壕的战友，一次我去北京送稿，俺俩叙成了朋友。他毕业于某名牌大学新闻系，已在报社工作多年，但爱人仍在原籍县城工作，夫妇俩过着分居生活。想把配偶调到首都，因户口控制严格，必须出一进一，他不能如愿。沙流河市所辖的大丘籍有位从部队转业到京城的干部，爱人调不过去，打算回来，犯愁没有关系，安排不了好工作。江水同他联系上，协商对调。对方提出：必须进老家县城工商局，其他单位不考虑。当时，哪个部门进人都难，更不用说是最吃香的工商局了。江水向我求助，我找大丘县委书记，圆了"鸳鸯梦"。

这次，江水来沙流河市，一是搞些农村调查，兼有顺便看望我表达感谢之意；二是春节将至，回老家和父母团聚团聚，一起过个年。前些时候，江水曾打来长途电话，告诉说要来的消息，我随即向谷丰作了汇报。

见过上访群众，江水改变了主意。他坐在一辆手扶拖拉机上，由狗儿和几个上访人员陪着去了李家寨。进村入户，座谈，采访，录音，拍照，他按捺不住情绪的冲动，怒火的燃烧，决心秉笔直书，为农民鼓与呼。

掌握了第一手资料，江水下午返回沙流河市，去到市委新闻科。中央权威媒体来了大记者，赵建军不敢怠慢，直接领着去见谷丰。

交谈中，江水把去李家寨的所见所闻讲了一遍，拿出农民上访的信件。谷丰接过来一看，面色陡变：年初，"鬼集事件"的阴影，在国人的记忆里还没有抹去；前段时间，平原省莽岭市一农妇不堪负担沉重跳塘自杀，省委书记和省长向中央领导写了书面检讨。突然又冒出李家寨事件，若是党报公开报道，中央领导看到了还不气得拍桌子？那年头，新闻科被称为"消防队""灭火机"。谷丰感到了事情的严重性，自然想起我来。

我正在区委参加常委会，讨论研究如何保证困难群众过好春节的问题。谷丰亲自拨打电话，要我立马赶到市委。

不知有什么要紧的事情，我向区委张书记耳语一句，直接坐车去到谷丰办公室。

看到是江水来了，我迎上前热情握手拥抱。

晚宴，谷丰推掉一切应酬，亲自作陪，自然是高规格招待。宴毕，江水被安排在市委宾馆接待领导的套房。

谷丰："江记者，李家寨事件，我一定严肃处理，但你千万不能见报！"

江水态度坚决："稿件必须发，至于市委如何处理，可以作为后续报道。"

谷丰在沙流河市一言九鼎，可在年轻记者江水眼里，他就是监督对象。他的权威受到了挑战，却无可奈何。他没有表现出丝毫的不愉悦，多少有些尴尬地笑笑。

转移话题，聊了会儿天，谷丰使了下眼色，我随之跟出来。走到外面，谷丰拍着我的肩膀："三毛，江记者不听我这个市委书记的。恁俩是朋友，你必须做工作摆平。恁老家发生的事儿，真要稿件见了报，说不定有人认为是你请来的，背后搞市委领导的呢？"

明白谷丰在"将军"，我半是玩笑半是认真地笑说："谷书记，你这话我可承受不起。你是我敬重的领导，人生的伯乐，有恩于我。你曾写个便条，让我上了大学；计划生育大清查，是你关键时刻说句话我才解脱。感谢还来不及呢，我咋会做出对不起您和市委的事儿？"

谷丰走了，交给我一块烫手的山芋。

说真心话，李家寨上访事件，我真不是幕后操纵者。要说同我没有一点关系，也不符合事实。

父亲在家里，我常回去看看。前些日子，我还去过李家寨一趟。那次，狗儿和几个乡亲找我诉苦："现在，种地赔本，乱七八糟的摊派倒不少，都是伸手要钱的。"他们请求我写篇文章登登报，呼吁呼吁。我在市委当差，要是捅到报纸上，市委领导会不高兴的，说不定给小鞋穿。再说，乡里县里头头脑脑都是熟人，往后咋见面？出于私心，我不便出面介入，指点说："这事儿，向乡里县里反映没用；不能光嚷嚷，要有材料。"这是一种暗示，等于告诉他们："要上访就到市里，我或许从中能起到作用。"狗儿是聪明人，听出我暗含的意思。他找到村小学的张校长——翠姐她叔，写了上访信。

乡亲卖血、狗儿卖马交提留款的事情，我听说过。由于没有挣钱的门路，村里不少人去医院抽血换钱。久而久之，他们学聪明了：头天晚上喝碗盐水，无须隔些日子，可以天天撸起袖子，一针管就是一把现钞。血的质量虽不高，票子却不打折扣。输出鲜红的血液，卖几个钱，本来是解决生产和生活之急需。可到末了，上面清欠提留款，又被迫收走。卖马的事儿，是孤立偶然的。狗儿那匹马，本来老掉牙，干不动农活，百十块贱卖了，也交了上去。

我走后，狗儿一伙人合计："三毛有难处，咱不给他找麻烦。干脆咱们去市委闹去，惊动了领导，说不定能解决问题哩。"

无巧不成书。狗儿领着村民来上访，正赶上江水来。这下，响动大了。

回到市宾馆领导套房，我向江水讲了谷丰说的话和我知道的李家寨的一些情况。

听罢，江水打量一下我："老哥，李家寨事件太恶劣了，我不能轻易承诺谷丰不发稿。他必须拿出一个切实解决问题的方案，保证类似现象不再发生，才能对得起新闻工作者的良心。"

我："可以原原本本地传达你的意见，但稿件绝对不能发。"

江水笑了："发稿不发稿，我听你的。但不能轻易承诺谷丰不发稿。"

我去见谷丰，不走样地讲了江水的意见。

谷丰一听，悬着的心放下来了。

第二天，谷丰陪江水吃早饭。

江水说："李家寨事件，我已向报社汇报过。看着'老哥'在你手下工作的缘故，向我苦苦求情，稿件暂时可以不发。但市委必须让我向报社交掉差，给全国人民一个满意的答复。"

谷丰明确表示："江记者，你放一百个心，市委绝不会敷衍了事。"

聊了一会儿，谷丰把溪流县党政两个一把手叫了过来，等候。

白天已退休，孙强当了书记，王铁山已是县长——这小子，天生当官的材料，他靠上了马腾市长。过去几年，他由农业局长擢升为常务副县长，很快又坐上县政府头把交椅。

孙强和王铁山两位当家人，各坐一辆车。其中，王铁山的那辆车的后备厢里，装满了小磨香油、牛肉、苹果、大枣等年货。

谷丰见到两位下属，冷鼻子冷眼。这比批评一顿、臭骂一通还难受。他们开大会时坐在主席台上的威严不见了，面对下级表现出来的居高临下的气势消失了，仿佛两个犯了严重错误的学生，木木地呆立在敬畏的老师面前，随时听候处置……

王铁山精明，眼珠骨碌碌转动几下，一副诚恳的样子，面对江水，赶快检讨一番。

谷丰让市委安排一辆小车，司机把年货装上去，嘱托我亲自把江水送回老家过年。

江水执意不要，连连摆手拒绝。我打着哈哈："家乡土特产，我安排的，一点心意。"半推半就，江水不再坚持。

我把江水送回老家，返回沙流河市，折腾了整整一天。机关已经放假，我想可该休息了。次日早上，刚吃完饭，许秘书又打电话，说："谷书记叫你过来一趟。"

大过年的，不知谷丰还有啥事儿，我急急忙忙地赶到市委。

谷丰换了身平时没穿过的有些破旧的服装，问了问我送行江水的情况，道："你陪我去李家寨一趟。"随行的还有一辆小车，是市民政局王局长的"坐骑"，正等着出发呢。

我正犹豫该上哪辆车，谷丰示意我坐在他的车上——我明白：他是让我带路，便于随时询问情况。

二 谷丰走访李家寨

小车在柏油路面上行走一段，驶入乡间小道。路面上，人走车轧，表层成了细细的粉状。黑色的"奥迪"屁股后面，飞扬起股股尘土，随风飘散而去……

道路两旁的树木，没有了叶子，光秃秃的。杨树的枝丫，向四周斜斜地伸展着，倔强地刺向天空。柳树垂下稠密的枝条，顶端细细的似铁条。农田里，墒情不足，主人无心浇灌。时逢严冬，麦苗的根部出现些许黄叶，缺少浓绿和生机。

"奥迪"进入溪流县万人庄乡境内的毛庄行政村，看到大片农田无人耕种，满地枯草，在寒风里瑟瑟发抖，十分荒凉。

招呼司机停下，我和许秘书随谷丰从车里走出来。谷丰问路边一位老农咋回事儿。看到眼前的大官，老农像是见多识广，毫不怯惧。在他心里，当官的没有好东西，满脸的不屑，带着愤懑的情绪，说话带着刺儿，直言不讳："不让种，收走了！"

谷丰不解，问："为什么？"

老农说："全村人均负担统筹提留及各种杂项税费二百四十元。村里许多人家交不起，地被收走，作为集体的'经济田'，等到明年招标承包。村支书开会讲：'工人能下岗，农民也可以下岗！'你想，农田能不撂荒吗？"

谷丰听了，脸色铁青。他让许秘书把这事儿记下来，一定要找乡村干部算账！

沿着曲折狭窄的土路，"奥迪"来到万人庄乡南北大街，通过清水河上水泥桥，走下堤坡，我们前往李家寨方向而行。

路南一块又一块农田，秋作物还长在地里。经过风吹雨打，霜冻雪降，玉米、大豆、棉花等秋庄稼的秆儿，枝梢已经残折，叶子几乎落光，只留下少许，枯卷着，像染上黑灰般的颜色，杂草野蒿腿肚深，在寒风中瑟瑟发抖。这景象与相邻的绿色麦田极不相称。

见此情景，我们翻过大路旁边干涸的沟底过去察看。谷丰诧异："农民视粮如命，惜土如金，也没人种没人管，难道是同样的原因？"

我家住在堤坡下，每次回来，都是走堤顶。这现象，我也是第一次看到，不解其中缘由。正疑惑，看到有个年近七旬的老汉，手里拿着一把镰刀在荒芜的庄稼地里拾柴火，装满了荆条筐子。此人叫李学来，因嘴歪，背后人们都叫他"老歪"，是村上有名的老光棍，我喊他老歪大爷。以前，他在生产队当保管员。大包干后，没有了"公干"，他成了"五保户"。听村里人讲，去年春节，他割了半斤肉，没钱买盐，剁成碎末打肉稀饭吃了。该过年了，家里缺柴，他来到地里解决烧火问题。

见到我们，老歪直起腰。我亲切地喊了声大爷，拿出一支烟递过去，然后掏出打火机，用手罩住风，给他点燃着。随后，我介绍了谷丰和许秘书。

谷丰："老人家，这些农田为啥没人管？"

老歪："出啥钱都按地亩摊，算下来，净赔本，不想种呗。"

谷丰："庄稼人不种地吃啥？"

老歪："到沙流河市郊区收破烂，卖点钱买粮吃。"

谷丰："村里有多少这样的人家？"

老歪："我也说不清楚，大概三四十户吧。"

谷丰把气压在心头，蹦出一句话："走，去村里瞧瞧。"

在村口，县委书记孙强、县长王铁山和乡、村主要领导正在恭候。

秦奋提拔到县委当办公室主任。乡党委书记叫张捍民，曾做过县委政研室秘书，直言敢谏；乡长陈耕耘，人很老实，农学院毕业的，靠着一张文凭，像蜗牛爬行，现在"熬"到乡政府一把手。两人都是我的老相识，每次相见很是热情客气。

谷丰说："谁是村干部?"

陈仓和逃生哥走到跟前，自报姓名和身份。

谷丰："你们把到市里上访的群众代表叫过来。"

陈仓和逃生哥不敢迟慢，急匆匆地进了村。

王铁山赔着笑脸："谷书记，咱们暂且去大队部等着，站在这里，怪冷哩。"

谷丰仿佛没听见一般，板着脸不理不睬。

过了一阵儿，狗儿和孬孩、猪脸、铁蛋过来了。

谷丰："你们领我去家里看看。"

听说市委书记由县乡领导陪着来了，村民们纷纷涌到路边观看，有的尾随其后。

走进狗儿家里，院里站满了人，小孩子挤在最前面，瞪着眼睛不敢吭声。狗儿屋里乱糟糟的，没有坐的地方。谷丰站着问："过年能不能吃上饺子?"

狗儿："再穷，也能吃顿饺子。散罢年，可就犯愁了。"

谷丰："有啥困难，不要顾虑，你只管说。"

狗儿指着大儿子革命："别的难都好说，孩子上学交不起学费是大事。"

谷丰："需要交多少钱?"

狗儿："革命学习成绩在班里是第一名，考上乡中学了，入学得交七十四块钱哩。没有进钱的路门，我把一匹老马便宜卖了，钱到手里还没暖热，全部交了提留款。孩子憋屈家里，哭闹好几回了，非要上学不中，愁得我想不出办法，打算卖血凑学费。"

谷丰："你们家几口人，一年交多少提留款?"

狗儿："俺家五口，每年整把上交七八百块。至于临时摊派，多如牛毛，数不清。"

谷丰交代市民政局王局长："孩子上学是大事儿，你帮助解决。"

王局长有点为难："按规定，每个困难户一次最多只能救济三十元。"

孙强接话："我让县里给予特殊照顾。"

到了孬孩家，日子过得更烂包：妻子哮喘，上气不接下气；父亲偏瘫，母亲肺结核，长年卧床不起；三个女孩，天寒地冻的，穿着破棉鞋，连袜子都没有。

谷丰有些心酸，问孬孩："你们家平时靠啥收入?"

孬孩："能靠啥？卖血呗。"

谷丰无语。

到了一户特困家庭，惨不忍睹：两间草屋露着天，不遮风不避雨；两年前，爹娘死了，撇下五个孩子。大的叫李新，刚满十八岁，带着四个未成年的弟弟和妹妹，个个面无血色。最小的妹妹，蓬头垢面，穿着大人的单鞋，脚手冻得像胡萝卜……

谷丰问："这几个孩子平时靠啥生活？"

"靠村里这家给点，那家送点，太可怜了！"逃生哥叹了一口气，答道。

谷丰看不下去了。或许，他想到了自己童年丧母的痛苦，当即对孙强说："乡和村要给予特殊照顾。"然后，他对在场的干部说："召集到市里上访的群众去村部开会。"

村部会议室，桌椅不够。村里小学有大教室，已提前做好了准备。讲台上，并排摆了两张课桌和长条板凳，中间位置放了麦克风。下面放了一排排凳子，坐满了人。屋里生了炉子，暖烘烘的。

谷丰坐在正中央，县乡领导分坐两边。

俗话说："光棍别进家，进家没一哈。"意思是，在外面你无论多风光，回到村里都不能摆谱。我从来不在乡亲们面前充"大头蒜"，站在教室最后一排不显眼的东北墙落里。

会议开始之前，谷丰扫视会场，发现了我，高声说："三毛同志，不要站在那个地方嘛。来，坐在台上！"

我顺从地走上去。不知谁带的头，乡亲们热烈鼓起掌来。我正想找个最靠边的位置坐下，谷丰说："你是七品大员，为村里百姓讲过许多好话，办过不少事情，到我身边来。"之后，他让右边的县长王铁山移动位置，让我挨着坐下。

然后，谷丰对着麦克风，面向满屋子的群众，表情沉重，深深鞠躬："我没当好市委书记，存在严重的官僚主义作风，辜负了乡亲们对党和政府的期望，让乡亲们吃苦作难了。"

接着，他批评道："你们当干部的，想得倒挺周到，怕我冻着，生了煤火。我享受不起，煤球钱我出。如果把对上级领导的照顾，用在困难群众的关心方面，才算用在了正地方。"

缓和一下语气，谷丰说："农民负担过重问题，我调查研究不够。据了解，问题出在下面，根子在上边。市委一定要调查清楚，拿出切实解决方案。"

谷丰口气亲切起来："今后，李家寨是我工作的联系点。乡亲们有什么困难和问题，可以直接找我。"说到这里，他面对干部讲："你们可以在村口立块水泥牌，写上'沙流河市委书记谷丰工作联系点'，市县乡都要重点扶持。"

　　听到这话，狗儿斗胆发言："你抬抬腿走了，我们上哪里去找呀？"

　　谷丰看了看狗儿："大家找不到我，总可以找到三毛同志吧？让他把大家的难处，无论是生产还是生活方面的，随时转告我。"

　　谷丰讲得十分诚恳，迎来雷鸣般的掌声……

　　群众散去，谷丰指示："凡过年有问题的和村里的特困家庭，要逐户统计，一家不能落下，必须妥善解决。"

　　县乡村三级干部，纷纷表态："请谷书记放心，保证不打折扣，认真落实您的指示！"

　　就在干部们准备欢送时，谷丰说："你们都走吧，我还有私事要办。"

　　市委书记要办私事儿，谁都不便过问。

　　我纳闷：谷丰在李家寨无亲无故，会有什么私事儿？

　　谷丰对我说："走，到你家看望看望老人。"

　　我不好拒绝，领着谷丰去了家里。

　　讲究卫生的父亲把院子、屋子打扫得干干净净。当门的条几、方桌和带靠背的椅子，擦得明光发亮。我和荷香提前回来过，家里年货早已办妥。

　　看到市委书记，父亲手足无措。谷丰满面笑容，嘘寒问暖，拉了一会儿家常话，对父亲说："老哥哥，感谢你教育出一个好儿子，为党培养了一位好干部。"然后，他拿出一条阿诗玛香烟，道："这是我的心意，请你收下。"

　　庄稼人有的抽手卷烟，也有吸一毛三分钱一盒"白鹅"牌的，家庭经济条件好的才舍得买两毛钱一盒的曙光烟，谁见到过十块钱一盒的"阿诗玛"？父亲慌忙接过市委书记送的高档香烟，激动得手直颤抖。一向讲究礼数的他，竟忘了说声谢谢。

　　正午，我和父亲挽留吃饭。谷丰和许秘书嫌麻烦，坚持要走。父亲过意不去，把为九叔二儿媳妇生孩子炸的油条拿出来。说起这油条，不知哪辈子传下来的，空心，胖大，焦黄，用同样多的面，一根比外村的大一倍。别的地方的油条，出锅不久，放不多长时间就软了。而李家寨的油条越放越焦，过年走亲戚，无论去多远，从不塌架，篮子依旧满满的，显得很排场。谷丰边瞧边听介绍，十分欢喜。我拿出两只油条，送给他和许秘书品尝，两人吃过连连称赞："焦！

香!"父亲用"经子",即缠果子盒的一种纸捻成的绳子,分成两捆,让每人带一捆回去,请家人品尝。

我和谷丰走了,在村里刮起一阵旋风。

街头巷尾,村民蹲在墙根太阳光下"侃大岔(说闲话)":要不是狗儿领着几十号人上访,市委书记咋会到咱李家寨?有人诡秘地悄声说:"狗儿会有恁大能耐?连上访信咋写,都是三毛出的主意。"许多人说:"咱村成了市委书记的联系点,今后该吃'偏心饭'(享受特殊照顾)了,都是沾了三毛的光。"

最得意的是父亲。他最爱面子,喜欢讲排场。这个春节,无论谁到家里来,还是他到饭场,逢人便掏出阿诗玛,递过去一支,必说是市委书记送的。而他自己舍不得抽,让半个村子的人尝了个遍。

父亲最为骄傲的,是谷丰对我夸赞的那两句话。他向乡亲们一遍又一遍地重复,充满了自豪和幸福。村里人眼见我和市委书记同坐一辆小轿车,开会喊着名字让坐身旁,排在县长前面,纷纷议论:"三毛肯定有出息,能成气候。"父亲听了,脸上泛着红光。

七十多岁的老成大爷,身体依然健朗,早就认定我家祖坟是块风水宝地,更加相信过去的预测。有一天,趁着月色,遥看点点繁星,他捋着发白的山羊胡须,背着双手,围绕爷爷的坟地转了几圈,嘴里自言自语道:"看来,二门真要出个像样的官了!"

三 "圣旨"为啥不灵

一路上,坐在"奥迪"里,我和许秘书都是"身边人",谷丰说话随便起来。

谷丰:"三毛,我叫你坐台上时,群众那么热烈地鼓掌,说明你在村里蛮有威信呀!"

许秘书:"我在台下,村里人夸你是大孝子。到家一看,把老父亲照顾得真够好的。"

谷丰:"修身、齐家、治国、平天下。我看,把一个县交给你,一定会成为老百姓拥戴的好官。"

我:"老百姓最讲实惠,知恩图报,最识抬举。你敬他一尺,他敬你一丈;无论你是谁,在他面前傲慢,干下缺德事儿,他不'尿'你,用唾沫星子能淹死你。"

"奥迪"进入市区，路过中医院，我打算回家。谷丰说："先去我的办公室，我还有事交代。"

不便多问，我只好遵命。

谷丰交代司机小马："你先在楼下等会儿，俺俩上去说点事。完了，你送三毛回家。"

进到办公室，谷丰说："有个特殊任务，我相信你能出色地完成。"

大过年的，还有啥事儿需要我办？心里正在揣度，谷丰开口道："李家寨事件是由农民负担问题引发的，必须尽快找到症结所在。春节期间，你少休息几天，从老家着手，从户到村到乡到县到市，彻底查清统筹提留和各种集资摊派情况，写个调查报告，尽快提交市委常委讨论研究，以便制订出切实有效的解决方案。"

我早想做这方面的文章，知道会遇到重重阻力。如今，谷书记授以"尚方宝剑"，我明确表态："只要有你支持，我保证完成任务。"

谷丰："宜早不宜迟，越快越好。"

我知道谷丰还要向中央权威大报交代，便说："正月十五前，保证交出答卷。"

听到我的回答，谷丰很高兴，从柜子里拿出一条"大中华"："我不大吸烟，你带回家，过年抽。"

我心里一阵激动：那么多人千方百计巴结他，我从未向他送过任何礼物，他反而想着我。跟着这样的领导干，我就是肝脑涂地，也心甘情愿！

这个春节，我放弃休假，带着赵建军，拿市委书记口谕当"令箭"，所向披靡，围绕农民负担展开了深入调查，写出了专题报告。后来，它发表在全国几家大报上。选录《平原日报》原文，刊登如下——

"圣 旨" 为 何 不 灵？
——沙流河市关于农民负担的调查报告

1985年10月31日，中共中央、国务院发出的《关于制止向农民乱派款、乱收费的通知》规定："乡村统筹费和村提留款两类合计，落实到村最多不得超过上年人均纯收入的5%。"

五年过去了，这个文件落实得怎么样呢？据统计，平原省农民负担

"从1986年的6.2%逐年递增，1989年达到9.1%"。这个省的沙流河市各县区上报的数字是，1989年"全市合同内（不含临时摊派）提留款，人均44.51元，占上年纯收入的10.2%"。

人们习惯把中央的"红头文件"称为"圣旨"。那么，这道"圣旨"为何不灵呢？一九九一年春节期间，我们在沙流河市作了一番追踪调查。

农民说："不知道啥是文件，光听收音机里喊，不管用；俺一年交多少粮款，多得记不清。"

春节期间，我们来到溪流县万人庄乡李家寨村调查。在村东头，我们遇到一位叫徐红英的中年妇女，问她家去年共交多少粮款，有什么凭证，她拿出一个小蓝皮本——县粮食局印制的"粮油交售凭证"，第一页写着3个数字：合同任务小麦335公斤，玉米（也是交的小麦）18公斤，"五种粮（五保户、烈军属、合同民警、民师和水利统筹粮）"115公斤，3项共468公斤。她说除本上以外，一年还得交好多回，多得记不清啦。问知道中央有文件吗？她说："不知道啥是文件，光听收音机里喊，不让农民多交提留，不管用。"

村党支部书记说："村干部不入品，'圣旨'下达不到俺这一级，乡里叫咋提咋提，村里需要也提一点。"

在李家寨行政村办公室，党支部书记陈仓说："乡里给村里定的合同提留项目有村干部工资、建校款、五保户生活费及保险、牲畜防疫费等12项。合同外和临时下达的提留项目，还有挖河款、报刊费、生猪补贴、牲口交易税。此外，村里提的有小学建校款、招待费、建桥费、植树造林义务工补贴。共计提留20多项，人均合136元，占上年人均纯收入的38%。"

听罢介绍，我们不禁想起一位农民的话："头税（农业税）轻，二税重，临时摊派是'无底洞'。"

乡长说："中央下达文件，要求减轻农民负担；地方又下达文件，让办这办那。'令箭'比'圣旨'还厉害，'小鱼'吃'大鱼'，谁有啥办法？"

在万人庄乡政府，乡长陈耕耘谈起农民负担的话题，苦笑一下说："去年，全乡不包括有些放到村里的提留项目，人均66元，占14%。这些提留都是部门出主意，领导下指示，乡村干部当孬种，农民出真汗。我们是上头批，农民骂，老鼠钻到风箱里——两头受气；蝎子蜇嘴——有理说不出。"

接着，陈耕耘乡长举出各部门逼乡村干部办事的例子：

报刊征订本来凭自愿，没入村提留项目。县委宣传部又是下文件，又是定任务，又是开书记乡长电话会，又是派人催，我们只好把征订任务压到村里。农民出这笔钱，连报纸的影子也见不到。

小麦防火一次收走4年保险费。没钱，逼你先从银行贷款，然后再把款分到农户。

春节前，为保证城里人吃肉，硬分给800头低价交售生猪任务。全乡农民合计给城市人补贴2.5万元，而农民却没钱买肉吃。

乡长无可奈何地叹息："对县级党委、政府和部门，见'令'不行，马上给你颜色看，谁能顶得住？"

有关部门说：每项收费都是上面有明文规定的，这不能算作不合理的负担。

对于陈耕耘乡长列举的上述几项提留项目，我们走访了地县有关部门的负责同志，查阅了有关文件，现笔录如下：

关于保险——

溪流县保险公司工会主席付成功：去年全县农村保险，实行的是乡统一办理保险手续办法。有的乡没钱，公司就让银行先贷款。

市保险公司经理卢存勤：由于保险系统人少，不可能面对一家一户。在委托乡村干部收保险费时，有的干部图省事，不同群众商量，统一投保了。

关于生猪交售任务补贴——

市商业局长霍金亭：去年10月省食品公司向我区下达了8万头毛猪分配交售任务，每公斤比市价低几角。群众不愿卖，按任务层层分了下去，差价部分由农户补贴了。

关于报刊征订——

市委宣传部部长岳松：沙流河市是全省大市，适当多订些报刊，是经济发展的需要，市委领导是赞同的。去年，我们要求每个行政村订阅6种党报党刊，村民组订阅4种报刊，都是根据省委宣传部和邮电局

（1989年）45号、90号文件的精神："农村用提留款适当订阅报刊，不能视为加重农民负担。"这是中央一位领导讲的。

关于中型河道治理群众出资——

市水利局局长谭平山：去冬治理的7条骨干河道，共需投资亿元以上。按规定应该国家投资，可省政府（1989）63号文件又称："主要依靠群众自身积累兴办。"省里只同意批3000万元，分三年给，至今1000万元还没给，群众出资7596万元。许多乡村，此项人均摊23元。

市县领导说：从上到下都打着人民事业人民办的旗号，往农民身上加负担。减轻农民负担关键是把好农民承受能力这一关。

调查结束，我们请溪流县委书记孙强发表意见。他说，上上下下各部门都打着"人民事业人民办"的旗号，并通过各级党委、政府发号施令，让办这办那。上头有文件，下头不执行行吗？这个文件让办得执行，那个文件让办也得执行，中央、国务院"5％"就落空了。红头文件"吃"红头文件，县乡村干部有啥办法？

市委书记谷丰说："这几年，从中央到地方，都在喊减轻农民负担，实际上越减越重，现已超过农民承受能力，有的生活都难以维持。原因是多方面的：一是国家该投资的减少或取消了，落在了农民头上；二是国家该给农民的给了，各级层层卡下了；三是该农民负担的加重了；四是有些不属于农民负担，而属于有偿服务的项目（像农村保险、牲畜防疫等），通过乡村统一提留了。总之，全社会都往农民身上压，农民吃的是一服中药，酸、辣、苦、甜，啥味都有。"

谷丰书记指出："减轻农民负担，非'综合治理'不可，仅靠追究哪个部门、哪个人的责任解决不了根本问题，关键是要有一个部门，把好农民承受能力这一关，'一夫当关，万夫莫开'嘛。"

我和赵建军集中精力，用了整整半个月，从中国农村社会最基层的家庭单位入手，像剥笋一样，层层追踪，直到削出笋"心"来。接着，我关起门，两天赶写出一篇长达三千八百字的调查报告。行话讲："好新闻不是写出来的，是靠脚板跑出来的。"对此，我有了深切体会。这次采访，我掌握了大量丰富的第一手资料，密密麻麻地记满了笔记本。厚积薄发，我选择典型生动事例，引用干部和农民朴实形象的语言，一改调查报告的枯燥呆板，观点明确，言之有据，绘声绘色；全文各部分，把采访对象说的话，经过提炼概括，择其要点，作为小标题。单独搞出来，连在一起，可以成为一篇内容完整、意思连贯的短文。

当我把稿子交给谷丰时，他连看两遍，连连夸赞："好，好，好!"然后，他嘱咐："打印十几份。"

谷丰主持召开市委常委会，讲了走访李家寨的详细情况，并把报告分发给每位常委，征求处理意见。

一时间，会议炸开了锅——

马腾市长激动地站起来。他本来嗓门不大，这次声音震天响："我看，李家寨事件不是孤立的，是带有全国性的普遍问题，咱们应该通过内参渠道，发给中央领导，让最高层领导明白农民负担沉重是怎么回事，不能光责怪下面。"

王森点燃一支香烟，缓缓吐出几个圆圆的雾圈，讲道："包括市委市政府在内，下面也有责任。对'歪嘴和尚'也得查查。"

纪检书记杨剑微笑着露出两排整齐的白牙插话："李家寨事件，溪流县脱不了干系，应该坚决追究领导责任，严肃处理，以儆效尤。"

岳松发表意见："我们没有把好关，也要深刻检讨，农民负担这么严重，不能上推下卸，好像是旁观者，没有一点责任。"

静静地听罢常委们讲话，谷丰说："我的意见是，不遮丑，不护短，不推诿。一是如实向中央反映情况；二是市委要敢于面对——由我代表市委市政府通过电视向群众作公开检讨；三是在全市开展农民负担大检查；四是市委市政府联合成立'减负'办公室。我当主任，马市长当副主任，对农村各种统筹提留，逐项审查，不该办的事情坚决不办，可以缓办的暂且缓办，对基层的错误做法立即纠正，必须由农户上交的款项，统一发放'明白本'，严格控制'百分之五'红线，超过的农民有权拒交。"

会议决定：对溪流县委书记孙强、县长王铁山给予党内警告处分。市委建议溪流县委对万人庄乡党委书记张捍民和乡长陈耕耘党内严重警告，行政降一级，仍代理原来的职务。

按照市委建议，溪流县对个别行政村清缴拖欠的提留款采用收回农民责任田的错误做法，责成限期纠正，对村里主要干部撤销职务；根据工作需要，考虑到陈仓年龄偏大，李家寨支书由逃生哥接任。

事情并没有到此结束。谷丰趁着进京办事，让我同行，带了两壶小磨香油和两包黄花菜，通过江水牵线搭桥，面见中央权威大报经济部尚主任。这是一位中国新闻界的权威，发表的每一篇文章，都体现着党中央的精神，具有导向作用。没有见面前，我以为他高大魁伟，凛然威严。近距离接触，他颠覆了我的印象：瘦瘦的身材，深邃的眼神，虚怀若谷，为人极为谦和。他的办公室只有十几平方米，陈设简单：一桌一椅一书柜，两个普通的单人沙发，另有两把木椅。尚主任热情地招呼谷丰和我坐下，江水倒了两杯茶水。寒暄几句，谷丰详细汇报起李家寨发生的事件和全市农民负担情况。尚主任认真地倾听着这位来自全国商品粮基地的市级领导坦诚恳谈，时而点头，时而提问，时而思索。到了下班时间，谷丰设晚宴相邀，尚主任没有推辞。席间，两人从农民负担切题，就"三农"问题展开深入讨论。尚主任像深海探测器，要沉到"海底"研究和发现农村在改革与发展进程中，究竟存在哪些问题，有什么解决的途径和可能借鉴的经验。谷丰以他的率真和见解，丝毫不回避矛盾，或侃谈，或皱眉，或叹息。在长达三个小时里，谈话气氛融洽而友好。最后，两人达成"君子协议"：沙流河市"三农"问题有什么新情况，及时以文字或口头形式汇报，经济部作为农村宣传报道的参考和依据。我和江水坐在一旁，静静地听着，默不做声。从此，他们不仅保持了工作上的经常性联系，还建立起个人之间的友谊。我和赵建军采写的调查报告，根据谷丰请求，以市委调查组的名义，尚主任编发了"内参"，呈报中央领导参阅。一位首长阅后批示：平原省沙流河市反映的问题，在全国带有普遍性，有关部门要认真研究解决。另一位首长对谷丰敢于实事求是的精神，予以高度评价。

《"圣旨"为何不灵》这篇调查报告，在谷丰的支持下，我寄送给几家大报。《平原日报》破例让这篇"问题报道"在头版显要位置全文发表，入选当年报纸系统全省好新闻一等奖。

四　"千顷李油条"

此次进京，我们下榻在沙流河市驻京办事处。

谷丰安排在领导套房，我和许秘书住进标准间。

到了晚上，谷丰招呼我同宿。尽管我是正处级，但毕竟是科长。谷丰是市委书记，属于党的高级干部。我们之间虽然随时保持着联系，却有难以跨越的"距离"。是夜，他想跟我深入交流从根本上解决李家寨的问题。我心里明镜似的，不怯不惧地住了过去。

谷丰的另一面：性情中人，充分得以展示。我毫不忌讳，把所思所想一一道出。

谷丰："春节前，我走访李家寨，你有啥看法？"

我思谋已久："临时救济只能是应急，治表不治里。指望民政部门解决三二十元，就像腿弯里的汗，伸一下就干了，维持不了多长时间。缺钱花仍会困扰着不少家庭，卖血事件还会发生。"

谷丰："你有什么考虑，说来听听。"

我："可以从'千顷李油条'上找出路。"

谷丰不是很明白，让我详细谈谈想法。

我讲了千顷李家族四百年的辉煌历史和世事沧桑，然后把话题引导到"油条"上。我告诉他："李家寨的油条是独具特色的食品，全村大概有三分之一的农户有这种手艺。倘若帮助这些人家来沙流河市区做生意，肯定能让一部分农民先富起来。"

谷丰："那就让他们进城卖呗。"

我坦言："说着容易做起来可就难了。"

接下来，我把话题展开——

沙流河区的市民，有着浓厚的小商小贩世俗习气，从骨子里瞧不起乡下人。但见了当官的，他们就像豫剧《朝阳沟》中的银环她妈遇到老支书，极力逢迎巴结。我讲了七十年代下放到万人庄公社柿园村的知青陈雪，大学毕业的时候，求我找夏秋帮忙留在沙流河市的故事。她到我家，我跑半个村子借油借鸡蛋招待。而我去陈雪家，她妈把白面馍藏起来，让我喝两小碗稀汤面条。怕我吃第三碗，陈雪让我，她妈说："三毛不是外人，让啥让？"最恶心的是，我临走时，她妈说的话："以后找陈雪不必到家里。"言外之意，我不该在她家吃饭。当时，我真想把肚子里饭吐出来。后来，我调来市委，陈雪听说了，几次邀请我做客。碍于面子，我去了。全家人视如贵宾，摆了一桌子菜，拿出好酒，亲热得无法形容。特别是陈雪她妈，"乖呀儿"地叫着，不停地为我夹菜，比门婿儿还亲。

谷丰听到这里，"扑哧"笑出声来。

我继续讲："沙北土生土长的干部，至今熏染有这种习气。市委市政府及市直单位，有个不成文规定：缺人宁愿从县里调，不从区里选。"

谷丰："我有所闻，没谁像你讲这么透彻。"

我接着讲："改革开放后，大街小巷，摆摊设点的都是市民，经营的是传统产品和具有地方特色的饮食。他们把市区当成独立王国，不允许有'侵略者'，认为外来人口，尤其是农民进城务工经商，是抢了自己的地盘，夺了自己的饭碗，排外思想极为严重。如果没有官方背景，乡下人想在城里做买卖，很难立足。还有，工商管理人员野蛮粗暴，动不动就对小商小贩掀摊子拉东西，撵得东躲西藏，到处乱跑。"

谷丰眉头皱起疙瘩，露出刚毅的表情，果决地说："改革就是拆掉城乡藩篱，搞活商品经济。"但他不得不面对现实，叹息一声："看来，要破除旧的观念，绝非朝夕之功。"

我："那也有方可治。"

谷丰："你有什么灵丹妙药？"

我："市民势利，怯当官的，就让'千顷李油条'拥有官方背景，列入沙流河市重点保护饮食品牌。"

"我赞同。"谷丰说，"市民的传统观念根深蒂固，短期内无法破除。但营造'小气候'，市委还是能办到的。我责成市工商局整顿队伍，规范管理，为农民进城开绿灯。"

我："那也不是一句话能够解决的。眼下，李家寨农民到市区卖油条，首先需要做的，是允许他们首先在市委家属院设个摊点，表明市委的态度，支持这件事情，树起一个标杆，随后扩展到市直机关家属院。这样，会避免跟市民发生利益冲突，比较容易地做起来。"

谷丰："这算个啥大事呀？"

我："看起来简单，复杂着哩。现在市委食堂的师傅，都跟市委市政府领导沾亲带故。他们排外，袁城县有个卖马糊兼炸油饼的，多好的风味小吃呀！不是就让撵走了？你能说句话，让李家寨来一户在家属院摆个摊卖油条，其余的一切事情全交给我。如果遇到阻力，你就让我打你这张牌。"

谷丰："好！坚决支持你的想法。我让叶秘书安排，看谁敢撵！"

从京城回来，我在家稍作休息，正打算回李家寨一趟，逃生哥来了。他说："马上开春了，村里需要柴油化肥，谷书记把咱村作为联系点，看他能不能批个条子，帮助解决一下。"

我当即向谷丰打电话谈了此事。谷丰说："柴油的事情，我现在就安排，你直接去找市商业局霍局长；化肥的事情，我打个招呼，你去找市化肥厂杨厂长好啦。"

谷丰办事雷厉风行。逃生哥一听高兴透了："没想到，狗儿他们闹腾出这么好的结果！"

我："还有更好的消息哩！"

逃生哥："啥好消息？"

我讲了谷丰支持李家寨进城卖油条的事情。逃生哥听罢，两眼放光："咱村的油条个大焦香，远近有名，在市区准能打响。既然有市委书记做靠山，不愁没有挣钱的门路了。"

我："你回去抓紧联系联系，看有多少户愿意，我再作具体安排。"

等了六七天，逃生哥带着儿子铁棒等三四个人来家，称是问问情况，探探路。

我问逃生哥村里联系了多少户？他说没多少，就十来户。

我问为啥？他说一句话讲不到头。

我："你细细说。"

逃生哥讲了乡亲们的顾虑：人生地不熟的，摊位摆在啥地方？受欺负了咋办？住在哪里？

我陷入深思：夹河套农民过着长期封闭的生活，视一河之隔的沙流河市是不可涉足的世界，不属于自己的天地。这地方，他们感到特别陌生，心存畏惧，不敢有进入城市发展的愿望，宁愿困守贫穷。

揣度一下，我说："铁棒透算（精明），干净，讲究，会说话，善交往。干脆，让他的油条摊摆在市委家属院，院大人多，生意差不了，有个大事小情有我哩。其他户，我逐个与市直单位领导打招呼，说妥了再过来炸油条。住的问题，咱有个姨父是村支书，城中村的干部都熟，我让他帮忙联系租房。"

逃生哥说："你忙起来没影儿，找不着你咋办？"

我胸有成竹，说："鼓励农民进城务工经商、发展市场经济，是上边号召的。区工商局局长、蔬菜乡党委书记都是溪流县老乡，我同他们商量好了。乡里已指派干部老张，在工商所专门张罗这件事。我领着铁棒过去一趟，见见面，互相认识认识。村里谁来了，可以先找铁棒，然后再把人领过去，具体事宜由他们负责办理。

逃生哥消除了顾虑，对我说："你只要把这十来户安排好，站住脚，挣到钱，村里想进城的自然就多了。"

逃生哥领着村里来的人走了。

我领着铁棒去见市委家属院食堂的师傅老孙，递过去一盒阿诗玛香烟。老孙平时见了我就很客气，问有啥事情。我介绍铁棒是本家侄子，想在院里炸油条，请求照顾。叶秘书提前向老孙谈过话，老孙虽然不大如意，清楚是市委书记旨意，胳膊拧不过大腿，看着我的面子，连忙说："既然是本家侄子，俺不会为难他。"铁棒叫着孙伯道："今后，晚辈靠您关照了。"

一切安排妥当，我领着铁棒去到二姨家，见了姨父，在市委附近一个叫东阁庄的村子租了房子。

铁棒炸油条的事情算是安排妥当了。

过了几天，铁棒把两个孩子交给逃生哥和枣花嫂子照管，带着媳妇米兰在沙流河市支起第一口油条锅。

我给铁棒出主意："一个星期内，卖一送一，别图赚钱，只当做广告。"铁棒说："三叔，我听你的。"这样做，生意果然兴隆起来。买油条的排起了队，小两口忙得不亦乐乎。

其余的十来户，不到半个月，在市直机关家属院都开了张，个个生意红火。每天一大早开张，十点收摊，一数票子，净赚二三十块。他们没有想到，这钱来得恁容易，心里比喝蜜还甜，个个乐开了花。

这些人是活广告。几个月下来，李家寨在市区炸油条的来了几十户。

原来不会炸油条的，急红了眼，都学到技术，也来到市里做生意。

家属院安排满了，有的摆到巷口街道上，很快出现新的问题。

一天，我下班走在路上，几个工商管理人员追赶一位推着三轮车的商贩，追得他拼命逃窜。跑到跟前，他直喘粗气，看见是我，像抓到救命稻草，大声呼喊："叔，叔！"

我瞅一眼，并不认识。他忙介绍："我是西头的，俺爹叫保山。"

"噢，保山的孩子。"我呵斥工商管理人员，"你们这是野蛮执法，再乱来，我让赵家冒收拾你们！"

看我是从市委大院出来的，像个领导，几个"货"给镇住了，解释道："他占道经营。"说罢，他们互相看看，散去。

过了几天，发生的事情更为严重。清晨，我去儿童街跑步，见到两个经营早餐的商户，发生群殴，打倒一片。摊子掀翻了，东西砸得一塌糊涂。双方成员，个个头破血流。有的靠墙，有的依树，有的倒在地上，已耗尽气力，"哼呀唉"地低声呻吟着。有两个人直挺挺地躺在路边，奄奄一息，生命垂危。担心出人命，我赶紧叫来救护车拉到市医院。事后，我得知，这人是李家寨小马庄自然村的，叫马头。他是早已去世的陈仓"后老大（继父）"的侄儿，打着"李家寨"的旗号，也来炸油条兼卖豆腐脑。旁边的那个小贩，自恃是老门老户，硬说马头挤占了生意，又骂又撑，不依不饶。忍不下这口气，两家大打出手。由于抢救及时，马头保住了性命。他记在了心上，我忘得一干二净。

接连发生的事情，引起了我的重视：随着摆摊设点的农民增多，必须采取有效措施，保护正当权益。

邀请赵家冒到家，我备下酒席，边饮边谈想法：对李家寨进城炸油条的农民，统一制作匾牌，上面写着："千顷李油条"，列入区工商局保护品牌。

赵家冒听罢，称赞："这主意不错！"他发表意见："成立一个类似协会的个体户组织，保持同工商局经常性联系。凡新来经营的户，先到局里去登记备案。然后，各工商所统一安排摊位，免遭市区老个体户刁难欺负。"

"再好不过了！"我说。

接下来，我让铁棒牵头，联系本村卖油条的，每人适当出些费用，通融关系，"打点"各个工商所长，确保无障碍经营。

这样一来，效果出奇好，再未发生驱赶殴打此类的现象了。

不太长时间，沙河区大街小巷，到处可见到"千顷李油条"的招牌。未过一年，夹河套其他村庄，凡跟李家寨有亲戚的农户，也来到市内炸起油条。许多人认为我是他们的"保护神"，一遇到麻烦，都说是我的亲戚。我纠正说："你们打错牌了，应该讲是赵家冒的亲戚，那才灵验。"

它产生的效应是，夹河套其他村的，也冒充李家寨的；凡炸油条的户，都称赵家冒是他表哥。赵家冒听说了，见了我哈哈大笑："毛弟，我的亲戚真多，全是李家寨炸油条的。"我打趣道："借助钟馗，打鬼呗。"

农民心里有杆秤，最清楚谁好谁歹，无不把功劳记在我账上，对我格外地亲近。平时，有的人往我家里送土特产，譬如芝麻、绿豆、玉米棒、鲜红薯等。每逢过年和中秋节，有人掂几只鸡过来瞧看。宰杀不及，我只得用围栏圈起来，暂时喂着。当然，我更多的是送给了别人。这种浓浓的乡情，让我倍感温暖，延续了许多年，直到我调到平原市，有人仍然跟我保持着紧密的联系。

过了若干年，特别是进入公元两千年之后，"千顷李油条"的经营者们，早餐实现配套，同时卖豆沫、小米绿豆粥、豆腐脑和胡辣汤，从李家寨，从夹河套，从溪流县许多乡村，打着相同的幌子，走进全国不少城市，发展成为庞大的产业大军，成为早点主打品牌，成为一张独具魅力的名片。

第十四章

春潮涌动

一　天降大任

一九九二年又是一个春天
有一位老人在中国的南海边
写下诗篇
天地间荡起滚滚春潮
征途上扬起浩浩风帆
春风啊吹绿了东方神州
春雨啊滋润了华夏故园
啊中国，中国
你展开了一幅百年的新画卷
你展开了一幅百年的新画卷
捧出万紫千红的春天

这首传唱于大江南北的《春天的故事》，表达了亿万人民的心声。

是年的日历刚翻到第十八页，一位耄耋老人以普通共产党员的身份开启了彪炳史册的南方谈话，神州大地骤然飓风席卷，正在酝酿和掀起新的一轮改革开放热浪。

春节临至，机关开始放假。我正准备陪荷香出门办年货，逃生哥和村文书二宝来了。受乡亲们嘱托，他俩带来两份年货：两捆红薯粉条，这粉条是有特色的，同肉一起下锅煮，肉烂粉条不糨；两壶十斤装的芝麻香油，盖儿没打开，就能闻到香气；两个纸烟箱里装满了手工馍头，石磨磨的面粉，白白的，大大的，又甜又筋，完全是本色和天然的，比街上的好吃多了。逃生哥说，一份是送我的——村里人对我为家乡操心劳累，安排许多农户到市区炸油条，表示感念。另一份是送给谷书记的——村里请手头最巧的坡嫂子特制了锅箔大的枣花馈，枣花取谐音"早发"，即早早发家之意。许多农民未曾想到，能在沙流河市区干起炸油条的生意。枣花馈做起来是要费些工夫的：面要反复揉和，搓得像纺线的棉揪子粗细，由无数"蝴蝶翅膀"拼凑的花瓣形状，每个花蕊里放一个大红枣，正中心"坐"位老寿星，表达福满寿长的祝愿。他俩这个一言那个一语地说："像谷书记这样的官儿，太少见了。狗儿领着几十号人上访闹事，捅了怎大的窟窿，他不见怪，还把李家寨作为联系点，帮助解决好多难处。县里乡里领导像走马灯往咱村跑，予以关照。咱不能薄情寡义，总得表达一下心情。"逃生哥对我说："俺们整天在地里干活，晴天一身土，雨天一身泥，很长时间不洗一回澡，净气味，别脏了谷书记家的屋子，就委托你了。"

我知道：在过去的一年里，谷丰两次前往李家寨，为乡亲们排忧解难，特批柴油化肥；表态支持村里人进入市区卖油条，三分之一的农户有了经济收入；家家不光装满了粮食囤，胡摊乱派的款项也没有了。提起这位市委书记，老百姓内心是感激的。

当天晚上，我用自行车把年货送了过去。谷老爷子看着枣花寿星馈，乐得合不拢嘴。谷丰更是高兴。他特别在意乡亲们这份礼物，连连说："好好好，我收下！"听说李家寨农民日子好过了，他兴奋而喜悦，对我这个使者表现得特别热情，让保姆做了几个菜，拿出一瓶"五粮液"，要跟我喝几杯。推迟不过，我客随主便。

酒酣兴浓，谷丰说："下午，市委刚开罢常委会，研究决定让你下去。"

前一段，谷丰有意无意地问我："要是有机会的话，最想到哪里工作？"我随口答："当然是想留在市区了。"毛毛和丫丫正是读书的年龄，需要我辅导；荷香喜欢家人团聚，不希望我到县里。

当时，我以为谷丰是随口而言，没有太当回事儿。

猛然听谷丰说要派我下去，很是吃惊，忙问："组织咋安排的？"

"任命你担任中共溪流县委书记，要做好准备，过罢春节，文件下发后，走马上任。"

谷丰组织原则性很强。两天前，我汇报工作时，他没向我透露半点消息。市常委会正式作出决定，不再属于秘密了，他才告诉我。

我问："市委对孙强怎么考虑的？"

谷丰："年龄问题，到县人大当主任。"

关于县区领导班子调整的内幕，我后来听说，王铁山想争取溪流县委一把手的位置，没少活动。这次会议上，马腾市长极力推荐他。几位常委沉默不语，其实就是不赞同，一时陷入僵局。年轻的组织部长赵杳文是从省委派下来的，不受地方错综复杂关系羁绊，如实反馈考察情况："王铁山的同志关系不正常，搞团团伙伙，工作作风不扎实，且与财政局一位有夫之妇关系暧昧。"关于我的使用问题，之前的市委书记办公会议研究，去担任区委书记。王铁山"泡汤"了，市委只得临时换将。派谁最合适呢？谷丰建议让我改任溪流县委书记。凭着对我的了解，他引用事实讲了一大堆理由：说我在村里是有名的孝子，特殊复杂的家庭关系处理有方，对农民最了解，治穷致富有办法，身上干净，作风正派，原则性强，有开拓进取精神，溪流县是革命老区，需要派一位像我这样的得力干部。郭宾、王森、岳松对谷丰的意见鼎力支持，常委们没有不同意见，我获得满票通过。

这次"动"干部，是有政治背景的。早有小道消息传出，谷丰马上要调任省委当副书记，分管政法工作。新组建的市委班子，拟由马腾接替市委书记职务，郭宾继任市长，王森担任主管政法的副书记，岳松是负责组织和宣传的副书记。宣传部长是下派的，在省委宣传系统是位老处长，年龄五十出头，再不提副厅就没机会了。

在政坛，领导班子变动是最敏感的话题。市委市政府传得有鼻子有眼。之后的事实证明：并非空穴来风，无端妄议。

一般来说，凡是领导干部在一个地方工作多年，离职之前，都要进行重大人事调整。

包括代理，我当了八年科长，已习惯于唯马首是瞻，觉得在领导身边工作，无须操多少心，不用担什么风险，挺好的。

要放下去主政一方，我既惊又喜：惊的是突然"天降大任于斯人"；喜的是，组织上给了我一个更大的政治舞台，可以施展人生的政治抱负。

此生真乃有幸，我遇到了谷丰这样的好领导。他不仅充分发挥了我的特长，而且注重对我的培养使用。

长期以来，我和谷丰保持着紧密的工作关系，无形当中建立起私人友谊。有人议论：我是谷丰的人，其实我是党的人。俺俩之间完全是上级和下级的正常交往，没有任何不健康的因素。近些年，每次干部调整总有人强拉硬扯地称某某是某位领导的人。有的确有其事，有的纯属无稽之谈。这种以人画线的现象极为有害，特别是在领导层中，一旦认定谁是谁的人，要么跟着沾光，要么跟着倒霉。

当时，至少马腾市长认为：我是谷丰的"过河卒子"，心腹干将。如果单指我的去留和任用，确实是由市委书记主导和决定的。

单说这一点，讲心里话，我也是这么想的。以前，看到先后进入市委大院里的干部一个个走上县区领导岗位，我内心有过躁动，甚至情绪波动过。如今，谷丰很快要调省委工作，走之前放我当"封疆大吏"，想到离开这位老领导要独当一面，有点难分难舍。毋庸置疑，谷丰用我确实用顺手了，才一直把我留在身边。那天晚上，俺俩动了感情，我像个小学生对待尊敬的师长，他把我当成"弟子"，诲而不倦，心碰心地交谈。

我求教："组织上有什么要求？"

谷丰："小平同志讲：谁不改革谁下台，不争论，大胆试。现在，最重要的是发展生产力，让一部分人先富起来。"接着，谷丰讲："李家寨发生的事件，极大地刺痛了我。我看，还是要千方百计地解决农民'穷'的问题。"

我："还有什么要交代的？"

谷丰："选择了仕途，不能有贪欲之心。要想立于不败之地，不被人打垮，当领导的，千万别想着捞钱。'伸手必被捉'，这是至理名言。"

意犹未尽，谷丰说："随着深圳特区经验在内陆地区推广，招商引资活动会成为常态，各种浸染着商品经济的思潮会腐蚀干部队伍。"他引用古歌谣《沧浪歌》："沧浪之水清兮，可以濯我缨；沧浪之水浊兮，可以濯我足。"

我理解原文的含义：举世皆浊我亦浊，众人皆醉我亦醉。

谷丰讲："我不赞成随波逐流。就是孔老夫子，当年听到孺子唱出沧浪之歌，也告诫弟子：水清是清水，水浊仅是浊流，濯缨濯足皆凭自觉。你切切谨记：在任何情况下，都别让浊流玷污清白。"

这话，如重锤击鼓，警钟长鸣，让我受益匪浅。在此后艰难曲折的人生中，我几次遭遇陷害，都免受灭顶之灾。

谈兴越来越浓，俺俩的心思都没有放在喝酒上，完全谈起工作来。

谷丰似乎远离了喝酒和我任职的话题，好像在闲聊官场和仕途，问："你是否知道，现在都有哪些人在做官？"

这句话云遮雾罩，我有些不解。

"一种是廉洁勤政的人。他们有信仰，有理想，有强烈的使命感，为官一任，造福一方。卸任多少年，还为老百姓所称道。"他说。

"第二种呢？"我问。

"庸政懒政混日子的人。他们不求有功，但求无过。啥人不得罪，啥事也不做，当一天和尚撞一天钟。到了换届到站时，平安着陆，拍拍屁股走人。这种人贻误党的事业，会使一个地方经济建设停滞不前。"

"第三种呢?"

"靠行贿拉关系找靠山，削尖脑袋往上爬。这种人不做赔本"生意"，花钱买官，当上官自然要捞回来，还要大赚一把。手段就是频繁调整干部，卖官鬻爵；以改革开放之名，不停地折腾，为捞钱创造机会。这种人侥幸的，聚敛了钱财，落下一片骂名；大多数倒下去，赃款赃物成为量刑的罪证，沦为阶下囚，害国害民又害己，最终落个身败名裂，家破人亡。"

对官场生态，我有所了解，但没想到：谷丰看得如此透彻。

谷丰用犀利的目光凝视着我，肯定地说："三毛，据长期观察，你属于前者，不属于后两种。组织上相信你，甩开膀子尽管放心大胆地干。"

信任是金，不，万金难买；信任是无形的动力，能给人莫大的鼓励和鞭策。我当即向他表示："决不辜负党和人民的期望，决不给您丢脸。"

二 亲人的嘱托

从谷丰家出来，我浑身是劲，一股股热血往上涌，兴奋之情难以抑制，嘴里"哼哼"着，唱起小曲来。

走进屋里，见到毛毛和丫丫已经入睡，只有荷香坐在床上等我。长期以来，荷香形成一种习惯，只要我不出差，无论是同朋友相聚，还是在办公室加班，我不回来她不睡。看我洋洋得意的样子，荷香问："有啥喜事？咋去恁长时间?"

我讲了市委常委的研究决定，荷香听罢，如兜头浇了一盆凉水："我以为啥好事哩，原来是让你去咱县当官呀？能不能求领导，继续留在市内工作。"

"你以为是去农贸市场买菜呀？能随便讨价还价！"我奚落荷香不懂组织原则。

荷香说："官场上的事情我不懂，可明白老话老理：'不当高官不受害，不享荣华不担惊。'咱一家人吃穿不愁，平平安安、团团圆圆的，操那份心干啥？"

燕雀安知鸿鹄之志？我说："男子汉大丈夫，立于天地之间，谁不想体现人生价值，干一番事业！"

看阻拦不住，荷香问："你原先不是说去沙流河区吗？咋回溪流县了?"

我回答："党的干部就像一块砖，哪儿需要往哪里搬呗。"

荷香心思重重地说："你走了，俺娘几个咋办？是随着你搬家，还是留下来？"

我不假思索地说："当初调你过来，多难呀，咋能再回去？"

荷香："毛毛和丫丫谁来辅导？两个孩子的学习，我可管不了。"

我已有打算，说："这几天，咱把家搬到市委家属院去。住在一栋楼的是干部科长马葆华，爱人在市七中是特级教师。我下去了，拜托他辅导两个孩子，你放心好了。"

荷香心里的阴影没有完全消除，对搬家有些犹豫。

"咱们那点事儿，算个啥呀？人家早淡忘了！"我劝她，"住在中医院，人又多又杂；搬了家，丫丫上学近，不用接送，省去很多麻烦；市委院里青年干部随便拉出来一个，就是大学本科毕业，子女们学习成绩都不差，在这样的环境和氛围里，会激励两个孩子努力上进。"

荷香听罢，不再反对："啥时搬家？"

"早搬早心静，要不，我让石头安排几个人派一辆车，明天就住进新房去。"

停了会儿，荷香又问："你下去了，有点啥事儿，咋办？"

"大事儿，你打个电话，我办；一般的事儿，你向建军言一声。"我说。

夜已深了，我收拢话题："睡吧，这个春节，我啥事不干，咱全家好好过个年。"

第二天，家搬了过去。石头、朱文、赵家冒都是兄弟一般的朋友，带着礼物来"燎锅底"。当晚，我一家，他们三家，在饭店热热闹闹吃了顿饭。

在市委工作时间长，我下去的消息是瞒不住的。为了减少应酬，我掐掉电话线，关闭BB机，不开"大哥大"。

农谚："二十八，贴花花。"上午，我正在贴春联和门画，岳父坐着县医院的小车来了，带了许多年货。

我最先看见，边接东西边喊："荷香，咱爸来了。"没等荷香走出房间，毛毛和丫丫先跑上前去。两人各拉住他的一只手，姥爷长姥爷短地叫个不停，拽进屋里，让到沙发上坐下，这个倒水，那个端水果。

我和荷香不好意思地说："准备大年初二去看您老哩，咋这时候来瞧俺？"

岳父道出原委。

这些天，县里传得满城风雨，说你要到咱县当书记哩。之前，没听你讲过，我想探个虚实，打了无数个电话，一直联系不上。担心出了啥事儿，恁妈催我过来看看，到了中医院，才知道家搬到这里了。

说罢，岳父向我求证是传言还是确有其事。

我坦言："组织上已经研究决定，还没正式发文。"

"家里没有别的啥事吧?"岳父问。

"你看呀，都欢欢乐乐的，好着哩!"我招呼荷香，"准备酒菜，俺爷俩喝几杯。"

有喜无忧，岳父踏实了。不大一会儿，他脸上有了酒色，话儿多起来："孩子，这年头不知怎么了，谁要是当了官有了权，送礼的就像麻雀寻食，苍蝇逐臭，成群地围着乱飞。前呼后拥，看着怪风光，都在打自己的'小九九'，稍不留神就会栽跟头。"

"爸，您放心，我没想着贪财捞钱，只想着干事业。"

"那就好。你要是缺钱花，言一声，可不敢动邪念。"岳父讲，我当县委书记的消息传开后，溪流县不少机关干部主动跟他套近乎。有的怀着个人目的，想预先铺路，带着东西去到家里做客。他心如明镜，只是不愿揭穿，打着哈哈应付。这些人走时，他回馈同等价值的礼物。

"您老做得对。谁会无缘无故地把钱把东西送人? 都是有所图嘛! 到我上任的时候，该办的事儿办好，违犯原则的事儿坚持不做，咱不欠谁的人情债，更不能犯错误。"我说。

岳父道："谁托我找你办事儿，我也不接'茬'，只会帮忙，不会添乱。"

"那就好。"我赞赏地说。

接下来，通达世故的岳父给我讲起现实发生的政治笑话——

前一段时间，听说过罢年要调整局委和乡镇班子，有的想调动，有的想提拔，排着队往几个主要领导家里跑。有意思的是，县委管组织的副书记沈大喜，有些发烧，医生初诊为肺炎，住进医院输液。这事儿走漏了风声，送礼的赶不走驱不散，络绎不绝，比爹娘老子得了病还上心。为了躲避，沈大喜换了几个病房，让通讯员把住门。过了几天，病情不见好转，请专家会诊，确认是肺癌。送礼的得知消息，带着东西走到半道就又折了回去。顿时，沈大喜的病房"门前冷落车马稀"。孙强的情况跟沈大喜类似，许多人听说他要到人大了。有人认为，人大是橡皮图章，纪检会是聋子耳朵，政协是举手发言，书记县长一个管人一个管钱。他们不再把孙强放在眼里，越过院门，把礼送到别的领导家里。孙强大发感慨："人走茶凉。我暂时没走，还在台上呢。他们觉得没用了，就'晾'了起来，真是比川剧变脸都快。"一时间，这事儿在县城传得沸沸扬扬。

岳父啥事看得透透的，说："你在台上，有些人千般逢迎，百般巴结；一旦没有了利用价值，一个比一个离得远，见面都懒得搭理；你要是出了问题，唯恐躲避不及，丢至落井下石。手中大权在握，又能保持几分清醒，难呀！"

我忽然明白，岳父是在点化我，提醒我。心中暗暗折服，我不停地点头。

看我听进去了，岳父给了两个孩子每人五十块压岁钱，下午回去了。

除夕之夜，做好一桌菜，全家人正要团聚，有人"当当当"敲门，荷香不耐烦地问："谁呀？"

"我。"一个脆脆甜甜的声音传进来。一听是翠姐，我赶快开门迎接。

走进屋内，翠姐笑着问荷香："没想到是我吧？"

看到是翠姐，毛毛娇声娇气地喊声"娘"，扑到怀里。

常言道："每逢佳节倍思亲。"我想翠姐一个人长年漂泊在外，选择这个时候回来，一定是想"家"了。

翠姐解释："我去瞧谷老爷子了，顺便过来看看。"

荷香以为翠姐来过年的，暗想真是怕鬼有鬼，言不由衷地赔笑道："大过年的，又有毛毛在这里，你回来是应该的。"

翠姐的到来，增加了家庭团圆的气氛。

说罢话，吃过饭，荷香准备了床铺，安顿翠姐休息。

知道荷香心病不可能根除，翠姐说："我已去过二姨家，想把毛毛接过去，在那儿住几天。"

荷香顺水推舟地说："那也好，让毛毛陪陪你。"

下了楼，荷香让我送送翠姐。推着自行车走出市委家属院，我回眸而望：万家灯火，一片辉煌；此起彼伏地响着"噼噼啪啪"的鞭炮声，不绝于耳。平时，大街上川流不息，熙熙攘攘。眼下，空旷无人，只剩下俺仨在慢慢行走。步履缓缓，我和翠姐依依不舍——这是除夕之夜呀。翠姐遥遥几百华里专程赶回来，却要匆匆地分开，我无限伤感，不由得叹息一声。

在一根电线杆下，我们站住了。路灯明晃晃的光亮，投射在翠姐身上，没有任何阴影。她掩饰不住激动，说："原来，我怕荷香尴尬，你难为情，不打算回来。得知你的消息，我改变了主意。知你莫若我。你早有志向，要做一个对国家有用的人。现在，你如愿以偿，并且成了栋梁之才，我感到特别骄傲。"

"时势使然，我只是个幸运者。"我说。

翠姐不以为然："不能说全是运气，我看主要还是个人努力的结果。听人家讲，官场最复杂，得有靠山，有句话很流行：'说你中你就中，不中也中；说你不中你就不中，中也不中。'"

我笑了："不完全是这样，太夸张了！"

翠姐讲："我特意过来提个醒，你当了县委书记，上面得有人帮衬。谷书记对你很器重，你要跟他保持好关系，'背靠大树好乘凉'嘛。老百姓有句话：'饱带干粮，热带衣裳。'不能光想着顺利的时候，也要预防意外和不测。咱上面没人，你得靠个领导。"

翠姐的话儿语重心长。我恍然大悟：生性倔强的她，破天荒地去到谷丰家的原因了——她是在为我铺路啊！此时，我感受到了她的那份至爱深情，不禁感慨："世界上最遥远的距离，不是我站在你面前，你不知道我爱你。而是爱到痴迷，却不能说我爱你。世界上最遥远的距离，不是我不能说我爱你，而是想你痛彻心脾，却只能深埋心底……"

我坦言："别人不了解，你最清楚的。曲意逢迎、溜须拍马，我厌恶；打铁还得自身硬，搞人身依附那一套靠不住。但是，我并非薄情寡义之人，谁对我有知遇之恩，会终身报答的。有恩不报非君子，有情不还非有情。从庄稼地里一路走来，凡生命中的贵人，我都刻骨铭记。前几日，我不光看了谷丰，也去了王森、岳松家里。"

"就讲到这里吧，时间太长，荷香又该胡猜乱想了。"说罢，翠姐带着毛毛走了。

目送翠姐渐行渐远的身影，我噙着泪水，喃喃背诵起弘一法师的《送别》："……问君此去几时来，来时莫徘徊。天之涯，地之角，知交半零落。人生难得是欢聚，惟有别离多……"

初二，俺三口去县城看望荷香爸妈，顺便去了二哥家。谈到初八是父亲六十六岁的寿诞日，我说可能要来县城报到，得提前回去。二哥说，到了你这个位置身不由己，我和俏俏那天回去就是了。

隔了一天，骑着自行车，我和荷香、丫丫回了李家寨。

那日，春光明媚，暖风扑面。在弯弯曲曲的清水河大堤上，望着涌动的潮水，耳闻鸟儿在树林里往来穿梭歌唱，我们说说笑笑往前走。从小到大，从夹河套出出进进，每次都是放着堤下直路不走，沿着堤岸而行，路是转得远些，可我习惯了——喜欢幽静，喜欢鸟儿鸣叫，喜欢青草绿树，喜欢清澈的河水。不知不觉间，乡政府那条南北大街桥头出现在眼前。

过了桥折转向西，沿河堤十几分钟就到村后，顺着斜坡而下，走几十步便是老家宅院。

这次回来，我提前向父亲捎了信。这一天，他盼呀等呀，巴望着早些到家。他已出门瞧了几次，没见人影。等得正焦急，俺三口到家了。院门没关，院子打扫得干干净净的。"六十六，割块肉。"过去，农村人到了这个年纪，已算高寿了。但这是个旬头，是个坎。有儿有女的，都要为老人包六十六个饺子，说是祝寿，实际上是"嚼灾"。雁姐没了，媳妇代替闺女得想着。在沙流河市，荷香没忘，割一块肉带来了。我看见，父亲面色红润光泽，满脸堆着笑。丫丫喊声"爷爷"扑了过去。他弯下腰，两只胳膊伸得长长的，搂在胸前，在孩子小脸上亲了几下。

大凤十七了，身体已发育成熟，长得苗条白皙，眉目清秀，出落得俊美俏丽。侄女仿姑，她无处不仿雁姐。两年前，大凤初中毕业，没考上高中，在家陪伴父亲，不光学会了洗衣做饭，还能干地里活。见到我们，她从屋里走出来，欢喜地拉着丫丫的手，连声让喊"大姐姐"。

进了屋子，父亲脸上堆着笑问："听说你要到咱县当书记了？"

"你咋知道的？"我以为，夹河套封闭，不料已传到了父亲的耳朵里。

指着方桌上的一大块牛肉和一箱苹果，父亲得意地说："前天，书记乡长到村里慰问困难户，带着这些东西特意来看我讲的。"

"消息传得真快！"我心里想。

聊着聊着，大大爷、逃生哥、陈仓、狗儿过来了——他们提前说好的，一起聚聚。

得知我当上县委书记，本来就虚荣爱面子的父亲，心里骄傲着哩！见到我携妻带女回来，他眼角眉毛都在笑，精神头十足。父亲读过私塾，懂礼仪，谁家办红白喜事都请他当老总。见得多，吃得多，他会做不少席面上的菜肴。今天，他提前请来村里厨师守府哥做好了准备。

父亲讲究，方桌上摆了八个凉菜，用碗扣着；七碗热菜蒸在笼里。"八盘七碗"是乡下最高规格的宴席。这般排场，别说是招待自己的儿子，就是最尊贵的客人，父亲也是第一次。

年前，我往家里送年货时，带了一箱宋河酒，两条"阿诗玛"。这烟这酒，农村稀罕得很。父亲爱面子，正好满足满足虚荣心。

人到齐了，来的都是至亲好友，说话放得开。

陈仓划根火柴把烟燃上，深深吸了口，说："这烟咱抽可惜了，一支五毛钱，顶上二斤半小麦的价格。"他说起骂玩的话："伙计，你的腌（烟）太贵了。"

父亲捣捣陈仓的腰道："你这货，占住嘴吧。"

陈仓："伙计，还记得吗，你初中毕业那年，我当生产队长，你问我干啥活，我让你涮坏。"

几个人哄堂大笑起来，我用手指着陈仓："你欺负我那时是小孩子，净拿我开涮。"

从小到大，陈仓喜欢逗我。每次见面，他不是拿这事儿取乐，就是冷不防地抠屁股。我反击他："挖甜面酱吗？"

陈仓一本正经起来："往后，你的屁股抠不得了。"

我回道："啥时吃甜面酱，想抠就抠呗。"

大家又笑起来。

狗儿开腔："这么好的酒，我还是头回喝哩。"

狗儿在市供销社家属院炸油条。初去时，他畏畏缩缩的，衣裳又脏又破。我说，你来这里做生意，又是卖吃的东西，得讲求卫生。要不，油条没人买。他面露难色，支支吾吾。想向我借钱，张不开口。我看出来了，掏出一百块钱递过去，他才"旧貌换新颜"。眼前的他，今非昔比，棉衣罩上新外套，穿得像走亲戚做客一样。"人有钱怪，马有膘怪。"我知道他家的日子好过了。联系到家境发生的变化，狗儿道："你当了县委书记，全村都要跟着沾光了。"

大大爷年近"古稀"，身板依然硬朗，不时亲切地瞧瞧我。听了狗儿的话儿，他讲："今后，三毛是全县的当家人，咋能只为咱一个村的人办事？"

逃生哥是绵羊脾气，张嘴说话前习惯性地先龇牙笑笑，对人一副热心肠，谁家有个大事小情，乐于帮忙。他当上党支书，成了村民的主心骨，对每一户的情况，都了如指掌；他经常参加各种会议，对于上边发生的事儿，也有所耳闻。笑了笑，逃生哥问我："你可能不知道，老百姓都在议论，现在的干部嫌贫爱富，对贫困户不管不问，只怕穷气扑了自己；整天想着傍大款，傍专业户，谁有钱傍谁，都想着'捞'。"我回答："确实存在这种现象。"逃生哥又问："如今，群众都在传：扔一块砖头下去能砸住几个贪官；挨个枪毙有冤枉的，隔一个抓一个有漏网的。"我听罢笑了笑："贪污受贿情况是严重些，但干事创业的好干部更多。要真是那样，哪有今天改革开放的大好局面？！"

陈仓插话："不怕贼挨打，就怕贼惦记。是有不少当官的不想贪不敢贪，下面的干部为了往上爬，做生意的为了捞好处，千方百计送钱送物。各种诱惑太多了！听收音机里讲，安徽有个贫困县的县委书记很廉洁，有一回感冒了，住几天医院。瞧他时，明着送的是东西，其实烟盒里是钱，罐头里也是钱。有人趁他不注意，把钱塞到鞋里，放到枕头下。出院时，家人全扒拉出来了。一清点，八十多万，这位县委书记全交了上去。你想想，当个清官容易吗？"

听到这里，大大爷对我说："孩子，咱千顷李祖先，上至朝廷，下至州府县衙，出了无数的官儿，没有一个贪赃枉法的，都是想着为百姓办事。你要做官就做个好官，别蹚浑水，别招揽骂名，别辱没门风。你当上县委书记，身边的人都围着你转，不搞特殊，就占尽便宜。你要再想搞特殊，那还了得？千万要记住：别让百姓失望，别让上边失望。"

大大爷掏心掏肺的话，让我难以忘怀。

想到过几天就要到新的岗位工作，我便问"计"于他："您老有啥指教？"

"我是个喂牲口的，连县城都没去过，哪知道县委书记咋当呀？"大大爷"嘿嘿"笑笑，思忖道："要叫我说，当官的至少别祸害百姓。像前几年，今催款明要粮，没完没了，不得了呀。如今，庄稼人只是吃上饱饭了，绝大多数家庭，罗锅上树——钱（前）缺。假如能让种田人手里有点钱，买起化肥、柴油、农药，供孩子上学念书，就算功德无量了。"

大大爷用最质朴的语言，表达了农民最基本的诉求。

借着喝酒聚会聊天，演变成"马拉松"式的宴席，半晌才散场。临走，荷香喊住大大爷。荷香说："来之前，我去商场想给你买身衣服，怕大小不合适，撕块丝绸布料，你让村里裁缝量身定做吧。"大大爷激动地接过去："亏你想着我。"

当天，我没走，带些东西去了几个叔伯家串串门，说说话儿。

晚上，父亲完全没有睡意，家长里短地不停唠叨。丫丫撑不下去了，两眼发涩，头一磕一磕的，困得睁不开，迷迷糊糊睡去。父亲讲村里逸闻趣事，我喜欢听；荷香了无兴趣，陪着陪着熬不住了，打起盹来。见状，我说："恁娘俩去西屋睡吧。"

我陪父亲从堂屋去了东屋房间，心想：他和大凤在家，一年不见我几次面，孤寂着呢！以后，我公务在身，不知啥时候才能回来一趟，索性同老人睡在一起，头挨头躺下。

"毛毛咋没来？"他悄悄问。

"张翠回来了，他们住在二姨家。"孙子在爷爷心目中有着特殊的地位。过去，荷香带毛毛来过家里，父亲视如心肝宝贝。

"你去县里问事儿，吃饭咋弄?"

"当领导的，生活上受不了委屈。"

"听说官场钩心斗角很厉害，你实正耿直，甭吃亏呀。"

"有市领导支持，伙计班子都是熟人，会捧场的，不怕。"

父亲把关心的事儿问了个遍，我耐着性子解释安慰。鸡叫时分，俺俩睡着了。

第二天早上，吃过饭，俺三口要走了。父亲送了又送，我几次劝他别送了。他像没听见似的，一直送到河堤上。走了很远，我回头，看到父亲站在那里没动，用手帕在抹泪……

三 迎来送往

过年刚上班，我的任职文件就下发了。

更换县里主要领导不能留空当。孙强免去县委书记，去人大当主任。不在其位，不谋其政。照惯例，他可以不再过问县委工作了。但市委有明确规定：新书记到任之前，原来的领导必须站好最后一班岗。否则，出了问题要追究责任。

我遇到了特殊情况——赶上市委宣传部新部长钱方报到。岳松已是分管组织和宣传的市委副书记，刚刚卸职的部长，必须主持欢迎会。这件事情结束之后，他才能接受市委委托，亲自送我赴任；新部长来了，又是常委，我是部里老同志，不能不参加，表示表示态度。官场很微妙，别小瞧这类事情，虽是逢场作戏，我倘若不参加，他计较起来，说不定哪天会让穿"小鞋"呢。

钱方高高胖胖，头上戴顶黑色礼帽，身着传统服装，脚蹬一双圆口布鞋，内穿白色棉线袜。这打扮，在官场上属于另类。据说，他喜欢舞文弄墨，写写文章，练练书法。

那天的欢迎会，部里全体同志悉数参加。岳松对钱方作了介绍并高度评价一番。之后，钱方讲了一大通高深的理论，各科科长争相发言，当然都是溢美赞扬之词。那年头，宣传部长在市委班子领导成员中，实权最小。但是，在研究任免局委和区县领导时手中有一票，关键时候能起到作用，仍有不少人巴结奉承。"和尚不亲帽子亲"，我也跟着颂扬一通："老部长能力卓越，又来一位杰出的新领导，是我们当属下的幸运。往后，我要向钱部长多汇报多请示；对我的工作，还望多支持。"钱方听着很受用，咧着大嘴笑笑，向我提要求："你可是宣传部下去的，不能忘了娘家人，需要支持的时候，不能找理由推托呀。"我忙道："那当然，那当然。对于钱部长的指示，一定不打折扣地执行。"

欢迎会一结束，钱方就急急地赶回省城搬家去了——其实就是接老伴。他老伴不识字，在省城没有工作，当家庭主妇。他在省里显不出权势，说话不灵，下到地市，凤尾变为鸡头，况且宣传部管着报社、电视台、广播电台、豫剧团、曲剧团、剧院、戏校、电影公司、电影院、新华书店、图书馆、文化馆等十几个单位。他安排个人，就是一句话。文化局挨着市委大院，上下班方便。之后，钱方把老伴安插到这个单位办公室，名曰搞报纸信件收发，实际挂个空名，白领一份工资，啥都不用干。

钱方回到省城，接下来便是市委如何为我送行。在这批下去的干部中，我的职务级别最高。市委安排岳松为我送行，也算是高规格了。在宣传部工作九年，我上上下下关系处理得不错，部里全体同志欢呼雀跃，都嚷嚷着要去。将近二十号人，若倾巢出动，光小车就得好几辆，会给县里接待带来压力。最后决定：由两位副部长和各科科长、办公室主任全权代表。

当时，官场迎来送往之风很盛。王铁山和孙强已于前一天过来接头，了解市委是哪位领导去，部里哪些人参加，打算让县里"四大班子"正副职前来迎接。

说心里话，我很讨厌这种做法。又不是农村嫁闺女娶媳妇，我下去是工作的，搞这套虚排场干啥？如果县里"四大班子"成员都来迎接，车队浩浩荡荡的，太招摇了。我表示坚决反对，主张一个都不要来，就在"家"等得了。王铁山不肯，我谎称这是市委领导意见，这才说定。

王铁山看上去对我最欢迎，心里是忌恨的。年前，市委研究溪流县委书记人选时，他觉得有马腾撑腰，信心满满，把握十足。未曾料到，愿望落空了，他气得几夜没睡好觉，专门找人卜卦。算命先生胡诌：我属羊的是金命，他大我四岁，属兔的，木命，俺俩属相相克。我克他，他克不动我，总不占上风。他信了：上平原大学，我顶了他；这次，我又替代他。不过，他是两面人，心里不满，甚至是恨，藏而不露，隐而不发，表面上对我去县里工作表示非常欢迎。

孙强对我知根知底，得知继任者是我，非常欣慰。只不过，当着王铁山的面儿，孙强不便多讲什么，一切皆在不言中。他握着我的手，道："好好干，人大坚决支持你的工作！"

第二天上午，县委小会议室坐满了"四大班子"成员。岳松代表市委讲话："三毛同志是市委重点培养的青年干部，富有锐意进取精神，忠诚党的改革开放事业，为人公道正派，善于团结同志，作风严谨扎实。他到溪流县委担负领导工作，市委意见高度统一，没有一张反对票。"两眼扫射一下会场，岳松加重语气，提高音调："来之前，谷书记特别交代，要我转告溪流县'四大班子'全体成员，必须坚决维护三毛同志的核心地位，不能有岔音，不能有噪声，尽快拓展工作新局面。"

我理解，岳松是在有意敲打某些人，是在为我撑腰壮胆，是在表示对我工作强有力的支持。

岳松话音刚落，会场响起热烈的掌声。

我发言时，清楚这只是走走过场，一种形式而已，无须长篇大论。站起身，我深深鞠一躬，说："在座的都是老领导和熟人，别的话不讲，希望多赐教、多捧场。"

随后，在场的纷纷发言，表达对我工作积极支持的态度。

欢迎仪式结束，大家去到县政府宾馆招待大厅。

宴席摆了整整八桌。每桌摆满了高档菜肴。先是凉菜：油炸蝎子、白灼大虾、鸡舌、鹅掌、鸭肝、东关牛肉、干炸腰果、杏仁、笋尖。酒喝得差不多了，开始上热菜：霸王别姬（鸡）、鲤鱼焙面、红烧鳝段、清蒸鲈鱼、烧广肚、葱爆海参、虾米冬瓜片、炒苦瓜、空心菜；最后是高汤：西湖牛肉羹和人参炖母鸡。全部下来，共计九凉九热加两汤，双十全十美。

不光有美味佳肴，每桌上摆放有剑南春和红塔山。满箱整条的烟酒在一旁预备着。

每桌一位年轻漂亮的服务员，面若桃花，目如秋月，戴着方巾挽成的头饰，身穿印花布的外罩，天蓝色的裤子，双手放在胸前，恭恭敬敬地立在桌边，听候使唤。

宴会开始，王铁山发表简短讲话之后，所有人齐刷刷地站起来，互相轻轻碰盏，共同干杯。然后，重新落座，人人如沐春风，笑逐颜开，一派喜庆气氛。

岳松及市委宣传部两位副部长安排在贵宾间，由"四大班子"一把手作陪。各科科长席位设在另外的单间，由县委宣传部毕部长照应。几位司机专设一席，陪客是县委办公室管后勤的副主任和宣传部的副部长。

过了一会儿，坐在大厅里的"四大班子"领导，三三两两，凑成一伙，走进贵宾间，来到领导席，依次敬酒，表达心意。招待岳松这桌，除了菜肴与大厅相同，酒是五粮液，烟是大中华，显示出主人身份的尊贵。对前来敬酒的，岳松坐着纹丝不动，连身子都不欠一下，只是略带微笑，象征性地沾沾嘴唇，又把杯子放回原处。官场上，官大一级压死人，没谁攀比强劝。来者向两位副部长劝酒时，似乎没有了畏惧之心，放开了许多。走马灯似的一轮轮下来，两位副部长喝得面色通红。

在另一个房间，市委宣传部各科科长等由县委宣传部毕部长陪同，全是青壮派，哪个都能装半斤六七两的，尤其是张科长、刘科长、办公室龙主任是"酒缸"。他们那一桌，三斤酒喝光，第四瓶所剩无几，酒兴仍浓，成双结对猜拳行令，高声大嗓地喊着"五魁首，满堂红，六六大顺，四季发财，快快升官……"一片混乱的嘈杂声。

司机那桌的陪客，一个是极善应酬的县委管后勤的办公室副主任范大盆，一个是前几年当上副部长的王大方，则是又一番场景。这些司机都是市委大院的"轿夫"，"抬"的至少是七品官员。平时，为领导开车时，个个小心谨慎，不敢有半点疏忽。现在，他们虽然考虑驾驶安全，不敢喝酒，但自我感觉身价不凡。谁都不把范、王两人放在眼里，犹如去掉缰绳和笼头的马匹，无拘无束。范大盆和王大方尚未开口让烟，"客人"就打开烟盒，放在嘴里吸起来；尚未来得及相劝动筷子，"客人"就夹起菜来；个个下箸如雨，海吃猛喝，风卷残云一般。一个时辰过去，桌上饭菜剩下多半，"客人"便吃了个肚儿圆，打起饱嗝，剔着牙来。早早宴毕，互相嘻嘻哈哈取闹逗乐着，竞相把剩下的香烟，无论是半包的，还是整包的，收拾个干净。瞅见这情景，范大盆和王大方，赶快把整条的香烟拆开，往每人兜里又塞一包。个个不客气地收下，走出餐厅，来到"御辇"前，打开高级轿车门，把靠背往后一搬，悠闲地半躺着，闭目养神，等候领导。

喝了一阵儿，该我到大厅敬酒了。政协主席文渊，就是我在三岗镇高教书时，县委常委兼党委书记那位，亦即黎明的岳父大人。他清楚我和黎明是要好的朋友，有了这层关系，对我倍感亲切，主动提出，陪我一起去。两年未见黎明，走出房间，我趁机问："黎明还在粮食局当副局长吗？"文渊道："他哪有你那材料？只能当个副职，跑跑龙套。"我："黎明忠诚老实，为人可交。"文渊笑笑："你说这，是。"

第一桌坐的是县委常委。担任组织部长的江山，已升至常务副书记。他从不争权夺利，谁当一把手，都老老实实拉套，在县委县政府及机关干部中有很高的声誉。俺俩是"酒仇",关系挺好。我敬酒时,他悄悄说:"今天场面大,应酬多,我喝三杯,你随意。"完了,俺俩轻轻碰一杯。这成了"样本",接下来无不效仿。轮到李学迁,他现在是管宣传的县委副书记,又是同宗同族,长我一辈,千顷李不乱辈。我附在耳边低声道:"叔,以后靠您捧场,我敬三杯。"李学迁说:"论公论私,应该的。"文渊拎起酒壶斟满,他悉数喝了个干净。

一桌一桌转着向"四大班子"领导敬酒,敬罢县委的敬政府的,敬罢政府的敬人大的,敬罢人大的敬政协的。无论向哪位敬酒,都是恭恭敬敬地站起来,格外热情,笑脸相迎,十分友好亲切。

到了政协那桌,我依旧逐个表示。挨到哪一位,都赶忙站起来,打着哈哈,端过杯子,先喝后碰。轮到第五位政协副主席,只见中等个儿,体形微胖,眼睛鼓圆,有种独特的气质。我有些面熟,一时想不起来是谁。文渊介绍:"这是恁老乡王河水,原是部队团级干部,现任政协副主席兼粮食局局长。"

瞬间,俺俩略显尴尬,很快都掩饰住了。我打破僵局,忙道:"认识,认识,只是久未谋面,忘了。"

这个王河水曾是我姐姐雁儿的未婚夫,在部队提干以后另攀高枝,迎娶商业局韩局长在部队当话务员的千金小姐韩冰为妻。后来,他来县里征兵,把文渊的儿子小杰接到部队,多有照顾。我调进市委第二年,凭借文渊的关系,王河水安排到粮食局当局长。他挺有能耐,放开搞活粮食经营,成为全市一面改革的旗帜,因此当上政协副主席。我早有耳闻,今天得以相见。

此时,有位政协副主席把文渊拉到一边,交头接耳,说些什么。

文渊暂把酒壶递了过来。理智告诉我:"身在官场,不能表露丝毫的个人恩怨。"我强颜欢笑,若无其事地举起酒杯:"王主席,咱们是老乡,共同干三杯。"王河水城府很深,从座位上退后一步,面向我道:"年前就听说了你的消息,本该早去拜访,不敢惊扰。这三杯,权当道歉,也算罚酒,我喝干。"说罢,他一饮而尽:"李书记,抽个时间,我登门谢罪。"我打官腔:"此话言重了,千万甭客气,希望你往后多支持县委的工作。"他当即表态:"一定,一定!"

席散人去。

送走"娘家人",县委办公室主任秦奋——我的老学兄,当过县长的秘书、政府办公室副主任,又下乡干了几年党委书记,已经历练出来,谙熟官场,显得老成持重,领我去了我的房间。不到十年,县委书记"官邸",换了四位领导:王森、白天、孙强和我。短短几日,物是人非:孙强搬到人大去了,我成了新主人。

看到我和秦奋，通讯员小张眼明腿快，从隔壁单间里小跑过来，利索地开了房门，沏上茶水，道："李书记，有事儿叫一声，我随时过来。"

外间的客厅，沙发摆放整齐；茶几上有个托盘，盛满脆生生、黄澄澄的金帅苹果，形状如卵、鲜亮翠绿的冬枣。这两样果品，储存在冷库里，像是刚从树上摘下似的。还有一种是黑花生，据说含有人体所需的十九种氨基酸营养成分，经常食用，能使白发变黑、血压正常，具有极佳的保健功能。

我了解，这些是沙滩乡的特产，种植面积不大，价格不菲。在这个季节里实为稀缺，专供招待上级领导和官方送礼所用。

走进卧室，床上铺得平平展展，衣裳折叠得有角有棱，装在柜子里；带来的书籍，归类有序，摆在书架上，有两排是孙强留下来的政治类读物。我粗略浏览一下，发现其中有一套四册的县志。一张大大的写字台，擦得锃亮。一切齐齐整整，没有不妥之处。我发现上面放有几条高档香烟，有些疑惑：刚来报到，该不会有谁送礼吧？秦奋解释："这是招待烟，所有县领导都有，常委每月每人供应两条阿诗玛，副书记三条，一把手要接待上级领导，另加一条大中华。这是规定。"

说话间，司机袁远过来了。他是石头的大舅哥，关系近了一层。伺候过几任县领导，他嘴严紧，啥事儿思虑周全。县委记的座驾，早已不是军用吉普车，而换成了进口的高级"雪铁龙"。我知道，这种轿车减震性能极好，坐着非常舒适。袁远说："李书记，你啥时用车，我随时恭候。"我笑曰："往后，就劳驾你了。"

袁远前脚刚走，王铁山和江山接着进来了。

"近期，有啥想法和打算？"王铁山问。

想到伟大领袖的教导：不要下车伊始，就"哇啦哇啦"发表意见，正确的结论产生于调查研究之后。我胸有成竹道："两个大院工作，你和江书记负责正常运行。初来乍到，我情况不清楚，没有发言权。从明天起，我准备集中一段时间，到下面走走看看，搞些调查研究。等理出思路来，再商量下步怎么办。"

王铁山说："李书记，想了解情况，让局委和乡镇的领导，当面汇报得了，不必辛辛苦苦地往下面跑。"

我发表意见："耳听为虚，眼见为实。得到第一手材料，心里踏实，有利于作出科学决策。"

"让谁陪你？"江山问。

"刘思民。"稍加思索，我说。

此人，是县委政策研究室主任，干瘦干瘦的，鼻梁上架副高度近视眼镜。他不唯书不唯上只唯实，精通党的农村政策，熟悉"三农"情况，绰号"活字典""溪流通"，以敢于谏言犯上著称。我知道，他有个嗜好，每天早晨睁开眼第一件事就是坐在床上抽烟，过足了瘾，才起来洗漱。除了吃饭和睡觉，他烟不离口，只吸两毛钱一包不带"嘴"的劣质烟，上支烟燃到三分之二时，便拿出下支烟在指甲盖上蹾几下，用细长尖尖的指甲掏空烟丝，对接在一起继续抽，半天只需一根火柴，夹烟的两指之间熏得黄黄的。这个智囊人物，所有的思考都是在吸烟中完成的；智慧都是在一明一暗的烟火中迸发出来的。

不大一会儿，秦奋把刘思民喊来。听说我到基层搞调研，点"将"点到他，十分乐意，开玩笑道："我奉陪到底！"

"要不要栾秘书陪伴？"秦奋问。

"我是耍笔杆出身的，不用。"我答。

"我这就去交代袁远，做好用车准备。"秦奋说。

"没有必要，我和刘主任骑自行车下去。"我道。

"那就用通讯员的自行车。"秦奋讲，"你们先去哪些乡镇？我现在就去通知。"我制止："这次搞调研，不要跟下面打招呼，需要向哪个部门了解情况，再临时通知。"

"咱们啥时间下去？"刘思民问。

"你回去准备吧，明天吃罢早饭出发。"我答。

王铁山他们看我没有别的事情，打个招呼走了。

县直局委的头头们知道新书记刚到任，忙于应酬，没人来找，我一时清闲起来。中午装了一肚子酒肉，肠胃很不舒服，我想去岳父家吃顿清淡的饮食。

尚未出门，县委小招待所（简称"小所"）的炊事员祁六过来了。他大拇指上长个小指头，便取了这个名字。原来的机关食堂散了，他留下来，专为几位没带家属的领导开"小灶"。

祁六跟我套近乎："你上初中时，跟祁三是同学吧，我是他大哥。"

"噢，那咱是老乡，承蒙老兄生活上多照顾了。"我忙表现出几分热情和亲切。

"李书记，你想吃啥饭？"

"能不能做两碗葱花稀面条？"

"其他几位领导都喜欢吃家常便饭，我没有不会做的，包管你吃了上顿想着下顿。"

"在'小灶'搭伙，是记账还是买餐票?"

"就三四个领导，经常工作在外，吃饭有一顿没一顿的，有办公经费补贴，多年如此。"

"有餐具吗?"

"早备好了。"

吃罢晚饭，天色已暗。在昏黄的灯光下，秦奋陪我在院里随意溜达，只见一个老大不小的男孩，憨憨傻傻的，冲着俺俩笑笑，把一个手指伸进嘴里压住舌头，"咕哇咕哇"学着青蛙叫。

"这是谁家的孩子?"我好奇地问。

秦奋讲:"这是吴仁敬的孩子。你知道吴仁敬是谁不?'文革'时的老县长，曾提出'栽桐树，喂母猪，三年过来大财主'。斗'走资派'遭批判最厉害，后来恢复职务，当过县革委主任。他为人十分耿正，爱人没安排工作，长年抱病;儿子又是这样。早已退休，靠他一个人的工资，日子清贫得很。他现在靠扫大街维持生活。"说到这里，秦奋感叹:"干板直正的干部不吃香了。"我想到了官场上流行的一句顺口溜:"干着的时候，该捞不捞，受罪活该。"

秦奋的话音刚落，一股凉风吹来。我禁不住打个寒战，没了闲情雅趣，向办公室走去。

不知不觉间，夜幕已经降临。我准备好明天下乡需要带的东西，又思考起如何开展调研工作，重点了解哪些内容。有了清晰的方案之后，一股倦意袭来，我打算早些熄灯休息。得知我要就寝，小张端来大半盆热水，拿条毛巾:"李书记，你泡泡脚。"我洗罢脚，他把脏水倒在外面地上，然后把牙膏挤好，放在牙刷上，让我洗漱。完毕，小张关上门走了。正要上床，我听到有人轻轻敲门。

四　不堪回首的往事

趿踏着拖鞋，我来到外间把门打开，见到是王河水，微笑着迎进屋里。王河水带来一套绘画本《中国通史》，说:"我知道你和侄子毛毛，都爱看书。这套书，既适合成年人阅读，也深受青少年喜爱，特意送过来。"把书接过来，我故作稀罕，连连说:"好、好、好。"

我边说边让座，王河水站着不动，眼圈突然红起来，流出几滴泪，抽泣起来："李书记，我是来求你饶恕的。当初，我对不起你姐姐雁儿，对不起你全家！"

提起这档子事儿，我勾起对姐姐雁儿无限的思念，以及伤痛的记忆——

我初中毕业那年，姐姐雁儿十九岁。八婶给她介绍娘家堂弟，在部队当兵，靠相片相亲。这人就是王河水，姐姐认识。上小学时，两个人同学。高小毕业，姐姐看母亲一个人操持家务太辛苦，考入初中没上；王河水去部队当了兵。那个年代，姑娘都喜欢找军人。姐姐二话没说，满口应承下来。说好，等男方啥时候探亲，再正式下聘礼。

三年后，王河水当上班长，回家探亲，约姐姐见面。姐姐把满意写在脸上。王河水瞧见姐姐高挑，白皙，杏眼，性情温和，扎两条长辫。尤其是她的贤淑，她的容貌，深深吸引了王河水，没说半个"不"字。

在跟姐姐谈话时，王河水透露：部队有位首长是溪流县老乡，关系挺好，多次鼓励他好好干，遇到机会，会考虑他的进步问题。说到这里，王河水许诺：如果真有那么一天，能提干，留在部队，就让姐姐当随军家属。

王河水的话，给了姐姐无限美好的遐想。她铁了心要跟这位未婚夫一辈子。那个年代的女人，特别是像姐姐这样纯情的姑娘，一旦哪个男人走进心里，便会把所有的希冀，包括生命，托付终身。

说实话，父母不是很同意。王河水的爹死得早，有个哥哥成了人家的上门女婿，就剩他娘一个孤寡老婆，住一间趴趴屋，家里穷得透气。可姐姐态度十分坚决："我啥都不图，就图人。"看姐姐一门心思同意这桩亲事，父母妥协退让，便说："雁儿，主意是你拿的。咱先说好，将来吃苦受罪，怪不得旁人。"姐姐："啥也别说了，跟着王河水，不管走到啥地步，我认！"

定亲，姐姐一根线头都不要。王河水过意不去，让八婶捎回一块做衣裳的灰呢子布料，送到家里。

这块布料，我上大学时，姐姐让村里裁缝学财叔，给我做件带绒领的半大棉衣，赶在入冬前寄了过去。包裹里附有一封信，信的末尾，姐姐告诉我："王河水当排长了，成了军官！"想到姐姐把"嫁衣"为我做了衣裳，我掉下几滴热泪。这件衣裳，我穿在身上，暖在心里。同时，我为姐姐慧眼识郎君感到骄傲。

当年，王河水请探亲假，捎话让姐姐快去他家一趟。姐姐一听，心里激动得"怦怦"直跳。起身前，姐姐对着镜子，梳洗打扮。衣裳换来换去，她总是不满意，最终决定穿枣花棉袄。这件棉袄，薄是薄了点，旧是旧了点，但穿上可身。

花色不太艳，映得脸微微泛红。姐姐学习城里姑娘，嘴唇抹上口红，觉得好看，可乡下人没有那东西呀。她灵机一动，找来父亲写对联剩下的红纸，撕下一块，放在嘴边浸润浸润，绷了绷，两唇立马鲜红起来。姐姐觉得这红，太浓太重，不自然，让人能瞧出来，又擦去。这一擦，擦出了效果：轻轻的有一点颜色，不仔细观察，发现不了。关于辫梢系什么头绳，姐姐犯难了：红的，同棉袄对色；白的，不吉利；灰的，不鲜亮。各种颜色，试着比配，姐姐发现红袄配绿色的头绳正合适。然后，姐姐细心地剪了剪"汗淋子"（额头短短的垂发），仔细地梳了又梳；两根头发有些乱，她用手理顺，直到心满意足。

打扮妥当，姐姐把家里积攒的半罐子鸡蛋，放进垫上麦秸的竹篮里，盖上白羊肚毛巾。

出了家门，姐姐迈着轻盈的脚步，如轻风拂柳，走上去王河水家的乡间小路。

一路上，姐姐一个劲儿遐想：王河水急着让我去他家一趟，是不是几年没回来，想我呢？对，我就想他，他咋会不想我哩！姐姐又想：王河水说不定是要商量结婚的事情。他以前说过，只要提干，就把她带走当军属。姐姐越想越美好，越想越兴奋，竟然哼着小曲来。

河沿村靠近沙流河，离李家寨只有八华里。一个钟头的路途，姐姐四十分钟就赶到了。

在他娘的趴趴屋里，王河水如热锅上的蚂蚁，迫切地等着姐姐。见到姐姐，王河水的行为大大出乎意料，只见他"扑通"一声跪在地上："雁儿，我求求你，救救我！"姐姐不知咋回事儿，忙拉王河水。王河水跪着不起，姐姐问到底出了啥大事？王河水一把鼻涕一把泪儿泣诉：有个叫韩冰的女兵是话务员，父亲在溪流县城当商业局长。两人平时接触多，一来二去，产生了感情。提干后，王河水跟韩冰打得火热，坠入爱河，有了那种事儿。韩冰称已怀了孩子，要求王河水跟她结婚。如若不然，就说王河水欺骗她的感情，道德败坏，向部队领导告状，要求处分王河水，开除其军籍，打回老家种地。

姐姐听说是这么一档子事儿，用青春、爱情、愿景筑起的大厦顷刻倒塌……

正值寒假，我在家里。

听说了姐姐的事情，我气愤难抑。父母不停地唉声叹气。大哥和唤儿，逃生哥和枣花嫂，三婶四婶，左邻右舍，坐满一屋子。你一言，他一语，发出一片恶毒咒骂声："没良心的东西，竟干出这种伤天害理的事情，真该千刀万剐！"

气恼不过，第二天上午，大哥召集门宗几十口人："咱这么大一个家族，不能白白受凌辱，得找那小子出气!"说罢，在大哥带领下，一群人齐刷刷地前往王河水家。

怕出人命，闯下大祸，我和姐姐紧跟而去。

河沿村的人明白咋回事，一看这阵势，没人敢阻拦。大哥等一大群人涌进院内，吓得王河水他娘跪下求饶，头磕得鸡叨食似的。

没谁理睬老太太，有七八个人冲进屋里，围住王河水。自知理亏，王河水双手抱住头，蹲在地上，等着挨揍。大哥嗓门提高八度:"打! 都给我打! 打死他! 出了事，我兜着!"话音刚落下，屋里传来一阵打骂声。

我意识到可能出现的后果，发出惊雷般的炸响:"住手! 都住手!"

没想到，我的话起了出乎意料的震慑作用:参与打人的，挥到头顶的拳头落了下来。个个向外面扭头，惊诧地看着我。

见此情景，姐姐随即跪在众人面前，哭着说:"别打了! 都别打了! 我受不了啦! ……"这可把大哥气坏了:"死妮子，都是来为你出气的，你咋能为那坏良心的东西求情呀?!"看到姐姐这个样子，众人只好像泄气的皮球悻悻而回。

晚上，我准备向部队首长写信，反映王河水的问题。姐姐苦苦劝我:"三毛，我知道，你是为姐鸣不平。可你想过没有，这样会毁掉河水一辈子的。"

"唉，好心的姐姐呀! 王河水葬送了你一生的幸福，你还在为他着想，你真是太善良了!"我感叹道。

至此，姐姐从早到晚，不言不语，痴痴呆呆;夜里，干瞪着两眼，整宿整宿不睡——她精神受刺激出了问题。如果这样发展下去，姐姐一定会"疯"，我必须想办法让她镇静。去到公社卫生院，我托熟悉的冯医生，买了瓶舒乐安宁。每天睡觉前，我让她吃两片。这药，姐姐吃了挺有效。白天，我陪姐姐聊天，劝她一定要想开。

过了一段时间，姐姐精神本来已经恢复正常，并能同生产队社员一起参加集体劳动。

一天上午，生产队社员在清水河大桥南头路西干活，一支迎亲的队伍经过。社员们一窝蜂地跑过去看热闹。姐姐看到新郎是王河水，在迎娶他新婚妻子韩冰。一切明白不过，在这之前，他叫姐姐去，就是同姐姐彻底断绝关系的。他同姐姐说的话，完全是编造的谎言。他所谓的探亲，就是回来同韩冰结婚的。

新娘本该是姐姐，却换成了另外一个女人。姐姐长久期盼的佳日，却成了最最伤心之日。顿时，姐姐傻了。受到刺激，姐姐精神病发作，成了"疯子"，到处乱跑。母亲怕出事，停止干活。姐姐跑到哪里，母亲就跟到哪里。母亲如影随形，跟了姐姐月余。终于，有一天夜里，母亲看姐姐睡下，躺在床上打个盹。睁开眼，母亲不见了姐姐。全家人齐出动，四下寻找，没见姐姐踪影。

姐姐去了哪里呢？她跑到了村后清水河里，口里一遍又一遍喊着"河水"的名字，一步一步涉进深处，被无边的黑暗所吞没……

几天以后，枣花嫂去河边洗衣裳，看到姐姐身体泡泛，浮在河面上。

姐姐殉情而死，按习俗不能入老坟，葬在乱坟岗子里，如今只剩下一个小土堆，上面长满荒草；母亲承受不起失去女儿的沉重打击和精神折磨，患上食道癌，到了晚期，水米难咽，瘦得皮包骨头，活活饿死……

这些，是我不可触碰的伤口。王河水旧事重提，犹如一把尖刀捅在痛处，我的泪水夺眶而出，心如锥扎刀剜地疼痛，咬牙切齿地想：王河水呀，王河水，你这个黑心烂肺的东西，就是你的蛇蝎心肠，害死了姐姐和母亲，夺去了我两条亲人的生命！恨上来，我真想狠狠扇几个耳光，打得他满地找牙、满脸流血。可这是在官场，尽管是仇人，可他毕竟是县政协副主席，"四大班子"的领导成员，我肩负着改变农民脱贫致富的重任，必须团结一切可以团结的力量。强忍悲痛，我转过脸，用湿毛巾擦拭掩饰，竭力平静下来："过去的就让它过去，千万不要再提了。"

王河水似乎得到少许安慰，说："李书记，你大人不计小人过，我甘愿效犬马之劳。"

"你干好工作，就是对我最大的支持。"

"咱县委没个门楼，不气派，我想把它盖起来。"

我若拒绝，怕他多心，便答应下来。过了一段时间，王河水从粮食局拨款三十万，果真兑现了承诺。

送走王河水，我没了睡意，从书架上取出县志浏览起来，透过一页页铅排的文字，溪流沧桑的历史在眼前浮现……

第十五章

脚踩黄土头顶天

一　黄土地的沧桑

据县志记载，溪流位于黄河和淮河之间的华北平原腹心地带，地域东西长一百二十华里，南北宽九十八华里，总面积一千四百三十平方公里，可耕地一百五十万亩。地势西北高东南低，境内有大小河流九条。一望无际的土地，平坦无垠，土层深厚肥沃。正常年份，无霜期二百三十天，降雨量八百毫米，日照二千三百小时，平均温度十三点五摄氏度，是理想的农牧林果业产地。主要粮食作物有小麦、红薯、大豆、玉米、棉花、花生、芝麻、绿豆等。苹果、大枣品质优良。适宜泡桐、柳、杨、楝、榆、槐等林木生长。是全国闻名的黄牛、槐山羊、生猪产区。

该县位于黄河冲积平原，有良好的自然环境。自古各部落和贵族并立，互相争夺，烽火不熄。

上古时代，伏羲氏太昊（帝名）以此为古城，教人如何用火烹饪，让先民享受到香喷喷的饮食。制作八卦，让中国有了最早的计数文字，后来被星相家用来占卜。设立官员，管理人民，发明乐器。教导男女固定配偶，进而制定夫妇制度，必须经过结婚仪式才可以生孩子，以使下一代得到父母很好的教育。又制造渔网，教导水滨居民捕鱼。又教导人们挖掘陷阱，捕捉动物，驯养成家畜。又教导人们种植桑树养蚕，抽丝纺织。因而，此地成为中华民族最早的文明发源地和文化摇篮。

据考，这块土地最早居住着华夏先民，五千年前的"仰韶文化"、三千年前的"殷商文化"都有发现。

溪流古为箕城。由来是：殷纣王庶兄箕子，官太师，学识渊博，有杰出的政治才干，不满纣王的残暴淫逸，曾叹用象箸。后纣修建离宫别馆，作"酒池""肉林"。比干以死谏言，被纣剖腹验心。箕子惧而佯狂为奴，囚禁此地。周武王胜殷纣，箕子获释，建读书台、衍畴书院，共造房屋九楹，祠堂三楹。四周遍栽桃李，每当秋高气爽，夜阑人静，书声琅琅，韵致清幽。至今，县城留有遗址。

商朝鼎盛时期，第二十三代国王武丁，少时行役在外，劳作于下层，生活困苦，深知民间稼穑艰难。即位后，"修政行德，天下咸欢，殷道复兴。"在位五十九年，防御边患和扩展领土。《诗经》有五篇商颂，其中《玄鸟》和《殷武》为颂扬武丁而作。相传，境内遭受蝗虫灾害，武丁得到奏报，亲率兵民扑蝗，遇病驾崩，葬于此地，谥为高宗。《中国古今地名大辞典》载："陵墓为椭圆形高大封土冢"，其广两千步，高百尺，岗阜丛拥，林木遮蔽，望之如山……高宗陵所在的地方，旧称紫禁城，南面为午门，北面为神武门，西面为西华门，东面为东华门。该县在西面建城，四周有环形护城河。

公元前二十七世纪，有熊部落与神农部落在这一带发生阪泉大战。

春秋战国时期，诸侯争霸，楚齐的盟都就发生在与此接壤的召陵。

公元前二百二十一年，秦始皇统一六国，天下分三十六郡，归属颍川郡。历史上第一次爆发的农民起义，意欲推翻暴秦统治，其首领陈胜、吴广，皆为邻县人也。

三国时代，该县是黄巾起义军会聚的地方。

唐朝，黄巢部将黄思业以此为活动中心。

明朝，李自成把溪流作为必争之处。

清朝，农民起义的武装势力——捻军的革命活动，把这里作为全国唯一的根据地。

革命战争时期，特委设在三岗镇，保留有新四军指挥部纪念馆。

历史风云际会，掀动残破的黄色卷页，读着油墨的铅印文字，一声声鼓角争鸣，一面面猎猎旌旗飘扬，一场场惨烈厮杀的战争情景，如在耳边响起，犹在眼前浮现。

一九三七年，日本侵略中原。蒋介石在花园口扒开黄河，滚滚黄水自西北流入县境，受灾最为严重，震惊中外。淹死人口难以计数，逃生者遍及全国。除南部几个乡镇部分土地和村落由于清水河堤防阻挡外，境内一片汪洋，深达九公尺，一般平地二公尺，泥沙沉积。黄水泛滥十年，大部分土地冲刷成鸿沟、洼地和沙丘，没有留下一个村庄，平地未能存活一棵树木，肥田沃土变成茫茫黄沙和盐碱地。旱时，表层松软，雨点成印，刮风起烟，成鱼鳞片状，并流动扩张。平常年份，大雨大灾，小雨小灾，无雨旱灾。苇荻野草遍地，条柳丛生，满目荒凉疮痍。一九四七年，溪流解放。在共产党领导下，流离失所的灾民返回故乡，男的开荒种地，开沟挖河，治理水患；女的纺线织布，编织柳货。仅用三年，全县人民播种一百二十万亩庄稼，修建房屋十三万间，恢复了生产和生活。受限于恶劣的自然条件，在长达半个世纪的时间里，贫穷仍成为当地的代名词。

历史的车轮驶进公元一九九二年，溪流县面貌发生了巨大变化。人口已增至八十二万，人民用一双双粗壮和长满老茧的手，靠土犁土耙，辛勤耕作，创造了令人叹为观止的奇迹：土壤得到改良，碱性弱化；实现农田树木成网、乡村道路成荫，绿化面积达到百分之十六；庄稼不再"种一葫芦打两瓢"，夏粮单产跨过三百五十斤大关，农民的粮囤子满了，碗里饭食稠了；适应"大包干"的需要，大牲畜数量翻了几番，家禽饲养量急剧增长。尽管如此，由于固守以粮为主的传统种植模式，不注重发展多种经营，商业不活，工业不兴，吃饱了肚子的农民，兜里瘪瘪的没钱花，许多人家把鸡屁股当银行。"富不富，看房屋。"至今，大部分村庄的房舍还是土墙草屋，全县没有甩掉全国贫困县的帽子。穷根未除，人们盼富心切。

二　古老的神话

吃罢早饭，我和刘思民就动身了。

出县城往北几华里，俺俩去到有个叫思都岗的地方，那是古代神话中人类始母娲皇的故都。都城遗址被沉积的黄沙深埋地下，只有一个高大的陵墓土丘，前面是民间捐款新建的三间起脊瓦房作为一座庙宇。庙内分为两层：上层供着女娲，下层是伏羲；庙外有一排香炉，炉内盛满了香灰，插着一把把的香，香火烟雾缭绕……

农历正月十五临近，这是春节的结尾，犹如一场大戏，闭幕之前往往有个高潮。许愿的，还愿的，纷纷从四面八方赶来，络绎不绝。人山人海，势如潮水。一个个信男善女，燃罢"噼噼啪啪"的鞭炮，摆上供品，虔诚地跪在两尊塑像前，顶礼膜拜，口里喃喃细语，焚香磕头。

我和刘思民刚到庙前，先一步赶到的县文化馆馆长就迎了上来。他精通溪流文史，天性率真，幽默诙谐。凡是来了领导，都由此人讲解。他介绍说："我叫代行善，敝人这个名字，是代人消灾避难的，更有积德行善之意。今天，特领命向二位领导讲解的。"

他肤黑个小，长睫毛，说话带笑，我当即想起黎明来。代行善见我一直盯着他，猜想道："李书记，你看我是不是特像咱县粮食局黎明副局长？听说恁俩在三岗镇高同过事，关系不错。平时，我在大街上走路，有不少人认错呢。"

我笑笑："噢。恁俩确实长得太像了！"

在头衔称谓上，地方不像部队：不论官位大小，都把"副"字去掉，谓其职务。代行善也是如此，他说："黎局长的夫人文秀，就在文化馆工作，俺俩家住在一个胡同里，想不认识都难哪。"

闲聊几句，代行善开始讲解——

相传，这一带是仙家华胥氏极乐世界的国度，女娲和伏羲是兄妹。一天，有个怪物拔掉一颗牙齿逃走，转眼不见踪影。兄妹俩以为是颗种子，便埋在土里，当即钻出来两片碧绿的嫩芽。觉得奇怪，兄妹俩跑回家告诉了父亲。听罢，父亲惊骇道："孩子呀，你们看到的不是怪物，而是天上的雷公，会来报复的。现在爸爸要打造一条大铁船，应付灾难。"

第二天，兄妹俩再去看时，发现那棵苗结出一个硕大的葫芦，从蔓上掉下来，拖回家中，用刀锯开顶部，见到里面密密麻麻长了许多牙齿一样的东西，全都挖了出来，试着爬进去，正好容下两个人。父亲得知消息，告诉他们如果有大风大雨就躺进葫芦里。

第三天，父亲铆完了铁船的最后一个钉。

突然，狂风大作，天上涌出许多又黑又重的云，似乎要把大地覆盖，变得像夜间一样暗。瞬间，大雨倾盆，地上每一个裂缝都喷涌出洪水，大地成为一片汪洋。

父亲赶紧让两个孩子躲进葫芦里，叮嘱兄妹俩，啥时听见没有风雨声再出来。然后，他盖上盖子，跳进铁船，在浪涛之上漂流。洪水淹没了高山，不停地向上汹涌。不经意间，父亲乘船撞开天门，禀告玉皇大帝人间发生的事情。大帝闻之震怒，马上下令退水。顷刻间，风停水止，父亲和铁船从高空跌落，掉到地面摔得粉碎。

讲到这里，代行善指着一个黄土岗说，神话里这黄土岗叫昆山，当时是高大的石山。历史变迁，沧海桑田，昆山成了土丘。

我暗自吟涌元代刘因《人月圆》的词曲："茫茫大块洪炉里，何物不寒灰。古今多少，荒烟废垒，老树遗台。太行如砺，黄河如带，等是尘埃。不须更叹，花开花落，春去春来。"

在我沉思间，代行善又绘声绘色地道来——

两个孩子在葫芦里漂落到昆山，地上的洪水骤然消失，因葫芦是圆形的，内层柔软，掉在山顶一片地上，弹跳几下停止了。兄妹俩听不到风雨声，从葫芦里爬了出来。

经过这场洪水，大地上没有了人类，只有这两个孩子借助葫芦存活下来，都叫"瓟戏"。时间长了，为了彼此有区别，男孩取名"伏羲"，女孩取名"女娲"。最后，他们结为夫妻。

女娲成了美丽的女神，身材像蛇一样苗条。也有神学家坚称是人首蛇身，具有化育万物的神力。目睹天地之间的大好河山，尽情享受阳光，欣赏明月，看雨落雪飞，瞧花开花落，草木生息荣枯。久而久之，女娲感到寂寞……

一天，女娲独自坐在昆山脚下的黄水河边呆呆出神，无意中抓起半湿润的泥土，照着自己的样子捏了个小人。对着吹口气，泥人顿时变成了一位活蹦乱跳的娃娃，喊她"妈妈"。女娲高兴极了，便说："孩子，你来源于黄土，黄色的皮肤，长着黑白明亮的眼睛和黑色的头发，会思考，会说话，有感情，能吸收天地精华，名字就叫'人'吧。"

小娃娃问："妈妈，您能创造更多的像我一样的人吗？"

"可以呀，这正是我想做的呢！"女娲答应着从河边挖起泥土，双手灵巧地揉捏起来，转眼又造出一个新人。接下来，女娲不停地挖泥、揉捏，渐渐地周围布满了许多可爱的小人，有男也有女，在大地上欢笑。

看着这些聪明的生灵，女娲充满了信心：要让人类足迹布满大地。捏人捏得久了，女娲感觉累了，手也麻木了。她灵机一动，找来一根绳子，先把泥土扔进河里，把水搅成泥状，不停地甩。绳子上沾的泥点落地上，变成了一个个的人。

创造工作完成了，人类遍及大地每个角落。女娲在睡梦中，梦见自己造的人类都消失了。醒来，她想到一个可怕的问题：其他动物都会死亡，要是自己捏的人不存在了，再来造一批，简直太麻烦了。看到男人强壮，女人柔弱，她和伏羲就让男女结为夫妻，生儿育女，繁衍生息。

过了不知多少年，共工和祝融两个英雄决斗。结果共工战败，怒撞不周山。原来，不周山是根支天的大柱子。折断了，东南的半边天塌了下来，出现一个巨大的窟窿，熊熊的大火在森林中燃烧，无尽的洪水从大地涌出，毒蛇猛兽也跑出来。人类面临灭顶之灾，不但要躲开洪水，避开山林大火，还要想办法对付各种鸟兽侵袭……一时间，整个大地哀号遍野。

女娲心中明白：发生这一切的根源来自天上的大窟窿，只有把它补起来，才能遏制灾难，就决定采用五色神石做材料补天。

代行善指着高高的土丘说，这地方原来就是昆山，女娲在山下挑选了许多"红、黄、灰、白、青"五色石子，在一块断崖下，架起一个半座山大的火炉，经过七七四十九天熔炼，双手托起炼好的石头，飞上天补在窟窿上。

听到这里，《红楼梦》开篇所编述的神话，深深触动了我。故事云："却说那女娲炼石补天之时，于大荒山无稽崖炼成高十二丈见方，二十四丈大的顽石三万六千五百零一块，那娲皇只用了三万六千五百块，单单剩下一块未用，弃在青埂峰下。"我想，肩负这里使命的县委书记，决不能成为剩下的那一块，一定要用来补天！

回过神来，我又听代行善讲：女娲从深海里找到一只神龟，斩断四肢，把塌陷的半边天支了起来。

天降的灾难结束了，可是毒蛇猛兽依然威胁着人类的生命。其中，有条居住在深海里的黑龙最为可恶。于是，女娲带领子民们把那条凶残的黑龙杀死。"杀一儆百"，其他妖兽再也不敢出来捣乱了。

在女娲带领下，人们终于堵住了四处漫流的洪水，保佑人类脱离了苦海。伏羲也为人类的生存和发展贡献了自己的聪明与智慧……

稍微停顿一下，代行善说：两位始祖经天纬地，让我们人类成了天地间最有灵性的万物主宰者。

讲到这里，代行善表面是在插科打诨，实为话里有话："我们的始祖，创造了人类，撑起了天，实在可敬可佩！我们头上都有一片天，也应该顶起来。如果，一家之长顶起家庭的天，一个机关的领导顶起单位的天，当大大小小'诸侯'顶起一个地方的天，真正做到'为官一任，造福一方'，天下岂有不太平安康之理？"

代行善的借"题"发挥，如重槌击鼓，在我心头敲打。

把话收拢过来，代行善继续讲解——

兄妹死后葬于思都岗。有一年发大水，伏羲头颅从蔡河上游漂流到下游不太远的地方。人们打捞上来一看，是一个人头不像人头、兽头不像兽头的东西，不知何物。时逢孔子周游列国，见此慌忙跪拜，口称"乃始祖也"，随后修墓建陵。

到了春秋时期，人们在溪流筑城祭祀，取名"娲城"，建有阁楼，人称始祖庙。每年二月二到三月三，人们从四面八方接踵而来，香火不断，烟霞袅袅。雅士墨客赋诗曰："女娲炼石自何年，补尽人间缺漏天。石屑化为城上土，常将五色习朝烟。"后经历代增修，娲城已具相当规模，城垣坚实，庙宇堂皇，达到五庙十殿，且有盘古寨、中皇山、女娲宫、龙泉寺、墓岗寺等一批古迹名寺建筑群，颇为壮观。沧桑巨变，古城已深埋黄沙。如今，这里仅存"龙泉寺"和一通明代碑碣半就湮没，可见"女娲故墟也"的字样。

近年来，根据民间传说和县志记载，文物部门经过勘探发掘，找到了古城址。该城址呈方形，共有内外两层，城墙分层夯筑而成，残存最高三米，宽八米，挖掘出大量釜、罐、鬲、瓮、瓦等春秋时期遗物，见证着当时城池壮伟，居民殷盛。这一珍贵的古文化遗址，被列入重点文物保护单位。

女娲捏土造人和炼石补天的神话，早已世人皆知。有识之士无不看到这是一笔巨大的无形资产和文化资源，建议按照古都遗城恢复原貌，作为溪流县的一张极具吸引力和影响力的名片，吸引海内外华人前来朝拜，大力开展招商引资，繁荣地方经济。遗憾的是，一个八十多万人口大县，年度财政收入仅有六千二百万，干部和教师发工资捉襟见肘，只能保饭碗……

代行善讲解结束，自谦地笑说："二位领导，你们都是有大学问的人，我班门弄斧了。"

站在庙宇前，凝思女娲托石补天的故事，脚踩黄土地，我想到《左传》记载下来的、春秋时代晋国公子重耳在亡命途中发生的故事。

二千六百多年前，一队亡命贵族，在黄土平原上仆仆奔驰。他们仗剑驾车，疲倦极了，饥饿极了。他们用搜索的眼光望着田野，然而骄阳在上，田垄间麦苗稀疏，哪里有什么可吃的东西！一个农民正在田里除草。那流亡队伍中一个王子模样的人物，走下车子来，尽量客气地向农民请求着："求你给我们弄点吃的东西吧！我们已经好几天没有吃的了。"衣不蔽体、家里正在愁吃愁穿的农民，望了望这群不知稼穑的人一眼，一句话也没说，从田地里捧起一大块泥土，送到王子模样的人物面前，压抑着悲愤说："这个给你吧！"王子模样的人显然被激怒了，他转身到车上取下马鞭，怒气冲冲地想逞一下威风，鞭打那个胆敢冒犯他尊严的农民。一个上了年纪、大臣模样的上前劝阻了："这是土地，上天赐给我们的，可不正是好征兆吗！"于是，一幕怪剧出现了，那王子模样的人突然跪下地来，叩头谢过上苍，然后郑重地捧起土来，放在车上，一行人又策马前进了。辘辘大车过处卷起了漫天尘土……

著名作家秦牧在他的散文《土地》中描写的场景深深烙在我的记忆里。在古代的历史上，一个贵为王子的人，为什么会做出这样奇怪的事情？因为在他心目中，土地代表着上天的赏赐，代表着财富和权力。

古老的黄土地，虽然贫瘠，她承载着溪流县人民赖以生存的万物和对未来无限的憧憬与美好的梦想啊！如今，我们生活在一个开辟人类新历史的光辉时代，而绝大部分人民仍然处在贫困之中，我心里沉甸甸的，默默地在思索着一个重大的问题：如何才能不辱使命，让这片土地富饶起来，带领人民奔小康，过上幸福的生活。

正在思考，我的手机响了。秦奋打来电话，声音兴奋而喜悦。他没称官职，直呼我的名字："三毛，来稀客了！"

我问："哪一位？"

没等秦奋回话，"稀客"抢过手机："我，董晓，认识不认识？"

"呀，咋是你？扒了皮，也知道是你的骨头。"我说。

董晓"哈哈"大笑起来。

董晓是我平原大学的好友。那时，他母亲是市委办公室主任，父亲在一个县当县委书记。入校时，董晓忘带通知书，生拉硬拽，让我陪着去他家。第一次喝上茅台酒和燕窝汤。走出大学校门，董晓凭借父母的政治资源，没几年就当上县委宣传部长。一次，他喝了酒，带一位副部长外出游玩，非要开车，过河时，撞到桥上的水泥栏杆上，把坐在副驾位置上的副部长撞死了。出了事故，他让司机顶包。那位副部长是独生子，父亲是某局局长，非要追究责任。司机挺不住了，说出事情真相，检察院把董晓抓了。通过关系，董晓最后放了出来。官场失意，董晓移民新加坡，成了外籍华人，后到深圳搞房地产，成为外商，人称"假洋鬼子"。没几年，就发达了，成为腰缠亿万的富翁。

陪同的王升说："董晓从深圳回来，昨天到市委的。几个同学聊天时，他得知你到溪流当县委书记，非要见你。我带他去县委，才知道你在这里。他热衷文化产业，这次过来，想投资项目，便让秦奋老兄领着过来啦。"

"正好，我在思都岗考察女娲故里，你们一块过来看看。"我说。

"好，你等着，我们现在就过去。"王升说。

不大工夫，一辆黑色轿车驶了过来。三个人刚下车，我就走上前，紧紧抱住董晓，道不尽的相思之情。

我详细介绍过情况，董晓大感兴趣，执意要恢复娲皇故都原貌，根据神话故事，建造娲皇宫和大型展览馆。

俺俩一拍即合，我们随即回到县委。中午，在招待所，我邀请县委常委悉数作陪，高标准宴请。

天上掉馅饼，网里跳进一条大鱼，常委们莫不欢欣鼓舞。下午，根据以往出台的优惠政策，一致同意：为这项重大的招商引资项目，免费提供所需全部土地，决定列入全县头号工程，由我亲自挂帅。

开罢常委会，我来到董晓单人居住的套房，详细讲了县委研究后的意见。董晓喜不自禁，看没有外人，说："你现在当官，权重水清。"随即，他塞给我一张十万元支票。我笑着拒绝："支持你，是为发展地方文化产业，我责无旁贷。咱们是同学，无须额外花冤枉钱，免了吧。"

当晚，常委们集体送走董晓和王升。

三　希望在哪里

按照调研计划，我和刘思民骑着自行车向北而行，又去了柳林乡。

通往柳林的道路虽不宽阔，却很平坦。时值早春，树木的枝条泛着淡黄的青色，奶芽初露，嫩叶尚未完全散开。农田里的麦苗，又瘦又弱，垄与垄之间裸露着黄土。举目四望，无遮无挡，只见附近的农舍，多是土坯砌墙，茅草苫顶，低矮破旧，极少有青砖灰瓦的房屋。村庄的周围，栽满了泡桐和杨柳，又稠又密，成了"小老树"，当地人叫防风林，那是用来阻挡飞沙侵袭的。

一路行走，不时有风吹来，飞沙扬起。我和刘思民忙用手遮掩，护着眼睛。偶遇大风，沙尘滚滚，迎面扑来。俺俩便赶紧停下自行车，背过身去，用衣袖捂住面部，弄得头发、脖颈、身上满是土粒。从上到下，俺俩拍打个遍，继续前进。

一年之计在于春。视土如命的农民，开始了忙碌。在一个叫沙窝村地方的地头上，村民正在往田边送农家肥。想了解春季生产情况，俺俩走上前去。我打声招呼："老乡，忙着呢？"近处的几个村民走了过来，我为每人递上一支烟。他们嘴里说着："不了，不了。"最终挡不住诱惑，把烟接了过去。在平原东部，无论是城市，还是乡下，烟就是拉近男人之间距离的桥梁，消除陌生贴近情感的黏合剂。

"老乡，春耕生产有没有困难？"我问。

我虽然下来时换了一套半旧不新的中山装，看上去仍不像乡镇一般干部。有位身穿破棉袄的五十来岁男子，村里人喊他"老瘪"，即窝囊没能耐的意思。看了看俺俩，他欲言又止。刘思民指着我道："这是县委李书记，有话只管讲。"

　　"老瘪"愣怔一下，眼睛发出光亮，像溺水者抓到救命稻草，鼓足勇气，讲述起来："家里穷得至今住着两间趴趴屋，三个孩子，都老大不小了，到了结婚成家的年龄，哪个不得盖房娶媳妇？可穷成这个样子，愁死人了。没办法，我承包了三十多亩荒地，想种地膜西瓜，买农膜、农药、化肥、种子的钱，到现在还没有一点着落。我急得吃不下饭，想求领导帮助贷点款，连身像样的衣裳都没有，出不了门。正想托人给县里领导写封信，唠叨唠叨难处。真巧，你们来了，不知管得了管不了？"

　　"需要多少贷款？"

　　"我算过了，没有九千块过不去'坎'。"

　　另外几位农民，也争相诉说着种子、化肥、柴油等需求。

　　"甭愁，我帮你们解决。"说罢，我向农行、农用物资供应部门几位负责人打电话，要求他们亲自下乡，以解农民燃眉之急。并特意交代邱行长：保证解决"老瘪"的资金问题。

　　我想：眼下，春耕生产在即，全县农民会遇到各种各样的困难，需要乡镇干部和有关单位及时帮助解决。于是，我和刘思民返回县城，召开县委和县政府领导联席会议，部署和动员支援春耕生产问题，又处理了几件急办的事情。

　　隔了一天，吃过晚饭，我想去大街上散散步。走到县委门口，一个蹲在地上的乡下人认出是我，猛地站起来。一看是"老瘪"，我问："咋是你呀？""老瘪"说："我上午就来了，不敢进去，一直在这儿等你。"我问："贷款还没办吗？"他说："办了。"我问："那几户呢？"他说："都办了。"我问："还有别的事情？"他说："没有。"我问："那跑恁远干啥？"他说："就是来言一声。要是不见见你，俺憋得慌。"讲到这里，他激动起来，解开衣裳扣子，拍拍袒露出的胸膛，说："李书记，俺没有别的表示，可有颗感恩的心哪！你骑辆自行车到俺地头上，没喝俺一口水，吸俺一支烟，听了俺贷款的事儿，当天就办了。到啥时候，俺都不会忘了恁这样好官。"我明白了：他往返二十多华里，是揣着一颗金子般的心道谢的。

　　"老瘪"摸黑走了，要赶二十多华里路呢。于心不忍，我让袁远开车去追，送他回家……

这件事深深触动了我。连续几日，心里难以平静，我在思考：何时农民生产投入不再靠贷款？怎样才能走上致富的道路？

在县里开罢支援春耕春播会议，我和刘思民重返柳林调研情况。我以为，乡镇干部已经"动"了起来，心里轻松了许多。

刘思民说："不少乡镇干部养成'懒松散'习惯。工作拨拨转转，推推动动，没有猛药治不了顽症。他们想的不是发展经济，培植财源，而是在农民身上打主意。我讲一件事情，你听听，别生气。"

"你只管讲来。"我催促道。

刘思民咧开嘴苦笑笑："就是这个柳林，乡政府穷极了，虚报农民收入，增加农民统筹提留款；在计划生育方面，干部放纵人口超生，随意罚款。谁家交不起，就把人关起来。到现在，这个乡还有几十号人没放出来。"

一年前，李家寨农民卖血卖马交提留款，追究过有关领导的责任，市委市政府联合下发过减轻农民负担的文件。我没想到：柳林乡竟然外甥打灯笼——照旧（舅）。一时间，我怒火直往上冲，肺都快要气炸了："怎能因收提留和乱罚款，随便抓人关人？"

一刻没有消停，我和刘思民向柳林乡政府赶去。

刘思民边走边向我介绍：如今，老百姓称基层干部为"三要"干部，即要钱（收提留款）、要粮（催交合同粮）、要命（搞计划生育）。除此之外，便无事可做。这造成县委、县政府重大决策，从筹谋到实施过程，自上而下，好像漏水的渠道越流越细，甚至出现断流现象。与"农"字有关的部门，机关人员在办公室，"一杯水、一支烟、一张报纸看半天"，坐而论道，纸上谈兵，服务职能淡化。农民单身跳舞，遇到困难，求助无门，只能靠自己去挣扎……

差五分钟就到十点的时候，俺俩来到柳林乡政府。走进大院，空落落的，几乎不见干部。这是咋回事呢？

刘思民来到办公室，向一位坐着的中年人介绍了我的身份。那人是赵秘书，急忙站起来。我问："叶选书记呢？"

"昨晚回县城家里，正在路上走着哩。"赵秘书打圆场。

"张秋乡长在吗？"

"他快来了。"

"其他干部呢？"

"大正月的，无事可干，大部分还没来哩。"

我的脸色铁青，一下子拉得老长。

赵秘书见到我生气，马上说："李书记，你们先坐下歇歇，我现在就打电话催叶书记过来。"联系罢叶选，他急忙安排通讯员小刘："你快去扁担刘，把张乡长喊来。"赵秘书边说边解释："扁担刘距乡政府只有一华里半路，张乡长保准一会儿就到。"

我气不打一处来，责令赵秘书："你们乡关的农民，现在就给我统统放出来！"

赵秘书不敢怠慢，喊来派出所值勤人员，打开三间通房大门。

我走进去，瞅见铺着薄薄麦秸的水泥地上，或坐或躺挤满一屋子人。见到有领导模样的人，想着是来训话，所有目光聚焦在我身上。面对非法关押的群众，我深深鞠躬致歉："父老乡亲们，遭罪了，憋屈了。现在，你们都可以回家了。"

初闻此言，许多人以为听错了，不敢相信。我自报身份："本人是新来的县委书记，你们真的可以走了。"我说："以后，谁再抓你们，就大胆去告状，县委一定严肃处理，决不手软！"

话音刚落，关押的百姓"呼"地站起来，拍拍身上沾的麦秸，争相挤着涌出来。走在最后的，是位年过半百的农民，拖着羸弱的病体，喘得上气不接下气，刚挪出门外，一老一少母女迎上去搀扶。

看我要转身离开，当娘的拽了拽名唤槐花的闺女衣裳，两人"扑通"跪在面前，连连磕头："青天呀！恩人呀！你真是个好官！可救了俺当家的！"

我忙拉起这对母女："快快站起来，有话慢慢说。"

当娘的抽泣着，讲："俺是杏花村的，大孩子叫斧头，不正干，同一帮狐朋狗友长年在外地胡混，见不着人影。老头子高血压，还有心脏病和气管炎，是个药罐子，干不了庄稼活。家里家外靠儿媳妇和俺娘俩，凑合着过日子。年前，收提留款，交不起，乡里把老头子关了起来，今个整整二十二天了。李书记，你都看到了，屋里黑乎乎的，地上就铺把麦秸，冰冷潮湿的。俺娘俩只怕出个三长两短，来送药的，没想到今天会放人。"

这位母亲的话，让我鼻子一阵发酸，心中五味杂陈，有种难以言表的滋味。

恰在这时，叶选、张秋赶了过来。见到他俩，我真想破口大骂，强压怒火，说道："你们等着接受组织处理吧！"

叶选、张秋试图挽留我吃午饭，又似有一肚子苦水要往外倒。我不理睬，气哼哼地扬长而去。

我和刘思民走了，他们两个呆若木鸡，站了许久……

在路上，刘思民道："甭说是这时候，甭说是柳林，许多乡镇都是如此。当书记乡镇长的，被称为'走读领导'——晚上坐车回家住，白天上班应酬上边来人。乡镇只留下两个秘书轮流值班。一般干部本土化，待在机关没事干，点个卯，打个照面，表面看下去了，实际是到村里解闷散心。中午，他们在村支书家喝个小晕，转个圈回家了。村支书闲得狗挠蛋，巴望着来'客'，陪吃不说，还多记账，趁机会捞一把。就是这个乡，有个副乡长去年在村支书家吃顿饭，年终审查村级财务账目时，发现村支书谎报：吃变蛋一筐，喝白酒一箱，香烟一条，花费一百八十三块。他气得把村支书臭骂一顿。对乡镇干部，老百姓编顺口溜讥讽道：'吃个小鸡，喝个小晕。尿事不干，遛遛转转。'时下，村组干部去乡镇开会，街上像样的饭馆坐得满满的，没钱吃喝，就打白条。街道有家数得着的餐馆，乡里每次来了客人，就在那里招待记账。四年间，乡里换了三任领导，累计赊账三十多万，没人给钱，吃垮了。餐馆老板经常到县里告状，没人管，影响可坏了。"

干咳两声，刘思民分析说："要论起这现状，也不能全怪下面。这些年，县里对经济发展没有目标，使用干部不讲政绩，乡镇穷的领导想往富裕的地方调，家在城里的不愿待在基层。升迁靠跑靠买，极少有人把心思用在工作上。就说叶选吧，嫌柳林穷，想到县里有油水的局委当个头头。年前，他挨个领导磕头烧香，礼没少送，钱没少花。结果，市委突然调整区县班子，他白忙乎了，心里憋了一肚子气，工作哪有积极性？"

这次调研期间，我发现一个问题：溪流不光穷，官场怠政懒政问题也很严重。

我和刘思民又去了东部的桃营乡。

桃营乡位于两县交界处。在一个路口，俺俩见到两个交警拦下一部农用拖拉机卸轮胎，旁边围着一群人观看。

不知发生了什么事，我和刘思民过去瞧个究竟。只见一位中年农民，一身泥巴，背着一捆喷灌机胶管。我问罢得知，这个农民开着农用四轮拖拉机去邻村帮人抽水灌溉麦田。车刚上路，就遇到了交警，说他没交养路费，要罚款二百块。他没带钱，两位交警就卸掉了他的四个轮胎。

一听是这种事情，我怒不可遏，大声喝道："强盗，简直就是强盗！"忍无可忍，我在通话中，责成公安局长、监察局长立马赶来现场，调查处理这件事情，严肃追究责任。

触景生情，刘思民大发感慨："公安干警干这种事情，真是不可思议！"他摇摇头说："县里穷，公安局经费没保障。听说派出所人员的工资靠自筹，每年还要向局里上交五万。派出所把指标分解到民警头上，得知有村民打麻将，无论是玩是赌，只要抓住，全按赌博处理，一罚就是几百块，不交钱就把人关在'黑屋'里。交警更不像话，见拉货的车就拦，大多是以'超重'为理由，找不到毛病的，看你车灯亮不亮、刹车灵不灵、轮胎有气没气、拖挂扣得紧不紧……总之，没有找不出罚款借口的。罚款漫天要价，到了最后，收了钱不开票，就地分赃。这名声可臭了。外地车辆宁愿多绕几十华里，也要避开溪流县城。法院经费不足，办谁的案就让谁出钱，没钱不给办案。老百姓编了这样一个顺口溜：'大檐帽，两头跷，吃了原告吃被告。'特别是涉及外地的案件，吃喝拉撒靠打官司的人全包下来，赢了官司得到的赔偿寥寥无几。"

听着刘思民痛陈时弊，我愤愤地想：这种作风不转变，怎么能够带领农民脱贫致富？希望何在？

四　枣乡的启示

改革开放十几年了，人民群众中蕴藏着巨大的生产积极性和无穷无尽的智慧。我相信：这次基层调研，一定能找到一条脱贫致富的道路。

从桃营乡出来，我和刘思民去到了东南方向。进入沙滩乡境内，展现眼前的是另外一番景象：农田里，遍地栽上了枣树；果农间作田里，麦苗长势明显地好过无枣树无林木的地方。村子里，一排排青砖和水泥浇顶平房，带有砖砌门楼的小院。眼前不觉一亮，我禁不住叹道："这里不穷呀！"

不解其故，我问刘思民："树不是遮挡阳光，树根与庄稼争着吸收养分吗？为什么搞枣树和粮食间作，庄稼长势反倒好呢？"刘思民说："初次到这个乡搞调查研究时，我也不解，曾向随行的县林业局工程师冯冠军寻求答案。听了他的讲解，心里才算明白。"

刘思民见附近没人，下了自行车，站在路边小便。完毕，他的头连摇几下，打个嗦嗦，甩净尿液。然后，他掏出一支烟嘬在嘴里，两个手捂着挡风，用打火机点燃，猛抽一口，细说起来——

"枣树具有不怕旱、耐盐碱、耐贫瘠等特点，侧根发达，根幅宽阔，在疏松的土壤中，能生出很多根瘤，其中的固氮根瘤菌能增加肥力，改良土壤，起到防风固沙的作用。另外，枣树属落叶乔木，高达十米，主干和枝条较为稀疏，四月份开始萌芽，五月底至六月初进入花期，叶小花碎，不影响小麦生长。二三十年的枣树，树身一把粗，冠形不很大，秋季的庄稼，尤其是秧蔓农作物，比如花生、西瓜、红薯、大豆、绿豆，甚至棉花、玉米等经济作物，基本收成正常。即使四五十年，乃至上百年的大树，夏粮照收，秋季也能半收。"

我听得十分认真，看刘思民手指夹的香烟快要燃尽，我拿出一支递过去。他掐掉烟屁股（烟嘴部分）接上，讲道："沙滩乡大部分田地搞了农枣间作，夏收一季麦，秋收一季花生。老百姓形象地比喻：'上有摇钱树，下有聚宝盆；有粮又有钱，心里乐开怀。'"

"真是一条'果茂粮丰、多种经营'的路子啊！"我叹道。

想起十年前，我采访过沙滩乡，写过《栽树就是栽富》的文章，获得全国好新闻奖，至今留有印象。刘思民介绍："昔日的盐碱沙窝已经富得流油，同三岗镇并称，成为全县两个最富裕的乡镇之一。"

边说边走，半个时辰之后，我和刘思民来到一个叫枣庙的地方。在村南头，有座占地十几亩大的黄土岗，长满古老枣树林。树身合搂粗，外皮糙裂，枝干弯曲，犹如一副巨大伞状的骨架。岗上建有一座庙，庙里端坐一尊女神，一个大铜盘内装满椭圆形硕大的红枣。前面有个大香炉，积了一炉香灰。地上放一排黄绸包裹得鼓囊囊的厚垫子，供村民跪拜烧香。

俺俩来到跟前，有位老者，胡须如霜，气色红润，倚靠庙门一侧墙外，微闭双目，懒懒地晒着太阳。看到两个干部模样的人，老者抽身站起来，施礼相待。

我忙招呼："老人家，您好。"

老者捋捋胡须，笑吟吟的，说："二位领导好，要拜枣神娘娘吗？"

怕违忤老者心愿，我说："拜！一定要拜！"说罢，我和刘思民走进庙内，恭恭敬敬地来到枣神娘娘面前，在垫子上双膝下跪，双手撑地，磕了三个头。

这一跪一拜，老者对俺俩感情亲近了许多。

我去过一些大大小小的庙宇，见到过这神那仙的，唯独枣神，还是第一次目睹，心生好奇。

老者识得些字，又饱经世故，通古知今，向俺俩娓娓道来。

"要说这枣树和枣神的来历，话就扯远了。早在上古的时候，有年中秋时节，黄帝带领大臣、侍卫到野外狩猎。走到这里，一干人又渴又饥又疲劳，发现有几棵大树，结着诱人的果实。大家连忙奔过去，争先采摘，那果实吃起来甜中带香，很是解渴，把疲劳抛在脑后。吃罢，无不连声说好，但不知其为何物，就请黄帝赐名。黄帝称：'此果解了我们的饥劳之困，一路找来不容易，就叫它"找"吧！'后来，仓颉造字，根据该树有刺的特点，用刺的偏旁叠起来，创造了'枣'字。"

说罢传说，老者瞧瞧俺俩。我忙递过去一支香烟，老者"哈哈"笑笑，连连摆摆手："这东西，我'嚼'不动。"他带有几分骄傲，得意地讲道："俺们这一带，是'漏扁'天气。恁知道啥叫'漏扁'天气吗？打个比方讲，天上就像有个扁罩着，别处下大雨，这儿下小雨；别处风调雨顺，这儿干旱。正常年份，雨水偏少。但枣树根扎得深，能吸收深层土壤的水分，虽不像附近的枣子水灵脆嘣，肉质却绵而香甜，风味独特。明朝，村里出过贵妃娘娘，那可是俺门宗的老姑娘。有一年，她奉旨返乡省亲。家乡人挑选又大又红的枣儿招待娘娘和随行官员。红枣皮薄、肉多、质优、味甘，他们吃罢，个个赞不绝口。娘娘住些时日，准备起驾回宫。大内为邀皇帝之宠，临行带走一些红枣送回京城。皇帝食之，称赞味美香甜，钦点为贡品。"

老者得意起来："这里是温带气候，红枣喜温，泼皮，甭管是黄沙土、流沙土、泡沙土，还是淤土、沙淤联合土，甭管是压枝、插条，还是截根埋土、枣核育苗。喜旱耐涝，田地肥沃贫瘠不择，随便栽到哪里，都能成活，照样生长。另一个好处是，枣树没恁多道道和讲究，不用劳心费神管理，比种其他经济作物省劲多了。老百姓称枣树是'铁杆庄稼''木本粮食'。"

刘思民插话："前年，国家农科院来了位果树专家实地考察，称这里红枣品质优良，果皮鲜红光亮，个大、肉多、核小，又甜又香，维生素含量极高，是苹果的七十倍，梨的一百四十倍，营养价值为'百果之王'，有'天然维生素丸'的美誉，抗癌补气血，长期食用，延年益寿。"

"对对对，是这样。怪不得村里流传顺口溜：'一天吃把枣，养颜又防老；一天吃把枣，百岁小步跑。'"老者附和说。

瞧着老者鹤发童颜，我问："您老高寿？"他哈哈笑道，卖起关子："二位猜一猜？"刘思民撇起拇指和食指："这个岁数？"老者摇了摇头："八十？那岁数回不去喽。再有八个年头，就过百。要是加上三年两头闰月，差不了多少。"

指着这片古枣林，老者骄傲地说："它们差不多有六百年的树龄了。"我问："还结枣吗？"老者说："一棵树每年挂果上百斤哩！"

闻听此言，俺俩惊呆了。

我问："老人家，你们为啥把枣树当神敬呢？"

老者说："这，你们就不知道了。说起来，话就长了。要是愿听，我细细地唠叨唠叨。"

"好，您老敞开说，俺们认真听讲。"我饶有兴趣。

老者受到鼓舞，娓娓道来："听爷爷的爷爷讲，有年遇到大旱，地里庄稼颗粒不收，寸草不生。外村人饿死的饿死，逃难的逃难，独有俺村人，靠着这十几亩土岗上的枣树，保住了生命。从此，村里人把枣树当成救苦救难的保护神，建起了这座庙，仿照相传的娘娘模样，请匠人做了神像，年年供奉敬拜，流传至今……"

所见所闻，我茅塞顿开。沙滩乡粮枣间作，给了我很大启示：这正是一条富民强县的道路，如果得以普遍推广，溪流几年之后将会成为闻名全国的红枣县，不仅富民，光农林特产税也能富财政。

我问老者："新栽枣树挂果需要几年？"

"俗语讲：'桃三年，杏四年，枣树挂果在当年。'话是这样说的，当年结不了几个果。要是一年苗，指头粗，与人齐肩高，移栽到大田，第二年盘下根，到第三年，一棵树会结果三十几斤，五年之后，慢慢就成'气候'了。两年的枣苗，能蹿一人高，有一把那么粗，移栽成活，第三年收入就可观了。一亩地往少说，也能产鲜枣上千斤。八年下来，每亩三四千斤正常；每斤鲜枣晒七两干果，一斤干果卖好几块，可就厉害了。大枣与粮食和经济作物套种，正常年景，每亩产小麦四百斤，秋季有的种红花生，有的种黑花生，卖三百多块哩。如果套种西瓜，更厉害了，收入万把块钱不成问题。"老者真是"枣精"，说起来头头是道！

"每亩栽多少棵最合适？"我又问。

"不稀不稠，三十棵正好。"老者不假思索地回答。

我心里有了"谱"。辞别老者，俺俩向村子里走去。

进入村内，看到村里街道，都是水泥路面，装上了路灯，一幅新农村的富裕图画展现眼前。

刘思民告诉我："这个村有个叫李枣富的，是枣树育苗大王，远近闻名的致富带头人，被选为县政协常委。"我说："咱去见见李枣富。"

李枣富住在村东头，家里两层气派的小洋楼，砖砌的院墙。院外有块空场地,停辆捷达轿车。把自行车停在那里,见两扇红漆铁门敞开着,俺俩径直走进堂屋。李枣富正在通电话,谈往山西销枣苗的事情。看到俺俩,他招手示意,让先坐在沙发上。

大约过了几分钟,李枣富通话结束。刘思民指着我介绍:"这是县委新来的李书记。"

李枣富忙上前跟我握手,然后道:"让司机也过来,喝杯茶。"刘思民解释:"李书记是微服私访,直接到基层了解情况,骑自行车来的。"李枣富瞅了瞅我:"李书记,咱们见过面。"我有些意外,李枣富提醒:"李书记,你在咱县工作时,来沙滩采访乡党委徐书记,当时我在场,你把我忘了,我还记着你哩。"

望着面前这位铁塔似的中年汉子,皮肤黝黑,透着精明劲儿,说话不紧不慢,面带几分亲切。我略带歉意地笑笑:"一回生,二回熟,咱们往后可算是老朋友了。"

这时,一位年轻漂亮的女人,头上扎着两个扫帚把,衣裳时尚得体,从外面走进来。

李枣富忙道:"这是我爱人翠枝,在村里当妇联主任。"他对翠枝说:"这位是县委李书记,这位是刘主任,快把我放的铁观音茶叶拿出来,让二位领导品尝品尝。"

翠枝也是高中毕业,性情活泼,见过一些世面,脾气大大咧咧的,无拘无束。扫了我一眼,说:"李书记,别看你着装普通,面色光泽白亮,可有气质了,一瞧就像个当领导的!"我调侃:"从小吃红薯长大,岗(腆)肚子洼(凹)腰的,不就是个芝麻官嘛,别拿我开涮了。"

谈笑之间,翠枝已动作娴熟地泡了茶,一股清香随着几缕袅袅热气散发出来。

品着茶,我琢磨着李枣富这个名字,问道:"你叫李枣富,是不是有什么缘由?"

李枣富笑了笑,讲说起来:

我的名字是家父取的,寄托着老人的梦想。

村南头的黄土高岗那片老枣林,解放前是俺家祖传下来的,富了不知多少代。实行人民公社以后,归生产队集体所有。失去了枣林,家里没有摇钱树,过上穷光景。从那时起,父亲做梦就想靠枣树致富。老人未能遂愿,带着遗憾离开了人世。爷爷相信枣神会降福,一直守着那座庙。

高中毕业返乡，我站在村头，看到脚下黄水泛滥时留下的一望无际泡沙地，空荡荡的田野，光秃秃的村庄，曾做过一个梦：家乡变成了枣乡。回到现实，我立志用智慧和汗水，让全村人靠枣树富起来。

六十年代中期，听说河北黄骅是冬枣之乡。那种枣，采摘于冬初，晶圆剔透，落地即酥，入口脆甜。进入盛果期，亩产五六千斤，卖到城市，一斤十几块。我借了六十块钱，拉起架子车，带着干馍，往返几百华里，买了苗木，在队长支持下，试着在十几亩农田里搞枣粮间作。谁知，枣树刚挂果，迎面遇到"史无前例"的暴风骤雨，上边提出"以粮为纲，全面砍光"，生生把枣树砍掉，我的希望破灭了。

忽如一夜春风来。"大包干"之后，我在俺家责任田里育了十万株红枣树苗，当年净收入一万多块。

受穷的农民长于看和算，纷纷学着在荒地上办苗圃。第二年，村里苗木一下子发展到三千多亩。光俺村就育枣树苗几千万株。除本乡大面积搞农枣间作，其余枣苗销往外地。之后，我承包了乡里林场，砍掉杂树，全都圃育枣苗，向全国八百个县林业局发函征订枣苗，怀揣中华人民共和国地图，去甘肃，奔新疆，赴山西，上河北，下湖南，跑遍十几个省……

听着李枣富的讲述，我眼前浮现出一片片枣林，仿佛结满一串串的大红枣，思潮翻滚，热血沸腾。

"走，到苗圃看看。"我说。

李枣富临出门，低声向翠枝耳语几句，不知说了什么。

在村东，大大小小的地块，全是圃育的枣苗，密稠如麻，透不进风，不见尽头。准备出售的苗木，一捆一捆地打好，码得整整齐齐的，根部在开挖的垄沟里用土封着。外地来的大车小辆，有拖挂的，有带斗的，有的已经装满，有的正在装车，有的空车等着，排得长长的。整个场面，熙熙攘攘，好不热闹。

我纳闷：咋没有本县的车辆来拉枣苗呢？

李枣富似有怨气："白天当县委书记时，我就建言献策，大力发展农枣间作，一百钱（旧时所称一分钱的硬币）掉在水里——响都不响，还'呛'了我一句：'你要推销树苗，找错人了，应该去林业局。'我'噎'得半天说不出话来。"

刘思民是个直肠子，说话从不拐弯抹角，一语道出了原委："白天书记五谷不分，搞农业是门外汉。现在使用干部有弊端：一是论资排辈，当了县长，自然轮到当书记；二是别管原来干什么的，有何专业特长，当了领导，就像万金油，随便抹。白天是大城市下放的工业管理干部，根本不懂'三农'，让他领导农业大县，那是放错了地方。"

李枣富怨气未消："孙书记继任时，我信心满满，登门游说，建议大力发展农枣间作，谁知是嘴上抹石粉——白说。孙书记干笑笑：'土地承包了，农民有经营自主权，上边不便干涉。'"

刘思民插话："你在乡下只顾育树苗，不清楚官场内幕。县城和乡镇机关干部都知道，孙书记和县长王铁山根本尿不到一个壶里，两人面和心不和，互相争权夺利，内斗很厉害。孙书记有船到码头车到站的想法，求稳怕乱，得过且过，考虑更多的是如何安全着陆，更甭提锐意改革、开拓进取了，哪有心思谋发展？"

"大包干不等于大撒手，引导农民脱贫致富，是领导者担负的使命和责任，怎能叫干涉？县委书记的榜样焦裕禄讲过：'干部不领，水牛掉井。'"说罢，我问李枣富："今年，咱县要是每人搞一亩农枣间作，适当扩大栽种冬枣和苹果面积，树苗能满足吗？"

领悟我的意思，李枣富不觉一惊，道："李书记，你这话当真？"我郑重地点点头："看准的事情，就要大胆干。"

李枣富拍着胸脯打保票："没问题呀。"

"两千四百万棵枣苗，你们这里有这么多吗？"

"足够。"

"两年苗呢？"

"想要多少？"

"至少占一半。"

"这个，没有问题，包在我身上。少一棵，你拿我是问。"

"枣树啥时栽？"

"一年四季，都能栽活。"

我说："那好，就这么定了。"

李枣富赞叹："李书记，你真是大手笔！"

"今年不干，还待何时？"我斩钉截铁，掷地有声。

"没想到，我李枣富，让枣树富了全村，富了沙滩，还能富全县。倘若家父在天有灵，不知高兴成啥哩？"

"丑话，咱可说在前面，你的枣苗可得优惠呀！"

"只要是全县大搞农枣间作，我的苗木半价出售行吧？买不起苗的，我赊账。"

"好。君子一言，驷马难追！"

"晌午了，咱们回家吃顿便饭。"

"不，不能光吃便饭，你是个大户，得喝几杯。"

李枣富："书记大人光临寒舍，不敢吝啬，家里已备好了，一定好酒招待。"

说罢，三个人都哈哈大笑起来……

五　耀眼的星火

出了沙滩乡，在回城的途中，我处在亢奋之中，心中酝酿着打造"娲城枣县"的蓝图，并渐渐有了轮廓。

溪流相对富裕的乡镇在西部，那里或许有更多的先进典型和经验值得借鉴和推广。

在以后的几天里，我和刘思民前往西部地区开展调查研究工作。

一路走来，听着我兴奋地谈论溪流的未来发展前景，刘思民情绪受到感染，不停地咧嘴"嗨嗨"笑着。这个难得的智囊人物，敞开心怀，毫不保留地倾吐了自己的想法。

"李书记，咱县有丰富的农业资源，如果转化为商品优势，可形成'粮草皮毛'四大支柱产业。"

"你好好讲讲，我愿闻其详。"

"首先是粮食产业，特别是小麦，生长周期长，光照充足，粉白面筋，味道甜香，品质优良。咱县粮食局长王河水很有头脑，代民储粮，直接换领面粉，赚取加工费用。凭借银行支持，已建成一个万吨级的面粉厂。分片又建四个小麦加工企业，年内可形成上亿斤面粉生产能力。并申请了'女娲'品牌的注册商标，靠规模化经营，让溪流面粉走向国内外大市场。"

我颔首称赞。

说到这里，刘思民话语变调了："这个王河水不是个简单人物，具有多面性。他把粮食局搞成独立王国。对村里人，他每户在粮食系统安排一个人上班；对领导班子成员，搞'顺我者昌，逆我者亡'那一套；对有意见的下属和职工，他采取无情打击和报复，树敌很多，告状的不断；对县里领导，则百般逢迎，甚至是收买。王铁山和他的关系极不正常，穿一条裤子还嫌肥。逢年过节，王铁山把粮食局视为小金库，没少往上边送礼，特别是市长马腾那里。要不，他咋能爬恁快？有王铁山充当保护伞，王河水胆大妄为，一是把国库粮食'平转议、议转平'，从中牟取暴利；一是在县面粉加工时掺杂变质小麦，出售给城镇居民。这些问题，有人多次向上级和县领导反映，都被压了下来。"

我不便接话，只"嗯"了一声。

继续前行，俺俩进入夏亭乡地域。

经过一个叫郭庄的村子，我看到一棵棵的树木之间拴着麻绳和铁条，晾晒着经过漂白的长长草辫，形成一道亮丽的独特风景。

俺俩在就近的几个村视察。走进农家院里，只见男男女女，都忙活着编草辫，一根根银条似的麦秸，在指间跳动着；有的在织草帽、草篮等制品，这些精美的草货，堆放在身边。瞧到俺俩，有的停下来，笑哈哈地打着招呼，礼貌地让座……

从村里出来，刘思民向我介绍："咱县夏季一坡麦，秸秆资源丰富。特别是夏亭、三岗、纸店、奉老四个乡镇，地势偏高，都是黄淤联合土，小麦秸长秆高，农民有传统草编业的手工技艺。如果县里成立一个草制品总公司，组织农户利用庭院以小麦秸秆为原料，变草为宝，五分钱一斤的麦秸，将摇身变为'金条'。夏亭乡有个叫曹贤的能人，已组建草编公司，带动起十几个庄村，搞得红红火火，户均年收入两千多块。这家公司根据市场需求，开发和供应各种花色的帽、篮、垫等二十多种产品，很受市场青睐。公司收购上来，统一外销；对内以合同为纽带，进行技术指导，统一收购。这种公司加农户的模式，如果加以推广，形成连片区域性生产，辐射开来，可带动几万农户脱贫致富。"

我欣喜不已。

边说边走，我和刘思民来到三岗镇境内。

踏入三岗镇的土地，我倍感温暖和亲切。三岗镇高是我走出夹河道开启人生崭新旅程的第一站。就是这所学校的三尺讲台，把我培养成一名优秀的人民教师和共产党员。往事历历，仿佛就在眼前。尤其是想到了手攥拳头，在五星红旗下入党宣誓的情景……如今，市委把改变溪流县贫困面貌寄希望于我，突然有了一种从来未有的压力……

距离三岗镇不太远的地方，眼前出现一个以牛羊皮张交易为主的偌大市场。

买卖各种皮张者云集如潮，人山人海，汇聚着来自各地不同口音、各色打扮的大小商贩，挤满大道两旁，停放着车辆。

刘思民告诉我："实行'大包干'后，咱县畜牧业迅猛发展，已经形成远近闻名的南阳黄牛和槐山羊生产基地，兴起了全国最大的皮毛市场，尤以皮张大而质韧、光滑细腻、无空洞等特点而著称，是制革的上等原料。可惜原皮当原料出售了，一张十平方尺的牛皮，只能卖八十块钱；若加工成革再制成衣、帽、包、鞋之类皮货，在市场上就会变为抢手商品，升值十几倍。外地人，特别是南方温州一带的商家，纷纷来这里购买皮张，经过加工，制成革类产品，获取巨额利润，又卖到了我们北方。"

"溪流人真傻！"我感叹。

刘思民深有同感地说："传统的农业观念，就是出卖原材料或简单粗加工，赚取微薄利润。这方面比起沿海一带的精明商家，要说傻，那可真够傻的。不过，我们内地也开始出能人了。王家湾有个叫汪庆礼的，原来贩皮子，手里有了钱，到深圳跑了一趟，眼界大开。他结识一位温州老板，双方一拍即合，联合办起皮鞋厂。工厂开张当年，就创下产值四千万。"

我说："咱县是优质原料产地，又有大量剩余劳力，应当到南方大举招商引资，办起一批皮革制品企业。"

"你真敏锐，到底是搞新闻出身的，善于观察、思考和发现问题。"刘思民脱口赞扬之后，说，"咱俩去蒋店村看看那里的尾毛加工，保准让你大受启发。"

"走，咱们快去看看。"我急切地说。

俺俩穿过皮货市场，拐弯向北直奔蒋店而去。

刘思民告诉我："蒋店村有个三十六七岁的年轻人，叫张金国。他把昔日当废物扔掉的羊尾巴、马尾巴、狗尾巴，经过脱毛、去脂、搓、揉、蒸、倒头、扎把等二十三道工序，变成一大财源，成了全国出口尾毛基地，产品远销东南亚、欧美十几个国家，带动成千上万个家庭，户均年收入两千块。"

"这些东西外国要它啥用？"我问。

"羊尾毛制作女人描眉的笔，其他尾毛做扫床的掸子（毛刷），抢手着呢！"刘思民答。

约莫半个小时，俺俩来到村中一个厂院里。那便是张金国的羊尾毛加工厂。

刚到厂院，张金国就迎上来。得知县委书记登门造访，张金国又惊又喜，忙让进办公室。寒暄几句，他讲了发迹史——

张金国从县外语师训班毕业。多年前，当过生产队长的父亲承包一个村办小厂倒闭了，东凑西借的钱赔了个精光，躺在床上唉声叹气。张金国是血性汉子，想找一个新的营生重振家业。他有个亲戚在天津商检局工作，从那里了解到：羊尾巴等毛按照不同颜色、长度整理，是出口的紧销货。心想，本地是槐山羊基地，哪家不喂几只？至于马呀狗呀，养的多着呢。这些尾毛有的是，可惜制作皮张时，白白扔掉了，只要技术和管理跟得上，本小利大，哪有赔钱的道理？

然而，把厂子办下去，并不像吹糖人。外债不说，光急需的六千块钱资金就愁煞人。他掂着名烟名酒到银行几趟，向行长求爷爷告奶奶，申请贷款。白白搭进几百块，他一分钱也没贷出来。这条路堵死了，他求亲告友。爹办厂时塌了个大窟窿，没人敢借。他求助乡亲，都是刚张嘴，就被一口拒绝。

一分钱难倒英雄汉，更何况是六千元钱。张金国不甘心就此罢休。他咬咬牙狠狠心，不顾家人反对，决定卖掉自家的牲口、猪羊和口粮，把厂办起来。老婆不干了："你把值钱的东西卖掉，全家人往后跟着你喝西北风呀？"气极了，她领着孩子回了娘家。

张金国没有灰心，认准这生意挣钱，义无反顾，自筹两千八百五十八元钱，又说服另外五户入股，筹集够了资金。然后，他从天津请来师傅，购回一批原料，赶在春节前，加工出口首批产品，挖出第一桶金。

抓住机会，张金国迅速扩大生产规模，工人由七名猛增到二百多名，厂房由自家院落那几间扩大到村民四十间房屋，年产值实现一百五十万，净盈利十六万！

悄然崛起的尾毛厂，像一把耀眼的火炬，照亮了乡亲们致富的道路。

于是，一个个家庭尾毛加工厂，在蒋店附近的村庄如春笋般出现。张金国成立总公司，统一培训人员，统一出口产品，短短几年间，发展起家庭联办企业一千二百五十三家。赚到钱，这些农户扒掉了草屋盖上新瓦房，添置了电视机和农业生产需要的中小型拖拉机、抽水机、收割机，家里有了存款，衣着打扮焕然一新。目前，家庭尾毛加工厂正在向四周辐射，大有星火燎原之势……

几天来，所见所闻，让我感慨颇多：如果激活农村能人商品经济细胞，围绕"粮草皮毛"做足做好文章，形成四大产业支柱，溪流大地上必将出现"群龙飞舞"，该会带动多少农民脱贫致富啊！

从蒋店出来，沿着去三岗镇的方向往前走，只见大道两旁饭店宾馆林立，足有两华里——这是皮毛市场南来北往商贾食宿催生出的副产品。

每个饭店门前，都站着一个个穿红着绿、涂抹着浓浓脂粉的"服务员"，嗲声嗲气地忙着拉客。

刘思民撇着嘴对我说："这些人都是娼妓，老板在用她们招揽生意。"

话音刚落，俺俩便被三个露皮露肉的年轻服务员"缠"上了，生拉硬扯到一个饭店的简陋包间里，哥长哥短地叫着按在长条椅子上。

想探个究竟，我问："多少钱？"

一个十七八岁的漂亮女孩，打扮得十分妖艳，嘴膏红得像猪血似的，说："这位大哥哥，我还没有开苞呢！一看你就是有钱的主儿，开价三十不算多吧？"

我明白再待下去，将会发生什么，一把推开这朵"黄花"，板起面孔："去你的吧！"于是抽身站起。然后，我忙唤刘思民："走，快赶路！"

"黄花"不再嬉笑，绷紧脸："哼！碰上两个不吃腥的猫，真膙气！"

从这家饭店逃出来，刘思民说："这是有名的红灯区。"

县里镇里领导都知道，美其名曰："'繁荣娼盛'，严禁公安介入查处。"

我道："经济繁荣，要靠改革开放，要靠优惠政策。如果靠'娼盛'，只能污染社会风气，一定要取缔。"

一阵暖风吹过，刘思民深思熟虑说："咱县这片古老的土地，历史上多灾多难。为了求生存，许多人都有一技之长。有的会编筐编篓、编席编芛，有的会打铁铸锅铸鏊子，有的做木器家具。在吃的方面，更有绝活，譬如炸油条呀，熬胡辣汤呀，蒸杠子馍呀，等等，各有各的拿手戏，各有各的一招鲜。李书记，你可别小瞧这些手工技术，如果走出去，一碗汤，一个馍，一根油条，能打天下呀！"

我静静地听着，思索着。

眼前的刘思民，瘦骨嶙峋，身着皱巴巴的褪了颜色的蓝呢子衣裳，几处有烟火燃出的洞，显得十足穷酸，散发出一股子书生味；他的脑瓜，比起正常人出奇地小；那双死鱼般突鼓的小眼睛，透过鼻梁上那极普通的玻璃镜片，看上去有点吓人。此时，这个貌不惊人的家伙，在我眼前高大起来。比许多相貌堂堂的人，他聪慧百倍，谓之"高级智囊"，半点也不为过，完全名副其实。他的真知灼见，不仅仅是因为在名牌大学读过经济管理，更是用脚板跑出来的。他的每次建言献策，并非凭拍脑瓜或一时心血来潮，而是经过大量调查研究和缜密思考得出的结果或结论，对于全局发展和决策具有重要的价值。几天来，他陪我实地考察，发表的意见，一次次地被我接受和采纳，大有"才遇良将"的感觉，所思所想便不吐不快。

也许是造化，上天赐给了我一个刘思民。此君虽然没有缚鸡之力，虽然只能动口不能动手，却是难得的无可替代的人才。

从眼神里读懂了我，刘思民越发得意起来，滔滔不绝说："长期以来，农民被牢牢拴在土地上，就像关进笼子里的鸟儿，不能展翅飞翔。改革开放十几年了，他们宁愿抱贫守困，不敢进入城市发展。我们的职能部门，缺乏服务意识，作风粗暴，动不动就驱赶和惩罚，让其畏而却步。就目前来看，农民要从乡下走向城镇，大气候尚未形成。像你老家李家寨，一部分农民进入沙流河市区卖油条，那是市委谷书记、溪流籍的区工商局长赵家冒和你这位热爱家乡的人营造的小气候，就像一棵大树罩着哩。一旦失去你们强有力的保护和支持，那就另说了。眼下，最可行的路子，还是大力发展种植业、养殖业和传统加工业，也就是通常所讲的走'种养加'道路。如果全县出现一批有规模的专业大户、专业村，让一部分人先富起来是可以实现的。"

沉思片刻，我头脑里突然冒出发展"百村（专业村）万户（个体私营企业）"的想法。

刘思民说："咱俩不谋而合，对，就叫'百村万户'工程。"

我连连道："好好好，想到一起去了。"

"打造娲城枣县，实施百村万户工程。"一张强县富民蓝图在俺俩心中勾画出来。

谈到围绕皮毛市场出现的"繁荣娼盛"，我说："如果把'娼盛'取缔，像深圳那样，大力招商引资，在附近搞一个工业开发区，不失为一招好棋。"

刘思民拍手喝彩："这主意好，咱俩又想到一块了。"

到了三岗镇，时已中午，该喂脑袋了。有家小饭馆，熬着滚烫的胡辣汤，炸着焦黄的肉盒，主人不停地在锅里搅着铜勺，高声吆喝叫卖，挡不住久违的诱惑，要了两个小菜和半斤烧酒，我和刘思民美美饱餐一顿。

乘着酒兴，俺俩谈兴大发。

我："半月来，咱俩走了全县三分之一的乡镇，孕育了一幅强县富民的蓝图，不虚此行。"

刘："要把蓝图变成现实，最好的办法就是一个'包'字。"

我："这个'包'字，可以把各局委各个部门凝聚在打造'娲城枣县、百村万户工程'上；让县里'四大班子'领导成员承包乡镇；让乡镇村干部充分调动起积极性，大大增强责任心；让纪检、监察巡视督办，惩治怠政懒政者；让组织部门实地考察干部，让政绩卓著者得到提拔使用，有效制止跑官卖官。这正符合省委提出的'凭党性干工作，看政绩用干部'的标准和组织原则。"

刘："李书记，如果这盘棋走活，我粗略估算过，三年之内，大枣和多种经营收入，全县农民人均年收入至少可以达到五千块，比去年增加十倍以上；财政净增两个亿，超出全市任何县区；到第五年，仅八十万亩农枣间作，人均收入在八千块，县财政超过五个亿，跻身全省前十位行列；八年头上，枣树全部进入盛果期，一批加工企业趁势兴起，加上种植养殖产业，溪流财政超过十个亿不成问题，农民人均收入不会低于一万块。到那时，咱们这里将成为平原上的一颗璀璨的明珠。"

我掩饰不住激动："干！坚决这么干！"

然后，我对刘思民说："走，咱们去镇里见见书记、镇长。若有时间，再陪我到镇高看看老校长宋仁和昔日的同事。"

刚要动身，我的手机铃声响了。电话是谷丰从省城打来的——他正式接到了调令，省委领导已谈过话，正在返回途中，要在溪流短暂停留。

闻听喜讯，我非常激动，恨不能飞回县城。当即，我对刘思民说："咱们赶快拨马而回。"

走到半路，我怕误事，通知秦奋：要求他做好谷丰的招待工作。秦奋连连道："好，好，我马上落实。"刚通罢电话，秦奋又打过来，问："有没有其他的安排？譬如送点像样的礼品什么的。"我对老领导太了解了，未加思索，叮嘱秦奋："别的不用考虑，弄些沙滩乡小袋包装的干枣和黑花生，一纸箱就行了。晚饭，让祁六擀手工甜面片，炕葱花多层薄油馍。再做几个农家特色小菜，准备瓶好酒。"

谷丰身份变了，已不是市委书记，而是省委分管政法的副书记了。赴任之前，他顺路同我告别。在官场上，这表明上下级关系的亲近程度。我感到特别荣光。

晚宴上，喝过几杯酒，谷丰满面红光，心情愉快，笑声爽朗。注视着我，他亲切地询问："三毛，你对县情了解得怎么样？对溪流的发展理没理出思路？"我原想，谷丰这次来，俺俩只适合谈论私情之类的闲话。没料到，他最关心的事儿，竟是我开展工作的情况。初闻，我一愣，马上明白了：这位忠诚党的事业的领导，最牵挂在心头的是什么。顿时，我的精神气高涨起来，随即进行了详细汇报。听罢，谷丰有些惊讶："三毛，我真没有想到，你这么短时间就勾画出一张宏伟蓝图。如果能够实现，将会造福当代，功在千秋。"我说："家乡人太苦太穷了，都眼巴巴地盼着过好日子。说了算，定了干，不达目的，决不离任！"谷丰赞赏道："我就喜欢你这股子劲儿。"他热情鼓励道："放开手脚，大胆地干吧，我支持你，相信新的市委领导也会支持你。"

不知不觉间，俺俩聊了两个多小时。谷丰看了看手表，方才离去。

官场上，非常注重每个人的政治背景。谷丰单独召见我的消息，在县"四大班子"成员中很快传开。他们认为：我不仅在市委有领导撑腰，省委也有靠山。这些无形的优势，大大减少了溪流领导层的噪音和阻力，营造了干事创业的有利环境。从此，我带领全县人民开始了改变命运的决战。

第十六章

━━━━━━━

木秀于林

一　官场的应酬

人无事可做，总嫌日子漫长；整天忙忙碌碌，便觉时间过得飞快。

太阳追着月亮，白天赶走星夜。日子，就像一页页的书，浸透着溪流人的希望和梦想、心血和汗水、收获和感动、欢声和笑语，一天天摞起来，装订成厚厚一本书。每一章，每一篇，都记录着打造"娲城枣县"、实施"百村万户"工程进行时的壮美画卷……

转眼之间，即将跨入一九九五年。再看溪流大地，当初的构想，描绘的蓝图，正在逐步实现：广阔的原野上，农枣间作一片连一片，收获了又甜又香的累累硕果；"粮草皮毛"加工业，呈现出区域化生产，成为"四大"支柱产业；各具特色的种植业、养殖业，传统手工业制品，实现规模化经营。商品经济的迅猛发展，带来的巨大效益，大大超出人们预期。农民口袋里的钱，鼓了起来。昔日满目的土墙草屋，为青砖灰瓦房替代。县财政收入从原来的六千多万猛增到三亿五千万，跃居全市之首，跻身平原省前十位，成了平原东部闻名的富裕县。

意想不到的是，溪流的资源优势吸引来大量的外商投资，局限于护城河内的县城，如今"跳"了出来，大大扩展，形成内城和外城。南部，兴建起交易发达的商贸区，带动了功能齐全的服务业。北部，女皇娲都的宏大文化工程，以"深圳速度"提前竣工，再现唐宋古城原貌，正中央的广场上，雕塑起一座女娲手托五色石补天的巨像。东部和西部，诸如枣酒、枣脯、枣浆、枣干厂和豆浆晶、玉米胚芽油、肉食等加工厂，如雨后春笋般涌现；玄鸟皮鞋厂、鸿飞皮衣厂，草编制品和尾毛外贸总公司，拔地而起；七十年代建成的化肥厂、火电厂、玻璃厂、化纤厂，通过招商引资，股份制改造，实现升级和扩建。一批新的企业，正在如火如荼地建设，有的开始投入生产。这块古老的土地，焕发着改革开放的活力，呈现出一派欣欣向荣景象。

展望未来，全县人民对美好生活充满憧憬。作为引航掌舵手，我几次做梦笑醒。

忆往昔，峥嵘岁月稠。每天，我晚睡早起。就连节假日，也不曾休息过。像一架高速转动的机器，像一匹不知疲倦的壮马，像一个得了魔怔的狂人，我把全部身心投入到工作中。

这可苦了荷香。她本来就对我依赖性很大，又是黏人的性格。可结果，难得见我一面，她心里积满怨气，急上来就打电话嘟噜："你心里不能只装着事业，把俺娘仨抛到九霄云外呀？"

我每次都"哄"她："等忙完这阵子，我啥事不干，回家好好休息几天。"

"你净开空头支票，光说不兑现！"

是啊，当个小小七品芝麻官，整天忙得不亦乐乎，对荷香和孩子亏欠太多了。我几次暗暗下决心，今年要把工作尽快往前赶，咋着也得按时放假休息，好好跟家人一起过个囫囵年。

人怕出名猪怕壮。溪流的发展和富裕，对老百姓是福气，给我带来的是一件接一件伤脑筋的事情。有些领导把溪流当成一块肥肉，都想啃一口，让我烦不胜烦。

春节悄然降临。进入农历腊月，王铁山去省委党校学习没回来。我这个县里一把手比往年更加繁忙。在市委工作八年，市直各部门的头头都是熟人，凡到溪流来，我必须出面招待。这叫规格，来了客人，一把手出面，招待标准最高。我若不参加，就是小瞧人家，会有意见。县里各项工作，都靠市里局委对口支持，是得罪不起的。有时，特别是中午，最多的时候，客人七八桌。我都要面面俱到，一桌一桌地敬酒，一个客人不能落下，赔着笑脸说些亲热的话语。常常是，陪完客人，除了一肚子酒水，一肚子大鱼大肉，连可口的饭菜都吃不上。天天应酬，我虽年富力强，精力旺盛，可就是铁打钢铸的，也经不起这么折腾，常常搞得疲惫不堪。

几年来，我陪客不仅消耗了大量时间和精力，也使体重迅速增加，检查身体时，净重一百九十七斤，胆固醇和甘油三酯超标。

为了逃避陪客，我"三十六计——走为上策"，吃罢早饭，就骑自行车下乡。来了一般客人，不露面。虽然躲过了不少应酬，但要完全避开是不可能的。譬如：来了手握重权的部门头头，市委、市政府领导，特别是市委常委。无论是前来视察，还是听取工作汇报，即使是来办私事的，我也必须全程陪同。他们都是决定前途命运的人，我不敢有丝毫怠慢。

马腾书记来，点名要去三岗镇看看。他让秘书姚笛坐在袁远开的那辆车上，让我并排同乘。一路上，看到繁荣的经济景象，他赞不绝口，拍了拍我的肩膀，说："当初，市委把你作为重点培养干部，并派你来溪流当县委书记，我是鼎力支持的。现在看，没有'走'眼，用对人了。"

　　我清楚：马腾这话并非真话——他当初举荐的是王铁山。装出十分诚恳的样子，我说："感谢您的栽培和支持。"

　　马腾进而说："三毛同志，当地方领导，得有大局观念。"

　　未加思索，我忙点头道："是，是，是。您站得高，看得远，请多多教导。"

　　"市委的意见，把三岗镇单列出来，垂直领导和管辖，作为全市的'改革开放'特别实验区。"马腾亮出"底牌"。

　　我听了一愣：三岗是溪流的重要经济支柱，财政收入占了全县六分之一，有种剜心割肉的感觉。

　　马腾看了看我："怎么？不舍得？"

　　我沉默一下。

　　马腾似有不悦："你是市委管理的干部，狭隘思想要不得，要有服从意识。"

　　我听明白了：马腾不是在征求意见，而是在下命令；还含一层意思——如果我执意不从，他要采取组织措施。胳膊扭不过大腿，我忙说："服从市委决定。"

　　马腾脸色马上阴转晴："就这样定了，过几天市委正式发文。"

　　返回县委，秘书姚笛去到自己的房间休息。在小所套房里，马腾表情亲切起来，同我"闲"聊："春节不带着家人到南方经济发达地区参观参观，开开眼界？"

　　"太忙，脱不开身，还没考虑呢。"我随口答。

　　马腾像是不经意地向我透露：他和招商局长、旅游局长说定，春节期间，要去美国考察，顺便带家人放松放松。

　　那年月，出国考察是"旅游"的代名词，需要一笔费用。马腾讲给我听，就是一种暗示，要我"资助"。不能装糊涂，我当场表示："马书记，您放心去，溪流不像过去那么穷，我帮您解决一部分。"

　　"这不完全是公事，从财政支出不合适。"马腾讲。

　　我想到了董晓。他投资开发的娲城项目，今后还需要市委支持，便说："我有个大学同学，俺俩关系非同一般，早些年移民新加坡，创办外资企业，现在拥有几个亿资产，女娲城就是他投资建设的。你出国考察，也是出于全市改革开放事业发展的需要，让他作些贡献。"

马腾："不要让人家为难呀！"

我："对他来说，拿个十万八万，不是大问题。"

马腾没有反对。

到了晚上，我说："溪流新开一个豪华洗浴中心，要么去泡泡澡，按摩按摩，放松放松？"

马腾笑曰："客随主便，只是不要搞乱七八糟的事情。"

我："这个，您大可放心。"

泡过澡，在洗浴中心开了个贵宾房。之前，我心里有自己的"小九九"，别涉及其中。把董晓叫过来，我交代了要办的事情。俺仨喝茶聊天时，我借故出去。董晓向马腾作了简要汇报，送了支票，装在茶叶盒里，暗示说："这是极品的六安瓜片，你留着自己喝，千万别送人。"

马腾走不久，常委宣传部长钱方来了。这些年，他每次来，都以冠冕堂皇的理由，让我"支持"。要办的事情，半公半私，公私掺杂。我不敢怠慢，只有尽量满足。人常言："一升米养恩，一斗米结仇。"又说："欲壑难填。"他的胃口越来越大，而从不明讲，每次害得我挖空心思揣摸，真是烦不胜烦！但表面上，我还是对他非常恭敬。这次，我仍然笑脸相迎，高规格接待。宴席间，他吃饱喝足说："春节快到了，同志们发福利有困难。你是部里下来的，现在溪流农民企业家成批涌现，我得表示支持和祝贺，亲手写了二十副春联，特意送过来。"

我一听就明白：这是巧要"笔墨纸张钱"，赶紧笑着说："谢谢钱部长，我代表全县专业户、农民企业家，对您表示衷心感谢。"

当即，我安排毕部长："一定把钱部长的'墨宝'，及时送给全县知名企业家。"

"坚决照领导指示办。"毕部长表示。

我以为事情完了。

钱方笑笑又说："改革开放离不开马列主义理论做指导，我编印了一本马恩列斯有关发展商品经济的小册子，送过来两百本，供党员领导干部学习参考。"

话音刚落，司机张磊从轿车后备厢里搬出书来。

我看了看，每本薄薄的，比市场定价高出好几倍，这简直就是明敲。

钱方是以个人名义出的书，我不能伤"面子"。拿出一本，假装稀罕，我说："这本放在床头，认真拜读，提高提高理论水平。"

我粗略算了算，这些书，满打满算，也就几千块。我跟财政局长打电话，特批三万元，安排专人送来。

满以为给足了面子，钱方却嫌少，想要的是"一巴掌（五万块）"，露出来不易察觉的怪笑。那笑，无声，阴阴的，冷冷的，犹如带着寒光的一根细细丝线，一闪藏在内心深处，专等我走窄了，落难了，使坏。世上就有这种人，不论你为他办多少事儿，只要有一次不满意，就算得罪了。当时，我粗心大意，忽略了。当一次次尝到苦果时，晚矣。很长一段时间，只要回想起那笑，我就禁不住打寒战。

打发走一拨又一拨大大小小的领导，离过年越来越近了。

还有两件事情要办：宴请外来有突出贡献的商家；表彰本县发展经济卓有成就的先进单位和个人。

我忙得像晕头鸡，忘记了是何月何日。

晚上，荷香打来电话："李大书记，明天腊月二十三了。毛毛丫丫盼你回来过小年呢。"

要不是荷香提醒，我真的忘了这个节日，便回话："好，明天上午，保证到家。"

推掉不必要的应酬，我半上午往家赶。经过外环路，只见一位村姑站在大道中间，拦截过往车辆。每次，司机向旁边扫一眼，把车停下来；等到村姑退到路边，又猛地踩下油门，按按刺耳的喇叭，飞驰而去。

到了跟前，我认出那村姑是杏花村的槐花，从车上走出来，忙问发生了什么事。槐花指着前面发生的车祸现场，带着哭腔说："我跟俺嫂子和二婶进城赶集，被大车撞了。"

几步赶上前，我瞧见两个农村中年妇女，一个被车轮碾轧在身上，胳膊向上扬着，已经死亡，淌了满地殷红的鲜血；另一个躺在路旁，头撞破了，两腿偶尔弹蹬着，奄奄一息，生命垂危。肇事货车司机怕挨打，跳车逃跑。围了许多人在观看。

槐花连连央求："李书记，俺嫂子还有气儿，你救救她吧！"

事不宜迟，我和袁远把槐花的嫂子抬到车上，让槐花护送，赶快到医院抢救。接着，我给王院长打电话，要求做好抢救准备。然后，我通知交警处理事故。

停了大半个小时，袁远清洗罢车上血污过来了。

我问："人有救吗？"

袁远回答："脑外伤，只是失血过多，死不了。"

在家过罢小年，我第二天一大早又赶回溪流县。

刚走进办公室，乡镇和局委几个头头在门口正等着。很少有汇报工作的，都是带着各种东西来"进贡"。

在市委工作时，我是个挂虚名的处级干部，鼻涕流嘴里——吃自己的。有闲有忙，大部分时间吃住在家，大人孩子热热闹闹，其乐融融。

自从到县里当书记，每逢过年过节，都有成群结队的人，出于不同的目的，寻找各种机会和理由，送这送那。我清楚：他们是冲着我手中的权力，倘若收了现钞或贵重的物品，说不定哪天东窗事发，我就会沦为阶下囚。因此，我和家人定下规矩：若单位领导送些香油、烟、酒或茶叶之类的东西，社会风气使然，要是一味拒绝，会得罪人的，就收下；个人表示的，为了不使难堪，我收下张三的年货送给李四，收下李四的送给王五。这样转来转去，甚觉无趣，不这样又能奈何？无论谁送的，是哪种情况，凡能打开看的东西，我都要拆开仔细检查，发现夹藏有现金，坚决退回。退不掉的，按"无主"处理，交纪检委。凡"违禁"物品，不论是谁拿的，统统拒收；老家有人送土特产，我高高兴兴收下，表现出稀罕，让人觉得心里舒坦，并送些东西还礼。

为了应对，我想出"狡兔三窟"的策略：除了办公室，又在县委小所和县政府宾馆安排两个秘密住室，让来者找不到。

县里工作处理过，已到腊月二十六。

机关人员都放假了。

秦奋对我特殊照顾，没让我轮班。除我以外，县委办公室为其他每位县领导列出了值勤表。备齐了年货，袁远把我的那份装在轿车后备厢里，我去到岳父和二哥家后，打算先回市委家属院，然后带上荷香和孩子去李家寨，同父亲、大凤一起过年。

临走，我把老家固定电话号码告诉了秦奋，说："今年，想在家过个团圆春节，有重要事情给我联系；没有大事，别让人打扰。"

叮嘱过，我让袁远把年货：黑花生、冬枣和金帅苹果等东西，带到沙流河市家里。停留一天，我登门看望了王森、岳松、郭宾几位领导。然后，俺几口准备回李家寨过年。

处理完要办的事情，刚刚消停下来，王河水登上门来。他领着司机来到家里，带了壶玉米胚芽油，是粮食局下属企业生产的，说是清理血管，防治高血脂，我收下了。他还送过来一条大鲤鱼，有十几斤重，称是去北京出差，走到黄河大桥南头，挡回来的黄河鲤鱼。不收下，怕生嫌隙，我没有拒绝。

万没想到，这条大鱼是个"毒饵"，腹内藏了一万二千块！这是工于心计的王河水预设的"地雷"。一旦俺俩啥时翻脸，他就引燃爆炸。对此，我疏于防范，毫无觉察。

当时，我礼尚往来，拿出赵家冒送的两盒海参给了王河水。迟疑片刻，他收下了，临走时说："李书记，粮食局与香港一家企业联合组建一个'陆港'公司，生产面粉添加剂，可使面粉增白增筋。过罢春节，就举行揭牌仪式，届时邀请你参加。"

两年来，我和王河水出于工作的需要，保持着微妙的关系，应酬道："好，好，我一定参加。"

把王河水送到楼下，我应朱文邀请，去了中医院。

返回家里，我看到那条鱼不见了，问荷香弄哪里去了。赶巧，秦芳也在。毛毛、丫丫随着年龄增长，不再需要专职保姆。通过张明这层关系，我把秦芳安排到市委宾馆上班。秦芳谈了个当厨师的对象，已到瓜熟蒂落程度。两人商量好回男方家过春节，她还没来得及走，正好在家里，接话说："你老家有人送来两只鸡。俺姑和我不认识，那条大鱼让他掂走了。"

"好，只要不白收别人的东西就好。"

二　亲情的温暖

正说着，石头推门而入。

俺俩闲谈一阵儿，石头说："这样吧，今年春节，你带上表爷、大凤，还有恁几口，我带着俺全家，咱们到外地过年。"

"去哪儿？"

"到浙江杭州西湖玩玩。"

荷香一听，勾起了新婚旅游的甜蜜回忆。未等我开口，她抢先回答："故地重游，太好了！"我笑了："只要荷香高兴，咱就这么定。"

荷香想到往年都是毛毛和张翠去二姨家过春节，今年把张翠一人撇下，有些于心不忍。她略略思忖，道出想法："反正是去外地，谁也不认识谁，等张翠回来，咱们干脆来个大团圆。"

我打趣道："怪不得改革开放搞得这么活！连荷香同志也解放思想了。"

"还不是为了让你高兴?"荷香笑曰。

石头说:"这样更好。"

我嘱咐荷香:"你做几个菜,我和石头喝几杯。"

俺俩边喝边聊。聊到兴头上,石头得意地说:"这些年,你当官,我跟着没少发财。"

石头所讲并非虚言:溪流新建女娲大型阁殿和展览馆,石头揽下装修工程;修建县里大礼堂,包给了石头的装修公司;扩城建厂,拓宽县城到沙流河市之间的道路,所需要的石子和运输,活儿揽下一部分。这几项工程加起来,石头确实赚了不少钱。

当时,我警告石头:"你挣钱可以,但有一条,必须保质保量把活干好,不能给我扒'扑出',找麻烦。"石头举起右手,郑重其事地说:"我向党保证,绝对没有胡来,不会毁坏你的名声!"我"噗"地笑了:"谅你不敢,才把活交给你。"

在官场上陪客喝酒,全是应酬。遇到石头,不觉多喝了几杯,俺俩微微有些醉意。借着酒劲,石头掏出一张支票:"揽这么多工程,你没让花一分钱。常言:'吃馍还得掉渣哩。'我吃独食,心里过意不去。"

接过支票,我看了看,整整十万块,沉下脸,冷冷地说道:"你给老家伙来这一套,以后还想不想干工程?!"

石头有些尴尬,不知所措。

我解释:"谁都不嫌钱扎手,要是收下,万一哪天出了事儿,上边查出来,一万块判刑一年,我得蹲十年监狱。"想起一首元曲:"昨非今是,痴儿不解荣枯事……千百锭买张招状纸。"我说:"你看我今日怪荣光,要是哪天倒霉了,把这事抖搂出来,岂不成了罪证?"

石头说:"到啥时候,我也不会出卖你。"

"不能心存侥幸,要想人不知,除非己莫为。干了违法的事情,终究会受惩罚。"

略有沉思,我说:"你要是有钱没处花,就给村里办件好事。"

石头:"有啥想法,你只管讲,我保证照办。"

想到"文革"在学校期间,我就是靠阅读大量的课外书籍,才有了今日,便说:"你干脆把这笔钱捐给村里小学,办个图书馆。"

石头知道我的脾气,连连应允。

石头前脚刚走，翠姐过来了。

全家人无不表示欢迎。毛毛丫丫更是欢天喜地，拍着手高声叫喊："啊！娘来了，娘来了!"

看着翠姐，荷香笑道："今年准备去杭州过年，你和毛毛都去，咱们来个大团圆。"

翠姐用眼神问："我去合适吗?"

"就石头和咱们两家，反正没有外人，没啥不妥的。"我回答。

翠姐不再说什么。

下午，荷香坐着袁远的车回了老家，接爹和大凤去了。

家里只剩下我和翠姐两个大人。

翠姐说："回来前，我去看望谷老爷子，听谷书记讲，你这几年干得不错。"

"上下齐心努力的结果，功劳都记在了我头上。"

"你是县里一把手，功过是非自然记在你'账'里。"

我说："是，是。"

翠姐瞅了我一眼："你胖了好多，要当心身体出问题。"

我拍着微微鼓起的肚子，道："快二百斤了，不过，除了血脂有点稠，没啥毛病。荷香说是福态，胖点儿好。"

"班子团结吗?"

"都知道市里领导支持我，没谁敢使'横劲'。"

"官场复杂，别光顾干工作，也要提防小人。"

"嗯。"

翠姐觉得荷香在发生变化，说："她现在比以前开通了，愿意让我一块去外地过年。"

"常言道：四十而不惑。许多事情慢慢都会想明白的。"

我问翠姐："在童装厂咋样?"

翠姐："还可以，也就挣个辛苦钱。听说卖童装很赚钱，我想开个儿童服装店。"

我："投资大不大?"

翠姐："先从小干起，租间门店，厂里铺货，有两万足够。"

我："我在石头的公司，放有五万，十年了，生着息呢。我打个招呼，从他那儿拿。"

翠姐："也中，算我借的，等赚了钱，一定归还。"

我："咱不是一家人吗，说啥借呀还呀……"

俺俩聊到傍晚，荷香一个人从老家赶了回来。

一进门，我就问荷香："咋没把爹和大凤接来？"

荷香有点扫兴："爹执意不肯。说要到外地，你们去；我腿脚不利索，哪也不去。再说，家里养得有猪和鸡，俺俩走了，谁来喂？"

听荷香这么一说，我想：总不能光顾个人逍遥，把六七十岁的老爹丢在家里。我们只得改变主意：哪也不去了，回老家过年。

翠姐听罢，没说别的。想了想说："恁带着毛毛看爷爷，宽宽老人的心。我和二姨家人在一起，也挺好的。"

我拿出一条香烟、两瓶好酒和一壶香油，交给翠姐："你代我表达心意。"

腊月二十七，我关闭手机，催促荷香赶快回老家，防止有人撵到市委送礼。

驱车过了清水河桥，站在南面的大堤上，我放眼望远：夹河套田野里，只有少数地块栽了枣树。

我明白：村民发大水发怕了，这两年一直传说雨水大，担心枣树淹死，把树苗钱赔进去。

是呀，这地方位于夹河套尾部，又是泄洪区，村民有这种顾虑，并非杞人忧天。

下了河堤走二百米，拐弯折向西，很快到了村头，我告诉袁远："我步行。你先头前走，把年货卸到家里，回去过年吧。需要用车，我让石头派。"

袁远遵命而行。

俺几口缓缓走在村里街道上。碰到乡邻，我边让烟边笑着打招呼。

碰到德富婶，指着毛毛："这个是'中用（农村对男孩的习惯称谓）'的吧？长成大人了。"

我嘱咐："央叫奶奶。"

毛毛双腿并立，恭敬地道："奶奶好。"

"这孩子真懂事。"德富婶子夸道。她又瞅瞅丫丫："这闺女精鼻子精眼的，比画还好看。"

听德富婶子夸丫丫，荷香往前走几步，得意起来："我生的闺女不丑吧？"

我逗她："荷香是谁呀？比天仙还美！有其母必有其女。"

荷香飞来媚眼："反正不丢你的人！"

俺俩正开玩笑，迎面碰到陈仓，我把烟递过去，拿出打火机点燃。

陈仓吸了一口，把烟雾吐出来说："快回去吧，二叔等恁几口哩。"

有人从身后抒一下我的脖子，农村人称为"砍橡子"，是闹着玩儿的一种行为。我转过头一瞧是王根："咋是你呀？伙计。"

"除了我，谁敢给你'乱（闹着玩儿的意思）'？"王根"哈哈"大笑起来。他是我儿时的同学。那时，我和石头几个孩子，每天同路上小学。提起男女之间的事情，他的"小鸡"就直挺挺的，把裤裆顶起来，像搭帐篷。我给他起了个绰号，叫"帐篷"。从小到大，俺俩打渣子骂玩形成了习惯。

我递过去一支烟："帐篷，你吸老家伙的。"王根正经起来，连连摆手："伙计，我不吸烟，你忘了？"

夯嫂在大门外，看到是俺几口，走上前搭话："听说恁几口要回来过年，老头（当地对年长者的亲切称呼）高兴着哩。"

此时，父亲过来了。毛毛丫丫大声叫喊："爷爷，俺回来了。"

父亲摸着两个孩子的头："半年不见，又长高了。"

进家不大工夫，老少爷们儿来了一群，这个嘘寒，那个问暖，好不热闹。那份亲情，那份温暖，在别处是寻不到的。

在聊天中，我了解到：村里许多人家没闲着。除了去沙流河市区卖油条，也有不少户去了溪流县城做早餐生意。

大大爷笑着说："收音机和电视上经常表扬你，我听着，心里可舒服了。"

"你是咱村在县城做生意人的'护身符'。要是遇到穿制服、戴大檐帽子的找麻烦，俺就亮你的牌子。那些人听到你的名字，二话不说，扭头就走了。"国喜得意地讲道。

想到村里有几个五保户，我带着毛毛，拿些吃的东西，挨家去看了看。

除夕之夜，全家人围坐在火炉旁，观看春节联欢晚会，赵本山的小品，幽默风趣，屋子里传出阵阵笑声。我们边看春晚，边准备过年的早饭。包饺子是"重头戏"，需要"群英会"。荷香调馅，大凤擀面皮，我和父亲下手包。毛毛洗洗手，挽起袖子也要参加。父亲问："毛毛会包饺子？"荷香为培养的徒弟骄傲："前年就学会了，还会擀面条、蒸馍、炒菜哩。"我接话："连衣裳都是他自己洗自己叠。"

"俺孙子成了小大人了。好！学会家务，艺不压身，能受用一辈子。"父亲慈祥地瞅着毛毛，"我盼着抱重孙子呢。"

荷香笑了："爹，您老把身体保养好，一定会的！"

说着笑着，不大工夫，锅箔上摆满了一圈圈半圆形的"元宝"。

农家有个说法，大年初一，谁吃到包有钱的饺子，谁的福气大。我耍了个"心眼"，把一枚藏有硬币的，包得个头突出地大些，打算把它盛到父亲碗里，逗他开心。

包过饺子，大凤做荷香的下手，擀捞面条，拼烩菜，然后在锅里添好水，把要馏的白面馒头摆在篦子上。

准备齐整，全家聚在一起熬夜——这叫年夜大团圆。穷也好，富也罢，庄户人图的就是这份不分不离的骨肉亲情。

凌晨的钟声响起，燃放爆竹，除旧迎新，打扫干净屋子，全家人洗过脚，才能上床休息。

俗话说："三十晚上洗洗脚，打的粮食没处搁。"睡前，我把半盆热水端过去，正要给父亲洗脚，毛毛过来蹲下身子："我来给爷爷洗。"刚刚洗过，丫丫拿条毛巾说："我给爷爷擦脚。"

父亲高兴得合不拢嘴，慈祥地注视着毛毛和丫丫，心里充满幸福，说："两个孩子长大了，多懂事呀！"

我说："到了秋季，毛毛就要考大学了，丫丫明年该升初中了。"

父亲越发高兴起来，夸道："兄妹俩真有出息。"

世代相传，新年第一顿饭，要由男人来做。

第二天早晨，我第一个起床，下到厨房里，做好各样好吃的。然后，打开院门，燃放鞭炮，请全家人吃饭。

开饭前，按习俗，我让大凤端碗饺子，拿两个蒸馍，送给大大爷。

吃过大年初一早饭，我领着大凤和俺几口，跪在老人面前磕头，拜年。父亲乐呵呵地从怀里掏出"红包"，为每个孩子发了压岁钱。

春节兴串门，我带着荷香和两个孩子，正要去门宗长辈家挨门拜年。大大爷、八叔、陈仓、狗儿等村里好几户人家，陆续来到了俺家里。

他们不光是来说话，还是来给毛毛、丫丫送压岁钱的，有的拿五块，有的拿十块。这在老家农村，算是蛮多的了。我赶紧让两个孩子磕头。个个喜笑颜开，充满欢乐气氛。

说笑间，他们相约，轮流请俺几口吃饭。

我带了几箱袋装的花生和冬枣，村里人很稀罕。我送了这家送那家，每人一份，请乡亲们尝鲜。

在老家过年，没有官场的烦扰，没有如履薄冰的感觉，整个身心都是放松的。乡亲之间那种真情，让我温暖而愉悦。

正沉醉于新年的快乐，家里电话铃响了。我感到不妙，忙拿起听筒。电话是江山打过来的，他说："李书记，咱县出大事了！我已让袁远去接你，赶快回来吧！"

原来是，新年之夜，夏亭乡半截楼村的一个汉民，偷了相邻的白石回民村有户人家的一只羊，被逮住打死了。半截楼的村民气愤不过，烧了白石村那户的房子，连带着有几家也燃起大火。这样一来，事情闹大了。白石村村民被激怒了，要联络全县回民，血洗半截楼。现在，两个村都在酝酿大规模械斗，回汉民族之间的冲突随时都有可能爆发。我一听，意识到事情非常严重。如果不及时遏制，惹出大祸，县乡领导不但要丢官掉帽，还将在全国造成恶劣影响。

我指示："通知公安局全员出动，控制局面；所有县委、县政府领导，立即赶赴现场。"

放下电话，袁远就开车过来了。

我向在场的人打罢招呼，匆匆离家而走。

跨出门槛，我听到荷香嘟噜："连个安生年也过不成！"大大爷劝说："那是大事儿，三毛不去哪中？"

火急火燎地赶到半截楼，我紧急召开领导会议，要求一百多个公安人员对两个村采取隔离措施。对打死人和点燃房屋的犯罪者，立即实施抓捕。接下来，县乡村三级干部包户反复做深入细致的思想工作，半个月才彻底平息这场风波。

按规定要求，凡哪个地方发生回汉群体冲突，必须直接上报国务院。一位中央领导在简报上作了批示，称赞处理及时，措施得力，方法得当，予以表扬。

这场风波，总算是平息了。

三　省委书记来视察

春风越发浓郁，桃花李花正要谢幕，麦子又黄梢了。

五月底六月初，大片大片农枣间作林，一望无际，生长了一把粗的枣树，蹿出一人高。满树的米黄色碎花，娇小淡雅，散发着诱人的清新香气，犹如刚长成的少女，不施粉黛天然动人，羞涩地偎依在叶片腋肘间。蜜蜂"嗡嗡"叫着，来来往往地忙碌，一会儿飞到这朵枣花上，一会儿又飞到那朵枣花上，你追我赶着采蜜。放蜂人多了起来，他们在路边搭个临时的棚子，近处摆起一排排方方正正的木箱，把枣花蜜装在玻璃瓶或塑料壶里，供行人购买。不曾料到，农枣间作带出一批养蜂专业户，枣花蜜后来成了溪流县的特产。

在树下，仰望着，人们喜爱着那一簇簇素柔的枣花，不忍轻拈，只能让心轻轻地拂过。

花期过去，在烈日、暴雨、狂风的作用下，农田的枣树枝叶繁茂地生长着，那青色的椭圆形的果实，一天大过一天。

进入秋天，通过电视、电台、报纸的广泛传播，吸引来一批批外地商贾。他们夜里住在县城宾馆里，白天四处下乡察看，走进一个个枣园，同乡村干部预约洽谈，签订收购合同。

在人们的期盼中，丰收的金秋笑嘻嘻地走来。满怀希望的农民，比往年多了一份喜悦：枣树结束幼龄，挂果多起来。当初栽的一年树苗，每亩产六七百斤；种下的两年树苗，每亩能产上千斤。那些不愿栽枣树的，现在后悔莫及。这个季节，农民除了收秋和种麦，又多了一个忙：打枣！

溪流这个原来的贫困县，如今声名鹊起，招蜂引蝶般迎来了一拨又一拨的参观者和考察者。最让我兴奋的是，市委书记马腾亲自打给我的电话："三毛同志，省委李彬书记要莅临溪流调研，一定要做好充分准备工作，不得有任何疏漏！"

这消息，立即成了轰动全县的头号新闻。

省委书记来视察，全县上上下下忙碌起来，我更不得片刻消停：组织召开县委常委会，听取有关部门各项准备情况。几位主要领导，根据分工，各负其责，确定参观路线，政府宾馆对客房进行重新装修改造，公安部门加强安保部署，市政对街道规范管理……

此时，荷香打来电话："上个星期天，你就没回来，丫丫想你啦。"我知道是她在想我，只是借口说话。

我实言相告："恐怕回不去。"

荷香长长地"唉"一声："要不，俺娘俩过你那里？"

"饶了我吧！千万别来，真的没有时间陪你们呀。"我赶紧拒绝。

稍停片刻，荷香提醒道："毛毛上大学走恁长时间了，你可记着给孩子打个电话，问问情况呀。"

"好好，一定记着！"我说。

"我还不知道你，干起工作来，啥事都忘得一干二净。"荷香数落道。

唉！人在官场，身不由己。想到毛毛考取中国科技大学少年班报到时，说好了的由我去送行，由于忙于工作，抽不出身来，只得让翠姐和荷香代劳。说实在，我真的感到对孩子有亏欠。

老天有情。连续数日，艳阳高照，风和日丽，仿佛刻意而为。秋老虎还在发威，人们像还是夏天一样，身着单衣。

刚刚准备就绪，李彬书记在沙流河市作短暂停留，便动身前来。

那天，公安局盛局长带着警车开道，我和王铁山紧随其后，前往溪流和沙流河市郊区交界处迎接。

上午八点二十三分，一辆高级中巴车开了过来。车停下，马腾招手邀我上去。

到了车里，我朝后面瞧瞧，坐着报纸、电台随行记者。这些人，我大多认识，点头示意。还有几名，是随行的工作人员。马腾让我坐在省委书记身边，这是便于汇报情况。猛一看，李彬没有大领导的派头，倒像个基层干部。他相貌平平，头发灰白，面色红润，目光温和，平易近人。我暗想：真是大象无形。瞧了瞧我，李彬微微笑笑："你这位县委书记，蛮年轻的嘛。"我回答："已近不惑之年。"

看到开路的警车，李彬像变了个人，说："要警车干什么？扰民！共产党的干部怕老百姓吗？撤掉！"

我赶紧从车上下来，传达命令，让警车开走。我叮咛盛局长留下来，用对讲机通知安保人员一律着便装，让其坐在王铁山那辆车上，在前面带路。

早有所闻，这位省委书记极为务实。他指示："不要在县委停留，直接到下面走走看看。"

按照视察路线图，我们进入溪流县辖区。

沿途，主要交通干道两侧，一把粗的枣树，横竖成行，棵棵像英姿勃发的少年，骄傲地挺拔直立，撑起伞形的冠，枝繁叶茂，挂满鲜红果实，压得枝条往下坠着。农枣间作田，一块挨着一块，无边无际。乡村干部出于广告宣传的需要，当做"面子"工程，尽力展示农枣间作的魅力和形象。农田其他地方的枣儿已经打净，这里的树结的枣儿仍然保留着，形成一道独特的风景线。枣树下，种植的多是秧蔓农作物，大面积是花生，也有少许的红薯；矮秆的庄稼，以大豆、谷子和玉米为主。早秋基本收获结束，堆放在场里，一垛一垛的，犹如一个个小山丘。腾出的大片大片农田，已播种上小麦，从土壤里钻出来的稚嫩幼苗，绿莹莹的，满眼的绿色。

看到这一切，李彬让中巴车在道路上放慢速度行驶。我介绍道：当初，全县规划搞八十万亩农枣间作。有几个乡镇的土地分布在夹河套，农民不愿种，落实面积七十万三千亩，种植枣树共计两千二百万株。

李彬问："看枣树的长势，是同一年栽的吧？"

我点了点头："百分之八十是春天栽的，其余是秋冬季节完成的。"

"一年搞七十多万亩农枣间作，了不起呀！"李彬道。

"上下动员，县乡村三级干部包村包户，当做硬仗来打。尽管如此，发展不平衡，还是没有完全实现目标任务。"我不无遗憾地叹曰。

"土地包干到户经营，能做到这样，已是奇迹啦。不是亲眼所见，难以置信。"李彬道。

王铁山的轿车避开县城，绕外环路，直奔沙滩乡的方向。

中巴车行进到枣庙村。乡村几位主要领导已在路旁恭候，我们下了车。

站在地头一看，农田里黑压压的农民，拿着长长的竹竿，在忙碌地打枣。每打一竿儿，枣儿就像雨点似的落下来，滚得满地都是。那声音，此起彼伏，不绝于耳。伴随着欢声笑语，犹如美妙动听的乐曲，令人陶醉。妇女和老人，弓背弯腰，鸡叨食般地，动作极快，把一颗颗红鲜鲜的枣儿从地上捡起来。筐筐篮篮，簸箕篓子，口袋麻袋，装得满满的。外来的商家，带着大车小辆，停在路边地头，竞相收购，运往全国各地的大中城市。精明的庄稼人，卖掉一部分，留下一部分，趁着天气好，把鲜枣摊晒在大路边、庭院内和平顶房上。等到半干后，他们收藏起来，行情上涨，待价而沽。

李彬满面喜悦，就近问一位老汉："老人家，今年高寿？"

老汉："属虎的。"

李彬："多大的虎？"

老汉："五十多的。"

搂抱住老汉，李彬哈哈大笑道："咱俩同岁。"

老汉不再拘束，也"嘿嘿"笑起来。

"种几亩大枣？"李彬问。

"五亩。"老汉伸出一个巴掌。

"能卖多少钱？"李彬问。

"不瞒您说，五万块钱，在手心攥着哩。"老汉答。

李彬有些惊讶："可比我收入高多了。"

老汉道："盖楼买车，打发闺女娶媳妇，全靠枣树哩。"

李彬问："好卖吗？"

老汉说："收枣的找到家里，不用发愁。"说过，他领着进了枣园。

半数的枣树，卸下累累果实，细枝嫩条，不再下垂，显得空落落的。未打的枣树，只见宛如红玛瑙般的果实，一串一串的，一嘟噜一嘟噜的。李彬从垂在面前的枝条上，伸手摘下一颗又大又红的枣子，放进嘴里咀嚼品尝，连连道："味道不错，又甜又香。"随从的人，跟着仿效他，赞不绝口。

这情景，让老汉十分得意，说："自从搞农枣间作，俺这泡沙地，不光有了摇钱树，还多打了粮食。"

"枣树不是占地吗？怎么反而增加粮食产量呢？"李彬不解。

"栽枣树，既可防风固沙，叶子还能肥田。特别是种小麦，到收割时树才长叶发芽，不妨碍光照，当然增产了。"老汉道。

"秋季呢？"李彬关切地问。

老汉道："长成大树之前，不会影响秋粮生产。"

"成了大树呢？"李彬追问。

我陡然紧张起来：当时，中央有明确的政策精神，在保证粮食生产的同时，大力发展多种经营。起初，我就清楚枣树长大后，对秋粮生产有一定影响。但是，出于夏增秋减的考虑和农民紧迫脱贫致富的需要，统一思想认识，全县最终决定大面积搞农枣间作。而今，听省委书记如此关心这个问题，我的心悬得高高的，生怕受到批评。

老汉道："要说一点不影响秋作物，是假话。但俺们这地方，秋粮主要是用来当饲料的。论经济收入，可比喂牛养猪合算多了。"

听到老汉这话，李彬的眉头舒展了。他说："发展经济就是要因地制宜，穷沙窝变成金银窝，好啊！"

李彬的肯定，让我吃了定心丸。

随后，在李枣富引领下，李彬参观了这个村的冬枣。看到硕大的青果，挂满枝头，他来了兴趣："这是稀有果树，全国只有河北、山东极少地方栽种，面积不大，入冬采摘。管理得好，一亩能产六七千斤，在城市，特别是沿海经济发达地区，很俏销，价格比普通干枣还高。你们这里种多少？"

"面积不大，全村有两千余亩。"李枣富回答。

我说："怕多了卖不掉，不敢大面积种植，全县共发展万余亩。"

李彬指示："货卖堆山，有规模才有市场，不能只盯着当地，要着眼全国，至少搞它十万亩，销售不会有问题。"

我："一定认真落实李书记的指示。"

李彬是北方人，长期在南方工作，视野开阔，不仅对历史和文化有研究，搞经济也很有一套，我暗暗佩服。

"你们这里种有冬枣，太出乎意料了！"李彬说。

穿过几片冬枣林，到了村东面，李彬看到满目都是一块连着一块的苗圃，问："这有多少树苗？"乡干部指着李枣富说："原来这里是荒滩地，改革开放之初，他承包下来，每年育出各种树苗近千万株，成了暴发户。在他的带动下，附近十几个村跟着干起来，成了全国闻名的苗木生产基地。"我介绍："溪流能搞大面积的农枣间作，栽种的两年树苗达到百分之八十以上，提前一年结束幼龄期，平均亩产鲜枣一千斤左右，李枣富功不可没。要不是他半价售苗，贫穷乡镇枣树挂了果，才收苗木款，全县当年实现不了发展规划。"

李彬听了大加赞赏，叮嘱随行的记者，要大力宣传这样的致富带头人。

来到黄土岗，瞧着一株株古老的枣树，李彬指示："要采取切实措施，加以保护。"

站在枣神庙前，李彬大发感慨："农民敬的不是神，表达的是过好日子的心愿和期盼。"

经过村庄时，李彬要求中巴车停下来，要到农民家里看看。村支书说："能干活的劳力，都在枣园里忙活。只有干不了农活的老人和个别喂奶的小媳妇，才留在家里。我去地里喊几个人过来。"李彬道："随便瞧瞧，不打扰他们。"

走进村子，瞧见街道宽阔整洁，多数农户建起两层小楼，宽敞的大宅院，安装着两扇对开大铁门。有户没上锁，在村干部的带领下，李彬信步走了进去，见到一位耄耋老汉，忙打招呼："老人家，您好！"老人指指耳朵，摆摆手，意思是"背（聋）"，听不到。我们看到这户挨着院内的南墙、西墙和侧房的北墙，建了一个没门的敞篷，停放一辆白色桑塔纳轿车。侧房里，水泥囤子盛满溜尖的小麦。外面临时搭建的帐篷内，垛起一袋子一袋子晒好的干枣。凝视片刻，我仿佛觉得，每个袋子里装的都是人民币。偌大的院子里，地面上晒着花生，全是黑果仁的那种。村支书抓一把，让每个人尝了尝，讲述起这种花生的营养价值。村干部打开正房门，李彬走了进去，看到堂屋里，有大屏幕的电视机和音响设备，摆放着红木家具，很是气派。卧室里床铺漂漂亮亮，装有玻璃的衣柜油漆发光。

从这家出来，我们又看了两户，屋内大同小异，相差无几。李彬有感而发，脱口而道："这里已提前过上了小康生活！"

时近中午，回到县城。李彬下榻在装饰一新的政府宾馆，心里明白是咋回事，批评说："好店只一宿，搞这么豪华干什么？！共产党的干部，是为人民服务的，千万不能搞'逢迎上级、讨好领导'这一套。"

我赶紧做检讨："一定汲取教训！"

"官场奢侈之风要不得，你们不要跟风跑。"李彬讲。

走进大厅，李彬被挂在墙上的一幅书法作品所吸引，驻足观赏。这幅出自著名青年书法家登龙的手书，其艺术风格典雅凝重、雍容高朗。写的是伟大领袖的诗作《沁园春·雪》。他先是默默念着："……山舞银蛇，原驰蜡象，欲与天公试比高。须晴日，看红装素裹，分外妖娆……"到了后来，他禁不住大声朗读起来："江山如此多娇，引无数英雄竞折腰……数风流人物，还看今朝。"

来到领导套房，稍事歇息，我和马腾陪李彬、杜秘书就餐。

过去，溪流县没有来过中央和省里的领导。半月前，听说省委书记来调研，究竟如何接待，深不是浅不是，我忐忑不安，求教张明。这位市委宾馆的总经理，接待过中央和省里领导，有些经验。张明传授秘籍："宜俭不宜奢。"我还是拿不准，怕招待规格过高或过低，领导都不满意，受市委批评。我又向谷丰打电话摸"底"，了解到李彬对大吃大喝深恶痛绝。最后，我拍板，安排特色小吃。

这几天，我让张明这位溪流老乡坐镇指挥。他把市委宾馆从河南西华逍遥镇特邀的三个师傅请来下厨操作。根据各自的拿手戏，由名叫高群生的熬制牛肉胡辣汤，名叫牛群喜的熬制羊肉汤，每样各上一盆；由名叫李世元的做油炸肉盒，每个切成四份，便于食用；我把铁棒从沙流河市叫过来，用纯香油炸的"千顷李"油条，斩成三截，摆得整整齐齐，放在精制的馍筐里；让祁六炝了一盘薄薄的小烙馍，卷着吃。几道具有地方风味的家常菜：一盘是炒小河虾，那虾即一寸大小的，放在水里养着，活蹦乱跳的，需用的韭菜，挑选鲜嫩的；一盘是拌好面煎粉条，先把红薯粉条浆好，拌些许"飞罗"面，放在烧热的锅里，用油慢慢煎焙而成；一盘是醋熘白菜，选用白菜心部分，又脆又嫩，微带酸辣；罗锅烧鸡，要热的，在汤锅里煨着，用手撕成均匀的条状。

服务员把各样饭菜端上餐桌，李彬非常满意，吃得津津有味。喝胡辣汤时，我帮他放进适量的醋，随后在烙馍上均匀放些小虾和一截油条卷好，恭敬地递给李彬。他说："不劳你动手。"仿照着我的做法，他边喝胡辣汤边卷烙馍吃，额头上微微沁出汗珠，迭声道："美食美味，经济实惠，这样好。"

就餐结束，我领李彬回套房休息。他说："你带我去后厨慰问慰问师傅。"

"到底是高层领导，想得就是周全。"我想。

闻听省委书记接见，祁六、铁棒、高群生等几位掌厨师傅，头戴卫生帽身穿白大褂，恭恭敬敬排成了"一"字队形。

李彬道："不要光请几位师傅，把所有在后厨工作的人员都请出来。"

祁六忙进去打招呼，很短时间，全都叫齐，站了两排。李彬一一握手，说："你们辛苦了！谢谢。"

接见完毕，个个激动不已。他们没想到：当个厨子，打个杂儿，能受到省委书记接见，无不受宠若惊……

其他随行工作人员和记者宴席，由王铁山在另一个餐厅陪同，招待的是高档菜肴。

午餐后小休，我特意去到杜秘书房间，想试探着问一问：李彬走时，送些什么礼品合适？于是，我推门进去，还没来得及开口，杜秘书先问起我来："李书记，你是不是平原大学新闻专业七六级的？"

"是呀，你咋知道？"

"我是政治系七六级马列班的，同夏秋一个班。"

"那巧了，我们是校友。"

"你是不是跟夏秋结婚了？"

"咱们毕业不分配，俺俩没能走到一起。"我讲了走出平原大学校门以后的经历，说明缘由。

"太可惜了。在校时，俺班同学都知道夏秋追求你，我对你有印象。这次来，一见面就觉得面熟，果真是你！"说罢，杜秘书讲了自己的情况：他老家是山区农村的，也是贫家子弟。毕业那年，他不甘心"哪来哪去"，复读考上了平原大学中文系，分到省委办公厅，前几年当了李彬的秘书。

俺俩感叹："咱们能有今天，都不容易！"

"真没想到，咱俩师出同门！"我有些惊讶。

既然是校友，便觉亲切了些。我说出意思，杜秘书讲："李书记耿正清廉，最讨厌谁送礼，你千万别动这脑筋！"他举了个例子：今年夏天，李彬到南部山区一个农村调研农民负担问题，开座谈会时，热得汗流浃背。村干部买了几把扇子，他质问："这扇子钱是不是摊派在农民身上？"随即，他把钱拿出来。

我："沙滩乡的大枣和黑花生是土特产品，送些怎样？"

杜秘书想了想："你非要表示，可以每样弄一小袋，每袋不要超过两斤。"

我："那好，就照你的要求办。"

杜秘书把话题拉回来问："夏秋现在干啥？"

我："在华中纱厂教高中。前几天，她还来找我，让帮助推销高考复习资料。"

杜秘书说："见了她，代我问个好。"

我："一定把话捎到。以后，还望学兄多关照。"

"那是自然，不必客气。"杜秘书透露，"李书记每次下基层搞调研，不仅是考察地方工作，也注重发现优秀干部。"说到这里，杜秘书看了看表："时间到了。"

按行程安排，李彬下午去女娲城视察。

从宾馆出来，我陪同一干人从内城主要街道向北穿行。

出了县城，就是护城河。原来，它混浊不堪，裸露的滩涂长满杂草。一年前，疏通排污管道，大规模进行开挖，绕堤加宽绿化，形成"七城三水"，风景迷人。

众人放眼远望，看到宽阔的护城河万亩水面，微波荡漾，大片大片的莲藕，碧绿的叶子重重叠叠，粉红的、洁白的荷花，变成了蜂窝般的果实，立在茎秆的顶部，散发着淡雅清幽的清香。又有几处芦苇，萋萋苍苍，全是茂密的叶子，有风吹过，相互摩擦，发出"飒飒"的响声；穗子散开着，毛茸茸的，如柳絮杨花。水鸟追逐嬉戏，野鸭潜进浮出，白鹭拍打着翅膀飞来飞去。鱼儿正肥，成群成群的，一会儿浮出水面，一会儿沉入河底。一叶叶扁舟漂浮在水中，站在船头的人，娴熟地撒开圆形的大网，忙碌着捕鱼。静动如画，是那般迷人。

停留一会儿，我们过了护城河继续前行。沿途看到宽广的水泥大道两旁，摆放一盆盆观赏的菊花：黄色的，金灿灿的；白色的，光泽如雪；紫红色的，宛如绣球；紫蓝色的，吐着长长的"绒线"。两旁是五百米长的空旷地带，不知从何处移栽而来的苍松翠柏，修剪成各种动物的造型，巧夺天工。其间，耸立着复建的古寺、古塔和亭榭；绵延起伏的小山丘，披上绿树花草的外衣；有少许外地游客，沿着蜿蜿蜒蜒、曲径通幽的小道漫步，在假山和树木的遮挡下，时隐时现。

眼前的景物，令人目不暇接。不知不觉间，我陪着李彬进入娲城景区。

代行善早已恭候此处，迎接贵宾。见到李彬一行，他收敛笑容，说："李书记，我可斗胆要告御状了。"

我和众人都愣了。

"这个老代，有问题平时不反映，见到省委书记，冷不丁地来一套，不是办我难堪吗？"这种场合，我不便阻拦，瞪大了眼睛。

代行善指着我说："俺这位县委书记，佛法无边。"

好家伙，冲我而来！众人惊呆了。

"他刚来时，这里只是一座庙，供奉人祖。转眼间，他像是施了魔法，靠招商引资，硬是建起规模宏大的娲祖皇城，真是了不起！"代行善在变着法儿夸我。

我不好意思起来，说："代馆长，别瞎掰掰。你没看看，这是李书记来考察吗？"

代行善道："都是事实嘛。如今，老百姓有句顺口溜：'李书记真能干，溪流成了富裕县；粮食吃不完，腰里有了钱，农民日子比蜜甜。'"

李彬感叹曰："金杯银杯，不如老百姓的口碑。"

站在百亩大的广场，看到正中央一尊石雕的塑像，高高耸立：女娲身披树叶，赤足散发，双手托起一块炼好的五色石头，气宇轩昂，欲补苍天。

广场西边，是姓氏宫；东边是戏楼，用来表演节目的。

众人一边凝视，一边听代行善生动地讲解女娲补天的故事……

再往前走，跨进红砖黄瓦的高墙大院。直行五十米，是座石砌的高台，有七级台阶。

站在台阶下，代行善煞有介事地说："盘古开天之初，大地一片洪荒。娲皇农历正月初一造鸡，初二造狗，初三造猪，初四造羊，初五造牛，初六造马，初七造人。每个台阶都具有象征意义。七天为一周，我们现在周日休息，就是纪念人类的诞辰之日。"

为了印证所言不虚，代行善指着近处卖泥泥狗儿和布娃娃的老媪，道："这就是民间流传下来的艺术品。"然后，他又说："要不，每位带一个，作为留念？"

我招招手，示意老媪到跟前，正要掏钱，准备给每位送上一个。

李彬说："谁买谁付钱。"

众人应声附和："对，谁要谁买。"随后，有的买了布娃娃，有的买了泥泥狗。个个如获至宝，好奇地欣赏着。

看到这情景，代行善哈哈大笑："各位，请一步一步登上台阶，瞻仰我们的人祖娘娘。"

一行人跨上高台，但见地面平整如镜，正中央一座金碧辉煌的娲皇宫。其气势宏伟，巍峨雄壮，雕梁画栋，华彩璀璨，古色古香。宫内，共分上下两层，下供伏羲，上供女娲娘娘。比起我和刘思民第一次参观的样子，不可同日而语。

娲皇宫的壁画，彩绘的那一幅幅"盘古开天""兄妹俩昆山磙石为婚"的神话，带给每个人遥远的遐想。

"各位，这是子孙窑。用手指伸进去摸一摸，可求子求孙。据说，很灵验。"代行善指着东面宫墙青石上的一个凹进去的小圆孔说。

李彬带头，众人挨个笑嘻嘻地戳了戳石窑窑。

此时，正值农忙季节，瞻仰者和香客稀少。

据介绍：平时参观者少则几千人，多时数以万计。农历二月至四月，游客日流量平均十万余人。每年农历三月初一至十八日，是祭祀娲皇的庙会。其间，四方民众蜂拥而至，人山人海。是时，不仅山西、河南、山东、河北等地的人前来朝拜，广东、福建一带也有大批游客前来寻根。

出娲皇宫北门，李彬来到女娲陵。陵墓占地半亩，高大如丘，有白檀、古柏，苍翠峥嵘，浓荫匝地。登上陵顶，举目远眺，古城秀色，尽收眼底。

陵墓前，有十几个农民燃放长挂的鞭炮，烧着高香，跪在地上，双手合在一起，嘴里喃喃自语。有的在许愿，有的在还愿。

我们正在观看，忽见一位老媪，喊了一声"李书记"，扑通跪在我面前。那老媪说："俺是杏花村的，您两次救了俺家人。你办的好事儿多了，把俺忘了，可俺一辈子都记着哩。"我仔细瞧瞧，认出是槐花她娘，忙扶起来。

槐花她娘说："前两年，俺家磕磕绊绊，祸事不断。为了过上平安日子，我许了愿。今年，俺家光景好了，专门还愿的。"

这个小插曲，让在场的人对我投来异样的目光。

指着大如小山的陵墓，代行善绘声绘色地讲解道——

女娲完成生化万物的工作之后，乘着雷车，驾着应龙，白螭开道，腾蛇护送，依依不舍地归依天朝。而她的肉身留在了"皇城"，葬在这里。随着数千年自然变化，朝代更替，山荡平，河改道，沧海桑田，唯有这女娲陵墓，岿然不动。史载，黄河水大小犯境三百五十次，淤积泥土数丈，而娲陵始终露出地面。唐代天宝年间，大雨晦晏失所，黄河决口裹加泥沙，村庄、田野淹没，其陵墓夷为平地。有日，狂风大作，霹雷巨响。人们观之，见娲陵从地下涌出地面，并有巨石现出，上刻"风陵堆"字样。

讲到这里，众人无不称奇。

代行善叹曰："女娲创造天地之功烈，上际九天，下契黄垆，名声与江河同在，与日月同辉。她的皇城和陵墓同样受到上天佑护，下界崇仰。"

娲皇宫和陵墓的两侧，是"补天殿""伏羲殿""三皇殿""三清殿"，皆为仿古建筑。每个殿内，根据《山海经》和《楚辞》《风俗通》《太平御览》《淮南子》中有关神话故事，陈列和描绘的是反映女娲和伏羲功绩的雕塑和壁画。

参观结束，李彬一行复至广场戏楼前，工作人员摆放两排桌椅和茶水，在此处落座。

民俗节目开始了：鼓乐表演《开天盘古》，笙簧合奏《娲娘颂》，原始巫舞《经桃绵延》，传统坠子书《盘古创世》，经歌和戏曲联唱《经戏颂祖》……

李彬一行人，沉迷其中，不时拍手喝彩。

临近离开时，李彬发表讲话："娲皇是'大地之母'。它所蕴涵的始根文化，指引我们找到了终极之祖。它不光是溪流县的名片，沙流河市的名片，平原省的一张名片，也是省委省政府建设华夏文明的有力支撑。今后，省里要组织专业机构负责，申报国家重点研究的文化课题，每年要举办一次大型祭祀活动，凝聚海内外中华儿女，让女娲故里成为我们中华民族的朝拜圣地。"

听了省委书记这番讲话，马腾、我和在场的市县领导深受鼓舞，广场上响起一阵热烈的掌声。

这次来溪流，李彬是重点考察农枣间作和娲城文化建设的。他了解到全县"粮草皮毛"加工已形成四大支柱产业，考虑到明天就要离开，晚上听取了我的汇报。

对各个产业发展的历史、过程和发展状况，我熟烂于心、了如指掌。从点到面，从面到点，我讲得有条有理，数据精确。

李彬不时颔首，偶尔插言，询问关心的话题。杜秘书认真地作了记录。

最后，我谈道：全县农牧产品加工业总产值，上半年已突破十亿大关，年底有望超过二十亿。仅此一项，与两年前相比，农民人均纯收入增长五倍，四分之一的人口，预计达到一万块钱以上。加上林果特产税，今年县里财政收入总计可达五个亿。

汇报之后，李彬掩饰不住激动，说："你这位年轻的县委书记，蛮有本事嘛。"我随口答："我再有本事儿，是铁能打几个钉？溪流有今天的变化，靠的是集中群众智慧和挖掘干部潜力。"李彬问："你最想干什么？"我答："在报社当记者。"李彬笑笑："当记者？你就不要考虑了，还是服从组织需要吧。"

我从李彬房间出来，马腾应邀而至。一位市委书记，一个省委书记，不知谈了什么，谈论很久……

领导正在谈话，我不能离开，在另外的房间里守候，便于随叫随到。

约莫过了一个钟头，马腾走了进来。我忙让座，削好苹果，用拇指和食指两端掐住递过去。马腾咬一口，发出脆响的咀嚼声，满脸笑容，说："三毛同志，溪流工作得到了李书记的充分肯定，高度赞扬。"我道："还不是市委和您领导支持的结果。"马腾说："'凭党性干工作，看政绩用干部'，是省委选拔任用干部的重要原则。就你的使用问题李书记征求我的意见，我向李书记举荐你当市委常委兼秘书长。李书记讲："你勇于改革，富有开拓精神，希望你在经济工作方面发挥更重要作用，担任市委常委兼常务副市长。省委组织部很快会派人考察，你要有思想准备。"

我感到有些突然——尽管，我是市委重点培养的市厅级领导干部对象，也干出了成绩，郭宾、王森、岳松等几位领导曾向马腾提议，要求市委向省委推荐提拔使用，但马腾认为我不是他圈子里人，迟迟没有动静。这次，看拖不过去了，马腾才改变态度。我清楚：马腾告诉我这些，带有让我承情的意思。听了马腾的话，我说："感谢您和省委领导的信任。"稍加思索，我发自内心地说道："干县委书记太苦了！近几年，我没有一日清静过，没有一天正儿八经地休息过。长期下去，就是铁打的身体，也会搞垮的。只要能让我回到市里工作，哪怕是平调，我也乐意。"

俺俩谈了很长时间，方才休息。

第二天上午，我和马腾送李彬一行离开县境。分别时，李彬紧紧地握了几下我的手，眼神里透露出欣赏的目光。

杜秘书同我握手时，压低声音道："前途光明。"

望着李彬远去的中巴车，我的心不再悬着，轻松地舒了一口气。

马腾拍了拍我的肩膀："走吧，今天星期六，你也该回家好好休息休息了。"

我半个月没有得闲，便说："好，我随你去沙流河市。"

第十七章

风高月黑

一　乐极生悲

沿着宽阔的柏油大道，“雪铁龙”疾速前进。透过玻璃窗，阳光投射到我身上，暖暖的，挺舒服。

坐在车厢里，我陷入沉思：四年前，溪流大地寂寞辽阔，一片贫瘠的景象。没想到，群众的智慧和创造，农民脱贫致富的强烈渴望，借助改革开放的东风，让一千四百多平方公里的土地焕发出蓬勃生机，产生巨大变化。更没想到，在这么短的时间内，幸运之神再次眷顾，我将要踏上新的工作岗位，成为党的更高一级领导干部。全市几百名处级领导，有晋升机会的，那可是极少数啊。想到此，我难抑激动，思绪万千。眺望高空，我看到一只雄鹰在骄傲地翱翔。

袁远按了按喇叭，“嘀嘀”鸣叫几声，“雪铁龙”驶入大闸路与党建路交叉口，掉头向东。十几分钟后，它穿过大街，缓缓进入市委家属院。到了俺家楼下，欠欠身子，挪挪屁股，为了让袁远早点回县城休息，我从车里走出来，上了楼梯，打开家里房门。

荷香一个人正在忙家务，见到是我，大感意外：“李大书记，哪股风把你恁早吹回来了？”

自从调到县里工作，我第一次星期六上午回家，荷香感到惊讶。

我笑嘻嘻地调逗：“想你了呗。”闻听此言，荷香激动地扑在我怀里。我抱起她，在客厅里转了几个圈圈。双手拍打着我，荷香笑声不止。放下后，我把她拉到卧室里的床上，手忙脚乱地宽衣解带。正欲云雨，听到有人“当当当”敲门。荷香说：“咱妈去接丫丫回来了，晚上管你过瘾。”

稍稍平复情绪，俺俩来到客厅。

“您啥时来的？”我问岳母。

“丫丫过生日那天来的，荷香让拆洗过冬的被褥，没让走。”岳母说。

丫丫噘起小嘴：“爸爸对我不亲，过生日也不回来。”

"爸爸忙，这次好好补补。"我说。

"咋补?"

"陪你玩一下午，可以吧?"

"说话要算数呀。"

"君子一言，驷马难追。"我说，"不信，咱俩拉钩。"

丫丫伸出手，俺俩的指头钩在了一起。

唉，别人看到的是我如何风光，哪里知道同家人团聚都成了奢望。

下午，我们一家几口去到人民公园尽情玩耍，享受团聚的欢乐。

晚上，我向张明打电话，要他开个房间洗浴。荷香说："我陪你去。"

到了市委宾馆，张明把我和荷香带到招待领导的套房。脚踩厚厚的绒地毯，俺俩走进去，张明随手关上门走了。

室内，物品俱全。走进卫生间，我打开喷头，把浴缸放了大半池热水，让荷香先泡澡。荷香道："我昨天才洗过，淋浴冲一冲就中了。你进浴缸泡吧，等泡好了，我给你搓灰。"

说罢，俺俩脱光衣裳。我跳进浴缸内，荷香站着淋浴。在柔和的灯光下，淋浴喷头流出的水，如丝如线，又细又长。荷香细白光滑的身体，滚满了晶莹的珠儿，一条条一串串。她长长的秀发散开着，在背后像黑色的瀑布；胸部隆起的双乳，随着揉搓的动作像两只小白兔，"扑闪、扑闪"地跳动；两条修长的腿儿，如荷塘中的嫩藕。此时的她，宛若水中仙子，太美丽、太动人了！我从浴缸里转身跳出来，猛地把荷香抱起，右手托住头，左手托住腿，往浴缸里放。她"嘎嘎"笑问："乱啥哩? 乱啥哩?"我"嘿嘿"笑答："来个鸳鸯戏水。"后倒一步，我仰面抱住荷香躺在浴缸内，只听到"扑通"一声响，水向外溢出，"哗哗"流了一地。

荷香："安生点，好不好? 我再放些水，你慢慢泡。泡透了，我帮你搓净身子。想咋着，随你的便。"听如此说，我"放"了她。

过了一阵儿，我泡透了。出了浴缸，我两手扶墙，撑起身子。荷香取出毛巾，缠在手上，一上一下为我搓灰。只见成捻子的灰揪揪，一层层地脱落。荷香说："咋脏成这样，你是不是忙晕了头，半个月没顾上洗澡?"我调笑："天天闲得狗挠蛋，专等小姐伺候哩。"荷香说："你真坏！"我道："男人不坏，女人不爱。"荷香把搓巾扔在旁边，假装生气："你把我当小姐了?"我道："光服务不收费，比小姐还小姐。"荷香轻轻拍打一下："你咋恁孬！"

搓罢灰，荷香帮助冲淋浴。我时而拥一下她的身子，时而抚摸她的胸部。她故作气恼："放老实点，再胡闹，我可不管你了。"她扒掉我的左手，我伸出右手；扒掉我的右手，我伸出左手。她"噗"地笑了："你咋像个孩子，这么淘气可爱啊！"我只管打哈哈，只管乱摸。荷香没了办法，任我调皮捣乱。

冲洗擦干，我猛地把荷香抱到床上。她说："咱有言在先，要沉住气，慢慢来。别三下五除二完事了，你倒头呼呼大睡，撇下我一个人干瞪眼睡不着，怪难熬哩。"

我努力控制自己的激情，小火慢炖，等达到沸点，猛地加油使劲，进入疯狂状态……

恩爱过后，我困盹起来，昏昏欲睡。荷香推我，我"哼哼"两声，不想睁眼。荷香说："你把我的火点起来，不能睡。"她用手在我脖颈和胳肢间乱抓乱挠，抓挠得浑身直痒痒，我不觉倦意全消。她娇声娇气道："李大书记，小民有话要说。"

驱走了睡神，我打起精神："好，有啥话，你讲。"

荷香一本正经地说："前几天，我回老家，爹告诉我，大凤有人提亲，问定不定。我拿不了主意，说跟你商量商量。"

"在农村，十八九岁订婚很正常，好事呀。"我道。

"我想，爹恁大岁数了，还在干地里活，多劳累呀！那几亩地，干脆让别人种，把老人接过来住，免得你牵我挂的。让大凤去石头的公司找个活干，将来嫁个好点的人家，中不中？"

我早有此意，可爹舍不了家，便问荷香："爹愿意？"

"爹这回同意了，说把家里东西处理处理，不耽误来过年。"

"那太好了！"我一阵激动，打心里感谢荷香。

荷香又说："秦芳腊月要结婚。"

秦芳的对象是张明介绍的，在市委宾馆当厨师。我觉得有些突然："你没提过这事呀，咋这么着急？"

"她和男朋友住在一起，要是怀孕了，再出嫁，就丢丑了。"

"现在的年轻人，不像咱们当年，没啥稀奇的。"

"咋办呢？"

"来咱家十来年了，她出嫁的事情，咱们全包下来。"

荷香想起了毛毛，问我："哎，我让你关心一下毛毛，你打个电话没有？"

"打了。"我说，"毛毛真懂事，对我讲，老爸您恁忙，还想着我，谢谢了。听罢，我的眼泪差点儿掉下来。"

"你这次回来，咋恁高兴？"荷香问。

我想告诉实情，怕她万一嘴不把门，泄露出去——在官场，升迁之事，不见正式文件，必须严格保密。稍有不慎，走漏风声，有人写封告状信，即使"子虚乌有"，等到调查清楚，机会就错过了。

我多个心眼，道："告诉你个秘密，暂时不能向任何人讲。"

"啥好事，快快说出来听听，我保证嘴上贴封条，一字不露。"

"我要调回来了。"

"真的？"

我认真地点点头。

荷香喜不自禁，追问："把你安排到哪个单位？"

"反正不在县里干了，反正是在你之上。"说罢，我又来了兴趣，压在荷香身上，宣泄起感情……

一番恩爱之后，俺俩穿衣。荷香看到下身流出的浊物有殷红的鲜血，说："例假来了。"

我道："咋恁巧，要是早来一会儿，这个星期天不就白过了？"

荷香开玩笑："上帝恩赐的，该咱俩幸福快乐。"

回到家里，丫丫说："爸，爸，你上电视了。"

"真的吗？"我问。

岳母证实："一点不假，我也看到了。"

我凭经验判断，第二天《平原日报》肯定会在一版头条刊登消息。

是夜，荷香躺在我怀里，睡得甜美安详。到了半夜，我嗅到一股血腥味儿，推醒荷香："你闻闻是啥味？"荷香拉开床头灯，掀开被窝，惊叫："经血成股成块往外流，咋这么多？"

我："是不是昨晚疯狂引发的。"

"可能吧，精神受到刺激，那东西一下子汹涌而来。"荷香说着，换了裤头和卫生纸。

我又睡去，进入梦幻的世界。

半歪在沙发上，我正看《平原日报》发表的李彬在溪流调研的报道，客厅里电话铃响了。拿起话筒，我听到是大凤的声音："三叔，你和三婶快回来吧，俺爷病了。"我忙问："咋啦？"大凤说："高血压病犯了。"我问："吃药没有？"大凤说："吃了，不管用。"

我和荷香飞快往家赶。当走到清水河南岸时，我远远看到爷爷奶奶的坟墓起了火，黑烟滚滚。仔细观察，火是从棺材里蹿出来的，我和荷香奔了过去。

到了跟前，听见"咔嚓"一声，天空响个炸雷，狂风骤然而至，带着一股浓浓的血腥味儿，熏得我直捂鼻子。三个炸雷打过，暴雨来了。那雨是红颜色的，全是血水。地面上的水势上涨迅猛，瞬间到了脖颈。我和荷香无处躲避，眼看被淹没，就要溺死。这时，翠姐驾着小船驶向我，嘴里喊着："三毛，快上来。"说着，她伸手拉我。我说："荷香不会水，先救她。"我用力托起荷香的身子，翠姐趁势抓住荷香的两只手，拉到船上。我正要往上爬，一个恶浪袭来，连连呛进几口污水。我昏迷过去，沉入水底，人消失了。两个女人看我不见了，撕心裂肺地号啕大哭。听到哭声，我清醒过来。从水里钻出来，我安慰她俩："没事，我还活着哩。"两个女人破涕为笑，翠姐把船摇向我，我扒住船帮，纵身一跃，跳了上去。

"快去救爹和大凤！"我们来到老家院子里，看到几棵树淹没了躯干，只露出树梢，房屋全部泡塌，到处是一人多深的血水。不见爹和大凤的影子，俺仨高声呼喊。听到有回应，循声一瞧，大凤坐在树杈上，簌簌发抖。我忙问："你爷呢？"大凤说："爷没来得及从屋里跑出来，压在大梁下面了。"

这时，村里有几个人赶了过来，帮我们寻找父亲。费了好大工夫，我在大梁底下找到父亲——老人早已断气。

我悲声大放，哭得死去活来……

荷香使劲推推我："醒醒，醒醒，做啥梦了，哭恁痛？"我惊了一身冷汗，从床上坐起，讲述了梦境。说罢，我问荷香："咋会做这样一个梦？不会是凶兆吧？"荷香道："梦是反的，有喜事来临。"联想到工作马上要变动，我信了荷香的话儿。

二　罪恶的阴谋

在家里，我心情愉快地过了一个星期天，返回工作岗位。

李彬书记在调研期间，对溪流工作给予的肯定和评价，通过《平原日报》、省广播电台和电视台的报道，形成一轮强大冲击波，引起热烈反响。全县干部和群众深受鼓舞，我也兴奋异常。

是啊，为官一任，当付出极大努力取得的政绩，受到了上上下下的一致认可，那种感觉不是谁都能体会到的。我当县的主要领导，工作受到省委书记表扬，心里要多美气有多美气。

舆论尚未平息，省委组织部奉李彬书记之命，来到溪流对我进行考核。在长达七天的时间里，他们召集部分乡镇和局委负责人座谈，深入农村走访群众，听到的都是赞扬声。完成考核后，带队的田副部长找我谈话，反馈了意见："对你的评价，几乎没有反对的声音，这在干部考核中极为少见。"考核组的同志白天晚上，几乎没有休闲过。于是，我提出陪他们去女娲城参观游玩一天。田副部长说："回去以后，还要抓紧向省委汇报，这次就免了。"

考核组走后，随之而来的是关于我升迁的议论。从市里到县里，传得沸沸扬扬。有的说，我要当沙流河市委常委兼常务副市长；有的说，要提拔我当市委秘书长；有的说，李彬书记亲定，要我去省委经委当副主任……每个版本都是有鼻子有眼的，始作俑者，都声称自己有可靠的消息来源。县直的局长、委主任，乡镇的党委书记们，见了我主动套近乎，仿佛我不再是县委书记，而已经是市里省里的什么领导。

"山木自寇，源泉自盗。"庄子《南华经》的经典名句不时在耳际回响，我警告自己：深山里的大树就是因为高而挺拔，才招来贼寇砍伐而毁灭；山石间的泉水就是因为甘甜清澈，才引来偷盗者，导致枯竭。官场历来复杂，尤其是一个干部在职位酝酿变动时期，小人最容易蠢蠢欲动。他们出于不可告人的目的，打黑枪，告黑状，无中生有，捏造事实，蓄意陷害。虽是莫须有，当水落石出时，好事已经泡汤。在这个非常时期，我不敢有丝毫的侥幸心理，无数次向自己敲警钟：要切忌头脑发热，冷静，冷静，再冷静。表面上，我装出若无其事的超脱样子，内心充满期待……

然而，就在这个时间，我的案头放了一封告状信，我无法敷衍推脱，必须批示查处。就是这封信的批查，使我卷入惊涛骇浪中，命运因此发生重大转折。

这封信是揭发粮食局局长王河水的，尽管是匿名，但反映的事实线索清楚，证据确凿，共八条，涉及金额五千四百万元。其中两条：一是王河水把平价收购的粮食转为议价，又把议价转为平价，套取四千多万元非法利润；二是王河水通过移民香港的战友，注册一个"皮包"（空壳）公司，同粮食局假合营搞"陆港"面粉添加剂公司，"分红"转走一千三百万元，实际落入自己囊中。

这封信是省委书记李彬批示查处的，沙流河市委书记马腾作了同样批示。自从当上县委书记，我对上级领导的指示，都是不折不扣地执行，从来不推脱应付。

面对这份对王河水的告状信和批件，我犹豫了。它放在办公桌上整整三天了，我还没有动静。这是因为王河水和我的关系本就脆弱，勉强维系。记得年初，上级发文件，规定政协领导不得兼职。我把王河水叫到办公室，劝他当政协专职副主席。他没有好气地冲着我说："宁愿当粮食局长，也不要那个有职无权的副县级。"

为了缓和关系，在县委换届时，我做了不少工作，想让王河水当县委委员。谁知，他人缘极差，最终票数没过半，未能如愿。

从此，俺俩面和心不和。这次，我再批查他的问题，俺俩就彻底闹翻了。

可是，不查王河水怎么向上级领导交差呀！

思来想去，只有公事公办，我把审计局长周斌叫到办公室。

在县委任通讯干事时，周斌是我的"兵"。在县委书记任上，我推荐周斌去审计局当了局长。每每见了我，周斌十分恭敬；我交办的事情，周斌从不打折扣。

这次见我，周斌嘴上抹蜜似的："老师，你叫弟子有何贵干？"在新闻行当，师生关系最为亲切，比在官场称呼职务少了俗气，多了些情分。

我没把周斌当外人，将上级领导层层批转查处王河水的信件交给他："你看看吧，派得力人员到粮食局，就信中反映的问题，逐项审计审计，拿出一个实事求是的报告，提交县委常委研究处理。"

周斌看过举报信，眨巴眨巴眼："好家伙！任何一件属实，不光是丢官摘帽的问题，那可是要坐牢、枪毙呀！"

我道："先不做任何假设，审计审计再说。"

周斌表态："老师指向哪里，学生打向哪里，保证不走样地执行您的指示！"

"别贫嘴了，要实事求是。动静要小，工作要细。"我叮嘱道。

周斌"诺诺"退去，但内心是矛盾的。后来，我听说：他和王河水走得很近。弟弟、老婆、小姨子，都是王河水安排的工作；他在县城东关建房，是王河水派粮食局汽车从新乡市小关镇拉的水泥，从澉河拉的大沙，从县农场拉的砖头，不仅不收运费，连汽油钱也分文未取。王河水在周斌身上下足了功夫，看中的是他手中的审计大权。周斌拿权力做交易，投桃报李。每次对粮食局开展审计，他都网开一面，让王河水有事变无事。可这次不一样，来头不小，各级领导都要求汇报结果，处理不处理，怎样处理，要依据审计报告，他承担着责任。要是来"真"的，他怕王河水实施报复，让亲属"下岗"；要是来"假"的，担心上级追究责任，身受其害。

周斌眼珠"骨碌碌"地转个不停，反复权衡利弊：或许是"老师"借机整治王河水，拿他当"枪"使。整倒整不倒王河水，"老师"反正是要拍拍屁股走人，自己可就同王河水成了冤家对头。他想："老师"在县里待不了多长时间，他虽然很快提拔升迁，可毕竟离开了溪流，"铁路上的巡警——管不了这一段"。县委书记的宝座自然由县长王铁山来坐，而王铁山和王河水是"铁哥们"，这是公开的秘密。如果越过王铁山，直接去查王河水，会得罪他们两个人，以后不会有好"果子"吃。掂量再三，周斌的天平倾斜了，决定去找王铁山，探一探县长大人的态度，然后见风使舵，伺机行事。

吃罢晚饭，周斌来到县领导的"官邸（四大班子领导家属院）"，走进王铁山家里。县长夫人寒梅——我二哥曾经的未婚妻，正在隔壁的房间辅导女儿做家庭作业。客厅里，王铁山和前来汇报"工作"的王河水交谈着什么，声音压得很低。见到周斌，王河水知道这位审计局长此时来找县长，肯定有要紧的事情，便站起身来："前客让后客，我该走了，你们谈吧。"周斌讨好道："王局长，正是因为你的事情，我才来找王县长的。"王河水问："我有啥事？用得着你这个时候打扰县长？"周斌道："李书记批示，要求全面审计粮食局财务，你要有个防备。"说着，周斌掏出告状信递给王铁山。接过来一看，王铁山吃了一惊："层层都有领导批示，不可轻视呀！"他脑子飞快地旋转着，马上意识到这是一块可用的石头，能造成对手致命的伤害。那就要看让谁扔，投向谁了。如果是让政敌李三毛扔出去，会给"盟友"王河水致命一击；如果让王河水投向李三毛，凭他对王河水的了解，一定出毒招，结果必然有利于自己。平时，王铁山知道我这个县委书记运势正盛，硬碰硬，吃亏受损最大的是自己。他韬光养晦，等待时机。见我离调走不会太久，巴望这一天快快到来，圆他接任县委书记的好梦。

看完这封信，王铁山觉得机会就在眼前，无须等待了。他眉头一皱，计上心来，当即决定借王河水这把刀，在我没有防备的情况下，大砍大杀，而自己"不显山不露水"，置身事外。拿定主意，王铁山把那告状信和我批查的意见转给王河水："王局长，人家动手了，你不接招看来不行了。"

王河水接过信，看了两遍。他自己做的事情比谁都清楚，脸色一阵青一阵白，心里"嗵嗵"直跳——告状信内容桩桩属实，如果一一查证，他就彻底毁了，稍有迟慢，便会成为"刀下鬼"。他略略思考，心中酝酿起罪恶的阴谋。

三个小人，各怀鬼胎，打起如意算盘。

回到家里，王河水搜肠刮肚，要找出告状人。他判定内部出了奸臣。这个人可能就是黎明，理由无外乎两条：一是由于政协主席文渊的关系，他视黎明为知己，很多事情交由黎明去办。除了黎明，没人了解他的底细；二是王河水猛然想起黎明在三岗镇时跟我是同事，且关系密切，越发相信自己的判断是正确的。他大骂黎明是叛徒，出卖了他，牙咬得"咯吱咯吱"响，心里发毒誓："不会饶了你这个吃里爬外的东西。"

王河水把粮食系统搞成独立王国。对手下人，他"棍棒加红萝卜"，又拉又打。谁反对他，予以无情打击，欲置于死地而后快。对县里手握权力者，他不失时机，投其所好，以便为己所用；对本山头的人，他不断施以小恩小惠。久而久之，他编织了一张很大的关系网。凭借这张网，他为所欲为，无数次任凭风浪起，稳坐钓鱼船。手持权力的魔杖，他击败了一个个政敌，让所有反对者倒在脚下，甘拜下风，哀告求饶。

王河水雷厉风行，把亲信史尿——三岗镇粮食局长招到家里，精心谋划，挖了一个陷阱：把其他几个粮管所霉烂变质的一百多万斤小麦，乘着黑夜运进三岗镇，倒在粮仓里。然后，让史尿从老家拿钱收了许多老鼠和几十条蛇，放了进去。

经过一番精心布局，王河水编造了一封控告信，声称：溪流县委书记李三毛，搞家长制作风，独断专行，以"改革开放"之名，将三岗镇设立为"特区"，把原来的粮食分局强行从县粮食局脱离出来，长期疏于管理，导致百万斤优质小麦霉变，仓库里爬满了老鼠和蛇，触目惊心，令人扼腕。

带着这封信，王河水领着史尿悄然进京。他们没有去信访局，也没有去中纪委，而是通过关系，以赞助三十万作为筹码，直接到全国极有影响的京城电视台，面见《曝光》栏目负责人苍穹（笔名），"义愤填膺"地控告一番。

不晓得是阴谋陷害的苍穹愤怒了，把溪流"粮损事件"列入选题计划，带着电视台记者突然袭击，奔赴三岗镇，秘密完成前期拍摄采访之后，到县委兴师问罪。

三　白白背上"黑锅"

对于这场不可告人的阴谋和陷害，我一开始就蒙在鼓里，没有任何提防。直到京城电视台现场"采访"前夕，王铁山的爱人寒梅通过最可靠的人传信，我才如梦初醒。这封信，严格地讲，是张纸条，装在信封里，粘得严严实实，让我亲启。我打开一看，字迹俊秀，写道："兄弟，你要提防小人。周斌把你出卖了，他和王铁山把你要批查的信件，转给王河水看了。王河水发誓要整治你，切莫大意。这张条子，看过烧毁，不要在王铁山面前有丝毫流露。"落款：姐寒梅。

细阅这张纸条，我对寒梅甚为感激。她和二哥从初中到高中都是同学，相爱至深。两个人谈婚论嫁时，一言不合，产生矛盾，怄起气来，谁也不理谁。苍蝇不叮无缝的蛋，白云的母亲乘机为女儿当红娘，二哥闪电式结婚。寒梅追悔莫及。后来，寒梅嫁给跳出农门的王铁山。生了女儿后，寒梅身体发胖，便开始遭丈夫嫌弃。之后，王铁山攀高结贵，仕途顺风顺水，把她当成了"摆设"。同财政局一个叫王蕊的娇骚女人打得火热，有时甚至领到家里干那种事儿。寒梅为了有个完整的家，为了孩子有个爹，为了顾及脸面和影响，打掉门牙往肚里咽。更让寒梅不能容忍的，是丈夫丑恶的灵魂，对人当面说好话，背后下毒手，心理阴暗潮湿。作为妻子，陪伴一个伪君子生活，她憋屈死了。对婚姻越是不如意，她越发忘不掉同二哥青梅竹马、两小无猜的纯真恋情。无法表露，她深埋心底。爱屋及乌，寒梅视我如亲弟弟。她听到丈夫和虾兵蟹将要陷害于我，鼓起勇气传来这张纸条。

看了几遍，我十分坦然：自己一没贪污，二没受贿，三没乱搞女人，他们能把我怎样？我一副满不在乎的样子。

其实，等待我的是一步步挖好的"坑"，再让我往里面跳。京城电视台的人到来当天，黎明打来电话问："伙计，王河水出手了。他从京城请了电视台的记者，是《曝光》栏目组的，正在三岗镇粮食局录像，你可要有思想准备。"

我是新闻科班出身，在县委市委长期搞报道，接待过各级媒体记者。按一般常识，新闻单位来采访，都要到党委宣传部门接洽。当然，搞批评报道，也有例外的。为了减少阻力，排除干扰，有的记者先去现场暗访，掌握了第一手材料，再采访有关部门和领导。我隐约感觉事情不妙：这家电视台的《曝光》栏目，极具杀伤力。上自官员，下至普通老百姓，必看。曝光的人和事件，几乎都有领导批查，被批评者大多应声倒地，至少受到重创。

我转念又想：三岗镇是市委市政府设立的改革开放实验特区，人财物都是市里垂直领导和管理，出不出事儿跟县里没有直接关系，管它谁来采访，谁来曝光！

临近中午，电视台《曝光》栏目组在三岗镇完成拍摄任务，来到溪流县政府宾馆。主管宣传工作的副书记李学迁闻听消息，领着宣传部毕部长和主管新闻的副部长，赶忙过去了，热情地安排食宿。京城电视台栏目组负责人苍穹说："我们有规定，栏目组出差费用，全部由台里报销，不给地方增加负担。"李学迁问："有没有需要配合的？"苍穹说："请县委书记接受采访，你去通报一下。"

听李学迁这样讲，我表示拒绝。李学迁说："怎么回话呢？"我说："直说直讲。"李学迁站着不动，似有难处："这次电视台来采访，是王河水请来的，主要调查三岗镇粮库百万斤霉麦和鼠蛇猖獗的原委，追究谁来承担领导责任。"我说："你是知道的，市委下发有文件，把三岗镇从溪流县单列出来了。我若接受采访，无从回答。说也不是，不说也不是，还是不见为好。这样的事儿，非同小可，我得去向市委汇报。"

李学迁觉得言之有理，赞同我的想法。他向苍穹回复："很抱歉，李书记有急事去市委了，无法接受采访。"

赶到市委，我向马腾汇报了电视台曝光三岗镇粮食局小麦霉烂变质的问题。马腾一听，紧张起来，知道这把火烧到了自己身上。如果被揭丑，揭的可是市委的丑，他要负主要责任。他让我躲着不见，看电视台怎么办。

有马腾这句话，我坦然淡定地回家了。

我到家不大一会儿，电视台栏目组就赶到市委。直接堵住马腾办公室，要求我接受采访。

马腾打起官腔："欢迎新闻媒体实施舆论监督，你们先回溪流县政府宾馆等候，市委一定责成县委书记李三毛同志接受采访。"

打发走电视台《曝光》栏目的记者，马腾把钱方叫过去研究对策。马腾需要的是自保，钱方做官的"诀窍"是看一把手眼色行事，又加上对我心存不满。两人叽咕不大一会儿，便达成默契，统一了认识和意见。

然后，让秘书姚笛通知我过去。见了面，钱方无声地笑了笑，我又看到了一丝阴冷的寒光，心头猛然震颤一下。马腾的脸本来就黑，此时显得更黑了。他用不可改变的语气，严肃地下达三条指示："一、记者必须要见，慎重接受采访，不能把问题往上推；二、三岗镇单列实验区的事儿，只字不准提；三、电视台有曝光的权力，但干部使用由市委说了算，一切等过了风头再说。"马腾讲第三条时，对我带有几分安慰的意思。

官大一级压死人。帽子拿在人家手上，我只能表示服从。

下午，我赶回了溪流。聚灯光照着，话筒对着，我极力镇静。

苍穹："三岗镇上百万斤小麦霉变，你清楚不清楚？"

我："没人汇报，事前不了解。"

苍穹："谁应该对'粮损事件'承担主要责任？"

我："该谁承担谁承担。"

苍穹："你该负什么责任？"

我支吾半天，不愿回答。在苍穹反复追问下，我情绪激动起来，蹦出一句："无论有什么责任，都不该由我来负！"

苍穹："百万斤小麦霉坏变质，你难道不心疼？"

我："别说百万斤，就是半斤几两，我也心疼。有一年春节，家里没有一粒粮食；平时，穷得没有半瓢白面，生了病去邻居家借，才吃上一碗汤面条；灾年讨饭吃，谁给我半块玉米面馍，我都感激不尽。就是现在，我在家用餐时，饭桌上掉下一粒米，一个馍渣，我也舍不得丢掉，捡起来吃下。那是因为，我想起母亲活着时常讲的一句话：'这辈子，我啥都不怕，就怕挨饿。'"说到这儿，我不禁潸然泪下。这话，这情景，节目制作时删掉了。

与问话相衔接的画面，是我的不屑回答和抵触情绪。剪裁编辑成为主观臆造者，终于达到了想要的效果。新闻工作者"客观公正"的原则，被严重歪曲。

苍穹："你疏于职守，难道不该承担领导责任？"

我被激怒了："是谁疏于职守，该追究谁的责任，你说了不算，要由组织部门调查之后才能得出结论。"

苍穹接连又提出几个问题，全是"套"，全是"圈"，我无论怎样回答，都会掉进"坑"里。我用手捂住录像机的镜头，悻悻离开……

过了一个星期，晚上七点半以后，京城电视台《新闻联播》和《天气预报》结束，《曝光》栏目播出。

看了那期栏目，我肺都气炸了。经过剪辑的内容画面，触目惊心，电视近镜头对准三岗粮仓里乱蹿的蛇鼠，还有老鼠发出的"吱吱"叫声。配着这画面，主持人用极具煽动性的话音道："这是发生在平原省溪流县三岗镇粮仓里的真实场景。这个县以改革开放之名，搞所谓'特别实验区'，致使百万斤优质小麦疏于管理，发生严重霉变。在采访时，县委书记李三毛竟告诉记者：'不就是一百多万斤小麦嘛，坏就坏了，有什么了不起！'"这句话，纯属"子虚乌有"。

节目播出时，编辑把我说的其中一句话："无论有什么责任，都不应该由我来负"，原声带放出来，作为结尾。

媒体记者在采访过程中，拥有绝对的话语权。如果他们"先入为主"，失去客观公正，被采访者只能任其歪曲和宰割。就是这句断章取义的话，激怒了全国亿万电视观众，让我成为众矢之的。中央一位重要领导看过，当即批示："一百多万斤小麦霉坏，这位县委书记不负责，我负责。"并要求国务院派员会同省市组织联合调查组，彻查此事，作出严肃处理。

风起于青蘋之末，原意指风从平地上产生出来，开始时先在青蘋草头上轻轻飞旋，最后会成为劲猛彪悍的大风。后来喻指大影响、大思潮从微细不易察觉之处源发。

我压根没想到，自己职责所在，要求对粮食局财务进行审计，会引火烧身。王铁山、王河水、周斌三个小人策划于密室，掀起一股阴风恶浪，向我袭来。对于将会给自己带来怎样的严重后果，我还缺乏充分的认识和估计。

随着京城电视台这期《曝光》节目的播出，一场风暴骤然降临。许多正直和关心我的人，无不捏了一把汗。翠姐第一个打来电话，听语气，内心很紧张："三毛，京城电视台曝你的光了，看到没有呀?!"我略带气愤地说："看了，根本不是那么回事儿！节目内容，有的地方断章取义，有的地方移花接木。"翠姐不安地连声发问："听你说过，三岗镇归市里直管了。电视台咋冲着你来？把屎盆子全扣在你头上?"我说："有人栽赃陷害，有人想转嫁责任呗。"翠姐提醒道："你可要做最坏处准备，切莫大意栽跟头呀。"我道："事已至此，只有等到水落石出了。" 第二个打来电话的是荷香。她心惊肉跳地说："三毛，京城电视台找你的事啦，可不得了呀！会不会把你抓起来？"我假装镇定："我又没有犯罪，凭啥抓我？不要自己吓自己。"荷香说："我好害怕，你别干了，快回来吧。"我安慰说："没有那么严重，甭怕。"刚接过荷香的电话，石头又打过来："表叔，你咋戳恁大个窟窿？赶快摆平，花多少钱，我出。"我说："官场复杂，这不是花钱能摆平的。"

紧接着，岳父、二哥、张明、赵家冒、朱文等也纷纷打电话询问，表示关切。应接不暇，我关掉了手机。

坐在办公室，我想静一静。秦奋过来，说："三毛，市委早把三岗镇单列出去，出了事儿咋算在你身上？"我苦笑无语。紧接着，已当选县人大副主任的刘思民来了。一脚门里一脚门外，他说："李书记，这不是拿你当替罪羊吗？"说话间，孙强、文渊、江山、李学迁等县里领导，像开会似的先后来到我的办公室，表达着对京城那家电视台《曝光》栏目的不满和愤怒。王铁山是最后赶来的，一进门就说："李书记，京城电视台拿你是问，是吃错药了吧?"听到这个口蜜腹剑、明一套暗一套的家伙在演戏，我话中有话地说："真的假不了，假的真不了。人在做，天在看。善恶都有报，只是时间问题。"对着王铁山，我情绪难平："假如真要追究县领导的责任，你这个县长能脱得了干系？"王铁山有些尴尬，皮笑肉不笑地连连道："是、是、是，我也择不清。"

大伙儿情绪激愤，你一言我一语，议论不停，异口同声地表达对市委领导"丢卒保帅"的不满。将近十点钟时，办公室的电话铃响了——是市委书记的秘书姚笛打来的，要我现在动身，前往马腾办公室等着召见。

我不便多问什么，觉得一定与京城电视台《曝光》栏目有关。

接过电话，我向在场的每一个人说："不论事情如何发展，我相信自己是清白的，无辜的。在溪流工作将近四年，我尽心尽力了，无愧于党，无愧于全县八十多万人民。"万没料到：这竟然成了我向班子成员最后告别时的谈话。

当我赶到马腾办公室，姚笛说："李书记，你耐心等着。常委们正在召开紧急会议，等会议结束，领导要同你谈话。"

我和姚笛私交甚好。说起这件事，姚笛向我若隐若现地透露了当时的情况：那晚，看罢《曝光》节目，马腾坐不住了。他明白：最应当承担"粮损事件"责任的是市委，是他本人。为了挖三岗这块肥肉，为了树立沙流河市"改革开放"的形象，他执意要市委发文把这个镇单列出来，作为副县级单位。可现在他又怕牵涉其中，必须避免已经燃起的"大火"殃及自身。他几次阅读几天前收到的检举王铁山的告状信，揭发其人和王河水勾搭一起，请京城电视台曝光，妄图把县委书记整下去，取而代之。他怒火中烧："好个王铁山，你真是权欲熏心，你难道不晓得三岗镇已非溪流管辖？你这不是把我放在火上烤吗？"他真想马上收拾王铁山，而迫在眉睫的是如何化解危机，怎样躲过眼前的劫难。他一支接一支地抽烟，整个办公室弥漫着缭绕的烟雾，大脑在不停地思考着。

恰在此时，谷丰打来电话，告诉马腾：省委刚刚收到北京方面的加急电报，说中央领导看了今天晚上的《曝光》栏目很生气，作了批示，要求严肃处理；提醒马腾改变被动局面，争取主动。马腾稍加思索，用征询意见的口气，谈了想法："拟对三毛同志免去职务，以平息风波，等到风头过去，再给予恰当安排。"谷丰觉得这种处理方式十分不妥，半天没有接话，停顿良久，委婉含蓄地说："那你可要慎重考虑呀。"马腾听出来了，谷丰是不同意这种做法的。沉默片刻，马腾说："我思来想去，没有更好的应对办法了……"

放下电话，马腾闷坐着再三权衡利弊。时而皱眉头，时而绷嘴唇，他一支烟吸了半截，猛然掐灭，扔在烟灰缸里。

按说，一个县委书记是任是免，权限在市委，无须请示谷丰。他之所以把对我免职的处理意见告诉谷丰，是认为我是谷丰的人。还有一种原因，在特殊时期，这确实又是保护干部、平息事态的非常之举。

马腾决定连夜召开市委常委会，并通知我赶来等候研究处理结果。

我坐在马腾办公室，清楚常委们正在研究"三岗粮损事件"的处理方案，焦急地等待着。等得不耐烦了，我随手拿起一张《平原日报》翻了翻，没有心情，扔在旁边。百无聊赖，我又打开电视机，不停地调频道，换来换去，没有一个想看的，索性关掉。我微微闭上眼，头挨着墙壁，什么都不看，什么都不想。墙上的钟表发出"哒哒哒"的响声，每响一下，我心头震颤一次。一下，一下……在数不清的震颤中，我挨过了两个小时。

会议开成了"马拉松"。是市委主动承担责任，还是把责任推到溪流县委书记身上，发生了重大分歧和对峙。绝大多数常委不赞同马腾、钱方推卸责任的意见，争论十分激烈，僵持不下，无法形成统一意见。党的集体领导，一旦一把手凌驾于组织之上，带来的结果必然是独断专行，民主决策、正确决策就会落空。最后，马腾动怒了。市委书记的权力成了绝对权力，他拿出"大当家"的气派，武断拍板，为这次常务会画上了并不圆满的句号。

常委会议终于结束了，沙流河市委几位主要领导一起走了过来。我一看阵势，又开了恁长时间的会议，心想：一定有重要的决定向我传达。我欲起身，马腾示意我坐下甭动。郭宾、王森、岳松、杨剑，脸绷得紧紧的，一言不发。马腾看了看我，说道："三毛同志，我代表市委常委，传达刚刚研究的会议意见：决定暂时免去你县委书记职务。"

马腾把"暂时"两个字讲得很突出。我头脑一片空白，只觉得嗓子发干，心中有万般委屈，说不出半句话来。我没想到：让我成为冤大头。

马腾说："我们都清楚，你是代市委受过。如果不动你，市里有关领导就要承担责任，工作会完全陷入被动。三岗镇搞特别实验区，是市委集体研究的，也向谷丰同志汇报过。你总不能让领导们都受牵连吧？"

马腾唯恐我不接受，特意把谷丰"抬"出来。

"既然不是我的责任，为啥让我承担？"我心中愤愤然，想要辩解。马腾接下来讲："免职，不算处理，只是表明市委对三岗镇粮损事件的态度。等这阵风过去，省委如果对你另有任用再说。假使不作安排，你想到哪个单位工作，常委尊重你的意见。"

"只有我当替罪羊，才能让市领导保平安。"我明白再作任何辩解，都已经没有意义，只能选择被迫接受，便表示态度道："既然领导把话说到这份上，那我服从。"

马腾舒了一口气。

"谁来接任我的职务？"我问。

"溪流有经济活力，是平原省最具竞争力的县之一，也是沙流河市的先进典型。市委决定派一名政治强、作风正派的同志担任领导职务。"马腾说。

"派谁？"我关切地问。

"你的大学同学侯勇担任县委书记，让江山代理县长。"马腾说。

"只要不是王铁山就好。"我道。

"市委常委都接到了举报信，反映王铁山和粮食局长搞小动作，制造了这场风波，组织上今后会弄清楚的。在没有结论之前，让王铁山调离溪流，当市地名办主任。"马腾讲，"你们县那个叫周斌的审计局长，不适合在关键部门任职。等侯勇上任以后，把这个人安排到非要害单位去。"

我清楚：平级调整，是使用干部的一般性原则。怎样调，往哪儿调，大有讲究。同样是处级，可以当组织部管干部的副部长，可以当财政局长、人事局长，那是重用，炙手可热。也可以当党史办主任、地名办主任、档案局长，这些单位有职无权，没油水可捞，典型的清水衙门。那无异于惩罚，不是处分的处分，等于闲置。

听了马腾关于溪流干部的任用，我心里得到少许安慰。

王铁山极不情愿地摘掉了县长的乌纱帽，把气撒在寒梅身上。寒梅早不想同人面兽心的丈夫，过着同床异梦的日子。两个人的婚姻再也无法维系，选择了分道扬镳。这是后来发生的事儿。

"集体" 谈过话，出门离开时，郭宾、王森、岳松用力地握了握我的手。

特别是岳松，用眼神示意我：要经受住委屈，多多保重。

下了市委办公大楼，坐进轿车内，我猛然觉得就要永远告别这辆坐骑了，不知是失落，是伤感，还是委屈，鼻子一阵酸楚。

党建路宽阔的街道上，没有一个行人，只有惨淡的灯光。天气不知何时变了：寒风阵阵，一阵比一阵猛烈，我觉得掉进冰窖里，浑身直打冷战；路边高压杆上的电线，被拧劲子风刮得"呜呜"直响，鬼叫似的；树上枯黄的叶子，在凛列的北风的肆虐下，"哗啦啦"落满一地，四处飘动。抬头看天，没有月亮和星星，被阴云遮蔽着，黑沉沉的，无边无际，吞没了一切。

啊，风高月黑。

我的心情比这天气还坏，板着脸一言不发。快到县城时，我对袁远说："今天你辛苦一下，连夜把我和我的东西送回家。"

袁远马上意识到发生了什么事情，愤愤不平起来："表叔，我伺候过几任县领导，只有你骑自行车下乡，坐小车最少，我最轻闲。要论工作，大家都议论，你四年干的事儿比前任十年都多。论打造'娲城枣县'，你功不可没。三岗'粮损事件'让你顶罪，让干事创业的人寒心！"言犹未尽，袁远又说："论私情，你解决了我爱人的工作调动，把我儿子安排到县重点高中读书，还特殊照顾了一套住房。像我这样的轿夫，伺候领导，都认为是应当应分的。可你，不光事业上大有作为，对属下也重情重义，真的很难遇到。"

袁远一番真诚表白，让我感到些许安慰。他是个最守规矩的小车司机，从不发表政治见解，也从未向我讲过感恩的话。这次，他憋不住了，打抱不平，吐露了心声。我苦笑一下，无言相对。

"雪铁龙"把我驮回溪流大院时，已是午夜。物是人非，我不再是八十多万百姓的领航人，而是一个被免职的落难者。这时，我才感到：我只不过是官场上的一盏走马灯，匆匆来去的过客。四年，在历史的长河中，多么短暂啊！在我生命的历程中，尽管写下辉煌的一页，却留下终身的伤痛和遗憾。

走近办公室，我看到一辆平A005号的高级轿车停在不远处，屋子里的灯亮着，明晃晃的，发出刺眼的光芒。

觉得奇怪，谁在这时候待在我的房间呢？从"雪铁龙"里走出来，我脚步跟跄地跨进屋里，见是翠姐。至亲至爱的人突然出现，我理性的闸门顿时失控。搂住翠姐，不知道为什么，千般委屈，万般冤枉，在心中凝聚，瞬间爆发。它犹如狂涛巨浪，汹涌奔腾，难以阻挡。我失声痛哭起来，哭得"呜呜咽咽"，哭得一嗝一嗝的……

翠姐任我发泄。她知道男儿有泪不轻弹，她知道我太压抑了，需要发泄情绪。她像慈母抚慰受到伤害的孩子，双手抱住我，不停地轻轻拍打着我的后背。

等我情绪渐渐平静下来，翠姐拿过来洗脸架上的毛巾，为我拭泪。随后，她倒杯水递过来，用那双会说话的眼睛，无比亲切地看着我。她的目光里，透着柔情，透着温暖，透着刚毅，透着鼓励，好像在告诉我：弟，姐相信你是无辜的，能挺得住！停了一阵儿，翠姐说："不让咱干，咱不干；咱没有错儿，没做丢人的事儿，于心无愧。"

"就是觉得委屈、冤枉。"我吸溜一下鼻子，抹了抹眼泪道。

"你读过不少史书，历史上冤屈的人多了。"翠姐说，"我听谷书记讲，免职不算处分，你别太在意。"她劝我："当个工人那么辛苦，每月工资才一二百块；让你在家休息，啥活不干，照领薪水三百九十八，去哪儿找这样的美事呀？"

听翠姐如是说，我"扑哧"笑了。

翠姐接着讲："你不是喜欢读书吗，闲着无事，正好看些书。心里烦了闷了，让荷香陪你，随便溜达溜达。要不，回老家住几日，串串门，聊聊天，消遣消遣。"

翠姐的话，如春风细雨，化解着我郁结的情绪，滋润着我的心田。

我思想轻松下来，问翠姐："咋这时候来了？"

原来，翠姐看了京城电视台《曝光》栏目，吓了一大跳，赶快向我打电话询问。翠姐说：她和我联系过后，觉得事情严重，坐卧不安，心烦意乱，躺在床上歪了一会儿，又穿上衣裳，直接去找谷丰。翠姐进到谷丰家，看到谷丰正跟马腾通电话。从两人讲话的内容，翠姐听出了大概意思。放下电话，谷丰对翠姐讲："沙流河市委今晚就要开常委会，三毛恐怕要被免职。"

翠姐听到要对我免职，一下愣住了，半天不语。谷丰"唉"了一声叹口气，讲："前不久省委才派组织部考察，正准备委以重用，眨眼间冒出这档事儿，谁都没有预料到。三毛年轻，仕途走得又顺，这次对他打击太大了！"

瞧了翠姐一眼，谷丰说："这样吧，我安排司机小乔，让他辛苦一下，你今晚代表我，去看看三毛。"

"我正想去看看他。"翠姐说，"谷叔，你有啥话交代，我转告他。"

谷丰想了想，拿起钢笔在信笺上写了两句话："谨言慎行，静观其变。"

翠姐接过信笺，坐车来到了溪流。听秦奋说，我去了市委，翠姐断定我会回来，就一直等着。

当翠姐把谷丰的"嘱咐"传达给我，我吟读再三，思之良久，默默地记在心上。

我已被免职，决定趁夜深人静，悄悄离开溪流县。想到赴任时那般轰轰烈烈的场面，我感慨万千。

翠姐帮着收拾好行囊，我去向秦奋告别。到了秦奋住室，见门关闭着，听到他打鼾的声音。我不忍打搅，留下一张纸条："老同学，我已被免职，夜间走了，请转告各位常委。"

走出县委大院，送翠姐上路返回省城，我神不知鬼不觉地离开溪流。

夜，漆黑漆黑的，风一阵比一阵大。

前面，等着我的，是撤销职务，是阴谋杀害，是作为犯罪嫌疑人而监视居住，是闯一次鬼门关，是父亲命殒黄泉路……

第十八章

山重水复

一 装进"套子"里

在沉沉的黑夜里，"雪铁龙"缓缓驶入市委家属院。一种凄凉孤独之感，在我心里油然而生。

这个院子住着市委大大小小的官员。在外界看来，这个大院里来来往往的人，多少、大小都握有权力。家属身份也是复杂的，有的在市直单位当头头，有的是中层干部，有的是一般人员。或许是枕头风的作用，或是众茶余饭后的闲谈所悉，这些人传播起官员升迁、任免、调动的消息，具有可信性、便捷性和广泛性。即使是一般科员，甚至打字员、收发员，也是"近水楼台先得月""春江水暖鸭先知"，最先了解全市领导干部的变动情况。近朱者赤，近墨者黑。处于政治中心的圈子和氛围里，每个人都对官员的升降沉浮极为敏感，似乎反应过度，"世态炎凉"让你能强烈地感受到。市委工作七年，家搬进来四年，尤其当了"封疆大吏"，在这个大院所有人眼里，我是被高看的。往日，出出进进，相互碰面，大家总会点头示意，或者道声"你好"；关系密切的，会停住脚步说上一两句话，是那样自然而亲切。今晚，我被免了职。再进这个院子，我想起俄国作家安东·巴甫洛维奇·契诃夫的著名小说《装在套子里的人》，猛然觉得矮下去半截。似乎有种无形的东西，在周围筑起一堵高墙，我被和外界隔离开来。我怕见到每一个人，恨不能与世隔绝，把自己封闭起来。

正思索着，袁远提醒我："到家了。"把行李提到门口，他转身走了。

掏出钥匙，我轻轻打开房门，拉亮电棒，用嘴里的热气哈了哈手；脚冻得有些麻木，正要跺一跺，我下意识停住了。屋子生了炉子，暖暖的。我穿上棉拖鞋，倒杯开水，坐在沙发上，喝了两口。然后，从衣兜里掏出"红塔山"，抽出一支，我用打火机点上，吸了几口。稳稳神，我竭力镇静下来，想着如何向荷香解释发生的一切。

晚上，荷香看到京城电视台《曝光》栏目，顿觉有种毁灭性的东西，要吞噬我，要吞噬这个家。她心里"突突"直跳。她哪里知道，夜里又发生了我被免职的事情。此时，我卷起铺盖回家，成了失意落魄者，她更不会想到。至于外人，明天知道这消息，肯定认为我犯了严重错误。要不，县委书记干得好好的，怎么说撸就撸了？我无法解释，不能解释，只能回避。

荷香的心揪得紧紧的，一直悬着，半夜才迷迷糊糊睡去。我的一系列动作，竟然没把她惊醒。要小解了，她披上睡衣，走出卧室，看到在明晃晃的灯光下，我心事重重地坐在沙发上，才知道我回来了。

荷香揉了揉眼睛，走了过来，看了看放在旁边的包裹，问："咋这时候回来了？是不是市委把你开除了？"

"市委让我在家休息一段时间。"我轻描淡写地说。

"休息？你哄我吧？"荷香不信。

"我真的不是被开除，也不是被撤职，只是被免职。"事情隐瞒不住，我如实相告。

"开除、撤职和免职，有啥区别？"荷香问。

"相差太远了：犯罪判刑才开除，撤职是犯了严重错误，免职只是暂时停止工作，适当时候，会重新安排工作的。"我解释。

"免了职，不上班，发不发工资？"荷香问。

"按月照发，一分钱不少。"我语气肯定地说。

"只要不咋理你，不让干不干，全家人能在一起，安安生生过日子，比啥都强。"荷香舒了口气。

"好，以后，我天天陪着你，哪儿也不去，补补这几年的亏欠。"我道。

说了一阵话，俺俩回到卧室。看到荷香不那么紧张了，我心里如释重负；想到不用为工作繁忙了，躺在大床上，我呼呼大睡起来。

一觉醒来，已到九点。荷香去上班了，写了留言条："三毛，熬的小米山药粥，煎的荷包蛋，还有蒸馍，放在炉灶上锅里，小火保着温。你爱吃带汤汁的西红柿辣椒炒茄子，都切好了；葱段、蒜片、姜末、食盐，放在盘子里，香油倒在醋盅里。炒菜时，火稍大点，锅热了，先放油，起烟时，再加入调料，炸出味儿。之后，把几样菜一起倒进锅里，边翻边淋温水，炒熟了，少放些味精。晌午，我早点回来，给你包大葱羊肉馅饺子吃。"

走进厨房，我看到：西红柿已切成了薄片，青辣椒切成了细丝，茄子切成了长丁，香油和味精放在两个小勺里，淋锅的半碗水放在明显的地方。

我睡得晚，荷香走时不忍心惊醒。看了这张纸条和备下的东西，我很是激动：她浓浓的爱意，无微不至的周到，存留在我的心中，一生难以忘记。

吃罢饭，我无所事事，拿起遥控器，正要打开电视机，赵建军来了，手里拿着一张当天的《沙流河日报》。

我调走后，赵家冒赠送钱方一部高级轿车。作为回报，钱方提拔其儿子赵建军当了新闻科长。赵建军为人厚道，不是势利之徒，念及我是伯乐的情分、和他老爸赵家冒亲如弟兄的关系，一直不把我当外人。

来到我面前，赵建军拿出当天的《沙流河日报》，神情紧张地说："叔，叔，你看，你看。"我道："怎么了？"接过报纸，我第一眼就瞧见报纸头版头条发表的消息，大致内容是市委虚心接受媒体监督，昨夜举行紧急会议，决定免去李三毛中共溪流县委书记职务，由侯勇同志继任，决定由市委常委、宣传部部长钱方牵头，成立工作组，近日赴三岗调查粮损事件。那粗黑的字体，显要的位置，格外地醒目。

我敏锐意识到：市委在机关报上发布这条消息，是在表明对"三岗粮损事件"的态度：绝不含混，绝不拖延，绝不护短。此消息，无异于火上浇油，推波助澜。"火借风势，风借火威"，沙流河市十县一区将要掀起一场风暴，我被卷入到这场风暴的中心，成为焦点人物。

我该怎么办？如果见人诉苦，逢人喊冤，等于揭市领导的"短"，只能起负面作用，对自己带来不利影响。想起谷丰让翠姐捎来的写在信笺上的两句话："谨言慎行，静观其变。"我头脑冷静下来，决意闭门不出，保持沉默。

转移话题，我问赵建军："是不是市委都在议论我免职的事儿？"赵建军是个聪明人，脑筋来个急转弯，道："大家都为你鸣不平。"

此时，我感到被人同情也是一种悲哀。

赵建军看了看我，表情凝重地说："今天，市委得知消息，国务院调查组已经出发。省里通知，组建三级联合调查组，进驻三岗。"

我眼睛一亮："求之不得，有中央和省里派人调查，一定会正本清源，还我一个公道。"

赵建军说："叔，我觉得也是。"

我道："以后有啥情况，你及时言一声。"

"好，我记下了。"赵建军说，"叔，我爸去义乌参观小商品市场了，回来就来看你。你保重，我还有急事，走了。"

赵建军刚走，荷香回来了。一进门，她把刊登着同样内容的报纸，拿到家里，让我快看。我淡淡地说："已经看过了，不就是宣布我被免职，等待接受组织调查处理吗？"

荷香从小到大，长在温室里，突遇狂风暴雨，慌乱起来，以为就要天塌地陷了，就要大祸临头了。经受不起这种打击，她扒在我的肩上，哽噎着哭起来。

我劝了半天，她方才止住眼泪。

我问："咋回来这么早？"

荷香道："医院都在议论你的事儿。朱院长把我叫到办公室安排，说你这段时间思想压力大，要我不用正常上班了，在家陪陪你。"

我宽慰她："中央、省、市马上组建联合调查组，问题很快会查清楚的。"

俺俩正说话，逃生哥骑自行车带着大大爷来了。

见到这爷俩，荷香忙止住哭泣，抹了抹眼泪，起身让座。

大大爷，头上缠着羊肚白毛巾，身穿深蓝色的新棉衣，颈处露出白粗布衬衫领子，脚脖上缠着扎腿带子。

"天冷呵呵的，恁咋过来了？"我问。

大大爷说："夜晚上，从电视里看到你出事了，你爹的血压又高了，不能来，我过来瞧瞧。"

大大爷问："孩子，得罪谁了，出恁大的事？！"

我直言："那个害死我姐姐的王河水，有人告他，上边要求处理，我刚安排调查，他就出手了。"

闻听此言，大大爷温和慈祥的面容，瞬间动起怒来："这个王河水，跟咱家前世有仇呀咋的？你姐死在他手里，你娘受连累得绝症走了，如今又害你。"

"人与人相遇，是缘分。有的是善缘，有的是恶缘。"我想。

大大爷说："电视，我看了。怪不得，有恁多蹊跷。我搭眼就瞅出，事情不合常理。庄稼人年年往粮管所交小麦，湿度高于百分之十二点五，国家不收，入不了仓库。达到这个要求，小麦晒得干干的，收拾得净净的，一咬'咯嘣咯嘣'地响，甭说放在国库里，就是储存家里，三年两载也不会霉烂变质呀！再说，长虫（蛇）和老鼠是天敌，不可能在一块，咋会又有老鼠又有长虫。还有，过了立冬，长虫都钻到洞里冬眠，哪儿来的？孩子，他这是栽赃陷害。王河水为啥害你？肯定是没干好事，怕掉进去，才对你下狠手。甭怕，水搅得再混，也会澄清的。"大大爷是庄稼把式（行家），对他的话，我确信不疑。

我道："大大爷，有您老这话，我心里有'底'了。上面马上派人来查，会弄清楚的。"

吃罢饭，临走，大大爷再三叮嘱："孩子，放宽心，天会刮风下雨，路有坑坑洼洼，谁能挂没事牌？扛一扛，有过去的时候。"言犹未尽，老人下了楼，走两步，扭过头说："要想开呀，别老憋在家里，时间长了，会生病的。要不，你回老家住一段时间，散散心，解解闷。"

"您老的话，我记下了。"我连连点头道。

大大爷和逃生哥走后，我觉得困倦，便歪在床上歇息。被窝还没焐热，有人敲门。荷香打开门一看，忙唤我："三毛，侯勇来了。"

走出卧室，我倒杯水，招呼侯勇坐下。

侯勇说："市委催我明天到任，来看看你，想问问咋栽到粮食局长手里了。"

我谈了具体情况。

侯勇说："老同学，你太实太直了。上级领导批件多了，哪能太认真？像王河水这种人，不能轻易招惹。为啥前两任县委书记不动他？肯定是知道水深。他们心里清楚，如果弄不好，会伤及自身。你想没想过：王河水为啥陷害你？明摆着，他有致命问题，害怕被抓住，先下手了。你泥菩萨过河，自身不保，他才能安然无事。"

说实话，我当初只是不愿得罪王河水，想继续维持那种脆弱的关系，才迟迟下不了决心。无法推脱，我才让审计账务，满心希望他没有问题，对上面有个交代。看来，我头脑过于简单了。唉，我真不是当官的材料，打虎不成反受其伤！

侯勇："眼看就要提升市厅级领导，被人伸腿绊倒，付出的代价太沉重了。不过，老同学，你放心。等稳住阵脚，我替你报一箭之仇，会好好收拾这货！"

谈兴正浓，电话响了，是秦奋打来的。他讲："溪流县一帮领导过来看你，已过大闸路。"我刚想对侯勇说：正好，让大伙儿同你这位新书记见一见。话没出唇，侯勇赶紧摇头摆手，示意：此时，不宜见面。

我明白，侯勇的意思，人多嘴杂，怕来家里事情传扬出去，引起市委领导猜疑，惹出不必要的麻烦。

又聊了一会儿，侯勇走了，我又忙碌起来。

连续几天，我日日不得安宁，接待一拨又一拨前来看望、慰问和表示同情者。省委组织部对我考察过，如果不是节外生枝，我的政治命运将很快改变。事与愿违，我像坐"过山车"，急转而下。三岗"粮损事件"，马腾有"令"，不能吐出真情；仓库里的蛇和老鼠，有可能是做了"手脚"，但没有事实依据，尚未介入调查，不能明说直讲。要求审计，肃贪反腐，本是职责所在，也许真的打蛇打在"七寸"上，才导致疯狂反扑和陷害。可我最需要组织支持的关键时期，马腾不撑腰，还把我"撸"了，这是长谁的志气，灭谁的威风？还用回答吗？

满腹冤枉，无处倾诉，每每来人，我无法正面回答，只能顾左右而言他，搪塞敷衍。我成了蛤蚧，用坚硬的外壳，紧紧包裹着那颗柔软的内心，生怕有人触碰，伤口流血。可越是这样，越感到精神在受折磨。"囚"在房间里，我想静无法静，想躲躲不开，想到家属院或大街上，遛遛转转，散散心，排解郁闷，又不愿碰见熟人。我几乎要崩溃，几乎要疯掉，决定改变环境，回老家安宁安宁。谈了想法，荷香把我岳母叫过来照顾丫丫，陪我回了李家寨……

二 疗伤夹河套

跨过清水河大桥，到了南岸，就是夹河套，也叫"背河湾子"。这地方，让我有种远离和隔绝喧嚣与世俗的感觉，少了烦躁与不安。

天冷风寒，人们龟缩在屋里。野外，路上，没有行人。

我和荷香走进村子，在街道上，偶尔碰到些人。老少爷们对我丝毫不减平常的热情，个个微笑着打招呼。谁都不提及我摘帽掉官的事情——其实，收音机、电视机的普及，让夹河套不再闭塞，是不愿意看到我的尴尬，不愿戳到我的痛处。"打人不打脸，骂人不揭短。"这就是厚道，这就叫乡亲。每个人见了我，只问："回来了？""嗯。"我装着没事的样子，笑着应答。

在家里，父亲心疼儿子，知道帮不了什么，唯一能做的，就是不在伤口撒盐。他不谈我受到的委屈，让荷香和大凤在生活方面对我百般照顾。在这种呵护下，我的心情日日好起来。

寒潮过去，风息日暖。趁着天气好，荷香在家里拆拆洗洗，晾晒被褥、衣服，忙着做家务。

连续几天，我在村外的田垄里和乡间小道上徘徊、徜徉。脚下的一条条小路，一棵棵树木，一块块麦田，沟沟坡坡的草呀蒿的，还有缓缓流淌的清水河……让人感到还是那样熟悉、亲切，生出许多感慨。

村庄南头，是大块的农田。入了冬，麦苗经过几场霜降，不再"支棱"，匍匐在地上。再过些日子，到了数九寒天，北风朔吹，来场大雪，冰封雪冻，麦苗就像经历生死劫难，仿佛凤凰涅槃，等待浴火重生，犹如人"死"去，躺在太平间里，一冬休眠。过罢年，风和了，春暖了，渐渐复活，苏醒，焕发出盎然生机。进入夏季，对抗着干热风，对抗着倒伏，对抗着猛烈的暴雨，坚持完成自己的使命，不让主人失望，让农民获得丰收。

家家的小麦，大囤尖，小囤溜。"细粮""好面"，这些专属小麦的称谓，带给人遐想——为啥众多的农作物籽粒，都谓"粗粮""杂粮"？独有小麦称"细粮"，面粉叫"好面"？就这个问题，我曾经讨教过大大爷。老人说："其他粮食作物，都是春种秋收，有的是夏种秋收，唯有小麦从种到收，历经一年四季，春夏秋冬，吸取了大自然的精华，磨出的面细而白，蒸的馍馍，擀的面条，吃起来香甜、筋道、养人。村里粪堆哥的孩子，出生三个月，娘得病死了。没有奶吃，他饿得"哇哇"直哭。粪堆哥没有钱儿，买不起母羊下奶当替代品，便东邻西舍借好面，熬成粥，先是一勺一勺地，后来一碗一碗地喂养。靠着好面粥儿，这孩子不仅活了命，竟然长大成人。因此，粪堆哥给孩子起名叫麦娃。我不禁惊叹起小麦面粉的营养，惊叹她创造的生命奇迹。看来，一切美好的东西，优秀的品质，必须经历艰难曲折和严酷环境的锻炼。

从麦田的阡陌间走出来，我沿着灌溉渠前行。这条渠，直通村东的坡堤大闸。一九六九年，为了根治夹河套逢涝积水和遇旱浇地问题，建起了这座排灌站。两边的渠岸又宽又高，栽满了白杨树。它是极平凡的树木，栽种时在水中浸泡些时间，或者在根部围起一圈土，浇上水，就能成活。一旦成活，很泼皮，不娇贵，生存能力极强，耐淹耐旱，用途广泛。无论把它当圆木，还是做成板材，不弯不裂，坚硬非桐、楝、榆等树可比。所以，高山大川，黄土高岗，中原腹地，处处都有它的身影。怪不得，文学巨匠茅盾写下的《白杨礼赞》散文名篇，赞美其优秀品质……时值冬季，尽管杨树落光了叶子，只剩下光秃秃的枝和干，依然高傲地挺立着。我驻足而视，只见满身泛起青白的"晕"，外皮开裂着，可以计算出年轮。有棵粗大的老树，被淘气的孩子点燃柴草，根部烧焦了一大块，半腰砍得伤痕累累。它自我修复，受伤处的表皮长起疤痕，内层的木质变得坚硬如铁，避免再次伤害——割草的孩子，铲子铲不动，镰刀砍不进。木匠做家具时，不小心会拉断锯齿，卷了刨刃，连钉都钉不进去。树头的股权被风刮折，还是那么顽强地生长着。

清水河大堤的岸上，枯草野蒿，在风中摇曳。表面看，它的生命已经完结。其实，它的根，它落下的籽，并没有死，在土壤中闭目养神呢。等到春风一吹，春雨一下，便苏醒了，发出嫩嫩的芽儿，染绿大地。一年一度，春发夏长，循环往复，生生不息，正可谓"野火烧不尽，春风吹又生"。野草野花，为家乡的土地，为祖国的山川，无声无息地增色添彩。试想，假如只有庄稼和树木，没有它们，你不觉得大自然太过单调吗？你不觉得景色缺少美吗？狂风肆虐的时候，土尘不会弥天漫地吗？君不见，它是家畜的饲草，大牲口的"粮食"，牛羊靠它，能吃得膘肥体壮。它也是农家的烧柴，沤制之后成为有机肥料……这说明，公道并非无处不在。

站在河坡，看着清水河，我的思绪成了一条延长线：大禹治水，变堵为疏，自然形成一个水沟；久而久之，由于水流的冲刷，变为河沟。直到解放前，来往过河，垫上几块砖，就能到达对面。缺水干旱，常常干涸。后经两次大规模开挖，它才形成几十丈宽的大河，十余丈高的堤岸。水，再也不见断流的现象，都是半槽。到了夏季，遇到暴雨，水势凶猛，几乎接近堤顶。这很像一个人，有多大胸怀，就能包容多大的事情。站在高高的堤顶上，你会看到一道又一道的弯儿，仿佛是在培养河水经受挫折的意志和忍耐能力。

在我童年和少年时期，河水清澈见底，一窝窝的杂草，带着草腥味，青翠碧绿；鱼儿戏游，时而沉入水底，时而浮上水面；偶尔，有条大鱼跃出，打个翻身，荡起圈圈涟漪。记得沙流河市郊区有个叫"张二别子"的老汉，跟顾黑家连宗。他住在带篷子的小船上，下网捕鱼，经常逮到十几斤重的，像个胖娃娃，抱在怀里，好生得意。到了夏天，河沿的近坡，在野草丛里，有不少螃蟹窝，胳膊伸进去，就能抓到一两只，又大又肥。跳进河里洗澡，有时能踩到老鳖，小的如碗口，大的似鳌子。双手扣住，高高举起，大呼小叫。我和伙伴，光着身子，一个个像鸭子，玩不够。大人或吓唬，或哄叫，才肯上岸。细细想来，这一切是那么值得回味。

令人扼腕叹息的是，这条既能排涝又能灌溉的河，为生于斯长于斯的父老乡亲，趋利避害，造福避祸。而今，由于上游工业污水的排放，变得混浊起来，颜色发黑，有一股难闻的气味，生态遭到破坏。反作用的规律抗争了，鱼死虾亡，原来许多水生植物消失了，污染的水再无法灌溉农田。在惩处和警戒的同时，清水河依然默默地顺着弯弯曲曲的河床无声地流淌，扬清激浊，发挥自身净化的功能。

阳光下，清水河泛起的波纹，似乎暗藏着人生的密码，期待用智慧和探索去解读。一个又一个的漩涡，止步不前，就好像难以舒展的纠结。一次次卷起的浪花，仿佛那誓死不悔的灵魂。还有被污染的流水，绕过陡弯，依旧奔腾，犹如人间的智者。我身在仕途之中，行为窘拘，如同套上枷锁，需要拿出勇气去挣脱……

庄稼，树木，野草，河流，让我若有所悟。

我的根扎在夹河道的土壤里，生命源于千顷李讳名"杲"的始祖。

明朝洪武年间，中原饱经天灾兵祸，满目荒凉。先祖被府衙和官兵羁押着，用长长的麻绳拴住双手。途中，只有厨屎尿泡的时候，才能把手解开。解手，成为大小便的代名词。从山西洪洞县来到这片土地。几经辗转周折，落户李家寨，历经几代艰辛，创下偌大的家业，恪守家训，靠农耕和读书传世；其显赫的家世及仁慈孝道的美誉，天下闻名。

据传，康熙有次南巡，听说千顷李是一方巨富，便命朝廷官员前往购买芝麻。通过沙流河往京城水运，两个月芝麻没有穷尽，他感叹："真乃土财主也！"又传，千顷李进京赶考或做官赴任，沿途连井都买下，不喝外姓人的水。还传，千顷李长盛不衰的奥秘，藏在独特的丧葬习俗里：不摔老盆。老辈人讲，始祖合葬时，挖开墓坑，发现有个大大的瓦盆，里面满满的水，有条鲜活的大鲤鱼。水为财，指财富财源；当然，财也通才，即对国家有用之人。鱼是"余"的谐音，喻示财和才，永不枯竭。从此，凡办丧事，就将老盆囫囵掩埋了。

新中国成立之前，建立在封建社会土地制度基础之上的这个家族，才随着帝制的终结，呼啦啦大厦倾倒，昏惨惨泪灯熄灭。千顷李家族，希望不灭，习俗至今沿袭着。

土改时期，千顷李族人，一下子矮了半截，不敢昂首直腰。"文革"期间，成为地主富农分子的，经常戴着高帽子游街，就像走星星过月月。老子"黑五类"，子孙黑崽子。大我一茬的，娶不上老婆，李家寨成了远近闻名的"光棍"村。最典型的当数狗儿，爷爷是破落地主，父亲就没享上福。他连爷爷长得啥样都不清楚，在那个特殊年代，竟成了地主阶级的孝子贤孙，批来斗去。有一次，红卫兵强逼他双膝跪在砖碴瓦片上，鲜血直流。狗儿因而成了寡汉条子，直到摘掉"帽子"，才窝窝囊囊成个家。当然，也有的支系在解放前已经破落，有的抛掉了土地，实属侥幸。但由于宗族人口众多，虽然划为贫农、下中农，由于政府抑制宗族势力，打压"门头风"，屡遭排挤。村里历届党支书，都由贫雇农出身的杂姓人担任。

历史又一次迎来大变革。人与人平等齐肩，大家都凭本事靠能耐过日子。

我爷爷这个支系，牢记祖训，不凌弱，不恃强，做人低调内敛。门宗浃浃百余口，都是老老实实地种地。小时候，我姊妹四个，家里劳力少，劳力多的户怨声迭迭，说是白白养活我们。数年之后，二哥成了村里唯一的高中生，进城当了工人；我在小学做了民师，借调到公社，推荐上了大学，因此跳出农门。俺一家出了两个吃商品粮的，且在城里找下媳妇，惹得村里人很是羡慕。而今，我做了县官，规规矩矩做人，老老实实做事，对着窗外吹喇叭，名声在外，村民们引以为骄傲。俺家翻身了，逃生哥挑起村支书的大梁。

不光俺家，村里也有很大变化。每年有十几个孩子走进高等学府，李家寨成了有名的大学生村。不忘初中毕业返乡，村里找本书看都难，我背字典。去年，石头送我酬金，我没要，全部用来购买图书。小学校长张老师做图书馆馆长，学校的孩子和村里文化人有了精神食粮。读书，在村里已蔚然成风。关于我的故事，村里广为流传，什么"半夜煤油灯下读书烧着帽檐不知道"呀，"走路看书撞树上"呀，"看庄稼时背字典"呀，"全省作文状元"呀，"安排村里人进城炸油条"呀，"当县委书记骑自行车下乡"呀，等等，等等。乡亲们不时地抖搂出来，教育和激励自己的孩子，发愤学习，立志成才。

"命里只有九升米，走遍天下不满斗。"我突然被免职，一时接受不了，怀疑是不是就这命。老话讲："人的命，天注定，胡思乱想没有用。"以前，我不服，举出许多例证否定。这些天，反反复复琢磨，我恍然大悟：所谓命，就是出身的家庭背景。你是贫穷农村的孩子，人家是城市领导的公子千金，天上地下，命咋能一样？运，就不同了，靠的是天赋、勤奋、机遇。比如，我和夏秋，走过的人生道路就大不相同。一个人，究竟有多大的发展空间，并非完全取决于自身的天赋和努力，还要看家庭背景、人脉资源、政治生态环境，以及机缘，包括巧合。尤其是机缘，或者称巧合，极为八卦，没有标准答案。就像一位规规矩矩的司机，你照章驾驶，保不准碰上个莽撞的，造成车毁人亡。至于说，道路上车辆来来往往，为什么单单伤到的是你，而不是别人？只能解释为运气不好，自认倒霉。更有甚者，在一个"交通秩序"混乱的环境里，你守规矩，别人横冲直撞，照样倒霉。反思我的仕途"翻车"，实属运势不佳。或许命中注定，王河水就是克星，前世的冤家对头，我压根就是短命的县官，就没有当高官的那命。想到这里，我释然了。

一个国家，一个家族，一个大人物，甚至于庄稼、草木、河流，尚且有灾有难，都要遭遇坎坷曲折，何况我乎？我不就是被免职、暂且休息吗？中央、省、市已派出联合调查组，用不了多久，就会瓜清水白，耐心等待吧。

清水河的灵性，淤土地的哲学，草木稼禾的启迪，千顷李的沧桑，族人放低姿态的生活，让我渐渐平静下来，心中的创伤开始愈合，思想负担慢慢卸了下来。

七八天过去，我和荷香有说有笑地回到沙流河市的家……

三　撤职

蜗居家里，人闲心不宁。三岗"粮损事件"的消息，通过不同渠道，源源不断传来。

联合调查组，手持尚方宝剑，每个举措，每个步骤，都引起全市上下密切关注。

进行到最后阶段，纪检、监察机关介入，三岗镇党委书记乔大山，以涉嫌"玩忽职守罪"监视居住。这如投掷下一颗炸弹，产生巨大冲击波。

从县到市，有可能受到牵连者，无不提心吊胆。时而风传："中央某领导讲了，不论涉及谁，都要一查到底，坚决追究责任"；时而传言："市委书记要引咎辞职，市长要撤职查办"；又有传言称："事件与我无关，我被解脱。"各种说法，犹如不定向的风，"呼"地刮往西，"呼"地吹往东。

人们关注事态发展，怀着不同心态，有的看热闹，有的怕卷入，有的欢乐，有的发愁。"君子坦荡荡，小人长戚戚。"我是无辜的，事不关己，冷眼旁观，谨言慎行，静观其变，坚信这场戏收场时，一定会拿住"奸贼"，捉住"真凶"。

过了几日，风平浪静。我想："粮损事件"惊天动地，仅仅"牺牲"一个乔大山，就偃旗息鼓了，真是想不到！

一天午休后，我和荷香正在谈笑，秘书姚笛打来电话，要我到马腾书记办公室，说是领导们等着谈话。我心里小高兴：以为三岗"粮损事件"调查结束，我被解脱，市委对我重新任用，便匆匆赶了过去。

到了地方，一脚踏进门里，我瞧见马腾和参与联合调查组的钱方，还有纪委书记杨剑，表情严肃地聊着什么，心里凉了半截儿。凭官场经验，我知道市委领导找干部谈话，大凡有纪委书记在场，不会有什么好事儿。今天，看到这阵势，我有种不祥的预感。掏出一支烟，我抖动着手，慢慢点燃，深吸一口，用来掩饰内心的恐慌和不安。

沉默一会儿，杨剑欠了欠身子，正了正衣襟，露出一口洁白的碎牙，郑重向我宣布：根据联合调查组建议，按照干部管理权限，经市委常委研究决定，鉴于李三毛同志在担任溪流县委书记期间，三岗镇发生"粮损事件"，造成百万斤小麦霉烂变质，给国家造成巨大损失，负有不可推卸的领导责任。为了严肃党的纪律，作出如下处理：一、给予党内严重警告；二、撤销原任县委书记职务；三、级别由正处降为副处，相应下调工资待遇。

我听罢，如遭五雷轰顶。失去理智，我高声大叫地说道："绝不接受这个处理意见！我要向上级党组织申诉！"

"三毛同志，别太激动。"钱方表情诡异，似在幸灾乐祸，咧了咧嘴笑道，"这不是市委的意见。参与联合调查之前，马书记找我谈话，要求尽可能为你开脱，可决定权主导权在国务院调查组，而市委只是协调配合，根本说不上话。带队的胡部长态度很明确，称中央首长有批示，必须追究你的领导责任。不对你作出处理，市领导无法交差。"

我一听这番话，气得浑身打战，顶撞钱方："你去参加调查之前，我专门找你谈过，可能有人蓄意栽赃陷害，你咋不向国务院调查组反映呀？"

钱方狡黠地笑笑："你反映的情况无据无证，不便作为建议提出呀！再说，这次调查只是核实粮损数字，没让涉及其他问题。"

我反唇相讥："三岗镇管辖权你咋不讲清楚？为啥拿我当冤大头呀？"这句话呛得钱方无言应对。

马腾赶快打圆场："三毛同志别激动，我代表市委保证，一定如期撤销对你的处分。就两年时间，很快就过去了。暂时先休息，等一段时间，风头过去，市委会给你安排适当工作的。"

一听又是"哄"人，骗我当"替罪羊"，继续为他背"黑锅"。我坚决拒绝签字。在处分文件上，我一连写了五个大大的"冤"字，并用了感叹号。在空白页面，我陈述：一、三岗粮损事件，市委已单列直接管辖的特别实验区，不应由我负责；二、当年仓库粮食，按国家标准收购，不可能发生霉变，是有人栽赃陷害，建议组织彻查此事；三、县委负责重大经济决策，一个镇粮仓的管理，不该由县委书记负主要责任。

末了，我表明：市委一定要处分我，作为共产党员，将保留向省委向中央申诉的权利。

亮罢态度，没向他们打任何招呼，我愤然离去。

回到家里，荷香见我阴沉着脸，迭声问："咋了？咋了？"我当做没听见，囫囵身子，倒在床上，两眼直直地盯着天花板发呆。

荷香吓坏了，手足无措。从俺俩结婚起，十几年了，大事小事，包括计划生育要受处罚，在她面前，我都是坦然的，从没有精神上崩塌、沮丧过。见我如此，她不敢再吭声，悄悄抹眼泪。

在溪流县任职四年，我尽职尽责，上不负苍天，下无愧黎民，有口皆碑，结果却背个重处分。党内严重警告，降级降薪，装进档案里，成为一生的污点，就像一块疤痕，长在身上，伤在心里，永远不会平复。从小学到初中，我获得的奖状，贴满家里墙壁；从参加工作到现在，我受过无数次表彰。人生之路虽然并不平坦，可蒙受冤枉还是第一次。

饭不吃，茶不饮，心里翻江倒海，思索该怎么办。躺到深夜，以为荷香睡着了，我起了床，去到书房里。把门掩住，伏在桌子上，打开台灯，我写起申诉书，决定第二天就去省委反映情况，要求市委纠正错误的处理决定。

荷香并未熟睡，想着我去解手。等了一阵，不见回来，到卫生间去找，不见影子，她慌了：深夜里，人会去哪里呢？

穿好衣服，拿个手电筒，荷香从屋里出来，在院子里四处寻找。北风一阵紧似一阵地吹，天下起雨夹雪，地面结了冰，冰上落层薄雪。远远看到一个人影出了家属院，隐隐约约有点像我，荷香尾随而去。

那个像我的人，到了八一路口，朝着沙流河堤岸北行，迈开大步，越走越快。荷香心头一震：三毛莫非想不开，要去投河？

撵到河堤，不见了人。荷香更焦急，带着哭腔，大叫大喊我的名字，除了北风在呼啸，没有回应。

荷香用手电筒仔细照照，下河堤的地方没有脚印。人去哪里了呢？正纳闷，听到过了桥的河对岸晃动的黑影，高声咳嗽几下，荷香辨别出来，那不是我，转身回来。

这一切，我全然不知。

全神贯注，等写过申诉书，斟酌再三，找出信封装好，我稍稍平静下来，觉得又冷又饿。站起身，从书房走出来，我泡碗方便面，正准备吃，荷香开门进屋。

不解，我问："你啥时候出去了？"

"老天爷，人在家里呀？"荷香又惊又喜。

"我在书房写材料哩。"我随口道。

荷香扑在我怀里，边哭边说："要是今夜找不到你，我就不活了！"

"你放心，不会寻短见。"我自责起来：男子汉，大丈夫，乃家庭顶梁柱，倘若倒下，"天"岂不塌下来？咋能只顾个人情绪，不考虑荷香的感受？

看我要吃方便面，荷香一把夺过来，放在桌子上，说："大冬天的，空着肚子，熬了几个时辰，吃这有啥营养？"她挽起袖子，走进灶房，一会儿工夫，做好一大碗热腾腾的葱花面条，打了两个荷包蛋，端了过来，道："别糟蹋自己，喝下去，暖暖身子。"我激动地接过碗，一股热流涌遍全身，情绪舒缓许多。

想到荷香不知原委，担惊受怕，我强打精神，露出笑容。

看到我的表情，荷香试探着问："从来没见你击垮过，出了什么大事儿？"

听我一五一十讲过，荷香心里一沉，道："天哪！当市委书记的，有事不敢当，让下级'顶包'，真是罕见！"

"所以，才无法接受。"我说。

"你打算怎样？"

"神争一炉香，人争一口气。不然，我会憋死，要去省里告状。"

"马腾这样大的官，你能告倒他？"

"没想咋着他，只是要求上级责成市委纠正对我错误的处理决定。"

"上级会听你的？"

我为荷香壮胆，也为自己打气，语气肯定地说："共产党领导的天下，上有省委，再上有中央，不会冤枉一个县委书记。"

"我帮不了啥忙，你去吧。"荷香道。

我嘱咐："我走后，要是有人找，有人问，不管是谁，就说老家有事儿，回去了。"

荷香点点头，道："一个人外出办事，要照顾好自己。烦了闷了，不痛快，去找张翠说说话儿。"

唯恐我受委屈，荷香不再把翠姐当情敌，而是共同护佑的盟友。

雪花零零星星的，稀稀疏疏的，轻飘，乱飞，漫舞。一夜虽然未停，地上仅有极薄的一层。外面，成为白色的世界。路上结了冰，又光又滑。大街上，行人小心翼翼，只怕稍不留神，摔个仰面朝天。

心中的火焰在熊熊燃烧，有种力量推动着，我要是不爆发和释放，五脏六腑就会熔为灰烬。

我被撤销职务，失去权力，连坐车都要自己想办法，张口求人。求谁呢？我这是去省里喊冤，告的是市委书记，不能向张明、朱文、赵家冒借车。万一传扬出去，会连累他们。隐瞒实情，我向石头打电话，谎称有急事，提出借车使用。石头问："公事，还是私事？"我说："无官无职，哪来的公事！"

人，在晦气的时候，称二斤盐也生蛆，喝口凉水也硌牙。

石头说："三部小车，一部撞了，正在大修；另两部，出远差，全在外地。"我讲："公司不是还有一辆人货两用的半截头车吗？"石头说："也不能坐半截头呀！"我讲："有事，急用，半截头就半截头吧。"石头说："我让袁枝二哥的孩子建新去，他在部队时跟首长当几年司机，开车稳当。"

"那好，九点钟，你让建新把车停在市委对面西边的儿童街路口等候，我准时过去。"我安排石头。

上班时间过去，我穿着半大棉衣，胳肢窝里夹个小皮包，刚走出房门，被荷香喊了回来。

我问："啥事？"

荷香："天太冷，你换上厚毛裤。"

我遵令而行。

荷香又叮咛："有事没事，别忘了往家打个电话，免得我挂牵。"

我点头答应。

下了楼，我四处瞅瞅，寂静无人。把夹包放在棉衣里面，放轻脚步，我悄悄溜出家属院。穿过大道，到了路南沿，我目不斜视，绕过市委，到了儿童街口。半截头车停在西侧商场前面，我走了过去。建新打开车门，我坐在副驾驶座位上，把夹包放在前面挡风玻璃下，向着平原市方向，往省城去了。

四　申诉

深冬，又是下雪天，凛冽的北风，"飕飕"地刮着，大平原上寒气袭人。一路上，通往省城大道两旁的树木枝条，成了冰棍，相互碰撞摩擦着，发出"哗啦啦"的响声。鸟儿不知藏在何处，没有了踪影，没有了喧闹的鸣叫。人们退守到室内，紧闭房门，守在温暖的火炉旁。太阳躲起来，不愿露面了。田野空旷寂静，干枯的草儿，绿色的麦苗，还有污浊的沟水，牲畜的粪便，废物垃圾，全都被冰雪覆盖着，白花花的，仿佛成了纯洁的世界。

出了市区，半截头车走到郊外。偶尔，我见到麦田里有几只饥饿寻食的大雁，两爪粘在冻结的泥土里，动弹不得，发出此起彼伏的"嘎嘎"哀鸣。贪婪珍禽美味的人，很是幸灾乐祸，拿着竹筛、箩筐、网子等各种样式的工具，捕捉落难的大雁。每逮到一只，他们便欣喜若狂，大呼大笑。有一只大雁，从捕猎者手中挣脱，凄惨地叫着，拼命地扑打翅膀飞向远方……望着眼前的景象，我联想起这些从西伯利亚来到这里的候鸟，在头雁的带领下，成群结队地飞翔在天空中，扑扇着翅膀，一会儿飞成"人"字，一会儿排成"一"字，多么富有诗情画意呀！它们以为选择在中原温带气候区栖息，就安然无恙了，却不会知晓，在这严寒的冬季，为了寻觅食物，也有生命遭遇威胁的危险。听老年人说，大雁离群就成了独雁，一旦成了独雁，很容易受到敌害。触景生情，我心里有些酸楚，有些悲凉。

进入溪流县境，我看到一望无际的枣粮间作林，耳际回荡起秋季田野里打枣的欢声笑语。那一棵棵栽种整齐的枣树，不辜负它的主人，用丰收的果实给予回报。最讲实惠的农民，把它们当成了宝贝，甚为金贵。入冬前，树身刷上了白灰，以防止虫害；有的缠上道道草绳，避免寒冷冻坏。眼下，它们尽管空着枝头，没有了生命的充盈和饱满，却依然在风雪中挺拔直立着，深信离春天不会遥远了。它们做着美好的梦儿，正在积蓄新的能量，等待夏的来临，再度焕发蓬勃的生机，开花长叶，准备做出更大的奉献。枣树呀，你们年龄尚小，少不更事，不会懂得人世间的复杂，人生的艰难和命运的多舛。更不会知道，让你们造福乡里的领头人，创下事业辉煌、声名显赫的县委书记，如今遭遇厄运了。此刻，他蒙受冤枉，万般委屈，眼前一片迷茫，正孤孤单单、可怜巴巴地走在申诉的路上……

建新在轮胎上捆了防滑链，小心翼翼前行，不敢放开跑，一个小时只能行驶三十几华里。遇到情况，紧急刹车，发出"吱吱"的响声，地上划出长长的轮胎印痕。本来三个小时的路程，到了大半下午，方才进入平原市郊。

正庆幸，快要安全到达，从道路左侧突然窜出一条狗来。建新躲避，下意识向右边打方向盘。用力过猛，半截头车驶进路沟里。猝不及防，身子猛然前倾，我的头撞在车窗上，一阵发蒙。玻璃没烂，额部磕伤了指甲盖大一块，木疼木疼的。

建新像个犯错误的孩子，看我额头有破皮伤，忙问："表爷，碍事不碍事？"我对着倒车镜照照，安慰他："没事，没事。"

绕半截头车转一圈，看到车辆完好无损，建新松了口气。

车驶进沟里，俺俩推不上来。我站在大路中间，拦截过往车辆，求人拖车。

这种天气，过往车辆很少，也碰不到行人。等了好久，看不到车的影子。北风凌厉地吹着，脸生疼生疼的，手脚麻木。

焦急之时，看到远远过来一辆货车。站在路中间，我伸手去拦。司机坐在驾驶室，气呼呼地说："有你这样拦车的吗？想干啥？"我赔着笑脸，递了盒红塔山烟，说明原委。听罢，司机口气缓和了许多，说："对不起，帮不上忙。"我问："为啥？"司机讲："没带钢丝绳。"建新接话："俺有。"司机打开门，下了车，道："还要赶路哩，快点呀。"建新手脚麻利，取出钢丝绳，把两辆车后尾过梁缠好，悠着劲儿，慢慢地把半截头拉出来。

进入市内，已近黄昏，我打算住在平原饭店。经过对面路口，不知做什么地下工程，挖了一条深沟，过往车辆排起长队，缓慢地爬坡通过。

半截头车快到出口时，一个维持秩序的中年人招手让停下。建新摇起驾驶室的玻璃，那人伸进头，说："后排座上的玻璃窗不要打开，当心安全。"俺俩扭头瞧瞧答道："后面没有东西。"穿制服的中年人摆摆手："好，走吧。"

到平原饭店，建新把半截头车停在院里。然后，俺俩去登记室安排住宿。服务员要身份证，我掏上衣兜，没有；几个兜，掏遍了，只找到工作证。这才想起所带的东西，放在了夹包里，落在了车上。在担任县委书记期间，我每次出差都有工作人员跟着，养成了当甩手掌柜的习惯，忘了带上。

正要去拿，建新让我等着，一溜小跑地出去了。等了会儿，建新回来了，摇着头说："夹包，车上找遍了，没有。"

通过深沟爬坡的情景在脑海闪现，我忙呼："坏了！小偷把包偷走了。"报案，亡羊补牢，晚矣。天呐，大哥大，电话本，还有两千块钱，身份证，都在里面，可咋办呀？我的头上冒出汗来。

建新说："表爷，不怕，我有身份证；钱，没问题，俺姑父知道你出来办事，让我带着钱哩。"

只好住下再说，身份证丢了，我拿出工作证。服务员看都不看："别的证件无效。"

建新灵机一动道："我们县委李书记的证件，小偷偷走了，我有身份证作担保，总行吧？"

服务员让我重新出示工作证，瞧了瞧，问："你真是县委书记？"

我心虚起来，又不能否认："难道不像？"

服务员说："我随便问问，你们登记吧。"

建新要了两个标准间。

下榻之后，我向翠姐打电话，让带些钱过来，报了房间号。不到一个小时，她就急急地赶了过来。看我气色欠佳，精神不振，一副狼狈相，额头受伤处青紫，翠姐忙问出了啥事。我讲了蒙受的冤屈，讲了途中发生的情况，讲了被盗的事情。翠姐眉头紧蹙，默默听过，说："事已出来了，甭着急。"

关心我的伤势，翠姐说："会不会脑震荡呀？"我讲："没有恁严重，就是撞一下。"她非要让去医院检查，我坚决不肯，才算作罢。在饭店医疗室，我抹了消炎杀菌的碘酒，翠姐略略放心。

吃过晚饭，翠姐问我咋安排。我说："咱先去谷书记家，听听他的意见。如果需要面见省委李书记，让他牵线搭桥。"

"我也是这么想的。"翠姐道。

这时，建新来了，将一个鼓囊囊的信封递给我："表爷，这里面是钱，你带上，办事用。"

"我带得有，先放着吧，用时再拿出来。"翠姐对建新讲。

"需要开车吗？"建新问。

"就在近处，用不着。"我道。

看我和翠姐商量事情，建新去自己的房间了。

"轻易不去谷书记家里，我想买几条中华烟带上，中不中？"我征求翠姐意见。

"谷书记不缺名烟名酒，拿这些东西也显得外气。谷老爷子年纪大了，腿脚不好，我做了双棉鞋，咱送过去就是了，别的不拿了吧？"翠姐说。

"空着手去，总觉缺礼。"我道。

"我的童装店路对面，沙流河市区张记小磨芝麻油，又纯又香，在那里开了个店。要么，掂一壶十斤装的，就说从老家带来的。"翠姐说。

我随翠姐去到童装店，带上棉布鞋，把那壶香油装在手提袋里，打辆"面的"，直接去到省委机关大院的解放路中段南侧。

挨着机关东墙，有条胡同。朝南走五十米，是省委领导家属院，设有登记室，电动大门，两侧各有一名武警，双腿并齐，站立在执勤岗亭上，双目直视，戴副白手套，持枪荷弹。

翠姐走到登记室，值班人员姓张，立即认出来了，点头示意，主动打招呼。履行过登记手续，他通了电话。得到准许，俺俩走了进去。

省委领导家属院，神秘而森严，夜灯通明，亮如白昼。每座皆是三层小楼，单栋独立，四周围着高墙，类似别墅。来到五号小院，翠姐摁了摁门铃。

不大一会儿，门开了。有位干净利索的中年妇女，腰里系着围裙，一看就是保姆，笑吟吟地说："翠儿，来了。"翠姐还礼："赵姐，好。"

等俺俩进去，院门又关上。

翠姐领我直接到了屋子里。谷丰家人刚吃罢饭，聚在餐厅里，见了翠姐，热情相迎。翠姐指着我介绍："这是三毛，俺孩他爸。"谷丰的爱人杜素云笑说："认识，认识。"随后，她热情让座，保姆倒了两杯水。谷老爷子见到翠姐，格外亲切："闺女，恁长时间咋没来家？怪想的。"翠姐道："我抽空做了双棉布鞋，您老穿上试试，看合不合适。"老人接过来，穿在脚上，在地上走走："舒适，暖和。"

没看到谷丰，翠姐问杜素云："阿姨，谷叔不在家吗？""陪客呢，刚才打过电话，快回来了。"杜素云答。

闲聊一阵儿，谷丰回来了。看到我，谷丰说："正想着见见你，来得正好。"

谷丰要会客，家人回到楼上，翠姐随老爷子去房间说话。

对面而坐，谷丰瞅我一眼，说："市委找你谈话了？"

"嗯。就是想不通，为啥要处分我。"

"实事求是难，勇于承担责任说是容易做起来难呀！"谷丰感叹。

我讲了王河水的犯罪嫌疑，以及受到处分的情况，申述三岗粮损事件根本与我无关的事实。

默默听着，谷丰未言未语。

看他不吭不哈，我拿出申诉材料。接过去，他瞧得特别仔细。看到后面，他又翻过来，挑重点重复细阅。沉思片刻，他冷不丁地问："你来找我，有人知道吗？"

"除了荷香，无人晓得。"

回答过，我恍惚觉得：谷丰不愿意为一个无职无官的人，得罪市委书记马腾。

满以为，谷丰会拍案而起，会对我安慰一番。出乎意料，他是这种态度，让我不觉意冷心寒。怪不得，有人云："官场无情。"

我有些失望，真想起身离开。理智告诉我：不可冲动，除了谷丰，还能指望谁？

"想不开，就睡一觉；有委屈，暂且忍耐。不然，事情会更复杂。三毛，你要相信组织，会还你公道。"听谷丰这样讲，我踏实许多。

仿佛抓住救命稻草，我叫苦道："谷书记，你是老领导，对我是了解的，我太冤了！"

谷丰有所触动，拿起电话，拨打省委总机："给我接李书记家。"

电话那头传来一个女人声音："老谷啊，老李还没回来，在办公室呢。"

谷丰又让总机接李书记办公室，听到对方讲："谷丰同志，有事吗？"

"你还记得原溪流县委书记李三毛吗？他专程赶来找你，有情况反映，你看是否见一见？"

"明天上午不行，你是知道的，要开常委会。下午，人大汇报工作。之后，财政厅、人事厅等几个单位的负责人，也在排队。看时间吧，我交代一下，让他跟杜秘书保持联系。"

通话结束，谷丰叮嘱："李书记特别忙，你早点去等着。"

我说："来时，小偷偷走了夹包，没有杜秘书的电话。"

谷丰写了杜秘书的电话号码，交给了我。

从谷丰家出来，直接去到平原饭店。刚刚坐下，翠姐就急切地问我和谷丰谈话的内容，我原原本本讲述一遍。听了，她劝我："没有锯不倒的树。谷书记让你耐心等待，自然有道理，有些话不便明说，你就耐住性子等吧。"

想想也是，事情不由个人决定，只能等待转机。

翠姐要走，我挽留："天晚了，住下吧。"

"这段时间正在严打，万一公安查房，可就说不清了，没事甭找事。"

"误会了，是让你睡在这个房间，我和建新住一块。"我解释。

"不了，明天，我早些过来。"翠姐起身正欲告别，听到有人敲门。

以为建新过来，我趿踏着拖鞋打开房门。

进来两个警察。我有些紧张：身份证丢失了，要是盘问俺俩，虽不能咋的，可要麻缠半天，才能洗清楚。

警察用审视的目光，瞧瞧我，瞅瞅翠姐。

翠姐灵机一动："俺俩是姑表姐弟，刚从省委南院谷书记家过来，才说几句话。"

"你是不是叫李三毛?"其中一个警察问我。

"是啊,有事吗?"我反问。

"你丢没丢东西?"另一个警察问。

明白了意思,我回答:"丢了个夹包,里面装两千块钱,一部大哥大,还有身份证、电话号码本。"我瞅了瞅两个警察:"你们捡到了?"

两个警察露出惊喜的表情,陈述了事实:"这几日,对面开挖深沟,安装暖气管道,外地车辆通过时,屡屡被盗。所里派俺俩身着便衣暗里盯梢,看到小偷在你们的半截头车上掠个小包,追半华里路,抓住了。回头再找,你们走了。寻了几家旅馆,终于见到失主。"

夹包失而复得,我激动而兴奋,说了一大堆感谢的话。

两个警察一个询问,一个记录,让我和建新讲述前后经过。之后,交给我认真看一看,确认没有出入,让签了字。又拿出红色印泥,在几处和姓名上,让俺俩摁了摁指印。

两个警察走了,翠姐随后而去,建新去了他的房间。

是夜,我辗转反侧,久未入眠。当我醒来,已到次日半上午。

翠姐早来了,不忍打扰,一直等在建新的房间里。

下午上班时间,翠姐陪我去找李彬。她在外面等着,我进了省委南大院。

院内最后一栋楼二层东头南侧,是李彬的套房,杜秘书在北侧一面对门办公。

见了面,师出同门,和尚不亲帽子亲,杜秘书对我十分友好,嘘寒问暖。闲话之后,他说:"老学兄,李书记上次去溪流调研,对你工作非常满意。组织部门考察,汇报时高度评价。没想到,出了'粮损事件',李书记看了京城《曝光》栏目,连连摇头叹息。"我讲了王河水的犯罪嫌疑,谈了代市委受的情况。杜秘书甚是同情:"你耐心等待,把问题向李书记汇报清楚。"

原想,我会等到下班时间才能见到李彬。不料,人大汇报过工作,李彬便接待了我。

对我不像对待"犯错误"的基层干部,显得很温和,说:"三毛同志,冰天雪地的,你专程赶来,有什么情况,莫要急,慢慢讲。"

我不再拘谨,提开"闸门",把要反映的情况,从头到尾说了个明白。重点讲了粮损事件是王河水栽赃陷害,我受到的处理是冤枉的,我掏出申诉材料,递给李彬。所写内容和讲的基本相同,粗粗看一遍,他说:"请你相信,省委不会冤枉一位优秀青年干部。这次，对你的处理意见，是国务院调查组的建议。他们刚离开，就立马推翻，不太好，需要停一停，冷处理。过一段时间吧，省委会根据你的申诉，把事实查清。选择合适的时候，我亲自去向中央首长汇报，有错必纠嘛。"

"你还有别的事情吗？"敲锣听声，听话听音。我知道还有几位厅级领导等着汇报工作，这是下"逐客令"，便起身告辞。

下了办公楼，看到西边的天空，穿过厚厚的云层缝隙，透出太阳亮晃晃的光，我的心情开朗了许多。

走出省委大院，我瞅了瞅，见翠姐在大路对面。头上系条米黄色围巾，穿件深红色棉袄，不顾风寒，她来来回回地走动着。看到我，她小跑迎上前。从我的微笑里，聪明的翠姐读懂了意思。

五　凶险的谋杀

怕赶在夜间，天黑路滑不安全，翠姐劝说我又在平原饭店住了一宿，才返回沙流河市。

行程中，我仔细思考谷丰委婉表达了对马腾的不满。他讲的话，虽然是官话，已向我暗示，不会坐视不管；省委书记李彬对我这个丢官去职的人，没有半点睥睨，坦诚相待，态度明确。两位领导给了我莫大安慰和期盼。一路上，犹如春风拂面，吹散了脸上的乌云，我神采飞扬。

进了家，荷香看我与走时相比，判若两人。看我高兴，问过情况，她很是欢喜。

想到柳暗花明盼有时，我提出小酌几杯，随后拿出一瓶平时喜欢喝的宋河酒，让荷香油炸个花生米，削盘白萝卜干，别的啥都不弄。

一会儿工夫，菜做好了，放在茶几上。荷香取出两个酒杯，倒满，说："今晚，我陪你喝。"

"太阳打西边出来了。"我有些惊诧，"真的？"

"你喝，我沾沾嘴唇就算，凑个热闹。"荷香道。

"好，权当助兴。"我笑着说。

刚举起杯，侯勇进来——门虚掩着，没有关严。侯勇留着偏分头，长脸，尖下巴，极善讨巧。生于干部家庭，父亲当过县委书记。读大学时，他钱和粮票充裕，吃穿讲究，气质不俗。今天，他披件蓝色毛呢子大衣，内穿白衬衫、灰色鸡心领毛衣，外边是咖啡色的羊皮夹克，脚上一双三截头牛皮鞋，潇洒倜傥。他手掂大提包，里面装两条大中华，两瓶茅台酒。看到俺俩小饮，他两眼放光："半下午，看到你了，便想一块坐坐。来得早，不如赶得巧。正好，你有雅兴，咱俩今晚喝个痛快。"

我让荷香再做几个菜。侯勇摆摆手，向附近的满香楼打电话："葛老板，你给我上六道最好的菜，送到市委家属院新二号楼东单元三楼西户。"

"在我家，你这是干啥？"我问。

"今天我请你，应当由我安排。"侯勇说。

"原因呢？"我问。

"县里评选突出贡献人物，你获特等奖，县委决定给你发个大红包。"侯勇掏出县委县政府联合颁发的证书，并从手提包里拿出五万块钱，放在桌上，"你得了大奖，喜事呀，庆贺庆贺。"

背怎大个处分，我反倒得了一大笔奖金。这笔钱，像是天上掉馅饼，相当于我十年的工资。

我纳闷：官场都是后任否定前任，各吹各的号，各唱各的调，这位学兄难道吃了迷魂药？

侯勇猜出我在想什么，说："你栽树，我乘凉，坐享其成，何乐不为，折腾个啥？一张蓝图绘到底嘛！"

这货真是"混家"！我暗自感叹。

侯勇："老同学，昨天晚上来看你，听荷香说你回老家了，大叔好吧？"

我："除了血压高，没大毛病。"

侯勇："咱婶早过世了，把叔接来生活算了。"

我："谁说不是哩？可他'穷家难舍，故土难离'。好不容易才做通工作，正要接过来，我出了这场事儿。一阵风接一阵雨的，怕老人受刺激。等消停下来，我就去办。"

满香楼的服务员把菜送来摆上餐桌，我想起王升，我们都是大学同学，刚到人大当副秘书长，也算喜事一桩，便说："把王升喊过来，咱仨聚聚。"

"改个时间吧，我想同你单独聊一聊。"

侯勇既然这么说，我只好随了他的心意。

"不用小杯，用茶杯。"侯勇讲。

客人如是说，主家只有顺从。

碰了几次，满杯饮尽。俺俩有了微微醉意——也许正是我这位老同学想要达到的"火候"，或者是有意营造的气氛。

侯勇："老同学，咱俩谁和谁呀，不要外气，这个县委书记，我干你干都一样。想到外地游玩散心，或需要报销啥的，你言一声。"

我"虚虚"地应着："好，好。"

又碰了一满杯，侯勇吐出真言："实不相瞒，马腾书记让我来做你的工作，千万不要向上边申诉。你提出彻查王河水的建议，市委已经采纳。一旦水落石出，市委和你都没有责任了。对你的处分，顺理成章地就撤销了。"

我："只要能洗清冤屈，我也不想得罪市委领导。"

侯勇："老同学，这就对了。市委是出于压力，才被迫处理你的。马腾书记让我传话，过段时间，准确地说，春节之后，给你安排一个合适单位，让你当副局长主持工作，当不是一把手的一把手。问题查清后，立马把你扶正。"

我："你讲的可是真的？"

侯勇："咱俩这关系，我不会假传圣旨的！"

我："万一查不清呢？"

侯勇："今天上午，公安局找我汇报工作，盛局长透露：省厅已下达指示，称奉省委领导指示，要求对'粮损事件'背后真相，暗里展开侦查，限期告破此案。"

"肯定是我的申诉起了作用，李彬书记真乃雷厉风行。"我想。

酒足话尽，送走侯勇，我仿佛觉得这位老同学，在扮演捎客的角色，进行某种交易和平衡。这家伙在以冠冕堂皇的理由，用"奖金"收买我，让我吞下冤枉的苦果，换得马腾的平安。

荷香指着五万块钱，盯住我问："咋处理呀？"

我："非偷非抢，非贪非占，理直气壮地收下。"

荷香："我是问放哪儿？"

我："当然存到银行。"

有喜有财，我以为很快时来运转。殊不知，事情没有按照自己的意愿发展。等待前面的，是我人生最黑暗的日子。

我真正的敌手，在溪流县，尤其是粮食系统，布满了眼线。公安人员刚出手，就惊动了王河水。一场雇凶杀人的阴谋，在悄然进行。杀害的对象：一个是我。王河水怕我到上层活动，遭遇牢狱之灾；另一个是黎明。王河水认为黎明知道的内幕太多了，不杀不安全。

无事可做，我就"猫"在书房里。本来，在读司马迁《史记》，突然想换一换"口味"，不经意间，我瞅见书架有本《大地小人》的闲书。不知触动了哪根神经，翻开阅读，一段文字吸引了我："小人的本质是胆小的，行为方式不害怕具体操作上失败，却不能不害怕报复。使命注定他们要连续不断地伤害被伤害者。你如果被小人伤害了一次，那么等着吧，第二次、第三次的伤害在等着你……"

也许处于特殊时期，我敏感起来。忽有两日，我恍然觉得，有人若远若近地跟随。一次，看到有个陌生面孔，在我家那栋楼下转悠。

我起了疑心，行动格外谨慎。上午，在家看书，哪儿也不去。午休一个小时，从床上起来，泡壶普洱茶，我边喝边看电视。半晌，出门散心，去商场、农贸市场或者公园，为防止意外伤害发生，我从不去人迹稀少的地方。晚上，足不出户，人不出门。睡觉时，我把在溪流县当书记时，公安局盛局长送我自卫的电警棒放在床头。

荷香感觉到异常，再三追问，我被迫道出内心想法。

荷香紧张起来："不会出啥事吧？"

我："'害人之心不可有，防人之心不可无。'王河水心狠手辣，我是以防万一。"

听罢，荷香吓得脸色煞白。任凭我如何宽慰，都消除不了紧张情绪，她告了假，陪伴我。心里老是"怦怦"乱跳，很是害怕，她想到了翠姐。只有这个女人，才能与她风雨同舟。她给翠姐打电话，表达了内心的恐惧。

恰巧，翠姐刚看过《平原日报》的一篇文章，报道煤山市原政法委书记贾志杰，在县里任职期间，为了向上爬，卖官鬻爵，大肆敛财。一个镇长看不惯，写了举报信。为了铲除隐患，贾志杰便雇凶杀人，镇长全家五口倒在血泊中。所幸，镇长早有防备，逃过一劫，秘密潜入京城，住在不起眼的小店里，向中纪委告状。最终，贾志杰落入法网。

当天晚上，翠姐做了个有人追杀我的噩梦。接了荷香的电话，她毅然决然停店歇业，回到沙流河市，住进我家里。

"腊八"第二天半上午，家属院寂静无人。

我莫名地烦躁，在书架上寻服"良药"。所藏之书，有本《短文精华》，选有东晋文学家陶渊明的《桃花源记》，便吟诵起来："武陵人捕鱼为业，缘溪行，……忽逢桃花林，夹岸数百步，中无杂树，芳草鲜美，落英缤纷……复前行，欲穷其林。林尽水源，便得一山，山有小口，仿佛若有光……复行数十步，豁然开朗。土地平旷，屋舍俨然，有良田、美池、桑竹之属。阡陌交通，鸡犬相闻。其中往来种作，男女衣着，悉如外人。黄发垂髫，并怡然自乐……"

　　吟诵着，我眼前呈现一幅幅美好平和的画面，感到桃花源里，一切都是那么单纯，那么美好，甚至连一点吵吵嚷嚷的声音都听不到，更不用说钩心斗角、尔虞我诈、互相残杀了。耳不旁听，目不旁视，我心驰神往，恍惚置身其中。对世外之事，全然不知。

　　荷香正在客厅拖地，听到敲门声，打开看时，惊叫一声。有个蒙面大汉，闯进屋里，关闭大门，手持一把明晃晃的尖刀，顶住她的胸口，压低声音："李三毛在哪里？快说！不说，杀了你！"

　　顿时，荷香魂飞魄散，双膝一软，"扑通"跪在地上，像小鸡啄米，两手作揖，连连磕头央告："好人！求求你！别杀俺那口，别杀俺那口……"

　　翠姐在卫生间洗衣服，听到响动，掂起搓衣板，冲了出来，边大声喊叫"救命啊！救命！"边扑上前拼命。

　　蒙面人穷凶极恶，手拿尖刀，乱扎；翠姐用搓衣板左挡右拦，上劈下砸。

　　这场景，吓得荷香捂着脸，身子缩成一团，瑟瑟发抖。

　　从"桃花源"中惊醒，我立即意识到发生的事情，跑到卧室，拿出电警棒，欲作生死搏斗。

　　看到我，蒙面人手里尖刀"哐啷"丢下，跪在地上，摘掉脸罩，蹲下身子。他边扇自己的脸，边说："我真是个昏鸦头，没眼鸡，错了，瞎了。"

　　我，荷香，翠姐，全惊呆了！

　　原来，这人叫斧头，是柳林乡杏花村的，槐花她哥。我在溪流县任职时，从乡政府解救了他病重的父亲；在县城南环路口，把他遭遇车祸的媳妇，用我的轿车送到县医院，捡了一条命。

　　斧头长期在山西胡游乱逛。收秋时节，他回了趟家。有天晚上，省电视台播出省委书记李彬在溪流县视察的新闻，画面里有我在旁边陪着。母亲指着对他说："这个年轻的官儿，是李书记，对老百姓可好了！他救过你爹和你媳妇的命，咱可不能忘了人家。"从那时起，斧头清晰地记住了我的模样。

讲了这些，斧头道出了充当杀手的情况。

前些日子，斧头在山西穷困潦倒，走投无路。结识一个哥们，绰号"蛇头"，找到他说："有个美差，你要愿干，可挣十万块。"

斧头不信："除非杀人，谁会给恁多钱？"

蛇头："兄弟，你说对了，但不是杀好人，是杀祸害老百姓的贪官，你干不干？"

一听这话，斧头来了劲："为民除害，老子干！"

"好，肥差交给你。"蛇头说。

"哪里的？姓啥名谁？"斧头问。

蛇头只告诉了详细地址和姓名，别的一律不准问。斧头不晓得被杀者是救过他家两条性命的恩人，更不知道被杀者的身份。

有人踩过点，掌握了我的活动规律。一日，我穿着带帽子的棉衣，兜着头，脸上戴个口罩，从街上回来。踩点者远远指认了一下，斧头模模糊糊地看了个大概，没有真正瞧清楚样子。

讲了上面情况，斧头说："我见钱眼开，财迷心窍，猪脑子一个——只想着要杀的人自个儿在家，趁着开门，没有防备，一刀毙命，坐火车逃回山西。没料到，你家还有她们俩。"

指了指翠姐，斧头讲："这位大姐更厉害，掂个搓衣板给我拼命，又惊动了你。一看模样，我认出你是李书记，才知道要杀的是恩人。"

虚惊一场，我和荷香、翠姐长长地舒了一口气。

让斧头坐下，我问："谁让蛇头雇你杀人的？"

斧头想了想："我只认识蛇头，他的真实姓名叫刘根，山西的，好像听说，他有个表哥叫石鸟，是溪流县三岗镇的啥局长。对，是这人出钱让干的。"

"不是石鸟，是史尿，三岗镇粮食局长。"我矫正之后，问斧头："你放过我，蛇头他们会饶你？"

斧头："哪天找到我，肯定会干掉！"

真相大白：雇凶者是三岗镇粮食局长史尿，幕后黑手肯定是王河水，我觉得案情重大。

思考一下，我说："斧头，你投案自首吧。"

斧头："政府会不会枪毙我？"

我："你没杀人，把知道的事情说清楚，有立功表现，肯定会宽大处理。"

斧头："中，我听你的。"

我："我和全家人都感谢你，放心吧，在关押期间，不会让你受委屈。"

王森是市委分管政法工作的副书记，拨通他的电话，我汇报了家里发生的事情。他当即指示，让市公安局派人，秘密把斧头带走了。

几乎在相同的时间，另一起针对黎明的凶杀案也在进行。在此之前，黎明似有觉察，躲到乡下大姐家居住。文化馆馆长代行善因为跟黎明长相酷似，又住在一个胡同里，当了替罪羊。

这天半晌，代行善有事回家。打开院门，刚进屋，凶手尾随而入。未等代行善明白过来，就呜呼哀哉。

杀了人，凶手盗辆桑塔纳轿车，出了县城，向西逃窜。经过夏亭乡时，逢集，车被堵住了。两个交警上前疏通道路，凶手心虚起来，打开车门就跑。交警起了疑心，追了几步，逮住了，被扭送派出所。三问二审，凶手招供，被悄悄押送到县公安局，看管起来。表面看来，似乎任何事情都未发生。

一天发生两起雇凶杀人案，出自同一个团伙，实乃罕见。省里挂了号，市里作为头号案件来办，县里全力配合侦破工作。经过突击审讯，案情很快查明。史尿成为第一个缉拿在案的罪犯，供出了幕后黑手。很快，政法机关控制了所有涉案人员，并张网以待，要抓一条大鱼。

这条大鱼就是王河水。为了避开嫌疑，他精心谋划之后，在案发之前，以出国考察的名义，去了新加坡。待了一个星期，家里报信："平安无事。"他乘飞机归国。

王河水在平原机场，一下飞机，就被几个便衣警察盯上了。他没有直接回县城，去了省粮食厅宾馆住下，打算问问是否安全再作决定。正要电话联系，几个便衣突然出现。未等反应过来，他就戴上了冰冷的手铐。假装无辜，他大喊大叫："凭啥抓我，凭啥抓我！"

办案人员亮出刑事拘留证，在眼前晃了晃，王河水的嘴巴闭上了。

一年之后，法院根据掌握的事实和证据链，零口供将王河水定了死罪；史尿，作为同案犯，罪亦当诛。两声枪响，结束了两个人的罪恶的生命。王河水毙命，老娘心脏病发作，猝然离世；温柔贤良的妻子韩冰，坠楼而亡；在美国读书的女儿，住进了精神病院。可恨的是，王河水这条毒蛇，刚刚收监，又对我恶"咬"一口……

六　至深的伤痛

王河水逮起来了！

我们一家人无不欢欣鼓舞，兴奋得不得了。斧头投案自首，我虽然躲过一场杀身之祸，深知罪魁祸首尚逍遥法外，心里仍在悬着，总怕有天又出什么"幺蛾子"。我动一动，荷香和翠姐必在左右陪伴。王河水银铛入狱，"树倒猢狲散"，小爪牙避之唯恐不及。我们相信，威胁已经解除。查清弄明问题，只待时日，我对未来充满期待。

腊月二十，毛毛放寒假，我、荷香、翠姐、丫丫，全家迎来团聚的日子，真是喜上加喜。不满半年，毛毛像桐树芽子，向上猛蹿。比个儿，他头顶到我的下巴，成了小大人。荷香"儿呀儿"喊着，像亲生的。翠姐时不时瞟毛毛一眼，神情里流露出满足和幸福。丫丫缠住哥哥，一个劲儿让讲大学的事儿。

回家过年之前，铁棒来了，扛一布袋手工馍头。

秦芳休息，闲暇无事。

我在满香楼安排一桌，准备来个大团圆，冲冲晦气。我和荷香商定：明天就去接父亲和大凤，一起过小年夜，从此结束分离生活。

正谈论，张明打来电话说，他约请几个老乡，朱文、赵家冒也来了，在市委宾馆聚一聚。我清楚，张明肯定花公款招待，摆的也是庆祝宴。这段时间，几经磨难，我变得谨小慎微。怕遭人非议，我执拗地对张明说："坚决不能在市委宾馆设宴。我在满香楼已安排一桌家宴，再订一桌就是了。"

随后，我通知了石头，他很快带着彩儿赶过来。大家一起去了满香楼。

财大气粗，石头在吧台预支一万块，对葛老板说："每桌饭菜按最高标准，中华烟、茅台酒另算。"葛老板喜得眼睛眯成了缝儿。

两张圆桌坐得满满的，同在一个大房间里。长久的压抑，此时得到释放。宴席成了欢庆的聚会，你说我笑，觥筹交错，把酒问盏，开怀畅饮，笑语喧哗，热闹非凡……

在此欢庆时刻，来了几个检察院官员，亮出"传唤证"，把我、荷香、秦芳分别带走。其余人等，个个惊愕不已，宴会不欢而散。

原来，王河水知道雇凶杀人的事情已经败露，犯了死罪，竟对我致命一击——举报我受贿，提供了知情人：司机于飞，会计钱华。

根据供述，检察院进行了取证。认为又抓条"大鱼"，对我们三个在不同地点展开讯问：去年腊月二十六，王河水是否来过家里？送没送一条大鱼？鱼肚里是否装有一万二千块钱？

回放事实：那天上午，王河水来到家里，掂了一条大鱼，都不清楚鱼肚子里塞有钱。我回赠两盒海参。坐下说几句话，王河水走了。我去市中医院，在朱文办公室，谈过事儿，回到家里。问起那条鱼，秦芳讲："恁老家来个人，送两只鸡，我把鱼给了他。"我问："那人是谁？"荷香接话："他第一回来，不知叫啥名谁。俺也没好意思细问。"

检察院问讯过后，把荷香和秦芳放了。

到了傍晚，荷香头发散乱，腿沉得灌铅一般，拖着身子，攀着楼梯，一步一个台阶往上爬，开门进屋。

翠姐闷坐着，在想办法托人打探我的消息。瞅见荷香，她忙上前搀扶。未及问情况，荷香的眼泪"吧嗒吧嗒"往下直掉，哽噎道："王河水，真是个孬孙，他死到临头，还拉个垫背的，一口咬定去年送的那条鱼，肚子里装有一万二千块钱，三毛亲自收下的。"翠姐听了，问荷香："你咋说的？"荷香哭出声来："办案的人，把桌子拍得'啪啪'响，说我要是不老实交代，就把我关在黑屋里。"翠姐急问："你承认啦？"荷香讲："我实话实说，告诉他们，送鱼确有其事，三毛是在场，可不知道鱼肚里藏着钱。那条鱼明明送了人，我能瞪着眼睛说瞎话？办案人问送给了啥样的人？天啊，一年了，当时来家好几个人，谁会记清楚呀。"翠姐听了，长舒了口气。

停了会儿，秦芳回来了。一个女孩子，哪里经过这种场面？到了家里，她惊魂未定，脸色煞白煞白的。翠姐询问情况，秦芳照实讲了事情经过。

没做亏心事，不怕鬼敲门。我被带到检察院，听到询问，便明白是咋回事。除了如实供述，我着重强调："王河水和我家有'仇'，素有嫌隙；我如果知晓，绝对不会收下他送的赃款。"

综合事实和证据，对我如何处理，检察院存在两种意见：一种是，我、荷香、秦芳三人的询问笔录、证词完全相同，推断之前有"串供"嫌疑，基本事实清楚，应继续侦查搜集证据，彻底查清事实；另一种是，俺仨口供一致：都不承认收了赃款，当采信，终止侦查，放人。争论不休，上报衡行检察长，决定对我监视居住。并要求内部同志，特别是参与办案的，严格执行保密纪律，不允许泄露看管我所在的地点，防止外来人员接触。

翠姐和荷香，心急如焚，从傍晚等到黑夜，一直等到半夜，心存侥幸地等着我回来。等呀等，等了三天，没见人影。两个女人，急得像没头苍蝇一样，乱飞乱转。

事发之后，张明、朱文、赵家冒，也没闲着，通过各种关系和渠道，四处打探我的下落。结果，一无所获。

三天之后，神通广大的赵家冒，强力攻关，"撬开"检察院反贪局长汤广的嘴巴，方得知：我被监视居住，尚未批捕。至于人在什么地方，汤广只字不露。

听了这话，翠姐和荷香心存一线希望。

天明之后，听到有人敲门，翠姐和荷香幻想是我回来了，争着去开门。一看到来人是逃生哥，来干什么呢？报丧！

出事那天下午，铁棒急急赶到家里，慌慌张张讲了情况。大大爷清楚父亲有高血压，怕受惊吓，告诉大人和孩子：暂时瞒了下来。

原来说好，要接父亲和大凤进城，一起过小年夜的。父亲早早做好准备，天天盼着我们来接。到了腊月二十三，仍不见有动静。父亲沉不住气了，去问铁棒："你三毛叔咋还没回来？莫非有啥事儿？"铁棒看瞒不下去，一时情急，结结巴巴地说："二爷，二爷，出事了，出事了。"父亲听他说话没头没脑，问："你别急，出啥事了？谁出事了？"铁棒说："检察院把三毛叔'逮'起来了，俺婶也带走了！"父亲一听，血压陡然升高，突发脑出血，倒在地上，口吐白沫，昏迷过去。街坊邻居一齐动手，把父亲放在麻绳襻成的软床上，一路小跑，抬到公社卫生院。抢救了半夜，终没醒来……

父亲殁了，必须报丧。逃生哥到了我家，听了情况，心想，我身在何处？能不能放人？啥时出来？没人能说清楚。觉得帮不上忙，他无奈地走了。

送走逃生哥，荷香哭起来："三毛不知关在哪儿，老人又殁了，这可咋好呀？"翠姐说："咋着也得想办法把三毛弄出来，送老人一程。"

两人正发愁，张明来了。荷香和翠姐忙问张明："三毛是不是有消息了？"张明点点头，说："我有一个朋友的表弟，是市检察院的副检察长叫任庆。昨天晚上，表弟领着我见了本人。任庆透露：人关在区委招待所，负责看管的是保卫科长陈苫，负责案件的是侦查科长冯公道。"

人关在哪里？会不会受委屈？怎么尽快"捞"出来？几个人你一言我一语，发表着各自意见。

正说着，赵家冒过来。他说："检察院有些货坏着哩，没事也能整出事来。去年，区政法委打算开会，让一个企业赞助十万。后来，会没开，政法委书记阎华把钱装进了自己的腰包。有人举报，阎华一口咬定钱交给办公室主任孟磊，并让会计作伪证。孟磊不承认，检察院办案的，没明没夜地轮番审讯。连续几天不让眨眼，不给饭吃，整得孟磊站都站不稳。两个干警一边一个架住胳膊。数九隆冬，孟磊冷得浑身发抖。有个货说：'让他暖和暖和。'随后，便把孟磊弄到空调房间里，开放冷风，冻得孟磊抱住膀子，蹲在地上，蜷缩一团，连连求饶。孟磊熬不住了，瞌睡打盹，他们用水把被褥泼湿，让躺在里面。好端端的棒小伙子，整得生不如死，只有'招供'。"

赵家冒这么一讲，荷香和翠姐听了毛骨悚然。赵家冒说："三毛弟，当县委书记几年，再廉政，磨道里哪有找不出驴蹄的。一旦批捕，麻烦就大了。现在，得抓紧'活动'。"

翠姐和荷香明白，所谓活动，就是花钱消灾。荷香把侯勇送来的五万块奖金从银行里全部取出来，又从石头那儿拿了一万。翠姐跟着张明一个个登门求人。张明引见后说几句话借故离开，翠姐把钱装进信封内，放在一兜水果里，送了出去。

过了一天，不见人放出来。张明又去找任庆问原因。任庆为难地说："衡检察长才从省里下来，自以为抓了条大鱼，一心想着'邀功'，这案子本来属于我分管，他把权限收走了，主抓主管。看来，得找市委领导打招呼，才有可能放人。"

"找谁呀？"翠姐问。张明说："市委副书记王森，管政法的，托人找找他，也许中。"翠姐："要是三毛在，见谁都不成问题。我两眼一抹黑，谁愿理我一个女人家？"这时，毛毛插话："不是有个姓岳的领导，对我爸挺好吗？找他试试呗。"

一句话点醒梦中人。知道市委正门进不去，毛毛领着翠姐，去了家属院西边机关食堂。那地方，有个小门，可以进到市委办公大楼。走到楼下，张明领着翠姐和毛毛去了岳松办公室，介绍了他们母子和我的关系。岳松看毛毛，身高一米六七，浓眉大眼，透着灵秀，早闻十六岁考入中国科技大学少年班读书；再瞧翠姐，有模有样，干净利落，想起俺俩的奇特经历，便招呼坐下，有话慢慢说。翠姐不怯不惧，讲述一遍。闻之，岳松震惊，问："啥时候发生的事情？"翠姐："三天前的下午。"

"领导干部不能插手案件，我不便过问。"岳松说，"王森书记主管政法，下乡去了。等他回来，看可不可以当做特殊情况处理。"

毛毛忙道："伯伯，爸爸把你当成生命中的贵人，教育我受人'滴水之恩，当涌泉相报'。如今，爸爸是蒙冤受屈的，能不能出来，可指望你了。俺千顷李家族，以'节孝仁慈'安身立命。百善孝为先，俺爷死了，总得让他这个做儿子的，尽尽孝吧？"毛毛的话，触动了岳松："孩子，我相信你爸是干净的，你伯伯不是无情无义之人，我一定尽力而为。"

晚上，岳松去了王森家里。谈过案情，岳松说："三毛的父亲受到惊吓，亡故了。谁不是娘生爹养的？共产党也讲人道主义，总得让他为老人送葬吧？"王森讲："这个衡行，年轻气盛，拗毹。我打招呼，他未必听。"

"那怎么办？"岳松急了。

"咱俩找马腾同志去。"王森点燃一支烟，猛吸一口，看着雾气散去，若有所思，讲道。

两个人去到马腾办公室。马腾听罢，一个电话把衡行叫了过去。他强压火气，让衡行汇报过情况，大发雷霆："对处级干部采取措施，你们为啥不向市委汇报？"衡行问："李三毛不是已经撤职了吗？"马腾说："他还保留着副处级，谁说不是市委管的干部？我不干涉案件，但李三毛只不过有犯罪嫌疑，没有查清坐实，你必须让他回老家送父亲一程。"

衡行看市委书记动怒，没再多言，只得诺诺答应，不情愿地走了。

自从监视居住，我禁闭在区委招待所一个套房里，收走了大哥大（手机），掐断了房间里电话线，失去了与外界的联络。两个看守的干警，不准我迈出房间半步。到了夜晚，不准关灯。一个大灯泡悬在上面，照着床头，让我无法入睡。熬得我头昏脑涨，几近崩溃。写字台上，放半本稿纸，一支笔，负责办案的科长冯公道，逼着我交代问题。不能自证有罪，我一个字不写，一句话不说。他吆三喝四，动辄就训斥："李三毛，你应该知道，党的政策，坦白从宽，抗拒从严。"自尊心一次次被摧残，遭受无法忍受的打击，我愤怒地说："老子还是共产党员，是受法律保护的公民，少来这一套！"冯公道恼羞成怒："你以为我拿你没办法？正告你，检察院有的是手段。你一天不开口，就关你一天；一个月不坦白，就关你一个月；一个月不行，就关你三个月。"我顶撞道："行端坐正，你就是关一辈子，我也不会拿屎盆子往头上扣。"冯公道气急了，吼道："你不交代是吧？看我怎么收拾你！"不堪其辱，我气得浑身打战，彻夜未眠。最后，我做好了最坏的思想准备：坚决捍卫人格尊严，同"魔鬼"斗争到底。

不料，过了几天，陈苟和冯公道对我的态度，突然一百八十度大转弯：监视和询问，不但语气缓和许多，还表现得客气起来。后来，我才清楚：有钱能使鬼推磨，是翠姐"打点"的结果。

无休无止的折磨，我记不清过了几日。一天上午，陈苛故作平静，说："李书记，你父亲病重，领导准允回家探视。"

我出了"囚笼"，走到室外，天阴沉沉的，黑云密布，一股寒风吹来，冷飕飕的。雪花如杨絮柳棉，懒洋洋地在空中飘飞。

传唤那日，天气晴暖，我没穿棉袄，出了房间，只觉寒气袭人。走出院子，我看到翠姐和石头坐在一辆小车上，等在大门外。见到我，翠姐走上前，送过来一件半大棉衣，告诉我："荷香和两个孩子已经回李家寨了。"我问父亲病情，翠姐隐瞒说："老人高血压犯了，躺在床上，已经三天了，快走吧。"我欲了解详情，陈苛制止说："李书记，你不能同外人接触，快上车吧。"

检察院出动一辆警车，派了陈苛和小黄两名干警伴随监视。跟在翠姐和石头车后，我匆匆赶回李家寨。

走进院里，满是奔丧吊唁的，我明白发生了什么。父亲的灵棚已拆。一口黑棺材，在堂屋当门放着，棺盖已经用船钉（一种四棱长钉）钉牢，四周缝隙用黄表纸粘封。

我泣声问，父亲咋走的？啥时候走的？逃生哥向我说明了情况。他解释说："家里人都想着你一时半会儿回不来，为了让老人入土为安，按习俗惯例，二叔的丧事儿，开三天门。眼看中午，才封了棺。冰天雪地的，路不好走，亲戚们还得往家赶，出殡不能耽搁。"

我问，父亲临终可有遗言？大大爷说："你爹得病就不能讲话，走时伸出三个指头，嘴里'嘟嘟囔囔'的，听不清楚。"我明白了：爹是放不下我啊！

想起母亲一生吃苦受罪，曾对我讲："三毛呀，娘只有两个盼头：一个是有饭吃，不再挨饿；一个是咱家有辆自行车，你骑着，我坐在上面。"这话，我刻骨铭记。不料，母亲是患食道癌活活饿死的。直到老人离世前，家里穷，一直买不起自行车，未能遂了她的心愿。母亲"走"时，我没能守在床前，没能送上一程，留下终生遗憾。

带着深深的内疚，我发誓：要让父亲颐养天年！可我参加工作以来，特别是当了县委书记，跟父亲团聚的时间极少，只是送些钱和物。每次回去，父亲看不到我，就四处寻找。在一起时，俺爷俩有说不完的话儿。临走，不顾再三劝阻，父亲都是把我送到村后河堤上。我走远了，他还站着一动不动。我当了官，老人引以为骄傲，为了不负父亲和百姓的期望，我尽职尽责，如履薄冰，搞活了全县经济，未料却带来一场灾难。

本来，已经说好把父亲接到城里团聚，一起过小年夜；以后，我们共同生活。万没想到，王河水这条恶狼，在灭亡之前，疯狂咬我一口。腊月二十三，本该亲人团圆，欢聚一堂，却阴阳两隔，成了老人的忌日。

父母在，家在亲情在。母亲走后，剩下父亲。过去，不论在哪里，相距多远，工作多忙多累，爹在心里，我有个念想，至少可以打个电话，报个平安，送去一份关怀。从此，我再也见不到父亲了，子欲孝，亲不在……

惭愧，悔恨，憋屈，复杂的情感交织在一起，淤积成团，解不开，化不了，塞满心中，燃烧着，膨胀着。我感到胸口要爆炸，万根钢针扎在心头，流着淋淋鲜血，无比地疼痛，刀割锥剜一般。

哭不出声来，我双手捶胸，两脚跺地，连续发出几个长长的"咦——"的唏嘘声，扑在灵柩上，拍打棺木，放开嗓门："我的爹啊——"似波涛，似海啸，如雷鸣，如山倒，惊天动地！随即，我失去理智，两腿发软，倒在地上，昏了过去。

等苏醒来，看到荷香、翠姐守在我的身边；毛毛、丫丫，一人拉着我的一只手。个个抹着鼻涕，哭成了泪人儿。

大大爷劝解："孩子，人死不能复生，让你爹安心上路吧。"

要出殡了，守灵的孝子，包括所有的人，全部从屋里"清"出来。

我努力挣扎着站起来，被人连拉带扯拽出屋子。

"呼啦啦"进去六个壮汉，前后各一位，两侧各二人，围在棺木四周，做好准备。

"起——棺——！"

毛猴叔挺挺地站立在门口，脖子暴出青筋，双手下垂，歇斯底里地大声高喊，音调拖得长长的。这是"号子"，抬棺的命令。六个壮汉，随之齐声附和，背的背，抬的抬，使出浑身力气，不停不歇，把棺木从院子里，一直弄到街口的架子上，手脚麻利地用粗大的麻绳绑牢，罩上篷子。

出殡开始了。

鹅毛般的大雪在狂舞，凛冽的寒风在怒吼，鼓锣班的响器（唢呐）凄凄惨惨，如泣如诉，呜呜咽咽。送葬的穿着丧服，手拿哀杖，哭声动地。

石头和毛毛在我左右挽着胳膊。陈苟上前让石头离开。我强撑着身体，在毛毛一个人搀扶下，紧随二哥之后，缓缓地为父亲送行。

路上，门宗的亲友，全村的族人，许多进城炸油条的外姓村民，按男女长幼，排成长长的送葬队伍，浩浩荡荡，足足有一华里。

到了东南地，丧架停在距离我家祖坟"一撑地"（大约半华里）的路上，准备撑风水。这是千年习俗，死者能不能荫护活着的子孙，就看是不是赶上了风水。所谓"赶"或"撑"，要求抬架的，必须疾驰如风，一气跑到墓坑前。抬架的，全部换了年轻的棒劳力。冲着西北方向，毛猴叔一声高喊，丧架重又抬起，以最快的速度，跑到停放位置。父亲的棺木，紧挨母亲的墓穴，挖了一个长方形的深坑，放了进去。两口棺椁之间，横搭一块木板。民间说：在阴曹地府，两位老人有了这座"桥"，来往无阻无隔，相依相伴。

眼看就要生离死别，孝子贤孙，又一次号啕痛哭。其情其景，惊天地，泣鬼神。想起父母白白生养了自己一场，临终未能相见，活着没有"得济"，我悲从中来，哭哑了嗓子。几天来，我食不甘味，寝不能寐，精神饱受折磨。没有了气力，手脚冰凉，我不住地打嗫嗦。双膝跪在地上，身体不能支撑，我眼前阵阵发黑，感到天旋地转，几次险些倒下去。我咬牙坚持，努力振作精神。

泪眼蒙眬地看到：几把铁锨，轻轻地铲起黄土，填埋墓坑。一锨，一锨，一锨……

父亲生前的往事，伴随记忆，幕幕在眼前闪现——

老人读过私塾，当过八路军教员。大爷爷被国民党抓过壮丁，死里逃生。害怕"老汤（汤恩伯）"血腥屠杀，父亲干了三个月，老实巴交的爷爷分不清国共两党的区别，死拉硬扯把他的儿子要了回来。

高级合作社时，农业支援工业，父亲招工到煤山市第五煤矿，在行政科当会计管理食堂。合大伙时，村里饿死不少人，母亲和我们姊妹四个，靠着父亲，得以活命。

三年困难时期过去，农村分了自留地。母亲不光种自家的田，还要参加生产队劳动，而且独自承担养儿育女的任务。父亲动了恻隐之心，毅然辞职返乡当了农民。

一九六六年，夹河套遭水灾。过春节，家无一粒粮食。大年初一，讨饭回来当夜，我高烧患上急性脑膜炎。没钱治疗，已经断气，用麦秸织成的草苫子裹着，父亲把我扔到东地乱坟岗上。走了半道，他觉得没有凉透，转身折回，又把我抱到家里。死马当活马医，赊账打了两支大安针，奇迹出现了，我死而复生，捡了一条命。

六口人，六张嘴。为了全家生计，爱面子的父亲，撕掉脸皮，隔十天半月，去到沙流河郊区二姨家，推回一狗头车豆腐渣，配上野菜、树叶，度过春荒……

随着一锨锨黄土的填充、掩埋，两位老人合葬的坟墓，快速堆起高高的土丘。它的周围摆满了花圈，一个个招魂幡帐，在拼命地摇摆。

父亲随母亲而去。阳世上，撇下我。再见，我们只能在梦里……

丧葬结束，检察院派来的两个干警：陈苟和小黄，"劝"我上了警车。我尽管极不情愿，被迫朝着路边的警车走去。

踉跄挪动几步，听到背后大声哭叫："三叔，俺爷殁了，我咋弄呀？"扭回头去，看到大凤可怜巴巴地站着，泪天泪地的。我肝肠寸断：是啊！她一直与爷爷相依为命。爷爷殁了，只剩下一个孤零零的女孩子，除了我，还能靠谁？我走上前去，面向荷香，对大凤说："乖乖，跟你婶回沙流河市。"

翠姐："要不，过这段时间，我把大凤带走，学卖童装去。"

说罢，我转身欲走，荷香扑了过来，死活不肯分离。

陈苟走上前来，劝说无效，用手要将我和荷香掰开。狗儿看到了，同黑脸、孬孩、铁棒等几个愣头愣脑的青壮年，一起围了过来。

农村人有群胆，异口同声说："人，不准带走。"

黑脸五大三粗，愤怒地指着陈苟质问："谁不知道俺叔是个清官？恁么多贪官，你们不抓，惩治好人，还有天理吗？"

孬孩道："你们说他收王河水的钱，难道长了猪脑子吗？王河水是啥货？害死过三毛叔他姐，两家有仇。就是收天下所有人的礼，他也不会要这个狼心狗肺的东西！"

几十号送殡者迅速聚集而来，把陈苟和小黄团团围在中间。

夯嫂性情直爽，伶牙俐齿："你们打听打听，俺兄弟是啥人？他占过谁的便宜？乡里乡亲，逢年过节，谁带只鸡，掂兜鸡蛋，拿去几块红薯，没有空手让走的。回的东西比送的都多。王河水这个头上长疮脚下流脓的赖货，要是送钱，他会要吗？"

群情激愤，为了控制局面，陈苟挥挥手："乡亲们，我一定把这些情况反映上去，争取让李书记早日解除监视。请大家理解，我们是办事人员，受上级领导委派，在执行公务。人是我们带来的，不带走无法交差呀！"

"不放人，把他们的车推到沟里去！"狗儿发疯似的狂叫。话音刚落，众人簇拥着，要去掀翻警车。

"都给我住手！"大大爷威严地站在高处，"两位官家是奉命而来，咱们胡闹只会给三毛遭罪，帮倒忙。要是真有能耐，大家早一天找到是谁收了那条鱼，自然啥事没有。"

一句话，众人清醒起来，如滚水锅里倒进瓢凉水，立马不再沸腾。

大大爷来到我跟前，大声说："孩子，你一定要记住，牛吃不了日头！"

听到这话，我精神一振。

上了警车，见到乡亲们向前涌来，我打开玻璃门，勉强挥了挥手，泪水不停流淌。此时但见："天地两茫茫。"

警车把我带走，听说荷香瘫坐在雪地上"哇哇"大哭起来。

众人劝了半日，荷香泣诉："才几天呀！看看三毛被折磨成啥样了？大冬天的，他一口热水没喝，一粒米未进，路都走不稳，要是有个三长两短，咋办呀？"

翠姐紧绷了绷嘴唇，对荷香道："你们几口到老宅屋里，带上大凤和她的衣裳被褥先回家，我连夜赶往平原市，找省委谷书记去。"

石头安排的几部小车停在大路边，荷香和翠姐各自走了。

亲人们看到那辆翠姐乘坐的红色桑塔纳轿车，迎着漫天风雪渐渐远去。它幻化成一枝绽放的红梅，无不期待能够带来春的信息……

第十九章　—————　水穷云起

一 水再混，也能澄清

顶风冒雪，翠姐火急火燎地赶到平原市，已是夜深人静。看了看手表，时针指向十点，犹豫一下，翠姐没有先安排司机建新住宿，让小车停在省委家属院外面，直接去了谷丰家里。

谷丰的家人，除保姆外，已进入各自的卧室休息。只有谷丰一人，靠在沙发上看报纸。这几日，省里召开"两代会"（人大、政协代表大会的简称）。谷丰上午听报告，下午参加小组讨论，会见代表，都是很晚才能到家。他有个习惯，每天都要看中央权威报纸。白天，他忙。睡觉前，他觉得少了什么。想了想，倒杯开水，伏在桌上，翻开当日的报纸，他阅读起来。

喊了声"叔"，翠姐走到谷丰跟前。听到叫声，谷丰抬起头，瞧见是翠姐。他想：张翠这么晚来，一定有事儿，便放下手中的报纸。

过去，翠姐每次来，都是乐呵呵的，未见其人，先闻笑声；这次，谷丰看到翠姐神情沮丧，臂戴黑袖章。有些吃惊，问翠姐发生了什么事情。

控制不住感情，翠姐啜泣道："谷叔，三毛出事了。"

猛一听，谷丰以为我殁了，瞪大眼睛，吃惊地问："三毛身体那样强壮，怎么会死呢？"

翠姐赶忙道："三毛被抓起来了。"

"为什么？谁抓的？"谷丰要翠姐慢慢说。

翠姐抹了抹眼泪，讲："前段时间，三毛从省城回去，王河水雇凶去到家里杀害他。好人有好报，赶巧了，三毛救过凶手家人两条命，凶手从电视上见过三毛。命不该死，三毛逃过一劫，凶手供出了幕后指使者王河水。王河水逮起来后，又反咬一口，称去年春节送给三毛的一条鱼，肚里装有一万二千块钱。当时，全家人都不知道藏有赃款。三毛外出办事时，从农村来个人，称是老家的，带来两只鸡。保姆和荷香都不认识是谁。三毛平时有叮咛，不许白要任何人的东西，就把鱼送了那人。沙流河市检察院的人不信，说是全家事前统一的口供，以三毛有犯罪嫌疑为由，带走了，被监视居住，逼着三毛承认。三毛的父亲受惊吓而死，我找到市委领导，两个警察押着才让回家奔丧。"

说着说着，翠姐放声哭起来："不知他们咋整的，把三毛整个人都折腾垮了，走路都走不稳。"

听到这里，谷丰有点动怒："真不像话！"

翠姐接着讲："谷叔，三毛是啥人，你了解。他从不贪不义之财，从不占别人的好处，更甭说是王河水了。你可能不知道，王河水跟他家有'过节'。过去，王河水当新兵蛋子时，家里穷得只有一间趴趴屋，跟三毛他姐雁儿订了婚。在部队提干以后，王河水另寻新欢，雁儿疯了，投河自尽。两家结有仇气，互相存有戒心。三毛要是知道王河水送钱，会收下吗？这是蓄意陷害呀！"

谷丰静静听着，眉头不时紧皱。

翠姐道："谷叔，三毛快被冤枉死了，可咋办呀？"

谷丰安慰一番翠姐，点上支香烟吸了一口，沉思片刻，拨通了省检察长冯敬法的电话："敬法吗？我是谷丰。"

"啊，老领导，这时候打电话，有啥指示？"

"沙流河市那个检察长衡行，是不是昏了头，随随便便地乱抓人。李三毛，你不知道吧？那是省委要提拔使用的优秀青年干部，怎能凭一面之词，尚未查清事实，就以'监视居住'为名，胡捣乱来。疑罪从无，人必须放；有问题，我负责！"

"好，好，我现在就让衡行放人。"

停了一会儿，冯敬法的电话打了过来："老领导，天太晚了，衡行的电话关机了。明天吧，我一早就让他放人。"

翠姐听得清清楚楚，松了口气，放心离开。

天寒地冻，路上打滑。到了第二天下午，翠姐驱车赶回沙河市。到了家里，看到只有大凤和丫丫两个孩子在，翠姐问大凤："你三叔和你婶哩？"大凤说："俺婶刚打来电话，三叔在市中医院打吊针哩。"

顾不上多问，翠姐慌慌张张去了市中医院。到病房里，翠姐惊呆了！

荷香和毛毛讲了情况——

昨天下午，警车把我带回区委招待所。晚饭，我水米未进。陷入巨大的悲痛之中，和衣躺在床上，迷迷糊糊，似睡非睡，似醒非醒，我想的全是父亲。天将临明，我恍恍惚惚掉进冰窟窿里，觉得好冷好冷，浑身一阵一阵地打哆嗦……

日出一竿高，该吃早饭了，我仍然躺在床上。值班监视的小王，进屋喊我，听不到回应。小王以为我未睡醒，走到跟前，推了几下身子。我迷迷糊糊的，勉强睁眼，只觉黏黏的，胶粘似的，随即闭上。感觉不对劲儿，小王用手摸我的额头，滚烫滚烫的。"啊，发高烧了！"他忙向陈苛报告。陈苛怕担责任，赶快去见衡行。

衡行已接到省检察长冯敬法的电话，态度强硬地要求放人。不敢抗上，衡行只好答应。

正在找台阶下，衡行听了陈苛讲的情况，把冯公道叫过去，说："李三毛生病了，要是有个三长两短的，对上面不好交差，你赶快通知家属，把人领走。"冯公道刚要照办，衡行喊住他，低声交代："别忘了留个尾巴。"

荷香带上毛毛，匆匆忙忙去了检察院。冯公道按照衡行的要求，拿出一纸公文，对荷香说："你签上姓名，摁个指印，就可以去领人了。"猛听到让领人，荷香以为：张翠去省城找谷丰，啥事没有了，一阵儿惊喜。可看到公文的内容是："犯罪嫌疑人李三毛因健康原因，改由妻子李荷香监管，不得擅自离开沙流河市区，必须保证随传随到。"原来，自己的男人还是犯罪嫌疑人，荷香大失所望，当场气得晕倒。等她清醒过来，毛毛劝道："妈，只要爸能出来，签名就签名。"

履行过手续，荷香和毛毛去了区委招待所。来到房间，见我烧得厉害，两眼像红灯笼，不省人事。荷香让毛毛守着我，她深一脚浅一脚来到总台，拨通朱文的电话，抽泣着说明情况。按规定：市直机关干部生病，应该去市公立医院治疗，因为涉及费用报销问题。朱文犹豫了几秒钟，随即派辆救护车，前往区委招待所而去。

我被送到市中医院，住进领导病房。朱文指派有名的韩医生治疗。一测体温，我高烧超过四十二度！脉搏，平常每分钟跳动七十次左右，此时高达一百三十八次，远远超过正常值；血压也出现问题：素日，七十五至一百一十五毫米汞柱，处于最佳状态。现在，低压九十，高压一百四十五。荷香紧张起来。韩医生半解释半安慰："上述症状，主要与病人情绪、饮食、睡眠状况有关。甭着急，当务之急是退烧。等到体温降下来之后，看看啥情况，再制订治疗方案。"

我挂了输液的吊针。

半小时，一小时，两小时，三小时过去，高烧不退。韩医生从没遇到过这种情况。他知道继续下去，病人很危险，让荷香在病危通知书上签字。

听到"病危"二字，荷香魂飞魄散，六神无主。手捏住笔杆，抖动不已。强壮如牛、不知疲倦的丈夫，生命垂危，让她无法接受。

翠姐见状，稳了稳神，镇静片刻，说："在老家，病人发烧，都用毛巾敷热水，要不试一试？"

韩医生点点头。

从暖瓶里倒了半盆热水，翠姐和荷香擦洗起来。可还是不行，该怎么办呢？一时，都没了办法。

一筹莫展的时候，韩医生拍了下脑门："酒精擦前胸后背，要不，额头、手心、脚心都擦，可能会效果更好。"

取来酒精和医用棉，荷香和翠姐动手擦起来。过了一刻钟，高烧依旧。荷香焦急起来："咋办呀？咋办呀？"韩医生看看表："再等等，也许会降温。"半个小时过去，取出体温表再看，开始退烧了。在场的人，绷紧的神经松弛了。

到了晚上，我懒懒地睁开眼睛，迷迷糊糊的，看到翠姐、荷香、毛毛守在身边，不知道自己躺在什么地方。我问："这是在哪儿？"荷香说："你烧糊涂了，这是在市中医院。"我问："咋没检察院的人呢？"毛毛说："爸，你放出来了。"精神上猛然解脱，谁又讲了些啥，我记不得了。挡不住睡神的召唤，我昏昏进入梦乡。没有刺眼的电灯泡照射，没有鄙视的目光，没有高声的斥责，躺在暖暖的被窝里，像是躺在春天清水河大堤的向阳坡上，像是孩童躺在娘的怀抱里，我睡得舒服极了！

在亲人的陪伴下，一夜一昼过去，我苏醒了。其间，荷香和翠姐，说是轮流守护，谁也没有踏踏实实地睡上一觉。

醒来，我格外地清醒。翠姐述说了去平原市见到谷丰的过程，荷香和毛毛谈了我在区委宾馆生病以及住院的经历。

静静地听罢，我问腊月几号了。翠姐猜透我的心思："毛毛的爷爷，烧'头七'纸的事儿，已安排好了。让荷香在医院照顾你，我带着大凤、毛毛、丫丫回去。"我说："不中，咱们都回去。"荷香说："你身体太虚弱，不能出院。"我坚持："爹是因我走的，就是躺在车上，也要回去。"我执拗起来，谁劝都没用。毛毛实话告诉我："检察院不准你离开市区，妈是在担保书上签过字哩。"听了这话，如一记闷棍打在头上，我沉默了：原来，我仍是犯罪嫌疑人，只是变换了监视居住的形式。

烧罢爹的"头七纸"，翠姐和几个孩子从李家寨回来。想到出事几个月来，荷香和翠姐与我一样，在风风雨雨里，经受惊吓、折磨、打击，马上要过年了，如果我住在医院，就会家不像家，年不像年。这个家，我是顶梁柱，不能倒下；我是一片天，不能塌陷！我必须坚强起来，给家人以精神支撑，减轻亲人们的思想压力和负担。我执意要走，韩医生经过复查诊断，看我身体健康指标稳定下来，只得同意办理出院手续。

到了家里，不论是歪在沙发上，还是半躺在床上，想起父亲殁了，想起所受的冤屈，想起"犯罪嫌疑人"的身份，我目光呆滞，精神恍惚，不知不觉就会泪流满面。荷香和翠姐百般劝解，去不了我的心病。

毛毛动起了脑筋，从书架上取出一本书："老爸，你不是喜欢散文吗？我给你朗读巴金的《做一个战士》吧？"

我点点头，毛毛铿锵顿挫、激越昂扬的声音满屋荡漾起来：

> 我激荡在这绵绵不息、滂沱四方的生命洪流中，我就应该追逐这洪流，而且追过它，自己去造更广更深的洪流。
>
> 战士并不一定要持枪上战场。他的武器也不一定是枪弹。他的武器还可以是知识、信仰和坚强的意志。
>
> 战士是永远追求光明的。他并不躺在晴空下享受阳光，却在暗夜里燃起火炬……驱散黑暗，这是战士的任务。他不躲避黑暗，却要面对黑暗，跟躲在阴影里的魑魅、魍魉搏斗。战士是不知道妥协的。他得不到光明便不会停止战斗。
>
> 战士是不知道灰心与绝望的。他甚至在失败的废墟上，还要堆起破碎的砖石重建九级宝塔。任何打击都不能击破战士的意志。只有在死的时候他才闭上眼睛。
>
> 战士是不知道畏缩的。他的脚步很坚定。他看定目标，便一直向前走去。他不怕被绊脚石摔倒，没有一种障碍能使他改变心思……他能够忍受一切艰难、痛苦，而达到他所选定的目标。除非他死，人不能使他放弃工作。

听着听着，我眼睛湿润了，对毛毛说："儿呀，爸爸查贪反腐，却被撤职了，已经没有了战斗的武器；又被一条'犯罪嫌疑人'的无形绳索捆绑着，怎么做一个战士?"

"老爸，你听：'他的武器也不一定是枪弹。他的武器还可以是知识、信仰和坚强的意志。'这些，你都有呀。"

我默然，陷入沉思——

上大学时，我就读过巴金这篇散文，可没有真切地领会和理解。如今，处在"黑暗"里，倒在失败的"废墟"上，我的心灵受到极大震撼。是啊，做个真正的战士，"他并不躺在晴空下享受阳光，却在暗夜里燃起火炬……驱散黑暗。"

从毛毛手中，我接过书，反复诵之，渐有所悟：不错，我有难以承受之重。可哪个人活在世上，会一帆风顺、平安无事呢？谁一生没有磨难呢？自古道：天有阴晴，月有圆缺，人有七灾八难、旦夕祸福。遇到伤心难过的事情，你越想不开，就越痛苦。你越放不下，感觉就越沉重。每个有正常感情的人，失去至亲，都会伤心悲痛。长时间深陷其中，不能自拔，悲剧便会接二连三地上演。"祸不单行"，讲的就是这个道理。当初，姐姐雁儿被王河水抛弃而投河自尽，曾给家庭蒙上浓重的阴影；母亲经受不住痛失爱女带来的打击，结果呢，患癌症跟随而去。现在，我无辜遭难，父亲丧命。胆小怕事的荷香，折腾得不成样子，几近崩溃，随时可能倒下。翠姐尽管生性坚强，也是血肉之躯，从我出事起，童装店关门停业，跑上跑下，勉强支撑。毛毛和丫丫，天真烂漫的年龄，失去欢乐笑语……

再说，古往今来，身在官场，职有官位，蒙冤受屈，并非罕事。一念之差，一步走错，在仕途中栽了跟头，甚至获罪入狱的，举不胜举。不乏其人的是，无法自我解脱，永远被黑暗所笼罩。自觉不如人，见人矮三分。法律判他们有期徒刑，他们判自己"无期"，终身活在"曾经"的阴影里。表面看，在别人面前，他们头昂得高高的，内心却是自卑的。细想想，人生几十年，都有"走麦城"的时候，都会遭遇"滑铁卢"。荣辱得失，跌宕起伏，想开了，这是一种经历，能收获人生的一份体验，没什么大不了的，没什么不好。

人劝不如己劝。我渐渐想开了。我要做一个战士，决心鼓足勇气站起来，用知识、信仰和坚强的意志，驱散阴霾和黑暗，让心里充满阳光，为家人撑起一片蓝天。

细想自己之所以压抑、如鲠在喉的原因，主要是心里有两个解不开的疙瘩：一个是让荷香对我"监管"，简直是扯淡！说白了，就是衡行制造的所谓"理由"。我要去哪里，又无人跟踪，谁能把我怎么样？至于背的处分，完全是强加的。我是清白的，终有一天，会讨回公道——牛吃不了日头！

《做一个战士》，给了我一剂疗伤的良药，给了我振作的力量，给了我捍卫自身权益和尊严的勇气。

我思谋，拿走那条鱼的人，肯定不是李家寨的。这件事响动恁大，本村无人不知。最有可能是受到过我帮助的邻村人。春节走亲串友时，这人也许就能找到。

想到这些，我不再躺卧，强打精神，强撑身子，坐起来。家里升起"太阳"，又被光明照亮。

已是大年三十，我安排毛毛："买鞭长炮，嘣嘣霉气。"我交代荷香："快赶晚集，置办年货。"我给翠姐说："难得大团圆，咱们把年过好。"

过罢年，如我所料。

机关刚上班，铁棒领着隶属李家寨行政村的小马庄一个叫马头的来了。

我因为这条鱼遭罪的事情，本村无人不晓。春节过后，凡有走亲戚的，无论是来是往，都操心打听着。这个叫马头的去陈仓家走亲戚听说后，谈了来龙去脉。陈仓赶快告诉逃生哥，逃生哥便让铁棒带着他来了。

马头挺实在，不善言谈。几年前，谷丰当市委书记时，支持李家寨村民进沙流河市区炸油条，经营饮食。马头领着老婆孩子打着"千顷李"的幌子，在儿童街卖早餐。市区有家个体户欺负乡下人，马头忍无可忍。两家打起群架，倒下一片人，有的昏迷，有的呻吟。我早起散步，经过此处，看到情况，叫来救护车，把人送到市医院，避免了失血过多、发生死亡的现象。马头是陈仓继父的近门侄子，陈仓家和我家是邻居，俺俩挂面认识。他从医院出来以后，我求赵家冒帮忙，在火车站附近找个摊位，让马头继续卖饭。马头心存感激。去年腊月二十六，他到党建路办事，远远看见我回来了，赶紧买两只鸡送到家里。我不在，秦芳把王河水送的那条鱼给了马头。

这条鱼十八斤重，太大，吃不了。想了想，马头到附近的集贸市场卖了。

我急切地问："你记不记得，买鱼的姓啥名谁，长得啥模样，哪个地方的？"

马头："印象中那人大高个，脸面胡带绊，别的记不清楚了。"

我有些失望。

马头极力搜索记忆：当时，都嫌鱼大，没人要，他准备离开集市时，几个中年人走了过来。有个人对着那位高个络腮胡子的人说："唉，'老呱'，你是咱们草楼唯一的老板，家大业大。要不，你买下？"老呱说："买下就买下，年年有余，图个吉利。"结果，"老呱"两块钱一斤，把鱼买走了。

这件往事，被"翻箱倒柜"找了出来。马头拍了拍脑门："对，咱乡草楼冯家，一个叫'老呱'的，是家具厂的老板。"

"草楼冯家""老呱"，我依稀记得：一九七六年，我和翠姐买过他家的箱子；麦收时节，"老呱"的妹子冯妞，三婶当月老，俺俩相过亲。这件事又把我和冯家联系起来。

我领着马头去了市检察院。根据马头提供的线索，检察院派员前往调查。当时，"老呱"花三十六块钱买条鱼，意外获得一万二千块，成为轰动全村的新闻。非偷非抢，无惧无怕。"老呱"不遮不掩，讲个清清楚楚。有了确凿证据，我彻底解脱。

二　山再高，不遮太阳

我恢复自由了！

监视居住期间，失去自由，没有人格和尊严，我精神备受打击，身体大病一场。"犯罪嫌疑人"，像无形的绳索，把我捆绑缠绕；宛如毒蛇，噬咬着灵魂。而今，总算解脱，我有种不曾有过的轻松。

过罢元宵节，毛毛开学走了；翠姐带着大凤回到平原市，继续经营童装店；荷香，开始正常上班。

闷在家里，有个"结"，没有解开，我心不甘。这个"结"，就是背负的"处分"。

思来想去，我去找市委书记马腾，要求撤销对我的处分。马腾不知道从什么渠道获悉，我去省里找领导告过他，记恨在心。又因为我对他来说，已是无用之人。我几次打电话约谈，他清楚怎么回事，敷衍塞责，避而不见。没有别的办法，我上门"堵"。去了十几趟，见过两次面，非但没有达到目的，他把我伤得够呛。

第一次，我去到他的办公室，有几位市直机关头头，坐在屋里，排队等候。瞅见我，他们眼睛瞪瞪的，不知说什么。彼此点点头，没有言语。马腾不正眼相瞧，我没趣地找个位置坐下。等呀等，轮到我时，马腾像是躲避："我还有个会议要参加。"他冷冷地说一句，起身走了。我像个丢蛋的母鸡，被晾在一边。

第二次，我走进马腾办公室，还没坐下，当着市检察长衡行、交通局长王宽、银行行长谢林，马腾板面脸，明知故问："啥事?"我说："事实已调查清楚，三岗'粮损事件'，是王河水蓄意陷害，市委是不是该考虑撤销对我的处分?"马腾没好气地说："你的处分，是国务院调查组定的，未满两年，不能撤销。"我恼了，诘问："你当初咋承诺的?"马腾涨红了脸："你给我出去!"

这句话，让我一米八三的身材，一下子缩成矮子，只有四指高!

颜面尽失，我"哼"一声，挪动酸软无力的双腿，转身走了。

躺在家里沙发上，我脸色苍白，手脚冰凉，胸脯一鼓一鼓的。我气愤不已：马腾呀，马腾! 我何错之有? 难道你忘了，是我当替罪羊，你才保住了乌纱帽。你度过了危险期，觉得万事大吉，便翻脸不认人，妈那巴子，算个啥毬货呀? 事实已经查明，所谓"粮损事件"，纯属栽赃陷害。你本该及时撤销对我的处分。你又怕犯上，把国务院调查组的建议，当作不可侵犯的天条。唯上不唯实，有错不敢纠。你对我的诉求，冷漠傲慢，烦不胜烦。你既然无情无义，我不忍了。再忍，就是软弱，就是窝囊! 我拿定主意：坚决向批查三岗"粮损事件"的那位中央领导，写信反映情况，讨还清白。

在书房里，我理清思路，铺开稿纸，写出"我的申述"。思考再三，我决定乘火车去北京。荷香怯怯地说："马腾知道了，能有好果子吃?"我说："朗朗乾坤，没有谁能一手遮天!"

怀着坚定的信念，我去了北京。半下午，被潮水般的人群簇拥着，我出了火车站。

往哪儿走呢? 我犹豫起来。首都，我来过几次。 每次，我身边有随员。溪流籍京城工作的人，有一个当中央首长秘书，有一个在国务院管后勤，还有几个在部里工作。过去，我进京，他们都是车接车送，食宿用不着我操心。在家里时，我打算通过这些人的关系，把申述的信件呈报上去。可是，行走在茫茫人海中，我突然感到茫然起来：此一时彼一时，今非昔比，无职无权，前来告"御状"的，我没有勇气再见京城工作的老乡。虽然揣着电话本，我跟谁都不想联系。

举目无亲，投靠无门。一个人行走在大街上，我感到自己是那么渺小，是那么无助。

下一步怎么办呢? 我想：先找个地方住下再说。正要去寻找落脚之处，一辆黄"面的"驶来，我招了招手，拦住。去到朝阳区，我找个宾馆下榻。

第二天上午，我去到国家信访局。接待处，上访人员排着长长的队伍。我改变了主意：信访局是干什么的？我清楚。他们要是把我的信件，不往上转而往下转，岂不白跑一趟？如果转到沙流河市，让马腾处理，将会惹来更大麻烦。这些年来，大量群众来信，都是中央往省里转，省里往地市转，一级一级往下转，最后转到被告单位，有的甚至落入被告者手中。问题非但不能解决，还有可能遭受打击报复。于是，我打消了念头，转身离去。

漫无目的往前走，我见路边有个邮箱。"唉，投进去算了。"掏出信件，往里面塞的时候，我止住了：此事儿，关乎自己的政治命运，千里迢迢来了，不能草率。"沉住气，再想想办法。"我自言自语。

返回宾馆，进入房间，我瞧见当天的中央权威大报。翻开报纸，看到有篇文章，署名本报记者江水，我眼睛一亮。当新闻科长时，江水去过沙流河市委，求我办理爱人对调的事情。我不遗余力，帮他解决了夫妻两地分居问题。还有一次，就是李家寨农民卖马卖血交提留款的事件，俺俩上演双簧戏，做了一篇漂亮文章，"千顷李油条"成为进入沙流河市区的特色名吃。之后，我去溪流当县委书记，俺俩没再联系过。若是能找到他，我或许能如愿以偿。拿出电话本，我试着拨号。你猜怎么着，接电话的竟然就是江水，刚出差回来。听到是我，江水问清住址，半个小时，就过来了。见了面，江水老哥长老哥短地叫个不停，极为亲热，我心里暖暖的。

寒暄一阵，江水注视着我："老哥，你咋瘦了？气色也不是很好，是不是有什么病，想找个名医治疗？"

"唉"了声，我讲了当县委书记的情况，讲了如何蒙受冤屈，讲了进京的想法。

当谈到京城电视台《曝光》事情时，江水说："负责那个栏目笔名叫苍穹的，是我大学同窗，当时你咋不找我呀？"当听到我的遭遇，江水愤愤不平："老哥，太欺负人了。"当听到我的诉求，江水说："弘扬正气，揭露阴暗，鞭挞丑恶，是新闻工作者的职责。你的事情，我管到底。"

"谢谢老弟了。"我说。

江水："老哥，咱俩啥关系呀。言谢，外气了。"

顿了顿，江水讲："我有个朋友，在国务院秘书处工作。你的信件，我让他呈报领导。"当即，江水打了电话，然后遗憾地说："不巧，这个朋友家中有事，一星期之后才能回来。"

"那咋办？"我有些着急。

"等他回来，我亲自交办。"江水许诺。

江水侠肝义胆，我深受感动，禁不住连连道谢。"自家弟兄，不必客气。"江水说，"这样吧，我把你的信件，编成内参，下期刊发，作为中央领导参阅件。"

江水如是说，我吃了定心丸。

晚上，江水带着爱人，掂兜水果，又到宾馆看望我。次日，江水休假两天，一定要陪我参观北京故宫、长城八达岭、十三陵……

在北京，我逗留了三天。临走，江水买张火车票，把我送到车站。汽笛一声长鸣，俺俩挥手告别，我兴冲冲地踏上归途。

傍晚时分，我到了家里。荷香又喜又惊："你去北京第二天，中央和省委就派人来了，马腾正在接受调查。现在，整个沙流河市传得满城风雨。"

我愣了：是谁抢先出手？是谁替我打抱不平？当夜，我翻来覆去想这件事，猜了个八八九九。

次日，半上午。我懒懒遢遢地起床吃过饭，想到外面打探打探消息。正要起身，听到有人敲门，我心里想：很久以来，门可罗雀，这位不速之客，会是谁呢？

开门一瞧，是刘思民，溪流县人大常委会副主任兼办公室主任。

我有些惊讶："你咋来了？"

刘思民鼓起鱼眼睛，透过高度近视镜，盯着我瞧了瞧，咧嘴"嘿嘿"笑笑，暂不作答。我让座倒茶递烟，他从衣兜里掏出两毛钱的劣质曙光烟，抽出一支，夹在两个手指间，娓娓道来。

"你蒙冤受委屈，溪流干部和群众怨声鼎沸，愤愤鸣不平。有的农民，到娲陵烧香，求始祖保佑。有的村庄，老百姓开几辆手扶拖拉机，打着'还我好书记'横幅，到县委大门口静坐。领导们正中下怀，没一个人出面做工作。过些日子，看不管用，他们又要去市里闹。未出县境，拦下来了。"

只顾讲这档子事儿，刘思民忘了吸烟。烟，截火，熄灭了。重新点燃，他猛吸两口，缓了缓劲儿，说："老瘪，你知道吧？他一赌气进了北京。走到中南海，他把写有大大'冤'字的白布衫，从怀里掏出来，眨眼套在身上，往里闯。武装执勤人员拦阻，他不管不顾，死活硬犟。两人各架一条胳膊，把他往外拖。他双腿拼命弹蹬，裤裆蹭开了一尺多长的缝儿。带到附近的处所，对他盘查审讯。人家问：'谁让你来的？'他指着胸口说：'良心。'人家问：'有啥冤？'老瘪

451

说：'我没冤。'人家问：'你这是干吗？'老瘪说：'李书记是个好官，俺来鸣不平的。'费了不少口水，人家才清楚咋回事儿。一层层通知下来，县长亲自出马带着信访局长，驱车进京，又哄又劝，接了回来。"

刘思民的讲述，让我惊讶："一个看似弱瘪的农民，何来的勇气和胆量？"

"还有好戏哩。"刘思民又讲，"李枣富也够义气的。他别出心裁：雇了十几头牛，包一个车厢，去了北京。出了火车站，他和村民在牛背上缠块白布，上面写着粗黑的大字：'寻找包青天。'让牛一头跟一头，排起长长的队伍，沿着朝阳区在大街上缓缓而行，前往信访局告状。'溪流县农民赶牛告状，寻找包青天'的消息，一时间轰动了首都，传得沸沸扬扬的。"

像听天书，我入了迷。回过神来，我不由得赞叹："还是农民最有情！最可交！最仗义！最厚道！"

接下来，从刘思民的谈话里，我了解到：父亲出殡那天上午，他和岳父、黎明、秦奋早早前往李家寨吊唁。得知我被限制人身自由，剥夺了送别亲人的权利，他们在灵前举行罢告别仪式，窝了一肚子火气，走了。

我"犯罪嫌疑人"的身份解除后，马腾不肯纠正错误，刘思民被激怒了。他清楚：不能光发牢骚，必须付诸行动。以个人的名义，他向中央领导写了一封信。准备寄出的时候，他改变了主意：路不平，众人踩，要联名上书。他挨个找县人大领导谈想法。孙强、林健等，都表示坚决支持。最后，那封信以县人大全体常委的名义、个人签字署名摁手印，寄了出去。

那位领导看了信件，当即作了批示。

我恍然明白了，原来是这么回事。

讲了情况，刘思民说："现在的关键问题是，马腾不承认市委发过这个文件，不承认三岗是单列的改革实验区。"

我："沙市委字〔1995〕4号文件，县委以及政研室没有登记和存档吗？你拿出来，马腾不就赖不了了。"

刘："京城电视台那期《曝光》节目播出后，市里以清理'过期文件'为由，收缴走了。"

我："市委发的文件，难道会来无踪去无迹？"

刘："当时，我在县委政策研究室当主任，记得很清楚，是韩秘书签收的文件，有记录，已向调查组提供了。"

说到这里，三岗镇原党委书记乔大山敲门进屋。

452

"你来干什么?"我和刘思民异口同声地问。

"向调查组反映情况的。"乔大山回答。

乔大山绰号"乔大炮",看起来满不在乎,昂首挺胸,精神抖擞,好像什么事情都未发生过。我说:"老乔,你脾气真够大的。"乔大山道:"老子的《道德经》有句名言:'飘风不终朝,骤雨不终日。'那意思很明白:无论多大的风,不可能一直刮下去;无论多猛的雨,也有终止的时候。你看,这不是风息雨停了吗?听说调查组重新调查'粮损事件',我专门赶来了。为了证明自己是清白的,我被解除监视居住后,搜集了史尿如何在家乡花钱雇人逮老鼠、捕蛇的证言证词。"

瞧了瞧,我责怪:"你早该拿出来。"乔大山往上指了指,道:"有人怕犯上,要丢'卒'保'车',不让揭露真相,你难道不清楚?这块烧红的炭,前一段时间,哪个当官的愿意接到手中,烫伤自己?我在等机会呀!"

我:"有了这些材料,咱俩完全可以洗干净身子了。你马上交给调查组去。"乔大山玩起黑色幽默:"不能交,留个纪念。"我说:"还不够伤心的,有啥值得保存的?"乔大山笑了笑:"老书记,我准备了两份,一份交过了,这份是用来保存的。等若干年后,想起这段经历,可以拿出来瞧瞧嘛。"我说:"你当是收藏的珍宝呀,折腾得咱俩够受的了。"乔大山:"是人家委屈了咱,咱又不干缺德事儿。毬,有啥猥琐的?山高,不遮太阳。"

说话之间,又来了一个人,是柳林乡党委书记叶选。初到溪流时,我和刘思民搞调研,狠狠训过他,让他背了个警告处分,深深触及了灵魂。从此,叶选痛下决心,成为全县发展经济的模范标兵。不计前嫌,我推荐叶选进入县委常委,继续兼任党委书记。我被冤枉,叶选无所顾忌地鼓动十八个村支部书记,联名上书中央。他说:"老书记,你是我最佩服的领导。我来找调查组,代表基层干部反映情况的。"我问:"你就不怕有人知道,穿小鞋吗?"叶选大大咧咧地说:"我五十四五(岁)了,该去人大或政协了,有啥顾虑的?"

刘思民、乔大山、叶选的到来,获悉全县不少干部群众的支持,我受到莫大安慰,内心充满感激。

冥冥之中,我仿佛感受到天地之间,充满浩然正气。就是因为它的主导和存在,才有一种无限的能量和永恒的动力,在推动人类社会前进和发展。

中午,荷香做了几道菜,俺们开怀畅饮……

我等着调查组找我谈话,等了几天,不见动静。听说调查即将结束,人员快要撤离，我耐不住性子，去见省纪委常务副书记董明。他是负责人，住在市委宾馆领导套房。

我正要敲门，门开了，岳松从里面走出来。见到是我，岳松作了介绍之后离去。对面坐着的人，我扫了两眼：董明，国字形的脸庞，两道剑眉，冷峻严肃，额头有道伤疤，仿佛面熟，不知在啥地方见过。事后，我才清楚：董明是董晓的父亲。上大学报到时，董晓忘带通知书，带我去过家里。那时，董明在卫都市一个县当县委书记，我们见过面。一晃，二十个春秋。岁月不饶人，他位置变了，人也变样了。我的遭遇，董晓讲过，他有印象。儿子和我是大学同学，万一传扬出去，担心有人质疑调查和结论的公正性，授人以柄，加以攻击。这位久经"沙场"的老将，没有戳破这层关系。

"噢，你就是李三毛同志。"董明微笑、说，"来得正好，正要通知你，听听你的意见。"我感受到了他的另一面：亲近而坦诚。

从头说到尾，我谈了半个小时。董明听得很认真，不时地在笔记本上记一记，偶然问一句关心的问题。

"事实基本查清了。"董明说，"这个马腾真不像话，开始硬是不承认市委下过文件。调查组很生气，查了市委常委会议当时的纪要，查了马腾秘书的记录本，并向与会的每个常委进行求证。这样，马腾才被迫承认事实。"

"调查组如何处理这件事？"看董明态度和蔼，语气亲切，我不觉有些放开，问道。

"初步意见是，给予马腾党内警告处分，责令向省委写出书面检查，在市委常委会作深刻检讨，向当事人赔礼道歉，撤销对你的处分，妥善安排你的工作。"董明坦诚相告。

我："三岗镇'粮损事件'查清了吗？"

董明："纯属栽赃陷害。调查组已提出建议，纠正对乔大山同志的错误处理意见。"

我："谢谢组织还我们清白。"

董明："不过，我们还要向省委领导汇报，你暂时不要外传。"

我："你放心。"

告别董明，我颇有感慨："牛，吃不了日头。"大大爷讲的民间俗语，还有乔大山的自信："山高，不遮太阳。"虽分俗雅，蕴含着同样的真理，最终得到验证。

三　路再弯，也要前行

调查组走后，马腾如热锅上的蚂蚁，惶惶不安。怕受到处分，他以检查身体为名，请了病假，匆匆赶到省城"活动"去了。

"风水轮流转，你马腾也有今天啊！"我忍不住发出感叹。

心里的石头就要搬掉了，感到一阵轻松。可转念一想：调查组只不过是建议省委给予马腾党内警告，仍保留市委书记职务，凭我对他的了解，今后在他手下工作，我肯定不会有什么好结果，心情又沉重起来。于是，前任市委书记谷丰主政时期的风清气正，让我深深留恋。十二年前，我靠自身的出色表现，调进市委大院。以后，我顺风顺水，大展才华。放到溪流当县委书记，我没给任何领导送过礼。这些年，官场风气每况愈下，政治生态日趋复杂。不能置身世外，无法做到一尘不染，我虽然也属于社会上流传的"三基本"干部：烟酒基本靠送靠供，工资基本不动，老婆基本不用（我整天忙于工作，夫妻极少团聚，但不像有些人经常吃"野食"：家里红旗不倒，外面彩旗飘飘），却也小心翼翼，如临深渊，如履薄冰。在上级领导面前，我处处赔小心，看脸色说话行事，不敢有半点得罪和闪失；在班子成员当中，非原则问题，我妥协退让，保持步调一致，以实现"为官一任，造福一方"的心愿。艰难地干事创业，不遗余力地工作，我不求高官厚禄，但求问心无愧。万没想到，平地起风雷，我还是猝不及防地陷入一场巨大的灾难。看来，像我这样的读书人，舞文弄墨尚可，太直太实，没有防人之心，不懂权谋，不会耍心眼，天生就不是当官的材料，就不该走上仕途。惨痛的教训告诉我，必须改弦易辙，不能再沿着这条路继续走下去。

究竟干啥呢，我迷茫，惆怅……

闷在家里，我阅读《红楼梦》。吟诵《好了歌》时，我想起《易经》是探讨宇宙人生变易法则的书。古代，它用蓍草行筮，占卜算卦，破解生命的密码。我从书架上拿出来，看了几天，阅读两三遍，头晕脑涨，弄不懂，满是糊涂糨。甚是疲倦，把它抛在桌上，我伏案睡着了。

梦境里，我神差鬼使地去到"八一"路北头。那里，有许多算卦的，摆了一溜地摊。每人坐在马扎上，面前有块白布，上面写着算命、测吉凶祸福、看阳宅阴宅、断婚姻等等。只要有人经过，纷纷招手揽生意。

这些人，大都识字不多，靠察言观色，说些模棱两可的话，骗取几个小钱。我不屑，目不斜视，径直走了过去。

春分时节，草长莺飞，百花竞放，蜂嗡蝶舞。我打算去沙流河大堤上逛逛。

"老兄，慢走！"刚要上坡，听到身后有人喊，我回头瞥一眼，见是个三十六七岁的年轻人，白白净净的，眉清目秀，足蹬白球鞋，身着飘逸的袍服，斜背着一把竹制长笛，装在黑色的皮套里，颇有道仙风骨。

"有事？"我站住，怔怔问。那人道："我叫刘乾坤，给你指点迷津的。"我半信半疑："你说两句，我听听。"刘道："要是不准，你吐我一脸，擦都不擦。"

"好，你说。"

"你刚经历一场灾难，应该搭上两条命。你福大命大造化大，逃过一劫。"

这番话，把我"镇"住了。我想听听他咋样往下讲。

聊了几句，刘把我领到无人的地方，在一棵杨树下站着。我问："你没摆摊吗？"刘笑了笑："去太昊陵庙会，在市内下车，身不由己地来到这里。是缘总能相聚，正巧碰到你。"

瞧着不完全像江湖骗子，我跟他聊起来。一番交谈，我获悉：刘高中毕业那年发誓：非北大、清华不上，结果差三分落选。复读三年，分数越拉越远。家人看他这样，气得半死。一次，他正看复习资料，老爹一铁锨铲到肚子上，险些要了命。他赌气去了少林寺，拜高僧为师，修行数年，又钻研《周易》，探讨佛教、道教、易经，成为杂家，亡命天涯，游览名山大川，去到许多庙宇寺院，萍踪浪迹，过着神仙似的生活。

我："你咋看出来我刚经历一场灾难的？详细讲讲。"刘笑道："没两下子，出来混个啥？"在路边，找两块砖头对面坐下。刘让我报过属相、生日和时辰，推演了满满一张纸，嘴里"嘟嘟囔囔"，用十个指头掐算。然后，刘仔细观察我的五官和耳朵，摸摸后脑骨，看看手相。接着，刘面向我家乡的方位，闭目静气，双手合十，放在胸前。停了几分钟，他开口道："你天赋聪明，文才出众。但为人直正，不会巴结上司。有小人打搅，前年就给你下了'套'，要陷害你。你没有防备，去年有一劫，来势汹汹，要置你于死地。若不是有贵人相助，你丢官掉帽事小，恐怕性命难保。"

故作镇定，我一言不发。

刘："你是双妻命，此生有两个女人帮你。"

我："开什么玩笑？你不知道《婚姻法》吗？"

刘："那是命，没有办法。这两个女人，都给你生了孩子。一个大你一岁，一般男人都比不了，就因为有《婚姻法》，成不了少年夫妻，是你的老来伴；另一个，大两岁，温柔贤良，对你服服帖帖，百依百顺，但遇事没有主张，不能陪你到老。"

思忖片刻，我问："你说我跟现在的妻子过不到头，娶前一个女人？甭瞎胡扯了！"

刘："信不信由你，骑驴的看唱本——走着瞧吧。"

我："啥时能迈过这道坎？"

刘："马上云开雾散。你是义马星，天上占有星座。非凡夫俗子，一生命运坎坷曲折。不过，每次都能逢凶化吉，遇难呈祥。晚年，名气很大，大福大贵。"

我："为什么？"

刘："你心怀慈悲，有普救众生的情愫。所以，人缘好，贵人多，遇难总有人相助。"

我："想调动工作，你指指路呗。"

刘笑了："树挪死，人挪活。动，必须动。"

我："往哪儿动？"

刘："向西北方向走。这次动，有官有财，名利双收。"

我："不想做官，不想求名，只想平平淡淡地生活，羡慕悠闲清静的日子。"

刘："那你就随我去吧，寻仙访道，远离世俗。"

"随你去？"我脱口而问，随即摇摇头。在省会读书期间，国家那么穷，培养大学生容易吗？正值年富力强，我本该报效祖国和社会，怎能逃避现实呢？在校时，有资料称：一名大学生要靠五十个农民来供养。当时，我心灵受到极大震撼。这些农民，也许是家乡的，也许是溪流县的，也许是全国某个地方的。虽然不知道具体是哪里的，姓甚名谁，我觉得欠着天下农民的情债。滴水之恩，当涌泉相报。要是撒手而去，我岂不成了负心汉？再说，翠姐和荷香，以及毛毛、丫丫，都是挚爱至亲，舍弃亲人，于心不忍呀。于是，我断然拒绝。

看我尘缘未了，刘说："一切随缘，顺其自然吧。"

谈了一阵，我想起毛毛，问："孩子怎么样？"报了属相和生辰，刘掐了掐指头："贵不可言，比你强多了。"继续考究，他不肯讲。我问："女儿呢？"刘："别看现在乖巧可爱，将来折腾得你够呛。"

我拿出五十块钱，刘摆手。又拿出五十，刘还是摆手。只剩下两张五十的，我全拿出来，刘仍然摆手。兜子里只剩下几张零钱，我翻个底朝天："没有了，有情后补。"刘"哈哈"一笑："你的钱，我一分不要，以后交个朋友。"

中午，我请刘乾坤喝酒。在满香楼，我从家里拿出一瓶茅台酒，一盒中华烟，要了四个菜：一盘花生米，一盘香椿炒鸡蛋，一盘白灼大虾，一盘五香驴肉。我去结账，刘制止："这钱，必须由我支付。不然，咱们缘分就尽了。"悉听尊便，我没有坚持付款。

"醒醒，醒醒。"荷香又推又拍，弄了半天，把我叫醒了。看我睡得迷迷糊糊，她拿条湿毛巾递过来。擦了擦脸，我顿觉神清气爽。

想起梦境中刘乾坤说过荷香不能陪我到老的话儿，我搂住荷香，絮絮叨叨不停："你是我最亲最爱的女人，终身不离不弃。十个金枝玉叶，不换。"

听到我这番表白，荷香情感爆发了：对准我的脸蛋，她"吧唧、吧唧"一阵子狂吻……

顷儿，荷香回过神来，问："你是怎么啦？"我讲了做梦的情景，隐瞒幻境中妄言她不能陪我到老的话儿，谈了我工作必须调动的事儿。荷香听罢，若有所悟，问我："你是不是不愿在市里干了？想调走哩？"我道："也许吧。"荷香说："我知道你憋屈。要不，调走也中。"

我猛然记起一句俗语："心有所思，梦有所想。"其实，在省城当名报社记者，是存在于自己内心深处的潜意识。只不过，进入仕途后，我想凭借政治舞台有更大的作为，把它抑制了。现在，遭到严重挫折，受到极大伤害，它趁机"冒"了出来。虚幻中的刘乾坤的指引：往西北方向，一定是平原市。因为只有去到那里，才能实现当初的愿望。忆及大学毕业时，要不是"哪来哪去"，我就分配到平原日报社了。咋着也没料到，我被时代潮流裹挟着，身不由己地转了个大圈儿，就像是开了个天大的玩笑，眼看又回归到原点。我想到李泽洲的叔叔李守衡，是平原日报社的党委书记，掌管着人事大权。俺们同族同宗，算是本家兄弟。我当县委书记期间，他来过溪流一趟，我全程相陪；走时，送了许多土特产。我打定主意：找他帮忙，调到省报去工作。

"咋着也不能待在沙流河市窝囊了，得到省城另谋出路。"我把想法告诉了荷香。荷香表示一百个支持："走，咱都走！"

提前买了去平原市的长途汽车票，我准备第二天动身。

次日早上，荷香骑自行车送我到车站。到了上班时间，她转身走了。我刚上车坐下，石头赶来了。他在街上碰到荷香，得知我坐的长途汽车马上到点，急匆匆匆地赶来，把我拦下。

我问："啥事?"石头说:"伙计，咱公司有几辆小车，你坐啥毬长途汽车呀?"我笑了笑:"无官无职，小小老百姓，猪鼻子插葱——冒充什么大象呀?"石头说:"别装熊了，必须坐我的车去。"

无法拒绝，我改坐"奔驰"。建新摁一下喇叭，向西北方向而去。

进入平原市，安排好宾馆，我联系李泽洲，想让他陪着去见李守衡。他不在，去北京出差了。失望之余，我准备下午单独去找李守衡。

离午饭还有一个多小时，我到凤凰路，去了翠姐的童装店。有位顾客在挑选衣服，翠姐正帮助试穿，心无旁骛。大凤瞧见我，忙对翠姐说:"婶，婶，俺三叔来了。"

翠姐抬起头，见到我，不觉惊喜，笑了笑。她对大凤说:"你这闺女，说多少回了，别叫婶要喊姑，让荷香知道了，吃醋，忘了?"大凤不好意思地伸伸舌头。大凤变了，面若桃花，打扮靓丽，俨然成为城市姑娘。

"你咋来了?"翠姐问。我讲了此行目的。翠姐说:"出来好，比窝在那个小地方强。"我问:"不知能否遂愿?"翠姐说:"像你这等人才，不愁没单位要!我有感觉，你调动的事情，百分之百能成。"

童装店紧挨城中村，就近租了两间房子，翠姐和大凤在那里食宿。把我和建新领了过去，翠姐说:"晌午，在这吃饭;下午，我陪你去。"陪，每当关键时刻，翠姐都是如影随形，给我以精神支撑。

三点钟，翠姐等在外面。我去了平原日报社。见了面，李守衡十分热情。寒暄几句，我开门见山，说:"想投奔你，调来工作。"

"别人不行，你来没问题呀。"李守衡毫不迟疑，满口答应。听他这么讲，我吃了定心丸。

稍作停顿，李守衡笑问:"不想在官场了?"我点点头。谈话期间，我有意无意地讲了官场的遭遇和无辜受到的处分。

听罢，李权衡的眉头突然皱了皱，情绪发生微妙变化。沉默片刻，他说:"各处室负责人，都不空缺，暂时没有合适的位置。"

"当不当处长，无所谓，让我做名记者就中。"我说，"什么职务呀，权的名的，我已不在乎，无所谓。"

"党报进人要求严格，你处分没撤销，暂时不宜接受。"李守衡看我不解其意，坦诚相告说。

工作调动落空，很失落，敷衍几句，我起身欲走。

李守衡摆摆手，示意继续坐下，呷口茶，说："这样吧，我给你推荐个单位，或许能充分发挥你的作用。"

"啥单位？"我问。

"省政府主办一张《平原经济日报》，规格是正厅级单位。原来一周两刊，刚刚改成日报，用人不拘一格，正在以优厚待遇招揽人才。平原日报社农业处长魏巍，你熟悉吧，被挖去当了副总编。我打个电话，让他引荐一下，你当面跟《平原经济日报》总编谈谈。要是不行，咱再商议。"李守衡讲。

"中。"我应答。

李守衡同魏巍联系过，我走出来。

看我面无表情，翠姐试探着问："没成？""嗯。"我应答道。她的心揪了一下。我说："咱去省政府办的报社，看看啥情况。"

平原经济日报在人民广场北边，有四层办公楼，阔绰气派，大门朝西，面对南京路。原来是经委办公的地方。经委主管全省经济工作，人称"二政府"。报社成立后，经委搬迁到新的地址。

翠姐还是在外面等。进入院内，到了二楼，我直接去找魏巍。见到我，魏巍就像老朋友。我当县委书记期间，魏巍曾几次带得力干将，对溪流做了大量报道。

聊会儿天，魏巍说："你稍等，我先去向总编打个招呼。"话音落下，他走出办公室。

我一个人木木待着，心里没底，有些焦急，有些惶恐。

不大工夫，巍巍返回。我忙问："怎么样？"

巍巍没吭声，神情怪怪的。不知所以然，我心里有些不踏实。正想再问，他招了招手，让我跟随而去。

来到总编办公室，只见房门半开着，巍巍微笑着说："你进去吧。"说罢，他转身走了。

顾不及多想，我步入屋内。刚一脚迈进去，总编就迎上前搂住我："三毛！"我激动地喊道："老班长！"

总编原来是王峰，大学时的班长，年龄大我十岁。在校时，俺俩一个寝室，住上下铺，情同手足。走出校门没几年，他去了南方。经过打拼，他当上特区报的常务副总编。我在市委工作时，他曾写信动员我去。贪恋官场，我不为所动。从此，俺俩没再联系过。

《平原经济日报》改版前，省长阮文重去特区考察，结识了王峰。经过深入交谈，阮省长动起心思，欲挖这个重量级人才。王峰提出一个条件：回去办报可以，报社必须企业化管理，实行全员聘用制，允许面向社会广揽人才，选能任贤。

阮省长听了，"哈哈"一笑："只要能把报纸办好，没有问题呀。"

王峰立下"军令状"：保证三年内，把《平原经济日报》办成全国一流的经济类报纸。

就这样，王峰回到内陆最大的平原省份。

我介绍了本人的情况。没等说完，王峰道："你当新闻科长时，连续六年在《平原日报》发稿第一名；在全国几家大报，发表过许多有影响的稿件。担任溪流县委书记，打造'娲城枣县'，实施'百村万户工程'，培育和发展起'粮草皮毛'四大优势产业，大举招商引资，地方经济搞得红红火火。短短几年时间，把家乡全国贫困县变成富裕县。省委李书记对你赞赏有加，组织部经过考察，予以充分肯定，拟提拔副市（厅）级领导。"

王峰对我的情况了如指掌，令我惊讶。

"早想选你来报社，能不了解吗？"王峰解释。

"背着处分，没撤销呢，你不知道吧？"我说。

"明白咋回事，你是被冤枉的。"王峰说，"上午，我刚参加过省委、省政府领导联席办公会议。李书记在讲话中举了你的例子，大发感慨。"

我："李书记提到了我？讲了啥？"

王峰回放了那一幕——

在谈到保护干部问题时，李彬激动地站起来，借助手势讲，有个教训要吸取：溪流县前任县委书记李三毛同志，是个非常优秀的青年干部，省委本来要提拔重用的。可是，他由于批查腐败分子，遭遇疯狂反扑，对其栽赃陷害，甚至雇凶谋杀。有位领导同志，为了保护头上的乌纱，推卸责任，不敢讲真话。检察院轻信犯罪分子的口供，对其进行所谓的"监视居住"，弄得云遮雾罩的。省委只好把对他的任用搁置下来。这件事儿，不仅对李三毛同志及其家庭造成极大伤害，也在社会上造成恶劣影响，严重损害了党的形象和威信。当地干部和群众不再相信省委，有的写信，有的闯中南海，有的赶着牛上访，纷纷越级向中央反映情况。现在，省委调查组已查清事实真相。省委对这位领导同志，给了个警告处分，让他从中汲取教训。而他呢，不反思，不检讨，还四处求情，甚至找到我这里。我严肃批评了他一顿。对李三毛同志，要还人家清白和公道，尽快安排到合适岗位工作……

听到省委书记上述讲话，我热泪盈眶。

王峰："像你这样，笔杆硬，对市场、官场、农业、工业、教育，都了解和熟悉，又有领导和组织管理能力，堪称复合型人才。"

我："甭夸了，无路可走，来投奔你的。"

"求之不得，我正准备效仿刘备，三顾茅庐，登门拜访呢。"王峰道，"有啥想法，明说直讲。"

"当个记者，搞社会热点新闻，写重点报道，就心满意足了。"

"那就大材小用了。"

"你若抬爱，当个记者部或机动部主任也可以呀。"

王峰笑了笑，说："你得挑大梁，当我的左膀右臂。至于干什么，我有考虑。等报到以后，咱们再细谈。"

想到来之前，我没有征求市委任何领导的意见，试探着问："市委要是不放我，怎么办？"

王峰态度十分坚决："只要你愿来，报社找省领导做工作。"

我想给自己留个后路，试探性地问王峰："报社企业化管理，市场化运作，我想先借调，让市委可以保留一份工资。我适应适应，有了底气，再正式调动如何？"

王峰："哪种情况都行，不影响对你的任用。我告诉你，等工作一段时间，八匹马也拉不回去。你当县委书记才有多少收入？一个月工资最多几百块；你来报社，每月薪资不低于三千。要是抓发行和经营工作，同效益挂钩，一年挣个十几万，二十几万，都有可能。"

我一听，惊得目瞪口呆。王河水陷害我，往鱼肚里塞了一万二千块钱，我连钱影都没见，折腾得死去活来；两个孩子都大了，需要大把大把花钱。这对我诱惑太大了。我当即表态："来！坚决来！"

王峰："好，就这么定了。住房问题，报社在向阳花园，团购了十套，年底交钥匙。银行按揭三分之一，单位垫付三分之一，个人出资三分之一。你来了，正好赶上。"

"来了，暂时住哪儿？"我问。

"特殊人才，特殊对待。你想自己找房住，报社付租金；要不，我安排人帮你租，咱们住一块。"王峰说。

谈了正事了，王峰看了看手表："一会儿，阮省长约谈我。今晚，不请你吃饭了。明天上午，你过来，报社给你开借调函。"

我爽快答应。

王峰说："等你报到的时候，我把咱在平原市工作的同学都邀来，为你接风洗尘。"

告别王峰，我给魏巍打个招呼，从报社出来。走出大门，见翠姐在同一个看相的闲聊。我拉上她，兴冲冲地说："走吧，别算了。"看相的说："别走呀，白让我磨半天嘴皮吗？"我随手掏出来二十块钱，递给了他。

走了几步，翠姐问："咋在报社待恁长时间？"我讲了情况，翠姐道："那人看得真准，说你半个月内保管调动成功。"

我笑了，她也笑了。

西天边，霞光炫丽，一片辉煌。俺俩肩并肩，阔步前行……

次日，我怀揣报社借调函，去向李守衡说了情况，计划下午返回沙流河市。正准备出发，李泽洲打来电话，称从北京回来了。晚上，他非要设家宴款待。我又住了一夜，才起程。

一路上，想到经历的生死劫难，仕途的大起大落，我甚为伤感。前些日子，陷入穷途末路，我蓦然回首，顿觉天高海阔。唐代王维的诗句云："行到水穷处，坐看云起时。"我仿佛一个登山者，顺着山上的流水攀爬，走着走着，水不见了，变成了雾气。我索性坐下来，看见山岭上云朵涌起。

到了家里，荷香上班去了。干脆趁热打铁，我直接去了市委书记办公室。马腾和岳松正在谈话。见了我，两个人很热情。尤其是马腾，一改往日的态度，笑着打招呼，客气地让座，递过来一支香烟。官场上，在工作场所，上级对下级从不让烟。马腾的特殊待遇，让我颇感意外。

未等我开口，马腾先作起检讨来："我把头上这顶帽子看得太重了，让你受了委屈，家人受到伤害，现在向你表示道歉。我已在常委会议上作了自我批评，也向省委领导写了书面检查。"我清楚，马腾是迫于上级压力，不得已而为之。我有事相求，越不过他的门槛，便逢场作戏，违心地笑笑："我年轻，气盛，有些话伤人，您莫计较。"

听我如是讲，马腾说："三毛同志，市委已撤销对你的处分，降级的工资，这月一次性补发。"

转变话题，我道："正好，您和岳书记都在，想谈谈我的工作问题。"马腾看

463

了看我，说：“年前，市委刚调整过干部，只有畜牧局空缺领导岗位，你去当局长吧？”

故意看马腾如何安排，我不吭声。马腾思索片刻说：“要不，你到民政局先当党组书记。等两年，局长王志退休，你局长书记一肩挑。”

该摊底牌了，我道：“想回归本行，干新闻工作。”马腾说：“沙流河日报社，没有位置呀？你要去那里，只能担任副总编。”我道：“不为难领导，我自己联系了单位。”

闻听此言，马腾愣了一下。我从衣兜里掏出《平原经济日报》借调函，递了过去，说：“求您支持。”马腾认真瞧了瞧，脸色有些难看。我心里打起鼓来：他莫非要把住我不放？沉默瞬间，马腾显得有些愧疚，不自然地笑笑，自我开脱，说：“这都是王河水折腾的。要不，你不会想调走吧？”他如是说，好像事不关己。此时，我心里想：你要是敢于担当，我咋能受到如此大的伤害？也不会要求调走呀？既然决定去省城报社工作，计较这些已无意义，我说：“上大学时，我读的新闻专业，一直想干本行。”其实，马腾不想留下对立面，巴不得我走，假意挽留几句。看我打定主意要走，马腾用征询的口吻，问岳松：“你是抓组宣的副书记，啥意见？”岳松知我懂我，趁机表态：“尊重三毛同志的选择。”马腾说：“既然如此，我就不强留了。”站起身，我说：“谢谢二位领导了。”马腾做足了表面文章：“这样吧，在《平原经济日报》发展得好，就在那儿干；啥时候想回来，市委表示欢迎。”

如愿以偿，如释重负，我脚步轻盈地从马腾办公室走了出来。

开门进屋，见荷香在家里。她凭感觉，我该回来了，提前下了班。我把她搂在怀里，笑着抱起来，转了几圈。久违的激动和幸福，袭上荷香心头。她问我咋恁高兴？我把调动的事情和见过马腾的情况，一五一十说个明白。听罢，荷香眼睛闪着泪花，哭着笑，笑着哭，说：“气，咱们总算挣过来了，也遂了你的心愿。好，好，我给你做俩菜，喝两杯，助助兴。”

话音刚落，石头来了。从建新嘴里得到消息，他急急地赶过来，说：“老家伙救了你一命，你还不好好感谢我？”

“你这孩子，又没大没小了。别忘了，我是你表叔。”石头用手轻轻扇了两下脸说：“打嘴，打嘴！”

我疑惑不解，问石头原委。石头说：“伙计，还不知道吧，你去平原市要坐的那辆长途汽车，中途同一辆大货车相撞，漏油起火，烧死二十七名乘客，酿成特大事故。"

我和荷香听了，暗暗庆幸：又逃过一劫。

"大难不死，必有后福。"石头讲，"这话，果然应验。往后，你到省报当个大记者，或者当个处长甚至副总编什么的，多风光呀！再不受谁的气了。遇着机会，收拾干坏事的王八蛋。"我说："究竟干啥，还没定呢。要暂时保密，甭瞎说胡传。"石头讲："你调走了，我想把这摊子交俺姐夫，跟你去平原市，在省城办个公司。"我说："可以呀，在省城发展，你肯定能成大气候。"

聊了一阵儿，石头说："伙计，走，找个地方，放松放松。"

说罢，石头拉着我去到郊外著名的伏羲农庄，吃罢喝罢，强行拉我进入"卡拉OK"大厅跳舞。我从未涉足这种场所，不很情愿，踌躇着想退缩。一个漂亮女孩见状，面带微笑迎上前，说："帅哥，赏个光，让小妹来陪你。"我说："没跳过，不会。"她亲昵撒娇道："我教你一步摇，一学就会。"随之，她教我姿势，鼓点有节奏地响起。第一次进入舞池，我听不到鼓点的响声。扒在那个漂亮女孩肩膀上，我深一脚浅一脚，动不动踩住舞伴的脚面。跳了十几分钟，觉得活受罪，我死活不愿意再跳了。

石头看到没有尽兴，把我拉到包厢里，要了两瓶王朝干红。葡萄美酒夜光杯，俺俩款款把樽碰盏，缓喝慢饮，边喝边聊，待了一个小时……

走出包厢，歌厅里传出那英演唱的流行歌曲："山不转来水在转……没有憋死的牛，只有愚死的汉，蜘蛛吐丝画它自己的圆。太阳掏洞也要织它那条线，再深的巷子也能走出那个天……没有搬不动的山，没有钻不出的窟窿，没有结不成的缘……再长的路程也能绕过那道弯。"

内心深处受到触动，我一动不动静静地站着，直到歌声停止。

到了家里，荷香还在等着我，没睡。躺在床上，荷香惆怅满腹："三毛，你走了，剩下俺孤儿寡母的，咋办？"我说："先委屈委屈，等《平原经济日报》把房子分下来，联系好丫丫转学问题，把你调过去，咱就搬走。"

荷香说："我一天也不想在市委家属院住了。"

我说："不会把恁娘俩丢在这里，给石头讲过了，我走之前，把咱家搬到那里，跟他们住在一起。有啥事，言一声，不让你作难。"荷香听了，躺在我怀里，方才安然睡去。

我要调走，朱文特殊照顾，让荷香休假陪伴。像是新婚久别，荷香与我形影不离。她把需要带的东西，开了个详细单子，一样一样对照落实。把岳母叫过来，拆洗被褥，准备床上用品。到文明路，荷香让沙流河市姓陈的知名裁剪师傅，为我量身定做两套毛料西装：一套黑色带白竖条的，一套胶泥色的；去人民商场，购了两件衬衣：一件草青色，一件浅灰色；两条领带，金利来的，都是香港名牌，一条白底蓝花的，一条黑底带白点点的；一打袜子：黑的四双，灰的四双，蓝的四双；两双牛皮鞋，一双黑色的，一双咖啡色的；纳了六双鞋垫：两双绣着并蒂莲花，两双鸳鸯戏水，两双雪中红梅；买了四管中华牙膏，四管白玉牙膏；还买了一板软细毛刷。我说："你看你，好像我出国似的。"说实话，我有衣裳，也够档次，不愿全买新的。荷香很固执："原来的，一件都不要，我看见，难受，伤心。"我理解，没说什么。荷香又讲："你得像模像样，光光棍棍，不能让那些鳖孙瞧不起！"

清明节马上到了。自从父亲死后，烧头七和五七纸，我都未能回去，打算上坟祭祀后，直接从李家寨走。

走的时候，荷香坚持要送行。翠姐也赶了过来——昨天下午，她坐晚班车，直接去了二姨家。今天起早，她去市委家属院，才知道搬家了。

"你咋回来了？"荷香笑吟吟地问。

"毛毛的爷爷奶奶，没有闺女，我得去给老人送些纸钱。"翠姐笑着答。

石头让建新开车，我坐在副驾驶位置，荷香和翠姐在后排肩并肩而坐，早早启程。

在村东南，俺仨蹚着脚脖深的麦苗，走向老坟地。到了父母墓前，看见草蒿青青，生长繁茂，茎的顶端、枝叶之间，开着蓝的花，紫的花，黄的花，白的花，一簇簇，一片片，星星点点，遮掩了坟土。我感觉活在天堂里的父母，凡身肉体躺在墓穴的棺椁里，失去了苦难的记忆，正安然入睡，似乎还能听到发出的均匀呼吸声。高高隆起的黄土长出的野草野花，不仅吸取天地日月的精华，还浸润着父母的灵魂和神气，让生命转换了存在的形态，在灿烂地绽放。

近近地站立，我产生了幻觉：听到"呱呱呱"的声音，举目四望，不见有人，以为那是母亲在笑。我问："娘，您老人家在天堂可好？"娘露出两颗稍大洁白的门牙："可享福了，就是挂牵你。今儿看见你，腰杆还是直直的，总算放心了。"我说："娘，儿要走了，来瞧瞧您和爹。"

长长的鞭炮，"噼噼啪啪"响过，俺仨双膝跪地，恭恭敬敬地磕了三个头。荷香和翠姐在坟前用树枝画个大圆圈，摆上祭品：一块带两根肋骨的长条猪肉，六个蒸馍。之后，把百元大钞，在黄麻纸上压一压，每三张错开角折叠起来，一刀一刀的。留下两刀（农村习俗：有子孙的，不兴烧完，不然会绝户）。俺仨边烧边重复叫道："爹，娘，起来拾钱吧……"

我泪流满面，站立了许久。

俺仨又去爷爷奶奶坟前，燃了一堆纸灰。一阵风吹来，纸灰吹起，四处翻飞。见此情景，爷爷奶奶的音容笑貌，清晰地呈现在我的面前。记忆把我拽回童年，想起爷爷无数次讲的千顷李家族的传说和故事……那里面，蕴含着"节孝仁慈"的家训，潜移默化地铸造了我的精神和灵魂，融化在我的血液里。我又讲给了毛毛，毛毛一定会讲给他的孩子，必将一代代传承下去。

离开时，恍恍惚惚，父母在送我。左瞧，爹跟着；右瞅，娘跟着。我说："二老别送了，儿子还会回来看您的。"继续往前走，我发现爹还在跟随，娘站着撩起衣襟擦拭眼泪。

老人舍不得儿子远去。回头，转身，我到坟前，捧起几捧土，用手帕包好，轻声地道："爹，娘，跟儿子走吧。"把这兜坟土，带在身上，我依依不舍地离开了。在未来的人生中，它被装进玻璃瓶里，放在书桌上。想念老人的时候，我就静静地凝视……

上罢坟，俺仨去瞧大大爷。进到屋里，看到荷香和翠姐在我身旁，老人瞅瞅她俩，意味深长地笑笑。随后，他和我拉话："打你出事儿，我就捏着一把汗，担心你挺不过来。天爷呀，惊天动地、霹雷闪电的，啥人能顶得住？遭遇恁大的磕绊，你没有趴下，今后就没有多少可怕的了。"老人经过的事儿多：旧社会跑壮丁挨枪子，差点丢命；躲匪患和战乱，四处奔逃；逃洪水，流离失所；遇大旱，遭饥荒，痛失爱妻；还有"文革"打来斗去的……对人生，他悟透了。尤其是那句"牛，吃不了日头"的话，闪烁着真理的光芒。我视作信仰，未能倒下。我说："您老放心，条条大路通北京，孩子不会在一棵树上吊死。"我谈了去省城报社工作的事情。听罢，老人眉头舒展，说："官衙，坑深，漩涡多，掉进去，凶险，离开好。耍笔杆子，是你的长处，远远地走吧。"

我提出到老宅里看看。逃生哥前几天去过，院里很荒凉，屋里一股潮湿的霉味，房梁上、窗户棂上、墙角里，结了蜘蛛网，老鼠成群，乱窜乱跑，"吱吱"叫着咬架……他迟迟疑疑，不吭声。翠姐明白了咋回事：怕我睹物思情，心里难受。她劝阻了。想起李新姊妹几个没爹没娘、住着透风漏雨的破房子，怪可怜的，我嘱咐逃生哥让他们住到俺家老宅里。逃生哥龇牙笑笑，说："等恁走后，我一定安排李新姊妹几个搬过去。"枣花嫂欲留俺们吃饭，要捉鸡宰杀。看了看

467

太阳，我说："才半晌午，还是赶路吧。"

从村后斜坡上了清水河大堤，我的视野和胸襟一下子开阔起来。田野里的庄稼，堤顶上的树木，各种各样的草呀花呀，经历过风雨雪霜、料峭春寒，压抑已久的生命，焕发出蓬勃盎然生机，活力四射，像发疯一样，展开又一个轮回的赛跑。

站在堤顶上，驻足凝视，我思绪难抑：家乡这条宽阔的清水河，发源于数百里之遥的崇山峻岭东麓，并由此延伸出来沟沟壑壑。从它的石缝间、小溪里、狭谷里，汇聚涓涓细流，在蜿蜿蜒蜒的河床里，不忘初心，不知疲倦地向东流淌。春风拂面，它波光粼粼，水势缓缓；夏的热烈，挟裹山洪暴雨，它气势磅礴，汹涌澎湃；秋的到来，映着蔚蓝的天空，悠悠的白云，它美如图画，似动似静；冬天，冰封雪盖，它隐藏不露，无形无声。不管表面现象怎样，它都没有静止过，永远被一种力量推动着前行。因为，它有既定的目标：无数滴水，相互拥抱着，纵然奔走千里万里，也要融入大海，卷起晶莹的浪花，透射出太阳的光芒，实现那美好的理想。

举目望去，瞧着这条九曲十八弯的大河，我想到了中华民族复兴的艰难曲折历程，想到了改革开放滚滚大潮中挟裹着的污泥浊水，想到了千顷李家族四百年饱经沧桑的兴衰历史，想到了自己跌宕起伏的人生道路，想到了与翠姐悲婉凄美的爱情故事，想到了荷香一心要过团圆安宁日子却事与愿违的生活，想到了未来不可预知的发展前景……

我们毫不犹豫地坐进轿车里，向南拐过弯，转向西北，朝省会城市——平原市，曲曲折折地疾驶前行……一阵风吹过，我摇下车窗，探出头来，向远处望去。正巧，一束强烈的阳光，投射下来，把我和车身都包围了。

初稿完成于二〇一八年三月
第一次修改稿完成于同年五月
第二次修改稿完成于同年八月
第三次修改稿完成于同年十月
第四次修改稿完成于二〇一九年一月
第五次修改稿完成于二〇二〇年四月
定稿完成于二〇二一年二月

后

记

时代决定作者，作者决定作品。我之所以能创作出长篇小说《涡流》，实则因为改革开放时期"特殊"身份赠予我的丰厚生活积累。

我是一粒精神饱满的种子，扎根豫东沙、颍两条河夹套的贫脊土壤里。中学毕业，靠着强大的内生动力，自己争取到了小学民师的岗位。其间，因写的千字文小通讯在省报发表，而成为县委宣传部重点培养对象，借调到公社搞通讯报道。这样，我得以跨进高校门槛，属于最后一届工农兵学员。走出校门后，"哪儿来哪儿去"。我原来在公社是临时工，民师的岗位早有人顶替，我只有"华山一条路"——回生产队当社员。我的人生进入至暗时刻，深刻理解了"沮丧、绝望"的含义。所幸，命运之神还是眷顾我的。经过百般煎熬，我盼来了考试分配机会，以优异成绩被录取，在高中执教并在县教育局从事行政工作四年之久。赶上"重视知识、重视人才"的年代，我骑上趋势快马，呼呼有声地奔跑前行，在县委两年，就被市委选走。

在县、市工作的经历，对我的人生影响很深。我虽然没有担任显赫的要职，但在机关的"运行系统"中并非微不足道。尤其是在市里工作的十年间，我当了六年的新闻科长，既负责接待工作，又要及时采写地方重要报道。因此，除研究干部问题之外，我列席市委常委会，与主要领导保持密切接触，以便于及时发现和捕捉有较高价值的信息。省委书记、省长视察工作或搞调查研究，我也曾多次跟随采访。各条战线上涌现的许多先进人物，都是通过我的笔端见诸媒体；对不少普通百姓，我也伸出过力所能及的双手……凭借多年的职业敏感与专业素养，我发表过许多有影响的报道。在离开市委的工作岗位之前的半年内，我在中央及省级大报刊登八篇头条新闻，其中六篇配发社论、评论和编者按语。并连续六年，在省报发稿排名第一，年年受到表彰。大量的采访活动，让我成为一个时代的见证者、参与者、记录者，深切感受到了改革开放带来的巨大变化：世代居住的土墙茅舍变成了青砖灰瓦房；各类专业户、专业村、区域经济成批涌现，乡镇企业大力发展，支柱产业迅速崛起……真乃亘古未见，历史空前，值得重墨浓彩地抒写！

不到退休年龄，突发心梗，跟阎王爷打了一架，我侥幸逃脱。命是保住了，但还是有"小鬼"缠身，我被多种疾病折磨得够呛。有段时间，快步走路，就心慌气喘。我意识到了生命的脆弱，有种"说走就走"的感觉。心想，若是不把想写的写出来，万一哪天"走"了，会留下遗憾的。

说起来容易做起来难。我虽然耍了几十年笔杆子，专职从事二十年的新闻工作。但是，要完成由记者到作家的角色转变，需要一个"脱胎换骨"的漫长过程。即便如此，我没有退缩，没有望而生畏——按中国人的平均寿命，自己还有二十年左右的时间，完全能够实现心愿。当了解到从我这个岁数起步，干出名堂的大有人在，创作有成者不乏其例，我更对要做的事情充满信心。

从头做起，砥砺前行。我把个人的经历和生活积累，先梳理出来，形成文字。反正日头一大摞子，过了今天有明天。别的没有，有的是时间。抱着不急不躁的心态，我该玩就玩，该干就干。每日静下心来，看两三个钟头的书，读文学作品，也读地理、历史、自然史、人类发展史、农业发展史，还有哲学史，各种杂书，广泛涉猎，以扩大知识面，拓宽视野。或上午或下午，悠闲自在的伏案写作。按照时间顺序，开始了自传体《生命的记忆》的创作。开始很拘谨，写着写着放开了。有的故事，差不多成了"短篇小说"，我似乎找到了文学创作的感觉。这些文字打印出来，竟成了厚厚一沓：三百二十八篇或长或短的文章，总计六十万字。我称之为"悠闲作品"。

当《生命的记忆》完稿后，思考许久，酝酿许久，我有了"野心"：花费十年工夫，以凄美委婉的爱情故事为主线，结合自己跌宕的人生经历，创作一部百万字左右的长篇小说。

计划如此宏大，我连中短篇文学作品都没写过，有可能完成吗？当时，我心气十足。理由是：我见识了人间万象、社会百态，阅读过大量的文学作品，受到不少中外文学名著的熏陶，并且了解中国历史和中国文学史。另外，在报纸上写过不少万字左右的专版报道，有架构长篇的能力。我坚信只要"咬定青山不放松"，"百二秦关终属楚，苦心人天不负"。

真正到了动笔的时候，我才体会到"隔行如隔山。"过去读书只是出于爱好，并没有关注和研究过如何创作的问题。在这种情况下，即使素材堆积如山，即使有谋篇布局能力，如果没有作家形象思维的习惯与方式，没有语言的艺术表达，是难以到达理想彼岸的。文学的门槛，不是只有几个台阶的殿堂，任谁挪动脚步就能轻松跨越。它耸立在高山之巅，仅凭宏图伟愿，是难以达到心之所向的。

正在无法迈出第一步的时候，我首先想到的是"补课"，让自己具备作家应具备的素质。机缘巧合。一日，大学同学群里有人转发台湾作家蒋勋和白先勇两位先生的解读《红楼梦》讲座音频，接下来我又从网上搜索到山东大学教授马瑞芳的《品读〈红楼梦〉》，简直让我欣喜若狂。我知道《红楼梦》是中国古典小说艺术成就的高峰，据说，茅盾、老舍、巴金等文学巨匠，对此书下足了功夫。我用了将近一年的时间，边听讲解，边对照原著阅读，并打开电视机"收藏"键，看了十几遍新版、老版的《红楼梦》连续剧。为了加深理解和记忆，我认真摘录，写满的纸张摞起来厚厚的。之后，我用研究《红楼梦》的方法，探究"茅奖"皇冠上的明珠《平凡的世界》。我常常利用手机，在独自散步的路上、在入睡之前的半小时，一直坚持听书，细细品味，反复鉴赏，受益匪浅。每日清晨，像小学生上早自习一样，我阅读和背诵经典古诗词和古今散文名家名作，拓展艺术的想象空间。

磨刀不误砍柴工。带着"求知"探索，我获得许多可以借鉴的经验，解决了许多创作方面的问题。受益最大的是：我认识到文无定法。好的作品都做到了内容与形式的高度完美统一。形式服务于内容，技巧不是最重要的。文学作品的魅力，在于写真实的社会，真实的人生，在于讲一个好故事，让读者记住一个或几个鲜活的人物，给予读者独特生活感受、人生体验和生命感悟。

我自以为掌握了"秘诀"，殊不知，文学创作靠的实践和灵感，需要长时间的写作训练过程。开始第一部创作时，我本想写一个缠绵悱恻的爱情长篇小说，却不知从何开头，"老虎吃天——无从下口"，硬着头皮动笔，憋了一星期，变来变去，都不满意。好不容易突破瓶颈，由于新闻从业者的直线思维和简洁语言的惯性表达方式，在长达半年的时间里，勉强挤出五万字就结束了。创作的作品故事太过单一，缺乏情节的细腻，写得干巴巴的。文章只有骨架，没有血肉皮毛。又花费两年工夫，重新调整思路，作品拟定为《夹河套》。我不再单一写爱情，更侧重表现人物的命运，展示卑微者"白日不到处，青春恰自来"的精神世界。我渐渐找到感觉，越写越顺畅，作品从五万字修改到十五万字，第三稿修改到了二十六万字。作品进行到三分之二，我感到自己"成熟"了，作品写起来得心应手。笔下的人物血肉丰满，情节生动感人。但是，部分章节内容，还有待加工提高。这需要"冷藏"，我把作品暂且放在了抽屉里。

朝着预设的方向，马不停蹄，我开始了第二部长篇小说《涡流》的创作。上部作品的结尾，写到主人公李三毛走出"夹河套"，鱼跃龙门，而挚爱的亲人张翠不愿成为累赘，突然消失，杳无音讯，李三毛深陷在痛苦的漩涡里长达几年，守着影子孤独前行。

历史已经发生重大转折，崭新的时代已经到来。李三毛将如何开启新的生活？命运又将发生哪些变化？这是《涡流》必须着力描写和回答的。事实上，笔者对即将出场的人物和要发生的故事，包括谋篇布局的整体构思，早已酝酿成熟，心中了然。

《涡流》的主旨是明确的。它通过事业和爱情两条线索，讲述主人公李三毛的爱情与乡情、得意与失意，多层次、多侧面、多角度地反映时代变迁带来的深刻变化，全方位展示大平原上的新气象、新风貌。

作品塑造了李三毛这个知识分子卓然独立的人物性格。他骨子里浸透着泥土的质朴、纯粹、坦诚。走上仕途的前几年，他沐浴和煦的春风，享受温暖的阳光，爱情与事业获得双丰收，生活洋溢着满满的幸福。那时，他不曾想到乡土造就了他又给他带来难以挣脱的人生局限。在他创造出一个又一个事业上的辉煌，将要迈上坦途之际，因一起贪腐案件，遭到敌手的栽赃陷害，身不由己地卷入巨大的"涡流"之中，人生从顶峰跌入谷底，弄得家破人亡。乡土蕴含的生命韧性，又给予李三毛浓烈的生命激情，他继续前行。在特殊的境遇中，李三毛的痛苦与无奈，困惑与煎熬，思索与奋进，精神与心灵的挣扎，个体意识的觉醒与内心的强大，揭示了苦难深处的生命意义和存在价值，从而使作品指向光明和崇高，充盈着浩然正气。

当打开电脑，我激情迸发，根本无暇顾及技巧，只能任文思自然而然"流淌"。考虑更多的是，行文是否符合读者的阅读习惯，是否让读者感到确有其人其事。当各种角色粉墨登场，一个个性格鲜明的人物，一个个生动有趣的故事，从一幕幕场景中走出来，争着抢着，大喊大叫着："写我吧，写我吧。"我连连招手示意："别急，都别急，我还要审查你们够不够资格呢，符合的，得按顺序，该谁出场谁出场。"

作为过来人，我极力再现历史的真实，把人物放在生活中，放在世俗中，放在性情中，展示其立体化的多面性。譬如：当农民卖血卖马交统筹提留款事件发生后，面对记者采访报道，谷丰要求"我"充当"消防队长""灭火消灾"；当继任者拟做出对"我"免职的决定时，谷丰虽然不同意，但也并没有明确反对，只是委婉地提出"要慎重考虑，做好思想工作"，等等。总之，作品表现的人物，他们身上发生的故事，不光属于独有的，还要有一定的代表性。因此，每个人物都是"拼凑"的，每个故事都是"虚构"的，是众多原型人物的"集合体"。作品中的人物身世、行动坐卧，甚至一番感慨、一通牢骚，现代与传统、新与旧的交替和冲突，生活中的苦辣酸甜、工作中人事的错综复杂，芸芸众生的喜怒哀乐愁，无不以质朴的"原生态"语言表现出来。读来，人物触手可摸，故事真实可信，温度可以感受，情感可以碰撞共鸣。正因为如此，写翠姐的付出牺牲与生存困境，写主人公的蒙冤憋屈，便让我泪流满面，鼻涕擦试不及；写荷香一个弱女子想过安逸宁静的日子却事与愿违，便让我深感愧疚；写市委书记马腾的不担当不作为，便让我心生怨恨，气得手脚冰凉；写王铁山的狡狭奸诈和王河水的阴险毒辣，便让我恼得有扑上去的冲动，真想把他们打得遍地找牙……以至于，很长一段时间，我不敢打开作品阅读，担心小小的心脏承受不了书中人物带来的感情冲击！

　　长篇小说《涡流》的创作，生活的真实几乎逼近艺术的真实。创作的冲动很容易忽略细节，导致叙述上的"粗线条"与"清汤寡水"并存。胸怀大长篇的目标，我盯住眼下每一章每一节每一自然段，把真情实感深透在每一行文字当中。我反复提醒自己：慢些，慢些，再慢些；要静下心来，把功夫下到家，切莫忽略细节。每个章节和段落，哪怕是一句话一个字，不满意绝不往下写。初稿耗时长达两年，可基本做到了"一遍成"。按照自己的标准，可以打八十分吧。在几次修改过程中，很少有内容上的重复、赘述、遗漏、缺失和补充，都是在添加细节，都是在润色，都是在把存在的新闻语言改变为文学语言。创作的过程，需要工匠精神，字琢句磨，就像在精雕细刻一件玉器，全神贯注，专心致志，不敢有丝毫的敷衍。

　　由衷感谢河南省周口市把《涡流》列入文艺精品创作工程重点项目，予以资金方面的扶持；由衷感谢"茅盾文学奖"获得者、著名作家李佩甫先生，在百忙之中静下心来阅读《涡流》，予以认可，尤其是亲笔为作品写"推荐词"，给了我莫大鼓舞；由衷感谢资深评论家侯耀忠先生，认真研判作品，肯定作品。

二〇二一年九月十二日下午

记于海南文昌陋室

图书在版编目（CIP）数据

涡流 / 李国发著. -- 北京：作家出版社，2021.12
ISBN 978-7-5212-1710-0

Ⅰ. ①涡… Ⅱ. ①李… Ⅲ. ①长篇小说 – 中国 – 当代
Ⅳ. ①I247.5

中国版本图书馆CIP数据核字（2021）第259360号

涡　流

作　　者：李国发
责任编辑：宋辰辰
装帧设计：老　左
出版发行：作家出版社有限公司
社　　址：北京农展馆南里10号　　　　邮　　编：100125
电话传真：86-10-65067186（发行中心及邮购部）
　　　　　86-10-65004079（总编室）
E-mail:zuojia@zuojia.net.cn
http://www.zuojiachubanshe.com
印　　刷：唐山嘉德印刷有限公司
成品尺寸：170×240
字　　数：514千
印　　张：30.5
版　　次：2021年12月第1版
印　　次：2021年12月第1次印刷
ISBN　978-7-5212-1710-0
定　　价：58.00元